Chaos in Sachen Liebe

Sheila O'Flanagan

Chaos in Sachen Liebe

Deutsch von Katharina Volk

Weltbild

Genehmigte Taschenbuch-Lizenzausgabe 2008
für die Verlagsgruppe Weltbild GmbH

Deutsche Erstausgabe 2003
Copyright © 2000 by Sheila O'Flanagan
Copyright © 2003 der deutschsprachigen Ausgabe bei
Knaur Taschenbuch. Ein Unternehmen der Droemerschen Verlagsanstalt
Th. Knaur Nachf. GmbH & Co. KG, München

Besuchen Sie uns im Internet:
www.weltbild.de

Die Autorin

Sheila O'Flanagan arbeitet seit Jahren als Börsenmaklerin in Dublin. Ihre Lust am Schreiben entdeckte sie, als sie ein Lehrbuch für junge Banktrainees verfasste. Bald kamen Kurzgeschichten hinzu und schließlich Romane, in die sie ihre Erfahrung als Frau in der Finanzbranche einbringt. Außerdem schreibt Sheila O'Flanagan eine wöchentliche Kolumne für die *Irish Times*.

*Dass die Vögel
der Sorgen und Nöte
um deinen Kopf schwirren,
kannst du nicht ändern.
Doch dass sie Nester
in deinem Haar bauen,
das kannst du verhindern.*
Chinesisches Sprichwort

Weil sie meine Haare frei von Nestern gehalten haben,
auch wenn es manchmal unmöglich schien,
widme ich meinen Dank und meine Liebe

Meiner Agentin Carole Blake
Anne und dem gesamten Team bei Headline
Patricia – einer wahren Freundin!
Meiner Familie
Colm

Und all jenen,
die mit klingender Münze für meine Bücher bezahlen,
vielen Dank – ich hoffe,
auch dieses hier findet Anklang bei Ihnen!

1

An jenem Tag, an dem David Hennessy das große, dünne rotgelockte dämliche Miststück heiratete, gönnte Gemma sich eine regelrechte Shopping-Orgie. Bis David und das Miststück bei ihren Gelübden angelangt waren, hatte Gemma bereits einen Blazer in Knallorange von Pia Bang, drei Seidentops von Airwave, einen Jeansrock von Principles, zwei Paar Schuhe von Nine West und eine unglaublich teure lederne Handtasche von Brown Thomas zusammengerafft. Doch dann, in der Kosmetik-Abteilung von Brown Thomas – wo sie eigentlich gar nichts hatte kaufen wollen – fand ihre Orgie ein jähes Ende.

Die Verkäuferin, Monica Coady, lächelte sie freundlich an. Bisher hatte sie einen ruhigen Tag gehabt – bei diesem Wetter gingen die Leute nicht ins Kaufhaus, sondern an den Strand –, und diese Kundin würde ihr eine satte Provision einbringen.

»Es tut mir schrecklich leid, Ms. Garvey«, sagte sie nach einem Blick auf das Lesegerät, »aber dieser Betrag geht offenbar nicht mehr auf Ihre Karte. Wenn Sie vielleicht einen Artikel weglassen...«

Gemma blickte hinab auf das Gesichtspflege-Set von Christian Dior, dazu noch Make-up, Lippenstift, Rouge und den Flakon *Dolce Vita*. Sie versuchte auszurechnen, wie viel von diesen Sachen noch auf die Kreditkarte gehen könnte, wenn sie all die anderen Einkäufe des Tages einkalkulierte.

»Oh.« Sie gab sich betont unbekümmert. »Da muss ich wohl ein wenig über die Stränge geschlagen haben.«

Ein wenig über die Stränge geschlagen war noch untertrieben, dachte sie. Es war absolut herrlich gewesen, in diese Geschäfte zu gehen und sich einfach so etwas zu kaufen. Sie hatte jedes Mal ein freudiges Kribbeln verspürt, wenn einer ihrer Einkäufe in Seidenpapier geschlagen und in eine Tüte gepackt wurde. Die Verkäuferinnen hatten fröhlich gelächelt und damit Gemma das Gefühl gegeben, auch sie sollte fröhlich sein und lächeln. Und mit jeder Unterschrift auf einem Kartenbeleg hatte sie sich besser gefühlt.

Jetzt fühlte sie nur noch Scham und Peinlichkeit.

»Ich denke, dann lasse ich es lieber sein«, sagte sie zu Monicas nicht geringer Bestürzung.

»Aber ein paar Artikel gehen bestimmt noch auf die Karte«, widersprach die Verkäuferin. »Sie müssen nicht gleich auf alles verzichten. Sie könnten ja auch Ihre Kundenkarte belasten, wenn Sie eine haben? Oder natürlich bar zahlen.«

Bar! Gemma verzog das Gesicht. »Vielleicht ein andermal«, sagte sie zu Monica. »Ich glaube, für heute habe ich genug ausgegeben. Entschuldigen Sie.«

»Kein Problem.« Monica bemühte sich, freundlich zu bleiben, doch es fiel ihr nicht leicht, wenn sie an die Provision dachte, die ihr gerade entgangen war. »Dann bis bald, hoffe ich.«

»Bestimmt«, erwiderte Gemma und ging hinaus auf die Grafton Street. Kleine Schweißperlen standen ihr auf der Stirn. Das kam teils von der heißen Sonne draußen, teils daher, dass sie die peinliche Szene von drinnen noch einmal vor sich sah. Sie hatte versucht, die neugierigen Blicke der anderen Kundinnen zu ignorieren, während die Verkäuferin die Kosmetika wieder weggeräumt hatte. Trotzdem fühlte sie sich gedemütigt. Sie hätte doch wissen müssen, wie kurz vor dem Kreditlimit ihre Karte stand. Sie bemühte sich ja meistens, den Überblick über alles zu behalten, was sie damit kaufte. Aber heute hatte sie nicht aufgepasst, weil sie nicht daran denken wollte.

Sie biss die Zähne zusammen und drängte sich durch die

belebte Fußgängerzone auf St. Stephen's Green zu. Sie musste sich hinsetzen, ihren Füßen ein wenig Erholung gönnen. Außerdem spürte sie bereits, dass sie am großen Zeh eine Blase bekam, weil sie heute ihre ledernen Schuhe ohne eine Strumpfhose trug.

Der Park wimmelte von Menschen – Männer mit nacktem Oberkörper und Frauen mit äußerst knappen Tops oder, in einigen Fällen, nichts als spitzenbesetzten BHs. Gemma wünschte, sie hätte den Nerv, ihr schlichtes weißes Calvin-Klein-T-Shirt auszuziehen und in nichts weiter als BH und Rock in St. Stephen's Green herumzusitzen. Doch es war eine Sache, wenn eine Achtzehnjährige praktisch oben ohne mitten in Dublin herumsaß, und eine ganz andere, wenn eine Frau von fünfunddreißig Jahren ihren Hängebusen in aller Öffentlichkeit zur Schau stellte.

Auf den Bänken war kein Platz mehr frei. Gemma ging über den Rasen, vorbei an einer Gruppe lachender Studenten, und setzte sich in den Schatten unter eine Kastanie. Sie legte die Tüten und Päckchen um sich herum und schloss die Augen.

Fünfunddreißig. Sie fragte sich, seit wann fünfunddreißig sich eigentlich so alt anfühlte. Vielleicht seit dem Moment, als ihr klar geworden war, dass keine Gymnastik der Welt ihr jemals die Figur ihrer früheren Jahre wiedergeben konnte. Den schlanken, straffen Körper einer jungen Frau, die so viel essen konnte, wie sie wollte, ohne dabei zuzunehmen. Natürlich war sie nicht wirklich dick, das nicht. Aber zehn Jahre und zwei Kinder hatten an ihrer Figur mehr Spuren hinterlassen, als ihr lieb war. Manchmal schaute sie in den Spiegel, und es kam ihr vor, als habe sie sich in eine vollkommen Fremde verwandelt.

Sie war ziemlich sicher, dass in dieser Stadt scharenweise Fünfunddreißigjährige herumliefen, die noch genauso gut aussahen wie mit fünfundzwanzig und sich ebenso jung fühlten. Schlimmer noch, heute hatte sie eine Zeitschrift aufgeschlagen, und eine taufrische Goldie Hawn hatte ihr entgegengelächelt. Die Frau war über fünfzig, Herrgott noch mal. Ein Fältchen oder zwei hätte sie immerhin haben können, fand Gemma. Sie seufzte. Sie wollte sich gar nicht ausmalen, wie sie erst mit fünfzig aussehen würde, wenn ihr Körper sie jetzt schon so enttäuschend im Stich ließ. Vor allem im Vergleich mit dem elf Jahre jüngeren, rotgelockten dämlichen Miststück.

In Gedanken bezeichnete sie sie immer noch als das Miststück. Von dem Augenblick an, als sie zum ersten Mal von ihr gehört hatte. Das war eigentlich albern, sie kannte sie ja nicht einmal, und es sollte sie mittlerweile auch kalt lassen. Als David dem Miststück begegnet war, waren Gemma und David bereits dabei, sich scheiden zu lassen – das Miststück hatte also keineswegs ihre Ehe zerstört. Sie war nicht plötzlich aufgetaucht, um David von Frau und Kindern fortzulocken. Dennoch hatte es Gemma ganz schön zu schaffen gemacht, als sie davon erfuhr. David habe eine neue Freundin in der Firma, hatte man ihr erzählt, und das Mädchen sei jung, rothaarig und absolut umwerfend.

Als sie sie schließlich kennengelernt hatte, war Gemma fast die Luft weggeblieben. Sie hatte Orlas glattes, klares Gesicht gesehen, die prächtige Mähne rotblonder Locken und diese unheimlich langen Beine, die in einem unheimlich kurzen Röckchen so gut zur Geltung kamen, und sie hätte vor Wut schreien mögen, weil er eine so umwerfende Freundin gefunden hatte. Sie konnte einfach nicht anders als neidisch sein, weil er die junge und wunderhübsche Orla hatte, während sie nur das »mittlere Alter« erwarten durfte, und zwar allein. Abgesehen von den Kindern natürlich. Davids Kindern. Doch so sehr sie sie liebte, sie machten einen Neuanfang nicht eben einfacher.

Sie redete sich ein, dass diese Beziehung nicht halten würde, dass David ziemlich bald genug haben würde von Orlas breitem, strahlendem Lächeln und der enervierenden Art, wie sie sich immer räusperte, bevor sie sprach, doch sie konnte sich selbst nicht ganz davon überzeugen. Sie hatte die Blicke gesehen, die die beiden wechselten, dieselben intimen Blicke, die sie früher mit ihm gewechselt hatte, den unausgesprochenen Glauben daran, dass sie füreinander die einzig wichtigen Menschen auf der Welt waren.

Sie seufzte und grub die Zehen ins Gras. Es war schon seltsam, wie deutlich ihr der Tag in Erinnerung war, an dem sie David Hennessy kennengelernt hatte. Es kam ihr gar nicht so vor, als sei das schon über fünfzehn Jahre her. Sie lächelte schwach. Ein echtes Kennzeichen des Alters, sagte sie sich, dass einem fünfzehn Jahre auf einmal wie eine kurze Zeit erschienen.

Es war an einem späten Freitag Nachmittag passiert. Der Tag war beinahe so warm gewesen wie heute, die Luft schwül und drückend. Gemma war erhitzt und müde, und der Rücken tat ihr weh. Unablässig waren Kundinnen in den Salon in der City geströmt, in dem Gemma als Friseurin arbeitete, und die meisten von ihnen hatten einen Termin bei Gemma, weil sie eine sehr begabte und stets gefragte Friseurin war.

Um sechs Uhr an jenem Abend stand noch Stephanie Russell, Schneiden und Föhnen, auf ihrem Plan. Doch Stephanie hatte angerufen und sich entschuldigt, dass sie nicht pünktlich kommen konnte. Nur fünfzehn oder zwanzig Minuten später, hatte sie versprochen. Das ging doch in Ordnung, oder? Es war ja nur Schneiden und Föhnen. Keine Farbe oder sonst etwas Aufwendiges.

Stephanie war eine Stammkundin und gab immer reichlich Trinkgeld. Gemma sagte, das sei kein Problem. Sie war ohnehin froh über eine Pause.

Sie setzte sich auf den schwarzen, vinylbezogenen Hocker direkt neben der Tür, um ein wenig frische Luft zu bekommen. Obwohl im Salon alle Ventilatoren liefen, war es stickig wie in einer Sauna, und es roch nach Ammoniak und Haarspray.

Da kam er zur Tür herein. Er war mindestens einsachtzig groß. Er war braun gebrannt, hatte ein markantes Gesicht und sah sehr gut aus. Er war gebaut wie ein Rugby-Spieler, mit breiten Schultern und muskulösen Beinen. Gemma konnte diese muskulösen Beine sehen, weil er dunkelgrüne Shorts anhatte. Dazu trug er ein beigefarbenes T-Shirt mit dem Aufdruck: Bitte sei nett zu mir, ich hatte einen scheußlichen Tag.

»Hatten wir den nicht alle?« Gemma grinste ihn an. »Kann ich ihn vielleicht ein bisschen verbessern?«

»Die müssen geschnitten werden.« Er fuhr sich mit den Fingern durchs Haar. »Ich will irgendwie seriöser wirken.«

Sie lächelte. Seine Haare waren fast schulterlang und pechschwarz. Sie konnte es kaum erwarten, sie anzufassen, sie durch ihre Finger gleiten zu lassen.

»Wie seriös soll's denn sein?«, fragte sie.

»Wie ein Geschäftsmann im Anzug«, erwiderte er. »Ich brauche eine Frisur, die gut zu einem Anzug passt.«

»Alles klar.« Sie sah auf die Uhr. Sie hatte noch reichlich Zeit für ihn, bis Stephanie kam. Und wenn sie dann noch nicht fertig sein sollte, würde Stephanie eben warten müssen. Gemma wollte diejenige sein, die diese dicken schwarzen Locken abschnitt.

Sie führte ihn zum Waschbecken und reichte ihm einen Umhang.

»Den brauche ich nicht«, sagte er.

»Sicher brauchst du den.« Sie hielt ihm den Umhang hin. »Du willst doch nicht nass werden und das ganze T-Shirt voller Haare haben, oder?«

»Natürlich nicht. Entschuldigung.« Er lächelte, und in seinen Augenwinkeln zeigten sich entzückende Fältchen. »Ich hatte wirklich einen harten Tag!«

»Und warum?«, fragte Gemma.

»Weil ich heute Morgen beschlossen habe, dass ich endlich aufhören sollte, mein Leben zu vergeuden, und mir stattdessen lieber einen richtigen Job suchen sollte.«

»Und, hast du einen gefunden?«, fragte Gemma und drehte das Wasser auf.

»Ja, schon.« Er wirkte ein wenig verlegen. »Das habe ich. Unter der Bedingung, dass ich mir die Haare schneiden lasse!«

Sie legte sanft eine Hand auf seine Stirn und ließ Wasser über seine Haare laufen. »Was ist das für ein Job?«

»Ich bin jetzt Persönlicher Vorsorgeberater«, erklärte er.

»Was, um Himmels willen, ist denn das?« Gemma gab etwas Shampoo in ihre Hand und massierte es in sein Haar. Sie arbeitete langsam und ließ das Shampoo dick und kräftig aufschäumen, während sie seine Nähe genoss und das wunderbar sinnliche Gefühl ihrer Finger auf seiner Haut.

»Eigentlich soll ich Lebens- und Rentenversicherungen verkaufen«, sagte er. »Aber wir sind angehalten, uns Persönliche Vorsorgeberater zu nennen. Das klingt besser als Versicherungsvertreter.«

Gemma kicherte. »Allerdings. Und wann fängst du an?«

»Montag.« Er seufzte. »Ich kann gar nicht glauben, dass ich das wirklich getan habe. Bis jetzt bin ich nur rumgehangen, habe in Kneipen gejobbt, bin herumgereist – du weißt ja, wie das ist.«

»Ich hab davon gehört.« Gemma war nie einfach nur herumgehangen. Das hätte ihre Mutter nicht gutgeheißen. Gleich nach der Schule hatte sie die Lehre begonnen. Sie hatte sich rasch hochgearbeitet, erst Böden gewischt, dann selbst Kunden frisiert, und sie hatte sich immer darauf gefreut, eines Tages ihren eigenen Salon zu haben und ihre eigene Chefin zu sein. Davon hatte sie geträumt, seit sie ihrer Lieblingspuppe die Haare abgeschnitten hatte, damit sie modischer aussäh. Gemma hatte eine genaue Vorstellung davon, wie ihr Salon aussehen würde. Sie hatte sich sogar schon einen Namen ausgedacht – *The Cutting Edge*. Sie brauchte nur noch etwas Zeit und Erfahrung.

»Wo bist du denn herumgereist?« Sie spülte das Shampoo aus seinen Haaren und rubbelte sie trocken.

»Um die ganze Welt«, erwiderte er. »Europa, Asien, Amerika – überall.«

»Du Glücklicher«, sagte sie. »Ich bin nie weiter gekommen als nach Torremolinos. Und nach Santa Ponsa.«

»Reisen ist gut für die Seele«, sagte er, als er vor einem Spiegel Platz nahm. »Man lernt sehr viel über die Menschen.«

»Kann sein«, sagte Gemma. »Hältst du bitte den Kopf still? Ich will nicht, dass es nachher ganz schief aussieht. Oder ich dir womöglich die Schere in den Nacken ramme.«

»'tschuldigung«, sagte er.

Sie schnitt drauflos.

»Kann es sein, dass du da etwas radikal vorgehst?«, fragte er zweifelnd, als eine Locke seinen Umhang hinabrutschte und zu Boden fiel.

»Ein Schnitt, der zu Anzügen passt, hast du gesagt. Wir frisieren hier viele Anzugträger. Ich weiß genau, was du brauchst.«

Hinterher betrachtete er sich im Spiegel und nickte. Gemma hatte sein Haar mit Gel bearbeitet und aus der Stirn zurückgekämmt. Hinten war es kurz und lag dicht an seinem Nacken an.

»Du lieber Himmel«, sagte er. »Ich sehe ja aus wie ein Karriere-Typ.«

»Vielleicht bist du das auch«, erklärte sie. »Vielleicht wird aus dir ein wahnsinnig erfolgreicher Persönlicher Vorsorgeberater.«

»Jedenfalls sehe ich schon mal so aus«, erwiderte er. »Im Gegensatz zu vorher. Jetzt könnte man meinen, ich sei der geborene Geschäftsmann! Danke.«

»Gern geschehen.«

Er folgte ihr zur Kasse und bezahlte. Sie bekam ein Pfund Trinkgeld.

»Bis bald«, rief sie ihm nach, als er in den lauen Abend hinaustrat.

»Klar.« Er winkte zum Abschied.

»Süßer Hintern.« Stephanie Russell, die seit fünf Minuten auf Gemma wartete, grinste sie an.

»Süßer Typ«, sagte Gemma und brachte Stephanie zu den Waschbecken. Während sie Stephanies Haar wusch und schnitt, dachte sie immer noch an ihn.

Es kam ihr wirklich nicht so vor, als sei das lange her. Gemma konnte sich sogar noch erinnern, was sie angehabt hatte – weiße Jeans und eine weiße Bluse mit riesigen Schulterpolstern und einem Löwen aus Pailletten vorne drauf. Sie hatte das Haar damals lang getragen, blondiert und hochgesteckt, sodass sie viel größer wirkte als gut einen Meter sechzig. An jenem Tag hatte sie ihre quietschroten Sandalen getragen. Sie hatte gut ausgesehen. Damals hatte sie Größe 36 getragen.

Sie fuhr mit dem Finger am Bund ihres Rockes entlang um ihre Taille. Jetzt hatte sie Größe 40. Seit Keelins Geburt hatte sie einen richtigen Bauch, den sie mit noch so viel Gymnastik nicht wieder losgeworden war. Und ihre Hüften waren breiter geworden, passend zu ihren Brüsten. Ihr Haar war zwar immer sehr gut geschnitten, doch sie beließ es nun bei ihrem natürlichen, langweiligen Hellbraun mit ein paar grauen Strähnchen.

David hatte zunächst behauptet, sie gefiele ihm mit etwas mehr auf den Rippen eigentlich besser. Dass sie vorher zu dünn gewesen sei. Dass es ein komisches Gefühl gewesen sei, ihre Knochen zu spüren, wenn er sie an sich drückte. Und dass er eigentlich noch nie auf Blondinen gestanden habe.

Doch sie hatte ihm das nicht ganz abgekauft. Und das rotgelockte Miststück war zwar nicht blond, aber natürlich eine zierliche Größe 36.

Größe 36 und kaum älter, als Gemma damals gewesen war, als sie ihn kennengelernt hatte. Kam es überhaupt jemals vor, dass ein Mann sich eine ältere Frau suchte, wenn er sich von seiner Frau getrennt hatte? Suchten sie sich jemals eine Frau mit grauerem Haar und breiteren Hüften und schlafferen Brüsten? Oder etwa jemanden mit zwei streitlustigen, wahnsinnig anstrengenden, aber immer liebenswerten Kindern?

Und was brachte eine perfekte Vierundzwanzigjährige mit Größe 36 dazu, einen vierzigjährigen Kerl zu heiraten, der auch nicht gerade der Cola-Light-Werbung entsprungen war? Reichte Sexappeal tatsächlich aus? Gemma erschauerte trotz der Hitze. Sie bereute die Scheidung von David nicht. Ihn zu heiraten, das war der Fehler gewesen. Sie war auf seinen fröhlichen Charme, seine lockere Art und sein Weltenbummler-Gerede hereingefallen. Ihr war nicht klar gewesen, dass sie ihm mit den langen Haaren auch diesen Teil seines Lebens abgeschnitten hatte. Sie hatte den Mann geheiratet, für den sie ihn damals gehalten hatte, nur um dann festzustellen, dass er in Wirklichkeit ein ganz anderer Mensch war. Heute wusste sie, dass die Scheidung unvermeidlich gewesen war. Doch sie hatte sich nie vorgestellt, dass er wieder heiraten würde. Sie hatte nie auch nur für eine Sekunde daran gedacht, dass eine andere ihn vor den Altar schleifen könnte. Oder, im Falle des Miststücks, vor den Standesbeamten. Sie fand es unerträglich, dass sich für ihn alles zum Besten entwickelt hatte, während sie sich immer noch wie eine Versagerin fühlte.

Sie rieb sich die Schläfen. Sie war keine Versagerin. Wirklich nicht. Sie hatte ihr Bestes getan. Das sagten ihr auch alle. Doch ihre Trennung hatte niemanden überrascht. Außer David, der schockiert war, als sie die Scheidung verlangte. Und ihre Mutter Frances war (wie Gemma erwartet hatte) völlig entsetzt. Beide verstanden überhaupt nicht, wie sie sich fühlte. Frances sagte grimmig, David sei das Beste gewesen, was Gemma je passiert sei. Gemma, so sagte sie, müsste schon großes Glück haben, um noch einmal so jemanden zu finden. Als Gemma erwiderte, sie hoffe doch nicht, seufzte Frances tief und sagte, sie sei undankbar. David hatte auch immer gewollt, dass sie ihm dankbar war – für das Haus, die Reisen und all den Luxus, den er ihr ermöglichte. Obwohl Gemma schöne Dinge liebte und das Geldausgeben genoss, hätte sie auf all das verzichtet, wenn er nur abends mal vor zehn nach Hause gekommen wäre.

Inzwischen hatte sie gelernt, allein zurechtzukommen. Ihr Leben war vielleicht nicht aufregend, doch es verlief nach ihren eigenen Regeln. Sie hatte die Kinder gut erzogen. Ihre beste Freundin Niamh Conran, die mit ihr in dem Salon in der City gearbeitet hatte und mittlerweile ihren eigenen Salon besaß, hatte Gemma einen Job mit flexiblen Arbeitszeiten angeboten, den Gemma dankbar angenommen hatte. Sie hatte doch fast alles im Griff. Bis auf die Finanzen natürlich, und sie wusste, dass ihr das nie ganz gelingen würde. Sie konnte einfach nicht gut mit Geld umgehen. Das hatte David immer für sie gemacht.

Jetzt war er wieder verheiratet, und sie war wieder schrecklich verletzt. Sie hatte nicht erwartet, dass es sich so anfühlen würde. Sie hatte nicht erwartet, schockiert und entsetzt zu sein und sich irgendwie betrogen zu fühlen. Denn sie hatte erwartet, dass das Leben einfach so weiterlaufen würde wie in den letzten paar Jahren. Obwohl sie einander nicht mehr liebten, wusste sie, dass sie durch die Kinder immer noch miteinander verbunden waren. David waren die Kinder sehr wichtig. Er wollte sie regelmäßig sehen, vergaß nie ihre Geburtstage (obgleich er sich nie an ihren Hochzeitstag hatte erinnern können), und er interessierte sich sehr für alles, was sie taten.

Sie seufzte. Nun kam es ihr so vor, als habe er sich erfolgreich ein neues Leben aufgebaut, während sie nur vor sich hin lebte. Er war weitergeschwommen, während sie nur Wasser trat. Seit der Trennung war sie mit keinem Mann ausgegangen. Sie hatte nicht die geringste Lust gehabt, eine neue

Beziehung einzugehen. Sie hatte weiß Gott gar keine Zeit für eine neue Beziehung gehabt!

Er aber schon. David, der nie Zeit gehabt hatte, abends zu ihr nach Hause zu kommen, sich mit irgendetwas außer seiner Arbeit zu beschäftigen, der damals nicht einmal Zeit gehabt hatte, mit ihr zusammen Geburtstags- oder Weihnachtsgeschenke für die Kinder auszusuchen – David hatte seither genug Zeit gehabt, eine andere Frau kennenzulernen und zu heiraten. Und damit war es ihm gelungen, die Grundmauern des Lebens zu erschüttern, das Gemma sich so mühsam wieder aufgebaut hatte.

Sie stand auf und wischte sich ein paar trockene Grashalme vom Rock. Ich hasse sie, dachte sie. Und ihn hasse ich auch.

Orla O'Hennessy, bis zu diesem Nachmittag Orla O'Neill, stand im Garten von Kilkea Castle und blickte in die Ferne. Der Garten bot ein farbenprächtiges Schauspiel vor dem wolkenlosen blauen Himmel. Die Sonne brannte auf ihre Schultern hinab und wärmte sie durch den dünnen Stoff ihres Kleides hindurch.

Sie schloss die Augen. Dies war der seltsamste Tag ihres Lebens gewesen, dachte sie. Sie glaubte nicht, dass die meisten Leute den Tag ihrer Hochzeit seltsam fanden, doch für Orla war er das.

Sie konnte einfach nicht vergessen, dass David das schon einmal getan hatte. Dass er Gemma Garvey mit genau demselben Blick angesehen hatte wie jetzt Orla O'Neill, dass er dieselben Worte zu ihr gesagt und sie auch damals ehrlich gemeint hatte. Die kurze Zeremonie war nur so an ihr vorübergeflogen. Sie war verheiratet, bevor sie es noch richtig mitbekommen hatte, und dieser Gedanke erschreckte sie. Sie hatte eigentlich nicht heiraten wollen, bevor sie mindestens dreißig war, doch sie liebte David so sehr, dass ihr eine Heirat das einzig Richtige zu sein schien. Als sie ihm das erste

Mal begegnet war, hatte sie sich sofort zu ihm hingezogen gefühlt, und später, als sie schließlich ein Paar wurden, wusste sie, dass dies der Mann war, mit dem sie den Rest ihres Lebens verbringen wollte. Sie wusste, dass er sie auch liebte. Er hatte es ihr oft genug gesagt. Sie war ganz sicher, dass sie das Richtige taten. Doch sie wünschte, sie wären dazu irgendwohin gereist, wo sie sich keine Gedanken um ihre und seine Familie machen mussten, die ganz offensichtlich Schwierigkeiten mit dieser Beziehung hatten.

Orla ging den Kiesweg entlang und dachte über ihre Familien nach. Seine Eltern hatten sich eigentlich recht anständig verhalten. Vielleicht lag es daran, dass sie schon älter waren und sich nicht so viele Gedanken darüber machten, was er tat, solange er damit glücklich war. Allerdings hatte seine Mutter ihr gesagt, dass sie Gemma sehr gemocht hatte. Dass sie Gemma immer noch ab und zu sah, wenn sie mit den Enkeln zu Besuch kam, und dass das auch nicht aufhören würde, nur weil David jetzt mit Orla verheiratet war. Das hieß natürlich nicht, dass sie etwas gegen Orla habe, hatte Mrs. Hennessy hinzugefügt und Orla dabei so freundlich angelächelt, dass sie ihr sogar glaubte.

Davids Mutter hatte die ganze Sache viel lockerer genommen als Rosanna O'Neill. Orlas Mutter hielt überhaupt nichts von dieser Heirat. Orla hatte nicht erwartet, dass ihre Mutter sich darüber freuen würde, doch es hatte sie regelrecht erschreckt, wie sehr ihre Mutter dann wirklich dagegen war. Rosanna O'Neill hatte kein Blatt vor den Mund genommen.

»Bist du denn verrückt geworden?«, hatte sie gefragt. »Er ist doppelt so alt wie du. Und er ist verheiratet und hat Kinder.«

»Er ist geschieden«, erwiderte Orla ruhig. »Und er ist nicht doppelt so alt wie ich. Er ist fünfzehn Jahre und drei Monate älter als ich.«

»Ach, erzähl mir nicht so einen Unsinn.« Rosanna sah sie

voller Sorge an. »Du bist eine junge Frau. Du bist hübsch. Du hast Verstand. Du kannst einen viel Besseren haben als diesen abgelegten Mann mit seiner Familie.«

Orla schluckte die wütende Erwiderung herunter, die sie ihrer Mutter entgegenschleudern wollte. Sie konnte ja verstehen, wie es Rosanna mit dieser Sache ging. Aber sie wusste auch, dass David der einzig richtige Mann für sie war. Und sie war fest entschlossen, ihn zu heiraten. So wie er fest entschlossen war, sie zu heiraten.

Und nun war es tatsächlich geschehen. Sie hatten einander bei einer nüchternen Zeremonie auf dem Standesamt die Treue geschworen und dann im kleinen Kreis von Familie und Freunden auf Kilkea Castle gefeiert.

Es fühlte sich nur so unwirklich an, dachte Orla und setzte sich auf eines der steinernen Bänkchen. Es fühlte sich überhaupt nicht so an, als sei sie verheiratet.

Als Gemma nach Hause kam, packte sie sorgfältig alle ihre Einkäufe aus und hängte die Kleider in den Schrank. Es wäre nicht gut, wenn Keelin sie gleich entdeckte. Ihre Tochter wäre schrecklich wütend, wenn sie wüsste, dass Gemma das Familien-Budget für Trosteinkäufe auf den Kopf gehauen hatte. Sie wünschte nur, die Klamotten könnten sie auch wirklich trösten. Sie strich über den Rücken des orangefarbenen Blazers. Er war einfach wunderbar. Ein klassisches Stück. Sie würde ihn lange und immer wieder tragen können, obwohl Orange die Trendfarbe dieser Saison war. Und die Schuhe hatte sie dringend gebraucht. Vor allem die bequemen ohne Absätze. Sie stand den ganzen Tag, da waren bequeme Schuhe sehr wichtig. Dennoch, dachte sie seufzend, hätte sie lieber einige der inzwischen angesammelten Rechnungen bezahlen sollen.

Sie ging hinunter in die Küche und goss sich einen Gin-Tonic ein. Es war noch warm draußen. Der winzige Garten voller Blumen hinter dem Reihenhaus in Sandymount fing die

Sonne ein. Der Duft ihrer hellrosa Lieblingsrosen hing in der Luft und beruhigte sie. Sie brachte ihren Drink hinaus und setzte sich auf einen der hölzernen Gartenstühle. Es war friedlich hier. Es gefiel ihr beinahe.

Aber natürlich konnte es nicht dasselbe sein wie in ihrem alten Haus in Dun Laoghaire. Dieses Haus war wunderbar gewesen mit den vielen großzügigen Zimmern, der fantastischen Aussicht und der teuren Einrichtung. Ich muss verrückt gewesen sein, dachte sie plötzlich, all das aufzugeben, für diese Streichholzschachtel hier. Drei winzige Schlafzimmer. Ein Wohnzimmer. Eine Küche mit Essecke. Das gesamte Ding hätte in unser Wohnzimmer in Dun Laoghaire gepasst.

Aber ich war nicht glücklich, ermahnte sie sich. Ich war nicht glücklich mit David.

Sie sah auf die Uhr. Die Kinder würden bald nach Hause kommen. Sie leerte den Gin-Tonic mit drei großen Schlucken.

»Alles in Ordnung?«

Orla drehte sich um, als sie Davids Schritte hinter sich hörte. Sie lächelte ihn an. »Natürlich.«

»Warum sitzt du hier draußen, während alle anderen sich drinnen amüsieren?«

»Ich wollte ein paar Minuten allein sein«, erklärte sie ihm.

»Sag bloß, du bereust es schon?« Er starrte sie mit gespieltem Entsetzen an.

»Kaum.« Sie lächelte. »Ich könnte nicht glücklicher sein.«

»Was ist es dann?«, fragte er.

»Ich dachte, ich würde mich irgendwie anders fühlen«, erwiderte sie. »Ich weiß, das ist ziemlich albern. Aber ich dachte, ich würde mich tief drinnen anders fühlen, und das tue ich nicht. Ich kann gar nicht glauben, dass wir es wirklich getan haben, David.«

»Ich schon«, sagte er. »Wenn ich dich hier sehe, mit meinem Ring am Finger, dann kann ich es glauben.«

Sie lachte.

»Es wird bestimmt gut gehen, das weißt du doch?«, beruhigte er sie.

»Gut?«

»Es wird wunderbar. Ich weiß, dass du dir manchmal Gedanken machst, Orla.«

»Ich mache mir keine Gedanken.«

»Doch. Du hast Angst, es könnte mit uns nicht funktionieren.«

»Ach was, so ein Unsinn.«

»Aber ich liebe dich über alles.«

»Mehr, als du Gemma geliebt hast?« Sie musste das einfach fragen.

Er umfasste ihre Hände mit seinen und drückte sie. »Als ich Gemma geheiratet habe, dachte ich, ich liebte sie. Aber das lässt sich überhaupt nicht mit dem vergleichen, was ich für dich empfinde, Orla. Überhaupt nicht. Und obwohl ich mich eigentlich nie von ihr trennen wollte, bin ich jetzt dankbar dafür. Denn sonst hätte ich dich nie kennengelernt.«

»Kennengelernt hättest du mich schon.« Sie grinste ihn an. »Aber wir hätten eine heimliche Affäre gehabt.«

»Es ist mir wesentlich lieber, mit dir verheiratet zu sein, als eine heimliche Affäre mit dir zu haben.«

»Ich liebe dich.« Sie legte die Hand an seine Wange. »Ich liebe dich auch.« Er küsste sie auf den Mund.

Die Sonne versank hinter den Bäumen im Garten. Auf der Terrasse erschienen schattige Flecken. Gemma stand auf und machte sich noch einen Drink. Sie hatte sich geschworen, dass sie heute nicht depressiv werden würde. Doch es fiel ihr schwer. Obwohl sie Orla O'Neill eigentlich bemitleiden sollte, anstatt sie zu beneiden und zu hassen.

Sie hatte daran gedacht, zu Kilkea Castle hinauszufahren. Sich ins Hotel zu schleichen und nach David und Orla zu suchen. Nur um sich selbst davon zu überzeugen, dass sie tatsächlich geheiratet hatten. Denn im Augenblick erschien ihr das so unwirklich. Sie konnte einfach nicht glauben, dass er das getan hatte. Es kam ihr so viel endgültiger vor als damals ihre Scheidung.

Orla folgte David nach drinnen und setzte sich auf den leeren Stuhl neben Abby Johnson.

»Du siehst bezaubernd aus«, bemerkte ihre Freundin. »Wirklich fantastisch.«

»Danke.« Orla betastete ihren Hinterkopf. »Es fühlt sich an, als würde ich nur von Haarspray und Haarnadeln zusammengehalten.«

»Eine falsche Bewegung, und die ganze Pracht löst sich in Wohlgefallen auf.« Abby kicherte. »Es sieht wirklich gut aus, Orla. Und das Kleid ist toll.« Orlas Hochzeitskleid war aus cremeweißer Seide und reichte bis kurz unters Knie.

»Danke.«

»Wäre dir eine Kirche mit allem Drum und Dran lieber gewesen?«, fragte Abby.

Orla schüttelte den Kopf. »Du kennst mich doch, Abby. Von so etwas habe ich nie geträumt. Das hier passt viel besser zu mir.« Sie grinste. »Auch wenn meine liebste Mutter nicht viel davon hält.«

Beide warfen einen Blick zu Rosanna hinüber, die kerzengerade auf ihrem Stuhl saß, ein unberührtes Glas Weißwein vor sich.

»Sie wird sich schon damit abfinden«, meinte Abby. »Statistisch gesehen gibt es heutzutage bestimmt jede Menge junge Frauen, die ältere, geschiedene Männer heiraten.«

»Glaubst du?« Orla lachte. »Sie meint im Ernst, David sei ein Second-Hand-Ehemann. Nichts, was ich ihr gesagt habe, ist wirklich bei ihr angekommen, glaube ich. Ich habe ja nicht erwartet, dass sie es sofort begreift, aber ich dachte, sie würde es wenigstens irgendwie hinnehmen können. Das tut sie aber nicht. Und sie flippt jedes Mal aus, wenn sie an die Kinder denkt.« – »Und du?«, fragte Abby.

»Manchmal.« Orla biss sich auf die Unterlippe. »Seien wir mal realistisch, ich bin nur elf Jahre älter als Keelin! Rein rechtlich gesehen bin ich wohl ihre Stiefmutter. Aber ich sehe mich eigentlich eher als ihre große Schwester.«

»Und wie sieht sie das?«

Orla zuckte mit den Schultern. »Schwer zu sagen. Ich glaube, sie lehnt mich ab. Würde mir an ihrer Stelle bestimmt auch so gehen. Aber ich habe die Ehe ihrer Eltern nicht zerstört. Das hatte überhaupt nichts mit mir zu tun. Eigentlich könnte ich ihr ganz gleichgültig sein.«

»Du lädst dir mit den beiden ganz schön viel auf, das ist dir hoffentlich klar.«

»Tue ich überhaupt nicht!« Orla wurde heftig. »David trifft sie jede Woche – aber ich muss ja nicht jedes Mal dabei sein. Ich habe sie noch kaum kennengelernt, um ehrlich zu sein. Ich nehme an, dass ich sie jetzt öfter sehen werde, aber ich werde mich nicht in ihr Leben einmischen.«

»Das klingt alles so schrecklich erwachsen«, sagte Abby nachdenklich. »Und David kommt mir auch so vor.«

»Wie meinst du das?«

»Sei doch mal ehrlich, Orla, er *ist* erwachsen! Er ist älter als wir. Er ist nicht ständig pleite. Er ist anders.«

»Ich bin nicht ständig pleite«, erwiderte Orla. »Aber ich weiß, was du meinst.«

»Und dass er Vater ist, spielt doch sicher auch eine große Rolle«, fuhr Abby fort.

Orla zuckte die Achseln. »Kann sein.«

»Warum sind sie heute nicht dabei?«, fragte Abby.

»Wer?«

»Die Kinder.«

»Wir haben ewig darüber diskutiert. David hat sie eingeladen. Aber sie haben nein gesagt. Ich glaube, dass Gemmas Einfluss dahinter steckt, aber David wollte nicht, dass sie sich unter Druck gesetzt fühlen. Er ist in dieser Hinsicht wirklich sehr rücksichtsvoll. Und vielleicht wäre es emotional ein bisschen viel für sie gewesen.«

»Vielleicht.« Abby schenkte sich Wein nach. »Jedenfalls hoffe ich, dass du und David ein wunderbares Leben zusammen haben werdet, Orla. Das hoffe ich wirklich.«

»Danke.«

»Solange du meine beste Freundin bleibst und dich nicht auf einmal in eine alte, verheiratete Frau verwandelst.«

»Hältst du das für wahrscheinlich?«, fragte Orla, und beide mussten lachen.

2

Frances Garvey parkte ihren grünen VW Polo vor dem Haus ihrer Tochter und zog den Zündschlüssel ab.

»Da sind wir endlich«, sagte sie zu Keelin und Ronan. »Dass ihr mir nichts im Auto vergesst.«

»Kommst du noch mit rein, Oma?«, fragte Ronan.

Frances warf einen Blick auf ihre Armbanduhr. Es war zwar schon fast neun Uhr, aber immer noch hell. »Na gut.« Sie holte ihre Handtasche unter dem Sitz hervor. »Aber ich kann nicht lang bleiben.«

Sie wusste, Gemma wäre es nicht recht, wenn sie länger bliebe. Vor allem nicht heute. Sie folgte Keelin und Ronan den kurzen Weg hinauf und verzog das Gesicht, als ihr Enkelsohn auf die Klingel drückte und den Finger einfach auf dem Knopf ließ.

Gemma öffnete die Tür. Ronan sauste an ihr vorbei ins Wohnzimmer. Gemma hörte, wie er den Fernseher einschaltete.

»Hallo«, sagte Keelin und ging sofort nach oben in ihr Zimmer.

»Hallo, Gemma.« Frances folgte Gemma in die Küche, wo sie zwei Becher aus dem Schrank nahm, während Gemma Wasser aufsetzte.

»Wie war es heute?«, fragte Gemma.

»Ganz gut.« Frances nahm ein Geschirrtuch und wischte die Becher aus. Gemma kämpfte gegen den Drang, ihr das Tuch aus der Hand zu reißen. »Es war schrecklich voll, wie du dir sicher vorstellen kannst, trotzdem war es sehr schön. Keelin hat den ganzen Tag lang am Strand gelegen – ich habe aber dafür gesorgt, dass sie genug Sonnencreme aufträgt –

und Ronan hat ein paar andere Kinder gefunden und ist mit denen zum Fußballspielen gegangen. Wir hatten ihn zwar nicht immer im Auge, aber wir konnten ihn laut und deutlich hören. Dein Vater und ich waren die meiste Zeit für uns. Auf dem Heimweg haben wir noch ein paar Burger und Pommes gegessen, sie haben also bestimmt keinen Hunger.«

»Keelin hat doch sicher keinen Burger gegessen.« Gemma hängte zwei Teebeutel in die fröhlich gelbe Teekanne. »Sie hat gerade eine vegetarische Phase.«

»Ja, allerdings!« Frances verzog das Gesicht. »Sie hat einen vegetarischen Burger gegessen und die ganze Zeit über Aas und tote Tiere geredet. Mir war schon ganz schlecht.«

Gemma lächelte schwach. »Ich weiß. Das macht sie zu Hause genauso.«

»Wann hat sie denn mit diesem Unsinn angefangen?«, fragte Frances. Sie wischte kurz mit dem Geschirrtuch über den Tisch und setzte sich.

»Vor ein paar Monaten«, erklärte Gemma. »Sie hat irgendeinen dämlichen Film über Massentierhaltung gesehen.«

»Das ist nicht gut für sie«, sagte Frances scharf. »Und ich bin da nicht bloß konservativ und altmodisch. Sie ist dreizehn Jahre alt. Sie ist ein Mädchen in der Wachstumsphase – ich könnte schwören, dass sie im vergangenen Monat schon wieder ein paar Zentimeter gewachsen ist. Sie braucht Vitamine und Eiweiß.«

»Ich stopfe sie ja schon mit allen möglichen Zusätzen voll.« Gemma seufzte. »Ich habe ihr Unmengen Vitaminpillen verabreicht, und dann lese ich in einer Zeitschrift, dass man Vitamine auch überdosieren kann. Man kann es einfach nicht richtig machen. Und ja, sie ist gewachsen. Wenn wir Glück haben, wächst sie vielleicht auch wieder aus dieser Vegetarier-Phase raus, wenn sie ein bisschen älter ist.«

Sie goss kochendes Wasser in die Teekanne. Aus dem Wohnzimmer drang der Lärm von Maschinengewehrfeuer herüber, unterbrochen von Triumphgeschrei – Ronan saß vor seinem neuen Computerspiel.

»Und du?«, fragte Frances schließlich. »Wie war dein Tag?«

»Nett«, antwortete Gemma. »Ich war einkaufen.«

»Hätte ich mir ja denken können«, bemerkte Frances spitz. »Das ist doch immer deine Lösung, nicht?«

»Wie meinst du das?« Gemma wandte sich um und sah ihre Mutter an.

»Ach, komm schon, Gemma! Weißt du noch, als du deine Prüfung bestanden hast? Ein Kaufrausch. Und als du das Vorstellungsgespräch hattest? Kaufrausch. Und als du die Stelle dann bekommen hast? Kaufrausch. Ich habe mir schon gedacht, dass du heute in die Stadt gehen würdest.«

»Es hilft«, verteidigte sich Gemma.

»Sofern man es sich leisten kann«, erwiderte Frances.

Gemma biss sich auf die Zunge. Ihre Mutter wusste ganz genau, dass das Geld bei ihr knapp war. Noch knapper, dachte sie, nachdem sie heute ihre Kreditkarte bis ans Limit belastet hatte. Wirklich zu dämlich! Frances hätte so etwas nie getan, dachte sie wütend. Frances wäre herumspaziert, hätte sich alles angesehen und sich gesagt, dass sie ein paar Euro für ein hübsches Tuch ausgeben könnte, und das war es dann. Wahrscheinlich hätte sie das Tuch nicht einmal gekauft. Sie wäre vernünftig gewesen. Frances war eine sehr vernünftige Frau. Wie seltsam, dachte Gemma, während sie die Teekanne zum Küchentisch brachte, dass sie zwei so unvernünftige Töchter großgezogen hatte.

»Hast du was von Liz gehört?«, fragte sie, um das Thema zu wechseln.

»Heute nicht.« Frances rührte ihren Tee um und nahm sich einen Ingwerkeks aus der Dose auf dem Tisch.

»Ich wollte nur wissen, wie es Suzy mit ihrem Arm geht«, sagte Gemma.

»Dieses dumme Kind!«, schnaubte Frances.

»Liz oder Suzy?«, fragte Gemma.

Frances warf ihr einen finsteren Blick zu. »Deine Schwester«, sagte sie. »Was hat sich Liz nur dabei gedacht, Suzy mit diesen Rollerblades fahren zu lassen? Das ist mir unbegreiflich.«

»Da kann doch nicht viel passieren«, erwiderte Gemma. »Normalerweise.«

»Suzy ist erst vier Jahre alt«, herrschte Frances sie an. »Liz hätte es wirklich besser wissen müssen.«

»Viele Vierjährige haben ihren Spaß mit Rollerblades«, protestierte Gemma. »Zugegeben, sie hätte Knieschoner und so weiter tragen sollen, aber es war doch schließlich nur ein glatter Bruch, oder? Diese ganze Schutzkleidung hätte das wahrscheinlich auch nicht verhindert.«

»Ich habe Liz jedenfalls gesagt, sie sollte endlich mal vernünftig werden«, erklärte Frances.

»Darin war sie noch nie besonders gut«, erwiderte Gemma.

»Keine von euch beiden«, gab Frances zurück. »Ich frage mich oft, was ich falsch gemacht habe.«

Gemma zog einen Schmollmund. Sie wollte jetzt nicht die Was-habe-ich-nur-falsch-gemacht-Predigt hören. Sie hatte sie als Mädchen schon oft genug zu hören bekommen. Als sie Frances gesagt hatte, dass sie nicht vorhatte, den Rest ihres Lebens mit Lernen zu verbringen, sondern Friseurin werden wollte. Frances war entsetzt gewesen. Das Ergebnis war die Wofür-hast-du-dann-überhaupt-Abitur-gemacht-Predigt. Als sie mit Niamh und drei weiteren Freundinnen in Urlaub gefahren war und ihre Mutter Fotos von ihnen gesehen hatte, wie sie am Strand oben ohne herumliefen und die übrige Zeit nur sehr leicht bekleidet, hatte ihr das die Anständige-Männer-mögen-keine-Flittchen-Predigt eingetragen. Und natürlich hatte Frances ihr die große, die ultimative Predigt gehalten, als Gemma verkündet hatte, dass sie sich von David scheiden lassen würde. Hätte Gemma erklärt, sie wolle David kaltblütig ermorden, hätte ihre Mutter nicht weniger missbilligend reagieren können.

Sie seufzte. Nichts, was eine ihrer Töchter je getan hatte, war für Frances gut genug gewesen. Immerhin, sagte sich Gemma, habe ich es sogar geschafft, zu heiraten. Das hat sie eine Weile bei Laune gehalten.

Ihre Schwester Liz war ein paar Jahre jünger als sie und immer noch Single. Sie hatte auch keine ernsthafte Beziehung gehabt, als sie eines Tages nach Hause kam und erklärte, sie sei schwanger. Gemma schauderte es heute noch, wenn sie sich an die Reaktion ihrer Mutter erinnerte. Glücklicherweise hatte sie Liz' Predigt damals nicht mit anhören müssen.

»Danke, dass ihr sie heute genommen habt«, brach sie das Schweigen. »Ich weiß, es ist nicht immer leicht mit ihnen.«

»Ich hätte sie nicht genommen, wenn ich gewusst hätte, dass du einkaufen gehen willst«, erwiderte Frances. »Ich hätte erwartet, dass du heute einmal über dein Leben nachdenkst, Gemma.«

»Was gibt es denn da nachzudenken?«, fragte Gemma. »Dass es beschissen ist, weiß ich.«

»Gemma!«

»Ach, hab dich doch nicht so!«, fuhr Gemma sie an. »Genau das denkst du doch, oder nicht? Dass ich eine miserable Tochter war, weil ich nicht studieren wollte. Dass ich eine miserable Ehefrau war, weil ich meinen Mann nicht halten konnte. Dass ich eine miserable Mutter bin, weil meine Tochter Vegetarierin und mein Sohn ein kleiner Rabauke ist.«

»Das denke ich keineswegs«, erwiderte Frances.

»Ach, wirklich?«

Frances seufzte tief. »Ich finde nur, du hättest vieles besser machen können«, sagte sie. »Ich meine, das musst du doch selbst denken.«

»Natürlich«, sagte Gemma. »Aber ich habe immer mein Bestes getan.« Sie schluckte schwer. Sie wollte in Gegenwart ihrer Mutter nicht weinen. Dann würde Frances glauben, sie hätte gewonnen.

»Allerdings hast du es immer noch besser gemacht als Liz«, gestand Frances ihr zu.

»Das war nicht ihre Schuld.«

Frances zog eine Braue in die Höhe. »Nicht einmal du kannst das ernsthaft denken.«

»Nicht allein ihre Schuld«, gab Gemma zu.

»Sie hätte es dem Vater sagen müssen«, befand Frances, »und dafür sorgen, dass er seinen Verpflichtungen nachkommt.«

Gemma erwiderte nichts.

»Wenigstens hat Michael alles richtig gemacht.« Frances lächelte beim Gedanken an ihren Sohn.

»Klar«, sagte Gemma. »Er hat eine gesellschaftliche Aufsteigerin geheiratet und ist nach London gezogen.«

»Debbie ist eine wunderbare Frau«, sagte Frances liebevoll. »Und sie vergöttert Michael …«

»Und sie haben zwei absolut wunderbare Kinder«, beendete Gemma den Satz ihrer Mutter. Sie hatte ihn schon Millionen Mal gehört.

»Sie sind wirklich nett«, sagte Frances. »So manierlich.«

»Und meine nicht?«

Frances sah sie verärgert an. »Das habe ich nicht gesagt.«

»Aber du denkst es vermutlich.« Gemma stand auf und stellte ihren Becher in die Spüle.

»Bei ihnen ist es eben anders«, erklärte Frances. »Debbie ist den ganzen Tag zu Hause. Sie kann sich um sie kümmern.«

»Du sagst schon wieder das Falsche«, erwiderte Gemma so gelassen wie möglich. »Ich kann mich auch um meine Kinder kümmern.«

»Natürlich kannst du das«, sagte Frances. »Debbie hat eben einfach mehr Zeit für Thomas und Polly.«

»Sicher hat sie die. Ich hatte auch mehr Zeit, als ich noch mit David verheiratet war. Aber jetzt habe ich sie nicht mehr.« Gemma knirschte mit den Zähnen. »Und ich tue mein Bestes.«

»Das weiß ich«, sagte Frances. »Ich weiß, wie viel du für sie tust. Ich meine ja nur –«

»Lass gut sein«, unterbrach Gemma sie erschöpft. »Ich weiß, dass du mir nicht absichtlich das Gefühl gibst, die schlechteste Mutter der Welt zu sein.«

»Natürlich nicht«, sagte Frances.

»Dann belassen wir es doch einfach dabei«, sagte Gemma. »Und noch einmal danke, dass du dich heute um sie gekümmert hast.«

»Du weißt doch, dass ich sie gerne nehme, wenn du mal ein bisschen Zeit für dich brauchst«, erwiderte Frances.

Aber es wäre dir lieber, sie wären wie Thomas und Polly, dachte Gemma wütend. Meine Kinder erträgst du. Seine liebst du. Die perfekten Kinder aus der perfekten Ehe meines perfekten großen Bruders.

Orla stand in dem riesigen Badezimmer und löste ihre Frisur auf. Als sie all die Nadeln und Clips herausgenommen hatte, hing ihr das Haar in klebrigen Klumpen ums Gesicht. Etwas weniger Romantisches als Haare voller Gel und Spray konnte sie sich kaum vorstellen.

Sie starrte auf ihr Spiegelbild. Ihre Wimperntusche war verschmiert, der extra lang haftende Lippenstift hatte sich verabschiedet, und ihre Augen waren vor Müdigkeit gerötet. Sie drehte das Wasser in der Dusche auf.

»Was machst du denn da?«, rief David vom Schlafzimmer her. »Ich muss mir das ganze Zeug aus den Haaren waschen«, schrie sie zurück. »Ich halte das keine Sekunde länger aus!« Sie stellte sich unter die Dusche und ließ sich das Wasser übers Gesicht laufen. Sofort fühlte sie sich wohler.

David stieß die Badezimmertür auf. »Warum?«

Sie strich sich das nasse Haar aus den Augen. »Warum was?«

»Warum hältst du es nicht mehr aus?«

»Es juckt«, erklärte sie. »Es fühlt sich an, als hätte ich eine ganze Dose Haarspray da drin.«

»Ich helfe dir.« David knöpfte sein Hemd auf.

»Du willst mir hier drin Gesellschaft leisten?«, fragte Orla.

»Oh, unbedingt.« Er zog seine Hose aus. »Du siehst wirklich aus, als könntest du Hilfe gebrauchen.«

»Da könntest du recht haben.«

»Du weißt, dass ich recht habe.« Er trat neben sie unter die Dusche und griff in ihr Haar. »Ich finde, das fühlt sich gut an.«

»Bestimmt nicht«, sagte Orla. »Es braucht ganz viel Shampoo.«

»Okay.« David ließ etwas Shampoo auf ihren Kopf tropfen und massierte es ein.

»Das ist wunderbar«, murmelte Orla.

»Und was ist mit dem Rest von dir?«, fragte er.

»Dem Rest von mir?«

»Du musst bestimmt ordentlich abgeschrubbt werden.« Er grinste sie an. »Komm her, Frau.« Er goss etwas Duschgel in seine Hände und ließ sie über ihren schlanken, straffen Leib gleiten.

»Herrlich«, seufzte sie genießerisch.

»Gefällt dir das?«, fragte er.

»Absolut.«

»Und du bist glücklich, hier zu sein?«

»Wo sollte ich denn sonst sein?«

»Bist du glücklich, dass du Mrs. Hennessy bist?«

»Mir tut jede Frau leid, die das nicht ist«, entgegnete sie.

Er schlang die Arme um sie und drückte ihren glitschigen Körper an sich. »Du weißt, dass ich dich liebe«, sagte er.

»Mm?«

»Mehr als alles andere auf der Welt«, erklärte er. »Bestimmt?«

»Versprochen.«

Sie schlang die Beine um seine Hüften, und er taumelte leicht. – »Alles in Ordnung?«, fragte sie erschrocken.

»Es ist rutschig hier drin«, sagte er. »Dafür ist die Dusche eigentlich nicht gedacht!«

»Das macht es ja so aufregend.« Sie grinste ihn an.

»Alles, was du tust, ist aufregend«, sagte David, während sie an ihm entlangglitt. »Alles.«

Keelin streckte sich auf dem Bett aus. Ihre Schultern schmerzten. Sie hatte sich heute einen Sonnenbrand geholt, obwohl sie reichlich Sonnencreme aufgetragen hatte. Aber sie war nicht ganz an die Schulterblätter gekommen, und jetzt taten sie weh.

Es war ein schrecklicher Tag gewesen. Es mochte ja gut und schön für ihre Mutter sein, auf die großartige Idee zu kommen, dass sie mit Oma und Opa einen Ausflug machen sollten, doch Keelin hatte keine Lust gehabt. Sie hatte zur Hochzeit von David und Orla gehen wollen. David hatte sie gefragt, ob sie kommen wollte, doch damals war sie sich nicht sicher gewesen. Er hatte ihre Unsicherheit bemerkt und ihr gesagt, sie solle sich keine Gedanken deswegen machen, es sei nicht so wichtig, und vielleicht sei es besser, wenn sie nicht käme.

Aber sie hatte eigentlich hingehen wollen. Dann wäre es ihr wirklicher vorgekommen.

Es war so seltsam gewesen, am Strand zu liegen und die ganze Zeit daran zu denken. Sie konnte kaum glauben, dass ihr Vater wieder geheiratet hatte. Dass diese Frau, Orla, nun zu ihrer Familie gehörte.

Nun, nicht so richtig, vermutlich. Und Gemma würde ausflippen, wenn sie wüsste, dass Keelin Orla als Teil der Familie betrachtete. Doch als was sonst sollte sie die Frau betrachten, die ihren Vater geheiratet hatte? Als eine flüchtige Bekannte? Sie seufzte. Sie hatte sich nicht eben gefreut, von Orlas Existenz zu erfahren. Ihr Vater hatte es ihr an einem Sonntag erzählt, als sie zum Brunch bei Bewley's saßen.

»Sie wird dir gefallen«, hatte er versprochen. »Sie ist sehr nett. Ich möchte, dass du sie kennenlernst.«

»Doch nicht etwa heute.« Keelin hatte ihn unter ihrem Pony hervor entsetzt angestarrt. Sie war nicht darauf vorbereitet, die Freundin ihres Vaters kennenzulernen. Sie zupfte an den Ärmeln ihres grünen Pullis.

»Nächstes Mal«, erwiderte David. »Wenn wir zum Bowling gehen.«

Er ging oft mit ihr zum Bowling. Das war das Einzige, was sie alle beide gut konnten und gerne machten. Sie wollte nicht, dass diese Orla sich in ihr Bowling reindrängte. Sie wollte nicht, dass sie sich in ihr Leben mischte.

Keelin hatte einen Blick auf Orla geworfen, mit ihrer roten Lockenmähne und den funkelnden Augen und den ultraschicken Klamotten, und sie konnte nicht glauben, dass die ihren Vater heiraten wollte. David war geradezu uralt im Vergleich zu dem Mädchen, das da neben ihm stand und jung und lebhaft und lustig wirkte.

Keelin konnte nicht anders, als sie mit Gemma zu vergleichen, die ständig mit gerunzelter Stirn herumlief und nicht im Traum daran denken würde, einen Rock zu tragen, der höher als einen Zentimeter über dem Knie endete. Gemma konnte durchaus auch schick sein – Keelin wusste, dass viele von Gemmas Kleidern sogar sehr modisch waren – aber sie hatten so etwas unübersehbar Reifes an sich, was man von dem himmelblauen Minirock, den Orla an jenem Tag trug, weiß Gott nicht behaupten konnte.

Keelin wollte Orla nicht mit Gemma vergleichen. Da gab es nichts zu vergleichen.

»Ich kann das einfach nicht!« Orla hatte soeben die zweite Kugel in Folge in die Rinne geschickt. Bisher hatte sie einen einzigen Pin getroffen. »Du musst mir zeigen, wie du das machst, Keelin.«

»Ich weiß nicht, wie ich das mache.« Keelin sah nicht zu ihr auf, sondern hob ihre Neunerkugel auf und stellte sich vor Bahn Zwei. Sie lief auf die Bahn zu und ließ die Kugel los, wobei sie ihr einen leichten Linksdrall gab, womit sie prompt einen Strike erzielte.

»Du musst mir das unbedingt zeigen«, sagte Orla wieder.

Keelin zuckte mit den Schultern und setzte sich. Sie ließ sich das lange, schwarze Haar ins Gesicht fallen und tat, als konzentriere sie sich auf den Punktestand, wobei sie die finsteren Blicke ihres Vaters ignorierte, der sich offensichtlich nicht traute, etwas zu sagen. Sie spürte, wie wütend er auf sie war, doch sie würde es ihm nicht so leicht machen. Er hatte es ihr auch nicht gerade leicht gemacht, oder? Er hatte sie im Stich gelassen. Er gab ihnen Geld, und wenn schon? Er gab ihnen nicht genug, das sagte Gemma schließlich immer wieder. Aber eigentlich ging es gar nicht ums Geld. Es war nie ums Geld gegangen.

Jetzt hatte er eine Freundin, die ihre große Schwester hätte sein können. Ihre hübsche große Schwester. Ihre sexy große Schwester. Keelin erschauerte. Sie fühlte sich damit ganz und gar nicht wohl. Es war irgendwie unwirklich.

Orla hätte sie bestimmt nicht auf ihrer Hochzeit haben wollen. David hatte gesagt, dass sie Keelin gern dabeihaben wollte; aber an Orlas Stelle hätte Keelin nicht gewollt, dass die Kinder ihres neuen Mannes dabei waren und sie daran erinnerten, dass er schon einmal verheiratet gewesen war. Dass dies nicht das erste Mal war. Dass sie einen Mann im mittleren Alter heiratete. Machte sie sich Gedanken darum, dass ihr frischgebackener Ehemann vierzig Jahre alt war? Störte es sie? Fragte sie David nach der Zeit, als er noch mit Gemma verheiratet gewesen war? Als er mit ihnen in dem großen Haus in Dun Laoghaire gewohnt und Keelin ein riesiges Zimmer mit viel Platz für all ihre Sachen gehabt hatte statt der Schuhschachtel, in der sie jetzt wohnte.

»Darf ich reinkommen?« Gemma klopfte an, und Keelin setzte sich auf.

»Hallo«, sagte Keelin.

»Hallo.« Gemma setzte sich auf die Bettkante. Sie betrachtete ihre Tochter nachdenklich. Keelin sah müde aus, befand Gemma. Ihre dunkelblauen Augen blickten ernst, und das Haar fiel ihr wirr um die verbrannten Schultern. »Hattest du einen schönen Tag?«, fragte Gemma.

»Ging so«, antwortete Keelin.

»Deine Schultern sind ein bisschen rot.«

Keelin zuckte die Achseln. Das tat weh. »Ich bin nicht überall hingekommen.«

»Soll ich dir ein bisschen Aftersun-Lotion drauftun?«

»Hab ich schon.«

»Hast du das Aloe-Vera-Gel genommen?«, fragte Gemma. »Das kühlt ganz gut.«

Keelin schüttelte den Kopf.

»Ich hol es dir«, sagte Gemma. Sie holte die Flasche mit dem grünen Gel und verteilte es vorsichtig auf Keelins Schultern.

»Danke«, sagte Keelin.

»Wie war's denn mit Oma und Opa?«, erkundigte sich Gemma und schraubte die Flasche wieder zu.

»Wie immer«, erwiderte Keelin. »Oma hat Opa gesagt, was er tun soll, und er hat's getan.«

Gemma lachte, und Keelin lächelte sie vorsichtig an.

»Armer alter Opa«, sagte Gemma. »Er wusste ja nicht, worauf er sich da einlässt, als er deine Oma geheiratet hat.«

Plötzlich herrschte Schweigen.

»Was hast du denn gemacht?«, fragte Keelin.

»Ach, dies und das«, antwortete Gemma. »Ich hab ein paar Sachen gekauft.«

»Ich dachte, wir haben kein Geld.«

Gemma verzog das Gesicht. »Haben wir auch nicht.«

»Wie konntest du dir dann ein paar Sachen kaufen?«

»Wir haben nicht viel Geld«, erklärte Gemma, »aber wir sind nicht völlig verarmt, Keelin.«

»Es war jedenfalls nicht genug Geld da, um mir eine Lederjacke zu kaufen«, sagte Keelin.

»Nein«, erwiderte Gemma und errötete. Die schwarze Lederjacke mit den verchromten Reißverschlüssen, die Keelin wollte, hatte ihr nicht gefallen. Sie hatte ihrer Tochter erklärt, sie bräuchten ihr Geld für wichtigere Dinge als eine völlig überteuerte Jacke. Aber sie hatte weniger gekostet als die Tasche von Brown Thomas.

»Ich suche mir für die restlichen Sommerferien einen Job.«

»Was denn für einen Job?«

»Weiß nicht«, sagte Keelin. »Aber ich will ein bisschen eigenes Geld haben.«

»Schön«, sagte Gemma. »Das ist eine gute Idee.«

Sie schwiegen sich wieder an.

»Hast du gehört, wie die Hochzeit gelaufen ist?«, fragte Keelin schließlich.

»Nein«, erwiderte Gemma. »Woher denn auch?«

Keelin zuckte mit den Schultern. »Ich hab mich ja nur so gefragt.«

»Es ist bestimmt alles gut gelaufen«, sagte Gemma sanft.

»Schätze schon.«

»Du hättest hingehen können«, erklärte Gemma. »Das hätte mir nichts ausgemacht.«

»Hätte es schon«, sagte Keelin.

Gemma lächelte schwach. »Na ja, vielleicht doch. Aber ich hätte dich nicht davon abgehalten.«

Keelin biss sich auf die Lippe. »Ich glaube, Dad wollte eigentlich auch nicht, dass ich komme.«

»Er hat dich doch eingeladen, oder nicht?«

»Aber das hat er bestimmt nur aus Höflichkeit getan«, sagte Keelin. »Und nicht, weil es ihm wichtig war.«

»Ach, Keelin, natürlich bist du ihm wichtig. Er liebt dich immer noch, das weißt du doch.«

Keelin musste plötzlich mit den Tränen kämpfen. »Er zeigt es aber nicht.«

Gemma seufzte. »Genau das war ja das Problem, Keelin. Er hat es mir auch nicht gezeigt.« Sie nahm ihre Tochter in die Arme, wobei sie darauf achtete, nicht an ihre verbrannten Schultern zu kommen. »Bleibst du hier oben, oder möchtest du ein bisschen mit runterkommen?«

»Ich bleib lieber hier«, sagte Keelin. »Ich hab noch was zu tun.«

»Ist gut.« Gemma lächelte ihr zu und verließ das Zimmer.

Keelin legte sich wieder hin und schloss die Augen. Heute war so ein merkwürdiger Tag gewesen. Und es war merkwürdig, von Gemma zu hören, dass David ihr nie gezeigt hatte, wie sehr er sie liebte. Das war lächerlich. Er hatte ihr so viele Sachen gekauft. Alles, was sie wollte.

Keelin rieb sich die Augen. Sie hatte insgeheim immer gehofft, dass David zurückkommen würde. Dass Gemma merken würde, wie sehr er sie liebte. Dass sie wieder eine Familie sein könnten. Selbst nach der Scheidung hatte sie sich noch an die Hoffnung geklammert, ihre Eltern würden eines Tages doch noch merken, dass sie einander liebten.

Doch es hatte keinen Sinn mehr, sich solche Hoffnungen zu machen. Er würde nie wieder nach Hause kommen. Orla hatte alles verändert.

Dieses Biest.

3

Orla stand an der Reling und nippte an ihrem Champagner. David hatte auf dem Champagner bestanden, obwohl sie ihn eigentlich nicht besonders mochte. Zu sprudelig, hatte sie ihm erklärt, doch er hatte nur gelacht und gesagt, Champagner möge doch jeder.

Sie blickte auf den silbernen Kühler zu ihren Füßen hinab. Die Flasche Piper-Heidsieck war schon fast leer. Sie hatten sie nach dem Dinner bestellt, und David hatte das meiste davon getrunken. Es war still auf dem obersten Deck des Schiffs. Still und dunkel und friedlich. Die nächtliche Brise streichelte ihre nackten Schultern wie Balsam. Am Horizont konnte sie kleine Lichtpunkte ausmachen, die wohl entweder die Küste Floridas oder eine der Inseln der Bahamas sein mussten. Morgen früh würden sie in Nassau eingelaufen sein. Sie hatte schon immer von Flitterwochen auf den Bahamas geträumt, und es war ein seltsames Gefühl, dass dieser Traum nun Wirklichkeit geworden war. Ein chinesisches Sprichwort kam ihr in den Sinn. »Sei vorsichtig mit deinen Wünschen. Sie könnten in Erfüllung gehen.«

Sie erschauerte plötzlich und lachte gleich darauf über diesen Anflug von Angst. Sie hatte bekommen, was sie sich gewünscht hatte, und sie war die glücklichste Frau der Welt. Sie stellte das halb leere Glas ab und beugte sich über die Reling.

»Du denkst doch wohl nicht jetzt schon daran, zu springen.« David schlang die Arme um ihre Taille.

Sie wandte sich zu ihm um. »Würdest du dann reinspringen und mich retten?«

»Nein.« Er grinste sie an. »Das würde ja meinen Anzug ruinieren. Ich würde dir einen Rettungsring runterwerfen.«

»Vielen Dank.« Sie lachte und schmiegte sich an ihn. »Du bist wunderschön«, sagte David.

»Danke.«

»Das meine ich ernst.« Er blickte in ihre haselnussbraunen Augen. »So jemand wie du ist mir noch nie begegnet. Ich habe dich beobachtet. Von der Tür aus. Und ich konnte gar nicht glauben, dass dieses großartige, wunderschöne Wesen tatsächlich zu mir gehört.«

»Warum?«

»Ich weiß nicht.« Er schüttelte den Kopf. »Ich sehe dich an und denke immer, eines Tages werde ich aufwachen.«

»Ach, du spinnst doch.« Sie küsste ihn zärtlich auf den Mund. Sie standen beieinander und blickten eine Weile aufs Meer hinaus. Dann setzten sie sich in die Liegestühle, die immer noch an Deck standen. David schloss die Augen. Doch er schlief nicht ein. Er rief sich den Moment in Erinnerung, als er Orla zum ersten Mal gesehen hatte. Schon damals hatte er gewusst, dass sie ihm viel bedeuten würde. Doch er hatte gedacht, es würde rein beruflich sein. Denn so war er gewohnt zu denken. Die Leute, denen er tagsüber begegnete, waren entweder Rivalen oder Kunden. Von der Sekunde an, da Orla O'Neill zur Tür hereingekommen war, hatte er sie als Rivalin eingeordnet. Er hatte ein Seminar über Verkaufsstrategien gehalten. Das tat er jedes Mal, wenn die Gravitas Privatvorsorge neue Vertreter einstellte. Er wurde als der Top-Verkäufer der vergangenen fünf Jahre vorgestellt, jedes Jahr mit einem großen Vorsprung zum Zweitbesten. Auf dieser Schulung erklärte er den Neuen, wie sie ein Geschäft abschließen und wie viel Geld sie dabei verdienen konnten.

Er eröffnete seinen Vortrag damit, dass die besten zehn Verkäufer ihre Arbeit liebten. Und Orla O'Neill unterbrach ihn sofort.

»Sind auch Frauen unter den besten zehn?«

Er starrte sie an. Sie trug einen grauen Hosenanzug. Eine

weiße Seidenbluse. Goldene Ohrringe. Eine Goldkette. Und ihr langes rotes Haar hatte sie zu einem Pferdeschwanz zurückgebunden.

»Wie bitte?«, fragte er.

»Frauen?«, wiederholte Orla. »Sind unter den besten zehn auch Frauen?«

»Letztes Jahr nicht«, antwortete er. »Letztes Jahr waren sogar die besten fünfzehn Verkäufer alles Männer.«

»Wie kommt das?«, fragte Orla.

Er zog fragend die Brauen in die Höhe.

»Warum? Eignet sich diese Strategie besser für Männer? Fühlen sich Frauen damit vielleicht unwohl?«

»Das sollten sie nicht«, sagte David. »Und wenn, dann ist das ihr Problem, meinen Sie nicht? Schließlich hat diese Strategie mir und meiner Familie zwei Wochen in Kapstadt eingebracht, alles von der Firma bezahlt. Und einen Urlaub in Aspen, ebenfalls ein Geschenk von Gravitas. Diese Strategie ermöglicht mir die Mitgliedschaft in einem Golfclub, ein großes Auto und feine Anzüge.«

»Hugo Boss«, gab sie zurück.

»Wie bitte?«

»Ihr Anzug. Hugo Boss. Gefällt mir.« Ihre Lippen kräuselten sich zu einem leichten Lächeln.

»Danke«, sagte er. »Können wir dann fortfahren?«

Er sprach etwa eine Stunde lang. Er zeigte ihnen die Tafeln, die sie bei Verkaufsgesprächen verwendeten, auf denen etwa stand: »Hätten Sie gern ein zusätzliches monatliches Einkommen, wenn Sie in Pension gehen?«, worauf der Kunde natürlich Ja sagen musste. Er führte sie durch eine Reihe von Fragen, die sie stellen sollten, und erklärte, wie sie sie stellen sollten. Er brachte sie bis zu dem Punkt, an dem sie das Geschäft abschließen sollten.

»Und das war's.« Er lächelte in die Runde. »Sicherheit für Ihren Kunden. Ein Geschäft für Gravitas. Und Geld auf Ihrem Konto.«

In diesem Moment kam die Tagungsbetreuung herein. »Nebenan gibt es Kaffee und Kekse«, erklärte sie. »Und David steht Ihnen noch eine Weile zur Verfügung. Wenn Sie irgendwelche Fragen haben, wird er sie Ihnen gern beantworten.«

Er wartete nur darauf, dass Orla ihn etwas fragte. Er hatte sie zu der aufdringlichen Sorte gerechnet. Die Art, die einem ständig eins auswischen wollte. Als Kunden waren ihm die am liebsten. Er brachte sie immer dazu, dass sie ihm schließlich aus der Hand fraßen.

Doch sie fragte nichts. Sie stand in einer Ecke, trank ihren Kaffee und blätterte in einer Firmenbroschüre.

»Kriegen Sie das hin?« Er stellte sich neben sie.

»Was?«

»Können Sie's?«, fragte er. »Ein Geschäft abschließen?«

»Ich weiß nicht.« Sie grinste ihn an. »Aber es ist eine Herausforderung.«

»Viele Leute mögen das nicht. Weil sie dazu gezwungen werden, Ja zu sagen. Und viele Leute sind nicht gut darin, andere dazu zu bringen, dass sie Ja sagen.«

»Warum gibt es so wenig Frauen?«, fragte sie.

»Weil sie nicht gern Versicherungen verkaufen«, erklärte David ihr. »Oder weil sie die billigeren Produkte verkaufen. Sie sehen sich das Budget einer Familie an und glauben, sie müssten die Ausgaben möglichst gering halten. Also verkaufen sie ihnen etwas Billigeres.«

»Besser für die Kunden?«, fragte Orla.

»Man bekommt das, wofür man bezahlt«, erwiderte David.

Sie lachte. »Nächstes Jahr«, sagte sie, »werde ich die Nummer Eins.«

»Nein, werden Sie nicht.« Auch David lachte jetzt. »Aber ich wünsche Ihnen einen wirklich erfolgreichen Versuch.«

Sie war im darauffolgenden Jahr nicht Nummer Eins. Das war immer noch David. Sie wurde Vierte. Henry Gilpin, der

Mann, den sie auf Platz fünf verwiesen hatte, konnte es nicht fassen.

»Meinen Glückwunsch«, sagte er. »Das hätte dir wirklich niemand zugetraut.«

»Danke.« Sie lächelte und drückte ihre Trophäen an sich – eine Medaille und zwei Tickets für ein Wochenende in New York.

»Du hast es nicht ganz geschafft«, sagte David. »Aber du hast wirklich ein tolles Jahr hingelegt.«

»Ich habe mein Bestes gegeben«, sagte sie. »Der bessere Mann hat gewonnen.«

»Drei bessere Männer«, erinnerte er sie.

»Ach, da bin ich mir nicht so sicher.« Sie lächelte, und David wollte mit ihr ins Bett gehen. Es erstaunte ihn, wie stark dieser Wunsch war.

»Woran denkst du?« Ihre Stimme holte ihn in die Wirklichkeit zurück. Er riss die Augen auf.

»An dich«, sagte er. »Als wir uns zum ersten Mal begegnet sind.«

»Aha.« Sie schnitt ihm eine Grimasse. »Du warst sehr unhöflich zu mir.«

»Nein, war ich nicht!«

»Du hast mich angeschaut, als wolltest du sagen: ›Setz dich hin, Kleine, und nerv mich nicht.‹«

»So etwas würde ich nie zu dir sagen.« David starrte sie mit gespielter Angst an. »Und außerdem bist du keine Kleine. Du bist eine Amazone.«

Sie lachte. »Du weißt genau, was ich meine. Du hast versucht, mich von oben herab zu behandeln.«

»Nicht mit Absicht.«

»Mit voller Absicht«, erwiderte sie.

»Vielleicht ein bisschen«, gestand er.

Sie stand auf und reckte die Arme über den Kopf. Ihr Körper unter dem dünnen, indigoblauen Seidenkleid war lang und geschmeidig. – »Lass das«, sagte David.

»Was soll ich lassen?« – »Dich so zu strecken. Du treibst mich zur Raserei.«

Sie grinste ihn an. »Gut so.«

»Ich habe nicht genug Energie für Raserei«, erklärte er ihr. »Noch nicht.«

»Komm«, sagte sie. »Gehen wir in die Disco und tanzen.«

»Dafür habe ich erst recht nicht genug Energie«, protestierte er.

»Glaub mir«, entgegnete sie. »Es wird dir gefallen.«

Niamh und Gemma saßen zusammen vor dem Fernseher. Keelin war bei den Nachbarn babysitten. Ronan lag schon im Bett.

»Warum solltest du eifersüchtig sein?« Niamh hatte die Beine unter sich gezogen und nahm sich noch eine Praline aus der Schachtel, die vor ihnen auf dem Couchtisch lag.

»Weil sie zusammen eine Kreuzfahrt machen. Weil sie jung und hübsch ist. Weil sie so anders ist als ich.«

»Als du David kennengelernt hast, warst du jünger, als sie jetzt ist«, sagte Niamh.

Gemma verzog das Gesicht. »Aber sie sieht viel, viel jünger aus.«

»Und was hält dich davon ab, mit irgendeinem begehrenswerten jungen Mann eine Kreuzfahrt zu machen?«, fragte Niamh. »Ach, komm schon.« Gemma fuhr sich mit den Fingern durchs Haar. »Das ist ja lächerlich. Ich würde einen begehrenswerten jungen Mann nicht mal erkennen, wenn er vor mir stünde. Außerdem kann ich mir keine Kreuzfahrt leisten.«

»Leih dir das Geld«, sagte Niamh. »Du brauchst auch mal Urlaub.«

»Und was ist mit den Kindern?«, fragte Gemma. »Wenn ich einfach plötzlich verschwinde. Was glaubst du, was die anstellen würden, wenn ich nicht da bin?«

»Du könntest doch David bitten, auf sie aufzupassen.«

»David!« Gemma blickte entsetzt drein. »Auf gar keinen Fall, niemals.«

»Warum nicht?«, fragte Niamh. »Wo er jetzt mit Orla verheiratet ist, könnte er sich doch frei nehmen.«

»Du meinst, die Kinder sollen bei den beiden bleiben?«

»Klar.«

»Nein«, sagte Gemma bestimmt.

»Warum denn nicht?«

»Weil ich nicht will, dass sie bei ihr sind.«

»Das ist doch lächerlich, Gem.«

»Bestimmt nicht«, erwiderte Gemma. »Ich will einfach nicht, dass sie meine Kinder richtig kennenlernt.«

»Aber sie wird sie auf jeden Fall kennenlernen.« Niamh nahm sich noch eine Praline. »Sei doch mal realistisch, Gemma. Sie wird wohl kaum jedes Mal die Wohnung verlassen, wenn sie zu Besuch kommen.«

Gemma schluckte. »Nein.«

»Also wird sie sie kennenlernen.«

»Also gut«, sagte Gemma. »Aber ich will nicht, dass sie sich gut mit ihnen versteht. Und ich will nicht, dass sie sich gut mit ihr verstehen. Und ich will auf gar keinen Fall, dass sie bei ihm wohnen, wenn sie auch da ist.«

»Ich finde, da bist du ein bisschen unvernünftig«, bemerkte Niamh ruhig.

»Nein, bin ich nicht, verdammt noch mal!«

Niamh sagte nichts.

Gemma seufzte und rieb sich den Nacken. »Ich weiß auch nicht, warum ich so fühle«, erklärte sie Niamh. »Es ist ja nicht so, dass ich ihn noch lieben würde, wirklich nicht. Aber ich kann trotzdem nicht so leicht akzeptieren, dass jemand wie Orla O'Neill ihn heiratet. Und ich kann es absolut nicht akzeptieren, dass meine Kinder sich an sie gewöhnen.«

»Was denkst du denn, wer ihn heiraten sollte?«, erkundigte Niamh sich neugierig.

»Ich glaube, ich habe überhaupt nicht daran gedacht, dass

er je wieder heiraten könnte«, erwiderte Gemma. »Ich weiß auch nicht, was ich erwartet habe. Ich dachte wohl, es würde immer so weitergehen wie bisher. Seit der Trennung sind wir ganz gut miteinander ausgekommen.«

»Du hast den Schlussstrich gezogen«, sagte Niamh. »Nicht er.«

»Er hat mich dazu gezwungen«, entgegnete Gemma knapp. »Entweder ich oder seine Arbeit, und er hat sich für die Arbeit entschieden.«

»Und wie ist das mit dem Geld geregelt?« Niamh streckte die Hand nach der Flasche aus und schenkte von dem kalifornischen Chardonnay nach. »Ich frage wirklich nicht gern danach, Gemma, aber er sorgt doch sicher für euch.«

»Er zahlt Unterhalt für die Kinder«, sagte Gemma. »Bis sie mit der Schule fertig sind. Und wenn sie aufs College gehen, wird er die Studiengebühren bezahlen.«

»Und was ist mit dir?«

Gemma schüttelte den Kopf. »Er hat meinen Unterhalt gekürzt, als ich angefangen habe, bei dir zu arbeiten«, erklärte sie. »Er sieht nicht ein, warum er für mich bezahlen sollte, obwohl ich ihm immer wieder sage, dass zwei Kinder verdammt viel Arbeit machen und auch verdammt viel Geld kosten!« Sie errötete, als sie an das finanzielle Gemetzel dachte, das sie mit ihrer Kreditkarte angerichtet hatte. Sie würde wieder einmal sehr sparsam sein müssen. Nun lebte sie schon so lange allein und konnte immer noch nicht richtig mit ihrem Geld umgehen.

»Das glaub ich gern!«, pflichtete Niamh ihr bei. »Allerdings frage ich mich, was die neue Mrs. Hennessy sich denken wird, wenn sie merkt, wie viel er für die Kinder zahlt.«

»Es ist mir scheißegal, was sie sich dabei denkt«, erwiderte Gemma brüsk. »Es ist unser Geld, wir haben ein Recht darauf. Außerdem verdient die doch selber ein Vermögen, dieses rotgelockte dämliche Miststück!«

»Vielleicht werden sie auf lange Sicht nicht glücklich miteinander.« Niamh lenkte das Gespräch weg von den Finanzen, fragte sich jedoch gleich darauf, ob sie sich damit vom Regen in die Traufe manövriert hatte.

»Ach, hör schon auf, Niamh!« Gemma stellte ihr Glas auf den Tisch. »Warum sollten sie nicht glücklich werden? David schwebt im siebten Himmel, und was hat sie schon für Sorgen, von denen sie graue Haare oder Sorgenfalten oder so etwas bekommen sollte?«

»Wer weiß?« Niamh zuckte mit den Schultern. »Diese dürre Ziege.«

»Vielleicht geht sie mit den Jahren ein bisschen in die Breite.«

Gemma sah ihre Freundin an. »Warum?«

»Na ja, wenn sie Kinder kriegen, wird sie wohl kaum...« Sie verstummte, als sie Gemmas Miene bemerkte. »Was ist?«, fragte sie. »Was hab ich denn bloß gesagt?«

»Er will keine Kinder mehr«, erklärte Gemma. »Das hat er mir gesagt. Als Ronan fünf war, habe ich gefragt, was er von einem weiteren Kind hielte, und da hat er gesagt, er will keine mehr.«

»Aber sie vielleicht.«

Gemma zuckte die Achseln. »Das glaube ich nicht. Sie scheint genauso an ihrer Karriere zu hängen wie er, weiß Gott, warum. Das ist ein grässlicher Job. Um ehrlich zu sein, ich weiß gar nicht, wann die beiden überhaupt Zeit füreinander haben sollten!«

»Trotzdem«, wandte Niamh ein. »Sie ist jung, Gemma. Sie kann sich noch gar nicht endgültig entschieden haben.«

»Offenbar schon.«

»Ich wette, sie ändert ihre Meinung.«

Gemma griff nach ihrem Glas und trank einen Schluck Wein. »Ich will aber nicht, dass sie Kinder kriegt.«

»Warum nicht?«, fragte Niamh. »Dann bekommt er sie zumindest mal in der weniger glamourösen Rolle als Still- und Wickelmaschine zu sehen.«

»Es wäre mir aber lieber, wenn sie keine kriegt«, beharrte Gemma. »Der Gedanke, sie könnten Kinder haben, gefällt mir nicht.«

»Warum denn?«

Gemma zuckte mit den Schultern. Plötzlich war ihre Wut verflogen, und ihre Stimme zitterte. »Ich – na ja, jetzt bin ich die Mutter seiner Kinder. Damit bin ich für ihn einzigartig. Wenn sie welche bekommt, liebt er ihre Kinder vielleicht mehr als Keelin und Ronan.«

»Ach, Gemma, nicht doch.« Niamh beugte sich vor und legte einen Arm um ihre Freundin. »Das würde er bestimmt nicht tun. Das weißt du doch. Er vergöttert Keelin und Ronan.«

Gemma blinzelte gegen die Tränen an. »Jetzt ja«, murmelte sie. »Aber wenn Orla eigene Kinder hat, könnte sich das vielleicht ändern. Das siehst du doch ein, oder?«

»Er würde sie nicht mehr lieben«, sagte Niamh bestimmt. »Er würde sie auch lieben, aber nicht mehr als deine beiden.«

Gemma holte ein Taschentuch aus der Tasche ihrer Jeans und schnäuzte sich. »Er hat sich nie für sie interessiert«, erklärte sie. »Nicht so richtig.«

Niamh sagte nichts darauf.

»Natürlich hat er mit ihnen gespielt. Aber er ist nicht der geborene Vater. Wenn er mit ihnen geredet hat, kam es einem immer so vor, als spreche er mit Erwachsenen. Er hat nie bedacht, dass sie kleine Kinder waren.«

»Und wie ist das jetzt?«, fragte Niamh.

»Ich weiß nicht.« Gemma seufzte. »Wenn er sie abholt, sage ich Auf Wiedersehen, und das ist alles. Ich erlebe sie nie zusammen. Das war Teil der Vereinbarung.«

»Tut mir leid, Gem«, sagte Niamh. »Es tut mir leid, dass es nicht so gelaufen ist, wie du erwartet hattest.«

»Mir auch«, erwiderte Gemma traurig. »Wenn wir noch verheiratet wären, hätte ich vielleicht mit ihm diese Kreuzfahrt gemacht!«

»Hat er dafür bezahlt?«, fragte Niamh neugierig. »Oder war das eine von seinen Prämien dieses Jahr?«

Gemma lächelte etwas zittrig. »Ich weiß nicht. Vielleicht haben die beiden zusammen der Firma genug eingebracht, dass sie ihnen die Flitterwochen geschenkt haben!«

»Du hast aber auch ein paar tolle Reisen gekriegt«, gemahnte Niamh sie.

»Aspen«, erinnerte sich Gemma, »und Kapstadt. Kapstadt war toll!« Sie seufzte. »Das fehlt mir, Niamh. Mir fehlt das verdammte Geld. Ich hasse es, die ganze Zeit sparen zu müssen. Ich kann das sowieso nicht. Ich sehe etwas und will es haben, also kaufe ich es. Außerdem«, sie verzog das Gesicht, »kann ich den Kindern nicht ständig sagen, dass wir uns dies und jenes nicht leisten können. Sie haben ein Recht auf alles, was er ihnen ermöglichen kann. Ich bin diejenige, die in Sackleinen herumlaufen müsste!«

Niamh lachte. »Es könnte schlimmer sein«, sagte sie zu Gemma. »Du könntest immer noch mit ihm verheiratet sein.«

»Oder sogar noch schlimmer«, sagte Gemma mit erzwungener Fröhlichkeit. »Ich könnte immer noch mit ihm verheiratet sein wollen!«

4

Es war heiß in Nassau. Orla saß am Strand im Schatten einer Palme und wartete auf David. Sie streckte die Beine vor sich aus und suchte nach Anzeichen für einen Sonnenbrand. Nichts zu sehen, dank der Unmengen Sunblocker, die sie benutzte. Im Gegensatz zu David mit seinem dunklen Haar und der elfenbeinfarbenen Haut bekam Orla leicht einen Sonnenbrand. Obwohl sie die Wärme der Sonne liebte, suchte sie stets Schutz im Schatten.

Sie lehnte sich an die Palme und schloss die Augen. Sie waren schon fast wieder auf dem Schiff gewesen, als David sich räusperte und sie beschämt ansah.

»Was ist?«, fragte sie.

»Ich muss noch mal zurück zu den Läden«, erklärte er.

»Warum?«

»Ich möchte ein paar Mitbringsel für die Kinder kaufen.«

Sie sah ihn erstaunt an. »Warum hast du das denn nicht vorhin gemacht?«, fragte sie. »Als wir die ganze Bay Street rauf und runter gelaufen sind? Oder auf dem Strohmarkt? Da gab es eine Menge Sachen, die ihnen bestimmt gefallen hätten.«

»Ich weiß.« David wirkte betreten. »Ich wollte sie nur nicht unbedingt vor deiner Nase kaufen.«

»Ach, David!« Sie schlang die Arme um ihn und küsste ihn zärtlich auf den Mund. »Das ist aber wirklich albern!«

Er lächelte. »Ich weiß. Ich hatte nur das Gefühl – na ja, das sind unsere Flitterwochen, oder? Es erschien mir ein bisschen unhöflich, dir zu sagen, dass ich Geschenke für die Kinder kaufen will.«

»David, ich erwarte von dir, dass du den Kindern etwas

mitbringst«, erklärte sie ihm. »Und ich würde sie gern mit dir zusammen aussuchen. Aber nicht gerade jetzt«, fügte sie düster hinzu. »Diese endlos lange Straße schaffe ich nicht noch mal. Ich warte hier auf dich, im Schatten.«

»Danke.« Er strich ihr über den Kopf. »Ich weiß, das war idiotisch von mir, aber ich konnte nicht anders.«

Sie schlug die Augen wieder auf. Es war so typisch für David, dass er sie nicht an seine zwei Kinder erinnern wollte. Typisch, aber dumm. Seine Kinder waren ein Teil von ihm. Sie hatte nicht die Absicht, so zu tun, als gäbe es sie gar nicht, so sehr sie sich das manchmal auch wünschte.

Sie hatte sich immer noch nicht an den Gedanken gewöhnt, dass sie nun die Stiefmutter eines vierzehnjährigen Mädchens und eines elfjährigen Jungen war. Sie fühlte sich überhaupt nicht wie eine Stiefmutter. Die Vorstellung, sie könnte irgendeine Art von Autorität, wie schwach auch immer, gegenüber einem Mädchen haben, das ihre kleine Schwester sein könnte, war einfach lachhaft.

Orla hatte kein Problem damit, Leuten Befehle zu erteilen, die mit ihr arbeiteten. Die kannten ihren Platz in der Firmenhierarchie, und sie selbst kannte ihn auch. Doch sie konnte sich überhaupt nicht vorstellen, jemals Keelin Hennessy zu sagen, was sie zu tun hätte. Sie glaubte nicht, dass Keelin besonders viel für sie übrig hatte, und das konnte sie auch verstehen. Orla war sicher, dass sie große Schwierigkeiten damit hätte, wenn ihr Vater je eine andere Frau heiratete, daher konnte sie Keelins Haltung nachvollziehen. Sofern das überhaupt Keelins Haltung war. Bisher waren ihre Gespräche mit Keelin jedenfalls recht einsilbig verlaufen.

Sie erschauerte beim Gedanken an den Tag, als sie Keelin auf der Bowlingbahn kennengelernt hatte. Das war Davids Idee gewesen. Es würde helfen, das Eis zu brechen, hatte er behauptet, und Orla hatte widerstrebend zugestimmt.

Keelin hatte mit diesen dunkelblauen Augen unter dem langen schwarzen Pony hervorgestarrt und sie mit jenem gelangweilten Ton begrüßt, den Teenager Erwachsenen gegenüber gern anschlagen. Dann widmete sie sich ganz dem Spiel und sprach kein Wort mehr mit Orla. Sie schaute ziemlich angewidert drein, als Orla bei ihrem ersten Versuch die Kugel direkt in die Rinne beförderte und beim zweiten Versuch nur einen Pin streifte. Dann war Keelin dran und landete sofort einen Strike. Selbst als Orla über ihre eigene Unfähigkeit lachte und witzelte, lächelte Keelin nur abwesend und sagte: »Macht doch nichts.« Sie sorgte dafür, dass Orla sich völlig unzulänglich fühlte. Und später, als sie bei Nudeln und Salat zusammensaßen, sagte das Mädchen kaum ein Wort zu ihr.

Ihre anderen Treffen waren auch nicht besser verlaufen. David machte sich Sorgen, doch sie stimmten darin überein, dass so etwas eben seine Zeit brauchte. Es war jedenfalls kein Drama!

Von wegen, dachte Orla nun, während sie eine wunderschöne Libelle beobachtete. Dieses Mädchen mag mich einfach nicht. Und so sehr ich David liebe, ich bin nicht gerade verrückt nach seiner Tochter, auch wenn sie ganz schön viel zu verkraften hat.

Eine junge Einheimische blieb vor Orla stehen. »Wollen Zöpfe?«, fragte sie.

Orla schlug die Augen wieder auf und schüttelte den Kopf.

»Ich mache sehr hübsch.«

»Nein, danke«, sagte Orla.

»Sehr hübsch. Ganze Kopf. Halbe Kopf. Nur ein oder zwei Zöpfe. Wie du willst.«

»Ich will keine Zöpfe!« Orla schloss die Augen und ignorierte das Mädchen. Auf dem Schiff hatte man sie vor den Frauen gewarnt, die anboten, den Touristen Zöpfe zu flechten. Orla würde ihr Geld nicht für ein paar bunte Plastikperlen hinauswerfen, die beim Schlafen störten und nach ein paar Tagen wieder rausfielen.

Sie fragte sich, wie Keelin wirklich über die erneute Heirat ihres Vaters denken mochte. Machte ihr das sehr zu schaffen? Oder wurde es dadurch einfacher, dass er schon so lange aus dem Haus war? War sie Orla gegenüber einfach zurückhaltend, weil sie sie kaum kannte? Oder sah sie ihre Vorstellung von Familie durch Orla gefährdet?

Orla hatte beinahe damit gerechnet, dass die Kinder zur Hochzeit kommen würden. Sie hatte David gesagt, dass sie sie gern dabei hätte, und um ehrlich zu sein, hätte Ronan ihr nicht viel ausgemacht. Er war geradeheraus und offen und hielt seinen Vater für unfehlbar. Doch als David ihr gesagt hatte, dass sie nicht kommen würden, war sie erleichtert gewesen.

Die Vorstellung, dass Keelin sie beobachtete und Gemma genauestens Bericht erstattete, war unangenehm. Und Orla war ziemlich sicher, dass Gemma Keelin jedes Mal ausfragte, wenn sie bei David zu Besuch gewesen war.

Sie seufzte. Sie wollte nicht an Davids erste Ehefrau denken. Nicht heute. Nicht jetzt, wo alles so schön war. Sie gähnte. Die Hitze machte sie schläfrig.

»Nur ein paar Zöpfe.« Das Mädchen ließ sich neben ihr nieder. In ihrem Haar klimperten Unmengen grüner und goldener Perlen. »Gefällt dir gut. Ja, bestimmt.«

»Ich will keine Zöpfe«, sagte Orla noch einmal. »Dann bekomme ich nur einen Sonnenbrand auf dem Kopf!«

Das Mädchen lachte laut und zeigte makellose weiße Zähne. Orla musste selbst lachen.

»Kleine Zöpfe. Neben deinem Gesicht. Kein Sonnenbrand«, versprach das Mädchen.

»Ach, na gut.« Orla seufzte resigniert. Ein andermal wäre sie einfach weggegangen. Aber ihr war zu heiß, und sie kam dem Mädchen nicht aus. Sie dachte, dass die Kleine bestimmt sehr erfolgreich Versicherungen verkaufen könnte, wenn sie erwachsen war.

»Wie heißt du?«, fragte Orla.

»Coco.« Das Mädchen teilte Orlas rotglänzende Locken. »Du hast Locken, Lady.«

»Ich weiß«, sagte Orla. »Du aber auch.« Coco lachte wieder. »Such dir Farben aus.«

»Wie bitte?« – »Perlen. Welche Farben?«

»Was du meinst«, sagte Orla.

»Lila«, sagte Coco, ohne noch einmal hinzusehen. »Passt gut zu deinen Haaren.«

Geschickt verflocht sie die Strähnen zu einem dünnen Zopf. Sie wickelte das Ende in etwas Alufolie und schob die Perlen darüber. Dann verdrehte sie die Folie so, dass die Perlen nicht herausfallen konnten.

»Umdrehen«, befahl sie Orla.

Orla rutschte herum, damit Coco die andere Seite bearbeiten konnte. Sie winkte, als sie David auf sich zukommen sah.

»Was machst du da?«, fragte er.

»Wonach sieht's denn aus?«, erwiderte sie. »Ich lasse mir Zöpfe flechten.«

David sah auf die Uhr. »Wir müssen in zwanzig Minuten wieder auf dem Schiff sein«, erklärte er. »Du hast gar keine Zeit mehr dazu.«

»Ich lasse mir ja nur ein paar auf jeder Seite machen.« Orla grinste ihn an. »Coco hat mir versprochen, dass sie ganz toll aussehen werden.«

»Bestimmt.« Coco fädelte drei Perlen auf den zweiten Zopf und verdrehte die Alufolie. »Siehst du?«

Orla betrachtete sich in dem winzigen Spiegel. Sie sah aus wie eine rothaarige Version des jungen Boy George, mit ihren Zöpfen und dem Hut, den David ihr vorhin auf dem Strohmarkt gekauft hatte.

»Und was soll der Spaß kosten?«, fragte David.

»Ein paar Dollar«, sagte Orla.

»Diese Perlen kosten aber viel weniger«, protestierte er.

»Sie bezahlt mich für Zeit«, erklärte Coco ernsthaft. »Und Können.«

Orla und David mussten beide lachen, und Orla reichte Coco das Geld.

»Komm jetzt«, sagte David, »gehen wir lieber an Bord, bevor du deine Meinung änderst und dir den ganzen Kopf machen lässt.«

Sie spazierten die Gangway hinauf und hielten die Hände unter die UV-Lampe, sodass der Stempel sichtbar wurde, den sie vor dem Verlassen des Schiffs bekommen hatten.

»Da kommt man sich ja vor wie ein Spion«, brummte Orla, als sie David in die Kabine folgte. Sie ließ sich aufs Bett fallen. »Was hast du denn gekauft?«

»Bitte?«

»Für die Kinder. Was hast du ihnen gekauft?«

»Ach, nichts Großartiges.« David öffnete den Wandschrank und verstaute die Plastiktüten darin.

»Sei kein Spielverderber«, sagte Orla und setzte sich auf. »Zeig's mir.«

»Nur ein paar Kleinigkeiten«, brummte er. »Wirklich, Orla.«

Sie griff in den Schrank und holte eine rosa Plastiktüte heraus.

»T-Shirts«, sagte er jetzt. »Und Muscheln. Solche Sachen.«

Sie betrachtete ein T-Shirt mit dem Aufdruck ›Jamaica Mon‹. »Wir sind eigentlich nicht auf Jamaika«, bemerkte sie.

»Ronan ist das egal«, erwiderte David.

»Und was hast du für Keelin gekauft?« Geschickt wickelte Orla ein flaches Päckchen aus und blickte überrascht hinein. »Ein Fotorahmen?« Der Rahmen maß etwa zehn mal zehn Zentimeter und war versilbert.

»Der ist nicht für Keelin«, erklärte David. Er räusperte sich. »Er ist für Gemma.«

»Gemma.« Orla starrte ihn an. »Du hast ein Geschenk für Gemma gekauft?«

»Ich dachte, sie freut sich bestimmt darüber«, sagte David. »Sie mag Fotos. Also dachte ich, ein Bilderrahmen…« Er verstummte, als er bemerkte, dass Orla ihn weiterhin anstarrte.

»Du hast Gemma ein Geschenk gekauft?« Ihr Ton war fassungslos.

»Warum nicht?«, erwiderte er. »Ich dachte, das wäre eine nette Geste.«

Orla ließ den Rahmen aufs Bett fallen. »Warum nicht«, wiederholte sie. Sie fuhr sich mit der Hand durchs Haar, und die Perlen klapperten.

»Es ist doch nichts Besonderes«, sagte David. »Aber ich hatte das Gefühl, ich bringe den Kindern so viel mit, und ihr gar nichts. Außerdem hat sie sich in letzter Zeit wirklich sehr anständig verhalten, und ...« Er zuckte hilflos die Achseln.

»Ihr seid geschieden«, sagte Orla. »Wie soll sie sich denn sonst verhalten?«

»Sie hätte Ärger machen können«, erklärte David. »Sie hätte wegen der Kinder Theater machen können. So was in der Art.«

Orla seufzte. »Nur, weil du mich geheiratet hast, kann sie dir die Kinder nicht vorenthalten«, sagte sie. »Gemma hat nichts weiter getan als das, wozu sie verpflichtet ist.«

»Aber es geht mir darum, wie sie es getan hat«, sagte David. »Sie hat mir vieles sehr leicht gemacht, Orla. Und das weiß ich zu schätzen.«

Orla biss sich auf die Unterlippe und lächelte ihn an. »Du bist ein netterer Mensch als ich je sein werde, David Hennessy«, sagte sie.

»Nicht doch.« Er nahm sie in den Arm. »Du kannst ja jetzt gleich üben, nett zu mir zu sein. Dir fällt da bestimmt was ein.«

»Darauf kannst du dich verlassen«, sagte Orla und schlüpfte aus ihren Sandalen. »Mach dich auf was gefasst.«

Keelin war hellwach.

Sie war schon wach, seit die Vögel auf dem Dach etwa um halb fünf Uhr früh zu zwitschern begonnen hatten. Ab und an nickte sie wieder ein, doch das war nur ein Halbschlaf, aus dem sie immer wieder hochfuhr.

Sie sah auf den Radiowecker, es war fast acht Uhr. Die Sonne schien zum Fenster herein. Es würde ein sehr heißer Tag werden. Einerseits wollte sie aufstehen, andererseits hatte sie nicht die Absicht, in den Sommerferien so früh aus dem Bett zu steigen. Also lag sie da, starrte auf einen kleinen Riss in der Decke und dachte an ihren Vater und Orla O'Neill, in den Flitterwochen auf einem Kreuzfahrtschiff.

Sie hatte versucht, nicht an sie zu denken, aber sie gingen ihr einfach nicht aus dem Kopf. Sie waren ihr letzter Gedanke vor dem Einschlafen gewesen und das Erste, was ihr durch den Kopf schoss, als sie aufwachte. Ihr Vater und Orla. Ihr wurde ganz schlecht, wenn sie sich die beiden zusammen vorstellte. Hatte er sie verführt? Oder sie ihn? Egal, es war jedenfalls ekelhaft.

Tränen rannen ihr über die Wangen. Ihre Mutter konnte leicht behaupten, dass sie ohne Dad besser dran seien, aber Keelin war sich da nicht so sicher. Keelin hatte das Bewusstsein genossen, dass ihr Vater morgens da war, wenn sie aufwachte, obwohl er nicht immer da war, wenn sie schlafen ging. Es gefiel ihr, wie er sie streng ansah, wenn sie um etwas bat, und dann musste er immer lachen und sagte: »Klar.« Sie vermisste ihn. Einige Leute meinten offenbar, sie sollte ihn einfach vergessen, nur weil er jetzt woanders wohnte. Aber die hatten ja keine Ahnung – wie denn auch? Er war immer noch ihr Vater, und sie vermisste ihn.

Gemma schob sacht die Tür auf. »Bist du schon wach?«, fragte sie leise.

»Jetzt ja.« Keelin setzte sich im Bett auf.

»Ich muss zur Arbeit«, sagte Gemma. »Ronan geht heute zu Neville und Jack. Sorg dafür, dass er nirgendwo anders hingeht, ja?«

»Tue ich das nicht immer?«, erwiderte Keelin.

»Natürlich tust du das«, sagte Gemma. »Aber ich muss es

trotzdem immer wieder sagen. So ist das eben bei Müttern. Wir nörgeln.«

Der Anflug eines Lächelns huschte über Keelins Gesicht. »Allerdings.«

»Oma kommt und macht euch Abendessen«, erklärte Gemma. »Das kann ich doch machen«, entgegnete Keelin. »Niemand muss herkommen und sich um uns kümmern. Ich bin weiß Gott alt genug.«

»Das weiß ich«, sagte Gemma. »Aber ich lasse euch nicht gern den ganzen Tag allein, Keelin. Das wäre nicht in Ordnung.«

Keelin zuckte mit den Schultern. »Mir macht das nichts aus. Und Oma ist sowieso nicht gern hier.«

»Das stimmt nicht«, sagte Gemma aufgebracht.

»O doch«, gab Keelin zurück. »Sie jammert mir immer die ganze Zeit was vor.«

»Sie meint es doch nur gut«, sagte Gemma.

»Hm!« Keelin war nicht überzeugt. »Außerdem gehe ich heute zu Shauna.«

»In Ordnung«, erklärte Gemma. »Sei nur um sechs wieder zu Hause.«

Keelin verzog das Gesicht. »Vielleicht will ich aber auch länger bleiben.«

»Du kannst ja später noch mal losziehen, wenn du willst. Aber lass die Fitzpatricks in Ruhe zu Abend essen. Nimm etwas Rücksicht.«

»Mach ich doch«, erwiderte Keelin. »Ich nehme auf alle Rücksicht. Das weiß bloß niemand zu schätzen.«

»Ich schon.« Gemma setzte sich neben ihre Tochter aufs Bett. »Du weißt, dass ich dich sehr schätze, Keelin. Ich finde, du bist die beste Tochter, die man nur haben kann.«

Keelin spürte Tränen in ihren Augen brennen. Sie starrte ihre Mutter unverwandt an.

»Ich bin um acht wieder da«, versprach Gemma. »Mein letzter Termin ist um sieben.«

»Warum arbeitest du nicht an den kürzeren Tagen statt an den langen?«, fragte Keelin. »Warum musst du dann hin, wenn abends länger auf ist?«

»Weil sie mich da am meisten brauchen«, sagte Gemma. »Und ich die besten Trinkgelder bekomme. Sodass ich euch den Lebensstil ermöglichen kann, den ihr gewohnt seid!«

»Ich dachte, das macht Dad«, entgegnete Keelin.

Gemma sah sie an, doch Keelins Blick war auf das verschlungene Muster der Tagesdecke gerichtet.

»Zum Großteil«, sagte Gemma schließlich. Sie stand auf und ging zur Tür. »Dann bis später.«

»Mum?« Keelin rief sie zurück.

»Ja?«

»Werden sie Kinder haben?«

Gemma spürte einen gewaltigen Kloß in ihrer Kehle. »Ich weiß es nicht.«

»Dann wird sie nicht mehr so toll aussehen«, sagte Keelin. »Wenn sie einen dicken Bauch vor sich herschiebt.«

»Nein«, pflichtete Gemma ihr bei.

»Aber ich weiß nicht, ob ich das gut fände.«

»Vielleicht kriegen sie ja keine.«

»Vielleicht.« Aber Keelin klang nicht gerade überzeugt.

5

Der Regen prasselte auf die Erde, als David und Orla am Flughafen Dublin ankamen.

»Das glaub ich einfach nicht«, sagte Orla, als sie im Shuttlebus zum Langzeit-Parkplatz saßen. »Den Nachrichten zufolge soll das Wetter hier ganz toll gewesen sein, während wir weg waren.«

»Typisch.« Davids Laune war so düster wie die Wolken am Himmel. Der Flieger war drei Stunden zu spät in Miami gestartet, sodass sie ihren Anschlussflug in London verpasst hatten und weitere drei Stunden in der überfüllten Abflughalle in Gatwick hatten zubringen müssen. David hasste Menschenmengen.

»Macht doch nichts.« Orla kuschelte sich an ihn. »Wir sind ja bald zu Hause.«

»Ich weiß nicht, ob ich mich darauf freuen soll«, bemerkte David. »In der Wohnung ist es bestimmt eiskalt.«

»Jetzt übertreibst du aber«, erwiderte sie. »Es ist Sommer, David. So kalt wird es schon nicht sein.«

»Ha!« Er wies auf die Gänsehaut an seinem Unterarm. »Und was meinst du, woher die kommt? Von einer Hitzewelle vielleicht?«

Sie grinste. »Du musst dich eben wieder akklimatisieren.«

Orla legte den Kopf auf seine Schulter. Sie war erschöpft, doch solange David in so mieser Stimmung war, wollte sie nicht einschlafen. Sie wollte ihn aufmuntern.

Der Bus hielt in der Nähe ihres Parkplatzes, und sie rannten zum Auto. »Ich bin total durchweicht.«

»Ich auch«, keuchte Orla, »und dieses Kleid ist so dünn, dass es in nassem Zustand beinahe durchsichtig ist!«

»Tatsächlich?« David drehte den Kopf nach ihr um und trat in eine Pfütze. »Ach, Scheiße, verdammt!«

Orla unterdrückte ein Kichern und umging die Pfütze.

David kramte seinen Schlüsselbund hervor und drückte auf den Knopf für die Zentralverriegelung. Dankbar stieg Orla ein und bemühte sich, ihr nasses Kleid von der Lehne fernzuhalten.

»Na, dann«, sagte David, nachdem er das Gepäck im Kofferraum verstaut hatte. »Auf geht's.« Er drehte den Zündschlüssel um. Nichts rührte sich. Orla warf ihm einen Blick zu. Er biss die Zähne zusammen. Noch einmal drehte er den Zündschlüssel.

»Ist die Zündung feucht geworden?«, fragte sie.

»Woher, zum Teufel, soll ich das wissen?« David versuchte es noch einmal und trat dabei das Gaspedal durch.

»Der Fiat hat auch immer den Geist aufgegeben, wenn es geregnet hat«, erzählte sie ihm. »Ich musste ständig mit Pannenspray nachhelfen.«

»Das sollte bei diesem Auto nicht nötig sein«, sagte David. »Das ist ein BMW, verdammt noch mal.«

»Na ja, manchmal gibt es eben auch mit den besten Autos Schwierigkeiten. Vielleicht gießt es schon seit Stunden so.«

»Das ist mir scheißegal.« David zog am Hebel für die Motorhaube. »Deswegen sollte er trotzdem anspringen.« Er stieg aus und spähte in den Motorraum, während Orla sich auf ihrem Sitz wand, um das nasse Kleid nicht so zu spüren.

»Alles in bester Ordnung.« David knallte die Motorhaube zu. »Versuchen wir's noch mal.« Er drehte den Schlüssel. Diesmal stotterte der Motor kurz und ging dann wieder aus.

»Ist vielleicht die Batterie leer?«, fragte Orla.

»Herrgott noch mal, Orla, so was kannst du deiner Großmutter erzählen.« David sah sie angewidert an. »Ich weiß genau, was es alles sein könnte.«

»Ich will dir doch nur helfen«, erklärte sie.

»Kann sein, aber lass es trotzdem.« Er drehte den Zündschlüssel noch einmal um. Als der Motor startete, trat er das Gaspedal durch. Plötzlich erwachte der Wagen zum Leben. David ließ ihn ein paar Minuten laufen. »Siehst du.« Er wandte sich Orla zu und lächelte befriedigt. »Ich wusste doch, was es braucht.«

»Was ich jetzt wirklich brauche, ist trocken zu werden«, erklärte sie ihm zähneklappernd. »Ich bin patschnass, David. Und mir wird k-kalt.«

»Wir lassen kurz den Motor warmlaufen, und dann stelle ich die Heizung an«, sagte David. »Du wirst bestimmt schnell wieder trocken.«

Sie blickte an sich hinab. Das Kleid klebte an ihr wie eine zweite Haut. Ihr war so kalt, dass ihre Brustwarzen sich deutlich unter dem dünnen Stoff abzeichneten.

»Die sehen aus wie kleine Schrankknöpfchen«, bemerkte David.

»David!«

»Aber es stimmt doch«, wehrte er sich. »Oder Garderobenknäufe. Man könnte einen Mantel daran aufhängen.«

»Gar nicht wahr!« Aber sie musste lachen, und er ebenfalls.

»Komm her«, sagte David.

»O nein«, sagte sie. »Mir ist eiskalt, ich bin patschnass, und wir haben bestimmt nur noch ein paar Minuten, bis wir den Parkplatz verlassen müssen!«

»Wir haben Zeit«, sagte David. »Hier bezahlt man tageweise, nicht stundenweise. Komm her.«

Sie beugte sich zu ihm hinüber, und er schlang die Arme um sie. Er küsste sie zärtlich auf die Lippen. Dann knöpfte er ihr nasses Kleid auf und umschloss ihre kalten Brüste mit beiden Händen. »Davon wird dir bestimmt wieder warm«, murmelte er.

Sie bibberte. Es könnte schon erregend sein, dachte sie, aber ihr war einfach zu kalt. David hatte anscheinend vergessen, wie sehr er fror. Und wie nass er war.

»Hast du schon mal auf einem Parkplatz Liebe gemacht?«, fragte er.

»Nein«, entgegnete Orla. »Und, David, jetzt kann ich das wirklich nicht. Ich bin zu nass und zu elend. Außerdem würde man uns sehen...«

»Und wenn schon?«

»Mir ist das nicht egal«, sagte Orla. »Bitte, David.«

»Ach, schon gut.« Er ließ ihre Brüste los und setzte sich wieder aufrecht hin.

»Tut mir leid«, sagte sie. »Ehrlich, ich –«

»Ist auch egal«, sagte David.

»Aber ich will nicht, dass du denkst –«

»Es ist egal.« Er legte den Gang ein. »Du frierst und bist müde und hast keine Lust. Und um ehrlich zu sein, ich auch nicht.«

»Ich –«

»Vergiss es«, sagte er.

Er setzte zurück und fuhr zur Ausfahrt. Orla betrachtete ihn zweifelnd. Doch er beschäftigte sich mit der Heizung.

Gemma blieb eine Viertelstunde Pause bis zur nächsten Kundin, und sie beschloss, sich in das winzige Hinterzimmer zu setzen und einen Kaffee zu trinken.

Niamh mischte dort hinten gerade Haarfarbe an, als Gemma hereinkam.

»Hazelnut Glimmer?«, fragte Gemma mit Blick auf die Paste. Niamh nickte. »Da sind alle ganz wild drauf.«

Gemma strich sich das Haar aus den Augen. »Ich sollte meine auch damit färben.«

»Ich mach es dir nachher, wenn du willst«, erbot sich Niamh.

»Danke, aber ich muss nach Hause. Keelin ist heute Abend allein, und ich will nicht zu spät kommen. Sonst wird sie Ronan vermutlich erwürgen.«

Niamh nickte und brachte die Plastikschale mit der Haarfarbe nach vorn in den Salon. Gemma schaltete den Kocher ein, der stets mit Wasser gefüllt war, und gab ein paar Löffel Instantkaffee in einen knallblauen Becher.

Heute war so viel los wie schon lange nicht mehr an einem Freitag. Ihr Rücken und ihre Füße brachten sie um. Sie setzte sich auf den Hocker und wartete darauf, dass das Wasser kochte. Sie konnte hören, wie Niamh sich mit der Kundin unterhielt, während sie die Farbe auftrug. »Ja, wir haben viel zu tun«, sagte Niamh gerade, »und das ist natürlich toll für uns, aber ich weiß, die Kundinnen wünschen sich manchmal, wir wären ein paar mehr!«

Da hatte Niamh recht, dachte Gemma, sie könnten wirklich mehr Mitarbeiterinnen brauchen. Sie hatten einen tollen Kundenstamm; Niamh hatte hart daran gearbeitet, ihn über Jahre hinweg aufzubauen. Sie hatte auch viel Arbeit in die Ausstattung des Salons gesteckt, sodass die Leute sich entspannt und wohl fühlten, sobald sie hereinkamen.

Inzwischen war der Salon extrem profitabel. Vor zehn Jahren hatte Niamh den schäbigen, langweiligen Salon in Marino gekauft und ihn in den umwerfend schicken Laden verwandelt, der er jetzt war. Sie hatte Angebote von landesweiten Friseur-Ketten bekommen, die ihn aufkaufen wollten, doch sie hatte alle ausgeschlagen. Manchmal fiel es Gemma schwer, sich für Niamh zu freuen, die genau das verwirklicht hatte, was Gemma sich für ihr eigenes Leben erträumt hatte. Jedes Mal, wenn Gemma die Glastür mit dem Namenszug *Curlers* in goldenen Lettern aufstieß, stellte sie sich vor, wie es wäre, wenn sie und nicht Niamh diesen Salon gekauft hätte.

Doch stattdessen hatte sie David geheiratet und war mit Keelin schwanger geworden, und plötzlich war sie eine Mutter, die zu Hause bei ihrem Kind blieb, und nichts anderes war mehr wichtig.

Sie bereute es nicht, sagte sie sich, als sie kochendes Wasser in den Becher goss; sie bereute nicht eine Sekunde, die sie mit Keelin verbracht hatte. Oder mit Ronan. Die beiden bedeuteten ihr alles. Sie liebte sie mit einer solchen Hingabe, dass es ihr manchmal richtig Angst machte – seit ihrer Scheidung von David waren sie ihr sogar noch wichtiger als zuvor. Trotzdem war es schwer, hier hereinzukommen und zu wissen: Egal, wie gut sie war, dies war immer noch Niamhs Salon, und es war Niamh, die die Entscheidungen traf. Als sie zusammen in der City gearbeitet hatten – bevor sie David Hennessy überhaupt kennengelernt hatte –, hatte Niamh sich immer über Gemmas Ehrgeiz amüsiert.

»Einen eigenen Salon! Viel zu mühsam!«, hatte sie lachend erklärt. »Das könnte ich nie.« Und sie hatte Gemma angegrinst, auf die Uhr geschaut und Gemma gebeten, ihr die Haare zu machen, weil sie eine wahnsinnig heiße Verabredung mit irgendeinem Kerl hatte, dem sie am Abend zuvor im Tamango begegnet war.

Doch Niamh hatte sich sehr verändert. Sie war jetzt Geschäftsfrau. Sie bezeichnete sich selbst als weiblichen Junggesellen und erklärte Gemma, sie sei nicht am Heiraten interessiert, obwohl sie regelmäßig mit ein paar Männern ausging. Ihr Leben war in Ordnung, so, wie es war. Warum die Dinge komplizieren, indem sie sich dauerhaft einen Mann aufhalste? Niamh war Gemmas einzige Stütze, als ihre Ehe mit David so kläglich scheiterte, und sie bot ihr sofort eine Stelle in ihrem Salon an.

Gemma zögerte zunächst, doch bald wurde der Salon zu ihrer Rettung. Die Arbeit dort half ihr, die Dinge von einer höheren Warte aus zu sehen. Half ihr, zu erkennen, dass es richtig gewesen war, sich von David zu trennen. Also nahm sie Niamhs Angebot an, und das war das Beste, was sie je getan hatte.

Sie trank ihren Kaffee aus und spülte die Tasse. Als sie wieder in den Salon trat, öffnete ihre nächste Kundin gerade die Tür. Regen wurde in den warmen Salon geweht. Annemarie Connolly hatte Schwierigkeiten, die Tür wieder hinter sich zu schließen.

»Darf ich?« Gemma nahm ihr den tropfenden Regenschirm ab, während Annemarie die Tür schloss.

»Und so was nennt sich Juli«, stöhnte Annemarie. »Das gute Wetter letzten Monat hat uns in trügerischer Sicherheit gewiegt. Jetzt könnte man meinen, wir haben November.«

»Ja, es ist wirklich scheußlich, nicht?«, stimmte Gemma zu und nahm Annemarie den Mantel ab. Dann führte sie sie zu einem der Waschbecken. »Waren Sie denn schon in Urlaub?«, fragte sie.

»Nein.« Annemarie schloss die Augen und seufzte genießerisch, als das warme Wasser über ihren Kopf rann. »Wir fahren erst im September. September! Das ist noch Monate hin.«

»Die Zeit bis dahin vergeht bestimmt wie im Fluge«, sagte Gemma.

»Wahrscheinlich. Aber im Moment wünschte ich wirklich, es wäre schon soweit.«

Ich auch, dachte Gemma, aber nicht aus den gleichen Gründen. Ich wünschte, es wäre September, weil ich so ein furchtbar schlechtes Gewissen habe, zur Arbeit zu gehen, wenn die Kinder zu Hause sind. Ich finde es schrecklich, dass ich meine Mutter bitten muss, auf sie aufzupassen – kein Wunder, dass sie Liz und mir überhaupt nichts zutraut. Vor allem, da sie sich ja auch noch um Suzy kümmert. Und ich finde es noch schrecklicher, wenn die Kinder den ganzen Tag bei ihren Freunden verbringen. Sie knirschte mit den Zähnen beim Gedanken an diese anderen Mütter, die entweder sauer waren, weil sie ihnen ihre Kinder aufhalste, oder sie bemitleideten, weil sie als alleinerziehende Mutter gezwungen war zu arbeiten.

»Waren Sie denn schon im Urlaub?«, erkundigte sich Annemarie.

»O nein, ich doch nicht.« Gemma drehte das Wasser ab und wickelte ein Handtuch um Annemaries Kopf.

»Sie sehen angespannt aus«, bemerkte Annemarie. »Ein Urlaub würde Ihnen bestimmt guttun.«

»Ist schon eine Weile her, seit ich zuletzt verreisen konnte«, erklärte Gemma. Seit der Trennung von David war sie nur einmal verreist. Sie war mit Liz nach Südspanien geflogen – ihr erster gemeinsamer Urlaub. Und vermutlich auch der letzte, dachte Gemma. Sie hatten beide ein schlechtes Gewissen gehabt, weil sie die Kinder zu Hause gelassen hatten, und sie hatten zu unterschiedliche Interessen. Gemma wollte einfach nur in der Sonne liegen, während Liz Surfen und Paragliden ging und auch sonst alles mitmachte, was so geboten wurde. Dazu gehörte auch ein kurzer Flirt mit einem Engländer, erinnerte sich Gemma säuerlich und mit einem neidvollen Stich in der Brust. Gemma war von keinem angebaggert worden.

»Wohin geht's denn im September?«, fragte sie Annemarie und machte sich ans Schneiden.

»Jamaika.« Annemarie konnte ihre Vorfreude nicht verbergen. »Ich war noch nie dort, aber mein Freund James schon ein paar Mal. Er sagt, es sei wunderschön. Sehr romantisch!« Sie kicherte.

»Großartig«, murmelte Gemma.

Sie wollten heute wiederkommen, fiel ihr ein. David und Orla. Zurück aus dem sonnigen Paradies. Ihr vierzigjähriger Exmann und sein neues, verbessertes Modell von Ehefrau.

»Aber nicht zu viel«, mahnte Annemarie besorgt, als Gemma wieder drauflos schnippelte. »Ich möchte sie auf keinen Fall kürzer haben.«

Sie wollten sie immer keinesfalls kürzer haben, dachte Gemma gereizt. Warum, zum Kuckuck, ließen sie sich die Haare schneiden, wenn sie sie keinesfalls kürzer haben wollten?

Orla war immer noch nass und fror, als sie die Wohnung betraten. Zitternd schälte sie sich aus dem dünnen Baumwollkleid und holte ihren kuscheligsten Fleece-Pulli aus dem Kleiderschrank.

Auch David schlüpfte in Jeans und Sweatshirt. »Tut mir leid«, sagte er.

»Bitte?«

»Dass ich dich angeschnauzt habe.«

Sie sah ihn an. »Schon in Ordnung.«

»Nein«, beharrte David. »Das ist nicht in Ordnung. Ich war genervt und habe es an dir ausgelassen.«

»Du hast es doch nicht böse gemeint.«

»Das macht es auch nicht besser.« Er zog sie an sich. »Ist dir jetzt warm genug?«

»So allmählich«, antwortete sie.

Er küsste sie auf den Mund.

»Ich weiß, ich sollte mich ganz auf unsere Körperwärme verlassen«, sagte sie, »aber hättest du was dagegen, wenn wir erst mal einen Tee trinken oder so?«

»Wie romantisch!« Doch er lachte, als er sie losließ.

»Altes Ehepaar eben!« Sie grinste ihn an.

»Ich liebe dich«, sagte er.

»Ich liebe dich auch.«

Sie ging in die Küche und kochte Kaffee. Er folgte ihr. Er schob die Hände unter ihren Pulli und zog sie wieder an sich. Den Kaffee tranken sie dann doch viel später.

6

Orlas Handy begann in dem Moment zu klingeln, als sie die Wohnungstür öffnete. Das Telefon in der Wohnung läutete gleichzeitig.

»Mist«, brummte sie und kramte mit einer Hand in der Handtasche nach dem Handy, während sie zugleich mit der anderen nach dem festen Telefon griff. »Hallo, hier ist Orla, einen Moment, bitte.« Sie hatte erst das Telefon in der Wohnung abgenommen. »Hallo?«, sagte sie dann ins Handy.

»Hallo, spreche ich mit Orla O'Neill?«

»Ja.«

»Hier ist Sara Benton. Sie wollten mit mir und meinem Mann einen Termin wegen einem Rentensparplan vereinbaren.«

»O ja, Mrs. Benton, hallo. Können Sie einen Augenblick dranbleiben?« Orla legte das Handy beiseite und konzentrierte sich wieder auf das andere Telefon. »Hallo, Entschuldigung, jetzt bin ich dran.«

»Ich bin's«, sagte David. »Was ist denn los?«

»Ach, nichts«, erklärte sie. »Ich habe eine Interessentin am Handy. Ihr habt beide gleichzeitig angerufen. Kannst du in ein paar Minuten noch mal anrufen?«

»Ich wollte dir nur Bescheid sagen, dass ich heute erst später nach Hause komme«, sagte David. »Ich habe noch einen Termin bei einem Kunden. In Delgany. Der Termin ist erst um sieben.«

Orla sah auf die Uhr. Es war sechs.

»Verdammt noch mal, David«, sagte sie. »Hör mal, ich habe zu tun. Ich ruf dich wieder an.« Sie legte auf und griff wieder nach dem Handy. »Hallo, Mrs. Benton, tut mir leid, dass ich Sie habe warten lassen. Konnten Sie sich das Angebot denn schon ansehen, das ich Ihnen geschickt habe?«, fragte sie freundlich.

»Ja«, antwortete Mrs. Benton. »Und ich habe da ein paar Fragen. Na ja, mein Mann hat ein paar Fragen. Wir müssten noch einiges klären.«

Orla seufzte. Sie hatte mit Sara Benton schon alles gründlich durchgekaut. »Natürlich«, sagte sie. »Sollen wir das gleich jetzt machen?«

»Es wäre mir eigentlich lieber, wenn Sie zu uns rauskommen könnten«, erwiderte Mrs. Benton. »Maurice würde Sie auch gern kennenlernen.«

»Wann würde es Ihnen denn passen?«, fragte Orla. Es war ein gutes Zeichen, dass sie sie zu Hause aufsuchen sollte.

»Wie wäre es heute Abend?«, fragte Mrs. Benton.

»Na ja...« Orla zögerte.

»So gegen halb neun«, schlug Mrs. Benton vor. »Damit Maurice sich nach dem Abendessen noch ein bisschen ausruhen kann. Dann hat er bestimmt bessere Laune.«

Orla sank das Herz in die Kniekehlen. Die Bentons wohnten in Balbriggan, etwa dreißig Kilometer nördlich von Dublin. Sie würde etwa eine Stunde brauchen, um die Angebote mit ihnen durchzugehen. Und dann noch eine Stunde, um wieder nach Hause zu kommen. Sie stöhnte kaum hörbar. Provision hin oder her, dachte sie, es gab Grenzen!

»Sicher«, sagte sie. »Also dann, um halb neun.«

Sie zog ihren leichten Leinenblazer aus und warf ihn aufs Sofa. Anscheinend hatte sich alle Welt verschworen, um zu verhindern, dass sie auch nur einen einzigen netten Abend allein mit ihrem Mann verbrachte. Sie setzte sich hin und wählte seine Nummer.

»Hallo«, sagte sie. »Was war das mit der Besprechung in Delgany?«

»Tut mir leid, Orla«, sagte David. »Ich konnte mich da nicht rauswinden.«

»Wir wollten doch heute Abend zusammen ins Kino gehen«, erinnerte sie ihn.

»Ich weiß. Ich mach's wieder gut. Und ich hole uns auf dem Heimweg ein Video und was vom Chinesen.«

»Lass nur«, sagte sie. »Ich habe auch gerade einen Termin gemacht.«

»Tatsächlich? Mit wem?«

»Die Leute heißen Benton«, erzählte sie. »Ich rede seit einer Ewigkeit auf sie ein, und ich dachte schon, das wird nie was. Aber sie war diejenige, die gerade eben angerufen hat. Vor ein paar Monaten hat sie im Büro angerufen, und Tony Campbell hat mich gebeten, sie zu übernehmen. Ich dachte schon, er wollte mir damit bloß einen Reinfall bescheren, aber jetzt will sie, dass ich zu ihnen nach Hause komme und alles mit ihnen bespreche. Das Problem ist nur, dass sie in Balbriggan wohnen, also bist du bestimmt vor mir zu Hause, und dann musst du allein chinesisch essen.«

»Benton?« Die Verbindung knisterte. »In Balbriggan. Ist sie klein und zierlich? Mitte vierzig? Aschblond gefärbt? Trägt Klamotten im Landhaus-Stil?«

»J-ja«, sagte Orla gedehnt. »Das klingt ganz nach ihr.«

»Ich glaube, die kenne ich«, sagte David, »und wenn du da rausfährst, verschwendest du nur deine Zeit! Ich hab's letztes Jahr schon bei denen versucht. Habe ewig auf sie eingeredet. Nach meinem zweiten Hausbesuch hatte ich das Gefühl, die wollen eigentlich überhaupt nicht, und ich sollte sie lieber abschreiben. Aber ich bin hartnäckig geblieben. Wollte unbedingt abschließen. Und es war ein schlechter Monat. Sie haben sich für eine sehr teure Police interessiert. Ich habe sie dreimal zu Hause besucht, Orla, und dann haben sie doch nicht unterschrieben.«

Orla verzog das Gesicht. Das war nicht das, was sie hören wollte. »Vielleicht sind sie ja diesmal soweit«, sagte sie.

»Ich kenne diese Sorte Leute«, erklärte David bestimmt. »Mit denen wirst du kein Geschäft machen. Die finden es einfach toll, wenn jemand sie zu Hause aufsucht und Sachen mit ihnen durchspricht. Dann kommen sie sich wichtig vor. Aber sie werden nicht unterschreiben.«

»Ich versuch's mal mit meinem weiblichen Charme«, erwiderte Orla. »Diesmal wird vielleicht was draus.«

»Keine Chance«, sagte David. »Wenn ich es nicht geschafft habe, schaffst du es auch nicht.«

»So ein Blödsinn!«, rief sie verärgert.

»Also«, sagte er, »ich wette mit dir um die Provision, die dieser Abschluss dir einbringen würde, dass sie nicht unterschreiben werden.«

Orla lachte. »David, das ist doch lächerlich.«

»Wenn du überhaupt noch darauf bestehst, da rauszufahren«, fügte er hinzu. »Aber wenn du einfach zu Hause bleibst, die Füße hochlegst und wartest, bis ich mit dem Video und dem Essen komme, dann gebe ich dir die Hälfte von meiner nächsten Provision ab.«

Sie lachte wieder. »Die Provision von dem Termin heute Abend?«, fragte sie. »Für eine komplette Betriebsrente?«

»Wofür hältst du mich?«, fragte David. »Die nächste Provision, die abgerechnet wird, ist die von dem Kunden gestern Abend. Aber die ist auch nicht übel, Orla, ein neues Kostüm ist auf jeden Fall drin.«

»Danke, aber nein danke.«

»Du brauchst mir nichts zu beweisen, weißt du?« Seine Stimme wurde schwächer, als er unter einer Brücke hindurchfuhr.

»Wem soll ich etwas beweisen wollen?«

»Mir«, erwiderte David. »Du bist eine gute Verkäuferin, Orla. Du hast dich hervorragend geschlagen. Aber du brauchst dich nicht mit mir zu messen.«

»Mach ich überhaupt nicht«, sagte sie entrüstet. »Ich will erfolgreich sein. Ich will viele Policen verkaufen.«

»Ich weiß. Ich will ja auch, dass du erfolgreich bist. Aber du brauchst dich nicht umzubringen und durch die Gegend zu hetzen, solange ich genug für uns beide verdiene. Ich glaube wirklich, dass du bei den Bentons nur deine Zeit vergeudest. Ich habe diese Frau mit all meinem unwiderstehlichen Charme bearbeitet, und ich hätte ebenso gut mit einer Wand reden können! Ich bringe dir auf jeden Fall auch was zu essen mit. Falls du doch dableibst.«

»Ich wette mit dir, dass ich das Geschäft abschließen kann«, sagte Orla.

»Bis nachher«, erwiderte David. »Ich sage dir, bleib zu Hause und mach es dir gemütlich. Auf diese Weise wirst du einen sehr viel angenehmeren Abend zubringen.«

»Kann sein«, sagte Orla. »Bis später.«

Sie legte auf. Jetzt wollte sie die Bentons erst recht festnageln. Es ging ihr gar nicht darum, David etwas zu beweisen, aber für wen, zum Teufel, hielt er sich eigentlich, dass er ihr sagte, er verdiene genug für sie beide? Na schön, in den vergangenen Wochen war es bei ihr nicht so toll gelaufen, aber als Verkäuferin konnte sie es auf jeden Fall mit ihm aufnehmen.

Und außerdem, nur weil die Bentons bei David nicht unterschrieben hatten, hieß das noch lange nicht, dass sie es bei ihr auch nicht tun würden. Vielleicht war David mit Sara Benton einfach nicht zurechtgekommen, weil sie männlichen Verkäufern nicht recht traute. Vielleicht sprach sie lieber mit einer Frau. Das hoffte Orla jedenfalls. Nun war es eine Frage der Ehre, das Geschäft abzuschließen und ihm zu zeigen, dass sie nicht so war wie seine ständig etwas fordernde Frau. »Exfrau«, verbesserte sie sich laut. Gemma Garvey war verdammt noch mal seine Exfrau!

Sie stand auf, machte sich eine Tasse Kaffee und ging hinaus auf den Balkon. Trotz allem wäre sie heute Abend lieber nicht nach Balbriggan rausgefahren, aber David war sowieso nicht da, was sollte sie also zu Hause? Es war doch bestimmt besser, wenn sie beide zur gleichen Zeit außer Haus waren?

David hatte jeden Abend zu tun gehabt, seit sie aus den Flitterwochen wiedergekommen waren, und sie hatte es allmählich satt, allein in der Wohnung rumzusitzen.

Die Wohnung lag in der obersten Etage eines vierstöckigen Apartmenthauses. Sie war groß: zwei Schlafzimmer, Bad, offene Küche und ein riesiges Wohnzimmer, von dem aus man auf den Balkon gelangte und eine wunderbare Aussicht über die Dublin Bay hatte. Im Gegensatz zu Gemma hatte David sich entschieden, nach der Trennung in Dun Laoghaire zu bleiben. Die Wohnung war sehr geschmackvoll eingerichtet. David hatte eine Innenarchitektin angeheuert und ihr freie Hand gelassen, und das Ergebnis war sehr modern und sehr schick. Was genau Orlas Geschmack entsprach, doch ihre Freundin Abby meinte, sie sollte ein paar Dinge darin verändern. »Du musst ihr deinen Stempel aufdrücken«, hatte sie gesagt, als Orla ihr stolz die Wohnung gezeigt hatte. »Sie zu deiner Wohnung machen.«

Aber Orla wollte gar nichts verändern, außer vielleicht die Bronzestatue einer nackten afrikanischen Frau loswerden, die in der Ecke stand und ihr jedes Mal Schauer über den Rücken jagte, wenn sie sie ansah. Sie mochte die Designer-Böden, die hellen Pinienholz-Möbel und die pastellfarbenen Wände. Dennoch wusste sie, dass Abby recht hatte. Irgendwie war es ihr noch nicht gelungen, sie zu ihrem Zuhause zu machen. Sie hatte immer noch das Gefühl, nur zu Besuch zu sein, als sollte sie jeden Abend aufstehen und nach Hause gehen.

Sie nippte an ihrem Kaffee und starrte auf die Bucht hinaus. Hunderte kleiner Segelboote tummelten sich auf dem Wasser, und ihre bunten Segel wirkten wie lebhafte Farbkleckse vor dem tiefen Blau der See und des Himmels. David war früher gern gesegelt. Gemma konnte Boote und Segeln nicht ausstehen, und es hatte ihr nicht gepasst, dass David seine gesamte Freizeit auf dem Wasser verbrachte. Sie hatte sich ständig darüber beklagt, dass er am Samstagvormittag segeln ging. An ihm herumgenörgelt, hatte David Orla erzählt, bis er lieber das Segeln aufgab, als sich ihr Gejammer anzuhören. Das kann ich verstehen, dachte Orla und trank ihren Kaffee aus. Er hat ja sowieso kaum freie Zeit! Wenn er wieder mit dem Segeln anfangen würde, würde ich vermutlich auch nörgeln. Sie erschauerte beim Gedanken daran, in irgendetwas mit seiner Exfrau einer Meinung zu sein. Gemma hörte sich ganz nach der Sorte Frau an, die Orla verabscheute – die Sorte, die nur durch ihren Mann lebte und so etwas wie ein eigenes Leben gar nicht kannte.

Um Viertel nach sieben brach sie nach Balbriggan auf, reichlich Zeit, so hoffte sie, das Küstenstädtchen zu erreichen. Unterwegs übte sie noch einmal ihr Verkaufsgespräch, obwohl ihr absolut nichts einfiel, was sie Sara Benton nicht schon gesagt hätte. Sie hoffte nur, dass David sich irrte, und sie diesmal bereit waren, sich für einen Sparplan zu entscheiden. Sie würde sich schrecklich ärgern, wenn die Bentons nur ihre Zeit verschwendeten und ihr der Film und das chinesische Essen ganz umsonst entgingen.

Orla sprach beinahe jedes Produkt mit den Bentons durch, das Gravitas verkaufte. Sie erklärte alle bis ins Detail und beantwortete jede einzelne von Maurice Bentons pedantischen Fragen. Sie erklärte ihnen, weshalb einige der Produkte für sie nicht so geeignet waren, und versuchte solche hervorzuheben, die besser zu ihnen passten. Und als sie fertig war, dankten sie ihr für ihre Zeit und erklärten, sie würden sich bei ihr melden. Sie sagten es so, dass Orla wusste, sie würde nichts von ihnen hören.

David hatte doch recht gehabt, dachte sie, als sie den Laptop auf den Rücksitz fallen ließ. Sie hatte einen ganzen Abend an diese dämlichen Leute verschwendet. Warum hatte sie nicht auf ihn gehört? Er hatte ein Gefühl für so etwas. Er hatte viel mehr Erfahrung als sie. Er war eben doch besser als sie.

Sie bog auf die Schnellstraße ein und trat das Gaspedal

durch. Je schneller sie zu Hause war, desto besser. Dann hielt sie plötzlich die Luft an, als der Wagen heftig zur Seite ausbrach und sie mit dem Lenkrad kämpfen musste, um nicht im Graben zu landen. Ihr Herz hämmerte, und ihr Mund war ganz trocken. Aber sie wusste, was passiert war. Sie hatte einen Platten.

Niemand hielt an, um ihr zu helfen. In gewisser Hinsicht war sie sogar froh darüber, denn es wurde dunkel, und sie hätte sich nicht recht wohl dabei gefühlt, sich von Fremden helfen zu lassen. Aber es wäre schon nett gewesen, dachte sie, als sie sich damit abmühte, den Ersatzreifen aus dem Kofferraum zu hieven, wenn jemand anders ihr die schwere Arbeit abgenommen hätte.

Sie brauchte eine halbe Stunde, um den Reifen zu wechseln. Als sie fertig war, bemerkte sie die Schmutzflecken auf ihrem Kostüm. Der perfekte Ausklang eines wunderbaren Tages, dachte sie säuerlich und machte sich wieder auf den Heimweg.

Sie kam erst nach elf Uhr zu Hause an. Als sie die Tür aufschloss, sah sie David mit geschlossenen Augen auf dem Sofa liegen. Es roch durchdringend nach Süß-Sauer-Soße. Auf dem Tisch hinter ihm stand ein leerer Teller. Sie küsste ihn sacht auf den Mund.

»Hallo«, murmelte er. »Wie ist es gelaufen?«

»Frag nicht.« Sie legte Laptop und Unterlagen auf den Tisch. »Zeitverschwendung?« Er schlug die Augen auf.

»Totale Zeitverschwendung«, erwiderte sie. »Ich hätte auf dich hören sollen.«

»Ich weiß«, sagte er. »Aber einer der Gründe, weshalb ich dich so liebe, ist, dass du das nicht tust!«

»Danke.« Sie setzte sich neben ihn auf den Fußboden.

»Mach dir nichts draus.« Er fuhr ihr durchs Haar. »Du holst diesen schlechten Monat schon wieder rein.«

»Dieser Monat ist mir egal«, sagte sie. »Aber es ist mir nicht egal, wenn ich fünfundsiebzig Kilometer für nichts und wieder nichts fahre. Und dann noch einen verdammten Platten habe!«

»Oh, Orla!« Er setzte sich auf. »Im Ernst?«

»Allerdings.« Plötzlich standen ihr Tränen in den Augen. Sie blinzelte rasch, um sie zu vertreiben, doch es war zu spät. Eine Träne rann ihr über die Wange und das Kinn hinab und tropfte auf den Boden.

»Orla!« David starrte sie an. »Was hast du denn?«

»Ich bin müde.« Sie schniefte. »Ich kann nicht mehr. Ich hätte bei dir zu Hause sein sollen, und stattdessen durfte ich kilometerweit von zu Hause entfernt an der Straße das Auto aufbocken!« Sie biss sich auf die Lippe. »Tut mir leid. Das ist wirklich kein Grund zum Weinen.«

»Mein armer Liebling.« David umarmte sie und drückte sie an sich. »Ist schon gut. Ich bin ja da. Ich kümmere mich um dich.«

Sie lehnte sich an seine Brust. Es war schön, jemanden zu haben, der sich um sie kümmerte. Aber sie wünschte, sie bräuchte das nicht. Sie hatte im Triumphzug nach Hause kommen wollen, die Unterschrift der Bentons in der Tasche, anstatt ohne einen Abschluss und mit verdreckter Kleidung hereinzuschleichen. Vielleicht geht es mir doch darum, mich zu beweisen, dachte sie bitter.

»Möchtest du Tee?«, fragte David.

Sie nickte.

»Hast du dein Geschäft abgeschlossen?«, fragte sie.

»Ja«, antwortete er.

»Gratuliere«, sagte sie.

»Das nächste kriegst du«, tröstete er sie. »Ganz bestimmt.«

»Vielleicht.«

Sie fand, er hörte sich selbstgefällig an, doch das wollte sie nicht denken. David hätte bestimmt nicht gewollt, dass sie versagte, nur um recht zu behalten. Oder doch?

7

Niamh schaltete den Föhn aus, legte die Bürste beiseite, trat zurück und begutachtete Gemmas Haar. »Hazelnut Glimmer steht dir«, sagte sie. »Dein Teint sieht gleich viel frischer aus.«

»Rede doch keinen Unsinn«, erwiderte Gemma. »Ich bin keine von deinen Kundinnen!« Sie legte den Kopf schief. »Aber es gefällt mir, Niamh. Vielen Dank.«

»Gern geschehen«, sagte Niamh. »Und ich habe doch recht. Es bringt die Farbe in deinen Wangen zur Geltung. Du siehst damit gesünder aus.«

»Dafür würde ich natürlich alles tun.« Gemma seufzte. »Ich bin in letzter Zeit so träge. Alles erscheint mir so anstrengend. Und ich bin fett geworden.« Gemma kniff sich in die Taille, um Niamh ein Röllchen zu zeigen. »Sieh dir das nur an. Kein Wunder, dass David mich ausgewechselt hat.«

»David hat dich nicht ausgewechselt. Du hast ihn rausgeworfen.«

»Ja, aber wenn ich noch Größe 36 hätte…«

»Das ist doch lächerlich, Gemma.« Niamh verteilte etwas Wachs in Gemmas Pony.

»Ist es nicht«, erwiderte Gemma. »Ich war richtig dünn, als er mich kennengelernt hat. Ich weiß, er hat immer erklärt, ich sei zu dünn, aber das hat er nur so gesagt. Ich meine, man muss sich nur mal Orla O'Neill ansehen, um zu merken, dass er auf dünne Frauen steht.«

»Du hast ihn abserviert, Gemma. Und zwar, bevor er Orla O'Neill überhaupt kannte. Das hast du wohl vergessen.«

»Ich hab's nicht vergessen.« Gemma seufzte. »Wie könnte ich das vergessen? Meine Mutter redet von nichts anderem.«

Niamh trat noch einen Schritt zurück, um ihr Werk zu bewundern. »Was meinst du, Gem? Schön genug, um Samstagnacht um die Häuser zu ziehen?«

»Ich und um die Häuser ziehen?«

»Na ja, vielleicht keine Nächte in der Disco«, räumte Niamh ein. »Aber du solltest wirklich wieder mehr unter Leute gehen, Gemma. Nach der Scheidung bist du doch ständig ausgegangen.«

»Das war nur die erste Reaktion darauf«, sagte Gemma. »Und es hat mir nur gewaltige Schuldgefühle wegen der Kinder eingebracht.«

»Dein Problem ist, dass du dich ständig schuldig fühlst.« Niamh zog sich einen der bequemen Lederstühle heran und setzte sich neben ihre Freundin. »Hör auf, dir andauernd Vorwürfe zu machen, nur weil du damals den falschen Mann geheiratet hast.«

»Mach ich doch gar nicht.«

»Aber ja! Du fragst dich immer, ob es nicht doch ein Fehler war, sich von ihm zu trennen. War es nicht. Also, vergiss David, vergiss Orla, such dir selber einen netten Mann.«

Gemma lachte. »Um Himmels willen, Niamh, wer sollte sich denn für mich interessieren? Ich bin fünfunddreißig, werde langsam dick, bin ziemlich chaotisch und habe zwei Kinder.«

»Du hast bezaubernde blaue Augen, ein hübsches Gesicht, bist nicht magersüchtig. Und wenn du nicht gerade grübelst, bist du richtig lustig.«

»Und die zwei Kinder?«

»Tolle Kinder«, sagte Niamh loyal.

»Ich hab dich gern.« Gemma beugte sich hinüber und drückte ihre Freundin an sich. »Du sagst so nette Sachen.«

»Hab mal wieder ein bisschen Spaß, Gemma.« Niamh sortierte ein paar gelbe Lockenwickler ein. »Lass nicht zu, dass er dir den Rest deines Lebens ruiniert.«

Gemma seufzte. »Manchmal habe ich das Gefühl, als hätte

ich schon selbst alles ruiniert. Mit fünfundzwanzig verheiratet, zwei Kinder. Mit fünfunddreißig geschieden und zwei Kinder. Was gibt es da noch groß zu ruinieren?«

»Du bist jung, Gemma. Red dir nicht ein, dein Leben sei schon gelaufen. Ich sage dir, such dir einen Mann und hab ein bisschen Spaß. Es muss ja nichts Ernstes sein.«

»Ein Mann würde mir aber gerade überhaupt keinen Spaß machen«, erwiderte Gemma. »Obwohl es nicht fair ist, dass er so viel Spaß hat.«

»David?«

»Glaubst du etwa nicht, dass er sich gut amüsiert?«, bemerkte Gemma finster. »Wenn sich jede Nacht diese vierundzwanzigjährigen Beine um ihn wickeln?«

Niamh lachte. »Was für eine Vorstellung!«

»Es könnte natürlich auch sein, dass er gar nicht jede Nacht kann.« Gemmas Miene hellte sich auf. »Vielleicht ist sie total versessen darauf und macht ihn völlig fertig.«

»Dann kriegt er keinen mehr hoch, und sie sagt ihm dauernd, sie habe Verständnis dafür, das könne doch jedem passieren!«

»Und er ist derart gedemütigt, dass erst recht nichts mehr geht!« Gemma grinste Niamh an.

»Siehst du«, sagte Niamh. »So schlimm ist es doch gar nicht.«

Keelin Hennessy setzte sich im S-Bahn-Abteil hin und legte die Füße auf den Sitz gegenüber. Ihre Freundin Shauna ließ sich neben ihr nieder.

»Wo sollen wir denn hingehen?«, fragte Shauna. »Henry Street oder Grafton Street?«

»Die Läden in der Grafton Street sind viel zu teuer für mich«, entgegnete Keelin. »Gehen wir lieber ins ILAC-Centre. Da gibt es bessere Angebote.« Sie seufzte. »Mein Lohn ist jämmerlich.«

»Was willst du denn kaufen?«, fragte Shauna.

Keelin zuckte mit den Schultern. »Keine Ahnung. Irgendwas Neues. Was Schönes.«

»Du hast immer schöne Sachen an«, sagte Shauna.

»Machst du Witze?« Keelin wandte sich ihr zu. »Ich habe seit einer Ewigkeit nichts Neues zum Anziehen bekommen. Die Leute schauen mich bestimmt schon an und denken: ›Da kommt Keelin Hennessy, und welche Überraschung, sie trägt ihren grauen Pulli und die schwarze Jeans!‹«

Shauna grinste, als Keelin die Ärmel ihres Pullis herabzog, bis nur noch ihre Fingerspitzen zu sehen waren.

»Das ist ein schöner Pulli«, sagte sie ernsthaft. »Aber er ist vom letzten Jahr!«

»Mir gefällt er«, erwiderte Shauna. »Du musst ja auch immer jeden Trend mitmachen, Keelin Hennessy.«

Keelin lachte, und auf einmal wirkte ihr Gesicht jung und fröhlich. »Schön wär's«, sagte sie. »Aber ich will wirklich was Neues. Und ich könnte lange drauf warten, bis meine Mutter mir was kauft.«

»Ist das Geld knapp bei euch?«, fragte Shauna mitfühlend.

Keelins Miene verdüsterte sich wieder. »Das behauptet sie ständig. Aber sie hat trotzdem ein Vermögen für Klamotten ausgegeben, an dem Tag, als mein Vater geheiratet hat.«

»Frust«, schlug Shauna vor.

»Egoismus«, knurrte Keelin. »Sie predigt andauernd, dass wir Rücksicht aufeinander nehmen und vorsichtig mit unserem Geld umgehen müssen und nicht zu viel erwarten dürfen, weil jetzt alles anders ist. Und was tut sie? Kauft Blazer und Röcke und Blusen und Schuhe. Und sie ist dazu in die Grafton Street gegangen. Sparen nenne ich das nicht gerade.«

»Meinst du, das hat was damit zu tun, dass dein Vater wieder geheiratet hat?« Shauna fragte sehr vorsichtig. Obwohl sie seit der Grundschule mit Keelin befreundet war, sprachen sie nie wirklich über die Trennung ihrer Eltern. Keelin gehörte nicht zu den Mädchen, die einem alles erzählten. Und

Shauna nicht zu denen, die nachbohrten. Sie strich sich das lockige Haar aus den Augen und sah Keelin forschend an.

»Kann sein«, antwortete Keelin. »Zuerst dachte ich, es macht ihr nichts aus. Das hat sie jedenfalls immer gesagt. Aber ich schätze, es macht ihr schon was aus. Und du kennst ja meine Mum, Shauna, nichts kann sie davon abhalten, sich was zu kaufen, damit sie sich besser fühlt.«

»Und was ist mit dir?«, fragte Shauna, als der Zug in die Connolly Station einfuhr. »Macht es dir was aus?«

»Ein bisschen.« Keelin stand auf. »Manchmal. Irgendwie.« Sie drückte auf den Knopf an der Tür, und sie traten hinaus auf den Bahnsteig. »Na los«, sagte sie zu Shauna. »Wie die Mutter, so die Tochter. Gehen wir shoppen!«

Orla ging an die Bar und bestellte zwei Gin Tonics. Dann brachte sie sie an den Tisch, wo Abby sie erwartete.

»War es schön in den Flitterwochen?«, fragte Abby. »Hat die Kreuzfahrt Spaß gemacht?« Sie sah Orla bewundernd an. »Du siehst fantastisch aus.«

»Es war himmlisch«, sagte Orla. »Und ich habe fast vier Kilo zugenommen! Also ist es wohl ganz gut, dass ich kaum noch zum Essen gekommen bin, seit wir zurück sind. Du kannst dir die Unmengen von Essen auf so einem Schiff gar nicht vorstellen. Es ist schon obszön!«

»Und die Bahamas?«

»Paradiesisch«, sagte Orla. »Das Wasser war so klar, das Wetter fantastisch...« Seufzend erinnerte sie sich daran; wie sie neben David am weißen Sandstrand gelegen hatte. Sie hatte die meiste Zeit im Schatten eines riesigen Sonnenschirms verbracht, doch er hatte in der Sonne gelegen. Am Ende ihrer Ferien war sein Körper tief gebräunt, was Orla sehr sexy fand.

»Hallo!« Abby wedelte ihr mit einem Bierfilz vor dem Gesicht herum. »Erde an Orla!«

Orla errötete. »Entschuldige, ich hab mich nur an was erinnert.«

»Offensichtlich waren das schöne Erinnerungen«, sagte Abby. »Aber du wirst noch jede Menge exotische Reisen genießen, wo du doch jetzt mit Mr. Reif, Bindungswillig und Finanziell Abgesichert verheiratet bist.«

»Halt die Klappe.« Aber Orla grinste. »Er ist nicht unbedingt so, wie du ihn hinstellst.«

»Ich dachte, er sei genau so.«

»Na ja...« Orla dachte nach. »Ich denke, er ist schon bindungswillig – wir sind verheiratet! Reif? Er ist reifer als die meisten Jungs, mit denen ich so ausgegangen bin, das muss ich zugeben! Finanziell abgesichert – das hoffe ich, obwohl er ständig vor sich hin brummelt, dass er den Kindern mehr Geld geben sollte.«

»Warum?«, fragte Abby. »Hast du mir nicht erzählt, das wäre alles längst geregelt?«

»Ist es auch«, sagte Orla. »Er meint eben nur, dass er so viel wie möglich für die Kinder tun sollte.«

»Lass nicht zu, dass er es übertreibt.« Abby sah Orla mit scharfsinnigem Blick an. »Lass nicht zu, dass er sie mit Geld überschüttet, weil er Schuldgefühle hat. Du musst auch an dich denken.«

»Ich brauche sein Geld nicht«, erwiderte Orla. »Schließlich bin ich eine unabhängige Frau.«

»Aber was, wenn du selbst Kinder bekommst?«, fragte Abby. »Es wäre dir bestimmt nicht recht, dass er Keelin und Ronan sein Geld nachwirft, wenn du selber Kinder hast, oder?«

»Das ist doch noch ewig hin«, sagte Orla zuversichtlich. »Wenn ich überhaupt welche kriege.«

»Willst du denn keine Kinder?«, fragte Abby.

Orla zuckte mit den Schultern. »Vielleicht. Aber jetzt noch nicht.«

»Und wie haben seine Kinder die ganze Sache mit eurer Hochzeit aufgenommen?«

»Ich weiß nicht«, entgegnete Orla. »Er hat sie seither

noch nicht gesehen. Sie kommen am Sonntag zum Mittagessen.«

»Wow!« Abby winkte der Bedienung und bestellte noch etwas zu trinken. »Bist du auch dabei?«

»Ja.« Orla nickte. »Er meinte, ein gemeinsames Mittagessen sei eine gute Idee. Und er findet, ich sollte sie endlich mal sehen und das Eis brechen. Einen guten Anfang machen, damit alle wissen, wo sie stehen.«

»Das stelle ich mir schwierig vor«, sagte Abby.

»Für wen?« Orla tunkte den kleinen Finger in ihr Glas und rührte die Eiswürfel herum.

»Für alle«, antwortete Abby. »Für ihn ist es wahrscheinlich schwierig, weil er dich liebt und nicht will, dass du dich von seinen Kindern eingeschüchtert fühlst – oder von seiner Exfrau. Sie haben vermutlich Angst, dass du so eine Art böse Stiefmutter bist, die sie zwingen wird, irgendwas zu tun oder zu essen, was sie nicht mögen. Und dir fällt es bestimmt auch nicht leicht, ihn *und* seine Kinder zu lieben.«

»Ich muss sie ja nicht lieben«, stellte Orla richtig, »nur mit ihnen klarkommen. Und sie am Sonntag bekochen, das ist der schwierigste Teil!«

»Was willst du denn kochen?«, erkundigte sich Abby.

»Nudeln«, sagte Orla. »Keelin ist Vegetarierin, und Ronan isst gern Pasta. Und das ist auch das Einzige, was ich zustande bringe!«

»Graut dir davor?«

»Grauen? Vor dem Kochen? Ja, ein bisschen.«

»Ich meine doch nicht das Kochen, du dumme Gans! Ich weiß, dass du nicht kochen kannst. Ich meine davor, die Kinder wiederzusehen.«

Orla zuckte wieder mit den Schultern und fischte den Zitronenschnitz aus ihrem Glas. Sie saugte daran und verzog das Gesicht. Sie würde Abby nicht eingestehen, wie nervös sie wegen Sonntag tatsächlich war. Ihr graute davor, wie die beiden sie abschätzen würden. Ihr graute vor der Vorstellung, wie Keelin in der Wohnung herumlaufen und sich all ihre Sachen in dem Zuhause ansehen würde, das bisher allein ihrem Vater gehört hatte. Wegen Ronan machte sie sich weniger Gedanken, denn der schien ein ausgeglichenes, unbeschwertes Kind zu sein. Aber wer weiß?, dachte sie. Vielleicht war er eines von diesen Kindern, die auf den ersten Blick ganz friedlich wirkten, sich aber als kleine Satansbraten entpuppten. An die mürrische, trotzige Keelin wollte sie nicht einmal denken. – »Alles klar?«, fragte Abby. »Du warst schon wieder ganz weit weg.«

»Ich habe nur ans Einkaufen gedacht«, erklärte Orla. »Bis Sonntag ist noch so viel zu tun.« Sie verzog das Gesicht.

»Vergiss, was ich vorhin gesagt habe.« Abby lächelte sie an. »Das sind doch nur Kinder, die beißen schon nicht.«

»Hoffentlich hast du recht!« Orla leerte ihren Drink und winkte die Bedienung herbei, um noch einen zu bestellen.

Gemma war schon zu Hause, als Keelin von ihrer Einkaufstour zurückkehrte. Sie hörte ihre Tochter die Treppe hinauftrampeln und die Zimmertür hinter sich zuschlagen. Gemma fragte sich, was das bedeutete – hatte Keelin schlechte Laune, oder wollte sie einfach allein sein? Gemma erinnerte sich daran, wie sie sich als Kind oft schmollend in ihr Zimmer verzogen und sich doch irgendwie gewünscht hatte, Frances würde bei ihr hereinschauen und sie fragen, ob alles in Ordnung sei. Aber das hatte Frances nie getan, egal, wie sehr Gemma es sich gewünscht hatte. Allerdings, jedes Mal, wenn Gemma vorsichtig bei Keelin hereinschaute, machte ihre Tochter unmissverständlich deutlich, dass sie lieber allein sein wollte. Dennoch – Gemma seufzte. Sie hatte das scheußliche Gefühl, dass sie es bei Keelin eigentlich nur falsch machen konnte.

Sie ging ins Wohnzimmer, wo Ronan gerade die Spieler von Manchester United auf ein Sammelposter klebte.

»Sie ist ganz schön laut«, bemerkte er. – »Wer?«

»Keelin.« Ronan strich den letzten Aufkleber glatt und betrachtete zufrieden seine Sammlung. »Sie macht immer so viel Krach.«

Mutter und Sohn lächelten einander an, als Keelin ihre Stereoanlage aufdrehte und das Haus plötzlich unter ohrenbetäubendem Rap erbebte. Wenn ich ihr sage, sie soll das leiser stellen, werde ich mir vorkommen wie meine eigene Mutter, dachte Gemma. Und wenn ich es nicht tue, werden wir vermutlich taub. Sie rieb sich die Stirn. Wann hörte man eigentlich auf, ein Mensch zu sein, und verwandelte sich in eine nörgelnde Mutter?, fragte sie sich. Oder war »Nörgelnde Mutter« nur ein geistiger Zustand?

»Ich hab doch gesagt, sie macht Krach«, wiederholte Ronan. »Da hast du allerdings recht.«

Es dauerte weitere zehn Minuten, bis der Rap abgestellt wurde und Keelin die Treppe herunterkam.

»Wie war's in der Stadt?«, fragte Gemma.

»Ganz nett«, erwiderte Keelin. »Aber ich verdiene nicht genug, um mir was wirklich Hübsches zu kaufen.«

»Junge Mädchen können es sich leisten, weniger teure Klamotten zu tragen«, erklärte Gemma. »Ihr habt dafür die bessere Figur.«

Nach angespanntem Schweigen zuckte Keelin mit den Schultern und betrachtete Gemma genauer. »Hast du dir die Haare gefärbt?«

»Ja«, antwortete Gemma.

»Warum lässt du sie nicht einfach grau werden?«, fragte Keelin.

»Warum sollte ich?«, fragte Gemma zurück. »Außerdem sind sie noch gar nicht so grau!«

»Natürlich ist immer besser«, sagte Keelin.

»Wart's ab, bis du dein erstes graues Haar entdeckst. Dann hörst du dich bestimmt ganz anders an«, gab Gemma zurück. »Außerdem arbeite ich in einem Friseursalon. Da wird erwartet, dass man eine tolle Frisur hat!«

»Aber graue Haare sind doch nichts Schlimmes«, sagte Keelin. »Shaunas Mutter hat auch graue Haare.«

»Shaunas Mutter ist zehn Jahre älter als ich.«

»Ich mag Shaunas Mutter«, sagte Keelin. »Bei der weiß man wenigstens, woran man ist.« Sie wandte Gemma den Rücken zu und nahm eine Zeitschrift vom Tisch.

Gemma zügelte mühsam ihre Wut. »Möchtet ihr was essen?«, fragte sie schließlich.

»Würstchen mit Pommes«, sagte Ronan. »Das ess ich am liebsten.«

»Keelin?« Sie konnte nur mit dem Rücken ihrer Tochter sprechen. »Was hättest du gern?«

»Nichts.« Keelin blätterte die Zeitschrift durch. »Ich mach mir später selber was.«

»Du musst etwas essen«, sagte Gemma.

»Ich weiß. Ich sagte doch, später.«

»Also schön.« Gemma hatte genug. Sie wollte nicht mit ihr streiten.

»Aber lass die Würstchen nicht schwarz werden!«, rief Ronan, als sie in die Küche ging. »Und ganz viel Pommes. Und Ketchup!«

8

David verließ Orla, die gerade Paprika für einen gemischten Salat schnippelte, und fuhr Keelin und Ronan abholen. Sie blickte kaum vom Schneidbrett auf, als er sie auf die Wange küsste und sagte, er sei bald wieder da. Ihrem Gesichtsausdruck nach zu schließen konnte es ihr gar nicht lange genug dauern. Er verstand nicht, warum sie so nervös war. Es war doch nur ein Mittagessen mit ihm und den Kindern.

Er hielt vor dem Reihenhaus aus rotem Backstein, nahe der Ortsmitte von Sandymount. Sie hatte viel Geld dafür hingelegt, das wusste David, doch die Lage war ausgezeichnet, also war es eine gute Investition. Trotzdem, so dachte er, wäre es vielleicht besser gewesen, sie hätte weniger für das Haus bezahlt und mehr Geld für die alltäglichen Ausgaben zurückbehalten. Sie war völlig planlos, was Geld betraf – um diese Angelegenheiten hatte immer er sich gekümmert. Er wusste, dass sie jetzt darum kämpfte, alles am Laufen zu halten. Manchmal rief sie ihn völlig panisch an, um ihm zu erklären, sie habe es mal wieder vermasselt, ob er ihr vielleicht bis zum Monatsende ein paar Hundert leihen könnte. Meistens tat er es – jedoch nicht, ohne ihr einen Vortrag zu halten über ihr unmögliches Kaufverhalten und ihre Unfähigkeit, mit Geld umzugehen. Sie zahlte ihm das Geld immer irgendwann zurück. Aber dennoch, dachte er versonnen, sie war einfach nicht fürs Alleinleben geeignet!

Er verzog das Gesicht. Natürlich fühlte er sich nicht dafür verantwortlich, aber sie tat ihm leid. Manche Menschen konnten eben mit Geld umgehen, und andere nicht. Sie gehörte zu Letzteren, und er fühlte sich immer noch verpflichtet, ein bisschen auf sie aufzupassen. Er hatte erwartet, das nach der Scheidung anders zu sehen, doch wenn überhaupt, dann hatte er jetzt mehr denn je das Gefühl, dass er sich um sie kümmern sollte; nicht nur, um sicherzugehen, dass die Kinder ordentlich versorgt waren. Die meisten Leute erwarteten, dass er sie hasste, doch das tat er nicht. Sie würde immer ein Teil seines Lebens bleiben und er ein Teil von ihrem, so sehr sie sich beide manchmal das Gegenteil wünschten.

Gemma öffnete die Tür. Sie sah so gut aus, wie er sie lange nicht mehr gesehen hatte, fand er. Sie hatte das Haar aus dem Gesicht gekämmt, und es schien in der Morgensonne zu glitzern. Sie trug ein locker sitzendes, marineblaues Kleid mit kleinen aufgestickten Blüten. Marineblau stand Gemma. Es ließ ihre blauen Augen strahlen.

»Hallo«, sagte David.

»Hallo.« Sie lächelte ihn gezwungen an. »Sie sind gleich soweit. Möchtest du reinkommen?«

»Gern.« Er trat in den Flur und folgte Gemma in die Küche. Auf der Arbeitsfläche häufte sich Gemüse – Tomaten, Auberginen und Paprika. Es sah beinahe genauso aus wie bei ihm zu Hause. Er blinzelte. »Was wird das denn?«

»Vegetarische Lasagne«, erklärte Gemma. »Ich mache gleich mehr, dann kann ich sie in einzelnen Portionen für die Kinder einfrieren.«

»Gute Idee«, sagte David.

»Wir haben jetzt alle unterschiedliche Essenszeiten«, fuhr Gemma fort. »Keelin arbeitet in diesem Laden, Ronan macht bei einem Ferienprojekt in der Schule mit, und ich gehe arbeiten, wie immer.«

»Ihr habt alle viel zu tun.«

»Ja«, sagte Gemma.

David räusperte sich. »Ich habe etwas für dich.«

»Ach?«

»Nur ein Mitbringsel, Gemma. Du weißt schon. Ein kleines Dankeschön.«

»Dankeschön?« Sie sah ihn überrascht an; so etwas war vollkommen ungewohnt.

»Weil du so verständnisvoll warst.« Gemma wandte sich ab und ließ kaltes Wasser in die Spüle laufen.

»Du hast dich wegen Orla ganz großartig verhalten, vor allem, was die Kinder angeht und so. Du hast mir nie Ärger gemacht, mich nicht angeschrien oder versucht, die Kinder gegen mich aufzuhetzen.«

»Warum auch?«, fragte sie. »Warum sollte ich so etwas tun?«

Er zuckte die Achseln. »Vielleicht aus Eifersucht? Du bist allein. In meinem Leben gibt es eine neue Frau. So was eben.«

»Oh.«

»Du wirst mir immer etwas bedeuten, Gemma. Das weißt du.«

»Das kommt ein bisschen spät.« Gemma ließ die Paprika ins Wasser fallen. »Vor ein paar Jahren habe ich dir nicht genug bedeutet. Da hätte es vielleicht noch etwas genützt. Und natürlich hast du –«

»Es tut mir leid«, unterbrach er sie. »Es tut mir ehrlich, aufrichtig leid, Gemma.«

»Ich weiß«, erwiderte Gemma.

»Jedenfalls«, sagte er fröhlich, »hier ist dein Geschenk.«

Sie trocknete sich die Hände ab und nahm das Päckchen entgegen. Sie drehte es um, packte es jedoch nicht aus.

»Das wird dir bestimmt gefallen«, versicherte er. Gemma liebte Fotos. Sämtliche Wände im Haus waren mit Bildern von den Kindern in jedem Alter dekoriert, und mit vergrößerten Urlaubsfotos. »Danke schön.«

»Daddy!« Ronan kam in die Küche gestürmt und schlang die Arme um Davids Taille. »Du warst schon so lange nicht mehr da.«

»Weil er in den Flitterwochen war.« Keelin kam hinter ihrem Bruder herein. »In der Sonne. Mit Orla.« Ihre dunklen Augen wurden noch dunkler.

»Und es war sehr schön«, entgegnete David bestimmt. »Also, wenn ihr soweit seid, können wir ja fahren.«

»Viel Spaß«, sagte Gemma. »Sie müssen um sechs wieder da sein, David.«

»Ich weiß«, sagte er. »Ich kenne die Regeln.«

»Entschuldige.«

Sie entschuldigten sich ständig beieinander, dachte Gemma. Seit der Scheidung hatten sie sich schon öfter entschuldigt als während ihrer gesamten Ehe.

David legte je einen Arm um die Schultern der Kinder. »Wir sind bestimmt ganz pünktlich zurück.«

»Bis nachher.« Keelin drehte sich nach ihrer Mutter um. »Ich wünsch dir einen schönen Tag.«

Orla hörte, wie Davids Schlüssel ins Schlüsselloch glitt. Sie sah noch einmal nach dem Esstisch, ob auch wirklich alles fertig war. Sie hatte eine riesige Schüssel Salat gemacht und so ziemlich alles hineingeworfen, was ihr eingefallen war – Radicchio, Cherry-Tomaten, Käse, Frühlingszwiebeln, Paprika, Zwiebeln und Cocktail-Maiskolben. Nudeln und Sauce brodelten auf dem Herd. Das Knoblauchbaguette lag im Ofen. Der Duft von Tomaten und Knoblauch hing in der Wohnung. Orla war mit sich zufrieden. Niemand würde auch nur im Entferntesten ahnen, wie nervös sie war.

»Da sind wir!«, rief David.

»Fein!«

Sie hatte Keelin seit Wochen nicht gesehen. Sie war sicher, dass das Mädchen seither noch ein paar Zentimeter gewachsen war. Sie war beinahe so groß wie David und dünn wie ein Strich. Wenn sie ein bisschen zulegen würde, wäre sie unglaublich schön, dachte Orla. Ein Glück für Keelin, dass sie wohl eher nach David kam als nach der pummeligen Gemma.

»Hallo«, sagte sie. »Schön, euch wiederzusehen.«

»Hallo«, entgegnete Ronan. »Dad hat uns von eurer

Kreuzfahrt erzählt. Das hört sich ja toll an. Ich will auch eine machen.«

»Vielleicht nächstes Mal«, sagte Orla. »Keelin, wie geht es dir?«

»Gut.« Keelin zupfte am Ärmel ihrer Bluse herum.

»Ich glaube, du bist schon wieder gewachsen«, bemerkte Orla. »Kann sein«, erwiderte Keelin knapp. »Ich bin nun mal im Wachstumsalter.«

»Möchtet ihr etwas trinken?«, fragte David. »Ro, was magst du? Wir haben Saft und Limonade.«

»Habt ihr auch YoYo?«, fragte Ronan.

David und Orla wechselten besorgte Blicke.

»Das ist ein Joghurt-Drink«, erklärte Keelin.

»Den mag ich am liebsten«, sagte Ronan.

»Ich fürchte, das haben wir nicht«, gestand Orla. »Wir haben Fanta. Oder Saft.«

»Was denn für Saft?«

»Orange und Apfel.«

»Kein Johannisbeer?«

»Ich glaube nicht«, sagte Orla. »Du magst doch Apfelsaft«, warf David ein. »Das weiß ich.«

»Früher mal«, entgegnete Ronan. »Aber jetzt nicht mehr. Dann eben Orangensaft.«

»Und du, Keelin?«, fragte Orla. – »Wasser.«

»Sprudel oder still?« – »Still.«

»Okay.« Orla ging in die Küche.

David schnüffelte genießerisch. »Das riecht gut, was?«, fragte er die Kinder.

»Knoblauchbrot«, sagte Ronan. »Es stinkt.«

»Keelin, deine Mutter hat mir erzählt, dass du jetzt im Laden um die Ecke arbeitest«, sagte David. »Bist du nicht ein bisschen zu jung dafür?«

Keelin zuckte mit den Schultern. »In ein paar Wochen bin ich ja vierzehn.«

»Gefällt es dir?«

Sie sah ihn mitleidig an. »Das ist ein Job. Ich verdiene mir ein bisschen Geld. Das muss mir doch nicht gefallen.«

»Wohl nicht«, sagte David.

Keelin fummelte an ihren Ohrringen herum.

»Und was sagt deine Mutter dazu?«

»Die sollte sich freuen«, antwortete Keelin. »Dann muss sie sich nicht mehr um mich kümmern.«

»Sie soll sich aber um dich kümmern«, fuhr David auf. »Ich gebe ihr Geld, damit sie sich um dich kümmert.«

Keelin zuckte die Achseln.

»Willst du damit sagen, du hast nicht genug Geld?«, fragte David. »Wofür gibt sie das ganze Geld denn aus, um Himmels willen?«

Ein weiteres Schulterzucken von Keelin.

»Das Mittagessen ist fertig.« Orla erschien bei ihnen. »Ich hoffe, ihr habt alle Hunger.«

David und Keelin gingen zum Tisch. Er war schwer beladen mit Orlas Salatschüssel, dem Knoblauchbaguette und den fröhlich-bunten Nudeltellern, die sie tags zuvor extra gekauft hatte.

»Das sieht ja toll aus.« David rieb sich die Hände und setzte sich.

Keelin setzte sich ihrem Vater gegenüber. Orla trug einen riesigen Topf voller Penne zum Tisch und tat allen auf. Ein paar Nudeln klebten am Boden fest, doch die ignorierte sie. Sie brachte den leeren Topf zurück in die Küche und stellte ihn in die Spüle. Dann kehrte sie mit einem weiteren Topf voll Sauce zurück.

Die Sauce war nicht selbst gemacht. Sie hatte zwar in ihrem einzigen Kochbuch ein Rezept gefunden, doch im Supermarkt hatte sie ein Sonderangebot Nudelsaucen im Doppelpack entdeckt und beschlossen, dass es sehr viel weniger Stress war, die Sauce einfach zu kaufen und heiß zu machen. Schließlich waren es ja nur Kinder.

Keine große Sache.

Sie goss allen Sauce über ihre Penne. »Ich hoffe, ihr habt Hunger«, sagte sie. »Es ist noch jede Menge Sauce da. Und Salat auch, wenn ihr wollt.«

»Hast du die Sauce gemacht?« Keelin stocherte in ihrer Pasta herum.

»Ich würde ja gerne behaupten, das hätte ich, aber ich muss gestehen, die ist nicht von mir«, gab Orla zu.

David lachte. »Was die Hauswirtschaft angeht, hat Orla den Dreh noch nicht ganz raus.«

»Das gilt offensichtlich auch für vegetarisches Essen.« Keelin schob ihre Schüssel von sich. »Das ist Bolognese-Sauce. Da ist Fleisch drin.«

Alle starrten sie schweigend an.

»Sie hat recht«, erklärte Ronan fröhlich. »Macht nichts, Orla, ich esse ihre Nudeln auch noch auf.«

»Bist du sicher?«, fragte David.

Keelin sah ihn herablassend an. »Natürlich bin ich sicher.« Er wechselte einen Blick mit Orla, die entsetzt dreinschaute. »Ich bin sicher, auf dem Glas stand Tomaten-Basilikum-Sauce«, sagte Orla. »Ich habe extra nachgesehen, Keelin. Wirklich.«

»Ist egal«, sagte Keelin. »Ich kann ja Knoblauchbaguette essen. Und Salat.«

»Das ist nicht egal«, widersprach Orla. »Ich habe doch auf das Etikett geachtet.«

»Nun, offenbar nicht so genau«, sagte Keelin frech. »Schau dir doch mal diese Stückchen an. Nach was sehen die denn aus, Orla? Vielleicht nach Schokolade?«

»Keelin!« David starrte sie finster an.

Sie zuckte mit den Schultern. »Das ist Fleisch. Und ich esse kein Fleisch.«

Orla stand vom Tisch auf und ging in die Küche. Sie sah sich die beiden Saucengläser an. Auf dem vorderen stand klar und deutlich Tomate und Basilikum. Auf dem zweiten Bolognese-Sauce. Sie knirschte mit den Zähnen. Die beiden

Gläser waren als Sonderangebot zusammengepackt gewesen. Sie war einfach davon ausgegangen, dass es zwei gleiche waren. Wie hatte sie nur so dumm sein können?

»Es tut mir leid«, sagte sie, als sie wieder ins Wohnzimmer kam. »Du hast recht, Keelin. Ich habe ein Glas Tomate-Basilikum und ein Glas Bolognese gekauft. Ich habe nicht richtig hingesehen.« Ihre Wangen brannten vor Scham, sich vor einem dreizehnjährigen Kind lächerlich gemacht zu haben. Sie wagte es nicht, David anzusehen.

»Ich hab doch gesagt, es macht nichts.« Keelin brach sich ein Stück Knoblauchbaguette ab. »Ich kann ja das hier essen.«

»Wir haben noch Tütensuppe im Schrank«, schlug Orla vor. »Die könnte ich dir machen.«

»Nein, danke.«

»Aber –«

»Lass sie«, sagte David. »Sie kann Baguette und Salat essen. Sie wird schon nicht verhungern.«

»Ich kann ja nachher noch Lasagne essen, wenn ich nach Hause komme«, bemerkte Keelin. »Mum macht eine leckere Lasagne. Mit selbst gemachter Sauce.«

Orla setzte sich wieder und stocherte in ihrem Essen herum. Sie hatte auch keinen Appetit. Sie hatte so verzweifelt versucht, auch ja alles richtig zu machen, dass sie gar keinen Hunger mehr hatte. Und nun hatte sie auch noch alles vermasselt.

»Dir scheint's ja wenigstens zu schmecken, wenn ich dich so sehe.« David lächelte Ronan an.

»Schmeckt ganz nett«, urteilte Ronan. »Mum sagt immer, wenn man Hunger hat, isst man alles.«

Keelin erstickte ein Kichern. Orla biss sich auf die Lippe. David funkelte Ronan böse an, der sich völlig unbeeindruckt Nudeln in den Mund schaufelte.

Sie aßen schweigend. Keelin war als Erste fertig und stand auf. »Wo willst du hin?«, fragte David.

»Zur Toilette«, sagte sie. – »Du solltest um Erlaubnis fragen, bevor du den Esstisch verlässt.«

»Warum?«, fragte sie grob. »Du hast auch nicht um Erlaubnis gefragt, bevor du uns verlassen hast.«

Ronan hörte auf zu essen und blickte interessiert zwischen Vater und Schwester hin und her.

Davids Augen wirkten beinahe schwarz. Seine Miene war grimmig. Keelin warf das Haar über die Schulter zurück und ging.

»Ich bringe sie um«, sagte David. »Ich schwöre es.«

»David.« Orla legte eine Hand auf seinen Arm. »Es ist nicht so wichtig.«

»Allerdings ist es das«, erwiderte er.

»Nicht jetzt.« Orla konnte kaum glauben, dass sie diejenige war, die versuchte, David zu beruhigen. Und das, obwohl sie selbst sich fühlte wie ein Wrack.

»Warum nicht jetzt?«, fragte Ronan.

»Iss auf«, sagte David. »Werd du nicht auch noch frech!«

»Ich bin fertig.« Ronan legte die Gabel auf den Tisch. Orla verzog das Gesicht, als Tomatensauce auf das polierte Holz tropfte.

»Es gibt noch Nachtisch«, sagte Orla. »Eis.«

»Was für welches?«, fragte Ronan.

»Vanille«, sagte sie. »Sehr lecker.«

Er schnitt eine Grimasse. »Im Moment esse ich nur Bananeneis. Aber nicht aus irgendeinem bestimmten Grund, wie Keelin. Nur, weil ich es so mag.«

»Hättest du vielleicht gern Vanilleeis mit Bananenstückchen?«, fragte Orla verzweifelt. »Das kann ich dir machen, wenn du magst.«

»Nein, danke«, entgegnete Ronan höflich. »Das ist nicht dasselbe.«

Keelin hörte ihre Stimmen. Sie fragte sich, ob sie über sie sprachen. Und wenn schon. David brummte vermutlich irgendwas von »mürrischen Teenagern« oder »schwierigen

Mädchen«. Als ob er davon eine Ahnung hätte! Er war ja nicht da, um sie als Teenager zu erleben. Er liebte sie einfach nicht genug. Er liebte diese rothaarige Kuh mit den langen Beinen und den kurzen Röcken. Wie konnte er nur so blöd sein? Sah er denn nicht, wie absolut lächerlich diese ganze Sache war?

Sie setzte sich auf den Rand der Badewanne und sah sich um. Das meiste Zeug in diesem Badezimmer war ganz anders als das in ihrem Bad zu Hause. Gemma mochte Palmolive-Duschgel. Orla benutzte Body Shop. Gemma nahm Clairol-Shampoo. Orla hatte John Frieda. Es stand neben Davids Flasche Head and Shoulders.

Sie öffnete den Spiegelschrank. Davids Nasenspray stand drin. Er hatte Heuschnupfen. Keelin war versucht, das Spray in den Ausguss zu kippen und das Fläschchen mit Wasser zu füllen. Oder, dachte sie boshaft, mit seinem Aftershave. Doch sie ließ es lieber sein. In dem Schränkchen lag auch eine Schachtel Tampons. Sie schluckte gegen den Kloß in ihrem Hals an. Es widerte sie an, Orlas Monatshygiene neben dem Nasenspray ihres Vaters zu sehen.

Um halb sechs, nach einem endlosen Nachmittag in der Wohnung, fuhr David die Kinder nach Hause.

»Ich bin sehr enttäuscht von dir«, sagte er zu Keelin.

»Warum?«

»Das weißt du genau.«

»Das ist auch so ein toller Satz, den Eltern immer sagen«, beschwerte sich Keelin, »auch wenn man keine Ahnung hat, wovon sie reden.«

»Keelin, du warst sehr unhöflich zu Orla.«

»Nein, war ich nicht«, widersprach Keelin. »Sie hätte mir keine Bolognese-Sauce vorsetzen dürfen. Ich meine, es ist ja nicht so, dass sie es nicht gewusst hätte. Dumme Kuh«, murmelte sie zum Schluss.

»Was hast du da gesagt?«

»Nichts.«

»Ich erwarte ja nicht, dass alles perfekt ist«, sagte David. »Ich bitte dich nicht darum, Orla als jemanden zu sehen, mit dem du deine Zeit verbringen möchtest. Aber sie ist meine Frau, und ich erwarte, dass du zumindest höflich zu ihr bist. Ist das klar?«

Keelin zuckte mit den Schultern.

David sah sie im Rückspiegel an. »Ob das klar ist?«, fragte er wieder.

»Vollkommen.« Sie starrte aus dem Fenster.

Als Gemma die Tür öffnete, roch David sofort den köstlichen Duft ihrer italienischen Kochkunst. Es duftete viel aromatischer als in seiner Wohnung, bemerkte er. Er konnte die sonnengetrockneten Tomaten und einen Hauch von Basilikum und Oregano schnuppern.

»Hattet ihr einen netten Nachmittag?«, fragte Gemma, als Keelin und Ronan nach oben verschwanden.

»Kommt drauf an, was du unter nett verstehst.« David folgte ihr in die Küche.

»Haben sie Ärger gemacht?«

»Orla hat aus Versehen Bolognese-Sauce gekauft«, sagte David.

»Du machst wohl Witze!« Gemma erstickte ein Lachen und versuchte, sich nicht allzu sehr darüber zu freuen, dass das rotgelockte Miststück dumm genug gewesen war, ihrer vegetarischen Tochter Fleischsauce vorzusetzen.

»Keelin hat sehr deutlich gemacht, dass sie nichts davon essen wollte.«

»Natürlich nicht«, sagte Gemma. »Wenn man kein Fleisch isst, isst man eben kein Fleisch.«

»Ach, das ist doch alles Quatsch«, brauste David auf. »Warum lässt du ihr so was durchgehen?«

»Sie hat ein Recht auf eine eigene Meinung.«

»Sie ist eine verwöhnte Göre«, erwiderte David. »Der gehört mal ordentlich der Kopf zurechtgerückt.«

»David.« Gemmas Blick war stahlhart. »Sie ist ein junges

Mädchen. Ihr Leben ist im Moment ziemlich verwirrend. Und ihr Vater hat gerade eine Frau geheiratet, die ihr altersmäßig näher ist als ihm. Hab ein bisschen Geduld mit ihr.«

Die Wut verschwand aus Davids Gesicht. »Tut mir leid«, sagte er. »So habe ich das nicht betrachtet.«

»Ich weiß.«

»Ich bemühe mich doch nur darum, das Richtige für sie zu tun«, sagte er. »Ich will, dass wir uns alle gut verstehen.«

»Dann willst du eben das Unmögliche«, bemerkte Gemma trocken. »Aber das war bei dir ja schon immer so.«

9

Gemma wollte den Briefumschlag nicht öffnen. Sie wusste, dass darin ihre Kreditkarten-Abrechnung lag, und die wollte sie nicht sehen. Sie bereute ihre Einkaufsorgie am Tag von Davids Hochzeit bitterlich. Wenn sie jetzt die Abrechnung betrachtete und alles einzeln aufgelistet sähe, würde sie nur wieder darauf gestoßen, wie unglaublich dumm sie sich verhalten hatte.

Sie stopfte den Brief hinter das Weinregal. Darüber konnte sie sich heute Abend immer noch aufregen, aber nicht jetzt. Sie sah auf die Uhr und griff nach ihrer Handtasche. Ihr Gefühl für Zeit war beinahe so schlecht wie das für Geld, sagte sie sich, als sie das Haus verließ. Sie hasste es, zu spät zur Arbeit zu kommen, doch irgendwie schaffte sie es immer erst in letzter Sekunde.

Wie immer, wenn sie die Glastür zum *Curlers* aufschob, verspürte sie einen Stich des Bedauerns, weil dies nicht ihr Salon war und Niamh Erfolg hatte, wo Gemma es nicht einmal versucht hatte. Doch das war ein alberner Traum gewesen, sagte sie sich, als sie ihre Jacke aufhängte. Sie wäre niemals mit der finanziellen Seite eines solchen Geschäfts zurechtgekommen. Mit den allerbesten Absichten hätte sie ihren Salon vermutlich binnen eines Jahres bankrott gewirtschaftet.

An diesem Vormittag war der Teufel los. Niamh ließ die Tür offen, damit frische Luft in den Salon kam, denn das Wetter hatte wieder umgeschlagen, und es war drückend heiß. Gemma war ausgebucht; so hatte sie immerhin kaum Zeit, daran zu denken, was David ihr erzählt hatte: Er hatte soeben einen neuen Firmenwagen bekommen, und

Orla hatte einen neuen Firmenkunden an Land gezogen und war somit zum ersten Mal Verkäuferin des Monats geworden.

Als ob sie sich um Orla scherte, dachte sie, während sie wütend Stella Martins goldene Locken attackierte. Männer waren ja so blind. David begriff einfach nicht, dass sie es nicht ertrug, immer wieder zu hören, wie verdammt großartig Orla war. Er glaubte, nur weil ihre Ehe bereits vorüber war, würde sie sich für ihn freuen, dass er ein solches Superweib geheiratet hatte. Nun, das tat sie nicht. Sie war eifersüchtig, weil er jemand gefunden hatte. Sie beneidete die beiden um ihr widerlich perfektes gemeinsames Leben und darum, dass ihnen alles zuzufliegen schien, während sie darum kämpfen musste, mit ihrem Geld auszukommen, das eigentlich hätte reichen sollen, aber es reichte eben nicht, und das war alles allein ihre Schuld.

Orla saß vor ihrem Computer und rief ihre Kundenliste auf. Da waren ein paar richtig gute dabei, dachte sie stolz. Ein paar von ihnen versprachen weitere Geschäfte, und einige hatten sehr dazu beigetragen, dass sie diesen Juli die beste Verkäuferin der Firma geworden war. Sie hatte David geschlagen, der zwar nicht jeden Monat als Bester abschloss, aber noch nie von einer Frau geschlagen worden war. Darauf war sie sehr, sehr stolz.

Ein Mausklick brachte sie zu ihrer Liste potenzieller Kunden. Die hätte durchaus länger sein können, und wenn sie sich an der Spitze halten wollte, musste sie unbedingt ein paar von denen als Kunden gewinnen. Sie wünschte vor allem, es stünden mehr Firmen auf ihrer Liste – es war der Abschluss eines Betriebsrenten-Plans, der sie diesen Monat ganz nach oben gebracht hatte. Sie rieb sich die Nase und überlegte, von welchem dieser vier Kandidaten sie sich am meisten versprechen konnte.

»Hallo.«

Sie drehte sich überrascht um. Sie hatte David gar nicht hereinkommen hören.

»Hallo.« Sie lächelte ihn an. »Wie geht's?«

»Mir ist langweilig«, sagte David. »Ich habe heute einfach keine Kraft mehr fürs Geschäft. Die Sonne scheint, der Himmel ist blau, und ich habe keine Lust, mich mit Leuten darüber zu unterhalten, was für Vorkehrungen sie gegen ernsthafte Erkrankung oder plötzlichen Tod getroffen haben!«

Orla lachte. »Unser Geschäft ist ziemlich morbide, wenn man mal drüber nachdenkt.«

»Genau«, sagte David.

»Aber profitabel.«

»Tod und Steuern.« David grinste. »Das Einzige, was einem im Leben sicher ist.«

»Und dass ich dich liebe«, sagte Orla. »Das ist auch ganz sicher.« Sie lehnte sich auf dem Stuhl zurück und strich ihm sanft über die Wange. David spürte Verlangen in sich aufsteigen.

»Sollen wir nach Hause gehen?«, schlug er vor. »Es ist ja schon fast vier.«

»Ich wollte noch einmal meine möglichen Kunden durchgehen«, sagte Orla.

»Nicht heute.«

»Wie soll ich mich denn sonst an der Spitze halten?«, neckte sie ihn.

»Versuch's gar nicht erst«, entgegnete David. »Übers ganze Jahr gesehen schlage ich dich ja doch, und das weißt du auch, oder?«

»Gar nichts weiß ich«, gab Orla zurück. Sie beendete das Programm auf ihrem Computer. »Aber vielleicht hat es auch seine Vorteile, jetzt schon nach Hause zu gehen.«

»Ganz sicher«, sagte David. »Dann sehen wir uns also zu Hause. In zwanzig Minuten?«

»Zwanzig Minuten«, stimmte Orla zu.

Es war schon verrückt, dass sie beide getrennt zur Arbeit

fuhren, dachte sie. Aber es ging nicht anders, denn sie verbrachten recht wenig Zeit im Büro, sondern waren den ganzen Tag unterwegs zu Kunden. Dazu brauchten sie beide ihre Autos. Aber es kam ihr jetzt ziemlich lächerlich vor, wo sie beide zusammen nach Hause gehen wollten.

Sie schlüpfte in ihren Blazer und griff nach ihrer Handtasche. Das Telefon klingelte.

»Mist«, sagte sie. Sie erwog kurz, es einfach zu ignorieren, nahm aber dann doch lieber ab. Man kann ja nie wissen, dachte sie, als sie ihre Tasche auf den Tisch legte; es könnte ja jemand sein, der eine Versicherung abschließen wollte.

»Orla Hennessy«, sagte sie.

»Hallo, hier ist Sara Benton.«

Orla stöhnte. Warum war sie überhaupt drangegangen? Sie wollte wirklich keine Zeit mehr an die dämliche Sara Benton und ihren dämlichen Mann verschwenden.

»Hallo, Mrs. Benton«, sagte sie.

»Ich hätte da noch ein paar Fragen zu unserer Zusatz-Krankenversicherung.«

Dazu habe ich nun wirklich keine Lust, dachte Orla. Es gibt Zeiten, da kann ich mir alles Mögliche von irgendwelchen Leuten gefallen lassen, aber nicht um vier Uhr an einem wunderschönen, sonnigen Freitagnachmittag, wenn ich weiß, dass zu Hause mein Mann auf mich wartet.

»Mrs. Benton, diese Police habe ich bis ins Detail mit Ihnen durchgesprochen, als ich Sie neulich besucht habe«, sagte sie höflich. »Ich glaube wirklich nicht, dass ich Ihnen dazu noch irgendetwas Neues sagen kann.«

»Sie waren sehr hilfreich«, bemerkte Mrs. Benton.

»Und ich habe viel Zeit darauf verwandt, alles mit Ihnen zu besprechen«, fuhr Orla fort. »Ich weiß auch, dass Sie schon letztes Jahr mit einem meiner Kollegen gesprochen haben. Ich habe den Eindruck, dass Sie sich einfach nicht für eine unserer Versicherungen entscheiden können, Mrs. Benton. Und in diesem Fall halte ich es auch nicht für richtig, wenn sie bei uns abschließen. Sie wären nie ganz zufrieden. Sie würden immer überlegen, ob sie nicht lieber eine andere Versicherung hätten abschließen sollen.«

»Ich wollte doch nur vorsichtig sein«, erklärte Mrs. Benton. »Man hört ja so furchtbare Geschichten von überteuerten Versicherungen, da wollte ich keinen Fehler machen.«

»Das verstehe ich.« Orla trommelte ungeduldig mit den Fingern auf dem Computer herum.

»Ich möchte eine Zusatz-Krankenversicherung.« Sara Bentons Stimme zitterte. »Mein Schwager musste heute Morgen ins Krankenhaus gebracht werden. Er ist erst fünfunddreißig. Er hatte einen schlimmen Herzinfarkt. Sein Zustand ist sehr kritisch.«

»Das tut mir leid«, sagte Orla sanft. »Das muss sehr schwer für Sie sein.«

»Es hätte genauso gut mich treffen können«, sagte Mrs. Benton. »Oder Maurice.«

»Ihre Krankengeschichte deutet nicht darauf hin.« Orla schloss die Augen und rief sich den medizinischen Fragebogen ins Gedächtnis, den die Bentons ausgefüllt hatten. »Soweit ich mich erinnern kann, sind Sie beide kerngesund.«

»Ich weiß«, erwiderte Mrs. Benton. »Sind wir ja auch. Aber wenn doch etwas passiert? Was dann?«

»Dafür haben wir ja diese Versicherung im Programm«, erklärte Orla.

»Ich will sie abschließen«, sagte Mrs. Benton. »Und zwar heute noch. Und den Vermögenssparplan auch.«

»Sind Sie sicher?«, fragte Orla.

»Absolut.«

»Also schön, Mrs. Benton.« Orla behielt ihren sachlichen Tonfall bei. »Dann komme ich heute Abend bei Ihnen vorbei.«

»Sobald wie möglich«, drängte Mrs. Benton. »Ich will das nicht mehr aufschieben.«

»Nicht vor acht Uhr.« Orla dachte an den Feierabendstau.

Bis sie zu Hause war, mit David geschlafen, geduscht und sich wieder auf den Weg gemacht hatte, würde der Verkehr fürchterlich sein. Es war besser, ein wenig zu warten.

»Können Sie denn wirklich nicht früher kommen?«

»Keine Panik, Mrs. Benton«, sagte sie. »Wir sehen uns heute Abend. Versprochen.«

David räumte die Wohnung auf. Die Schüsseln vom Frühstück standen immer noch in der Spüle, als er nach Hause kam, das Bett war nicht gemacht, und überall herrschte leichte Unordnung. Es war nie so unordentlich gewesen, als er noch allein hier gelebt hatte, dachte er gereizt. Warum musste Orla einen Stapel Zeitschriften auf dem Boden neben dem Sofa liegen lassen? Warum räumte sie sie nicht einfach in den Zeitschriftenständer? Oder, brummte er vor sich hin, als er sah, dass der schon mit alten Ausgaben von *Cosmopolitan, Marie Claire* und *Homes and Gardens* vollgestopft war, warum warf sie nicht mal ein paar davon weg?

Es war nicht schwer, das Bett zu machen, er zog nur die Laken glatt und legte die Decke ordentlich darüber. Doch auf dem Garderobentisch herrschte ein Durcheinander von Parfumflakons und Schmuck, Haarklammern und Kämmen. Warum brauchte sie von allem so viel? Gemma war viel ordentlicher gewesen. Gemma bewahrte all ihren Schmuck in einer Lackschatulle auf, die David ihr gekauft hatte. In all den Jahren, seit David sie kannte, hatte sie dasselbe Parfum getragen – *L'Air du Temps*. Sie hatte einen Flakon auf dem Garderobentisch stehen. Gemma hatte ihre langen Locken bald nach der Hochzeit abgeschnitten, also brauchte sie nie all diese Haargummis und Bänder und Nadeln, die Orla herumliegen ließ. David biss sich auf die Lippe. Sie waren zwei völlig verschiedene Frauen. Gemma hatte ihn nie so geliebt, wie Orla ihn liebte, und er hatte Gemma nie so geliebt wie jetzt Orla. Plötzlich fühlte er sich bei diesem Gedanken schuldig. Er hatte Gemma geliebt, jedenfalls genug, um sie zu heiraten und zwei Kinder mit ihr zu bekommen. Er hatte sogar noch versucht, ihre Ehe zu retten, und ihr versprochen, er werde sich ändern. Er hatte sie geliebt, aber auf eine andere Weise. Es war merkwürdig, dass er sie nun mit Orla verglich, und sie beinahe besser abschnitt. Er schüttelte den Kopf und sah auf die Uhr. Wo, zum Kuckuck, blieb sie nur? Er war schon seit zehn Minuten zu Hause, und keine Spur von ihr. Plötzlich packte ihn die Angst, ihr könnte etwas zugestoßen sein. Er hoffte nur, dass sie keinen Unfall gebaut hatte.

Er reihte ihre Parfumfläschchen ordentlich der Größe nach auf dem Tisch auf, von dem hohen, spitz zulaufenden Flakon Issey Miyake ganz links bis hinunter zu dem kleinen, bauchigen blauen Fläschchen Monsoon. Es war lächerlich, sich Sorgen wegen eines Unfalls zu machen. Seine Fantasie ging offenbar mit ihm durch.

Es dauerte weitere zehn Minuten, bis sie endlich nach Hause kam. Er war ungeheuer erleichtert, als er den Schlüssel im Türschloss hörte, aber auch ein wenig verärgert, weil sie ihm Sorgen bereitet hatte.

»Wo, zum Teufel, hast du denn gesteckt?«, fuhr er sie an.

»Tut mir leid, dass ich zu spät komme.« Sie strahlte ihn an. »Das Telefon hat geklingelt, als ich gerade gehen wollte. Es war diese Mrs. Benton. Sie wollte, dass ich gleich vorbeikomme, damit sie unterschreiben kann!«

»Die verarscht dich doch nur«, sagte David.

»Nein. Offenbar ist ihr Schwager mit einem Herzinfarkt umgekippt, und jetzt ist sie ganz panisch wegen einer Zusatzversicherung! Sie hat mich praktisch darum angefleht.«

»Dann vergewissere dich, dass sie sie auch wirklich will, sonst klagt sie sich da wieder raus, weil sie unzulässig unter Druck gesetzt wurde«, warnte David.

»Ach, doch nicht bei einer Zusatz-Krankenversicherung.« Orla ließ ihre Tasche zu Boden fallen. »Sie kann ja einfach die Zahlung aussetzen. Kein Problem. Ich habe ihr versprochen, heute Abend noch vorbeizuschauen.«

»Heute Abend!« Er sah sie entgeistert an. »Aber ich dachte, wir würden heute irgendwo nett essen gehen.«

»Oh.« Orla biss sich auf die Lippe. »Vielleicht morgen. Ich will diese Frau wirklich festnageln, David. Sie hat mich schon so viel Zeit und Mühe gekostet.«

»Dann mach das morgen früh«, sagte David. »Jetzt bist du zu Hause, und ich will nicht, dass du noch mal weggehst.«

»Ich will eigentlich auch nicht.« Sie legte den Kopf an seine Schulter. »Aber ich muss. Du weißt doch, wie das ist.«

Er seufzte. Er wusste ganz genau, wie das war. Diese Diskussion hatte er schon hundert Mal mit Gemma geführt. Allerdings war es damals Gemma gewesen, die ihn zum Bleiben überreden wollte. Es fühlte sich seltsam an, auf einmal auf der anderen Seite zu stehen.

»Komm schon!« Orla küsste ihn auf den Mund. »Wir haben nicht früher Feierabend gemacht, um über Zusatzversicherungen zu reden!«

»Nein.«

Sie zog ihn ins Schlafzimmer und blieb dann überrascht stehen. »Du hast aufgeräumt.«

»Hier sah es aus, als hätte eine Bombe eingeschlagen«, erklärte er. »Und überall sonst auch!«

»Das hätte ich morgen schon gemacht«, verteidigte sie sich. »Ich räume immer samstags auf. Das weißt du doch.«

»Schon, aber ich war nun mal da, und –« Er zuckte die Achseln. »Ich dachte eben, das wäre eine gute Idee.«

»Du bist ein guter Hausmann.« Sie lächelte ihn an. »Ein völlig neuer Mann«, sagte David.

»Hm.« Orla knöpfte sein Hemd auf. »Eigentlich interessiere ich mich ja eher für den alten.«

Er legte die Hände über ihre. »Du findest mich doch nicht etwa alt, oder?«

Sie sah ihn an. »Das war nur eine Redewendung«, sagte sie. »Du bist erst vierzig, David. Es ist ja nicht so, als stündest du kurz vor dem Rentenalter.« – »Ganz sicher nicht.«

Sie machte sich an die übrigen Knöpfe. »Außerdem«, fügte sie hinzu, »hast du einen tollen Körper.« Sie küsste ihn auf die Brust. »Und ich liebe dich.« Sie öffnete seinen Gürtel und ließ den Reißverschluss seiner Hose langsam aufgleiten. »Ich nehme doch an, du liebst mich auch?«

Er keuchte auf, als ihre Lippen sich um seinen Penis schlossen. »Du weißt, dass ich dich liebe«, sagte er. »Du weißt, dass du das Beste bist, was mir je im Leben begegnet ist.«

Sie war unglaublich, dachte er hinterher. Sie war noch nie so gut, so wunderbar, so verdammt fantastisch gewesen. Er lag neben ihr, den Arm über ihren nackten Bauch gelegt, bis sie sich schließlich seinen Armen entwand und aus dem Bett schlüpfte.

»Ich muss unter die Dusche«, erklärte sie. »Sonst kann ich den Bentons nicht gegenübertreten.«

»Dusch bitte nicht.« David schlug die Augen auf. »Ich will, dass du so gehst, wie du jetzt bist.«

Sie lachte. »Nackt? Ich glaube kaum!« Sie küsste ihn auf die Brust. »Ich bin bald wieder da. Dann gibt es eine Zugabe.«

10

David trat auf die Straße und stöhnte. Es regnete – weiche, kleine Tropfen, die einen durchweichten, bevor man es überhaupt merkte. Er sah zum Himmel auf. Als er die Trinity Hall zu seiner Gastvorlesung über Verkauf und Marketing an der Uni betreten hatte, war er noch strahlend blau gewesen, jetzt war er grau und düster. Einen so wechselhaften Sommer hatte er noch nie erlebt. Er blickte die Pearse Street auf und ab und eilte dann zu O'Neills Bar. Er war am Verhungern. Vorlesungen machten ihn immer hungrig.

Es war noch zu früh für die Mittagspause in den umliegenden Büros, daher war das Lokal kaum besetzt. David suchte sich einen Platz, bestellte Suppe und ein Sandwich und holte seinen Terminkalender heraus.

Er hatte zwei Termine heute Nachmittag. Einen in Dalkey und einen in Stillorgan. Nicht die beste Planung, dachte er. Obwohl beide Orte auf derselben Seite der Stadt lagen, würde der Verkehr dazwischen fürchterlich sein. Aber es ging beide Male um sehr vielversprechende Kunden, und er wollte wenigstens einen von ihnen an Land ziehen, um seinen Monatsdurchschnitt aufzubessern. Er war entsetzt gewesen, als Orla ihn geschlagen hatte – obwohl das zu einem guten Teil an dieser äußerst lukrativen Betriebsrente lag, die sie aus heiterem Himmel angeschleppt hatte. Eine alte Freundin von Orla, die mit solchen Pensionsgeschichten zu tun hatte, hatte sie angerufen und ihr das Geschäft auf einem silbernen Tablett serviert. So einfach war das.

Mein Problem ist, dass mir allmählich diese alten Freunde ausgehen, die man geschäftlich anhauen kann, dachte David und schloss seinen Terminkalender. Ich brauche ständig neue Kontakte. Und die sind nicht immer leicht zu kriegen.

»David?«

Er blickte auf. Die Stimme kam ihm bekannt vor.

»David? Wie geht's dir? Wir haben uns ja ewig nicht mehr gesehen!«

David grinste. »Kevin McCabe! Freut mich, dich zu sehen.«

Kevin setzte sich neben ihn. »Dich hätte ich hier gar nicht erwartet«, sagte er. »Ich dachte, du bist in der Mount Street.«

»Ach, ich habe gerade einen Vortrag am Trinity College gehalten«, erklärte David.

»Machst du immer noch den Gastdozenten?« Kevin lachte. »Man sollte meinen, dass du das inzwischen leid bist.«

»Ab und zu macht mir das nichts aus«, entgegnete David. »Obwohl es mich furchtbar viel Zeit kostet. Aber es hat mir auch ein paar Kontakte eingebracht. Also lohnt es sich schon.«

»Verdienst du dir immer noch bei Gravitas eine goldene Nase?«, fragte Kevin.

David nickte.

»Und du hast wieder geheiratet«, bemerkte Kevin. Seine Augen wurden schmal. »Das kam ja ziemlich plötzlich, nicht? Was ist denn passiert?«

»Ich habe eine wunderschöne Frau kennengelernt«, erklärte David. »Sie heißt Orla, und sie zu heiraten, das war das Beste, was ich je getan habe.«

»Aber das mit dir und Gemma ist wirklich schade«, sagte Kevin. »Ich mochte sie, David. Natürlich wusste ich, dass ihr Probleme hattet.«

David zuckte mit den Schultern. »Unüberbrückbare Differenzen, wie es so schön heißt. Wir konnten es einfach nicht wieder einrenken. Umso besser, schätze ich, denn jetzt habe ich den Jackpot getroffen! Wie geht es Eve?«

»Sehr gut, danke. Sie fragt oft nach dir.«

»Sie war nach der Trennung von Gemma wirklich sehr nett zu mir«, sagte David. »Gemma hatte mich rausgeschmissen. Ich wohnte allein in einer Mietwohnung. Ich schätze, sie hatte Mitleid mit mir.«

Kevin winkte die Bedienung herbei und bestellte ein Schinkensandwich und zwei Bier. »Du trinkst doch ein Bier mit, David?«

»Warum nicht.« David nickte.

»Und wie ist die neue Mrs. Hennessy so?«, fragte Kevin. »Es heißt, sie soll eine ganz Süße sein.«

»Tatsächlich?« David genoss die Vorstellung, dass die Leute Orla toll fanden.

»O ja. Ich habe neulich Sean Williams getroffen. Er hatte euch wohl ein paar Tage vor der Hochzeit noch gesehen. Hat mir erzählt, dass sie einen Busen hat wie Melinda Messenger, und einen Mund wie Marilyn Monroe.«

David lachte. »Na ja, nicht unbedingt. Aber sie hat schon sehr großzügige Kurven.«

»Du standest schon immer auf Frauen mit großem Busen, nicht? Gemma war in der Hinsicht ja auch nicht gerade schlecht ausgestattet!«

»Das ist nicht das Wichtigste«, erklärte David, »aber ja, ich hab es gern, wenn sie obenrum was zu bieten haben.«

»Und stimmt es wirklich, dass sie erst zwanzig ist?«, fragte Kevin weiter.

»Wer denkt sich bloß immer diese Geschichten aus?« David schüttelte den Kopf. »Sie ist vierundzwanzig.«

»Zwanzig, vierundzwanzig. Wo ist da der Unterschied?« Kevin warf David einen neidischen Blick zu. »Ich kann mir gar nicht vorstellen, mal bei einer Vierundzwanzigjährigen zu landen!«

»Schon gar nicht, solange du mit Eve verheiratet bist«, sagte David.

»Aber träumen kann man ja.« Kevin seufzte.

»Wie lange bist du jetzt mit Eve verheiratet?«, fragte David.

»Zwölf Jahre. Danke.« Kevin nickte dem Kellner zu, der ihnen das Sandwich und zwei Bier gebracht hatte. »Wie schnell die Zeit vergeht«, sagte David.

»Erschreckend«, stimmte Kevin zu. »Heute habe ich einen Lebenslauf von einem Bewerber auf den Tisch bekommen, der in dem Jahr geboren wurde, als ich das College abgeschlossen habe! Ich kam mir vor wie ein Greis.«

»Ja, das Gefühl kenne ich«, sagte David. »Neulich haben wir uns *Apollo 13* im Fernsehen angeschaut, und ich habe zu Orla gesagt, daran könnte ich mich noch gut erinnern. Sie hat mich angeschaut, als sei ich geradewegs ihrem Geschichtsbuch entstiegen.«

»Und wenn sie ein bisschen älter wird, tauschst du sie dann wieder aus?«

David grinste. »Man kann nie wissen. Wenn sie nicht in Form bleibt!«

»Sag mal, wie geht's deinen Kindern?«, erkundigte sich Kevin. »Darfst du sie sehen?«

»O ja.« David nickte. »Einmal die Woche. Gemma war da wirklich anständig, das muss ich schon sagen. Keine Szenen oder so, aber es war ihr ja auch immer wichtig, dass die Kinder sich nicht zwischen uns entscheiden müssen.«

»Und wie kommen sie mit Ehefrau Nummer zwei klar?«

»So lala«, gestand David. »Aber ich denke, auch das wird besser.«

»Also hat sich alles für dich zum Besten gewendet?«

»Na ja, nicht unbedingt zum Besten«, sagte David. »Seien wir mal ehrlich, Kevin, eine Scheidung wünscht sich niemand. In allen Zeitschriften kann man nachlesen, wie schwer so was ist, aber man glaubt trotzdem immer, dass die Leute ganz gut damit zurechtkommen. Ich habe eine ganze Weile gebraucht, bis ich allmählich damit zurechtkommen konnte. Ich fand es nicht schön, allein zu leben, und die Kinder haben mir gefehlt. Irgendwie komisch, aber Gemma hat mir auch gefehlt.«

»Gab es denn gar keine Chance, dass ihr beide euch wieder versöhnt?«, fragte Kevin.

David schüttelte den Kopf. »Sie war unerbittlich. Ich hätte es ja versucht, Kevin, das habe ich ihr auch gesagt. Aber sie meinte, ich würde mich nie ändern, und sie könnte es nicht mehr ertragen, mit mir zusammenzuleben.« Er zuckte die Achseln. »Am Ende war es leichter, die Dinge ihren Lauf nehmen zu lassen. Und jetzt bin ich froh darum, denn Orla ist wirklich wunderbar.«

»Ich muss sie unbedingt kennenlernen und mir selbst ein Urteil bilden!« Kevin lachte.

»Na, dann«, sagte David. »Warum kommt Eve und du nicht mal zu uns zum Abendessen? Wir haben doch früher oft zusammen gegessen.«

»Das waren die Mädels«, sagte Kevin. »Du weißt doch, wie Frauen sind. Organisieren was, damit man sich sieht. Wollen sich gegenseitig in der Küche übertrumpfen!«

»Im Ernst«, sagte David. »Es wäre schön, wenn ihr uns besuchen würdet. Ich wollte dich schon so oft anrufen, damit wir mal zusammen ein Bier trinken gehen. Das wäre doch nett.«

»Gern«, entgegnete Kevin. Er holte seinen Terminkalender hervor. »Wann?«

Auch David konsultierte seinen Kalender. »Nächsten Samstag?«, schlug er vor.

»Klingt gut«, sagte Kevin, »aber ich muss erst noch Eve fragen.«

»Gut.« David zog eine Visitenkarte aus seinem Kalender. »Meine Privat- und Handynummer stehen hier drauf. Die Adresse schreibe ich dir dazu. Dun Laoghaire. Die Apartmenthäuser am Strand. Wenn Eve einverstanden ist, wie wär's mit acht Uhr?«

»Schön. Das wird bestimmt lustig«, sagte Kevin. »Wir haben viel nachzuholen. Und ich vergehe vor Neugier auf das neue Mrs. Hennessy-Modell.«

»Lass bloß deine schmutzigen Finger von ihr, McCabe.« David boxte ihn leicht in den Arm. »Sie gehört mir allein!«

»Du hast was?« Orla drückte auf den »Stumm«-Knopf der Fernbedienung und starrte David entsetzt an.

»Ich habe ihn und seine Frau zum Abendessen eingeladen«, wiederholte David. »Was ist denn daran so schlimm? Ich dachte, du würdest gern ein paar von meinen Freunden kennenlernen. Du beklagst dich doch immer, dass wir nicht genug unter Leute kommen.«

»Nein, das stimmt nicht«, entgegnete Orla. »Ich habe – ein einziges Mal – gesagt, dass es nicht einfach ist, einen neuen Freundeskreis aufzubauen, der keine Vorbehalte hat, weil du schon mal verheiratet warst. Und dass wir nicht genug neue Leute kennenlernen, um diese Lücke zu füllen. Das ist etwas ganz anderes.«

»Na ja, Kevin und Eve sind wirklich nett«, sagte David beschwichtigend. »Du magst sie bestimmt.«

»Du hast sie mir gegenüber noch nie erwähnt«, bemerkte Orla. »Woher kennst du sie denn?«

»Kevin und ich haben damals zusammen bei der Irish Life angefangen. Er ist dann ins Bankgeschäft umgestiegen. Ich bin zu Gravitas gegangen. Seine Frau hat auch bei der Irish Life gearbeitet, und sie ist sehr nett. Wir haben früher tolle Abende zusammen verbracht.«

»Wir?«, wiederholte Orla. »Du meinst, du und Gemma?«

»Sicher«, entgegnete David. »Sieh mal, Orla, das ist wirklich keine große Sache. Nur ein paar Leute, die zum Essen kommen.« Er beugte sich vor und küsste sie auf den Nacken.

»Und du willst, dass ich ein Abendessen für sie koche«, sagte sie. »Ich kann keine Gäste bekochen, David! Du weißt doch, dass ich schon kaum für uns beide kochen kann.«

»Dann mach es so wie neulich für die Kinder«, schlug David vor. »Nudeln. Das war gar nicht schlecht.«

»David, ich kann doch nicht einfach Nudeln kochen und

Fertigsauce warm machen. Und, wenn du dich erinnern möchtest, nicht einmal das habe ich richtig hinbekommen.« Orla fuhr sich mit den Fingern durch die roten Locken. »Ich kann das nicht, wirklich nicht. Sie erwarten bestimmt was Richtiges.«

»Mach nicht so ein Drama draus«, erwiderte David. »Da ist doch nichts dabei. Himmel, Orla, wenn Gemma – die nicht halb so intelligent und fähig ist wie du – ohne Schwierigkeiten ein Abendessen zusammenkochen kann, dann verstehe ich nicht, wo dein Problem liegt.«

»David, Kochen und Gäste bewirten ist eine besondere Fähigkeit. Und zwar eine, die ich nicht habe. Ich habe noch nie richtig für Gäste gekocht, und ich weiß nicht mal, wie ich es anstellen sollte.«

David seufzte. »Du stellst dich geradezu dämlich an«, erklärte er ihr. »So kenne ich dich ja gar nicht. Ich habe dich geheiratet, weil du eben nicht dämlich bist.«

»Du hast mich auch geheiratet, weil ich nicht Gemma bin«, fuhr Orla ihn an, »aber du erwartest trotzdem, dass ich Freunde bewirte, die früher sie bewirtet hat.«

»Kevin ist *mein* Freund«, sagte David. »Wir kennen uns seit Jahren. Er ist mit Eve verheiratet. Mit ihr muss ich nicht unbedingt was zu tun haben. Aber er ist ein guter Freund. Also schön, ich habe ihn länger nicht mehr gesehen, aber ich mag ihn. Und ich möchte, dass er uns besucht. Ich bitte dich ja nicht um etwas Unmögliches, Orla. Koch eben was ganz Einfaches.«

Sie biss sich auf die Lippe. Er begriff es nicht. Er kapierte es einfach wirklich nicht. Er sah sie an, mit verwirrter Miene. »Hast du vielleicht einen Vorschlag?«, fragte sie schließlich. Er blickte nachdenklich drein. »Gemma hatte da so ein Rezept für Ente«, erinnerte er sich. »Aber ich weiß nicht genau, wie es hieß. Hat aber sehr gut geschmeckt. Sehr aromatisch. Mit einer bestimmten Sauce.«

»Orangensauce?«, riet Orla.

»Nein.« Er schüttelte den Kopf. »Eine rote Sauce. Beeren, glaube ich. Vielleicht Preiselbeeren. Oder war das die für den Truthahn zu Weihnachten?«

Orla seufzte. Er erwartete doch hoffentlich nicht, dass sie ihm zu Weihnachten einen riesigen Truthahn vorsetzte. Sie stand vom Sofa auf und holte ihr Kochbuch aus dem Regal. »Ich könnte ja irgendwas hieraus schon mal üben«, überlegte sie.

»Du hast aber nicht mehr viel Zeit zum Üben«, wandte David ein. »Außer, du bleibst diese Woche jeden Abend zu Hause.«

»Nein«, sagte Orla. »Ich habe morgen einen Termin. Am Mittwoch bin ich mit Abby verabredet. Das könnte ich absagen und stattdessen kochen. Am Donnerstag haben wir eine Team-Besprechung. Einkaufen kann ich dann am Freitag.«

»Das ist doch keine militärische Operation«, sagte David. »Und das mit dem Üben war doch nur Spaß. Ich bin sicher, was auch immer du machst, es wird prima.«

»David, ich habe noch nie gekocht. So einfach ist das. Ich muss erst etwas ausprobieren.«

»Alle Frauen können kochen«, erklärte David. »Du musst es dir nur zutrauen.«

»Red nicht solchen Blödsinn.« Sie blätterte in dem Kochbuch herum. »Sieh dir nur dieses Bild an! Die Frau hat ihre Hand in dem Hühnchen. Glaubst du etwa, ich würde meine Hand in ein Huhn stecken? Da irrst du dich gewaltig!«

»Huhn ist ziemlich einfach«, sagte David. »Mit Huhn kannst du eigentlich nichts falsch machen.«

»Ich schon«, erwiderte Orla düster.

»Dann mach wieder die Nudeln«, schlug David vor. »Sie werden schon nicht merken, dass es eine Fertigsauce ist.«

»Werden sie doch«, widersprach Orla. »Sogar ich merke ja, wenn etwas aus der Dose kommt.«

David seufzte. Er hätte nie gedacht, dass sie sich darüber

so aufregen würde. Er hatte es für eine gute Idee gehalten. Er hatte geglaubt, sie würde sich freuen, mehr von seinen Freunden kennenzulernen. Als es um ihre Hochzeit ging und sie die Gästeliste strengstens auf die beiden Familien und die engsten Freunde beschränkt hatten, hatte sie bedauert, dass sie nicht mehr Leute einladen konnten. Aber sie hatten sich dafür entschieden, keine große Sache aus der Hochzeit zu machen, denn dies war für beide Familien das erste Mal, dass jemand nach einer Scheidung wieder heiratete; sie hatten sich gedacht, eine zurückhaltende Feier sei besser. Aber eine ausgelassene Fete wäre vielleicht doch besser gewesen als diese ruhige, kultivierte Feierlichkeit.

»Koch, was du willst, mir ist alles recht«, sagte er schließlich. »Und selbst wenn es widerlich schmeckt, ich werde es trotzdem aufessen.«

Sie lächelte schief. »Das will ich dir auch geraten haben. Sonst stopfe ich es dir nämlich gewaltsam in den Mund. Und wenn du dran erstickst.«

Das ist lächerlich, dachte Orla am nächsten Tag im Buchladen Hughes & Hughes, wo sie sämtliche Kochbücher durchblätterte. Es gab Hunderte davon – *Grundkurs Kochen, Kochen leicht gemacht, Kochen für Familie und Freunde.* Kochen mit Huhn, mit Lamm, mit Rind. Italienische Küche. Französische Küche. Eintöpfe. Rezepte für die Mikrowelle. Für den Backofen. Es schien mindestens tausend Methoden zu geben, eine Hähnchenbrust zuzubereiten, und sie kannte nicht mal eine.

Sie seufzte. David mochte ja plötzlich nach ein wenig vorstädtischer häuslicher Geselligkeit zumute sein, doch er hatte sie nicht geheiratet, weil sie gern am Herd stand. Er hatte sie deshalb geheiratet, weil sie eben überhaupt nicht so war wie seine Exfrau; und jetzt versuchte er, sie in einen Hausfrauen-Roboter zu verwandeln, auch wenn es ihm vielleicht nicht bewusst war. Und dennoch wollte sie ihm keine Schande machen. Sie wollte sich selbst auch keine Schande machen. Ihre Mutter kochte recht gut. Das steckte vielleicht auch irgendwo in ihren Genen. So schwierig konnte das doch eigentlich nicht sein, oder?

Ente mit Weintrauben-Sauce. Sie sah sich das Bild in *Kochen Schritt für Schritt* an und fragte sich, ob das das Gericht sei, das Emma früher immer gemacht hatte. Die Ente war goldbraun geröstet und mit ganzen Trauben garniert. Sie lag auf etwas, das aussah wie irgendein Teig. Orla überflog das Rezept. Die Ente war in frittierter Blätterteig-Croûte angerichtet. Sie wusste nicht genau, was Blätterteig-Croûte sein sollte. Das Rezept verriet einem auch nicht, wie man die machte. Keine Ente, entschied sie. Irgendwas Leichteres. Außerdem mochte sie Ente nicht besonders.

Sie blätterte weiter. Die Desserts sahen gut aus, fand sie. Der Nesselrode-Pudding, ein hoher Turm aus Milchreis, Eiern und Sahne mit Früchten, umgeben von Esskastanien, sah einfach fantastisch aus. Aber das Rezept war schrecklich kompliziert. Und Orla kam auch nicht dahinter, wie man das Ganze dann zu dieser Art Elfenbeinturm formen sollte. Vielleicht war sie mit dem Sorbet von schwarzen Johannisbeeren und Himbeeren besser beraten. Dazu musste man die Beeren nur pürieren, einfrieren und dann noch ein paar Himbeeren obendrauf legen. Damit konnte sie nicht allzu viel falsch machen.

»Ich würde dir ja gern helfen«, sagte Abby am selben Abend, als sie bei Bewley's saßen und heißen Milchkaffee tranken. »Aber ich konnte so was auch nie besonders gut. Erinnerst du dich an unsere Partys?«

Orla nickte. »Pizzaservice und Cocktailwürstchen. Aber alle fanden die Partys damals toll!«

»Waren sie auch«, stimmte Abby zu. Sie knabberte an ihrem glasierten Donut. »Weißt du noch, als Claire Hobson und Patrick Maguire sich im Bad eingeschlossen haben?«

Orla lachte. »Das muss die kürzeste Nummer in der Weltgeschichte der Leidenschaft gewesen sein, während alle an die Tür gehämmert und gebrüllt haben, sie sollen sich gefälligst beeilen, andere Leute müssten da auch mal rein!«

Abby lächelte. »Ich vermisse dich als Mitbewohnerin«, sagte sie. »Janet ist nett, aber es ist einfach nicht dasselbe.«

»Ja, manchmal vermisse ich das auch alles«, gestand Orla.

Abby sah sie entgeistert an. »Vermissen? Warum? Bist du denn nicht glücklich?«

»Natürlich bin ich glücklich!«, entgegnete Orla vehement. »Natürlich bin ich das, Abby. Es ist halt nur etwas ganz anderes, verheiratet zu sein.«

»Wie anders?«

»Man muss die ganze Zeit jemanden im Kopf haben«, erklärte sie. »Man kann nicht einfach so spontan etwas machen. Letzte Woche bin ich einmal zu spät nach Hause gekommen, und David ist ausgeflippt. Er hat geglaubt, mir sei etwas Schreckliches zugestoßen. Dabei war ich nur mit einem Kollegen noch einen trinken gegangen. Gar keine große Sache. Und ich dachte, David hätte selbst noch einen Termin mit einem Kunden. Aber der Kunde hatte abgesagt, er ist nach Hause gegangen und völlig durchgedreht, weil ich nicht da war.«

»Ich fände es ja schön, wenn ich jemanden hätte, der sich um mich Sorgen macht«, sagte Abby. »Ich könnte von der Erdoberfläche verschwinden, und niemand würde es bemerken.«

»Ich schon«, widersprach Orla.

Abby seufzte. »Na ja, du würdest es wohl schon irgendwann merken. Ich will ja auch nicht sagen, dass ich gern heiraten würde oder so, aber ich beneide einfach jeden, der den richtigen Menschen gefunden hat.«

»Und ich weiß, dass ich den Richtigen gefunden habe«, sagte Orla. »Unser gemeinsames Leben kommt mir nur so schrecklich erwachsen vor. Wir albern gar nicht mehr herum.«

»Orla, du hast noch nie herumgealbert. Du warst schon immer einer der ältesten jungen Menschen, die ich kenne.«

»Nein, das stimmt nicht«, wehrte sich Orla.

»Also, hör mal«, sagte Abby. »Du gehörst zu den wenigen Leuten, die ich an der Uni kannte, die ihre Zeit dort tatsächlich mit Studieren verbracht haben!«

Orla lachte. »Nicht nur.«

»Aber meistens«, beharrte Abby. Plötzlich grinste sie ihre Freundin an. »Bis auf die Geschichte mit Jonathan Pascoe.«

Orla errötete bei der Erinnerung an ihre sechsmonatige leidenschaftliche Beziehung mit dem sportlichen Technikstudenten. Von dem Moment an, als sie Jonathan zum ersten Mal gesehen hatte, hatte sie mit ihm ins Bett gehen wollen. So etwas hatte sie noch nie erlebt. Er hatte ihr später erzählt, dass es ihm ganz genauso ergangen war. Das war ihre erste ernsthafte Beziehung gewesen, und sie hatte gerade deshalb mit ihm Schluss gemacht, weil es so ernst wurde.

»Um wieder auf das ursprüngliche Thema zu kommen«, sagte Orla und zwang ihre Gedanken in die Gegenwart zurück, »ich muss mich wirklich um diese dämliche Einladung kümmern. Ich habe immer noch keine Ahnung, was ich kochen soll.«

»Hast du schon mal deine Mutter gefragt?«, schlug Abby vor. Orla schüttelte den Kopf.

»Ach, Orla, jetzt sag bloß, sie nervt dich immer noch wegen David?« Abby sah sie überrascht an.

»Nein«, entgegnete Orla. »Wir haben nie lang genug miteinander gesprochen, als dass sie mich deswegen hätte nerven können!«

»Das ist aber schade«, sagte Abby. »Ich dachte immer, ihr stündet euch recht nahe.«

Orla nickte. Sie vermisste ihre Mutter. Sie hatte Rosanna immer für eine recht gelassene Person gehalten, und selbst in ihren turbulenteren Teenagerjahren hatte sie sich nie ernsthaft mit ihr gestritten.

»Hast du sie mal angerufen?«, fragte Abby. – »Nein.« Orla ließ ein weiteres Zuckerstückchen in ihren halb leeren Kaffee plumpsen. »Sie war wegen David so böse auf mich, Abby. Und sie hat ein paar scheußliche Dinge über ihn gesagt. Wirklich verletzende Dinge. Ich kann sie nicht anrufen.«

»Das ist doch albern«, widersprach Abby. »Inzwischen ist sie bestimmt schon drüber weg.«

»Sie kann manchmal eine halsstarrige Ziege sein«, erklärte Orla. »Sie kann mich ja anrufen, ich ruf sie jedenfalls nicht an.«

»Aber vielleicht kann sie dir ein paar Ratschläge für die Küchenschlacht geben«, wandte Abby ein. »Sie kocht gut, Orla. Ich hab ja schon bei euch gegessen.«

»Dann fragt sie sich bestimmt, was mit mir los ist.« Orla kicherte. »Offenbar komme ich, was das Kochen angeht, eher nach meinem Vater!«

»Ruf sie an.« Abby trank ihren Kaffee aus. »Sie wartet wahrscheinlich schon sehnsüchtig darauf, von dir zu hören. Und sie gibt dir bestimmt ein Rezept für irgendwas Einfaches, das fantastisch aussieht, damit David dich für die absolut perfekte Ehefrau hält.«

»Das tut er auch so«, entgegnete Orla. Sie trank ebenfalls ihre Tasse leer. »Also dann, ich will zu Hause sein, wenn er heimkommt. Sonst geht er mir wieder die Wände hoch.«

11

Gemma stand vor dem Fernseher und drückte auf die Fernbedienung. Nichts geschah. Sie schüttelte die Fernbedienung und versuchte es noch einmal. Wieder nichts.

»Hab ich doch gesagt«, meinte Ronan. »Er ist kaputt.«

»Vielleicht ist nur die Batterie in der Fernbedienung leer«, erwiderte Gemma. »Ich versuch's mal so.« Sie kniete sich hin und drückte auf einen Knopf am Fernseher. Auf dem Bildschirm flackerten plötzlich Licht und Farbe auf, dann war er wieder schwarz.

»Der ist wirklich kaputt«, sagte Ronan.

»Sieht nicht gut aus«, gab Gemma zu.

Sie hockte sich auf die Fersen und betrachtete den Fernseher. Sie hatte keine Ahnung, wo das Problem sein könnte. Und sie war sich ziemlich sicher, was auch immer daran kaputt war, eine Reparatur würde beinahe so viel kosten wie ein neuer Apparat. Sie seufzte tief. Dies war gar kein guter Monat. Sie hatte einen harten Sparkurs eingeschlagen, doch dann war die Waschmaschine plötzlich ausgelaufen, und sie hatte einen Klempner rufen und sie reparieren lassen müssen. Peinlicherweise war die Ursache des Problems der Drahtbügel aus einem ihrer BHs, der sich irgendwo verklemmt hatte – der Klempner hatte ihn ihr unter schallendem Gelächter vor die Nase gehalten. Die Versicherung für das Haus war ebenfalls fällig geworden, denn sie hatte mit der Versicherungsgesellschaft monatliche Raten vereinbart, und die Telefonrechnung, die sie ganz vergessen hatte, war astronomisch. Sie wusste, woran das lag – Keelin telefonierte stundenlang mit Shauna Fitzpatrick, aber sie wollte deswegen nicht herumnörgeln. Keelin hatte außerdem fast genug zusammengespart, um sich die Lederjacke zu kaufen, die sie unbedingt haben wollte, und Gemma, die ihrer Tochter gegenüber unter permanenten Schuldgefühlen litt, hatte den Rest draufgelegt, damit sie sie kaufen konnte. Das war es auch irgendwie wert gewesen, dachte Gemma, während sie auf die schwarze Mattscheibe starrte, denn immerhin sprach Keelin schon beinahe wieder mit ihr. Sofern pubertierende Mädchen überhaupt je wirklich mit ihren Müttern sprachen.

Sie schaltete den Fernseher aus und wieder an. Es gab einen lauten Knall, es blitzte, und eine Rauchwolke stieg auf. Gemma und Ronan gingen schleunigst hinter der Sitzgruppe in Deckung.

»Er brennt nicht«, sagte Ronan mit zitternder Stimme nach einem Blick über die Sessellehne.

»Aber er ist definitiv kaputt«, musste Gemma eingestehen.

»Können wir einen neuen kaufen?«, bat Ronan. »Mit Breitwand-Format, Mum. Und Teletext. Und kriegen wir dann auch Sky Sports rein?«

»Ich weiß nicht«, sagte Gemma.

»In der Schule haben alle Sky Sports«, sagte Ronan. »Warum wir nicht?«

»Weil es –« Gemma bremste sich. Es war nicht fair, ihnen ständig zu sagen, dass sie etwas nicht haben könnten, weil es zu teuer sei.

»Kaufen wir einen richtig großen?«, fragte Ronan. »Vielleicht kriegen wir bei PowerCity einen Tragbaren dazu, wenn wir einen ganz großen Fernseher kaufen. Dann kann ich einen nur für meine Spiele haben!«

»Dieser hier ist wahrscheinlich von den verdammten Spielen kaputtgegangen«, herrschte Gemma ihn an. »Jedenfalls haben sie ihm bestimmt nicht gut getan.«

»Aber alle spielen doch auf dem Fernseher«, erwiderte Ronan. »Ich kann nichts dafür.«

»Nein. Das weiß ich.« Gemma rieb sich die Nasenwurzel.

Fernseher waren heute gar nicht mehr so teuer, dachte sie. Sie konnte bestimmt irgendwo einen billigen bekommen. Vielleicht keinen mit Breitwand-Bildschirm, aber Ronan würde den Unterschied sowieso nicht bemerken. Vermutlich.

»Können wir gleich fahren?«, fragte Ronan. »Sonst verpasse ich *Ace Ventura*. Der kommt um acht.«

Gemma erwog die Möglichkeiten. Sie konnte nichts mehr mit ihrer Kreditkarte kaufen. Ihr Girokonto war schon bis zum Limit überzogen, das schied also auch aus. Und in ihrem Portemonnaie befanden sich noch gewaltige sechzig Euro, wovon sie auch noch den Einkauf für diese Woche bezahlen musste. Aber Davids Unterhaltszahlung war fällig, und das Geld sollte irgendwann nächste Woche auf ihrem Konto sein.

»Ich muss mir das noch überlegen«, erklärte sie Ronan. »Und wir können ihn auf keinen Fall heute Abend kaufen.«

»Aber ...« Er starrte sie entgeistert an. »Aber heute Abend kommt *Ace Ventura*.«

»Ich weiß«, sagte Gemma. »Tut mir leid.«

»Ich kann ja nicht mal Zelda spielen«, jammerte Ronan. »Ich kann gar nichts machen!«

»Lies ein Buch«, sagte Gemma.

»Will ich aber nicht.«

»Dann geh und spiel draußen«, schlug sie vor. »Es ist ein schöner Abend.«

»Es ist kalt.«

»Sieh mal, Ronan, es ist einfach so: Ich kann heute Abend keinen Fernseher kaufen, Punkt. Tut mir leid.«

Ronan stand auf und stampfte hinaus. Gemma schloss die Augen.

Sie hockte noch immer mit geschlossenen Augen vor dem Fernseher, als Keelin hereinkam.

»Was ist denn mit dir?«, fragte Keelin. »Nichts«, erwiderte Gemma.

»Warum hockst du dann so da?« Keelin klang ängstlich. »Einfach so«, sagte Gemma.

»Warum ist der Fernseher aus?«, fragte Keelin. – »Weil er kaputt ist«, erklärte Gemma.

»Was ist denn damit?«

»Er hat ›Puff‹ gemacht und eine Rauchwolke ausgestoßen«, sagte Gemma. Keelin kicherte. »Echt?«

Gemma schlug die Augen auf und sah ihre Tochter an. »Echt.«

»Sollen wir heute noch losfahren und einen neuen kaufen?«, schlug Keelin vor.

»Wir haben kein Geld dafür«, sagte Gemma.

»Warum?« Keelin starrte sie an. »Dad gibt dir so viel Geld für uns. Das hat er mir gesagt. Und du verdienst was bei Niamh. Warum hast du dann trotzdem nie Geld?«

»So einfach ist das nicht«, sagte Gemma erschöpft.

»Ist es doch«, erwiderte Keelin. »Du hattest genug Geld, um dieses Haus zu kaufen. Du musst also nicht jeden Monat Miete bezahlen. Wir haben nämlich auch Buchführung und Wirtschaft in der Schule, weißt du?«

»Vielleicht möchtest du dann lieber unsere Finanzen managen«, gab Gemma scharf zurück.

»Ich würde es wahrscheinlich besser machen als du!«

Sie funkelten einander an. Dann verließ Keelin das Wohnzimmer und trampelte nach oben.

Ich bin ein totaler Versager, dachte Gemma. Zu nichts zu gebrauchen. Und Keelin hat recht. Sie würde das wahrscheinlich besser in den Griff kriegen als ich.

Orla stand vor dem Haus. Es war albern, aber sie war nervös. Sie wusste nicht, was sie drinnen erwartete.

Sie holte tief Luft und klingelte.

»Na, hallo!« Ihr Bruder Tony, zwei Jahre älter als sie, öffnete die Tür.

»Hallo.« Sie trat ein. »Und, wie läuft's?«

»Bestens«, sagte Tony. »Und bei dir? Wie lebt es sich mit deinem Beinahe-Rentner?«

»Er ist kein Beinahe-Rentner«, erwiderte sie scharf. »Du bist ja so schlimm wie Mum.«

»Nein, bin ich nicht!« Tony grinste sie an. »Ich kämpfe an deiner Seite.«

Orla seufzte. »Ist sie immer noch sauer auf mich?«

»Sie kommt schon drüber weg«, erklärte Tony. »Aber du kennst sie doch. Ein Sturkopf.« Er lächelte. »Genau wie du.«

»Nein, welche Ehre.« Rosanna O'Neill blickte auf, als Orla das Wohnzimmer betrat. »Wir haben dich ja überhaupt nicht mehr zu Gesicht bekommen, seit du aus der Karibik zurück bist.«

»Ich habe euch besucht, sobald ich wieder da war«, widersprach Orla. »Ich habe euch eure Geschenke gebracht, oder etwa nicht?«

Die beiden Frauen funkelten einander an. Tony verließ das Zimmer.

»Warum magst du ihn nicht?«, fragte Orla.

»Das habe ich dir schon hundert Mal gesagt«, antwortete Rosanna. »Er ist zu alt. Er hat Kinder. Er hat eine Exfrau. Er ist vorbelastet, Orla.«

»Aber jetzt ist er mein Mann«, entgegnete Orla. »Egal, was du denkst, das wirst du akzeptieren müssen.«

Ihre Mutter seufzte. »Ich weiß.«

»Und ich liebe ihn«, fuhr Orla fort. »Er ist lieb. Er ist großzügig. Er ist sehr gut zu mir und sehr gut zu seinen Kindern.«

»Und was, wenn du selbst Kinder willst?«, fragte Rosanna. »Wie steht er dazu?«

Orla zuckte mit den Schultern. »Positiv«, erklärte sie, »wenn ich welche haben will. Da bin ich mir im Moment aber noch nicht sicher. Ich bin doch erst vierundzwanzig.«

»Ich weiß genau, wie alt du bist, Orla«, gab Rosanna zurück. »Aber der Punkt ist: Sagen wir mal, du willst Kinder, wenn du dreißig bist. Nehmen wir mal an, du möchtest so lange warten. Dann ist er sechsundvierzig! Das ist nicht das ideale Alter für einen Mann, um eine Familie zu gründen. Da musst du mir doch zustimmen.«

Wieder zuckte Orla mit den Schultern. »Viele Männer werden noch Vater, wenn sie älter sind. Oft sind sie beim zweiten Mal sogar bessere Väter. Sie nehmen sich mehr Zeit für ihre Kinder.«

Rosanna lächelte schwach. »Es spielt überhaupt keine Rolle, was ich sage, oder?«

»Jetzt nicht mehr«, erwiderte Orla. »Ich habe ihn geheiratet, und damit basta.«

»Schön.« Die Wut verschwand aus Rosannas Stimme, als sie nach Orlas Hand griff. »Wir wollen nicht mehr darüber streiten. Also, warum bist du jetzt hier und nicht bei ihm?«

Orla lächelte und drückte die Hand ihrer Mutter. »Weil er will, dass ich Gäste bekoche«, erklärte sie Rosanna. »Und ich habe keine Ahnung, wie ich das anstellen soll!«

David las gerade Zeitung, als das Telefon klingelte. Er legte sie ordentlich zusammen und griff nach dem Hörer, denn das war vermutlich Orla.

Er hatte sie ermuntert, heute Abend bei ihrer Mutter vorbeizuschauen.

Nun fragte er sich, ob Orla anrief, um ihm zu sagen, dass sie später käme, weil Rosanna ihr einen kleinen Kochkurs gab. Er hatte ein schrecklich schlechtes Gewissen, weil er Orla mit der Einladung so in die Bredouille gebracht hatte; aber er hatte ehrlich nicht damit gerechnet, dass sie so viel Wind darum machen würde.

Solche Sachen waren für Gemma immer ein Kinderspiel gewesen.

»Hallo«, sagte er locker.

»David?«

»Gemma?« Er richtete sich auf. »Ist etwas passiert?«

Gemma packte den Hörer fester. »Nein, alles in Ordnung. Nichts ist passiert.«

»Warum rufst du mich dann an?«, fragte er. »Du rufst doch immer nur an, wenn irgendwas ist.«

»Ich wollte dich etwas fragen.« – »Nur zu.«

»Ich wollte fragen, ob du mir ein bisschen Geld leihen könntest.«

»Geld?«, wiederholte er. »Wofür?«

»Einen neuen Fernseher«, erklärte sie.

»Fernseher?« – »Ja.«

»Ihr habt doch schon einen?«

»Der ist in die Luft geflogen«, sagte Gemma.

»In die Luft geflogen?«

Es ging ihr allmählich auf die Nerven, dass er jedes ihrer Worte wiederholte. »Ja«, sagte sie.

»Ist jemand verletzt worden?«

»So dramatisch war es nun auch wieder nicht«, erklärte sie. »Er hat nur eine Rauchwolke ausgestoßen und ist verreckt.«

Er lachte.

»Ich weiß, das klingt lustig«, sagte Gemma. »Aber für Ronan ist das natürlich die totale Katastrophe. Er verpasst all seine Lieblingssendungen.«

»Ist sowieso nicht gut für ihn, wenn er den ganzen Tag vor der Glotze hockt«, bemerkte David.

»Ich weiß. Aber sag ihm das mal«, entgegnete Gemma. »Und dann natürlich seine Spiele. Die kann er auch nicht mehr spielen.«

»Warum kaufst du nicht einfach selbst einen neuen Fernseher?«, fragte David. »Es ist ja nicht so, als wärst du mittellos, Gemma. Du kannst doch nicht jedes Mal bei mir angerannt kommen, wenn du einen kleinen finanziellen Engpass hast. Ich war auch so schon ziemlich großzügig.«

»Das warst du.« Sie fuhr sich mit der Zunge über die Lippen. »Und ich weiß es wirklich zu schätzen, dass du dich so anständig verhalten hast.« Sie schnitt dem Telefonhörer eine Grimasse. »Aber ich bin im Augenblick etwas knapp dran, was Bares betrifft.«

»Dann nimm doch einfach deine Kreditkarte«, schlug er fröhlich vor.

»Das kann ich nicht«, sagte sie. – »Warum?«

»Weil es eben nicht geht. Ich bin schon am Limit.«

»Was, zum Teufel, hast du nur mit dem ganzen Geld gemacht?«, fragte er.

»Das geht dich nichts an«, schoss sie zurück. »Ich bin am Limit. Mehr brauchst du nicht zu wissen.«

»Und was ist mit einem Dispo-Kredit?«, schlug er vor.

»David, wenn ich meinen Überziehungsrahmen noch weiter ausdehnen könnte, müsste ich dich ja wohl nicht anrufen, oder?«

»Du meinst, dein Konto ist schon überzogen?« Er klang fassungslos.

Er tut es schon wieder, dachte Gemma elend. Er behandelt mich wie ein Kleinkind.

Gleich wird er anfangen, mir eine Predigt zu halten, und das ertrage ich nicht!

»Wirklich, Gemma«, sagte David prompt, »du musst endlich mal deine Finanzen in den Griff kriegen. Ich war in der Vergangenheit immer bereit, dir auszuhelfen. Aber jetzt bin ich verheiratet, ich habe andere Verpflichtungen. Ich kann nicht ständig deine letzte Rettung sein. Wenn du jedes Mal zu mir gelaufen kommst, sobald du ein kleines Geldproblem hast, wirst du nie lernen, allein damit zurechtzukommen. Oder?«

Halt die Klappe, du überheblicher Mistkerl, dachte sie. Und wieso nennst du eigentlich dein rotgelocktes Miststück eine Verpflichtung? Hat die denn nicht selbst einen tollen Job?

»Also willst du mir nichts geben«, sagte sie.

»Das hat nichts mit können oder wollen zu tun«, erwiderte David. »Es geht darum, was gut für dich ist, Gemma.«

»Es ist also gut für mich, keinen Fernseher zu haben, ja?«, fragte sie.

»Du würdest doch bestimmt nicht lange brauchen, um das Geld zusammenzusparen«, entgegnete er. »Heute bekommt man einen Fernseher doch für ein paar hundert.«

»Ronan will aber einen mit Breitwand-Format«, sagte sie trocken.

David lachte. »Für wen hält sich der Kleine eigentlich?«

»Er versteht das nicht«, erklärte sie. »Er meint, weil alle anderen so einen haben, sollte bei uns auch einer stehen.«

»Na ja, dann wird er es wohl lernen müssen, oder? Er kann nicht immer haben, was alle anderen haben.«

»Das weiß er schon«, sagte Gemma. »Er hat keinen Vater zu Hause, oder?«

David schwieg.

Gemma konnte seine Wut spüren. Sie konnte förmlich sehen, wie sein Kiefer sich anspannte, seine Augen ganz schmal wurden und sein ganzer Körper sich versteifte, wenn er wütend war.

»Jetzt gehst du wirklich zu weit«, sagte er schließlich. »Das liegt allein an dir, Gemma! Du warst diejenige, die entschieden hat, dass unsere Ehe vorbei ist. Du warst diejenige, die gesagt hat, gar kein Vater sei besser für die Kinder, als mich zum Vater zu haben. Du hast entschieden, sie bei dir zu behalten. Du hast Rechtsanwälte in unserem Privatleben herumtrampeln lassen, und du hast mir so viel Geld abgequetscht, wie du nur konntest! Also wage es ja nicht, mir vorzuhalten, dass Ronan keinen Vater zu Hause hat!!«

Sie biss sich auf die Lippe. Sie wollte doch nicht mit ihm streiten. »Ich meine ja nur –«

»Oh, ich weiß genau, was du gemeint hast!«, schäumte David. »Du willst dich als die arme, verlassene Exfrau sehen, die sich abplagt, um Heim und Familie unter den schwierigen Umständen zusammenzuhalten.«

»Ich –«

»Nun, deine Umstände sind gar nicht so schwierig, verdammt noch mal, du machst es dir nur selber schwer! Und jetzt kannst du leider nicht mehr zu der plötzlichen Einsicht gelangen, dass die Scheidung ein Fehler war!«

»Die war ganz bestimmt kein Fehler«, gab sie zurück, »sondern das Beste, was ich je getan habe.«

»Für mich auch!«, schrie David und knallte den Hörer auf.

Gemma stand im Flur und lehnte den Kopf an die Wand. Gut gemacht, sagte sie sich bitter.

Eigentlich hattest du dir das Gespräch doch ein bisschen anders vorgestellt.

12

Es war wesentlich einfacher, den Leuten Versicherungen zu verkaufen, dachte Orla, als sie alle Zutaten für ihren Koch-Marathon auf der marmornen Arbeitsplatte ausgebreitet hatte. Bei Kunden wusste man, woran man war, was man wollte und was die wollten, daraus konnte man schlau werden. Aber das hier! Berge von Fleisch und Gemüse und Gewürzen warteten darauf, dass sie etwas kreierte, was den Leuten Ausrufe des Entzückens entlocken sollte – oder wovon sie sich zumindest nicht angewidert abwenden würden. Sie schüttelte den Kopf. Selbst mit Hilfe von Rosannas liebstem Kochbuch würde dies der reinste Albtraum werden. Rosanna hatte darauf bestanden, dass Orla das Kochbuch mit nach Hause nahm – sie meinte, die Abbildungen könnten ihr helfen.

Orla hatte es genossen, mit ihrer Mutter zusammenzusitzen und über diese Dinnerparty zu sprechen. Rosanna hatte Gulasch vorgeschlagen. Schließlich, sagte sie, war das praktisch nur Eintopf, und man brauchte zwar einige Zeit für die Vorbereitungen, aber wenn es erst mal im Ofen stand, war nichts mehr zu tun. So würde Orla sich mit ihren Gästen unterhalten können.

»Wie lange braucht das denn?« David blickte von der Wochenendbeilage der Zeitung auf.

»Ein paar Stunden«, antwortete Orla. Sie schabte an einer Karotte herum.

»Ist es nicht ein bisschen zu warm dafür, etwas stundenlang im Ofen zu haben?«, fragte David.

»So kann ich mich aber auf deine Freunde konzentrieren statt aufs Kochen.« Orla lutschte an ihrem Finger, wo sie sich mit dem scharfen Messer geschnitten hatte.

»Unsere Freunde«, verbesserte David sie. – »Im Moment sind sie noch deine Freunde«, erwiderte Orla. »Vielleicht werden sie ja eines Tages unsere Freunde, aber jetzt sind es noch deine.«

»Entspann dich doch mal«, sagte David.

»Ich bin nicht der Typ dafür«, entgegnete sie.

David lachte. Er kam in die Küche und schlang die Arme um sie. »Wollen wir wetten?«

Sie hielt ihm das Messer vor die Nase. »Ich bin bewaffnet.«

»Dann werde ich dich eben entwaffnen müssen.« Er ließ eine Hand unter ihr T-Shirt gleiten.

»David, ich versuche zu kochen!«

»Du hast noch viel Zeit«, sagte er. »Sie kommen um acht. Es ist erst fünf.«

»Aber da ist noch so viel zu tun«, rief Orla. »Und das Ganze muss zwei oder drei Stunden kochen. Ich schaffe es ja kaum, es bis halb sechs im Ofen zu haben!«

»Aber wir essen doch erst später.«

»Ich muss auch noch die Vorspeise vorbereiten.«

»Du hast Räucherlachs gekauft«, sagte David. »Ich hab ihn gesehen. Den brauchst du nur auf einen Teller zu legen! Das ist doch kein Aufwand.«

»Aber ich muss mich auch noch selbst fertig machen!«

»Orla, Herrgott noch mal! Beruhige dich. Du rotierst ja schon den ganzen Tag lang. Hetzt zum Supermarkt. Matschst mit diesen Beeren rum. Kaufst Kerzen. Entspann dich. Das ist kein Wettbewerb oder so.«

»Ich will nur, dass der Abend richtig schön wird«, erklärte sie. »Das wird er auch.« Er küsste sie zärtlich auf den Nacken und knöpfte ihre Jeans auf. »Ich verspreche dir, Orla, es wird alles ganz wunderbar.«

Sie war total verspannt. David küsste und streichelte sie. Er drückte sie an sich und flüsterte ihr zu, dass er sie liebte. Doch sie dachte unentwegt daran, wie lange es wohl dauerte, sechs

Karotten zu schälen, und ob es wirklich ausreichte, die Pilze nur mit einem feuchten Tuch abzuwischen. Was, wenn sie ein paar Krümel Erde übersah? Würden die Leute es bemerken? Sie konnte gar nicht fassen, dass sie an solche Sachen dachte, während David sie küsste. Normalerweise gab sie sich ihm völlig hin, doch gerade jetzt konnte sie das einfach nicht.

Sie keuchte auf, als David in sie eindrang. Er ächzte leise, und sie wand sich unter ihm, damit sie es bequemer hatte. Er stöhnte vor Lust.

Sie sah ihn an. Seine Augen waren geschlossen, sein Gesicht eine Maske totaler Konzentration. Sie fragte sich, warum er so aussah, warum er nicht entspannter wirkte. Sie hatte ihn noch nie zuvor angesehen, während sie sich liebten. Sie hatte die Augen immer fest geschlossen, damit sie ihn umso intensiver spürte. Sie schlang die Beine um ihn und verzog schmerzlich das Gesicht. Sie war wirklich nicht in Stimmung, und ihr Körper ließ sie das deutlich merken. Wenn sie sich noch ein bisschen mehr wand, dachte sie, beeilte er sich vielleicht, und dann konnte sie sich wieder ans Kochen machen. »Oh, Orla.« Er keuchte. Sie stellte interessiert fest, dass auf seiner Stirn eine Ader hervorstand. Wieder bewegte sie sich unter ihm.

»Mein Gott.«

Räucherlachs war die falsche Vorspeise. Sie hatte sich eben deshalb dafür entschieden, weil sie nichts weiter tun musste, als ihn auf einen Teller zu legen, aber er passte überhaupt nicht zu Gulasch. Sie würden entsetzt sein. Sie packte David fester, als sie sich ihre Gesichter vorstellte, wenn sie ihnen nach dem Lachs Gulasch servierte. Sie würden sich fragen, was um Himmels willen in sie gefahren sei.

»Oh, Orla!«

Sie hoffte nur, dass das Sorbet aus Johannisbeeren und Himbeeren, das sie vorhin fabriziert hatte, schon ordentlich gefroren war. Sie erschauerte bei der Vorstellung, wie sie es aus der neu gekauften Form kippte, um dann zusehen zu müssen, wie es sich vor aller Augen in eine dunkelrote Pfütze verwandelte.

»Oh, ja!« Auch David erschauerte heftig und stieß langsam die Luft aus. Er ließ sich auf Orla fallen und blieb mit dem Kopf zwischen ihren Brüsten liegen.

»David, ich muss aufstehen.«

»Das war fantastisch.« Er hob den Kopf, um sie anzusehen.

»Ja«, sagte sie.

»Wirklich?«

»Absolut«, versicherte sie ihm.

Er küsste sie zärtlich auf jede Brustwarze. »Ich liebe dich.«

»Ich liebe dich auch, aber ich muss jetzt wirklich ein paar Karotten schaben.«

»Das nenne ich die Romantik in einer Beziehung lebendig erhalten«, sagte er und rollte beiseite.

Sie hatte nicht gewusst, dass es so lange dauerte, all das Zeug zu schälen und zu schneiden und klein zu schnippeln. Es war schon beinahe sechs Uhr, als sie Öl in die riesige kupferne Kasserolle goss und sie auf den Herd stellte.

»Ich dachte, das soll in den Ofen«, sagte David, der in die Küche gekommen war und in den klein geschnittenen Zwiebeln herumstocherte.

»Kommt es ja auch«, erklärte Orla. »Aber man muss die Zwiebeln und das Fleisch erst anbraten. Ich lasse nur kurz das Öl heiß werden.«

Sie verließ die Küche und überprüfte noch einmal den gedeckten Esstisch. Er sah gut aus, befand sie. Ich kann das. Ich kann Einladungen geben wie eine Erwachsene. Es muss nicht nur Pizza und verbrannte Cocktailwürstchen sein.

Sie gähnte.

»Müde?« David war ihr gefolgt.

»Ein bisschen«, sagte sie. Dann schnüffelte sie plötzlich. »Riechst du das auch?«, fragte sie.

»Riecht komisch.« David stand vom Tisch auf. »Ich dachte, du erhitzt nur etwas Öl.«

»Wollte ich auch.« Sie folgte ihm zurück in die Küche. Eine dicke, blaugraue Rauchwolke schlug ihnen entgegen. Der Gestank war durchdringend, aber undefinierbar.

»Herr im Himmel!« David stürzte zum Herd und schaltete ihn aus. »Was hast du da bloß gemacht!!«

»Was? Was denn?«

Er sah sie an. »Wir können von Glück sagen, dass nicht die ganze Wohnung in Rauch aufgegangen ist.«

»Was hab ich denn gemacht?« Ihre Stimme war beinahe ein Quieken.

»Du hast die falsche Herdplatte angeschaltet«, sagte David. »Und darauf stand das hier.« Er hielt ihr ein Stück geschmolzenes Plastik hin. Es war die Schüssel, in die sie ihre sorgsam geschnippelten Karotten gegeben hatte. Ein paar Stückchen waren in das Plastik eingeschmolzen, andere verkohlt. Sie starrte ihn entsetzt an.

»Hast du denn nicht hingeschaut?«, fragte er tadelnd. »Hast du denn nicht gemerkt, dass du die falsche Platte aufgedreht hast?« David schaltete den Dunstabzug ein, und der Rauch wurde langsam aus der Küche gesogen. »Das stinkt ja fürchterlich«, sagte er.

»Es ist bestimmt verflogen, bis Kevin und Eve kommen«, sagte Orla.

»Das will ich hoffen.« David wischte sich die Augen, die zu tränen begannen. Er warf die geschmolzene Plastikschüssel mit der Karotten-Dekoration in den Abfalleimer.

Orla folgte ihm hinaus ins Wohnzimmer. Ein Rauchschleier hing in der Luft. David öffnete die Balkontüren.

»Tut mir leid«, sagte sie, als er auf den Balkon trat. »Das war ein Versehen.«

»Ich weiß«, sagte er. »Ich mache dir keinen Vorwurf.«

»Es kommt mir aber so vor.«

»Natürlich mache ich dir keinen Vorwurf.« Er nahm sie in

den Arm. »Du machst das zum ersten Mal. Du bist wahrscheinlich nervös. Da macht man leicht einen Fehler.«

»Red nicht so von oben herab mit mir!« Sie schüttelte ihn ab »Das tue ich doch gar nicht, verdammt!«

Sie starrten einander wütend an. Orla fühlte mit Grausen, dass sie gleich weinen würde. Sie biss sich auf die Lippe.

»Es tut mir leid«, sagte David. »Vielleicht hat es sich überheblich angehört. Es war nicht so gemeint.«

Sie zupfte sich am Ohrläppchen. »Ist schon gut«, sagte sie.

»Freunde?«

»Klar«, sagte sie.

»Okay.« Er lächelte sie an. »Komm schon, du solltest lieber noch ein paar Karotten schaben.«

»Ich hab keine mehr.«

Sie sah aus wie ein Kind, das etwas angestellt hatte, dachte er. Die Liebe zu ihr überwältigte ihn vollkommen. Er schlang die Arme um sie und hielt sie fest. Er hatte ja nicht ahnen können, dass dieser Abend für sie so ein Drama war. Er war daran gewöhnt, sie kompetent und tüchtig zu sehen, wenn sie mit Kunden sprach, Anweisungen erteilte und immer genau wusste, was sie tat; diese neue, unsichere Orla war eine Offenbarung für ihn. Er genoss das Gefühl, sie zu beschützen.

»Es macht doch nichts«, murmelte er und streichelte ihr Haar. »Niemand wird es merken.«

»Ich schon«, sagte sie.

»Ich fülle sie mit Wein ab«, beruhigte er sie, »und ich verspreche dir, sie merken überhaupt nichts.«

Kevin und Eve kamen Punkt acht. Eve hielt einen riesigen Blumenstrauß in der Hand, während Kevin David eine Flasche St. Emilion überreichte.

»Toll. Danke.« David klopfte seinem Freund auf den Rücken.

»Ich weiß doch, dass du den magst«, sagte Kevin. »Den hast du früher immer gern getrunken.«

»Er ist wunderbar«, sagte David. Orla brachte die Blumen in die Küche. Sie konnte sie nirgendwo hineinstellen. Davids Innenarchitektin hatte zwar für Vasen gesorgt, sie aber mit Trockenblumen-Arrangements bestückt. Orla holte einen Eimer unter der Spüle hervor, füllte ihn mit Wasser und stopfte Eves Strauß hinein.

»Was trinkt ihr?«, fragte David. »Kevin, einen Gin Tonic? Für dich auch, Eve?«

Sie nickten, und David holte ein paar Gläser aus der Hausbar. »So.« Eve lächelte Orla an. »Es freut mich, dass ich dich endlich kennen lerne.«

»Gleichfalls.« Orla erwiderte das Lächeln. »Ich habe schon viel von euch gehört.«

»Nicht so viel wie wir über dich, da bin ich sicher«, entgegnete Eve.

Orla lächelte eisern weiter, während sie Eve genau betrachtete. Sie hatte hellblaue Augen, aschblondes, schulterlanges Haar und lange Fingernägel, perfekt maniküt und hellrosa lackiert. Sie trug große goldene Ohrringe, eine Goldkette und zwei goldene Armbänder. Orla war nicht recht sicher, ob sie diese Frau mochte oder nicht. Es war schwer, ihr Alter genau einzuschätzen, fand sie. Irgendwo zwischen dreißig und vierzig, und wohl eher in Richtung vierzig, wenn man die Krähenfüße in ihren Augenwinkeln bedachte. Das ist schäbig von mir, sagte Orla sich beim Gedanken an ihr eigenes, faltenfreies Gesicht. Aber es tut gut, mal schäbige Gedanken zu denken.

»Also, David.« Eve lehnte sich in dem ultramodernen Sessel zurück und tippte mit einem Fingernagel an ihr Glas. »Erzähl uns doch mal, wie ihr beide euch kennengelernt habt. Es freut mich, dich nach so langer Zeit wieder im Sattel zu sehen, sozusagen.«

David lachte. »Das hast du aber charmant ausgedrückt, Eve. Wir haben uns bei der Arbeit kennengelernt«, fügte er hinzu. »Ich habe ihr einen Vortrag gehalten.«

»Was denn für einen Vortrag?«, wandte Eve sich interessiert an Orla. »Wie man erfolgreich verkauft«, entgegnete Orla. »Allerdings erinnere ich mich, dass er ständig nur von Verkäufern gesprochen hat.«

»Ich habe dir doch damals schon gesagt, dass ich keinen Nerv für diesen ›Verkäuferinnen und Verkäufer‹-Quatsch habe«, schaltete sich David ein.

»Muss ja auch nicht in jeder Situation sein«, sagte Orla ruhig. »Aber wenn man vor einer Gruppe mit beiden Geschlechtern spricht, finde ich, dass man darauf Rücksicht nehmen sollte. Und das hat David nicht getan.«

»Aber es hat dich trotzdem nicht daran gehindert, ihn dir zu schnappen!« Kevin lachte.

»Kevin!« Eve beugte sich über die Armlehne und bohrte sanft einen Finger in seinen Arm. »Nach allem, was wir wissen, war es David, der sich Orla geschnappt hat.«

»Niemand hat sich irgendwen geschnappt«, stellte David klar. »Wir haben uns an diesem ersten Tag nur unterhalten. Wir sind erst viel später zusammengekommen.«

»Und was hast du in ihm gesehen?«, fragte Eve Orla.

»Ich mochte ihn«, erwiderte Orla schlicht.

»Graue Haare, falsche Zähne und seine Kurzsichtigkeit haben dich nicht abgeschreckt?«, fragte Kevin.

»Er hat keine falschen Zähne!« rief Orla aus und errötete dann, als alle sie angrinsten. »Ich sehe mal in der Küche nach dem Rechten«, sagte sie hastig und stand auf.

»Sie ist bezaubernd«, sagte Eve, sobald Orla den Raum verlassen hatte. »Und wunderschön, David.«

»Ja, nicht?« Er lächelte selbstgefällig.

»Ich wüsste nur zu gern, was sie in dir sieht«, murmelte Kevin düster. »Ich glaube nicht, dass irgendeins von den Mädchen, die ich so kenne, mit Beinen bis zum Hals und einer solchen Figur, mit mir auch nur was trinken gehen würde. Geschweige denn, mich heiraten.«

»Das liegt daran, dass du sehr glücklich mit mir verheiratet bist«, sagte Eve bestimmt. »Und ich will nicht, dass du dir irgendwelche Hoffnungen auf junge, attraktive Dinger in deinem Büro machst, vielen Dank auch!«

Sie lachten, und David erhob sich, um ihnen nachzuschenken.

Orla konnte sie lachen hören. Sie lachten vermutlich über sie, dachte sie, während sie die Ofentür aufklappte und die Kasserolle herauszog. Sie hoffte, dass das Gulasch auch ordentlich kochte. Es war schon fast halb sieben gewesen, als sie es endlich in den Ofen schieben konnte. Sie roch daran. Es roch gut, und es stank auch nirgends mehr nach geschmolzenem Plastik. Sie schob das Gulasch wieder in den Ofen und schaute in den Kühlschrank. Ihr Räucherlachs ging schon in Ordnung, auch wenn es danach Gulasch gab.

»Wir haben uns gerade darüber unterhalten«, wandte Eve sich an sie, als sie wieder ins Wohnzimmer kam, »dass Davids Innenarchitektin die Wohnung wirklich toll eingerichtet hat.«

»Ja«, stimmte Orla zu. »Es gefällt mir auch sehr.«

»Aber David ist ja an eine schöne Einrichtung gewöhnt«, fuhr Eve fort. »Ich erinnere mich an die Gemälde, die ihr damals hattet. Die waren wunderschön, David.«

»Stimmt«, sagte er.

»Hat Gemma sie bekommen?«, fragte Kevin.

David schüttelte den Kopf. »Wir haben sie verkauft.«

»Wie schade.« Eve zog einen Schmollmund. »Wenn ich das gewusst hätte, hätte ich euch das von der Dublin Bay abgekauft. Wohnt Gemma noch in Sandymount, David?«

Orla rutschte unbehaglich auf ihrem Sessel herum.

»Ja«, antwortete er. »Den Kindern gefällt es dort besonders gut.«

»Und siehst du sie oft?«, fragte Eve. »Jede Woche«, sagte David.

»Und was ist mit dir, Orla?« Eve richtete die riesigen blauen Augen auf Orla. »Kommst du mit ihnen aus?«

Orla zuckte mit den Schultern. »Schwer zu sagen. Ich nehme das ziemlich locker.«

»Die armen Kleinen«, sagte Eve. »Ich meine, David, es ist keine Frage, dass Gemma und du euch trennen musstet, das ging gar nicht anders, sie war viel zu egoistisch, aber es war schon schwer für die Kinder, nicht?«

»Ich denke doch«, sagte David, »aber es war genauso meine Schuld. Ich war nicht genug für sie und für die Kinder da. Ich gebe gern zu, dass sie mich wahnsinnig gemacht hat – macht sie immer noch, jedes Mal, wenn ich sie sehe –, aber sie ist eine gute Mutter, und sie tut ihr Bestes.«

Orla biss sich auf einen Fingernagel. Er brach zwischen ihren Zähnen ab.

»Jedenfalls finde ich es großartig, dass du mit jemandem wie Orla wieder einen Neuanfang gewagt hast.« In Eves Stimme lag Wärme.

Warum, dachte Orla, hatte sie dann das sichere Gefühl, dass diese Frau kein Wort davon ehrlich meinte?

»Wie alt bist du eigentlich?«, fragte Eve. »Du musst nicht antworten, wenn du nicht willst!«

»Vierundzwanzig«, sagte Orla.

»Oh!« Eve verzog das Gesicht. »Wie gern wäre ich noch einmal vierundzwanzig. Allerdings«, sie lachte, »bezweifle ich, dass ich noch einmal mit vierundzwanzig heiraten würde.«

»Du warst fünfundzwanzig, als wir geheiratet haben«, berichtigte Kevin. »Beinahe sechsundzwanzig, genau genommen.«

Eve schnitt ihm eine Grimasse. »Ich war trotzdem noch viel zu jung.«

»Und wie lange seid ihr verheiratet?«, fragte Orla.

»Zwölf Jahre.« Kevin seufzte. »Manchmal kann ich es selbst kaum glauben.«

Dann musste Eve siebenunddreißig oder achtunddreißig sein, dachte Orla. Die Frau hatte sich wohl für ihr Alter ganz gut gehalten. Sie fragte sich, ob sie sich alt fühlen würde, wenn sie achtunddreißig war. Beinahe vierzig, sagte sie sich. Ungefähr so alt wie Gemma. Genauso alt wie David.

Plötzlich kam sie sich sehr jung und fehl am Platze vor. Vierundzwanzig ist gar nicht so jung, schalt sie sich. Und vierzig ist nicht alt. Sie sollte nicht zulassen, dass andere ihr solche Gefühle eingaben.

»Ich sehe noch mal nach dem Essen«, sagte sie.

»Soll ich dir helfen?«, fragte Eve.

Orla schüttelte den Kopf. »Ich komme schon zurecht.«

»Jetzt mal im Ernst, David, hältst du noch Kontakt zu Gemma?«, fragte Eve, als Orla gegangen war. Sie leerte ihren Gin Tonic und stellte das Glas vor sich auf den Couchtisch.

»Wenn ich die Kinder abhole, sehe ich sie meistens.« David griff nach dem Gin und schenkte Eve nach. »Also kann ich gar nicht anders, als mit ihr in Kontakt zu bleiben.«

»Und wie steht sie zu alledem?«

»Alledem?« Er ließ ein paar Eiswürfel in ihren Drink fallen.

»Zu deiner neuen Frau natürlich!« Eve lachte. »Wie findet sie es, dass du dich mit einer Frau ins Abenteuer der Ehe stürzt, die halb so alt ist wie du?«

»Sie ist nicht halb so alt wie ich«, sagte David. »Und sie ist eine sehr reife Persönlichkeit. Sehr ausgeglichen.«

»Ich weiß«, entgegnete Eve. »Aber schau sie dir doch mal an, David! Ich weiß, sie sieht sehr gut aus und so weiter, aber sie könnte glatt für siebzehn durchgehen.«

Orla konnte nicht verstehen, was sie sagten, doch sie war überzeugt, dass sie wieder über sie redeten. Oder, schlimmer noch, über Gemma. Sie griff in den Ofen und hob den Deckel von der Kasserolle. Dabei kam sie mit der Hand an die heiße Herdwand, schrie auf, als sie sich verbrannte, und ließ den Deckel fallen, der mit einem ohrenbetäubenden Krach auf die steinernen Fliesen polterte.

»Orla! Ist dir was passiert?« David stürzte durch die Küchentür, gefolgt von Kevin und Eve. Orla drückte sich die Hand an die Brust, sie tat schrecklich weh. In ihren Augen glitzerten Tränen.

»Lasst mich mal.« Eve schob die beiden Männer beiseite und legte einen Arm um Orla. »Was ist denn passiert?«

»Ich habe mich verbrannt.« Orla blinzelte wütend, um die Tränen zurückzuhalten. »Ist gleich wieder in Ordnung.«

»Lass mal sehen.« Eve sah sich Orlas Hand an. Ein dunkelroter Streifen lief über den Handrücken. Eve verzog das Gesicht. »Sieht schmerzhaft aus.«

»Ist es auch.«

»Habt ihr einen Erste-Hilfe-Kasten?«, fragte sie David. »Da müsste Antihistamin-Salbe oder so was drin sein.«

»Ich weiß nicht«, sagte David. »Ich seh mal im Bad nach.«

»Das wird schon wieder«, sagte Eve.

»Es ist schon besser«, sagte Orla. »Der Schreck war wohl das Schlimmste. Ich hatte das Gefühl, meine Hand klebt am Herd.« Sie pustete sacht darauf. »Wirklich, es ist schon gut.«

»Hier.« David kehrte triumphierend mit einer Tube Creme zurück. »Darauf steht, gegen Verbrennungen und Insektenstiche.«

»Sehr gut.« Eve drückte etwas Creme heraus und verteilte sie sanft auf Orlas Hand. »Das wird gleich wieder.«

»Ich weiß.« Orla gewann langsam ihre Fassung zurück, obwohl die Hand sehr wehtat. Aber sie ärgerte sich über sich selbst, weil sie sich so dumm angestellt und so ein Theater gemacht hatte. »Warum geht ihr nicht wieder rüber? Ich komme hier schon klar.«

»Bestimmt?«, fragte Eve.

»Ganz bestimmt.« Sie nickte, obwohl ihr davon ein wenig schwindlig wurde.

»Also gut«, sagte Eve. Sie legte die Cremetube neben den Putzeimer voller Blumen. »Freut mich, dass du ein Gefäß gefunden hast, das groß genug dafür ist!« Sie lachte, und Orla wäre am liebsten gestorben.

13

Gemma lag im Bett, hellwach, aber mit geschlossenen Augen. Sie hatte schon immer einen leichten Schlaf gehabt, doch in den letzten Jahren schlief sie sehr schlecht ein, egal, wie müde sie war.

Sie setzte sich auf. Vielleicht wäre etwas Kamillentee ganz gut, dachte sie. Es war drei Uhr früh, und es war ihr bis jetzt nicht gelungen, auch nur für eine Sekunde die Gedanken abzuschalten, die in ihrem Kopf kreisten. Tee zu kochen würde sie ablenken, wenn auch nur vorübergehend.

Sie schlüpfte aus dem Bett und in ihren Morgenmantel. Aus Ronans Zimmer drang Schnarchen. Sie schob leise die Tür auf, steckte den Kopf ins Zimmer und lächelte, als sie ihn da liegen sah, die Arme weit von sich gestreckt, quer über dem Bett. Wie sorgfältig sie ihn abends auch zudeckte, bis zum Morgen lag er doch wieder kreuz und quer. Sie schaute auch in Keelins Zimmer. Ihre Tochter lag auf der Seite, die Arme um sich selbst geschlungen.

Sogar im Schlaf sieht sie angespannt aus, dachte Gemma traurig. Ich bin daran schuld, dass sie so ist. Ich und David. Wir waren zu jung zum Heiraten, und zu jung, um Kinder zu bekommen.

Die Treppe knarrte, als sie sich hinunter in die Küche schlich, und sie hielt den Atem an, um die beiden nicht zu wecken. Doch sie schliefen weiter, während sie Wasser aufsetzte und einen Teebeutel in ihre Porzellantasse hängte.

Warum mache ich so viel falsch?, fragte sie sich und starrte hinaus in den Garten. Warum geht irgendwie alles schief, was ich anpacke? Warum habe ich kein Geld beiseite gelegt, nachdem ich das Haus bezahlt hatte und das Auto und die

Möbel, und stattdessen Spielzeug und Kleider und allen möglichen Unsinn für die Kinder gekauft? Warum sieht man mir jedes meiner fünfunddreißig Jahre an, obwohl ich innerlich das Gefühl habe, ich hätte mich in den letzten zehn Jahren überhaupt nicht verändert? Warum wünsche ich mir manchmal, David wäre noch hier, obwohl ich im letzten halben Jahr, in dem wir noch zusammenlebten, jede Nacht geweint habe?

Sie lehnte den Kopf an die Küchentür und blinzelte die Tränen fort, die ihr aus den Augen kullerten. Und was für einen Sinn hatte es, zu weinen?, fragte sie sich. Wie sollte ihr das helfen?

Das Wasser kochte, und sie goss es über den Teebeutel. Sie rümpfte die Nase über den leicht öligen Geruch des Tees.

David war ein Schwein, sagte sie sich, während sie den Teebeutel herumschwenkte. Er hätte ihr das Geld für den Fernseher sehr wohl geben können. Schließlich war das etwas für die Kinder. Nicht nur für sie. Und sie bat ihn in letzter Zeit kaum noch um Geld. Sie hatte keinen Aufstand gemacht, als er verkündete, er habe das Recht, ihren Unterhalt zu kürzen, weil sie wieder zur Arbeit ging. Sie hatte vollkommen vernünftig und verständnisvoll reagiert. Sie hätte ja auch wieder mit der Arbeit aufhören und ihn weiterhin zahlen lassen können. Doch die Sorte Mensch war sie eben nicht.

Sie war ein dummer Mensch, brummte sie. Eine dumme, alberne alte Schachtel. Alleinstehend.

Sie erschauerte. Sie hatte nie viel über ihr Alleinsein nachgedacht. Dazu hatte sie sich nicht die Zeit genommen. Aber heute Nacht merkte sie zum ersten Mal seit der Scheidung, dass sie eine erwachsene Frau war, die sich einen erwachsenen Partner wünschte. Die jemanden vermisste, mit dem sie ihre Gedanken und Ängste teilen konnte. Und die einen Mann in ihrem Bett vermisste.

Sie nippte an ihrem Tee. Für Sex hatte sie in letzter Zeit kaum noch einen Gedanken übrig. Sex mit David war dazu verkommen, dass sie einander möglichst aus dem Weg gingen und es dann doch manchmal wie aus Versehen taten. In ihrem letzten gemeinsamen Jahr hatte sie jedes Mal geweint, wenn sie sich geliebt hatten. Seither hatte sie es nicht vermisst. Sie konnte sich gar nicht vorstellen, wie jemand sie umarmte und auf den Mund küsste. Sie konnte sich nicht ausmalen, wie jemand ihre Bluse aufknöpfte, den Reißverschluss an ihrem Rock aufzog oder sie fest an sich drückte. Sex war nur ein körperliches Gefühl, sagte sie sich, als sie die Hände um die Porzellantasse schmiegte. Und nicht immer ein angenehmes Gefühl. Völlig überbewertet, wie toll es auch am Anfang gewesen sein mochte. Es blieb nicht so toll. Es wurde mechanisch. So wäre es bei jedem Mann.

Sie schluckte den Rest Tee hinunter und ging wieder ins Bett.

Am nächsten Nachmittag, nachdem David die Kinder abgeholt hatte, besuchte Gemma ihre Eltern. Das tat sie selten, denn sie hatte im Allgemeinen keine Lust, von Frances zu hören, wie großartig Michael und Debbie doch waren, bis sie sich schließlich völlig unzulänglich vorkam.

Sie klingelte. Sie hatte keinen Hausschlüssel.

»Hallo, Gemma!« Ihr Vater strahlte sie an. »Was bringt dich denn hierher?«

»Hallo, Dad.« Sie küsste ihn auf die Wange. »Ich wollte nur mal vorbeischauen.«

»Das glaube ich nicht.« Er lächelte. »Komm mit, ich war gerade im Garten. Deine Mutter und Liz sind mit Suzy in den Park gegangen.«

Sie folgte ihm durchs Haus und in den Garten, der nach Süden hin lag. Ihr Vater liebte diesen Garten und verbrachte viel Zeit darin. »So komme ich deiner Mutter nicht in die Quere«, hatte er ihr einmal gesagt, und das glaubte sie gern.

Sie setzte sich auf einen der hölzernen Stühle, er nahm ihr gegenüber Platz.

»Du bist blass«, bemerkte er. »Ist alles in Ordnung?« – »Der Fernseher ist explodiert«, sagte sie.

»Was?«

»Der Fernseher ist explodiert.« Sie begann zu kichern. »Es gab einen lauten Knall, eine Rauchwolke, und dann ist er von uns gegangen.«

»Gemma!« Ihr Vater blickte besorgt drein. »Ist auch niemandem was passiert?«

Sie schüttelte den Kopf. »Es klingt viel dramatischer, als es war. Aber Ronan und ich sind trotzdem hinter dem Sofa in Deckung gegangen.«

Gerry Garvey lächelte. »Gilt die Garantie noch?«, fragte er.

»Nein«, erwiderte Gemma. »Ich habe heute Morgen nachgesehen.«

»Na ja, heute bekommt man so was doch recht günstig«, sagte Gerry.

»Nicht günstig genug«, erwiderte Gemma.

Gerry sah sie forschend an. »Finanzielle Probleme?«

»Ach, Dad.« Gemma seufzte. »Ich versuche es ja, ich gebe mir ehrlich Mühe. Aber ich kann einfach nicht mit Geld umgehen. Überhaupt nicht.«

»Bist du deshalb hergekommen?«, fragte er. »Wolltest du deinen alten Vater um etwas Geld anpumpen?«

Gemma lächelte ihn an. »Kann sein«, gestand sie. »Ich hätte nichts gesagt, wenn Mum hier gewesen wäre – du weißt ja, wie sie über Geld denkt, sie kann gar nicht verstehen, dass die Leute nicht mit zehn Euro die Woche klarkommen!«

»Ich weiß«, entgegnete Gerry. »Aber du darfst nicht vergessen, dass sie in ganz anderen Zeiten aufgewachsen ist, Gemma. Damals war das Geld wirklich knapp. Und Armut bedeutete nicht nur keinen Fernseher, sondern einfach gar nichts.«

»Ich weiß.« Gemma nickte. »Das verstehe ich alles, Dad. Sie gibt mir nur manchmal das Gefühl, eine totale Versagerin zu sein.«

»Das ist bestimmt nicht ihre Absicht«, erklärte ihr Vater. »Sie liebt dich, das weißt du doch.«

Gemma schwieg. Sie nahm an, dass ihre Mutter sie durchaus so liebte, wie Mütter eben ihre Kinder lieben. Sie glaubte nur nicht, dass ihre Mutter sie wirklich mochte.

Gerry sah sie an und seufzte. »Wie viel brauchst du denn?«

»Ich – weiß nicht genau«, sagte Gemma. »Ein paar hundert.« Sie biss sich auf die Lippe. »Ach, Dad, es tut mir leid. Ich hätte nicht herkommen sollen. Ich brauche das Geld eigentlich nicht, ich komme auch so zurecht.«

»Wofür sollte ich es sonst ausgeben?«, fragte ihr Vater. Er stand auf. »Na komm, wir fahren gleich los. Such dir einen Fernseher aus, der dir gefällt.«

»Ich will aber nicht –«

»Wenn deiner in die Luft geflogen ist, hättest du sicher gern gleich einen neuen, oder? Und ich würde gern sehen, was du dir aussuchst.«

Sie lächelte. »Danke, Dad.«

»Du brauchst mir nicht zu danken, ich habe schließlich nicht gesagt, du könntest den teuersten im ganzen Laden haben.«

Sie steckte den Stecker in die Steckdose und schaltete den Fernseher ein. Sie fand ihn großartig. Sie hatte sich das billigste Modell ausgesucht, das sie hatten, doch dann hatte ihr Vater diesen hier vorgeschlagen, der hundert Mal schicker und viel teurer war, und er hatte sich nicht davon abbringen lassen. Ronan wird sich freuen, dachte sie. Breitwand-Format.

Sie hörte Davids Wagen vorfahren. Sechs Uhr. Pünktlich auf die Minute. Das war eines der Dinge, die sie an David wahnsinnig gemacht hatten. Wenn er zusagte, zu einer bestimmten Zeit irgendwo zu sein, dann war er das auch. Praktisch auf die Sekunde. Doch sie war nie pünktlich, und meist fiel ihr im letzten Moment noch etwas ein, das unbedingt getan werden musste, während David dastand, nervös mit dem Fuß wippte und auf sie wartete.

Sie ging in den Flur. Keelin stapfte an ihr vorbei die Treppe hinauf, in ihr Zimmer. Gemma bekam nur ihren Rücken zu sehen.

»Darf ich noch schnell zu Neville gehen?«, fragte Ronan. »Dad hat mir ein neues Video gekauft. Das will ich mir anschauen.«

»Ist gut«, sagte sie zu Ronans Erstaunen. David sollte nicht mitbekommen, dass sie einen neuen Fernseher hatten. Er sauste die Straße hinab, bevor sie es sich anders überlegen konnte.

David stieg aus dem Auto und kam den Pfad herauf. Gemma schloss die Wohnzimmertür, damit er nicht hineinsehen konnte.

»Hattet ihr einen schönen Tag?«, fragte sie.

»War ganz nett«, entgegnete David.

»Habt ihr was Interessantes gemacht?«

»Was kann man schon so Interessantes machen?«, fragte er. »Wir waren Bowling, wie so oft. Dann bin ich mit ihnen am Pier spazieren gegangen.«

»War Orla auch dabei?«

Gemmas Tonfall war neutral.

David schüttelte den Kopf. »Sie hat sich neulich die Hand verbrannt, und das tut immer noch zu sehr weh, um Bowling zu spielen«, erklärte er. »Sie ist zu Hause geblieben.«

»Haben sie schon gegessen?«

»Natürlich.« Er wirkte beleidigt. »Ich gebe ihnen doch immer etwas zu essen.«

»Entschuldigung.«

Sie schwiegen einen Moment lang. Gemma wartete darauf, dass er ging, doch er blieb verlegen an der Tür stehen.

»Ist sonst noch etwas?«, fragte sie schließlich.

»Ich wollte dir das hier geben.« Er zog einen Umschlag aus der Tasche seiner Jeans.

»Ach?« Sie sah ihn fragend an.

»Wegen dem Fernseher«, erklärte er. »Ich habe ein schlechtes Gewissen deswegen. Ronan hat es mir noch einmal erzählt, und ich weiß, dass ich nicht gerade freundlich zu dir war. Nimm das.« Er hielt ihr den Umschlag hin.

»Ist da ein Fernseher drin?«, fragte Gemma lächelnd.

»Ein Scheck«, erwiderte David knapp. »Aber bitte mich nicht um mehr, Gemma.« Er drehte sich um und ging zum Auto zurück.

Gemma starrte auf den Scheck über vierhundert Euro. Sie würde ihm das Geld zurückgeben müssen, das wusste sie.

Aber vielleicht nicht gleich heute.

14

Orla griff über den Kopf nach hinten und zog am Reißverschluss ihres kurzen lila Leinenkleids.

»Lass mich mal.«

Sie drehte sich um und lächelte David an, der eben ins Schlafzimmer kam.

Sanft zog er den Verschluss zu. »Du siehst umwerfend aus«, bemerkte er.

»Danke.«

»Ich werde hier sitzen und mir große Sorgen um dich machen«, sagte er. »Was dir alles passieren könnte.«

»Mir passieren?« Sie schob die Verschlüsse ihrer winzigen goldenen Ohrringe fester zu. »Was glaubst du denn, was mir passieren könnte?« Sie sah ihn leicht verärgert an.

»Du bist wirklich empfindlich«, erwiderte er. »Ich meine doch nur, dass ich mir immer vorstellen muss, wie alle Männer dich begehrlich anstarren.«

»David!«

»Wenn ich dich sehe – jedes Mal, wenn ich dich sehe – begehre ich dich.«

»Aber du weißt doch, dass du dir heute Abend keine Sorgen zu machen brauchst«, erklärte sie. »Das ist eine Verlobungsparty unter uns Mädels. Ich glaube nicht, dass eine von ihnen mich so ansehen wird, wie du es befürchtest.«

Er lachte. »Ich weiß. Es tut mir leid. Ich bin ein Idiot, ich kann nicht anders.«

Sie küsste ihn zärtlich auf den Mund. Er erwiderte den Kuss um einiges leidenschaftlicher.

»Nicht heute Abend«, sagte sie und wich zurück. »Ich habe keine Zeit.«

Er griff nach ihren Händen, um sie an sich zu drücken. Sie verzog das Gesicht.

»Tut mir leid.« Er blickte auf ihre rechte Hand und die immer noch sichtbare Narbe an der Stelle, wo sie sich am Ofen verbrannt hatte. »Tut es noch weh?«

»Manchmal«, sagte sie.

»Du hast mir so leidgetan«, erzählte er. »Ich habe gesehen, dass du schreckliche Schmerzen hattest, und trotzdem musstest du den ganzen Abend dasitzen und dich mit ihnen unterhalten.«

Sie zuckte mit den Schultern. »Macht nichts.«

»Kevin fand dich wirklich nett«, fuhr er fort.

»Eve nicht.«

Er sah sie entgeistert an. »Aber natürlich.«

»Red keinen Quatsch.« Orla hob ihre Handtasche auf. »Sie hat mich den ganzen Abend behandelt wie ein Kleinkind. Es stand ihr ganz deutlich ins Gesicht geschrieben, David. Sie fand mich naiv und albern –«

»Sie fand dich nett«, unterbrach David. »Und, wie ich dir schon gesagt habe, war es ein toller Abend. Das Essen war wunderbar. Der Tisch sah fantastisch aus. Sie haben sich gut amüsiert.«

»Ich kam mir vor wie im Zoo«, erwiderte Orla. »Sie waren so übertrieben neugierig auf mich.«

»Natürlich waren sie das«, sagte er. »Das kannst du ihnen nicht verdenken.«

»Vielleicht. Ich muss jetzt los, David. Ich habe Abby versprochen, um acht da zu sein.«

»Okay«, sagte er. »Pass auf dich auf.«

»Mach ich«, entgegnete sie.

Die abendliche Brise ließ eine Strähne vor ihr Gesicht flattern, und Orla strich sie hinters Ohr. Warum wollte er immer dann mit ihr schlafen, wenn sie etwas zu tun hatte?, fragte sie sich. Ein paar Wochen, nachdem sie zu ihm gezogen war, war ihr das schon aufgefallen. Jedes Mal, wenn sie sagte, sie hätte einen Termin mit einem Kunden; wenn sie mit ihrem Papierkram beschäftigt war; wenn sie sich mit irgendetwas befasste, das David ausschloss, trat er hinter sie, legte die Arme um sie, bis seine Hände ihre Brüste umfassten, küsste sie sacht auf die Wange und sagte ihr, dass er sie liebte.

Sie wusste, dass er sie liebte. Er sagte es ihr oft genug. Das war ein Punkt, bei dem die meisten ihrer Freundinnen sich über ihre Freunde beklagten – »Nie sagt er mir, dass er mich liebt. Ich soll das einfach so wissen!« Doch David sagte es ihr. Immer und immer wieder, sodass sie sich in der Gewissheit seiner Liebe sicher und zufrieden fühlen konnte.

Sie seufzte. Mit mir stimmt doch was nicht, dachte sie, als sie über die Straße eilte, wenn ich mich darüber aufrege, dass mein Mann mir sagt: »Ich liebe dich.«

Sie schob die Tür zu Slattery's Pub auf und trat ein. Der Geruch von Bier und Zigarettenrauch schlug ihr entgegen, und ihre Augen begannen zu tränen. Die Kneipe war schon recht voll, eine Menge Leute saßen an der Bar oder standen in Grüppchen zusammen. Sie sah sich nach ihren Freundinnen um.

»Orla!« Abby winkte ihr vom anderen Ende des Raumes zu. »Hier sind wir!«

Sie bahnte sich einen Weg durch die Menge.

»Ist das voll«, bemerkte sie zu Abby. »Ich hatte nicht damit gerechnet, dass es so schlimm wird.«

Abby verzog das Gesicht. »Es ist Samstagabend, was erwartest du denn?«

»Platz zum Hinsetzen«, sagte Orla.

Abby lachte. »Keine Chance.«

»Ist Valerie schon da?«, fragte Orla. »Es überrascht mich ja, dass du schon hier bist, ich dachte, ich sei die Erste.«

»Sie ist da drüben.« Abby wies auf eine große junge Frau mit schwarzem Haar, die sich gerade unterhielt. »Es sind schon alle da, offensichtlich haben wir alle den Drang, uns zu betrinken! Kannst du es fassen, dass Valerie tatsächlich verlobt ist?«

»Natürlich kann ich das«, sagte Orla. »Das war ich schließlich auch mal!«

»Ich kann es ja auch nicht fassen, dass du jetzt verheiratet bist«, erklärte Abby. »Ihr seid doch alle wahnsinnig.« Aber sie lächelte zum Zeichen, dass sie nur Spaß machte. »Willst du was trinken? Ich wollte mir gerade etwas bestellen.«

David klappte seinen Laptop zu und packte ihn in die Tasche. Er hatte seine Dateien aktualisiert, und wenn er sich die Verträge dieser Woche so ansah, war sie wesentlich besser gelaufen als die vergangene. Darüber war er erleichtert, denn zum ersten Mal seit Jahren hatte ihn die Frage, ob er Interessenten auch zu Kunden machen würde, ernsthaft beschäftigt. Doch für die letzten paar Tage konnte er eine tolle Erfolgsquote vorweisen, und plötzlich hatte er das Gefühl, wieder auf Kurs zu sein.

Es war ein Schock für ihn gewesen, als Orla ihn geschlagen hatte. Zuerst konnte er es gar nicht glauben. Er war schon früher gelegentlich in Wochen- oder Monatsquoten überboten worden, aber immer nur von einem oder zwei der allerbesten Verkäufer. Noch nie von einer Frau. Und dass diese Frau seine Frau war, machte es nur noch schwerer zu ertragen.

Er fragte sich, warum er das so empfand. Eigentlich, so dachte er, sollte er sich doch über Orlas Erfolg freuen. Er sollte sich nicht über sie ärgern, weil sie so viele Verträge an Land zog. Das Geld floss in ihre gemeinsame Kasse, egal, wer es verdiente. Aber es gefiel ihm nicht. Ihm gefiel das Gefühl nicht, dass sie besser war als er, und je öfter er sich sagte, dass das ausgesprochen blöd von ihm war, desto mieser fühlte er sich.

Er sah auf die Uhr. Fast elf. Er fragte sich, ob sie sich auf dieser Verlobungsparty gut amüsierte und wann sie nach

Hause kommen würde. Er war nicht gern allein in der Wohnung. Das war sogar noch lächerlicher, als sich über ihren Erfolg zu ärgern, und das wusste er auch. Er hatte in dieser Wohnung allein gelebt, seit seine Ehe in die Brüche gegangen war, und er hatte früher nie das Bedürfnis danach verspürt, ständig jemanden bei sich zu haben.

Er seufzte. Er fand die Vorstellung von Orla inmitten von einem Haufen Freundinnen schrecklich, wie sie sich ohne ihn amüsierte, sich betrank und vielleicht die unerwünschten Avancen anderer Männer abwehren musste. Er wusste, dass Orla sehr gut mit unerwünschten Avancen fertig wurde, aber es passte ihm nicht, dass sie überhaupt gemacht wurden. Und teilweise sorgte er sich auch darum, dass die Avancen von Männern, die eher in ihrem Alter waren, vielleicht doch nicht ganz so unerwünscht sein könnten.

Er stand auf und holte sich ein Bier aus dem Kühlschrank. Es war dumm von ihm, so zu denken, sagte er sich. Orla hatte jede Menge Gelegenheiten gehabt, Männer in ihrem Alter zu treffen, bevor sie ihn kennengelernt hatte. Und, so dachte er wütend, als er den Verschluss der Bierdose aufriss, so verdammt uralt war er auch wieder nicht. Er war erst vierzig! Vielleicht hatten sich die Leute früher, vor zwanzig oder dreißig Jahren, mit vierzig schon zum alten Eisen gezählt, aber heutzutage doch nicht mehr. Er war gut in Form, hatte nur ein paar graue Haare, und Orla sagte, die goldene Brille, die er nur zum Lesen trug, lasse ihn distinguiert erscheinen, nicht alt.

Also, dachte er, er war vierzig und sah distinguiert aus. Er seufzte. Eigentlich wäre er lieber ein zwanzigjähriger Adonis gewesen.

Warum hatte sie ihn geheiratet?, wunderte er sich. Was zog sie zu ihm hin? Er wusste, was er an ihr anziehend fand – Intelligenz, Unabhängigkeit, Humor und einen Körper, der ihn einfach faszinierte. Sie mochten die gleichen Dinge – sie liebten ihre Arbeit, reisten gern, gingen gern essen. Doch sie hätte all das auch mit einem Jüngeren haben können. Sie hätte nicht ihn zu heiraten brauchen.

Er schaltete per Fernbedienung den Fernseher an. Er war einfach kindisch, entschied er, und diese Grübelei führte zu gar nichts. Sie hatte ihn geheiratet, weil sie ihn liebte, und sie hatte ihm auch schon hundert Mal gesagt, dass sie ihn liebte. Das sollte doch wohl jedem genügen?

»Und, wie ist das Eheleben, Orla?« Sarah Merchant sah sie forschend an. »Ist es so, wie du es dir immer erträumt hast?«

»Ich habe mir überhaupt nichts erträumt«, entgegnete Orla. »Ich habe ja nicht mal ans Heiraten gedacht!«

»Wie kommst du denn mit seiner Exfrau klar?«, fragte Sarah. »Ich muss sagen, ich wäre nicht so scharf auf einen Mann mit einer Exfrau.«

»Ach, die ist schon in Ordnung«, antwortete Orla. »Ich sehe sie kaum. Eigentlich gar nicht.«

»Und die Kinder?«, fragte Valerie. »Ich finde es echt komisch, dass er Kinder hat, Orla.«

Sie verzog das Gesicht. »Ich auch. Aber die sind ganz nett.« Sie streckte die Arme über den Kopf. »Entschuldigt mich, ich muss mal verschwinden.« Sie nahm ihre Tasche.

»Ihre Ehe ist nicht so perfekt, wie sie uns weismachen will«, sagte Abby zu den anderen, während sie Orla auf dem Weg zur Toilette nachblickten. »Da ist irgendwo der Wurm drin, aber ich kriege nicht raus, wo genau.«

»Es ist ja gut und schön, einen zu heiraten, der schon mal verheiratet war«, bemerkte Sarah, »aber man lädt sich da schon ganz schön viel auf, meint ihr nicht auch?«

Abby nickte. »Ich glaube, sie hat noch gar keine Ahnung, wie viel sie sich wirklich aufgeladen hat.«

Orla begutachtete sich im Spiegel. Ihre Augen waren rot und gereizt. Sie nahm ihren Kontaktlinsenbehälter aus der Handtasche und schraubte ihn auf. Dann nahm sie die Linsen aus den Augen und legte sie in den Behälter. Ohne die

Linsen war sie praktisch blind, doch sie hatte jenes Stadium erreicht, wo sie auch mit ihnen nicht mehr viel erkennen konnte. Dann holte sie ihren Lippenstift hervor und zog sich die Lippen nach.

Sie warf sich selbst im Spiegel einen Kuss zu. Zurück in die Arena, dachte sie. Wo sie sich um mich und David so ihre Gedanken machen, und warum wir überhaupt geheiratet haben, anstatt nur zusammenzuziehen.

Sie seufzte. Vielleicht wäre das eine gute Idee gewesen. Aber David war sich so sicher gewesen, so überzeugt davon, und er hatte dafür gesorgt, dass auch sie sich sicher fühlte und überzeugt war. Und das war sie ja auch immer noch, es war nur – das Zusammenleben mit David war anders, als sie erwartet hatte. Genau genommen, sagte sie sich, als sie die Tür aufstieß und die Kneipe betrat, hatte sie eigentlich keine Ahnung, was sie erwartet hatte.

Sie blinzelte kurzsichtig in die Menschenmenge. Sie war völlig aufgeschmissen ohne ihre Kontaktlinsen.

»He, Orla! Hier drüben!« Abby winkte ihr zu. »Du solltest diese Kontaktlinsen nicht rausnehmen!«

»Tut mir leid«, sagte sie, als sie bei ihrer Freundin anlangte, »aber von dem Rauch brennen meine Augen schrecklich.«

»Meine auch«, gestand Abby. »Aber was sein muss, muss sein. Rate mal, wer gerade reingekommen ist?«

»Wer denn?«

»Martin Keegan. Erinnerst du dich an ihn?«

Wie hätte sie ihn vergessen können? Martin und Abby waren auf dem College ein Jahr lang ein Paar gewesen; zur gleichen Zeit war Orla mit Jonathan Pascoe zusammen, Martins bestem Freund. Abby und Martin hatten sich getrennt, bald nachdem Orla Jonathan abserviert hatte.

»Ich habe ihn seit Jahren nicht mehr gesehen«, sagte Orla. »Wie geht's ihm denn so?«

»Keine Ahnung«, erwiderte Abby, »aber ich werde es

gleich feststellen. He, Marty!« Sie drängelte sich zu ihm durch und zog Orla hinter sich her. »Sieh mal einer an!«

»Abby Johnson.« Marty strahlte sie an. »Wie geht's dir?«

»Ganz gut.« Sie küsste ihn auf die Wange. »Und dir?«

»Prächtig«, sagte er. »Einfach prächtig. Hallo, Orla.«

»Hallo, Marty. Wie geht's?«

»Gut, gut«, erwiderte er. »Du siehst umwerfend aus, wie immer, Orla.«

»Und was ist mit mir?« Abby zog einen Flunsch. »Könntest du nicht dieses eine Mal zu mir sagen, dass ich auch umwerfend aussehe, nur um mit alten Gewohnheiten zu brechen?«

Martin grinste. »Du warst immer schon auf Komplimente aus.«

»Weil du mir nie welche gemacht hast!«

Sie lachten. Wenn Jonathan da gewesen wäre, dachte Orla, wäre es genau wie vor fünf Jahren. Martin hatte sich überhaupt nicht verändert.

»Wie geht's Jonathan?«, fragte Orla. »Was macht er denn jetzt so?«

Martin blickte von Abby zu Orla und zuckte die Achseln. »Er war in England«, erzählte er. »Hat einen Job in der Nähe von London bekommen. War wohl sehr lustig dort, aber jetzt hat man ihm hier in Irland was angeboten. Weiß allerdings noch nicht, ob er annimmt.«

»Oh«, sagte Orla.

»Er ist nie über dich hinweggekommen«, sagte Martin.

»Lass den Quatsch«, erwiderte sie.

»Also gut, er ist über dich hinweggekommen. Aber er war monatelang am Boden zerstört, nachdem ihr euch getrennt hattet.«

»Er war so am Boden zerstört, dass er jedes Mal, wenn ich ihn gesehen habe, ein noch umwerfenderes Mädchen im Arm hatte«, bemerkte Orla.

»Das hatte nichts zu bedeuten.« Martin lächelte sie an. »Damit wollte er dich nur eifersüchtig machen.«

»Warum haben wir uns damals eigentlich getrennt?« Abby wandte sich Martin zu. »Erinnerst du mich bitte daran?«

»Ich weiß auch nicht«, sagte er. »Gerade jetzt fällt mir kein guter Grund ein.«

»Mir auch nicht.« Sie lächelte ihn an.

Orla ließ die beiden allein. Sie hatten nur noch Augen füreinander, vielleicht nur für heute Abend, aber sie war hier ganz sicher überflüssig. Sie sah auf die Uhr. Es wurde spät, und sie wollte nicht stundenlang auf ein Taxi warten müssen. Sie blickte sich um, bis sie Valerie entdeckte.

»Val!« Sie winkte ihrer Freundin zu. »Val, ich geh dann mal.«

»Jetzt schon?«, fragte Valerie.

»Ja.« Orla nickte.

»Ich wünsch dir viel Glück, Val.«

»Danke«, sagte Valerie.

Sie drängte sich zu Abby und Martin durch. »Abby, ich ruf dich an.«

»Ist gut, Orla. Komm gut heim.«

»War schön, dich mal wiederzusehen, Martin«, sagte sie.

»Gleichfalls.«

Sie wandte sich ab und verließ den Pub. Sie hatte länger bleiben wollen, doch das Wiedersehen mit Martin hatte Erinnerungen geweckt, die ihr nicht willkommen waren. Sie hatte sich Jonathan Pascoe gegenüber wirklich mies verhalten. Er hatte versucht, sie davon abzuhalten, mit ihm Schluss zu machen, und da hatte sie ein paar Dinge zu ihm gesagt, die sie bitter bereute. Verletzende Dinge, nur, damit er wegging. Das hatte sie natürlich nicht gewollt, aber damals war sie noch so jung und unreif gewesen.

Als ob du jetzt richtig reif wärst, dachte sie, während sie sich ein vorbeifahrendes Taxi heranwinkte.

15

Orlas Schreibtisch stand am Fenster. Es gefiel ihr, dass sie auf die Mount Street hinausschauen konnte, auf den Verkehr, die Leute, die die Straße entlanggingen, Lastwagen, die Bierfässer zu O'Dwyer's Pub lieferten. Sie mochte den Lärm und das Gewühl, selbst wenn sie sich konzentrieren musste, so wie jetzt. Das Telefon klingelte, und sie schrak hoch. Sie blickte von einem Ausdruck mit Vertragsverlängerungen auf und griff nach dem Hörer. »Orla O'N- Hennessy«, sagte sie.

»Hallo, Orla.«

Sie erkannte die Stimme nicht. »Wer ist da?«, fragte sie.

»Können Sie ungehindert sprechen?«, fragte der Mann.

»Wer ist da?«, wiederholte sie.

»Mein Name ist Bob Murphy. Von Serene Life and Pensions«, sagte er.

»Oh?«

»Ich wollte fragen, ob Sie Zeit hätten, sich ein bisschen mit mir zu unterhalten.« – »Über was denn?«, fragte Orla.

»Wir würden Ihnen gern ein Angebot machen«, sagte Bob.

»Geht es um einen Job?«, fragte Orla.

»Kann schon sein.«

Sie lehnte sich auf ihrem Stuhl zurück und schaute aus dem Fenster. Serene war eine große Versicherungsgesellschaft. Sie gehörte einem internationalen Versicherungskonzern, und Orla wusste, dass sie einen sehr großen Marktanteil hatten. Was für einen Job würden sie ihr wohl anbieten? »Wann sollen wir uns denn treffen?«, fragte sie.

»Heute Abend?«, schlug Bob vor.

»Um welche Zeit?«

»Halb sieben, sieben.«

»Halb sieben«, sagte sie. »Wo?« – »Wie passt Ihnen das Davenport Hotel?«, fragte Bob. »Das läge für uns beide recht günstig.«

»Gut«, sagte Orla. »Werden Sie mich denn erkennen?«
»Ein kleiner Tipp könnte nicht schaden«, meinte Bob.
»Ich trage einen silbergrauen Hosenanzug«, entgegnete sie. »Das wird reichen«, sagte Bob, »ich erkenne Sie schon.«
»Schön«, sagte Orla. »Bis dann.«

Sie legte auf und grinste. Da will mich doch tatsächlich jemand abwerben, dachte sie.

Sie wandte sich wieder ihrer Liste zu und seufzte. Nach dem großartigen letzten Monat drohte dieser zu einem wahren Fiasko zu werden. Zahlreiche Termine waren in letzter Minute abgesagt worden, und ein Kunde, dessen Unterschrift sie schon so gut wie in der Tasche hatte, hatte ihr plötzlich mitgeteilt, dass er eine andere Versicherung bei einem anderen Unternehmen abgeschlossen hatte.

Bei Serene.

Sie betrachtete die potenziellen Kunden dieser Woche. Der Geschäftsführer von Blanca hatte sie schon wieder abblitzen lassen. Orla hatte langsam die Nase voll von dieser Küchenfirma. Überall in ihrer Wohnung lagen Broschüren von teuren neuen Küchen herum, die ihre alte langweilig und altmodisch erscheinen ließen.

Und anstatt abends ein Buch zu lesen, was sie normalerweise tat, um sich zu entspannen, blätterte Orla doch immer wieder die Broschüren durch. Sie hätte lieber ihr Buch zu Ende gelesen – *Gute Gesellschaft* – über eine Frau, die ihren Rivalen eine Firma unter der Nase wegschnappt. Es war wirklich spannend, aber sie meinte, sie sollte so viel wie möglich über Einbauküchen und Parkettböden wissen, damit Damon Higgins merkte, wie kompetent sie war.

Sie kam um Punkt halb sieben ins Davenport Hotel und betrat die Lounge. Kein Mann saß irgendwo allein und sah aus, als warte er auf jemanden. Sie bestellte sich ein Mineralwasser und setzte sich in einen der bequemen Sessel.

Es war fast Viertel vor sieben, als er endlich kam.

»Orla«, sagte er, als er vor ihr stehen blieb. »Bob Murphy. Tut mir schrecklich leid, dass ich zu spät komme.«

Sie stand auf und merkte, dass sie größer war als er. Er war nur knapp einen Meter sechzig. Das irritierte sie.

»Ich bin in einer Besprechung hängen geblieben«, erklärte Bob. »Ich dachte nicht, dass sie so lange dauern würde.«

»Kann vorkommen«, sagte Orla.

»Möchten Sie einen Drink?«, fragte er.

Sie schüttelte den Kopf. »Nein, danke.«

»Gut.« Er winkte den Kellner herbei. »Wirklich nichts?«

»Mineralwasser«, sagte sie.

»Ein Wasser und ein Guinness«, bestellte er. »Danke.«

Orla beobachtete ihn, während er es sich in einem Sessel bequem machte. Er war nicht nur klein, sondern auch fast kahl. Aber er war makellos gekleidet mit einem schicken, marineblauen Anzug, weißem Hemd und einer marineblauen Krawatte mit kleinen roten Streifen.

»Also, Orla«, sagte er. »Kommen wir zur Sache. Sie haben einen guten Ruf in der Branche, und Serene ist immer an guten Leuten interessiert. Soweit ich weiß, waren Sie mit Ihren Verkäufen kürzlich bei Gravitas ganz an der Spitze.«

»Woher, zum Kuckuck, wissen Sie das?«, fragte sie.

»Ich habe meine Quellen.«

»Aha.« Sie nahm dem Kellner das Mineralwasser ab.

»Wir könnten bei Serene noch eine starke Verkäuferin brauchen«, erklärte Bob. »Wir haben jetzt schon ein paar wirklich gute Teams. Aber wir bemühen uns immer, sie noch besser zu machen. Mit Ihnen könnte uns das gelingen.«

Sie zuckte mit den Schultern. »Kann sein. Aber mir gefällt es bei Gravitas.«

»Ich habe auch nicht erwartet, dass Sie etwas anderes sagen.« Bob lächelte. Das war die Art Lächeln, die Orla bei ihren Kunden anwandte. Aufrichtig und mitfühlend, selbst wenn das Lächeln nicht echt und der Kunde ihr ziemlich egal war. »Aber lassen Sie mich Ihnen von Serene erzählen, vielleicht kann ich Sie ja umstimmen.«

Er war ein guter Verkäufer, dachte Orla. Er ging die Unternehmensdaten durch und vermittelte das Bild einer starken und stetig wachsenden Firma. Er brachte sie so weit, dass sie sich fragte, wie Gravitas es nur schaffte, überhaupt Geschäfte zu machen, solange Leute von Serene in der Nähe waren. »Natürlich«, sagte er, als er seinen Ordner mit den Unternehmensbroschüren schloss, »wären Sie Teamleiterin.«

Teamleiter koordinierten die Verkäufer-Teams. Sie bekamen dafür einen Anteil an den Provisionen ihrer Verkäufer. Henry Gilpin, den Orla letztes Jahr auf den fünften Platz verwiesen hatte, war immer noch ihr Teamleiter.

»Das muss ich mir in Ruhe überlegen«, sagte sie.

»Ich weiß«, erwiderte Bob.

»Und das Gehalt?«

Die Gehälter bei Gravitas waren ziemlich dürftig. Alle Verkäufer dort machten das meiste Geld mit ihren Provisionen. Aber das Gehalt bei Serene war großzügig. Orla musste sich stark bremsen, um nicht spontan zu rufen: »Ich nehme den Job, und zwar sofort!«

»Wir halten nichts von aggressiven Verkaufsmethoden«, erklärte Bob. »Deshalb bekommen Sie bei uns ein vernünftiges Grundgehalt. Wir meinen, dass es so besser funktioniert – die Vertreter verkaufen das richtige Produkt, die Kunden sind zufriedener und wenden sich immer wieder an uns. Wenn Ihre Leistung nicht stimmt«, fügte er hinzu, »fliegen Sie natürlich. Aber ich bin sicher, dass sie bei Ihnen stimmen wird, Orla.«

»Ich werde darüber nachdenken«, erwiderte Orla.

»Sagen Sie mir sobald wie möglich Bescheid.« Bob erhob sich. »Nächste Woche, wenn's geht.«

Sie nickte. »Ich rufe Sie an.«

Sie sah ihm nach, als er das Hotel verließ, trank ihr Mineralwasser aus und ging nach Hause.

Der Duft von Chicken Tikka stieg ihr in die Nase, als sie die Wohnungstür aufschloss. David kochte nicht oft, und wenn, dann immer Huhn mit Fertigsauce. Orla fragte sich manchmal, wie er überlebt hätte ohne die vielen Gläser von *Chicken Tonight*. Kochbeutelreis konnte er auch gut.

»Hallo«, sagte er, als sie in die Küche kam und ihren Laptop auf der Arbeitsplatte ablegte. »Kannst du das bitte wegstellen, das Essen ist fertig.«

»Ich will nur schnell aus dem Anzug raus«, erwiderte sie und räumte den Laptop aus dem Weg. »Das dauert nur ein paar Minuten.«

»Ist gut.« David rührte um. »Aber mach nicht so lange, der Reis ist fertig, und der schmeckt scheußlich, wenn er kalt wird.«

»Ich beeil mich.« Orla ging ins Schlafzimmer, hängte ihren Hosenanzug auf und schlüpfte in Pulli und Jogginghose. Sie zog ihren Haargummi ab und fuhr sich mit den Fingern durchs Haar. Dann sprühte sie sich mit Monsoon ein und ging wieder ins Wohnzimmer.

David hatte den Tisch gedeckt. Er war so lieb, dachte sie, als sie sich setzte. Er tat so viel für sie.

»Wie ist dein Termin gelaufen?«, fragte er, während er einen Teller Chicken Tikka mit Reis vor sie hinstellte.

»Gut.« Sie nahm die Gabel zur Hand und rührte auf ihrem Teller herum.

»Gute Geschäfte?«

»Vielleicht.« Sie hätte ihm beinahe von Bob Murphy erzählt, doch irgendetwas hielt sie davon ab. Sie wusste auch nicht recht, was.

»Ich habe heute ein tolles Geschäft abgeschlossen«, erzählte David. »Familienplan für eine sechsköpfige Familie.«

»Ich hätte gar nicht gedacht, dass es heutzutage noch sechsköpfige Familien gibt.« Warum machte sie nicht einfach den Mund auf und sagte: »Sie haben mir einen Job bei Serene angeboten«? Was hielt sie zurück? Sie wollte es ihm doch erzählen, bestimmt wollte sie das.

»Vater, Mutter, zwei Söhne, zwei Töchter«, sagte David. »Alle gesund und glücklich.«

»Hoffentlich bleibt das auch so.« Jede Sekunde, die verstrich, machte es schwieriger, ihm davon zu erzählen. Wenn sie jetzt etwas sagte, würde er wissen wollen, warum sie ihm nicht sofort davon erzählt hatte.

Nach dem Essen wusch sie ab, während David sich die Nachrichten ansah.

Sie erzählte ihm an jenem Abend nichts von Bobs Angebot. Sie musste erst mal eine Weile allein darüber nachdenken, herausfinden, was sie wirklich darüber dachte. Sonst würde David ihr alle Vor- und Nachteile aufzählen und erwarten, dass sie ihm in allem zustimmte. Sie wollte sich seinen Rat jetzt noch nicht anhören.

Mit dem Geld von David kaufte Gemma einen kleinen Fernseher für Ronan, sodass er seine Videospiele in seinem Zimmer spielen konnte und nicht den Fernseher im Wohnzimmer damit blockierte. Sie wusste, dass das einer Kapitulation gleichkam. Ronan hatte sich schon immer einen eigenen Fernseher gewünscht, und sie hatte stets dagegengehalten, dass es ihr lieber war, wenn er unten spielte, bei der Familie, nicht allein in seinem Zimmer.

Aber unten bei welcher Familie?, fragte sie sich, als sie einen Scheck für den Elektroladen ausstellte. Keelin war praktisch immer entweder in ihrem Zimmer oder mit Shauna Fitzpatrick unterwegs. Wenn überhaupt jemand da unten saß, dann war das Gemma, die herumhockte und darauf wartete, dass sich jemand zu ihr setzte.

Das konnte sie den Kindern natürlich nicht vorwerfen. Teenager wollten nie irgendwo in der Nähe ihrer Eltern sein, richtig? Warum hatte sie dann erwartet, das würde bei ihren

Kindern anders sein? Sie hatte es ja nicht einmal geschafft, ihren Ehemann bei der Stange zu halten, dann war es ja wohl kaum überraschend, dass auch ihre Kinder lieber woanders waren!

Als sie noch verheiratet gewesen war, hatte sie sich ständig bei David darüber beklagt, dass er zu viel unterwegs war, dass er immer zu spät nach Hause kam, dass seine Familie ihm nicht wichtig genug war. Damals hatte sie das wirklich geglaubt. Aber vielleicht war es ihre stetige Nörgelei, die dafür gesorgt hatte, dass er mehr unterwegs war, später nach Hause kam und sich weniger um seine Familie kümmerte. Es war schließlich doch ihre Schuld, dass es schiefgegangen war. Sie kam mit Menschen und Beziehungen einfach nicht zurecht. Anscheinend kam sie einfach nie dahinter, wie die Leute sie eigentlich haben wollten.

Ronan freute sich riesig über den Fernseher. Er sammelte seine Spielkonsole und die Videospiele ein und installierte den Fernseher ohne ihre Hilfe in seinem Zimmer. Bald dröhnte das vertraute Maschinengewehrfeuer wieder durchs ganze Haus. Vermutlich ziehe ich hier einen Psychopathen groß, dachte Gemma verzweifelt beim Kartoffelschälen.

»Ich gehe aus«, meldete Keelin.

»Wohin?« Gemma ließ eine Kartoffel in eine Schüssel mit Wasser fallen.

»Zu Shauna.«

»Was habt ihr denn vor?«, fragte Gemma. Keelin zuckte mit den Schultern. »Weiß nicht. Wir hängen nur so rum. Es ist schön, sonntags zur Abwechslung mal nur so rumhängen zu können, anstatt von Dad durch die Gegend geschleift zu werden.«

Gemma wandte sich zu ihr um. »Möchtest du denn sonntags nicht mit deinem Vater ausgehen?«

»Aber nicht jeden Sonntag«, entgegnete Keelin. »Ich meine, das ist, als würde mein gesamtes Leben schon im Voraus feststehen, nicht? Jeden einzelnen Sonntag verbringe ich mit ihm. Das ist schließlich auch mein freier Tag, verstehst du?«

»Ich dachte, du wolltest deinen Vater jede Woche sehen.«

»Schon«, sagte Keelin. »Aber das ist die reinste Routine, nicht?« Sie schob sich das lange, schwarze Haar aus den Augen. »Ich will etwas Aufregendes mit meinem Leben anfangen. Ich hasse es, wenn alles so vorhersehbar ist. Schule und Dad, Wochentag und Sonntag.«

»Du wirst ja nicht ewig zur Schule gehen.«

»Nein.« Keelin seufzte. »Ich werde vermutlich irgendeinen doofen Job kriegen und verzweifeln, weil ich nie genug Geld habe.«

»Red doch keinen Blödsinn.« Gemma trocknete sich die Hände ab und umarmte Keelin. »Du wirst einen tollen Job finden, bei dem du viel herumreist. Du wirst ein glamouröses Leben führen, und dann triffst du irgendeinen umwerfend aussehenden Kerl, der dich sehr, sehr glücklich machen wird.«

»Hast du früher auch mal geglaubt, das würde bei dir so laufen?«, fragte Keelin.

Gemma runzelte die Brauen. »Ich mochte meine Arbeit – ich mag sie immer noch. Ich bin mit deinem Vater ziemlich viel herumgereist. Und ich habe zwei wunderbare Kinder.«

»Aber keinen umwerfend aussehenden Kerl, der dich sehr, sehr glücklich macht«, erwiderte Keelin. »Und du hast nie genug Geld.«

»Na ja«, sagte Gemma, »ich schätze, man kann eben nicht alles haben.«

»Warum nicht?«, fragte Keelin.

»Ich weiß nicht.« Gemma runzelte die Stirn. »Es kommt mir eben so vor, dass man, wenn man mit dem einen Teil seines Lebens ganz zufrieden ist, eben alle möglichen Probleme mit einem anderen Teil hat. Aber denk lieber an all die Leute, die tatsächlich alles haben, und sag dir, das kann ich auch!«

Keelin lächelte sie an. Es war ein zurückhaltendes Lächeln,

aber, so dachte Gemma, das erste seit einer Ewigkeit, das sie bei ihrer Tochter zu sehen bekam.

»Warum können wir eigentlich nicht mal in Urlaub fahren?«, fragte Keelin unvermittelt.

»Urlaub?«

»Ja«, sagte Keelin. »Alle sind diesen Sommer verreist. Shauna war in Florida. Warum können wir nicht auch irgendwo Urlaub machen, wo es schön ist?«

»Weil –«

»Ich weiß schon«, unterbrach Keelin sie. »Wir können es uns nicht leisten.«

Gemma biss sich auf die Lippe.

»Wenn Dad bei uns geblieben wäre, wären wir bestimmt in Urlaub gefahren«, sagte Keelin. »Wir sind immer irgendwohin verreist, als er noch da war, nur war ich damals noch zu jung, um es richtig zu schätzen.«

Gemma hätte über den altklugen Ton ihrer Tochter beinahe gelächelt.

»Warum hast du ihn gebeten, auszuziehen?«, fragte Keelin. »Ich meine, es war doch nicht schrecklich, als er noch hier war. Es war ja nicht so, dass er dich grün und blau geschlagen hätte oder so. Ihr habt euch auch nicht die ganze Zeit lang nur angeschrien. Warum wolltest du nicht mit ihm zusammenbleiben?«

Ich habe geschrien, innerlich, wollte Gemma sagen. Es muss gar nicht so dramatisch sein, dass man geschlagen wird oder sich nur noch anbrüllt oder so etwas. Das braucht es gar nicht.

»Du hättest mit ihm zusammenbleiben können«, fuhr Keelin fort. »Du hast dich doch dafür entschieden, ihn zu heiraten, oder nicht? Wäre es denn wirklich so schlimm gewesen, zusammenzubleiben?«

Gemma schwieg. Keelins Unterlippe bebte.

»Es tut mir leid«, sagte Gemma. »Es tut mir leid, dass wir es versaut haben. Ehrlich.«

»Wird er es mit Orla auch versauen?«, fragte Keelin, die langsam ihre Fassung wiedergewann.

»Das bezweifle ich«, antwortete Gemma. »Immerhin wird er kaum eine zweite Frau heiraten, wenn er sie nicht liebt.« Es fiel ihr schwer, das zu sagen. Als sie zu dem Wort »liebt« kam, musste sie sich zwingen, es überhaupt auszusprechen.

»Es ist nur...« Keelin seufzte. »Als er nur woanders gewohnt hat, war es auch scheußlich, aber er war immer noch mein Dad. Jetzt, wo er mit ihr verheiratet ist, ist es was anderes.«

»Ich weiß.« Gemma legte wieder die Arme um Keelin. »Ich weiß.«

16

Plötzlich schien es Gemma ungeheuer wichtig, dass sie mit den Kindern in Urlaub fuhr. Es war nicht fair, dass Keelin und Ronan als Einzige nicht verreisen konnten. Keelin hatte den ganzen Sommer über so hart gearbeitet und sich wirklich Ferien verdient. Und Ronan auch – sie würde alles tun, um ihn von diesen verdammten Videospielen wegzubekommen.

Ich muss endlich meine Finanzen auf die Reihe bringen, dachte Gemma, während sie Eileen Devanneys frisch mit Strähnchen aufgepeppte Haare schnitt. Und das werde ich auch. Ich bekomme das bald unter Kontrolle. Aber ich muss David dazu bringen, dass er einen Urlaub für die Kinder bezahlt. Das kann ich gut begründen. Sie haben eine Reise wirklich verdient. Und ich auch – aber für meinen Teil komme ich selbst auf. Ich will mir nicht anhören, dass ich versuche, ihm das Geld aus der Tasche zu ziehen.

Es hatte keinen Sinn, ihn vor heute Abend anzurufen. Er war praktisch nie zu erreichen, während er arbeitete – auch so etwas, das in ihrer Ehe ein Problem dargestellt hatte. Wenn sie ihn einmal brauchte, konnte sie nur eine Nachricht auf seiner Handy-Mailbox hinterlassen. Und er rief sie nie zurück. Weil, so erinnerte sie sich bitter, er ihre Nachrichten nie für wichtig genug hielt.

Sie legte die Schere weg und holte den Föhn. Eileen war heute zum Abendessen verabredet und hatte Gemma gebeten, sich besondere Mühe zu geben. Als würde das etwas ändern, dachte Gemma, und begann Eileens Haar zu föhnen. Sie gab sich immer Mühe. Sie war stolz auf ihre Arbeit.

»Es sieht toll aus, danke«, sagte Eileen, als sie fertig war.
»Viel Spaß heute Abend«, wünschte Gemma ihr.

»Kannst du am Samstagvormittag arbeiten?« Niamh kam mit besorgter Miene zu ihr herüber. »Cilla hat am Samstag frei, sie geht auf eine Hochzeit. Janice wollte für sie einspringen, aber sie hat sich gestern das Handgelenk verrenkt und weiß nicht, ob sie schon wieder arbeiten kann.«

»Klar«, sagte Gemma. »Keelin arbeitet den ganzen Tag, und Lorraine Crawford macht mit Neville und Ronan einen Ausflug. Ich wollte eigentlich mal gründlich saubermachen, aber ich kann ebenso gut arbeiten.«

»Ich bin dir wirklich dankbar«, sagte Niamh.

»Kein Problem«, erwiderte Gemma. »Ich bin jeden Tag dankbar dafür, dass du mir hier Arbeit gegeben hast.«

»Herrgott noch mal!« Niamh starrte sie an. »Warum? Du bist gut, Gemma. Ich habe jemanden gebraucht. Bei dir hört sich das so an, als würde ich dich hier nur dulden. Du bist eine bessere Friseurin als ich, das weißt du doch.«

»Bin ich nicht.«

»Allerdings bist du das. Ich weiß gar nicht, warum du so wenig Selbstvertrauen hast. Weißt du noch, als wir früher zusammengearbeitet haben? Du warst immer ausgebucht. Jeden Tag. Werd endlich vernünftig, Gemma, und hör auf, dein Licht unter den Scheffel zu stellen!«

Gemma starrte Niamh erstaunt an. In all den Jahren, seit sie befreundet waren, hatte Niamh noch nie in so heftigem Ton mit ihr gesprochen.

»Ich stelle mein Licht nicht unter den Scheffel«, sagte sie.

»Doch, das tust du«, entgegnete Niamh. »Ständig.«

»Nein, das stimmt nicht. Ich weiß, dass ich eine gute Friseurin bin.«

»Es ist ja nicht nur das«, erklärte Niamh. »Es ist alles, Gemma. Du glaubst, du kannst überhaupt nicht mit Geld umgehen. Und mit den Kindern. Du beklagst dich ständig über dein Gewicht oder dein Aussehen oder sonst irgendwas. Du zitterst vor deiner Mutter. In den vergangenen Jahren habe ich nicht einmal gehört, dass du etwas Gutes über dich selbst gesagt hättest.«

»Jetzt übertreibst du aber«, sagte Gemma milde.

»Kann sein.« Niamh seufzte. »Ich will nur, dass du dich selbst nicht so verachtest. Denk doch mal darüber nach, Gemma. Du hast dich scheiden lassen. Du ziehst allein zwei Kinder groß und machst deine Sache sehr gut. Du arbeitest bei mir und machst deine Sache hier auch sehr gut. Du weißt nur selbst nicht zu schätzen, wie gut du bist.«

Gemma lächelte sie an. »Wahrscheinlich hast du recht. Ich habe nur nicht das Gefühl, dass ich meine Sache besonders gut mache. Keelin läuft mit permanenter Wut durch die Gegend. Ronan verbringt mehr Zeit vor dem Fernseher als mit anderen Menschen. Ich habe es immer noch nicht geschafft, meine Finanzen irgendwie in den Griff zu kriegen, und – jetzt kommt der Knaller – ich habe übers Wochenende schon wieder vier Pfund zugenommen!«

»Ach, Gemma!« Niamh grinste sie an. »Was von alledem ist denn am schlimmsten?«

»Die vier Pfund natürlich«, erwiderte Gemma. »Was denn sonst?«

Sie beschloss, David noch am selben Abend anzurufen. Sie würde mit ihm reden, ihre Finanzen besprechen, ihm erklären, dass sie von seinem Geld einen kleinen Fernseher für Ronan gekauft hatte (sie hatte immer noch ein schlechtes Gewissen deswegen) und ihn bitten, nur dieses eine Mal, ihr vielleicht etwas Geld zu leihen, damit sie mit den Kindern eine Woche verreisen konnte. Länger konnten sie ohnehin nicht weg – die Sommerferien waren fast vorüber, und Gemma hatte nicht die Absicht, sie die Schule schwänzen zu lassen.

Sie rief um neun Uhr an. Keelin und Shauna waren oben in Keelins Zimmer. Ronan und Neville spielten Fußball draußen auf der Straße vor dem Haus.

»Hallo.«

Gemma packte den Hörer fester. Sie hatte nicht erwartet, dass Orla ans Telefon gehen würde, obwohl das natürlich denkbar war. Sie hatte nur stets vermieden, an diese Möglichkeit zu denken. Sie überlegte kurz, ob sie einfach auflegen sollte, fand diese Idee dann aber unheimlich dämlich. Orla war doch nichts weiter als ein belangloses Mädchen, um Himmels willen!

»Hallo, Orla. Hier ist Gemma.« Sie bemühte sich, locker zu klingen.

»Hallo, Gemma.« Orlas Tonfall war gelassen. »Könnte ich mit David sprechen?«, fragte sie.

»Er ist nicht da«, sagte Orla.

»Oh.« Gemma sah wieder auf die Uhr.

»Kann ich ihm etwas ausrichten?«, fragte Orla. »Ja, er möchte mich bitte zurückrufen.«

»Ist es dringend?«

»Nein«, sagte Gemma, »es ist nicht so dringend, aber ich würde gern mit ihm sprechen.«

Ich auch, dachte Orla. »Ich richte es ihm aus«, sagte sie. »Ich weiß nicht genau, wann er nach Hause kommt.«

»Ich verstehe«, sagte Gemma. »Er kann mich ja heute noch anrufen, wenn er zu einer halbwegs vernünftigen Zeit nach Hause kommt.«

»Ich sag es ihm«, erwiderte Orla. »Wiedersehen, Gemma.« – »Wiedersehen«, sagte Gemma, doch Orla hatte schon aufgelegt.

Orla saß da und starrte auf den Fernseher. David war spazieren gegangen, nachdem sie sich wegen des Jobs bei Serene fürchterlich gestritten hatten.

»Sie haben dir bitte was angeboten?«, hatte er gefragt, als sie ihm endlich doch davon erzählt hatte.

»Ein besseres Gehalt, ein größeres Auto und eine Position als Teamleiterin«, erklärte sie.

»Warum dir?«, fragte er.

»Warum nicht?« Sie starrte ihn an. »Meinst du etwa, ich bin nicht gut genug? Warst du nicht in meinem Alter auch schon Teamleiter?«

»Nein, war ich nicht«, entgegnete David. »Vielleicht erinnerst du dich, ich bin eine Weile herumgereist, bevor ich ins Versicherungsgeschäft eingestiegen bin.«

»Also, ich halte das für eine großartige Chance«, sagte Orla. »Das Unternehmen will sein Verkaufspersonal in Irland aufstocken. Daraus werden sich für mich weitere Aufstiegschancen ergeben. Vielleicht steige ich ja sogar aus der Vertretung ins Management auf. Wer weiß? Aber bei Gravitas kann ich das vergessen. Seien wir mal ehrlich, David, Gravitas ist ein gutes Unternehmen, aber viel, viel kleiner als Serene, und ich habe dort viel weniger Möglichkeiten.«

»Du findest also, wir arbeiten in einem zweitklassigen Laden, ja?«

»Nein!« Sie starrte ihn entgeistert an. »Aber ich muss an meine Zukunft denken, David. Sieh doch, du und deine Jungs, ihr habt eure Seilschaften bei Gravitas längst gesichert. Ich weiß, dass du Vertreter bleiben willst, aber vielleicht nicht auf ewig. Jedes Mal, wenn eine Stelle im Management frei wird, bist du in der Diskussion. Ebenso wie Eamonn und Henry und Angus. Ich stehe in dieser Rangordnung so weit unten, dass ich gar nicht in Betracht komme. Außerdem bevorzugt Gravitas die männlichen Mitarbeiter. Das weißt du.«

»Wir diskriminieren keine Frauen!«

»Nicht unbedingt«, gab Orla zu. »Aber ihr fördert sie auch nicht gerade.«

David funkelte sie an.

Ihre braunen Augen blickten zornig, ihre Wangen waren gerötet.

Sie sah besonders sexy aus, wenn sie wütend war, fand er. Es erstaunte ihn, dass er mit ihr schlafen wollte, obwohl er wütend auf sie war, weil Bob Murphy ihr vor fünf Tagen einen Job angeboten und sie ihm erst heute Abend davon erzählt hatte. Es verletzte ihn, dass sie ihm das nicht schon früher anvertraut hatte, und es wurmte ihn, dass sie anscheinend ganz versessen auf diese Stelle war. David wollte, dass sie weiterhin bei Gravitas arbeitete.

»Damit du mich im Auge behalten kannst?«, hatte sie gefragt, und er hatte erwidert, nein, das sei Unsinn, während er sich selbst eingestehen musste, dass sie damit teilweise recht hatte.

»Ich glaube, dass du bei Gravitas auch Karriere machen kannst«, sagte er. »Ich weiß, dass Liam McDaid sehr viel von dir hält. Das hat er mir oft genug gesagt. Und wenn der Geschäftsführer so viel von dir hält, dann kannst du doch davon ausgehen, dass du in dieser Firma gut vorankommen wirst.«

»Ja, sicher«, sagte Orla. »Aber du redest davon, dass ich irgendwann in der Zukunft gut vorankommen könnte. Serene bietet mir die Möglichkeit, jetzt voranzukommen. Die sind bereit, in die Leute zu investieren, die das eigentliche Geschäft einfahren, und mich für meine Erfahrung und meine Fähigkeiten gut zu bezahlen. Meinst du nicht, dass ich eine solche Gelegenheit wahrnehmen sollte, wenn sie sich mir bietet?«

»Aber warum willst du die Dinge so überstürzen?«, fragte David.

»Überstürzen?« Sie sah ihn ungläubig an. »Ich arbeite seit fast zwei Jahren bei Gravitas, David. Das ist doch nicht überstürzt.«

»Aber wir sollten deine Karriere sorgfältig aufbauen«, wandte David ein. »Wenn du dir zu früh zu viel auflädst, bist du irgendwann ausgebrannt.«

»Was für ein Haufen Blödsinn!« Sie stand auf. »Du willst mich nur unter deinem Daumen halten, nicht wahr? Du willst der Chef sein, derjenige, der das meiste Geld nach Hause bringt. Du willst sicher sein, dass ich, egal, wie gut ich bin, nie besser sein werde als du, weil du länger bei Gravitas bist und der Geschäftsführer auf dich hört. Du gönnst mir einfach den Erfolg nicht, oder?«

»Das ist Quatsch.« David war jetzt wirklich wütend auf sie. »Ich kann gar nicht glauben, dass du solchen Unsinn von dir gibst, Orla. Ich hätte dich wirklich für vernünftiger gehalten!«

»Dann tut es mir leid, dich zu enttäuschen.« Sie musste sich beherrschen, um nicht laut zu werden. Sie konnte es selbst nicht fassen, dass sie sich tatsächlich mit David stritt. Sie stritten sonst nie. Sie waren manchmal verschiedener Meinung, aber das war etwas völlig anderes. Das hier war ein Streit, ein richtiger Krach, und es ging dabei um ihr Leben und ihre Zukunft.

»Ja«, sagte David. »Du enttäuschst mich allerdings.« Er griff nach seiner Jacke. »Ich dachte, deine Zukunft sei mit meiner verbunden. Ich gehe spazieren. Bis später.«

Das war zwei Stunden her. Orla konnte sich nicht vorstellen, wo er zwei Stunden lang spazieren gehen sollte. Hatte er das auch getan, wenn er sich mit Gemma gestritten hatte?, fragte sie sich. Sie hatten sich oft gestritten, und David hatte ihr von ein paar dieser Ausbrüche erzählt. Hässliche, laute Schlammschlachten, die immer damit endeten, dass Gemma in Tränen ausbrach und David sich bemühte, ruhig zu bleiben. Aber vielleicht hatte Gemma ja allen Grund gehabt, in Tränen auszubrechen, dachte Orla besorgt, wenn David sich bei ihr genauso blödsinnig aufgeführt hatte wie eben ihr gegenüber. Sie biss sich auf die Lippe. Was konnte Gemma nur von ihm wollen? Warum hatte sie bei ihnen zu Hause angerufen? Gemma rief David sonst nie zu Hause an. Orla wusste, dass sie miteinander telefonierten, das musste sein, schon wegen der Kinder. David sah Gemma jeden Sonntag, wenn er sie abholte, doch Orla hatte es noch nie mitbekommen, wenn er mit seiner Exfrau sprach. Sie nahm an, dass er sie meist von der Arbeit oder von seinem Handy aus anrief.

Sie fand es sogar sehr einfühlsam, dass er Gemma nicht von ihrer Wohnung aus anrief, und sie fand es ebenso rücksichtsvoll von Gemma, ihn nicht zu Hause anzurufen. Wenn Gemma also heute hier angerufen hatte, musste sie vielleicht etwas wirklich Dringendes mit ihm besprechen. Vielleicht war eines der Kinder krank. Sie biss sich auf die Lippe. Vielleicht sollte sie Gemma noch einmal anrufen, damit sie David etwas Genaueres ausrichten konnte. Sei nicht albern, schalt sie sich. Wenn es wirklich so wichtig gewesen wäre, hätte Gemma das bestimmt deutlich gesagt. Sie hätte sich auch aufgeregter angehört. Sofern Orla das beurteilen konnte, hatte Gemma ausgesprochen entspannt geklungen.

David war immer sehr aufrichtig gewesen, was seine Beziehung zu Gemma betraf. Deshalb war Orla nie eifersüchtig auf sie oder machte sich Gedanken darum, wie sie jetzt zueinander standen. Gemma war keine Bedrohung für sie. Sie war seine Vergangenheit. Orla hielt nichts davon, in der Vergangenheit zu leben.

Es war schon fast zehn, als David hereinkam, und mit ihm ein Schwall kühler Nachtluft, Rauch und Bierdunst. Sie fragte sich, wie weit er gelaufen sein mochte, bevor er sich für eine Kneipe entschieden hatte. Seine Augen waren glasig.

»Da bist du ja«, sagte sie.

»Ja.«

»Schöner Spaziergang?«

»Ja.«

Er zog seine Jacke aus und hängte sie über die Stuhllehne. Dann ging er in die Küche, und sie hörte, dass er Wasser aufsetzte. Sie blätterte in einer Zeitschrift herum.

Ein paar Minuten später kam er wieder ins Wohnzimmer, eine Tasse Kaffee in der Hand. Er setzte sich in seinen Sessel und nahm die Fernbedienung vom Tisch. »Gibt's was Interessantes im Fernsehen?«

Sie schüttelte den Kopf. »Ich glaube nicht.«

Er zappte sich durch die Programme und blieb bei Sky

News hängen. Der Börsenreporter gab gerade einen Überblick über die heutigen Entwicklungen auf den Finanzmärkten.

Sie blätterte eine weitere Seite um. Ich werde nicht nett zu ihm sein, beschloss sie. Er ist im Unrecht. Er will mir ein schlechtes Gewissen einreden, weil ich vorankommen will. Ich sehe nicht ein, warum ich mich bei ihm lieb Kind machen sollte.

»Ich gehe jetzt ins Bett«, sagte sie schließlich.

»Ist gut«, erwiderte er.

»Bleibst du noch lange auf?«

»Es ist erst Viertel nach zehn. Ich will noch die Nachrichten sehen.«

»Schön«, sagte sie.

Sie ging ins Bad und entfernte sorgfältig ihr Make-up. Sie ließ sich viel Zeit in der Hoffnung, dass David im Schlafzimmer auf sie wartete, wenn sie fertig war. Er sollte derjenige sein, der auf sie wartete.

Er war aber nicht im Schlafzimmer. Sie konnte den Fernseher immer noch leise aus dem Wohnzimmer hören. Scheiß auf dich, dachte sie, als sie unter die Decke schlüpfte. Ist mir doch egal!

David fuhr aus dem Schlaf hoch. Der Fernseher lief noch, und laut der kleinen Uhr am unteren Bildrand war es beinahe halb zwei. Er rieb sich die Augen und blickte sich um. Er hatte leichte Kopfschmerzen, vermutlich von den vier Bier, die er vorhin getrunken hatte. Er trank nie vier Pints mitten in der Woche. Und schon gar nicht in anderthalb Stunden, so wie heute Abend. Aber er war so wütend auf Orla gewesen. Und vor allem verletzt, das hatte er bei seinem Spaziergang am Pier von Dun Laoghaire festgestellt.

Er war verletzt, weil sie ihm nicht sofort von dem Angebot von Serene erzählt hatte, und es verletzte ihn ebenso, dass sie es offenbar unbedingt annehmen wollte. Er wusste, dass das albern von ihm war, dass es ihr gutes Recht war, jede Gelegenheit zu ergreifen, die sich ihr bot. Und dennoch – wenn sie erklärte, dass sie gern für ein anderes Unternehmen arbeiten würde, hatte er das Gefühl, dass sie sich damit von ihm entfernen wollte. Er sah zu, wie das Wasser an die Kaimauer plätscherte, und sagte sich, dass er sich in dieser Sache unglaublich kindisch verhielt. Wenn Orla sich so benommen hätte, hätte er sich über ihre Jugend und Unvernunft und Unreife lustig gemacht. Aber er konnte nicht anders. Solange sie bei Gravitas arbeitete, konnte er sie unter seine Fittiche nehmen. Wenn sie zu einer anderen Firma ging, stand sie auf eigenen Füßen.

Sie ist vierundzwanzig Jahre alt, ermahnte er sich. So jung ist das gar nicht. Ich denke das nur, weil ich mit vierundzwanzig gerade mal meinen ersten richtigen Job angetreten hatte. Sie arbeitet schon seit ein paar Jahren. Aber ich bin fünf Jahre lang durch Europa, Amerika und Australien getrampt. Mit vierundzwanzig habe ich mir keinerlei Gedanken um eine Karriere gemacht. Es war ja schon ein Schock für mich, dass ich überhaupt einen Job bekommen habe. Und dass ich Gemma getroffen und mich Hals über Kopf in sie verliebt habe. Sie war so fröhlich und lebhaft gewesen, und es hatte sofort zwischen ihnen gefunkt. Er erinnerte sich daran, wie aufregend er sie gefunden hatte. Der Duft ihres Parfums, eine Berührung ihrer Hand, ihre weichen Lippen – alles an ihr hatte ihn so angemacht, wie noch bei keiner Frau zuvor. Und er hatte sie für sich selbst haben, sie mit niemandem teilen wollen. Außerdem hatte er sich in sie verliebt. Also hatte er sie gebeten, seine Frau zu werden. Und er war außer sich gewesen vor Glück, als sie Ja gesagt hatte.

17

Orla war erschöpft. Sie hatte in der vergangenen Nacht überhaupt nicht geschlafen, und ihre Augen brannten. Sie hatte die letzten zwei Stunden im Büro vor ihrem Computer verbracht und versucht, eine Datei wiederherzustellen, die sie versehentlich gelöscht hatte. Es war schon fast neun Uhr abends, und sie hatte es aufgegeben, die Datei auf ihrer Festplatte zu suchen; stattdessen wollte sie nun einen der Computerfachleute darauf ansetzen. Das hätte sie gleich zu Beginn tun sollen, dachte sie, anstatt so viel Zeit darauf zu verschwenden. Aber sie hatte im Büro bleiben wollen, und am Computer herumzufuhrwerken, war eine gute Ausrede.

In der Woche, seit sie David von dem Serene-Angebot erzählt hatte, war es in der Wohnung einfach nicht mehr auszuhalten gewesen. Sie hatte sich bemüht, fröhlich und freundlich zu sein, wenn er zu Hause war. Sie hatte ihn in lächerlichen Kleinigkeiten um Hilfe gebeten, etwa den Deckel von einem Glas zu schrauben. Er hatte ihr das Glas Sauce abgenommen, es aufgeschraubt und ihr wortlos zurückgegeben. Sie hatte alles Mögliche versucht, um ihn aus seinem dumpfen Brüten zu locken. Sie hatte ihn nach seiner Meinung zu einem neuen Kleid gefragt, was sie sonst niemals tat, und er hatte einen Blick darauf geworfen, ihr erklärt, Grau sei nicht gerade seine Lieblingsfarbe, aber nun habe sie das Kleid einmal gekauft, also was sollte diese Frage?

Schließlich (in wachsender Verzweiflung) hatte sie gestern einen gemütlichen Abend zu zweit vorgeschlagen. Er hatte nur erwidert, er habe keine Zeit. Er habe viel Papierkram zu erledigen. Wenn sie müde sei, solle sie eben allein früh zu Bett gehen.

Sie seufzte tief und rief die Datei mit ihren Abschlüssen auf. Das Datenblatt zeigte eine absolut jämmerliche Leistung. Außer den Bentons hatte sie nur zwei neue Verträge abschließen können, und das waren sehr kleine Geschäfte mit einer sehr kleinen Provision. Serene Life and Pensions würden sich vor Grauen schütteln, wenn sie herausfänden, dass sie eine Versagerin einstellen wollten.

Sie konnte diesen Job nicht annehmen. Sie konnte nicht da reinmarschieren und so tun, als verfüge sie über irgendwelche Kompetenzen als Verkäuferin, wenn sie sich diese Zahlen hier ansah. Sie würden sie hinauslachen. Aber sie wollte diesen Job. Nun, da man ihr die Gelegenheit geboten hatte, wollte sie sie mit beiden Händen ergreifen und herausfinden, wie gut sie sich schlagen konnte. Dies war das erste Mal, dass jemand ihr von sich aus eine Stelle angeboten hatte, und das verschaffte ihr tiefe Befriedigung. Doch mit den Zahlen vor ihr war sie überhaupt nicht zufrieden, denn die zeigten die schlimmste Woche aller Zeiten.

In der Mittagspause hatte sie geweint. Sie hatte sich in den Park am Merrion Square gesetzt, und plötzlich hatte sie sich entsetzlich elend gefühlt. Wie aus dem Nichts stiegen die Tränen auf und kullerten ihr übers Gesicht, während sie versuchte, es hinter den Händen zu verbergen, damit niemand etwas merkte. Es war lächerlich, das wusste sie. Sie hatten nur einen dummen Streit gehabt, ach, nicht einmal einen richtigen Krach. Es war nichts gewesen – gar nichts. Warum hatte David sich so schrecklich benommen? Warum regte sie sich wegen einer Nichtigkeit so furchtbar auf? Warum hatte sie solche Angst?

Sie schloss die Datei und schaltete den Computer aus. Sie hatte nicht nach Hause gehen und allein in der Wohnung hocken wollen. Aber sie hatte heute Abend keine Termine. Ein weiterer schwerer Makel, dachte sie düster. Ich sollte jemanden haben, den ich noch anrufen muss, jemanden, der meinen finanziellen Rat braucht.

Sie sah wieder auf die Uhr. Sie würde Bob Murphy anrufen

müssen, doch ihr graute davor. Sie wusste nicht, was sie ihm sagen sollte. Dass sie das Angebot nicht annehmen konnte, weil es ihrem Mann nicht passte? Wie würde sie dann aussehen? Erbärmlich, dachte sie, sie würde absolut erbärmlich aussehen. Aber wenn sie den Job annahm, würde das dann bedeuten, dass David weiterhin so scheußlich zu ihr war? Sie kaute auf der Innenseite ihrer Lippe herum. Es war Zeit, die Dinge in die richtige Perspektive zu rücken. Es war David, der sich in dieser Sache völlig lächerlich verhielt, nicht sie.

Sie griff zum Telefon und wählte Bobs Nummer.

»Hallo, Bob«, sagte sie, als er abhob.

»Orla. Ich dachte schon, Sie würden sich gar nicht mehr melden.«

»Aber natürlich melde ich mich«, sagte sie.

»Und? Wie haben Sie sich entschieden?«

Sie zögerte und richtete sich dann auf ihrem Stuhl auf. »Ich werde Ihr Angebot annehmen, Bob«, sagte sie.

»Sehr schön.« Er hörte sich wirklich erfreut an, fand Orla. Hocherfreut. »Sollen wir uns morgen treffen und die Einzelheiten festlegen?«

»Das wäre toll«, sagte sie.

»Passt Ihnen sechs Uhr?«

»Gut«, sagte Orla. »Am selben Ort?«

»Passt mir gut.«

»Okay«, sagte Bob, »dann bis morgen. Ich bringe Ihren Vertrag mit. Und wir freuen uns wirklich, Sie bei uns zu haben.«

Sie kam um zehn Uhr nach Hause. Sie zog die Vorhänge im Wohnzimmer zu und schaltete die Stehlampe in der Ecke ein. Wie immer beleuchtete sie die Bronzestatue einer afrikanischen Frauengestalt und warf ihren langen Schatten quer durch den Raum. Ich hasse dieses verdammte Ding, dachte Orla. Es ist hässlich. Es sieht nicht schön aus. Um ehrlich zu sein, macht es mir eine Heidenangst.

Sie zog die Skulptur von der Wand weg. Sie war nicht so schwer, wie sie aussah. Sie schob sie durchs Wohnzimmer in den schmalen Flur hinaus. Am Ende des Flurs war eine winzige Abstellkammer; sie öffnete die Tür und bugsierte die Statue hinein.

»Und da bleibst du jetzt«, befahl sie und schlug die Tür zu.

Sie wärmte sich ein Fertiggericht in der Mikrowelle auf und ließ sich vor dem Fernseher nieder. Es war fast so, als wohnte sie wieder mit Abby zusammen, dachte sie, während sie sich durch die Kanäle zappte. Nur war Davids Wohnung viel größer und schöner. Das Telefon klingelte, und sie erschrak. Sie ließ einen Bissen Tagliatelle mit Huhn und Schinken auf das hellblaue Sofa fallen.

»Mist«, murmelte sie und nahm den Hörer ab. »Hallo?«

»Hallo, Orla.«

Verdammter Mist, stöhnte sie innerlich, als sie Gemmas Stimme erkannte. Ich habe David nicht gesagt, dass sie angerufen hat. Jetzt wird sie sauer auf mich sein und denken, ich hätte es ihm nicht ausrichten wollen. Oder sie wird sauer auf ihn sein, weil sie glaubt, er hätte sie ignoriert. Was er auch tun sollte.

»Orla?«

»Hallo, Gemma«, sagte Orla. »Entschuldige, aber du hast mich in einem ungünstigen Moment erwischt.«

Was für ein ungünstiger Moment?, dachte Gemma. Hatten sie sich gerade geliebt, als sie anrief? Lag David eben jetzt im Bett, die Arme zur Seite gestreckt, wie er es so gern tat, während seine Frau auf ihm saß? Sie schluckte bei dieser Vorstellung. »Soll ich später noch mal anrufen?«, fragte sie.

»Ja, wenn du David sprechen willst«, erwiderte Orla. »Er ist heute Abend aus.«

»Er hat mich nicht zurückgerufen«, sagte Gemma.

»Ja, ich weiß, tut mir leid, das war meine Schuld.« Orla bemühte sich um einen fröhlichen Tonfall. »Ich weiß, das ist schrecklich von mir, aber ich habe vergessen, ihm zu sagen, dass du angerufen hast.«

»Oh«, stammelte Gemma.

»Es war nur so, ich habe schon geschlafen, als er nach Hause gekommen ist, und heute Morgen habe ich es vergessen«, erklärte Orla.

»Dann war er gestern Abend auch so lange weg?«

Miststück, dachte Orla, will mir eine reinwürgen, was? »Er musste zu einem Termin«, behauptete sie. »Und heute Abend ist er mit unserem Chef und dem Geschäftsführer aus England essen.«

»Dann wird es sicher spät, aber richtest du David bitte aus, dass er mich morgen früh anruft?«

»Sicher«, sagte Orla.

»Danke.«

»Kein Problem.«

Orla legte auf und wandte sich den Tagliatelle auf dem Sofa zu. Die Sahnesauce trocknete bereits zu einem grässlichen Fleck ein. David wird mich umbringen, dachte sie und rubbelte vergeblich mit einem Taschentuch daran herum. Bei ihm musste immer alles tipptopp sein.

Gemma ging zurück ins Wohnzimmer. Sie fragte sich, ob Orla die Wahrheit gesagt hatte. War David wirklich mit Liam McDaid und Oliver Smith zum Essen? Oder hatte er direkt neben ihr gesessen, den Kopf geschüttelt und Orla zugeflüstert, er wolle jetzt nicht mit Gemma reden? Sie seufzte.

Es stimmte schon, dass er immer mit Liam und Oliver essen ging, wenn der England-Repräsentant Irland besuchte. Er war auch an jenem Abend mit ihnen beim Essen gewesen, an dem Ronan geboren wurde. Gemma hatte Wehen bekommen und verzweifelt versucht, David zu erreichen – damals hatte er noch kein Handy gehabt, und er hatte ihr das falsche Restaurant genannt. Er hatte steif und fest behauptet, er habe sich nur geirrt, aber Gemma hatte immer ihre Zweifel daran gehabt. Tief drinnen dachte sie, dass er ihr absichtlich die falsche Nummer gegeben hatte, damit ihre Wehen nicht sein wichtiges Geschäftsessen verdarben. Schließlich hatte sie Frances anrufen müssen, den letzten Menschen auf der Welt, den sie anrufen wollte. Jedenfalls unter diesen Umständen. Frances war sofort bereit, sich um Keelin zu kümmern, während Gemma im Krankenhaus war, aber Gemma musste zu allem Übel auch noch erklären, dass ihr Vater sie dorthin fahren musste, weil David einfach nicht aufzutreiben war.

Gemma setzte sich und schlug das Fernsehprogramm auf, doch sie las es nicht. Sie erinnerte sich daran, wie sie später, als Ronan schon etwas älter war, gern noch ein Kind bekommen hätte. Sie liebte sie so sehr, wenn sie hilflose kleine Babys waren. Natürlich liebte sie ihre beiden Kinder auch jetzt über alles, aber es war schon etwas Einzigartiges, wenn sie noch zu klein waren, um zu widersprechen, so winzig, dass sie sich fast davor fürchtete, sie hochzuheben. David hatte sie als Babys auch sehr geliebt. Er war mitten in der Nacht aufgestanden, wenn sie geweint hatten, hatte sie gewickelt und hinter ihnen hergeputzt, wenn sie sich übergeben hatten.

Aber David hatte kein weiteres Kind gewollt. Das Schlimmste war, dass er vollkommen recht gehabt hatte, als sie das Thema zur Sprache brachte und er ihr nur wegwerfend erklärte, sie wolle dieses Baby aus ganz falschen Gründen. Zwei waren genug, hatte er entschieden. Manchmal wünschte sie sich immer noch ein Baby. Sie konnte nicht ganz glauben, dass sie nie wieder eines bekommen würde, dass diese Zeiten für immer vorbei waren. Als David ausgezogen war, hatte sie ständig an Babys gedacht. Sie hatte die Augen geschlossen und sich daran erinnert, wie gut sie nach Milch und Puder dufteten, und an dieses ganz besondere Gefühl, das sie ihr gaben. Sie machte lange Spaziergänge am Strand und stellte sich vor, wie es wohl wäre, ein Kind von einem anderen Mann zu bekommen. Doch sie wollte keinen anderen Mann; der, den sie gerade fortgeschickt hatte, hatte ihr gereicht. Und doch war die Sehnsucht, ein Kind zu bekommen, so stark, dass sie sich richtig anstrengen musste, nicht über den nächsten Kinderwagen herzufallen und sich einfach eines zu nehmen.

18

Es regnete am Flughafen von Faro. Gemma konnte es nicht fassen: Sie befand sich Ende August in Portugal, und es regnete doch tatsächlich. Nicht nur das, es war auch noch kühl. Es war sechs Uhr abends, die Sonne war hinter dicken grauen Wolken verborgen, und sie hatte eine Gänsehaut an den Armen.

David hatte sich in Sachen Urlaub unerwartet großzügig gezeigt. Gemma erklärte ihm, dass sie wirklich fand, die Kinder hatten es verdient, dass Keelin unbedingt auch verreisen wollte wie alle anderen in der Schule, und da sie in ein paar Tagen Geburtstag hatte, wäre das doch ein tolles Geschenk. Sie hatte erwartet, von David zu hören, er werde sie nicht mit den Kindern außer Landes lassen. Das hatte er schon einmal gesagt, kurz nach ihrer Trennung; da hatten sie sich fürchterlich gestritten, weil sie mit ihrer Schwester Liz nach Mallorca fahren wollte. Aber nach ihrem zweiten Anruf bei Orla hatte er sie zurückgerufen, und für Gemma hatte er sich etwas verwirrt angehört.

»Ich weiß, ich habe auch was von dem Urlaub«, hatte sie rasch gesagt, »und ich sehe ein, dass du nicht für meine Reise bezahlen wirst, David. Aber es wäre wirklich nett, wenn du es den Kindern ermöglichen könntest. Es tut mir leid. Ich weiß, dass ich dich damit unter Druck setze.« Sie schnitt dem Telefon eine Grimasse und fuhr fort: »Ich will dich nicht unter Druck setzen, wirklich –«

»Schon gut«, unterbrach er ihren Redeschwall. »Wohin willst du denn verreisen?«

»Ich habe ein Last-Minute-Angebot nach Portugal gesehen«, erklärte sie atemlos. »Nur ein paar Hundert pro Person. An der Algarve.«

»Gut«, sagte er. »Nenn mir die Einzelheiten, und ich buche das auf meine Kreditkarte.«

»Bist du sicher?«, fragte sie und hätte sich gleich darauf ohrfeigen mögen, weil sie ihm Zweifel eingab.

»Du hast recht«, entgegnete er. »Die Kinder sollten alles haben, was sie bekommen würden, wenn wir noch zusammen wären. Und wenn wir noch zusammen wären, würden wir ganz sicher mit ihnen ins Ausland verreisen. Also ist das nur fair, Gemma. Und es macht mir nichts aus, auch für dich zu bezahlen, weil ich weiß, dass es nicht unbedingt nur erholsam ist, sich um sie zu kümmern.«

Sie hatte vollkommen fassungslos auf den Hörer gestarrt. Er hatte noch nie zuvor so von ihr oder den Kindern gesprochen. Sie wunderte sich, ob es ihm nicht gut ginge, aber sie wollte nicht fragen.

»Der Veranstalter heißt Budget Travel«, sagte sie. »Oh, David, danke. Sie werden sich so darüber freuen.«

Und sie freuten sich. Keelins Miene erstrahlte, und sie sah beinahe aus wie die alte Keelin, die Keelin, die Gemma gemocht und respektiert hatte. Ronan grinste und sagte: »Cool«, und Gemma hatte sich in der Befriedigung gesonnt, endlich einmal etwas richtig gemacht zu haben.

»Das ist ein Geschenk von eurem Vater«, erklärte sie ihnen, obwohl sie den Ruhm gern selbst eingeheimst hätte. »Er bezahlt für uns alle.«

»Dann liebt er uns.« Keelin sah zu Gemma herüber. »Er muss uns lieben, wenn er uns einen Urlaub schenkt.«

»Natürlich liebt er uns!« Gemma drückte sie an sich. »Na ja, er liebt dich und Ronan – das wird wohl reichen müssen.«

Keelins gute Laune hatte angehalten, bis sie in einer dicken Wolke in Turbulenzen geraten waren und sie sich in eine Papiertüte übergeben musste. Gemma wusste, dass die Peinlichkeit ihr mehr zu schaffen machte als alles andere, also hatte sie nichts gesagt. Sie erkannte an der Spannung in Keelins Unterkiefer, dass sie ihre Tochter besser in Ruhe ließ.

Der Reisebus kam ruckelnd vor dem weiß gestrichenen Apartment-Hotel zum Stehen. Gemma und die Kinder folgten der Reiseleiterin nach drinnen, bekamen ihren Schlüssel und fuhren mit dem Aufzug in den fünften Stock.

»Wo ist mein Zimmer?«, fragte Keelin und ließ ihren Rucksack zu Boden plumpsen.

»Keelin, du weißt doch, dass wir uns ein Zimmer teilen müssen«, sagte Gemma. »Dieses Apartment hat nur ein Schlafzimmer. Das teilen wir beide uns, und Ronan kann hier draußen auf dem Sofa schlafen.«

»Toll!« Ronan sprang auf das Sofa und hüpfte probeweise schon mal darauf herum.

»Mir ist kalt.« Keelin schlang die Arme um sich. »Warum sind wir die Einzigen auf der Welt, die in ein warmes Land fahren, und dann ist es da kalt?«

»Du hast doch gehört, was die Reiseleiterin vorhin gesagt hat.« Gemma ging zur Balkontür und öffnete sie. »Das ist ein Tiefdruckeinfluss. Morgen wird es bestimmt schöner.«

»Sie hat aber gesagt, dass es noch einen Tag lang so bleibt«, erwiderte Keelin. »Vielleicht scheint morgen immer noch nicht die Sonne. Und dann muss ich einen weiteren Tag in diesem Pulli zubringen, weil ich keinen anderen dabei habe.«

»Das merkt doch niemand«, sagte Gemma.

»Ich schon«, brummte Keelin.

Gemma trat auf den Balkon und sah sich um. Wenn sie den Hals reckte, konnte sie in einer Lücke zwischen den Hotels gegenüber gerade noch das Meer sehen. Das Wasser war grünlich trüb mit weißen Schaumkronen. Ganz ähnlich wie die Dublin Bay im Herbst, fand sie.

»Na los.« Sie wandte sich wieder den Kindern zu. »Packen wir unsere Sachen aus und gehen irgendwo essen. Der arme Ronan sieht aus, als würde er gleich verhungern.«

»Okay.« Keelin lächelte sie schief an.

Sie brauchten eine halbe Stunde zum Auspacken. Gemma

richtete auch noch das Schlafsofa für Ronan her, damit alles schon fertig war, wenn sie wiederkamen.

»Seid ihr endlich fertig?«, quengelte Ronan. »Ich bin schon längst verhungert.«

»Dann los«, sagte Gemma. »Ich könnte es nicht ertragen, wenn mein einziger Sohn mir verhungert.«

Obwohl es so kühl war, schlenderten viele Menschen durch die Straßen von Albufeira. Die Bäume auf dem gepflasterten Platz bogen sich im Wind, und die Vögel zwitscherten munter. Am Straßenrand waren schon hell erleuchtete Stände aufgebaut, die allen möglichen Kram für die Touristen verkauften. Keelin begutachtete die Ringe und Armbänder, die bunten Steine und Tücher. Das waren die gleichen wie zu Hause, bemerkte sie. Vielleicht konnte sie lernen, wie man so etwas machte, und dann um die Welt reisen und billigen Schmuck verkaufen.

»Komm schon, Keelin.« Ronan zupfte an ihrem Ärmel. »Ich habe echt Hunger.«

Sie gingen in eine Pizzeria im ersten Stock eines dreistöckigen, weiß getünchten Gebäudes. Der Ober führte sie an einen Tisch am Fenster, sodass sie auf die belebte Straße hinunterschauen konnten, wo die Leute trotz der abendlichen Kühle in T-Shirts und Shorts herumliefen.

»Was möchtet ihr denn essen?«, fragte Gemma und blickte in die Speisekarte.

»Kann ich bestellen, was ich will?«, fragte Ronan. »Alles, was du willst«, antwortete sie.

Er strahlte sie an und beugte sich über die Speisekarte. Keelin lehnte sich auf ihrem Stuhl zurück und las ihre. Gemmas Herz schwoll vor Stolz und Freude – ihre schwierige Tochter, die eines Tages eine umwerfende Schönheit sein würde, und ihr unbekümmerter Sohn, mit dem so leicht auszukommen war. Ich habe Glück, dachte sie plötzlich. Großes Glück. Ich habe zwei wunderbare Kinder, und ich komme zurecht. Na gut, vielleicht ist nicht alles genauso gelaufen, wie ich es mir gewünscht habe, aber ist das nicht normal? Und obwohl ich geschieden bin, tut mein Exmann sein Bestes für uns. Es könnte alles viel schlimmer sein, als es ist.

Der Kellner kehrte zurück, den Notizblock in der Hand, und sah sie fragend an.

Sie bestellten reihum, was sie essen wollten. »Und eine Flasche Vinho Verde«, sagte Gemma und klappte die Speisekarte zu.

Sie saßen ein paar Augenblicke lang schweigend beisammen. In der Bar gegenüber stimmte jemand Elvis-Presley-Songs zu Gitarrenbegleitung an.

Der Ober brachte Keelins Knoblauchbaguette, dazu kleine Brötchen und Butter. Er entkorkte die Flasche Wein und schenkte Gemma einen Schluck zum Kosten ein.

»Sehr schön«, sagte sie.

Er goss ihr ein Glas ein und sah sie fragend an.

»Möchtest du auch ein bisschen?«, fragte Gemma Keelin. »Wein?«

»Du wirst morgen vierzehn«, erklärte Gemma. »Wenn wir in Frankreich leben würden, hättest du inzwischen bestimmt schon ein paar Liter davon getrunken.«

»Ja, gerne«, sagte Keelin und lächelte erfreut, als auch ihr ein Glas eingeschenkt wurde.

»Darf ich auch was davon haben?«, fragte Ronan. »Wenn wir in Frankreich leben würden, hätte ich wahrscheinlich auch schon literweise Wein getrunken.«

»Sehr wahrscheinlich.« Gemma grinste ihn an. »Du darfst auch ein halbes Glas trinken. Aber langsam, Ronan, das ist keine Limonade.«

Er nippte misstrauisch daran. »Schmeckt ein bisschen – trocken«, bemerkte er.

»Du meine Güte!« Gemma starrte ihn an. »Ein Connaisseur.«

»Was?«, fragte Ronan und probierte noch einen Schluck.

»Ein Weinkenner«, sagte Keelin. Schüchtern trank sie von ihrem Wein. »Er schmeckt gut.«

»Sehr schön«, sagte Gemma. »Freut mich, dass er dir schmeckt.« – »Irgendwie sprudlig«, sagte Keelin.

»Nur ganz wenig«, erklärte Gemma.

»Ist Champagner sprudliger als das hier?«, fragte Keelin.

»Viel sprudliger«, versicherte ihr Gemma. »Als du geboren wurdest, hat dein Vater eine Flasche Champagner ins Krankenhaus mitgebracht, und wir haben sie über deiner Wiege getrunken.«

»Lag ich da gerade drin?«, fragte Keelin.

Gemma lachte. »Ja. Du hast tief und fest geschlafen.«

»Während meine Eltern sich betrinken!«

»Es war nur eine kleine Flasche«, sagte Gemma. »Und wir waren nicht betrunken.« Obwohl, dachte sie, während sie an ihrem Wein nippte, nach dem ersten Schluck war ihr schon ein wenig schwindlig geworden. David hatte ihr ins Bett geholfen, und sie hatte gebrummt, dass sie vermutlich ihre Milch verdorben hatte und ihr armes Baby einen mörderischen Kater bekommen würde. Sie erinnerte sich ganz deutlich daran. Die gelben Wände ihres Einzelzimmers. Die riesigen Blumensträuße auf dem Fensterbrett. Die vielen Glückwunschkarten dazwischen. Die Bettdecke war auch gelb. Wenn sie die Augen schloss, konnte sie sich daran erinnern, wie es war, diese Gemma zu sein, die verheiratete Gemma, die liebte und geliebt wurde.

»Alles in Ordnung?« Keelin klang besorgt.

»Natürlich.« Gemma lächelte ihr zu. »Ich habe mich nur an damals erinnert, als du geboren wurdest.«

»Wie war ich denn da?«, fragte Keelin.

»Du warst entzückend«, erzählte Gemma. »Am ersten Tag warst du noch rot und schrumpelig und sahst irgendwie wütend aus, aber das hat sich schnell gegeben. Als wir das Krankenhaus verließen, haben alle gesagt, du wärst das hübscheste Baby im ganzen Haus.«

»So ein Unsinn.« Doch Keelin errötete vor Freude.

»Ja, das ist wirklich Unsinn.« Ronan nickte weise. »Jetzt bist du jedenfalls nicht hübsch.«

»Ronan!« Gemma stupste ihn an. »Deine Schwester ist sehr hübsch.«

»Nein, bin ich nicht«, sagte Keelin. »Meine Augen sind zu klein, und mein Mund ist zu groß!«

»Und du hast große Füße«, fügte Ronan hinzu.

Gemma unterdrückte ein Kichern, als Keelin ihn anfunkelte. »Habe ich nicht!!«

»Kinder, Kinder«, sagte sie. »Bitte streitet euch doch nicht darum, ob einer von euch große Füße hat.«

Beide lächelten. »Wir streiten nicht«, sagte Ronan. »Wir diskutieren.«

»Na dann, diskutieren wir lieber über was anderes als unsere Körper«, sagte Gemma. »Ich halte das für keine besonders gute Idee.«

»Mir gefällt dein Körper«, sagte Ronan. »Er ist irgendwie so schön weich und wabbelig.«

Gemma schluckte einen Bissen Brötchen, ohne zu kauen, und musste reichlich Wasser nachtrinken, um den Brocken runterzukriegen.

»Alles klar?«, fragte Keelin, nachdem Gemma sich wieder gefasst hatte und sich die tränenden Augen trocknete.

»Ich denke schon«, sagte Gemma. Sie seufzte. »Es kommt nur nicht jeden Tag vor, dass jemand einen als wabbelig bezeichnet und das auch noch als Kompliment meint.«

»Du bist nicht wabbelig«, erklärte Keelin. »Du bist nur – gemütlich.«

»Ich will eigentlich nicht gemütlich sein«, erwiderte Gemma. »Ich will groß und dünn und elegant sein.«

»So wie Orla«, sagte Ronan.

Nur gut, dachte Gemma, dass ich diesmal gerade nichts im Mund habe.

»Findest du Orla denn elegant?«, fragte sie.

»Sie ist sehr groß«, sagte Keelin vorsichtig.

»Und dünn«, fügte Ronan hinzu. »Man kann ihre Rippen sehen.«

»Tatsächlich?«

Keelin schüttelte den Kopf. »Nein, aber sie ist trotzdem wahnsinnig dünn.«

»Aber ist sie elegant?«, hakte Gemma nach.

Keelin überdachte die Frage. »Eigentlich nicht«, sagte sie schließlich. »Aber sie ist – sie ist irgendwie modern, weißt du?« Sie sah ihre Mutter hilflos an.

Gemma lächelte ihr zu. »Na ja, sie ist ja auch viel jünger als ich.«

»Ich mag sie«, sagte Ronan, »aber ich würde dich nie gegen sie eintauschen!«

»Das ist das Netteste, was du je zu mir gesagt hast«, entgegnete Gemma. Sie griff nach ihrem Wein, und diesmal musste sie schwer schlucken, weil ihr ein Kloß in der Kehle saß.

Gemma lag in ihrem Einzelbett und starrte an die Decke. Sie hoffte, das Wetter würde morgen etwas besser sein. Wenn es nur warm genug war, sich mit einem Glas Wein und ihrem Buch nach draußen zu setzen, wäre sie schon zufrieden. Zu dem Apartment-Hotel gehörte auch ein Kinderclub, sodass Ronan sich hoffentlich irgendwie beschäftigen konnte. Bei Keelin war sie da nicht so sicher.

Sie rollte sich auf die Seite und schaute ans andere Ende des Zimmers. Keelin lag mit dem Gesicht zu ihr, die Augen geschlossen, und ein Arm hing über die Bettkante herab. Heute Nacht wirkte sie im Schlaf ruhig und entspannt, dachte Gemma. Nicht wie sonst, wenn sie nachts bei ihr hereinschaute. Vielleicht veränderte sich ihre Tochter. Vielleicht veränderte sich auch ihr Verhältnis zu Keelin. Gemma atmete langsam aus. Wenn dieser Urlaub dazu führte, dass sie einander wieder näher kamen, dann hätte David ihnen den größten Gefallen seines Lebens erwiesen.

19

Gemma fuhr plötzlich aus dem Schlaf hoch. Sie setzte sich im Bett auf und blickte völlig verwirrt um sich. Sie brauchte ein paar Sekunden, bis ihr wieder einfiel, wo sie war, und um zu bemerken, dass sie allein im Zimmer war. Sie sah auf die Uhr. Fast elf! Sie schlief doch sonst nie so lange – sie hatte eigentlich damit gerechnet, in dem unbequemen Einzelbett überhaupt nicht schlafen zu können. Sie schwang die Beine über die Bettkante und verzog das Gesicht, als sie die kalten Fliesen unter ihren Füßen spürte. Hastig blickte sie sich nach ihren knallbunten Badelatschen um und fand sie falsch herum am Fußende des Bettes. Sie schlüpfte hinein und ging ins Wohnzimmer. Die Decken von dem klappbaren Schlafsofa, auf dem Ronan geschlafen hatte, waren an einem Ende des Sofas zusammengeknüllt, doch von den Kindern war nichts zu sehen. Gemmas Herz schlug schneller. Wo konnten sie nur hingegangen sein?

Sie öffnete die Balkontür und schaute hinaus. Der Himmel war immer noch bedeckt, obgleich die Luft schon wesentlich wärmer war. Sie beugte sich über die eiserne Brüstung, um den Garten zu überblicken, doch es war niemand zu sehen. Sie ging wieder hinein, und da sah sie das Blatt Papier, das sie an die Kaffeekanne gelehnt hatten. »Sind rausgegangen«, stand da in Keelins säuberlicher, seitlich geneigter Handschrift. »Haben die Badesachen mitgenommen, falls das Wetter besser wird.«

»Mist.« Gemma zog sich das Oberteil ihres Schlafanzugs über den Kopf, während sie zurück ins Schlafzimmer eilte. Rausgegangen wohin?, fragte sie sich, schlüpfte hastig in Jeans und T-Shirt und fuhr sich rasch mit der Bürste durchs Haar. Warum, in Gottes Namen, hatte sie sie nicht gehört?

Entweder war sie müder gewesen, als sie gemerkt hatte, oder die Kinder waren auf äußerst untypisch leisen Sohlen hier herumgeschlichen!

Sie verließ das Apartment und schloss sorgfältig hinter sich ab. In der Lobby schlenderten ein paar Leute herum, aber von Keelin und Ronan war nichts zu sehen. Gemma redete sich gut zu, sie brauche sich keine Sorgen zu machen, die beiden könnten sehr gut auf sich selbst aufpassen, doch sie wurde ihre Angst nicht los. Sie wusste ja nicht, wie lange sie schon unterwegs waren. Sie wollte einfach nur wissen, wo sie steckten.

Sie schüttelte den Kopf und befahl sich, damit aufzuhören. Keelin war vernünftig. Selbst wenn sie sich manchmal blöd anstellte, verfügte sie im Prinzip über gesunden Menschenverstand. Gemma vertraute ihr. Sie ging außen um das Apartment-Gebäude herum und gelangte schließlich zum Pool. Ein paar Leute saßen auf den Liegen herum; sie unterhielten sich leise miteinander, und Gemma nahm an, sie überlegten gerade, was man mit einem vermutlich verregneten Tag in Portugal anfangen könnte.

Und dann hörte sie ein helles Lachen, das unverkennbar von Keelin stammte. Sie atmete erleichtert auf und eilte hinüber zu den Tennisplätzen.

Keelin und Ronan spielten Tennis gegen einen Jungen und ein Mädchen im selben Alter. Gemma öffnete das Tor und betrat den Platz.

»Hier seid ihr also«, sagte sie.

Ronan schlug nach einem Ball und verfehlte ihn. »Du hast mich abgelenkt, Mum«, beklagte er sich.

»Tut mir leid«, sagte Gemma. »Ich wollte nur mal nachschauen, wo ihr steckt.«

»Wir haben auf dich gewartet«, erklärte Keelin. »Wir dachten, du würdest sicher bald aufwachen, aber du hast so tief und fest geschlafen. Also haben wir die Croissants gegessen, die du gestern noch gekauft hast, und sind losgezogen.«

»Ihr hättet mir doch sagen können, wo ihr hingeht.« Gemma bemühte sich, gelassen zu erscheinen.

Keelin zuckte mit den Schultern. »Das wussten wir ja selber nicht. Aber wir wollten nicht nur da oben rumhocken.«

»Das verstehe ich«, erwiderte Gemma. »Wer sind denn eure neuen Freunde?«

»Ich bin Fiona«, sagte das schlanke, braun gebrannte Mädchen neben Keelin.

»Und ich bin Jan«, sagte der Junge.

»Sie sind aus Irland«, erzählte Keelin. »Und sie wohnen auch hier.«

»Das ist schön«, sagte Gemma. »Und wie lange seid ihr schon hier?«

»Seit einer Woche«, antwortete Fiona.

»Fiona hat gesagt, dass das Wetter in der letzten Woche ganz toll war«, schmollte Keelin. »Klar, dass es ausgerechnet dann lausig ist, wenn wir hier sind.«

»Es wird schon besser werden«, sagte Gemma zuversichtlich. »Kommst du mal einen Moment zu mir, Keelin?«

Keelin seufzte und ließ den Tennisschläger fallen. Sie kam zu Gemma herüber.

»Ich möchte dir zum Geburtstag gratulieren«, sagte ihre Mutter. Sie küsste Keelin auf die Wange, und Keelin wich zurück.

»Doch nicht vor allen Leuten!«, brummte sie.

»Na ja, alles Gute zum Geburtstag jedenfalls«, sagte Gemma. »Ich habe ein Geschenk für dich, Keelin, aber ich habe es oben liegen lassen. Tut mir leid, ich bin einfach losgestürzt, um erst mal nach euch zu sehen. Also, was wollt ihr heute machen?«, fragte sie.

»Fionas Mutter nimmt uns mit zum Minigolf«, entgegnete Keelin. »Sie wollten sowieso hinfahren, und sie hat gesagt, wenn du nichts dagegen hast, können wir mitkommen.«

Gemma starrte sie verwundert an. »Und wo ist Fionas Mutter?«

Keelin zuckte mit den Schultern. »An der Kaffee-Bar«, antwortete sie. »Ich habe ihr gesagt, das geht schon klar. Wir dürfen doch, oder?«

Gemma kratzte sich am Kopf. Sie hatte sich eigentlich nicht vorgestellt, dass ihre beiden Kinder am ersten Urlaubstag gleich mit fremden Leuten verschwinden wollten. »Ich muss erst mit ihr sprechen«, sagte sie.

»Ist schon gut«, warf Fiona ein. »Wir möchten sie dabeihaben. Ehrlich.«

»Ich spreche trotzdem erst mit deiner Mutter«, sagte Gemma.

Sie folgte dem mit Mosaiken gepflasterten Weg durch raschelnde Palmen zurück zum Hotel und bog dann nach links zu einer kleinen Terrasse ab, wo ein paar Leute Kaffee tranken. Beinahe augenblicklich erkannte sie eine größere, etwas kräftigere Version von Fiona unter ihnen.

»Sind Sie Fionas Mutter?«, fragte Gemma.

Die Frau blickte zu ihr auf und lächelte. »Selina Ferguson«, sagte sie. »Sie müssen die Mutter von Keelin und Ronan sein.«

»Ja.« Gemma nickte und setzte sich auf einen der Plastikstühle. »Gemma Garvey. Die Kinder haben mir erzählt, Sie möchten sie zum Minigolf mitnehmen.«

»Wenn Sie nichts dagegen haben«, sagte Selina. »Meine zwei fänden es viel lustiger, wenn sie jemanden hätten, gegen den sie spielen können! Und das Wetter soll hier bis heute Nachmittag nicht besser werden. Also dachte ich, das würde ihnen bestimmt Spaß machen. Das ist ein richtig großer Minigolf-Platz, nicht so ein winziges Ding. Es dauert ziemlich lange, einmal ganz herumzukommen.«

Gemma lächelte zurückhaltend. Selina schien ganz in Ordnung zu sein, aber sie scheute davor zurück, ihre Kinder für einen Tag jemandem anzuvertrauen, den sie kaum kannte.

»Wir sind jedes Jahr hier«, erklärte Selina. »Ich kenne die Strecke gut. Ich passe gut auf sie auf. In dem Freizeitpark gibt es auch ein Restaurant und einen Pool, da können wir uns nach dem Golfen noch ein bisschen die Zeit vertreiben.«

»Ich möchte aber nicht, dass sie Ihnen zur Last fallen«, sagte Gemma.

»Das tun sie bestimmt nicht«, erwiderte Selina. »Und Sie können natürlich herzlich gern auch mitkommen, Gemma, aber es wird ein bisschen eng im Auto, wenn Sie mitfahren. Und ich dachte, vielleicht hätten Sie gern mal ein bisschen Zeit für sich allein?«

»Wie alt sind denn Ihre beiden?«, erkundigte sich Gemma.

»Fiona ist dreizehn. Ian ist zwölf. Sie sind gerade neun Monate auseinander.« Sie lächelte. »Ein Versehen, aber es ist doch noch ganz nett geworden!«

Gemma blickte sich um. »Ist Ihr Mann nicht mitgekommen?«, fragte sie.

Selina schüttelte den Kopf. »Ich bin mit den Kindern und meinem Bruder hier«, erklärte sie. »Frank ist letztes Jahr gestorben.«

»O Gott!« Gemma starrte sie entsetzt an. »Das tut mir schrecklich leid.«

»Das braucht es nicht«, entgegnete Selina. »Machen Sie sich keine Gedanken. Aber um ehrlich zu sein, ich fühle mich immer noch etwas seltsam ohne ihn. Deshalb ist auch mein Bruder mitgekommen. Ich hätte einen Urlaub ganz allein nicht gepackt.«

»Das kann ich gut verstehen.« Gemma biss sich auf die Lippe. »Es tut mir wirklich leid, Selina.«

Sie saßen einander schweigend gegenüber.

»Wann wollten Sie denn los?«, fragte Gemma schließlich.

»Ziemlich bald«, sagte Selina.

»Und es macht Ihnen wirklich nichts aus, sie mitzunehmen?«

»Absolut nicht«, versicherte ihr Selina.

Gemma hatte immer noch ihre Zweifel. Aber die Kinder würden ihr nie verzeihen, wenn sie es nicht erlaubte. »Also gut«, sagte sie schließlich. »Aber lassen Sie sich von denen nichts gefallen.«

»Bestimmt nicht.« Selina grinste. »Versprochen.«

Gemma kehrte zum Tennisplatz zurück und sagte Keelin und Ronan, sie dürften zum Minigolf mitfahren. Sie lächelte über ihre Begeisterung und freute sich, dass sie zugestimmt hatte; dann ging sie wieder hinauf ins Apartment und duschte. Nach dieser Erfrischung fühlte sie sich gleich besser und machte sich auch nicht mehr so viele Gedanken darum, sie mit den Fergusons losziehen zu lassen. Sie hatte sich gerade die Haare frottiert, als Keelin und Ronan an die Tür hämmerten.

»Ihr habt ja wirklich schnell Anschluss gefunden«, bemerkte Gemma.

»Sie sind nett«, erklärte Ronan.

»Schön.« Gemma ging ins Schlafzimmer und brachte ein verpacktes Schächtelchen für Keelin herüber. »Bitte sehr.« Sie drückte ihrer Tochter einen Kuss auf den Kopf. »Alles Gute zum Geburtstag.«

»Danke.« Keelin wickelte das Geschenkpapier ab und nahm die Armani-Sonnenbrille, die Gemma ihr gekauft hatte, aus der Schachtel. »Die ist toll.«

Gemma lachte. »Allerdings wirst du sie heute kaum brauchen.«

»Bru sagt, dass es später noch schön wird«, erzählte Keelin.

»Bru?«

»Fionas Onkel. Er hat uns vorhin eine Tennisstunde gegeben.« Keelin setzte sich die Sonnenbrille auf und grinste ihre Mutter an. »Er ist sehr, sehr sexy!«

»Keelin!«

»Ist er aber«, sagte Keelin. Sie nahm die Brille wieder ab. Ihre Augen funkelten. »Er sieht fantastisch aus.«

»Wenn er Selinas Bruder ist, ist er zu alt für dich«, erklärte Gemma.

»Ich weiß nicht.« Keelin seufzte. »Ich finde alle Jungs in meinem Alter so unglaublich kindisch.«

Gemma musste sich das Lachen verbeißen. »Und, fährt Mrs. Fergusons Bruder auch mit euch zum Minigolf?«, fragte sie.

»Nein«, antwortete Keelin. »Er sagt, er hat noch was zu erledigen.«

Gemma war erleichtert. Ihr war das nicht ganz geheuer, dieser aufregende Bruder von Selina und ihre vierzehnjährige Tochter mit diesem Glitzern in den Augen...

Es war schon nach Mittag, als sie losfuhren. Gemma winkte ihnen nach und verbot sich den Gedanken, sie könnte einen schrecklichen Fehler machen, indem sie sie aus den Augen ließ. Mittlerweile waren zwischen den grauen Wolken ein paar blassblaue Flecken erschienen, und vielleicht konnte sie sogar noch vor heute Abend ein paar Sonnenstrahlen erwischen. Sie wollte sich so gern an den Pool legen, mit dem Buch, das sie sich am Flughafen gekauft hatte. *Gute Gesellschaft* sah sehr vielversprechend aus.

Aber es war noch nicht warm genug, um am Pool zu liegen. Gemma ging zurück zum Apartment, packte ihren Badeanzug und das Buch in ihre Tasche und beschloss, einen Spaziergang zu machen, bis der Himmel ein wenig aufklarte. Sie hatte ihr uraltes graues T-Shirt gegen ein frisches weißes getauscht und statt der Jeans hübsche rote Shorts angezogen. Sie bürstete sich noch einmal das Haar und betrachtete sich im Spiegel.

Ihre blauen Augen blickten ernsthaft zurück. Ihre Augen waren schon immer einer ihrer Pluspunkte gewesen. Sie hatten eine interessante Blauschattierung, fand sie, noch hervorgehoben von dem bisschen Farbe, das ihr von den wenigen sonnigen Tagen dieses Sommers geblieben war. Sie wusste, Sonnenbräune war schrecklich out, aber Gemma fühlte sich immer wohler, wenn sie etwas Farbe hatte. Ihre Haut nahm in der Sonne einen hellen, honigfarbenen Ton an, der sie ihrer

Meinung nach tausendmal besser aussehen ließ als die Blässe im Winter.

Sie drehte sich zur Seite, um den Rest ihres Körpers zu begutachten. Beine – recht wohlgeformt. Ein wenig schlaff an den Oberschenkeln vielleicht, aber das war unter den roten Shorts kaum zu sehen. Bauch – dazu sagte sie lieber gar nichts. Sie holte tief Luft und zog den Bauch so lange ein, wie sie konnte. Wenn er immer so bleiben würde, dachte sie, während sie vor Anstrengung rot anlief, wäre er ganz okay. Erleichtert stieß sie die Luft aus. Man konnte nicht von ihr erwarten, dass sie nach zwei Kindern noch einen flachen Bauch hatte. Es hatte keinen Zweck, sich deshalb mies zu fühlen. Zum Schluss betrachtete sie noch ihren Busen. Die Kinder hatten ihre ohnehin schon großzügige Oberweite noch vergrößert. Sie wusste nie so recht, ob ihr das gefiel oder nicht, aber in den richtigen Klamotten sahen ihre Brüste schon sensationell aus.

Warum war sie so besessen von ihrem Aussehen? Sie schüttelte den Kopf. Wen interessierte es denn schon, wie sie aussah? Der einzige Mann in ihrem Leben war Ronan, und der mochte sie wabbelig!

Sie folgte dem schmalen, gewundenen Pfad, der vom Hotel zum Strand führte. Die Wellen waren gewaltig; sie brachen sich mit rhythmischem Tosen an dem weichen, gelben Sandstrand und hinterließen dunkle Flächen, wenn sie wieder ins Meer zurückwichen. Das wäre was für David gewesen, dachte sie plötzlich, als sie sich an seine Surfer-Fotos aus Australien erinnerte. Wegen dieser Fotos hatte sie sich schließlich für ihn entschieden. Er sah so fantastisch aus, wie er da auf den Wellen ritt, sein Körper schlank und straff, das dunkle Haar zu einem lockigen Pferdeschwanz zurückgebunden. Er sah nach richtig viel Spaß aus, und genau so jemanden wollte sie heiraten. Sie sehnte sich nach ein bisschen Spaß, konnte es kaum erwarten, ihrem sterilen Zuhause zu entrinnen, das Frances mit eiserner Faust regiert.

Und dann war David ins Versicherungsgeschäft eingestiegen. Gemma verzog das Gesicht, setzte sich auf einen Felsen im Sand und nahm das Buch aus ihrer Tasche. Eine Branche, die sämtlichen Beteiligten noch weniger Spaß am Leben vermittelte, konnte sie sich kaum vorstellen. David hatte sich beinahe sofort von einem Surfer mit Pferdeschwanz in einen Verkäufer mit Gelfrisur verwandelt, der nur noch Geld kannte, und für den Spaß nur etwas für andere Leute war. Und das Schlimmste war, dass sie ihm selbst bei dieser Verwandlung geholfen hatte, indem sie ihm die Haare abschnitt! Sie seufzte tief und schlug ihr Buch auf.

Die Heldin des Romans hatte es auch nicht gerade lustig. Gemma blätterte um und lächelte in sich hinein, als sie las, wie Kira O'Brien sich bei ihrer besten Freundin darüber beklagte, dass sie in der Firma niemand ernst nahm. Vor allem der abscheuliche Geschäftsführer. Er setzte blonde Haare und blaue Augen mit Dummheit gleich. Und er glaubte, Frauen seien leicht einzuschüchtern. Aber da irrte er sich, meinte Kira. Er hatte sie völlig falsch eingeschätzt, und eines Tages würde ihm das noch leidtun.

Plötzlich klatschte ein Regentropfen auf die Seite. Gemma blickte überrascht zum Himmel auf. Sie hatte die dunkle Wolkenbank gar nicht bemerkt, die vom Meer herantrieb; sie sah schwer nach Regen aus. Sie klappte das Buch zu und packte es wieder in die Tasche. Diese Wolken gefielen ihr gar nicht. Das war doch wirklich nicht zu fassen, dachte sie missmutig, da kommt man an die Algarve und wird nassgeregnet, wenn man am Strand sitzen will!

Die Regentropfen wurden dicker. Gemma blickte sich um. Der nächste Unterschlupf war eine Strandbar etwa hundert Meter weiter. Sie schloss die Klettriemen ihrer roten Sandalen und eilte auf die Bar zu. Sie verfluchte den weichen Sand, in dem ihre Füße versanken, und der nun auch noch nass wurde und an ihr kleben blieb. Die letzten Meter rannte sie keuchend. Ihre Beine schmerzten. Wäre sie doch nur seinerzeit mit Niamh in diesen neuen Fitnessclub gegangen!

Bis sie den Bretterboden der Strandbar erreicht hatte, war sie klatschnass. Das Haar hing ihr in Strähnen ums Gesicht, Wasser tropfte von ihrem Kinn. Sie hoffte nur, dass Selina und die Kinder sich frühzeitig ein trockenes Plätzchen gesucht hatten.

Ein Mann spurtete die Treppen zur Bar herauf. Er trug eine verwaschene Jeans und ein schwarzes T-Shirt. Sein dunkles Haar musste dringend geschnitten werden, fand Gemma, und es war genauso nass wie ihres. Er beugte sich über den Tresen und rief dem Barmann auf Portugiesisch etwas zu.

Gemma beobachtete ihn unauffällig. Er sah sehr gut aus, auf typisch mediterrane Art. Sie hatte nur ganz kurz seine braunen Augen in einem markanten, sonnengebräunten Gesicht gesehen, als er die Stufen heraufgerannt war. Vielleicht war er ja ein Fischer aus dem Ort. Ein halbes Dutzend Boote lagen auf dem Strand, und er hatte die sehnigen Arme und den kräftigen Körperbau eines Menschen, der eher körperlich denn geistig arbeitete. Er war außerdem barfuß, und Gemma hatte so eine Vorstellung im Kopf, dass Fischer sich nicht mit Schuhen abgaben. Sie grinste über sich selbst. Vielleicht vor hundert Jahren, dachte sie, aber heute trugen sie vermutlich supergriffige High-Tech-Power-Schuhe. Es war wahrscheinlicher, befand sie, dass ihm diese Bar gehörte und er Fische nicht ausstehen konnte!

Er drehte sich um und ertappte sie dabei, wie sie ihn anstarrte, bevor sie noch den Blick senken konnte.

»Hallo«, sagte er. »Hat es Sie auch eiskalt erwischt?«

Vor lauter Überraschung, dass er englisch sprach – noch dazu mit einem leichten irischen Akzent –, verschlug es ihr die Sprache.

Er runzelte die Stirn. »Ach, Sie sind gar nicht aus England?«

»Nein«, antwortete sie, als sie sich wieder gefangen hatte. »Ich bin aus Irland. Mir war nur nicht klar – ich hatte Sie für einen Einheimischen gehalten!«

Er lachte, warf dabei den Kopf zurück und zeigte ebenmäßige weiße Zähne. Sie lächelte zurückhaltend.

»Schön wär's«, sagte er.

»Sie sprechen doch Portugiesisch.«

»Miserabel«, erklärte er. »Ich habe einen Sommer lang an der Algarve gearbeitet, als ich noch studiert habe. Da habe ich ein bisschen was mitbekommen, aber das Resultat ist nicht eben großartig. Ich sage meistens genau das Gegenteil von dem, was ich meine.«

»Das macht nichts«, entgegnete sie. »Die sprechen hier alle so gut Englisch und Deutsch und Französisch. Es ist richtig peinlich.«

»Ich erzähle ihnen immer, dass Englisch viel leichter ist als Portugiesisch, aber sie glauben mir nicht.« Unvermittelt zog er sein T-Shirt aus und enthüllte einen gut gebauten Oberkörper, ebenso braun wie sein Gesicht. Er wrang das T-Shirt aus und hängte es über die Lehne eines Plastikstuhls. »Entschuldigung«, sagte er, »aber ich konnte das nicht mehr anbehalten. Es ist zu nass und zu kalt.«

»Ich weiß.« Gemma zitterte, doch ob das an ihren eigenen nassen Klamotten lag oder an der Wirkung, die sein Anblick auf sie hatte, wusste sie nicht recht. Seit Jahren habe ich keinen solchen Mann mehr gesehen, dachte sie und bemühte sich, ihn nicht anzustarren. Einen umwerfend attraktiven, sehr anziehenden Mann, und genau der Typ, auf den ich früher so abgefahren bin. Sie lächelte in sich hinein. Inzwischen sollte sie wirklich über diesen lockeren Surfer-Look hinausgewachsen sein. Schließlich wusste sie jetzt, was aus diesen Typen wurde.

Sie beugte sich über das Geländer und blickte zum Himmel hinauf. »Ich glaube, es lässt schon ein bisschen nach«, bemerkte sie.

»Heute Nachmittag soll es aufklaren«, erklärte er. »Ich glaube, das wird es auch.« Er grinste sie an. »Möchten Sie bis dahin vielleicht einen Kaffee trinken? Der wärmt Sie wieder auf, und Sie sehen aus, als könnten Sie was Warmes brauchen.«

»Danke«, sagte Gemma. »Das wäre nett.« Sie setzte sich und versuchte ihre immer noch feuchten, ungemütlichen Shorts zu ignorieren.

»Bitte sehr.« Er stellte zwei Tassen dampfenden Kaffee auf den Tisch und kehrte noch einmal zur Bar zurück. »Und ein kleines Extra, das hilft bestimmt.« Diesmal stellte er zwei Gläser Cognac hin.

»Danke«, sagte Gemma. »Aber –«

»Jetzt sagen Sie bloß nicht, dass Sie keinen Cognac mögen«, unterbrach er sie. »Das ist ein sehr nahrhaftes und wärmendes Getränk.«

Sie lachte. »Doch, ich mag Cognac«, erwiderte sie. »Ich trinke ihn nur nicht sehr oft.«

»Was trinken Sie denn?«, fragte er und rührte seinen Kaffee um. »Nein, lassen Sie mich raten – Weißwein wäre genau Ihr Ding, richtig?«

»Wein?« Gemma schüttelte den Kopf. »Na ja, manchmal. Eigentlich trinke ich eher Bier.«

»Ich hätte ja auf kühlen Weißwein getippt«, sagte er. »Chardonnay. Oder Frascati, wenn Ihnen nach Faulsein zumute ist.« Sie lachte wieder. »Also gut, ich gestehe. Zu Hause trinke ich Chardonnay. Aber Bier mag ich auch. Ich bin nicht so wählerisch.«

Er grinste. »Sie sind doch eine Frau, oder nicht? Frauen sind immer wählerisch.«

Sie errötete. Eine alternde Mutter zweier Kinder, das war sie. Sie mochte eine Frau sein, aber sie kam sich überhaupt nicht vor wie die Sorte Frau, von der er sprach. Wählerische Frauen, die Weißwein tranken, waren groß und schlank, mit blonden Strähnchen. Sie kannte die Sorte gut – sie sah viele von ihnen im Salon! Sie fragte sich, ob er gertenschlanke Frauen, die Weißwein tranken, wohl lieber mochte als üppige, die Bier aus der Flasche tranken.

»Alles klar?«, fragte er forschend. Sie blickte von ihrem Kaffee auf. »Ja.«

»Sam«, sagte er.

»Wie bitte?«

»Mein Name. Sam McColgan.«

»Gemma Garvey«, sagte sie.

»Freut mich, dich kennen zu lernen, Gemma.« Sam hob sein Cognacglas. »Wenn ich du sagen darf.«

»Also gut, Sam. Prost.« Sie nahm einen großen Schluck Cognac. Augenblicklich spürte sie, wie er durch ihren Körper rann und wohlige Wärme verbreitete.

»Du machst also hier Ferien, Gemma?«, fragte er. Sie nickte.

»Wie lang bist du schon hier?«

»Erst seit gestern«, entgegnete sie.

»Dann hast du bis jetzt ja nur grauen Himmel zu sehen bekommen.« Er lächelte sie an, und seine braunen Augen blickten mitfühlend. »Mach dir nichts draus, ich verspreche dir, dass es ab morgen besser wird. Rui sagt das auch.«

»Rui?«

»Der Barmann«, erklärte er. »Hier habe ich einen Teil meiner vergammelten Jugendjahre verbracht. Rui betrachtet mich als den leichtlebigen Sohn, den er nicht hat.« Sam grinste. »Ruis Sohn arbeitet in einer Bank in Lissabon. Rui ist sehr, sehr stolz auf ihn.«

»Und du?« Gemma schwenkte den Cognac im Glas herum. »Was machst du?«

»Ach, ich bin in der Verwaltung«, sagte Sam wegwerfend. »Nichts Aufregendes, fürchte ich.«

»Wo denn?«, fragte sie.

»Dublin City University«, erzählte er. »Wie gesagt, Verwaltung. Ich halte keine Vorlesungen oder so.«

Sie sah ihn neugierig an. »Würdest du das denn gern tun?«

»Ich? Vorlesungen halten?« Er lachte.

»Warum lachst du?«, fragte sie. »Was ist daran so komisch?«

»Ich hätte nie die Geduld dazu«, gestand er. »Das war schon immer mein Problem.«

»Wie meinst du das?« Sie trank einen Schluck Cognac. Er wärmte wirklich ausgezeichnet.

»Weiß nicht.« Er zuckte die Achseln. »Meine Eltern wollten früher immer, dass ich mehr lerne. Sie hielten mich für begabt. Aber ich hatte keinen großen Spaß daran. Ich habe gerade mal genug getan, um Volkswirtschaft zu schaffen. Mein Vater war schwer enttäuscht.«

»Klingt ja scheußlich«, sagte Gemma.

Sam lächelte. »Ach, ich kann ihn schon irgendwo verstehen. Ich glaube, wir haben ihn alle in vielerlei Hinsicht enttäuscht. Meine Schwester hat ihre grandiose Karriere an den Nagel gehängt, als sie geheiratet hat. Mein Bruder Malachy hat einen Posten als Untersekretär im Außenministerium abgelehnt, um bei einer Zeitschrift zu arbeiten.« Er lächelte. »Dad hat schon ein bisschen hochgestochene Vorstellungen, was unsere Berufe angeht.«

Gemma nickte verständnisvoll.

»Ich weiß gar nicht, warum ich dir das alles erzähle«, sagte Sam. »Du hast bestimmt was Besseres zu tun, als dir die Lebensgeschichte eines wildfremden Menschen anzuhören!«

»Ach, so fremd ist mir das gar nicht.« Gemma grinste ihn an. »Ich habe mir von meiner Mutter ganz ähnliche Sachen anhören müssen, als ich mit der Schule fertig war. Ich wollte Friseurin werden, und sie meinte, ich könnte ›weiß Gott mehr aus meinem Leben machen‹. So ein Unsinn! Sie fand, ›meine Tochter, die zu Tode gelangweilte Büroangestellte‹ klänge besser als ›meine Tochter, die Friseurin‹. Aber«, fügte sie verschmitzt hinzu, »eigentlich sind Friseure so was wie voll ausgebildete Psychiater. Du würdest es gar nicht glauben, was einem die Leute alles erzählen, wenn man mit der Schere in der Hand hinter ihnen steht.«

»Zum Beispiel?«, fragte Sam.

»Ich kann doch meine Schweigepflicht nicht brechen«, erwiderte sie schelmisch. »Das verstößt gegen die Berufsehre!«

»Ich könnte mal wieder einen Haarschnitt vertragen.« Sam zupfte an seinem Schopf. »Ich vergesse es nur immer.«

»Es steht dir gut so«, sagte Gemma.

»Nass?«

Sie grinste. »Lang. Aber es müsste ein bisschen ausgedünnt werden.«

»Ich wette, das sagst du zu allen Männern.«

»Kann sein.« Plötzlich sah sie ihn wieder als einen potenziellen Liebhaber und errötete.

»Also, was hättest du denn gemacht, wenn du nicht Friseurin geworden wärst?«, fragte er.

Sie lehnte sich auf dem Stuhl zurück und verschränkte die Hände hinter dem Kopf. »Nichts«, sagte sie. »Ich wollte nie was anderes machen. Ich hätte nur gern meinen eigenen Salon gehabt, aber was die geschäftliche Seite angeht, bin ich völlig unfähig.«

»Das bezweifle ich«, sagte Sam.

»Doch, es stimmt«, erwiderte Gemma. »Aber ich habe es fast genauso gut getroffen. Ich arbeite für eine sehr gute Freundin, und das ist wirklich schön.«

»Es muss toll sein, einen Job zu haben, der einem Spaß macht«, sagte Sam.

»Gefällt dir deiner nicht?«

»Gefallen, Verwaltung?« Er sah sie verächtlich an. »Wem macht das schon Spaß? Aber ich habe gern mit den Studenten zu tun, und ich mache viel aus meiner Freizeit.«

»Was denn?«, fragte sie. »Bergsteigen? Surfen? Leichtathletik?«

»Wie kommst du denn darauf?«, fragte er.

Sie errötete. »Es ist nur, du – du siehst wie jemand aus, der viel Sport treibt«, sagte sie. »Als ich dich vorhin gesehen habe, dachte ich, du –« Verwirrt brach sie ab.

»Was dachtest du denn?«, fragte er.

Sie biss sich auf die Lippe und blickte ihn unter gesenkten Wimpern hervor an. »Ich habe dich für einen Fischer gehalten«, gestand sie.

Er lachte so herzlich, dass ihm Tränen in die Augen traten. Schön, dass er mich amüsant findet, dachte sie gequält.

»Als ich früher hier war, habe ich mich im Fischfang versucht«, sagte er. »Ich tauge absolut nicht dazu. Ich hatte so ein schlechtes Gewissen den Fischen gegenüber.«

Diesmal war Gemma mit Lachen an der Reihe.

»Sieh mal, es regnet nicht mehr«, sagte er. »Es erscheint sogar schon ein Stückchen blauer Himmel.«

»Tatsächlich?« Gemma stand auf und beugte sich neben ihm über das Geländer. Ihr Kopf streifte seine Schulter, als sie zum Himmel hinaufschaute. »Na, Gott sei Dank.« Sie rückte von ihm ab.

»Hast du heute Abend schon was vor?«, fragte er.

»Oh, ja, ich meine, bestimmt«, sagte sie hastig.

»Wie schade«, sagte Sam. »Ich wäre gern später mit dir essen gegangen.«

Sie starrte ihn an.

»Wenn du nicht willst, auch gut.« Er leerte seinen Cognac. »Aber ich würde gern mit dir ausgehen.«

Essen gehen! Zum ersten Mal, seit David fort war, hatte ein Mann sie zum Abendessen eingeladen. Eigentlich zum ersten Mal seit vielen, vielen Jahren, denn in den späteren Jahren ihrer Ehe hatte David sie auch nicht mehr zum Essen ausgeführt. Er war überhaupt nicht mit ihr ausgegangen. Sie schluckte. Die Vorstellung gefiel ihr. Besonders die Vorstellung, mit jemandem essen zu gehen, der braune Augen und einen Waschbrettbauch hatte und bei weitem der bestaussehende Mann war, den sie seit langem gesehen hatte, und der... halt, befahl sie sich, krieg dich wieder ein. Du kannst mit niemandem zum Abendessen ausgehen. Du musst an die Kinder denken. Sie fragte sich, ob er noch so versessen auf diese Verabredung wäre, wenn er wüsste, dass sie zwei Kinder hatte, von denen eines heute vierzehn geworden war. Sie betrachtete ihn genauer. Sie konnte nicht mit ihm essen gehen. Außerdem war er eindeutig jünger als sie. Sie war nicht sicher, wie viel jünger, aber auf jeden Fall jünger.

»Tut mir leid«, sagte sie. »Ich kann nicht.«

»Ah.« Er lächelte schief. »Schon gut.« Er strich sich das feuchte Haar aus der Stirn und setzte sich wieder.

Sie wollte es sich anders überlegen. Sie wollte sagen, dass sie sehr gern mit ihm essen gehen würde. Dass sie nichts lieber tun würde, als in einem Restaurant zu sitzen und ihn die ganze Zeit nur anzusehen. Aber sie konnte nicht. Außerdem, ermahnte sie sich, sollte sie aus der Ferienflirt-Phase schon längst herausgewachsen sein. Und überhaupt, obwohl er so nett wirkte, war er wahrscheinlich eher einer von den Typen, die sie in einer reißerischen Reportage über Ibiza gesehen hatte.

Vermutlich führte er eine Strichliste über all die Frauen, die er an Strandbars aufgabelte, und die hing direkt über seinem Bett.

»Ich gehe jetzt lieber zurück«, sagte sie. »Ich habe noch etwas vor.«

»Wo wohnst du denn hier?«, fragte er.

»Ach, in so einem Apartment-Hotel«, antwortete sie ausweichend. »Am anderen Ende vom Strand.«

Er nickte.

»Danke für den Kaffee. Und für den Cognac«, sagte sie.

»Jederzeit wieder.«

»Ich hoffe nicht.« Sie lachte. »Ich hoffe sehr, dass es nicht wieder so regnet.«

»Das wird es nicht, versprochen«, sagte er.

»Ich muss jetzt wirklich los.« Sie nahm ihre Tasche.

»Vielleicht sehen wir uns ja mal wieder«, meinte Sam.

»Vielleicht.« Sie lächelte ihn freundlich an und eilte die hölzernen Stufen hinunter. Und ich bin die Königin von Saba, dachte sie, während sie den Strand entlangstapfte.

20

»Es war fantastisch!«, schwärmte Keelin. »Es ist wirklich toll da – man geht durch eine Art Dschungel und all so was!«

»Und was habt ihr gemacht, als es geregnet hat?« Gemma lächelte ihre Tochter an. Sie hatte Keelin schon lange nicht mehr so lebhaft gesehen.

»Da hatten wir zum Glück noch nicht angefangen, also hat Selinas Mutter gesagt, wir könnten erst mal essen. Nach dem Mittagessen ist es dann schön geworden.«

»Und es war richtig heiß«, fügte Ronan hinzu. »Der Boden hat gedampft.«

»Ja«, sagte Gemma. »So war es hier auch.«

Die Sonne war etwa eine Stunde nach dem Wolkenbruch hervorgekommen. Gemma hatte auf dem Balkon gestanden, das Gesicht zum blauen Himmel erhoben, und die Wärme genossen. Doch jedes Mal, wenn sie die Augen schloss, sah sie Sams attraktives, lächelndes Gesicht vor sich. Sie sagte sich, das sei furchtbar albern, aber sie konnte nicht anders. Sie fühlte sich genau wie damals, als sie David Hennessy zum ersten Mal gesehen hatte. »Und das ist dir ja wirklich gut bekommen«, sagte sie laut zu sich selbst, machte es sich in einem Gartenstuhl bequem und wartete auf die Kinder.

»Jedenfalls hat Mrs. Ferguson gesagt, dass sie heute Abend in dem Restaurant nebenan essen«, erzählte Keelin. »Sie hat gesagt, wir sollten auch kommen.«

»Ich dachte, wir machen uns heute Abend hier etwas zurecht«, sagte Gemma.

»Aber, Mum!« Keelin starrte sie vorwurfsvoll an. »Heute ist mein Geburtstag. Da müssen wir doch was Besonderes machen.«

»Wir könnten ja auch mal anderswo essen gehen«, schlug Gemma vor. »Nur wir drei.«

»Das haben wir doch gestern Abend schon gemacht«, wandte Keelin ein. Dann bemerkte sie den Ausdruck auf Gemmas Gesicht. »Ich meine, das war schön, Mum, wirklich, aber…«

Gemma seufzte. Sie hatte sich auf einen weiteren Abend mit den Kindern gefreut, aber sie konnte Keelin gut verstehen. Und immerhin hatte sie heute Geburtstag. Sie lächelte. »Also gut!«

»Toll!« Keelin fiel Gemma um den Hals. »Danke. Und für dich wird es bestimmt auch lustig«, versprach sie Gemma. »Du kannst dich ja mit Mrs. Ferguson unterhalten.«

»Und mit ihrem Bruder«, sagte Ronan.

»O ja«, sagte Keelin rasch. »Der kommt auch.«

Vielleicht mache ich es jetzt endlich richtig, dachte sie und bürstete sanft ihre Haare. Vielleicht finden Keelin und ich endlich eine gemeinsame Wellenlänge. Vielleicht bin ich doch keine so schreckliche Mutter. Sam McColgan fiel ihr wieder ein, und sie dachte, vielleicht bin ich auch kein verdorrtes altes Weib. Er musste sie ja zumindest ein wenig gemocht haben, um sie zum Essen einzuladen. Sie wusste nicht so recht, warum er das getan hatte. Immerhin hatte er sie nicht gerade in einem ihrer besten Momente erwischt – er hatte sie als nassen, bibbernden Kloß kennen gelernt. Ein Mann wie Sam – ein gut aussehender Mann – wollte wohl kaum mit einer Frau gesehen werden, die sich rapide dem Verfallsdatum näherte. Sie biss sich auf die Lippe bei der Vorstellung, wie es ihm während des Semesters ging, umgeben von taufrischen Studentinnen, die vermutlich alle springlebendig und lustig waren und keine Schwangerschaftsstreifen hatten. Studentinnen, die sogar noch jünger waren als Orla O'Neill mit ihrer verdammten makellosen Haut und ihrer Superfigur.

Sie seufzte und sprühte sich großzügig mit *Happy* von Clinique ein, das sie sich am Flughafen gekauft hatte. Das Einzige, was sie nach ihrer Scheidung für immer geändert hatte, war ihr Parfum. David hatte den dezenten, blumigen Duft von *L'Air du Temps* geliebt, doch nachdem er ausgezogen war, hatte sie es nie wieder aufgelegt. Jetzt genoss sie es, mit verschiedenen Düften zu experimentieren. *Happy* war ihr für eine Woche in der Sonne sehr passend erschienen.

Ronan saß im Wohnzimmer und zupfte an seinem verschorften Knie herum, als Gemma endlich fertig war.

»Lass dein Knie in Ruhe«, sagte sie automatisch. »Wo ist Keelin?«

»Immer noch im Bad.« Ronan verzog das Gesicht. »Sie schminkt sich.«

»Schminkt sich!« Gemma sah ihn überrascht an. »Keelin schminkt sich doch nie.«

»Na ja, jetzt schon.« Ronan gähnte.

Die Badezimmertür ging auf, und Keelin kam heraus. Gemma erstarrte beim Anblick ihrer Tochter. Keelin hatte sich das lange schwarze Haar mit einem orangefarbenen Samtgummi zurückgebunden. Sie hatte etwas von Gemmas Make-up stibitzt, und ihr Teint war gleichmäßig golden getönt. Sie hatte etwas schokobraunen Lidschatten aufgetragen und ein klein wenig Rouge auf den Wangen verteilt. Ihre Lippen waren korallenrosa. Sie trug ihre schwarze Jeans und ein schlichtes weißes T-Shirt.

»Du siehst – sehr hübsch aus«, sagte Gemma. Sie sah mindestens aus wie siebzehn, dachte sie angsterfüllt, während sie dieses große, schlanke, elegante Wesen vor sich betrachtete. Siebzehn, und sehr erwachsen. Aber sie war doch erst vierzehn. Und völlig unschuldig.

»Danke«, sagte Keelin. Sie lächelte Gemma unsicher an. »Findest du wirklich?«

»Ja.« Gemma konnte diese Verwandlung immer noch kaum fassen. »Da komme ich mir gleich schrecklich alt vor.«

»Warum?«

»Weil du so viel älter aussiehst als sonst.« – »Tatsächlich? Oh, klasse!« Keelin strahlte sie an, und auf einmal war sie wieder vierzehn.

»Möchtest du vielleicht etwas von meinem Parfum haben?«, bot Gemma an.

»Ja, gerne.« Keelin wirkte hocherfreut, und Gemma sonnte sich in der Wertschätzung ihrer Tochter. Sie holte das Fläschchen aus ihrer Tasche und gab es ihr. Dann bemühte sie sich, nicht das Gesicht zu verziehen, als Keelin sich geradezu damit überschüttete.

»Das wird die Mücken abhalten«, sagte Gemma und packte den Flakon wieder in ihre Tasche.

Keelin lachte und umarmte sie. Plötzlich erinnerte Gemma sich an das eine Mal, als sie Frances so umarmt hatte. Ihre Mutter hatte ihr eine Madonna-Single gekauft, die sie sich gewünscht hatte. Gemma wusste nicht einmal mehr, welche, aber sie hatte sich riesig gefreut, als Frances sie ihr überreicht hatte. Und sie hatte ihr die Arme um den Hals geworfen, doch Frances war zurückgewichen und hatte gesagt, sie zerknautsche ihr ja die Bluse. An diese Begebenheit hatte sie schon seit Jahren nicht mehr gedacht. Sie hatte nicht einmal gewusst, dass ihr das im Gedächtnis haften geblieben war.

Sie erwiderte Keelins Umarmung – drückte sie so fest an sich, dass ihre Tochter sich beschwerte, sie bekäme keine Luft mehr. Gemma ließ sie los und küsste sie auf die geschminkte Wange. Keelin schnitt ihr eine Grimasse.

Die Fergusons saßen schon im Restaurant, als sie dort eintrafen. Keelin winkte Fiona hektisch zu und drängte sich durch die dicht besetzten Tische.

»Hallo!« Selina stand auf, als sie an den Tisch kamen. Und ihr Bruder ebenfalls.

Gemma starrte den Bruder entsetzt an, während Keelin ihn anstrahlte. »Das ist Bru«, sagte sie. »Fionas Onkel.«

»Hallo.« Sam McColgan lächelte sie an. »Ich hätte nicht gedacht, dass ich dich so schnell wiedersehen würde.«

Gemma brachte kein Wort heraus. – »Kennt ihr euch denn?« Keelin blickte unsicher zwischen Sam und Gemma hin und her.

»Wir sind uns heute Vormittag über den Weg gelaufen«, sagte Gemma. »Mir war nur nicht klar ...« Sie sah ihn stirnrunzelnd an. »Bru?«

»So nennen mich die Kinder«, erklärte er. »Nach dem Getränk. Du weißt doch – Irn-Bru? Sogar meine Schwester nennt mich manchmal so. Aber eigentlich heiße ich Sam.«

»Verstehe.«

»Setzen Sie sich doch neben Sam, Mrs. Garvey«, sagte Selina zu Gemma. »Und Keelin ihm gegenüber.«

»Ach, ich will neben Bru sitzen!« Keelin schlüpfte auf den leeren Stuhl und lächelte fröhlich.

Gemma biss sich auf die Lippe. Sie hoffte, dass Keelins neue Frisur, das Make-up und die Unmengen Parfum nicht ausschließlich etwas mit Selinas umwerfendem jüngerem Bruder zu tun hatten, doch sie hatte von Anfang an so einen Verdacht gehabt. Aber wie hätte sie je darauf kommen können, dass Selinas Bruder und Sam McColgan ein und derselbe Mensch waren? Selina sah ihrem kleinen Bruder nicht besonders ähnlich. Einem Bruder, der viel zu alt für Keelin war. Und zu jung für sie selbst, obwohl sie ihn schrecklich attraktiv fand. Sie sah Sam an und dann Keelin, die ihn anlächelte, einen Ausdruck von Anbetung auf dem ganzen Gesicht. Das darf nicht wahr sein, dachte sie. Es kann doch nicht sein, dass meine Tochter und ich denselben Mann toll finden!

»Bru arbeitet in Dublin«, erzählte Keelin. »An der Universität.«

»Tatsächlich?« Gemma beschäftigte sich mit ihrer Serviette. »Wann hat er dir das denn erzählt?«

»Heute Morgen«, sagte Keelin. »Als du noch faul im Bett gelegen hast.«

Gemma fühlte ihre Wangen brennen.

»Er spielt auch Tennis«, sagte Ronan. »Er kann einen Ball ganz schnell schlagen und sogar anschneiden.«

»Er ist auch ein fantastischer Surfer.« Fiona Ferguson wollte auch etwas beitragen. »Er hat versucht, es mir beizubringen, aber ich falle immer runter.«

»Ich fürchte, alle finden Sam einfach großartig«, bemerkte Selina trocken. »Da kann man kaum mithalten.«

»Sie halten mich für großartig, weil ich immer nur da bin, wenn es schön ist«, sagte Sam. »Wenn sie mich jeden Tag zu sehen bekämen, würde sich das gleich ganz anders anhören.«

Der Kellner kam und nahm ihre Bestellungen auf. Gemma nannte die ersten beiden Gerichte, die sie auf der Karte sah, denn sie konnte sich überhaupt nicht konzentrieren.

»Du bist also wieder trocken geworden?« Sam sah Gemma über den Tisch hinweg an.

»Trocken geworden?«, fragte Keelin.

»Als ich Sam heute Vormittag getroffen habe, hat es geregnet«, erklärte Gemma. »Ich war klatschnass.«

»Eure Mutter hat ausgesehen wie eine ertränkte Ratte«, sagte Sam fröhlich. »Sehr wenig anziehend.«

Keelin kicherte. »Gut zu wissen, dass du dich von deiner besten Seite gezeigt hast, Mum!«

Der Kellner kam mit ihrem Essen. Gemma blickte auf den Spargel hinab, den sie bestellt hatte, und wusste, dass sie keinen Bissen davon essen würde. Sie mochte gar keinen Spargel! Sie blickte von ihrem Teller auf und bemerkte, dass Sam sie ansah. Sie ließ ihre Gabel fallen, die klirrend auf dem Boden landete. »Entschuldigung«, sagte sie und tauchte unter den Tisch.

»Wie ungeschickt«, sagte Keelin.

»Ich besorge dir eine neue.« Sam winkte nach dem Kellner.

Später gingen sie noch an die Bar im Hotel. Sam bestellte etwas zu trinken, während Gemma und Selina sich an einen der Tische setzten und die Kinder um den Pool spazierten und sich angeregt unterhielten.

»Ihr Bruder ist anscheinend zu gut, um wahr zu sein.« Gemma konnte sich nicht zurückhalten. Ein Teil von ihr hatte nur schweigend dasitzen und keinerlei Interesse zeigen wollen, doch diese Gelegenheit, mehr über Sam zu erfahren, konnte sie sich einfach nicht entgehen lassen.

Selina grinste. »Wird auch langsam Zeit. Als wir noch klein waren, war er der absolute Horror. Hat mich ständig an den Haaren gezogen, mir Spinnen ins Bett gelegt und mich zu Tode erschreckt.«

»Die Kinder sind ganz verrückt nach ihm«, bemerkte Gemma. »Keelin hält ihn für das achte Weltwunder.«

»Er war sehr gut zu ihnen nach Franks Tod«, erklärte Selina.

»Ich war eine Zeit lang völlig am Boden, Gemma. Es kam so plötzlich – an einem Tag hatte er Kopfschmerzen, am nächsten lag er im Krankenhaus. Und einen Monat später...« Sie biss sich auf die Lippe.

»Es tut mir leid.« Gemma sah sie mitfühlend an. »Ich wollte keine schlimmen Erinnerungen wecken.«

»Nein, ich will jetzt darüber sprechen«, entgegnete Selina. »Das konnte ich lange nicht. Aber jetzt nehme ich gern die Gelegenheit dazu wahr.« Sie seufzte tief. »Wenn man jemanden verliert, wissen die Leute nicht recht, wie sie mit einem umgehen sollen. Am Anfang meinen sie, man sollte ununterbrochen weinen, aber man ist wie erstarrt und kann gar nicht weinen. Später, wenn man dann weinen will, glauben alle, man sollte schon darüber hinweg sein!« Sie lächelte schwach. »Keine Sorge, ich werde nicht in Tränen ausbrechen.«

»Das würde mir nichts ausmachen«, sagte Gemma.

»Danke.«

Die beiden Frauen saßen einen Augenblick in einvernehmlichem Schweigen beisammen. Sam kam herüber und stellte die Drinks auf den Tisch. »Ich bin gleich wieder da«, sagte er.

Selina griff nach ihrem Glas und nickte Gemma zu. »Prost, Gemma. Und nenn mich doch Selina.«

»Prost, Selina.« Gemma stieß mit ihr an.

»Wohnt Sam bei euch?«, fragte sie dann.

»Lieber Himmel, nein!« Selina sah sie überrascht an. »Deswegen freuen sich die Kinder ja so, wenn sie ihn sehen. Nein, er hat ein paar Monate bei uns gewohnt, nachdem Frank gestorben ist – obwohl das für ihn sehr umständlich war, weil wir in Wicklow wohnen. Es war der reinste Albtraum für ihn, jeden Tag nach Dublin zu pendeln, aber er hat es für mich getan. Zuerst dachte ich, ich wollte ihn für immer bei mir haben, aber es war dann doch anders. Ich wollte das Haus wieder für mich haben. Die Kinder fanden es sehr schade. Aber ich sage ihnen immer, er wäre nicht halb so nett zu ihnen, wenn er die ganze Zeit über da wäre.«

»Wie gesagt, zu gut, um wahr zu sein«, sagte Gemma schmunzelnd.

»Er ist ihr großer Held«, sagte Selina. »Meine beiden haben Keelin bestimmt in den höchsten Tönen von ihm vorgeschwärmt. So sind Kinder eben.«

»Mag sein. Aber er ist viel zu alt für meine Tochter«, sagte Gemma.

»Natürlich ist er das«, stimmte Selina zu. »Aber warum machst du dir deswegen Gedanken?«

»Ich fürchte, Keelin – na ja, was ist, wenn sie sich zu ihm hingezogen fühlt?«

»Wenn, dann ist sie höchstens mal ein bisschen verknallt«, sagte Selina. »Aber ich kann mir gar nicht denken, warum dir das Sorgen macht. Sie und Fiona haben auf dem Minigolf-Platz die ganze Zeit zwei deutschen Jungs schöne Augen gemacht, die vor uns waren. Über Bru haben sie kein Wort verloren. Du brauchst dir wirklich keine Gedanken zu machen, Gemma. Außerdem«, sie lächelte Gemma an, »würde Bru nicht im Traum daran denken, sie bei so was zu ermutigen. Er hat da ziemlich viel Übung an der Uni.

Weil er ganz gut aussieht, verknallen sich ständig irgendwelche Studentinnen in ihn. Er macht ihnen allen sehr sanft klar, dass sie keine Chance haben. Das weiß ich ganz sicher.«

»Ich will nur nicht, dass sie verletzt wird.«

»Natürlich«, sagte Selina. »Aber ich glaube wirklich, du machst aus einer Mücke einen Elefanten, Gemma. Keelin übt sich nur als Teenager, und sie übt eben an Sam.«

»Das hoffe ich.« Gemma zwirbelte sich eine Strähne um den Finger.

»Bei ihm hingegen wird es mal wieder Zeit für eine vernünftige Beziehung. Die letzte war eine totale Katastrophe«, erklärte Selina.

»Warum?«, fragte Gemma.

»Das soll er dir lieber selbst erzählen«, erwiderte sie.

Gemma starrte sie an. »Ich denke kaum, dass er dazu Gelegenheit haben wird.«

»Nein?« Selina sah sie nachdenklich an. »Natürlich nicht!«

»Mein Bruder ist wirklich nett«, sagte sie. »Ich meine, er ist ein netter Mensch. Nicht nur was fürs Auge.«

»Ja, sicher.« Gemma sah sie verwirrt an. »Aber du hast da was völlig falsch verstanden, wenn du meinst – wenn du damit sagen wolltest – dass...«

Selina lächelte über Gemmas Gestammel.

»Außerdem«, sagte Gemma, als sie sich wieder gefasst hatte, »bin ich viel zu alt für ihn.«

»Zu alt!«, rief Selina aus. »Wie alt bist du denn, um Himmels willen?«

»Fünfunddreißig«, sagte Gemma.

»Gemma, Sam ist dreißig. Fünf Jahre. Das ist gar nichts.« Selinas Stimme klang scharf.

»Ich hätte ihn für noch jünger gehalten«, sagte Gemma. »Aber das ist sowieso unerheblich. Du hast da was ganz falsch verstanden, Selina. Wirklich, ganz falsch.«

Später am Abend begann eine Band zu spielen. Es war jetzt warm, die Wolken waren verschwunden, und am Himmel glitzerten die Sterne. »Na los!«, rief Sam. »Tanzen wir.«

Die Band spielte etwas von den Corrs, die Keelin besonders mochte. Gemma sah zu, wie sie sich vor Sam wand und drehte. Sie sah wunderschön aus, fand Gemma. Sie hatte Keelin noch nie als wunderschön angesehen. Bis jetzt war ihre Tochter für sie einfach nur schwierig gewesen. Gemma fragte sich, ob Keelin wieder zu ihrem geliebten Schwarz zurückkehren würde, wenn sie nach Hause kamen, oder ob dieser neue Look jetzt eher ihr Stil wäre. Ich wusste ja, dachte Gemma, dass sie eines Tages eine junge Frau sein würde. Ich hätte nur nicht gedacht, dass heute dieser Tag sein könnte.

Gemma tanzte fünfzehn anstrengende Minuten lang mit, setzte sich dann wieder und nippte an ihrem Bier. Keelin und Fiona hielten je eine Hand von Sam, wirbelten um ihn herum, lachten und lächelten. Gemma schluckte einen Mund voll Bier herunter. Sie wünschte, die Jungs vom Minigolfplatz wären hier.

Die Band machte Pause, und alle setzten sich wieder.

Gemma trank ihr Bier aus und blickte in die Runde. »Tja, ich denke, wir sollten allmählich ins Bett gehen.«

»Nicht, bevor du mit mir getanzt hast«, sagte Sam. »Wenigstens einmal.«

»Mal sehen.«

»Sie will nicht tanzen«, sagte Keelin. »Sie ist nicht besonders unternehmungslustig, meine Mutter.«

So sieht sie mich also?, dachte Gemma. Als langweiligen, vorhersehbaren Faulpelz?

»Na komm.« Sam packte Gemma bei der Hand und zerrte sie auf die Füße, als die Band gerade ›I will always love you‹ anstimmte. »Nur einmal. Dann muss ich noch mit Keelin tanzen.«

»Ich war überrascht, dich zu sehen«, eröffnete er Gemma, während er einen Arm um ihre Taille schlang und sie an sich zog. »Aber es war eine angenehme Überraschung. Und nun habe ich doch noch mit dir zu Abend gegessen!«

»Ja.« Gemma war sich seiner trockenen, warmen Hand auf ihrer bewusst, und wie nah er ihr war, während sie sich zusammen bewegten.

»Ich wäre nie darauf gekommen, dass du zwei Kinder hast«, sagte er.

»Nun, jetzt weißt du es«, erwiderte sie. »Wie Keelin schon sagte, ich bin uralt.«

»Wohl kaum.«

»Fünfunddreißig«, sagte sie barsch. »Älter als du, soweit ich weiß!«

»Hat meine Schwester wieder mal alles über mich ausgeplaudert?«, fragte er. »Ich kann mich nicht erinnern, dir erzählt zu haben, wie alt ich bin.«

»Sie hat es in einer Unterhaltung erwähnt«, sagte Gemma spröde.

Er lachte. »Das muss ja eine sehr interessante Unterhaltung gewesen sein, wenn ihr dabei die Frage meines Alters diskutiert habt.« Er drückte sie noch enger an sich, und Gemma kämpfte gegen den Drang an, den Kopf an seine Schulter zu lehnen.

»Eigentlich haben wir uns über eure Kindheit unterhalten«, erklärte sie.

»Wie macht ihr Frauen das bloß?«, fragte Sam. »Ihr kennt euch kaum, und plötzlich erzählt ihr euch Geschichten über eure Kindheit!«

»Das ist so eine Frauensache.« Sie wollte wirklich gern ihren Kopf an seine Schulter legen.

»Frauen faszinieren mich.« Sams Griff wurde noch fester. »Ihr seid immer so gut über alles informiert!«

»Meine Tochter ist ganz vernarrt in dich, weißt du das?« Gemmas Tonfall war plötzlich brüsk.

»Nicht so richtig«, erklärte er. »Ich kann gut mit Kindern, das ist alles.«

»Tu sie nicht so leicht ab«, entgegnete Gemma scharf. »Sie ist kein Kind mehr.«

»Das tue ich auch nicht.« Sam blickte auf sie hinab. »Ehrlich. Und mir ist klar, dass sie gerade erwachsen wird. Ich bin vermutlich nur der erste erwachsene Mann, der sie auch als Erwachsene behandelt.«

»Sie hat deinetwegen Stunden im Bad verbracht«, sagte Gemma.

Sam lächelte. »Ich fühle mich geschmeichelt. Ich mag sie, Gemma, sie ist unterhaltsam und fröhlich und wirklich ein nettes Mädchen.«

»Das ist das erste Mal, dass ich sie unterhaltsam und fröhlich erlebt habe, seit ihr Vater und ich uns haben scheiden lassen«, erklärte Gemma.

»Oh.«

»Sie ist in einem schwierigen Alter«, fügte sie hinzu.

»Für eine Frau ist jedes Alter schwierig«, sagte Sam. »Glaub mir, ich weiß das. Ich habe schließlich eine Schwester.«

»Da könntest du recht haben.« Gemma lächelte schwach.

»Ich habe immer recht«, entgegnete Sam. »Und ich verspreche dir, Gemma, ich schwöre, ich würde nie etwas tun, was deiner wunderbaren Tochter falsche Hoffnungen machen könnte, wenn sie tatsächlich in mich verschossen sein sollte.«

Er lächelte sie an. »Nicht, dass ich das glaube. Sie amüsiert sich nur ein bisschen.«

»Trotzdem«, sagte Gemma. »Bitte, tu ihr nicht weh.«

»Ach, Gemma.« Sein Blick war sanft. »Ich würde nicht im Traum daran denken, ihr wehzutun. Oder dir.«

Als der Song zu Ende ging, entwand sie sich bestimmt seinem Griff und kehrte zum Tisch zurück, wo Keelin und Fiona im Gespräch versunken waren.

»Na, Keelin.« Sam lächelte sie an. »Erweist du mir jetzt die Ehre?«

Keelin hatte keinerlei Skrupel, ihren Kopf an seine Brust zu legen. Gemma beobachtete sie voller Sorge.

Sie wollte nicht, dass Keelin verletzt wurde, doch das war unausweichlich.

Sam war erwachsen. Keelin war noch ein Kind. Ein Kind, das soeben die Männer entdeckt hatte, aber dennoch ein Kind.

»Du siehst besorgt aus.« Selina ließ sich neben Gemma nieder. »Du sorgst dich sehr um sie, nicht?«

»Ich will bei ihr nur alles richtig machen, verstehst du? Sie hat kaum Kontakt mit erwachsenen Männern. Wenn sie ihren Vater sieht, dann unter so absurden Umständen, dass diese ganze Sache von wegen männlicher Vorbildfunktion ein einziger Witz ist.«

»Sie ist bezaubernd«, sagte Selina.

»Ich will, dass meine Kinder es leichter haben als ich.« Gemma rieb sich die Stirn. »Ich will nicht, dass ihr das Herz gebrochen wird und sie Monate braucht, um darüber hinwegzukommen.«

»Und du?«, fragte Selina.

Gemma starrte sie an. »Ich habe nichts, worüber ich hinwegkommen müsste.«

»Tatsächlich?«

»Meine Scheidung ist lange her, Selina. Ich bin schon längst über meinen Mann hinweg.«

»Aber bist du denn über die Scheidung hinweggekommen?« Selina schenkte Gemma etwas Vinho Verde nach. »Ich kann mir vorstellen, dass das furchtbar schwer ist. Als Frank starb, hatte ich das Gefühl, ein Teil von mir sei mit ihm gegangen, so blöd sich das vielleicht anhören mag. Aber ich konnte zumindest um ihn trauern, und die Leute haben mich trauern lassen. Deine Ehe ist gescheitert, und das war sicher scheußlich, aber du musst deinen Exmann immer noch sehen und mit ihm auskommen. Ich kann mir das gar nicht vorstellen.«

»Ach, man gewöhnt sich schließlich daran«, sagte Gemma leichthin. – »Und andere Männer?«, fragte Selina.

Gemma zuckte mit den Schultern. »Ich habe keine Zeit für so was.«

»Vielleicht hast du sie jetzt«, entgegnete Selina.

»Ich habe die Nase voll von Männern.« Gemma schüttelte den Kopf. »Man kann sich denselben Unsinn nur eine begrenzte Zeit lang anhören, bis man schließlich darauf kommt, dass sie im Grunde alle gleich sind.«

»Ach, Gemma.«

21

Orla nippte an ihrem Glas Budweiser und blickte über das Meer von Köpfen zu David hinüber, der an der Bar lehnte. Er unterhielt sich mit Avril Grady, der umwerfenden Persönlichen Assistentin des Geschäftsführers, mit ihrem rabenschwarzen Haar und den blauen Augen. Avril beugte sich zu David vor und legte ihm die Hände auf die Schultern. Sie flüsterte ihm etwas ins Ohr, und beide lachten. Orla packte ihr Glas noch fester.

»He, Orla!« Abby Johnson schob sich an einer Gruppe Vertreter des Bereichs West-Dublin vorbei. »Tut mir leid, dass ich so spät komme, der Verkehr war entsetzlich.«

»Hallo, Abby. Was möchtest du trinken?«

»Gin Tonic«, sagte Abby. Sie blickte sich in Scruffy Murphy's Pub um. »Sind alle diese Leute von Gravitas?«

»Ja.« Orla nickte. »Alle gekommen, um mir alles Gute zu wünschen, obwohl ich das Schiff verlasse.«

»Alle gekommen, weil sie umsonst was zu trinken kriegen.« Abby grinste sie an. »Wo ist David?«

»Da drüben.« Orla wedelte mit der Hand in die ungefähre Richtung ihres Mannes, während sie Abbys Drink bestellte.

»Du meine Güte«, bemerkte Abby. »Wer ist denn die?«

»Avril Grady. Das Firmenluder.«

»Orla!«

»Na ja, das ist sie.« Orla verzog das Gesicht. »Dieses Weib ist gemeingefährlich. Bei jeder Firmenparty wirft sie sich an irgendeinen Hals.«

»Machst du dir Gedanken wegen der beiden?« Abby folgte Orlas Blick.

»Nein.« Orla zuckte mit den Schultern. »Das macht sie immer so.«

»Aber doch wohl nicht mit David?«

»Mit jedem, der lange genug stillsteht«, erwiderte Orla. »Wirklich, Abby, das hat nichts zu bedeuten.« Sie sagte das leichthin, als meinte sie es ehrlich. Aber sie glaubte sich das selbst nicht so recht. Sie wünschte, sie könnte sich ihrer Liebe zu David und seiner Liebe zu ihr so sicher sein wie noch vor wenigen kurzen Wochen. Jetzt war sie überhaupt nicht mehr sicher. David hatte nur mit den Achseln gezuckt, als sie ihm gesagt hatte, sie werde das Angebot von Serene annehmen. Er hatte ihr alles Gute gewünscht, als sei sie eine Wildfremde, und er hatte gefragt, wann sie ihre Kündigung einreichen wolle, weil sie sofort jemand anders einstellen würden. Das Geschäft liefe gerade großartig, hatte er gesagt. Sie würden ohne sie schrecklich viel Arbeit haben.

»Macht es dir wirklich nichts aus?«, hatte sie gefragt.

»Was?«

»Dass ich den Job annehme?«

»Du bist eine erwachsene Frau, Orla. Du kannst tun, was dir beliebt. Du brauchst dazu weder meine Zustimmung noch meine Erlaubnis.«

Jetzt waren sie wie zwei Fremde, die zufällig zusammenwohnten, dachte sie, während sie ihn und Avril beobachtete. Es ist, als wären wir nie Händchen haltend am Strand auf den Bahamas entlangspaziert, hätten uns nie auf dem Rücksitz seines BMW geliebt, uns im Kino Popcorn und Nachos geteilt. Aber warum war es so weit gekommen? Warum konnten sie nicht darüber sprechen?

Sie schaute wieder zu der Stelle, wo David und Avril eben noch gestanden hatten. Es war nichts von ihnen zu sehen. Ihr Herz setzte einen Schlag lang aus, und sie suchte ängstlich die Menschenmenge ab.

»Alles in Ordnung?« Abby sah sie neugierig an. »In Ordnung? Natürlich. Warum?«

»Weil du besorgt aussiehst«, sagte Abby, »und meistens sehen die Leute nicht besorgt aus, wenn sie von ihrem alten Job zu einem viel besser bezahlten neuen wechseln!«

»Ich mache mir keine Sorgen«, erklärte Orla. »Ich freue mich darauf. Allerdings ist es lästig, dass ich nicht sofort anfangen kann. Ich muss erst eine Woche Schulung in Cork machen.«

»Das wird bestimmt lustig«, meinte Abby.

»So was ist schrecklich«, klärte Orla sie auf. »Man muss im Kreis herumsitzen und diese Rollenspielchen spielen. Du weißt schon, du bist die Kundin und ich die Vertreterin, und ich muss dich dazu bringen, einen Vertrag zu unterschreiben. Ich hasse das.«

»Aber du kommst für eine Woche weg«, wandte Abby ein. »Was ich dafür nicht alles geben würde!«

»Fahr doch mal in Urlaub.« Orla blickte sich wieder suchend um. Sie konnte David und Avril immer noch nirgends entdecken.

»Vielleicht finde ich so ein Last-Minute-Angebot«, sagte Abby fröhlich. »Du weißt schon, am Donnerstag buchen, am Freitag fliegen, so was in der Art. Das Problem wird nur sein, jemanden zu finden, der mitkommt.«

»Was ist denn mit Janet?«, fragte Orla.

»Ach, von der muss ich auch mal weg«, sagte Abby. »Sie geht einem mit der Zeit ganz schön auf die Nerven.«

»Willst du sie denn nicht mehr als Mitbewohnerin?«

»Wenn ich ehrlich bin, wahrscheinlich nicht«, antwortete Abby. »Aber ich weiß nicht, wen ich sonst nehmen sollte.« Sie lächelte. »Du hast es echt gut, dass du dich mit so was nicht mehr herumschlagen musst.«

»Ja, ich hab's gut.« Orlas Lächeln drang nicht zu ihren Augen vor.

»Orla, ist wirklich alles in Ordnung?«, fragte Abby wieder.

»Ja. Warum?«

»Das Licht ist an, aber es ist niemand zu Hause!«, rief

Abby. »Ich könnte so etwas sagen wie: ›Ich ziehe mich jetzt splitternackt aus‹, und du würdest immer noch nicken und Ja sagen. Du hörst mir überhaupt nicht zu, Orla.«

»Doch«, protestierte Orla halbherzig. »Ich habe wohl nur ein bisschen zu viel getrunken, das ist alles.«

»Wirklich?« Abby sah sie misstrauisch an.

»Wirklich«, sagte Orla so überzeugend, wie sie konnte. »Wir sind schon seit halb sechs hier, Abby. Jetzt ist es fast neun. Also ist es wohl kaum überraschend, wenn ich ein bisschen auf dem Schlauch stehe.«

»Na ja, wenn es nur daran liegt...«

»Nur daran liegt es«, log Orla und suchte ein weiteres Mal die Kneipe mit ihren Blicken ab.

Avril entdeckte sie zuerst. Die Sekretärin fütterte den Zigarettenautomaten mit Münzen. Orla sah sich nach David um, konnte ihn aber nicht finden. Sie seufzte vor Erleichterung, dass er immerhin nicht mit Avril zusammen war. Dann sah sie ihn aus der Herrentoilette kommen und ging quer durch den Pub, um ihn abzufangen.

»Hallo«, sagte sie.

»Hallo. Amüsierst du dich gut?«

»Nicht besonders«, erwiderte sie.

»Warum?«, fragte er. »Wo liegt das Problem?«

»Du bist das Problem«, erklärte sie. »Warum behandelst du mich immer noch wie eine Verräterin? Das hier ist meine Abschiedsparty, und du hast kaum ein Wort mit mir gesprochen.«

»Orla, Liebes, mit dir kann ich doch jeden Abend sprechen«, sagte David.

»Aber das tust du nicht.«

»Was soll das denn wieder heißen?«

»Du sprichst nicht mit mir. Du hast kaum zwei Worte mit mir geredet, seit ich dir von dem Angebot erzählt habe.«

»Red doch keinen Quatsch«, entgegnete er.

»Aber so ist es. Du ignorierst mich.«

»Wie könnte ich dich denn ignorieren?«, fragte er. »Wir wohnen in derselben Wohnung.«

»Trotzdem.« Sie war den Tränen nahe.

»Sieh mal, ich war nicht gerade erfreut darüber, dass du den Job angenommen hast, das gebe ich zu. Aber das war deine Entscheidung, Orla, und ich stelle mich deinen Entscheidungen nicht in den Weg. Punktum. Ende.«

Sie biss sich auf die Lippe. »So kommt es mir aber nicht vor. Für mich fühlt es sich an, als wärst du immer noch sauer auf mich.« – »Das ist doch völliger Unsinn«, sagte er. »Warum sollte ich denn sauer auf dich sein?«

»Weiß nicht«, antwortete sie zittrig.

»Na, siehst du. Du bildest dir nur was ein.«

»Aber, David –«

»Reden wir ein andermal darüber«, sagte er. »Ich halte es wirklich nicht für angemessen, eine so persönliche Diskussion mitten in einer Kneipe zu führen, meinst du nicht auch?« Er küsste sie flüchtig auf die Stirn und wandte sich ab. Er marschierte schnurstracks zum Zigarettenautomaten und zu Avril Grady hinüber.

In Orlas Kopf wummerte ein Presslufthammer. Sie öffnete die Augen und schloss sie sogleich wieder. Selbst das matte Sonnenlicht, das durch die Vorhänge drang, war ihr zu viel. Stöhnend rollte sie sich auf die Seite, und grässliche Schmerzen hämmerten gegen ihren Schädel. Sie öffnete ein Auge und spähte nach der Uhr. Es war Viertel nach elf.

Vorsichtig glitt sie aus dem Bett und zog ihren weißen Bademantel an. Sie schlüpfte in ihre Hausschuhe, ohne hinunterzuschauen, denn sie fürchtete, der Kopf könnte ihr einfach vom Hals abfallen. Dann tapste sie langsam durchs Schlafzimmer, schob die Tür auf und ging ins Wohnzimmer.

David hatte auf dem Tisch einen Zettel hinterlassen. Orla spürte, wie das Herz in ihrer Brust und die Schmerzen in ihrem Schädel gleichzeitig draufloshämmerten. Sie fürchtete sich davor, die Nachricht zu lesen, fürchtete sich vor dem, was David geschrieben haben könnte.

Sie schlich auf den Tisch zu. Du benimmst dich so was von albern, schalt sie sich. Albern und kindisch und unreif.

Sie hob den Zettel auf und mühte sich, seine Schrift zu entziffern. »Habe Termine. Bin um drei zurück.« Siehst du, sagte sie sich. Nicht weiter schlimm. Er kommt nach Hause.

Sie ließ sich in den Sessel fallen und schloss die Augen wieder. Warum war sie dann so erleichtert? Warum hatte sie sich auch nur den geringsten Zweifel gestattet? Wie konnte sie auch nur gedacht haben, er würde vielleicht nicht wieder nach Hause kommen?

Wegen Avril Grady, gestand sie sich, während sie sich mit den Fingerspitzen die Schläfen massierte. Weil er, nachdem sie gestern Abend kurz mit ihm gesprochen hatte, die restliche Zeit an Avril Grady geklebt hatte, während Orla sich volllaufen ließ.

Ihr war schlecht. Sie waren noch keine drei Monate verheiratet, und schon hatte er sie über. Wie konnte das sein? Das konnte doch nicht nur daran liegen, dass sie eine andere Stelle annehmen wollte? Sie konnte unmöglich glauben, dass es nur daran lag. War das Gleiche mit der pummeligen Gemma passiert? Hatte er sie einfach irgendwann satt gehabt? Er hatte immer behauptet, Gemma sei diejenige gewesen, die die Scheidung gewollt habe, aber vielleicht war sie dazu gezwungen gewesen, weil sie seine Gleichgültigkeit nicht mehr ertragen konnte. Sie stand auf und schluckte eine Schmerztablette. Das Hämmern in ihrem Kopf ließ allmählich nach. Sie stellte sich so unter die Dusche, dass der Strahl auf ihre Schultern traf und sie entspannte.

Das Telefon klingelte, und sie wickelte sich in ein Handtuch. Sie griff nach dem Hörer in der Hoffnung, David sei dran; zugleich fragte sie sich, was sie nur zu ihm sagen sollte. Er war vermutlich nicht gerade begeistert davon, dass sie sich so die Kante gegeben hatte.

»Hallo, Orla, ich bin's.« – »Oh, hallo, Abby.« Sie bemühte sich, erfreut zu klingen.

»Wie geht es dir?«, erkundigte sich ihre Freundin. »Ich habe mir Sorgen um dich gemacht.«

»Sorgen?«

»Du hast gestern ganz schön viel getrunken«, erklärte Abby. »Ich habe dich schon seit einer Ewigkeit nicht mehr so besoffen erlebt. Ganz wie früher.«

»Na ja, mein Kopf fühlt sich auch genau wie früher an«, sagte Orla. »Ich habe eine Tablette genommen, und jetzt ist es schon besser.«

»Hat David dir denn keinen frisch gepressten Orangensaft und Tabletten ans Bett gebracht?«, neckte Abby. »David hat Termine mit Kunden«, erklärte Orla. Nach kurzem Schweigen sagte Abby: »Viel beschäftigter Mann, dein Mann.«

»Zu beschäftigt«, sagte Orla, »aber ich kann ihn nicht davon abhalten.«

»Früher war er aber nicht so, Orla«, sagte Abby. »Als du noch hier gewohnt hast, hat er dich alle paar Minuten angerufen und fast auf der Schwelle kampiert.«

»Jetzt ist eben alles ein bisschen anders«, erklärte Orla. »Aber er ist immer noch…« Immer noch was?, fragte sie sich selbst. Immer noch verrückt nach mir? Immer noch in mich verliebt? Sie schloss die Augen.

»Orla? Alles in Ordnung?« Abby klang ängstlich.

»Mir geht's gut«, erwiderte Orla. »Es ist nur mein Kopf. Ich denke, ich lege mich noch ein Weilchen hin. David kommt bald zurück, und ich warte einfach darauf, dass er mir kalte Handtücher auf die Stirn packt.«

Abby lachte. »Na dann. Mach's gut, Orla. Ich ruf dich nächste Woche mal an.«

»Klar«, sagte Orla. »Wir hören uns.«

Sie legte auf und ging ins Bad, um selbst ein Handtuch unters kalte Wasser zu halten.

22

Gemma lag bäuchlings auf der Liege und tastete darunter nach ihrer Sonnencreme. Sie war zu faul, den Kopf zu heben und danach zu suchen, sie fühlte sich gerade so wohl. Aber sie spürte die sengende Hitze auf ihren Schultern und wollte keinen Sonnenbrand bekommen.

»Suchst du das hier?«

Sie schlug die Augen auf. Sam McColgans braune Augen waren nur Zentimeter von ihren entfernt. Hastig setzte sie sich auf und streifte sich die Träger ihres Badeanzugs wieder über die Schultern.

»Ja, danke.« Sie nahm ihm die Flasche ab.

»Soll ich das nicht für dich machen?«, bot er an.

»Nein. Wirklich. Das geht schon.« Sie suchte die Umgebung des Pools mit ihren Blicken ab. »Wo sind sie denn alle hin?«

»Selina trinkt eine Tasse Tee im Café. Keelin und Fiona nehmen eine Tennisstunde. Ian und Ronan spielen Fußball. Bleiben nur du und ich.«

Gemma kämpfte gegen den Drang an, die Hand auszustrecken und durch sein dunkles Haar zu streichen. Das hatte sie schon bei ihrer ersten Begegnung tun wollen, in der Strandbar. Sie wollte das immer tun, wenn sie sich zu einem Mann hingezogen fühlte. Dann stellte sie sich vor, wie es wäre, sein Haar zu berühren und um den Finger zu wickeln. Sie hatte sich in dem Moment in David Hennessy verliebt, als er den Kopf über das Waschbecken zurückgeneigt und sie seine langen schwarzen Locken berührt hatte.

Ich fühle mich zu ihm hingezogen, dachte sie. Er macht mich ganz schwindelig. Das ist eine rein körperliche Sache.

Ich bin ihm so gut wie möglich aus dem Weg gegangen, aber das hilft überhaupt nicht. Ich will ihn wirklich unbedingt berühren.

»Komm schon«, sagte er. »Lass mich dich eincremen.«

»Ist schon gut«, sagte sie. »Ich trinke lieber einen Tee mit Selina.«

»Warum trinkst du nicht ein Bier mit mir?«, fragte er.

Sie sagte nichts darauf.

»Die Mädchen kommen frühestens in einer Stunde zurück, sie haben gerade erst angefangen. Die Jungs bleiben sicher mindestens genauso lang weg.«

»Selina ist ganz allein«, wandte Gemma ein.

»Manchmal ist Selina gern allein«, sagte Sam.

Ein Bier konnte wohl nicht schaden, dachte Gemma, solange Keelin nichts davon erfuhr. Keelin betrachtete Sam, oder Bru, wie sie ihn immer noch nannte, als ihr Privateigentum. Sie saß stundenlang mit ihm am Pool und redete. Gemma hätte für ihr Leben gern gewusst, worüber sie sprachen, aber sie wollte nicht fragen. Wenn sie abends mit den Kindern essen ging, redete Keelin in einem fort von Bru, wie intelligent er sei, dass er so gut zuhören könne und sie ernst nähme, und Gemma machte sich immer mehr Sorgen. Einmal sprach sie Keelin darauf an und fragte leichthin, was sie denn in Sam sehe. Keelin hatte sie nur mitleidig angesehen. »Er ist ein intelligenter Mann«, erklärte sie Gemma. »Aber es ist trotzdem immer lustig mit ihm.«

»Findest du – bist du…?«

»Was?«

»Na ja, er ist viel älter als du«, brachte Gemma heraus.

»Herrgott noch mal, Mum!« Keelins Ton war genervt. »Er ist doch nicht mein Freund oder so. Er ist ja fast so alt wie du!« Aber sie machte sich trotzdem Sorgen. Während die Kinder jeden Abend mit den Fergusons verbringen wollten, hatte Gemma darauf beharrt, dass beide Familien auch mal unter sich blieben. »Wir machen Urlaub, sie machen Urlaub«, erklärte sie Keelin und Ronan. »Wir brauchen nicht die ganze Zeit aneinander zu kleben. Ihr seht die Fergusons tagsüber schon genug.« Und Sam sahen sie viel zu oft, wenn er in seinen schicken Shorts herumlief, mit diesem straffen, festen Bauch und den starken, muskulösen Armen und Beinen. Die Hälfte aller Frauen am Pool stupste sich jedes Mal gegenseitig an, wenn er vorbeikam.

»Also?« Er sah sie fragend an.

Ein Bier wäre schön, dachte sie. Auf einmal lächelte sie. Sie hatte schließlich auch Urlaub. »Okay.«

»Prima!«

Er wartete, während sie sich ein hellgrünes T-Shirt über den Kopf zog und in ihre schwarzen Shorts stieg. Sie zog den Bauch ein, als sie die Shorts über dem Badeanzug schloss.

»Na, dann los.« Sam ließ ihr den Vortritt. Seine Hand lag in ihrem Rücken. Sie versuchte, den Stromstoß zu ignorieren, der sie durchfuhr. Das ist nur der Urlaubseffekt, sagte sie sich streng. Das kennst du doch. So war es in Torremolinos mit Jack Martin, den du hinterher nie wieder gesehen hast. So war es auf Mallorca mit diesem Engländer. Das liegt an der Sonne und dem Sand und dem Gefühl von Freiheit. Das ist nicht echt.

»Möchtest du vielleicht erst noch ein Stück spazieren gehen?«, fragte Sam. »Ich habe gedacht, wir könnten zu Ruis Bar laufen.«

»Gern, wenn du willst«, sagte Gemma.

Sie spazierten den Strand entlang. Die See war heute ruhig, hellblau vor dem blassen Sand. Weiter unten war der Strand zwar voll, aber hier war es still. Sam sprach nicht, und Gemma sah sich nicht gedrängt, etwas zu sagen. Sie gingen in freundschaftlichem Schweigen am Wasser entlang.

Gemma genoss die warme Luft, vor allem jetzt, da die Sonne nicht mehr so brannte. Ich gehe in Portugal am Strand spazieren, mit einem attraktiven Mann, sagte sie sich. Ganz allein. Als wären wir – als ob... Sie konnte den Gedanken nicht recht zu Ende führen.

An Ruis Bar war viel Betrieb, aber auf der Terrasse war noch ein Tisch frei. Sam rief Rui eine Begrüßung zu, und der brachte ihnen zwei Bier heraus.

»Sie sehen viel besser aus heute«, sagte er zu Gemma. »Nicht so nass.«

Sie lächelte. »Nein. Und ich fühle mich heute auch viel besser!« – »Es war sicher eine Enttäuschung für Sie mit dem Regen«, sagte Rui. »Aber seitdem – nur Sonnenschein, extra für Sie.«

»Danke«, sagte Gemma. »Es war wirklich schön.«

»Und Sie haben einen netten Mann gefunden, meinen Sam.«

Gemma errötete. »Er ist ein sehr netter Mann.«

»Ich liebe ihn«, sagte Rui. »Wie meinen eigenen Sohn!«

»Lass gut sein, Rui«, sagte Sam locker.

»Oh, okay.« Rui grinste. »Ich wollte nur eine gute Wort für dich einlegen, Sam.«

Gemma kicherte und legte die Füße hoch, auf den Rand eines hölzernen Blumenkübels. Sie nippte an ihrem Bier und blickte aufs Meer hinaus. Dort plantschten immer noch eine Menge Leute im Wasser herum. Es braucht nicht viel, um die Leute glücklich zu machen, dachte sie plötzlich. Ein bisschen Wärme, Spaß im Wasser, weiter nichts!

»Friedlich.« Sams Stimme unterbrach ihre Gedanken.

»Ich dachte auch gerade, wie glücklich die Menschen sind«, sagte Gemma. Sie deutete auf den Strand und das Meer. »Diese Leute zum Beispiel«, erklärte sie. »So sorglos. Und wenn es nur für zwei Wochen ist.«

»Und was ist mit dir?«, fragte Sam. »Hast du eine sorglose Woche verbracht?«

Sie stellte ihr Glas auf den Tisch. »Zum großen Teil ja«, antwortete sie zurückhaltend.

»Und wann warst du nicht sorglos?«, fragte Sam weiter.

»Ach, du weißt schon. Immer, wenn ich dich mit Keelin sehe.«

»Gemma, darüber haben wir doch schon gesprochen«, sagte Sam. »Keelin ist ein nettes Mädchen. Sie unterhält sich gern mit mir. Sie – sie sieht mich als eine Art Vaterfigur. Lach mich nicht aus!«

»Ich lache nicht«, erwiderte Gemma ernsthaft.

»Ich meine damit nicht, dass sie mich als ihren Vater sieht oder so, sondern ich denke, dass sie einfach gern mal mit einem Mann spricht, anstatt immer nur die weibliche Sicht der Dinge zu hören. Und sie betrachtet mich als Erwachsenen, Gemma. Nicht als möglichen festen Freund.«

»Hoffentlich hast du recht«, sagte Gemma. »Ich will nicht, dass ihr das Herz gebrochen wird.«

»Das wird es ganz sicher«, sagte Sam, »aber nicht von mir. Und ich wette mit dir, dass sie selbst jede Menge Herzen brechen wird, wenn sie ein bisschen älter ist. Genau wie du früher, könnte ich mir denken.«

»Ganz und gar nicht.« Gemma blickte sehnsüchtig drein. »Ich habe viel zu jung geheiratet.«

Sam betrachtete sie genau. »Und warum hast du dich von ihm scheiden lassen?«, fragte er.

»Aus vielen verschiedenen Gründen«, sagte sie. »Vor allem deshalb, weil unsere Prioritäten sich geändert hatten. Er wurde zum Workaholic. Ich wurde Mutter. Und wir haben beide vergessen, warum wir überhaupt geheiratet hatten.«

»Und was hat dich zu der Entscheidung gebracht?«, fragte Sam. »Wenn es dir nichts ausmacht, darüber zu sprechen.«

Komisch, dachte sie, aber es machte ihr tatsächlich nichts aus, mit ihm darüber zu reden. Obwohl sie ganz verrückt nach ihm war, war es zugleich leicht und angenehm, sich mit ihm zu unterhalten.

»Ich glaube, ich hatte mich schon lange vorher entschieden«, sagte sie. »Aber dann habe ich gehört, wie er mit einer seiner Kolleginnen telefoniert hat. Er hat sich mit ihr verabredet. Bei ihr zu Hause.«

»Oh«, machte Sam.

»Damals ging es mir gerade richtig schlecht«, erzählte Gemma. »Ich hatte Unmengen zugenommen, nachdem ich Ronan bekommen habe, und ich bekam die Kilos einfach nicht wieder runter. Diese Kollegin von David, Bea, war ein verdammtes Nymphchen. Er hat ihr gegenüber eine Bemerkung über meine Figur gemacht, und da bin ich ausgerastet. Wenn ich ihn noch geliebt hätte, hätte ich nicht so reagiert.«

»Klingt nach einem Arschloch«, sagte Sam.

Gemma seufzte. »Eigentlich war er früher nicht so. Die Leute verändern sich eben, das ist alles.«

»Und, glaubst du, du hast ihn je wirklich geliebt?«

»O ja«, sagte Gemma bestimmt. »Ich habe ihn wirklich geliebt. Aber er war nie da, immer bei der Arbeit. Und das hat er für uns getan, das war ja das Schlimme. Er hat jede Menge Geld verdient und geglaubt, das sei genug, aber das war es nicht.« Sie verschränkte die Hände im Nacken und seufzte. »Aber ich frage mich heute noch, ob ich das Richtige für die Kinder getan habe. Ich weiß, es war das Richtige für mich, aber manchmal denke ich, ich hätte ihretwegen bei ihm bleiben sollen.«

»Keelin denkt auch so«, sagte Sam.

»Ich weiß.« Gemma nickte. »Wir haben oft darüber gesprochen. Sie fragt, ob er je wieder nach Hause kommt, und ich muss ihr sagen, nein. Ich glaube, tief drinnen versteht sie das auch, aber manchmal wünscht sie sich einfach nur, ihn wieder zu Hause zu haben.«

»Er hat wieder geheiratet«, bemerkte Sam knapp. »Hört sich also nicht an, als käme er zurück.«

Gemma lachte. »Ich weiß. Und sie weiß es auch. Dass er so bereitwillig ausgezogen ist, hat meinen Stolz verletzt. Dass er wieder geheiratet hat, war viel schlimmer. Komisch, ich habe ewig gebraucht, um darüber hinwegzukommen.« Aber ich bin darüber hinweg, erkannte sie plötzlich. Es macht mir nichts aus, dass er eine andere hat. Jetzt nicht mehr. Sie war überrascht von diesem neuen Gefühl. Sie dachte absichtlich wieder daran, stellte sich vor, wie er neben Orla saß und sich mit ihr unterhielt. Es tat nicht weh. Kein bisschen. Sie stellte sie sich Hand in Hand vor. Wie er Orla küsste. Wie sie den Kuss erwiderte. Nichts. Sie lächelte.

»Was?«, fragte Sam.

Sie sah ihn fragend an.

»Worüber lächelst du?«

»Nichts«, sagte sie. »Ich dachte nur gerade – David liebt die Kinder wirklich.«

»Es sind nette Kinder.« Sam betrachtete sie neugierig. »Ronan ist so fröhlich und warmherzig. Keelin ist klug. Natürlich liebt er sie.« Es entstand eine kurze Pause. »Kann ich dir noch etwas zu trinken besorgen?«

Sie hatte gar nicht bemerkt, dass ihr Glas schon leer war. Sie nickte.

»Jedenfalls ist Keelin viel selbstsicherer, als ich mit vierzehn war«, sagte Sam, als er mit zwei weiteren Gläsern Bier zurückkehrte. »Die wird die Männer im Griff haben, das sage ich dir. In ihrem Alter hatte ich Angst davor, mit Mädchen auch nur zu reden!«

»Sie haben bestimmt alle heimlich für dich geschwärmt«, entgegnete Gemma.

»Die, die mir gefallen haben, waren immer von anderen Jungs belagert«, erzählte Sam. »Ich hatte keine Chance.«

Gemma runzelte die Stirn. »Du hattest doch bestimmt jede Menge Freundinnen.«

Er schüttelte den Kopf. »Damals war ich viel zu sehr auf die Schule konzentriert«, erklärte er. »Mein Vater hat dafür gesorgt, dass ich lerne, und ich habe gelernt. Erst nach der Schule ist mir klar geworden, dass es noch so viel mehr im Leben gibt! Aber mit fünfzehn war ich bei den ganzen lustigen Sachen nicht dabei, die man in dem Alter eben so macht, und irgendwann hielten mich alle für einen Streber. Niemand hat sich für mich interessiert.«

»Ach was, ich wette, eine Menge Mädchen haben sich sehr für dich interessiert«, entgegnete Gemma. »All diese Mädchen, die sich für empfindsame Seelen hielten und auch nicht viel Zeit in Discos und so verbracht haben. Wahrscheinlich haben sie dich angesehen und sich gedacht, das ist der richtige Mann für mich. Groß, dunkel, gut aussehend, und intellektuell obendrein. Ein absoluter Traum.«

»Das glaube ich kaum.« Er lächelte. »Ich hatte schrecklich viele Pickel.«

Gemma lachte.

»Weißt du was, ich versuche schon die ganze Woche, dich zum Lachen zu bringen«, klagte Sam, »und wenn du dann tatsächlich mal lachst, dann über die Gebrechen meiner Jugend.«

Sie lachte wieder. »Tut mir leid.«

»Ich wette, du warst eines von den Mädchen, das die Jungs in Scharen umschwärmt haben«, sagte Sam.

»Wie kommst du denn darauf?« Gemma setzte sich auf und zog den Bauch wieder ein. Sie würde diesen Bauchtrainer kaufen, sobald sie wieder zu Hause war. Jämmerlich, wie schlaff ihre Muskeln waren.

»Du siehst einfach aus wie ein Mensch, den man gern näher kennenlernen würde«, antwortete er.

»Erzähl mir doch keinen Quatsch.« Sie trank von ihrem Bier.

»Warum Quatsch?«, fragte er.

»Sieh mal, Sam, ich mag dich. Ich finde dich ziemlich attraktiv. Ich verstehe gut, dass die Frauen verrückt nach dir sind. Du bist ein netter Kerl, und du warst sehr lieb zu meinen Kindern. Aber mach dich nicht über mich lustig. Bitte.«

»Gemma, du bist der unsicherste Mensch, den ich je getroffen habe.« Sam nahm ihre Hand in seine, und sie sprang beinahe von ihrem Stuhl. Seine Berührung war warm und zärtlich. »Warum sprichst du von dir selbst, als hättest du die Vierzig längst überschritten und würdest zusehends verfallen? Nicht«, fügte er hinzu, »dass die Vierzig etwas Schlimmes wären! Eine meiner besten Freundinnen ist fast fünfzig!«

»Ich spreche nicht von mir, als verfalle ich zusehends«, protestierte Gemma und fragte sich, wer Sams fast fünfzigjährige Freundin sein mochte. Wie sah sie aus? Hatte er ein Faible für ältere Frauen?

»Doch, das tust du«, sagte Sam. »Du schaust in den Spiegel und siehst nur, was dir nicht gefällt. Ich schaue dich an und sehe eine gut aussehende Frau mit einem wunderschönen Lächeln und der Figur meiner Träume.«

»Jetzt hör aber auf!« Sie entzog ihm ihre Hand. »Na schön, sagen wir mal, ich sehe nicht schlecht aus – obwohl das natürlich subjektiv ist –, aber die Figur deiner Träume?«

»Wohlgerundet«, sagte Sam.

Sie begann zu lachen.

»Was?«, fragte er.

»Ronan sagt, ich sei wabbelig.«

Er grinste. »Bist du nicht. Wohlgerundet. Genau richtig.«

Sie sah ihn an. »Weißt du, es gefällt mir, wenn du so was sagst.«

»Ich meine es ernst«, sagte er. »Ehrlich.«

Wie wäre er wohl im Bett?, fragte sie sich. Wie wäre es, wenn er langsam ihr Bluse aufknöpfte, bis sie zu Boden fiel? Wie wäre es, ihm das Hemd von den Schultern zu streifen? Wie wäre es, seine heißen Lippen auf ihren zu spüren, seinen kraftvollen Körper neben ihrem? Und wie wäre es, fragte sie sich boshaft, wenn er die verdammte Kaiserschnitt-Narbe auf ihrem schlaffen Bauch entdeckte! Rundungen mochten ihm ja gefallen, aber wohl kaum ein verdammter runder Bauch!

»Woran denkst du?«, fragte er.

»Nichts«, sagte sie.

»Es sah tiefschürfend aus.«

Sie schüttelte den Kopf. »Ganz und gar nicht.« – »Hast du schon mal daran gedacht, wieder zu heiraten?«

Die Frage kam so unerwartet, dass sie beinahe an ihrem Bier erstickte. Sie spuckte und hustete, während Sam sie besorgt ansah.

»Alles okay?«, fragte er, als sie sich schließlich wieder gefangen hatte.

»Bestens«, sagte sie.

»Und?«

»Nein«, sagte sie.

»Warum nicht?«

»Jemand hat einmal gesagt, wenn ein Mann sich scheiden lässt, dann meist für eine andere Frau. Wenn eine Frau sich scheiden lässt, dann tut sie es für sich selbst.« Gemma leerte ihr Glas. »Ich habe mich um meinetwillen scheiden lassen. Da wäre es doch ziemlich dumm, mich gleich wieder in denselben Schlamassel zu bringen, nicht?«

Sam lachte. »Kann sein.«

»Und was ist mit dir?« Gemma konnte kaum fassen, dass sie ihm diese Frage stellte. »Gibt es eine Frau in deinem Leben?« Sam seufzte tief. »Nicht mehr. Letztes Jahr war ich sechs Monate lang mit einem Mädchen zusammen. Sie war wirklich nett. Wohlgerundet.« Er grinste Gemma an. »Klug. Lebhaft. Und verzweifelt darauf aus, einen Mann vor den Altar zu schleifen. Natürlich habe ich das nicht sofort gemerkt. Manchmal glaube ich, Männer sind bei so was ziemlich schwer von Begriff. Aber plötzlich ist mir aufgefallen, dass sie ständig von Häusern und Möbeln und Reisen ins Ausland gesprochen hat.«

»Und nach sechs Monaten warst du dazu noch nicht bereit?«

»Mit ihr wäre ich dazu nie bereit gewesen«, sagte Sam. »So nett sie auch war.«

Gemma wollte Sam ja nicht heiraten. Aber sie hätte alles darum gegeben, mit ihm ins Bett zu gehen. Der Gedanke schockierte sie. Es war so lange her, seit sie zuletzt so etwas empfunden hatte, dass sie jetzt das Gefühl hatte, mit ihr stimmte etwas nicht. Sie dachte, sie würde dieses Begehren nie wieder spüren. Doch da saß sie nun neben Sam, sah ihn an, war ihm nahe, und es war schwierig, nicht mit ihm schlafen zu wollen. Ein Glück, dachte sie, dass das völlig unmöglich war, weil sie sich das Zimmer mit ihren zwei Kindern teilte. Ein wirkungsvollerer Dämpfer für jegliche Form von Leidenschaft war noch nicht erfunden worden.

»Was machst du denn so, wenn du zu Hause bist?«, fragte Sam.

»Wie meinst du das?«

»In deiner Freizeit«, sagte er. »Was unternimmst du so?«

Sie lachte ihn an. »Mein Privatleben ist die reinste Wüste«, erklärte sie. »Wenn ich nicht arbeite, bringe ich die Kinder irgendwohin. Keelin nicht mehr so oft, aber Ronan spielt bei uns in der Jugendmannschaft Fußball, und wenn wir wiederkommen, hat das schon wieder angefangen.« Sie erschauerte. »Ich stehe bei jedem Sauwetter am Spielfeldrand und schreie Sachen wie ›Abseits, Schiri‹, obwohl ich keine Ahnung habe, was das bedeuten soll! Wenn du mal ungebremsten Stolz und nackten Ehrgeiz sehen willst, stell dich beim Jugendliga-Fußball mit den Eltern ans Spielfeld!«

Sam lachte. »Aber es muss doch etwas geben, was du gern tust«, sagte er.

»Ich lese viel«, erwiderte Gemma. »Meine liebste Tageszeit beginnt abends, wenn die zwei im Bett sind. Dann sitze ich vor dem Fernseher und lese.«

»Und was –«

»Mum! Mum! Da bist du ja!!«

Sie drehte sich um, als sie Ronans Stimme hörte. Er rannte den Strand entlang und winkte ihr zu. »Was ist?«, rief sie. »Was ist passiert?«

»Nichts«, keuchte er, als er die Bar erreicht hatte. »Ich wollte nur ein bisschen Geld für ein Eis haben.«

Gemma war erleichtert. Ronan blickte zwischen ihr und Sam hin und her. »Und?«, fragte er. »Kriege ich ein bisschen Geld, Mum? Bitte?«

Sie griff nach ihrer Handtasche und gab ihm etwas Geld.

»Danke!«, sagte er. »Keelin hat euch auch gesucht. Ich sage ihr, dass ihr hier seid, ja?«

»Nein«, entgegnete Gemma. »Ist schon gut, Ronan. Wir haben nur rasch etwas getrunken, wir sind schon fertig. Wir gehen mit dir zurück.« Sie stand auf.

»Prima«, sagte Ronan. »He, Bru, spielst du mit Volleyball im Pool? Nachher gibt's da ein Spiel.«

»Klingt lustig«, sagte Sam.

Er folgte ihnen die Stufen der hölzernen Terrasse hinunter und dann den Strand entlang zurück zum Hotel.

23

»Hast du deine Lösung?«, fragte David.

Orla blickte von ihrer Reisetasche auf. »Lösung?«

»Für deine Kontaktlinsen.«

»Ja.« Sie zog den Reißverschluss der Tasche zu. »Ich habe alles.« Sie hob die Reisetasche vom Bett und trug sie ins Wohnzimmer. David folgte ihr.

»Es ist noch früh«, sagte er. »Möchtest du noch einen Kaffee trinken, bevor du fährst?«

Orla schüttelte den Kopf. »Nein, danke. Dann muss ich nur unterwegs irgendwo anhalten, und ich möchte lieber durchfahren.«

»Du fährst schön vorsichtig, ja?«

»Natürlich.« Sie zog sich ihren marineblauen Pulli über den Kopf.

»Wann ist das Essen heute Abend?«, fragte er.

»Um sieben.«

David sah auf die Uhr. »Jetzt ist es erst zwölf, Orla. Bist du sicher –«

»Wirklich, David«, unterbrach sie ihn, »ich möchte jetzt fahren. Ganz sicher.« Sie warf das Haar zurück. »Bis Cork brauche ich vier Stunden.«

»Also gut«, sagte David. »Ich trag dir das zum Auto.«

»Gern«, sagte Orla.

Sie nahm ihre Schlüssel vom Tisch. Sie freute sich auf die Woche Schulung in Cork. Obwohl das Training selbst bestimmt langweilig sein würde, musste sie unbedingt aus dieser Wohnung heraus und weg von David. Sie fand es unglaublich, wie er sich auf einmal um sie sorgte, weil sie jetzt eine Woche allein wegfuhr. Sie hatten seit Freitagabend kaum miteinander gesprochen, und jetzt, nur weil sie ohne ihn wegfuhr, wurde er auf einmal so fürsorglich. Sie hatte erwartet, dass er auch froh war, sie eine Weile nicht zu sehen.

Sie öffnete die Fahrertür.

»Fahr vorsichtig«, sagte David.

»Ja«, sagte sie. »Bestimmt.«

Fürsorglich mochte er sich ja benommen haben, dachte sie, als sie aus dem Parkplatz zurücksetzte, aber er hat sich nicht einmal die Mühe gemacht, mir einen Abschiedskuss zu geben. Sie schluckte den Kloß hinunter, der ihr in der Kehle steckte. Noch vor ein paar Wochen hätte er sie nirgendwo hingehen lassen, ohne vorher mit ihr zu schlafen. Vergiss ihn, dachte sie und drehte das Radio auf. Es wird mir gut tun, von ihm fort zu sein.

Als David wieder oben in der Wohnung war, bezog er das Bett mit frischer Bettwäsche und zog die Tagesdecke ordentlich darüber. Dann machte er sich einen Kaffee und nahm einen Donut aus einer Tüte voll Gebäck, die Orla gestern gekauft hatte. Er hätte ihr beinahe eine Predigt deswegen gehalten – warum bezahlte sie für ein halbes Dutzend Donuts, wenn sie gar nicht da sein würde, um sie zu essen? Doch er hatte nichts gesagt; er wusste, dass Orla sich im Moment wie eine Katze auf dem heißen Blechdach bewegte, und ihm war auch bewusst, dass er mit schuld war an der Kälte, die plötzlich zwischen ihnen herrschte.

Aber eigentlich war es ihre Schuld, dachte er, als er sich an den Tisch setzte und über die Bucht hinausstarrte. Sie hatte ihm nichts von dem Job erzählt. Sie hatte ihm nichts von ihrem Treffen mit dem Verkaufsleiter von Serene Life erzählt. David kannte Bob Murphy ziemlich gut, und die Vorstellung war ihm zuwider, dass Bob mit seiner Frau über einen Job gesprochen hatte, ohne dass er davon erfuhr.

Er war nicht nur ihr Ehemann, er hatte selbst in den letzten drei Jahren auch schon drei Angebote von Serene Life abgelehnt. Er hätte Orla sagen können, dass Bob Murphy eigentlich David Hennessy haben wollte, aber wusste, dass er ihn nicht bekommen konnte. Er hätte ihr gesagt, dass Bob sie vermutlich unter Druck setzen würde, damit sie Davids Kontakte und potenzielle Kunden anzapfte. Er hätte ihr klarmachen können, dass Serene Life Orla höchstwahrscheinlich nur dazu benutzen wollte, an ihn selbst heranzukommen.

Er seufzte und trank seinen Kaffee aus. Orla war so ehrgeizig, dachte er. Manchmal kam sie ihm viel älter vor als vierundzwanzig. Sie brauchte sich doch nicht so viel abzuverlangen. Er wusste, dass sie genauso viel verdienen wollte wie er, dass sie ihren Teil zu ihrem gemeinsamen Leben beitragen wollte, wie sie sich ausdrückte, aber das wollte er nicht. So altmodisch war er nicht, dass er meinte, sie solle den ganzen Tag zu Hause sitzen und auf ihn warten, aber er wollte derjenige sein, der das Geld im Griff hatte. Er wollte mehr verdienen als sie, damit er für Orla sorgen konnte, obwohl er einen großen Teil seines monatlichen Einkommens Gemma weiterreichte. War das denn alles falsch?

Gemma hatte es nie gekümmert, wer von ihnen mehr verdiente. Ganz am Anfang ihrer Ehe hatte sie sogar mehr Geld nach Hause gebracht als er. Aber als seine Karriere einmal richtig angelaufen war, als er schon ein paar wirklich gute Geschäfte gemacht hatte, war David klar geworden, dass mit dem Verkauf von Rentenversicherungen sehr viel Geld zu machen war. Er hatte sich selbst Ziele gesetzt – so viel zu verdienen wie Gemma. Ein wenig mehr zu verdienen als Gemma. Doppelt so viel zu verdienen wie Gemma. Und schließlich, so viel zu verdienen, dass Gemma zu Hause bei ihrer kleinen Tochter bleiben und für ihn da sein konnte, wenn er nach Hause kam.

Gemma hatte nichts gegen dieses Leben – dachte er jedenfalls. Sie war recht froh, nicht mehr arbeiten zu müssen, als Keelin gekommen war. Sie stürzte sich auf diese Hausfrau-und-Mutter-Nummer, und sie war wirklich gut darin. Wenn er nach Hause kam, hatte sie das Abendessen auf dem

Tisch und erzählte ihm, was sie den Tag über so erlebt hatte. Aber er wollte sich nicht anhören, was sie über Keelins Probleme mit den ersten Zähnen oder die lecke Waschmaschine zu erzählen hatte.

Und sie nörgelte ständig an ihm herum. Tagein, tagaus, sie beklagte sich unablässig. Das konnte er nicht verstehen, wo er doch so gut für sie sorgte. Sie genoss die vielen Reisen, aber sie erschien ihm nie dankbar genug.

Warum, fragte er sich jetzt, schien nie jemand dankbar genug zu sein, egal, was er tat?

Aber Gemma war dankbar gewesen für den Urlaub in Portugal. Er hatte ihr gesagt, er werde für sie alle bezahlen, und war besonders zufrieden mit sich gewesen, als er hörte, wie sie sich darüber freute. Er lächelte bei der Erinnerung an die Überraschung und den Jubel in Gemmas Stimme.

Es war keine schlechte Ehe gewesen, dachte er und spülte die Kaffeetasse ab. Sie war nur irgendwie schiefgegangen. Sie hatten beide dafür gesorgt, obwohl – wie Gemma ihm ständig vorhielt – er ihrer Ehe den Todesstoß versetzt hatte.

Er fragte sich, wie es wohl gekommen wäre, wenn sie nicht zufällig gehört hätte, wie er mit Bea Hansen telefonierte?

Tatsache war, sie hatte sich geirrt, was Bea und ihn betraf. Gut, es hatte zwischen ihnen geknistert. Gut, er hatte Bea ein- oder zweimal auf den Mund geküsst, aber nur flüchtig, und nie mit dem Gedanken an mehr. Doch Gemma war völlig ausgerastet und hatte ihm gesagt, wenn er seine Arbeit so sehr liebe, dass er mit seinen Kolleginnen schlafen müsse, dann könne er doch gleich bei seinen Kolleginnen bleiben. Keine Entschuldigung, keine Erklärung, kein Liebesbeweis konnte etwas bewirken. Es war, als habe er eine unsichtbare Grenze überschritten, die Gemma gezogen hatte, und nun konnte er nicht mehr zurück.

Er hatte Gemma und die Kinder nicht verlassen wollen. Er hatte sich mit ihr versöhnen wollen. Aber wenn er Gemma nicht verlassen hätte, hätte er Orla nicht kennengelernt. Und Orla war die Frau seiner Träume.

Aber was wäre geschehen, wenn Gemma gesagt hätte: »Also schön, vergessen wir Bea«? Wäre er dann noch mit ihr verheiratet? Würde er heute mit seiner Frau und den Kindern aus Portugal nach Hause kommen?

Er sah auf die Uhr. Sie würden irgendwann am Nachmittag landen. Er fragte sich, ob Gemma jemanden organisiert hatte, der sie abholen und nach Hause bringen würde. Er griff nach seinem Terminkalender und blätterte darin herum. Sie sollten um drei Uhr in Dublin landen. Vielleicht, dachte er, sollte er sie abholen. Das wäre doch eine nette Überraschung.

Es ging schon auf fünf Uhr zu, als ihr Flugzeug landete. Gemma seufzte erleichtert auf, denn Keelin und Ronan hatten sich die meiste Zeit über gezankt. Keelin hatte ihre neue erwachsene Maske fallen gelassen, da sie nun wieder mit ihrem Bruder allein war und nicht mehr versuchte, Sam McColgan zu beeindrucken. Allerdings hatte sie sich immer noch sorgfältig frisiert und sich wieder etwas von Gemmas Parfum stibitzt. Gemma hatte daraufhin am Flughafen von Faro einen weiteren Flakon Happy gekauft und Keelin ihr erstes eigenes Parfum geschenkt. »Aber du wirst nicht damit zur Schule gehen, meine Liebe«, hatte sie gemahnt und dann ein warmes Glücksgefühl gespürt, als Keelin sagte, sie sei die beste aller Mütter.

Dieses Glücksgefühl war nun verflogen. Die Woche in der Sonne hatte so etwas Unwirkliches an sich gehabt. Keelin war aufgeblüht, Ronan hatte all seine überschüssige Energie abreagiert, und sie selbst hatte sich gestattet, sich so weit wie möglich zu entspannen.

Und dann war da noch Sam gewesen. Jedes Mal, wenn Gemma an ihn dachte, warf sie einen Seitenblick auf Keelin. Hatte Sam die Sache mit Keelin wirklich richtig eingeschätzt? War es wirklich so, dass sie sich einfach gern mit ihm unterhielt, weil er der erste Erwachsene war, bei dem sie sich verstanden fühlte? Oder hatte sich ihre Tochter schlicht in einen Mann verliebt, der sechzehn Jahre älter war als sie?

Sie erinnerte sich an das erste Mal, als sie sich in einen Jungen verliebt hatte – Les Freeman war eine Klasse über ihr gewesen. Jedes Mal, wenn sie ihn sah, schlug ihr Herz einen äußerst beunruhigenden Purzelbaum. Sie nahm sehr viel ab, weil ihr Essen auf einmal so unwichtig erschien. Nun, dachte sie grimmig, Keelin sollte wegen Sam McColgan lieber nicht aufs Essen verzichten. Sie kann es sich nicht leisten, noch dünner zu werden.

»Was?« Keelin funkelte sie an und öffnete ihren Sicherheitsgurt.

»Nichts«, sagte Gemma. »Gar nichts.«

»Jetzt, wo wir wieder zu Hause sind, fängst du bestimmt wieder an, mich zu piesacken«, sagte Keelin mit störrischer Miene.

»Ach, Unsinn«, entgegnete Gemma. »Komm schon, Keelin. Das waren tolle Ferien, nicht?«

Keelins blaue Augen blitzten Gemma an, und plötzlich lächelte sie. »Ja, das waren sie.« Sie griff unter den Sitz und zog ihre Tasche hervor. »Es war sehr nett von Dad, sie uns zu schenken, oder?«

»Großartig«, sagte Gemma trocken.

»Und es war toll, dass wir Fiona und Ian kennengelernt haben.«

»Und Bru«, fügte Ronan hinzu. »Bru war doch super, oder?«

»Ich mochte ihn«, sagte Keelin steif. »Er hat mich verstanden.« Gemma warf ihr einen besorgten Blick zu.

»Ian hat mich zu seiner Geburtstagsparty eingeladen«, erzählte Ronan. »Am ersten Januar.«

»Und ich werde per E-Mail mit Fiona in Verbindung bleiben«, sagte Keelin. »Das kann ich vom Computer in der Schule aus machen.«

»Wir werden sie vermutlich sowieso nie wieder sehen«, sagte Gemma.

»Warum denn nicht?«, fragte Keelin. »Sie wohnen in Wicklow. Das ist gar nicht weit.«

»Toll«, sagte Gemma freudlos. Sie hoffte, dass die frisch geschlossenen Freundschaften im Laufe der nächsten Wochen einschlafen würden. Sie wollte wirklich nicht unbedingt weiter mit den Fergusons zu tun haben. »Kommt«, sagte sie zu ihren Kindern. »Gehen wir.«

Ihr Gepäck war bei dem ersten Haufen dabei, der auf dem Gepäckband erschien. Gemma wuchtete die Reisetaschen auf einen Wagen und schob ihn in die Ankunftshalle hinaus.

»Schau mal!« Ronan packte sie am Arm. »Da drüben, Mum! Da ist Dad!«

»Dad?« Gemma folgte seinem ausgestreckten Finger. Sie starrte erstaunt dorthin, wo sie David stehen sah. Ihr wurde eiskalt vor Angst. Was wollte er hier? Was war passiert?

Ronan rannte auf ihn zu, während Keelin in gemäßigterem Tempo folgte. Gemma schob den Gepäckwagen hinter ihnen drein.

»David«, sagte sie, als sie sie eingeholt hatte, »was, um Himmels willen, tust du denn hier?«

»Ich warte auf euch«, erwiderte er und lächelte sie an. »Ich dachte, ich tue euch einen Gefallen und fahre euch nach Hause.« Sie sah fantastisch, aus, fand er. Ihr Haar glitzerte kastanienbraun in der grellen Beleuchtung, und sie hatte es zurückgebunden. Ihre Arme und Beine waren goldbraun getönt. Sie trug eine schwarze Bluse und eine verwaschene Jeans, und er hätte schwören können, dass sie abgenommen hatte. Und obwohl sie gerade die Stirn runzelte, fehlte der übliche gehetzte Ausdruck in ihren Augen.

»Wie kommst du darauf, dass wir einen Fahrer brauchen?« Sie lächelte ihn an. »Ich meine, es ist sehr nett von dir, dass du extra hergekommen bist, aber wir hätten uns einfach ein Taxi genommen.«

»Ach, ich wollte euch gern sehen«, sagte er und drückte Ronan an sich.

»Na, dann.« Sie lächelte die Kinder an. »Das ist wirklich schön, David, danke.«

Er nahm den Wagen und schob ihn in Richtung Parkplatz vor sich her, während Keelin und Ronan ihn in die Mitte nahmen.

»Und, habt ihr eine schöne Woche verbracht?«, fragte er, nachdem er den Parkschein bezahlt hatte.

»Es war super«, sagte Ronan.

»Am ersten Tag nicht«, erinnerte ihn Keelin. »Da hat es geregnet.«

»Geregnet!«, rief David. aus. »Darüber war eure Mutter aber bestimmt nicht besonders glücklich!«

»Keiner von uns«, sagte Gemma.

»Aber danach war es toll. Und wir haben neue Freunde gefunden.«

»Tatsächlich?« David führte sie zum Auto.

»Fiona und Ian«, sagte Ronan. »Sie wohnen in Wicklow. Und ihren Onkel. Der heißt Bru.«

»Bru?«

»Eigentlich Sam«, sagte Gemma ruhig. »Er war sehr nett.«

»Er war toll«, sagte Ronan. »Er hat jeden Tag mit mir Fußball gespielt. Und mit den Mädchen Tennis.«

»Der absolute Superman, was?«, fragte David trocken.

»Er *war* super«, sagte Keelin. »Er hat mit mir gesprochen, als könnte ich selber denken, und das ist mehr, als du je fertig bringst.«

»Keelin!«, mahnte Gemma.

»Na ja, es stimmt aber doch.« Keelins Wangen färbten sich rosa. »Wir haben über alles Mögliche geredet.«

»Und wie alt war dieser Kerl?« David schloss den Wagen auf. »Dreißig«, sagte Gemma.

»Dreißig!« David starrte seine Tochter und seine Exfrau an. »Was hattest du bei einem dreißigjährigen Mann verloren, Keelin? Du bist noch ein Kind. Und was hast du dir dabei gedacht, ihr das zu erlauben?« Er sah Gemma vorwurfsvoll an.

»Ach, Herrgott noch mal!«, rief Keelin. »Jetzt geht aber wirklich deine Fantasie mit dir durch, Dad. Ich hab doch gesagt, wir haben nur geredet. Mum kann das bestätigen«, fügte sie spitz hinzu, »sie hat mich keine Sekunde aus den Augen gelassen.«

Gemma zuckte mit den Schultern.

»Außerdem«, sagte Keelin, als sie auf dem Rücksitz Platz nahm, »da ist doch nichts dabei, oder? Schließlich ist er nur sechzehn Jahre älter als ich. Genau wie bei dir und Orla.«

Gemma wusste nicht, ob sie lachen oder weinen sollte, als sie das Wechselspiel der Gefühle auf Davids Gesicht beobachtete. »Das ist doch ganz was anderes«, sagte er schließlich. »Nicht zu vergleichen.«

Sie legten die Gurte an, und er fuhr los.

»Ich wüsste nicht, wo da der Unterschied sein soll«, murmelte Keelin.

»Keelin.« Gemma drehte sich um und sah ihre Tochter warnend an. »Hör jetzt auf. Sam war ein netter Kerl, wir mochten ihn alle.«

»Er mochte dich auch«, sagte Ronan plötzlich.

»Wie bitte?« Gemma spürte, wie ihre Wangen rot wurden.

»Das hat er mir gesagt. Er hat gesagt: ›Deine Mum ist sehr hübsch, findest du nicht?‹«

»Das war bestimmt nur ein Scherz«, sagte Gemma rasch.

»Nein, das war kein Scherz«, beharrte Ronan. »Er hat es einmal gesagt, da warst du nachmittags im Pool. Du hast deinen gelben Badeanzug getragen, und das hat er zu mir gesagt.«

Gemma wusste, dass ihr Wangen flammend rot waren. Sie erinnerte sich daran, wie sie sich in ihrem gelben Badeanzug im Pool hatte treiben lassen, während Sam und die Kinder

Fußball spielten oder so. Nun wünschte sie, sie hätte wenigstens ihren Bauch eingezogen.

»Wie geht's Orla?« Diese Unterhaltung musste schleunigst eine ganz andere Richtung nehmen.

»Gut.«

Gemma warf einen Blick auf David. Er biss die Zähne zusammen und starrte geradeaus.

»Hatte sie denn nichts dagegen, dass du uns abholst?«, fragte sie.

»Sie ist diese Woche nicht da.« David blinkte rechts und überholte einen trödelnden Ford Ka.

»Wo ist sie denn?«, fragte Gemma.

»Bei einer Schulung«, erwiderte David. »In Cork.«

»Warum bist du nicht auch dort?« Gemma hörte selbst, wie angespannt sie klang.

»Das ist ein Einführungskurs«, erklärte David. »Orla hat einen neuen Job. Sie arbeitet jetzt für Serene.«

»Serene!« Gemma sah David erstaunt an. »Bob Murphys Leute?«

»Mmm.«

»Du hast für ihn gearbeitet, als er noch bei Gravitas war, oder?«

»Ich habe mit ihm gearbeitet«, verbesserte sie David, »nicht für ihn.«

Gemma nahm diesen Unterschied achselzuckend zur Kenntnis. »Und warum hat Orla da angefangen? Besseres Angebot?«

»Schätze schon«, sagte David knapp.

Gemma lehnte sich im Beifahrersitz zurück. Sie erkannte die typischen Anzeichen. David war schon oft wütend auf sie gewesen. Sie sah genau, dass er jetzt wütend auf Orla war. Sie beneidete sie keineswegs. Davids Wut war von der schlimmsten Sorte – schwelend und dauerhaft. Um ehrlich zu sein, dachte Gemma mit einem weiteren Seitenblick auf ihren Exmann, tat ihr die derzeitige Mrs. Hennessy sogar leid.

24

David half ihnen, das Gepäck ins Haus zu tragen.

»Es war sehr nett von dir, uns abzuholen«, sagte Gemma. »Vielen Dank.«

»Mum, darf ich zu Neville gehen?«, fragte Ronan. »Ich will ihm die Sachen zeigen, die ich mitgebracht habe.«

Gemma warf einen Blick auf die Uhr. »Wenn du magst. Aber in einer Stunde bist du wieder da, Ronan. Spätestens.«

Keelin kam die Treppe wieder herunter. Sie hatte ein frisches T-Shirt angezogen und den bunten Gummi aus ihrem Haar genommen, sodass es ihr Gesicht beinahe ganz verbarg. Gemma seufzte. Keelin hatte so hübsch ausgesehen mit zurückgebundenem Haar. Nun war sie wieder bei ihrem vergammelten Look gelandet.

»Ich geh noch mal zu Shauna rüber«, erklärte sie Gemma. »Ich bleib nicht lange.«

»Sei in einer Stunde wieder da«, sagte Gemma. »Du hast morgen Schule.«

Keelin knallte die Tür hinter sich zu. Gemma und David standen da und sahen einander an.

»Ich habe euch eigentlich abgeholt, weil ich die Kinder sehen wollte«, sagte David ehrlich. »Aber sie sind offenbar nicht besonders scharf darauf, mich zu sehen.«

Gemma lächelte mitfühlend. »Sie sind noch ganz aufgekratzt vom Urlaub«, beschwichtigte sie ihn. »Sie wollen sofort ihren Freunden davon erzählen.« Sie ging in die Küche, und David folgte ihr. »Möchtest du Tee?«, bot sie an.

»Kaffee, wenn du welchen hast«, sagte David.

Gemma setzte Wasser auf und löffelte Instantkaffee in eine Tasse.

»Ein Stück Früchtebrot?«, fragte Gemma. – »Gern.« Sie wickelte den Kuchen, fast so groß wie ein Laib Brot, aus einer dicken Hülle Butterbrotpapier.

»Selbst gemacht?«, fragte David.

»Ich habe noch ein Backorgie gefeiert, bevor wir gefahren sind«, gestand Gemma. »Der Tiefkühler ist voll Brot.«

»Was denn für welches?«, fragte David. Er erinnerte sich, dass er früher oft zur Tür hereingekommen war und das ganze Haus köstlich nach frisch gebackenem Brot geduftet hatte.

»Tomate«, sagte sie. »Zwiebel. Und Safran.«

Ihr Tomatenbrot war fantastisch.

»Kann ich ein bisschen abhaben?«, fragte er.

»Wie bitte?«

»Ein bisschen Tomatenbrot. Dein Tomatenbrot habe ich doch immer so geliebt, Gemma.«

»Schade, dass du mir das nie gesagt hast, als du noch mit mir zusammengelebt hast.« Die Worte waren heraus, bevor sie es recht gemerkt hatte, und sie biss sich auf die Lippe. Sie klang gemein, und das hatte sie nicht gewollt.

»Ich weiß«, sagte David. »Es tut mir leid.«

»Schon gut.« Sie goss heißes Wasser in eine Tasse. »Natürlich kannst du ein bisschen Brot haben, wenn du möchtest, aber nicht jetzt, denn es ist hoffentlich gut durchgefroren. Aber nimm dir ruhig was davon mit.«

»Gut«, sagte David. »Das mache ich.« Er nippte an seinem Kaffee und biss ein Stück Früchtebrot ab. »Das ist köstlich«, sagte er.

»Neues Rezept«, erwiderte sie. »Keelin hat es gebacken.«

»Keelin hat Kuchen gebacken?« David sah sie staunend an. »Ich dachte, sie hätte gerade so eine Iron-Maiden-Phase.«

Gemma lachte. »Meistens schon. Aber gelegentlich begibt sie sich doch in die Niederungen der Normalität hinab. Das Rezept hierfür hat sie von Shaunas Mutter.«

David seufzte. »Es ist verdammt schwer, Kinder zu erziehen, nicht?«

»Ja.« Gemma wandte sich von ihm ab und fischte den Teebeutel aus ihrer Tasse. »Vor allem, wenn man es allein tun muss.« Sie nahm ihre Tasse und ging an ihm vorbei, um sich an den runden Esstisch zu setzen.

»Ich bin nicht gerade für mein Feingefühl bekannt, was?«, fragte David.

»Nein.«

»Gemma…« Er brach ab und sah sie an, als sie sich das Haar hinter die Ohren strich. Er erinnerte sich, dass sie das ständig getan hatte, als sie sich kennengelernt hatten. Es machte sie wahnsinnig, hatte sie ihm erklärt. Es war zu lang, und die Locken stammten von einer herausgewachsenen Dauerwelle. Aber ihm hatte der Schopf wilder Locken gefallen. Sie war so hübsch gewesen damals, auf eine verwuschelte, sorglose Art. Sie hatte damals viel gelacht und gern Spaß gehabt. Sie hatte auch ihn zum Lachen gebracht. Wie konnte all das einfach so zerronnen sein?

»Was ist?«, fragte sie.

»Nichts.« Er schüttelte den Kopf.

Gemma betrachtete ihn nachdenklich. Er sah müde aus, fand sie.

»Warst du wirklich so unglücklich?«, fragte er unvermittelt.

Sie wandte den Blick ab und richtete ihn auf einen Fleck an der Wand.

»Ja«, sagte sie schließlich.

»Warum?«

»Aus vielen Gründen.« Sie zuckte mit den Schultern. »Es ist einfach alles anders geworden, als ich erwartet hatte.«

»Hast du wirklich keine Chance gesehen, dass wir das wieder hinkriegen?«

Sie lachte auf. »Daran habe ich lange geglaubt. Jedes Mal, wenn ich dich gebeten habe, vor acht zu Hause zu sein, und du sagtest, ja natürlich. In neun von zehn Fällen bist du dann doch erst viel später heimgekommen, aber ich habe jedes Mal gehofft.«

»Ich habe versucht, uns ein Leben aufzubauen, Gemma«, sagte er.

Sie schüttelte den Kopf. »Du hast dir selbst etwas aufgebaut«, erwiderte sie. »Nicht uns.«

»Aber du hast doch auch davon profitiert«, wandte er ein. »Das Haus, die Geschenke, die Reisen…«

»Aber dich habe ich nicht bekommen«, sagte sie. »Ich habe dich geheiratet, David, und kein Haus.«

»Es war also richtig schlimm für dich?«

»Das ist doch längst vorbei«, sagte sie. »Wir sind jetzt älter. Wir haben uns verändert.«

»Und Orla?«, fragte er.

»Orla?« Sie sah ihn erstaunt an. »Orla hatte nichts mit uns zu tun.« Sie runzelte die Stirn und sah ihn misstrauisch an. »Oder etwa doch?«

»Natürlich nicht«, sagte er vehement. »Ich kannte Orla gar nicht, als wir noch verheiratet waren.«

Gemma zuckte mit den Schultern. »Dann habe ich zu Orla nichts weiter zu sagen.«

David seufzte. Er wusste nicht genau, was er von Gemma hatte hören wollen. Dass sie eifersüchtig auf Orla war? Es wäre lächerlich, so etwas zu erwarten. Aber, so wurde ihm nun klar, er wollte sie tatsächlich eifersüchtig machen! Er wollte, dass sie ihn beneidete, weil er eine wunderschöne jüngere Frau gefunden hatte. Er wollte sich etwas darauf einbilden, dass er jemanden hatte, und Gemma nicht. Die Feststellung, dass er so empfand, entsetzte ihn.

»Sie ist unglaublich klug«, sagte er. »Vermutlich ist sie deswegen zu Serene gegangen.«

»Du klingst nicht gerade glücklich darüber.« Gemma spülte ihre Tasse.

»Wie meinst du das?«

»David, tu doch nicht so. Es ist nicht zu übersehen, dass irgendwas an ihrer neuen Stelle dich stört. Ich kann mir nicht vorstellen, dass du ausgerechnet mit mir darüber sprechen willst, aber wenn doch – nur zu.« Sie war so erstaunt über ihre eigenen Worte, dass sie kurz die Augen zusammenkniff: Sie bot doch ernsthaft ihrem Exmann an, die Probleme mit seiner neuen Frau mit ihr zu besprechen! Was war nur mit ihr los? Sie konnte es nicht fassen, dass sie nun zu seiner Eheberaterin wurde!

»Es stört mich nicht«, sagte er. »Na ja, ich denke, ich mache mir einfach Sorgen, weil sie unter falschen Voraussetzungen zu Serene gegangen ist.«

»Falsche Voraussetzungen?« Gemma wickelte das Früchtebrot wieder ein und packte es in einen luftdichten Behälter.

»Gemma, du erinnerst dich doch sicher an Bob Murphy! Er wollte, dass ich auch zu Serene gehe, als er bei uns aufgehört hat, aber ich fand, ich hätte bei Gravitas bessere Aussichten. Er hat mir dreimal offen einen Job angeboten und unzählige Bemerkungen darüber gemacht, was für gute Chancen ich bei Serene hätte. Ich glaube, er hat Orla nur deshalb diesen Job angeboten, weil er hinter mir her ist.«

»Tatsächlich?«, fragte sie. »Glaubst du das wirklich?«

»Natürlich.« David wirkte perplex.

»Das ist so unglaublich überheblich, David. Und so verdammt typisch für dich!«

»Wie meinst du das?«

»Du behauptest, dieser Kerl hätte Orla nur deshalb einen Job angeboten, weil sie mit dir verheiratet ist. Welche größere Beleidigung ihrer Person fällt dir denn noch ein?«

»Aber das ist höchstwahrscheinlich der wahre Grund«, protestierte David.

»Und was ist mit dem Grund, dass sie gut genug dafür ist?«, fragte Gemma.

»Ach, Gemma –«

»Soweit ich mich erinnere, hast du immer damit geprahlt,

wie verdammt gut sie ist.« Gemma schaffte es nicht ganz, die Bitterkeit aus ihrer Stimme herauszuhalten.

»Ich habe nie –«

»Mich brauchst du auch nicht von oben herab zu behandeln«, unterbrach ihn Gemma.

»Aber ich –«

»Denn Orla ist offenbar genauso intelligent und klug und ehrgeizig, wie du immer behauptest. Und ich finde, du solltest vor mir nicht schlecht von ihr sprechen.«

»Aber ich –«

»Du hast großes Glück, dass du sie gefunden hast. Du hast das Glück, jemanden zu haben, der dich liebt und den du liebst. Du hast das Glück, eine zweite Chance zu bekommen, David. Also mach nicht wieder alles kaputt.« Gemma funkelte ihn an, und dann, ganz plötzlich, brach sie in Tränen aus.

David sah zu und wusste nicht, was er tun sollte. Er hatte nie gewusst, was er tun sollte, wenn sie weinte, und sie hatte schrecklich viel geweint, als sie verheiratet waren. Damals meistens deshalb, weil er sie irgendwie enttäuscht hatte. Plötzlich wurde ihm klar, wie oft er sie enttäuscht hatte und wie häufig sie wohl zu Hause gesessen und geweint hatte, wenn er nicht da war. Es war damals nicht seine Absicht gewesen, und jetzt schon überhaupt nicht, dass sie seinetwegen weinte.

»Gemma«, sagte er linkisch.

»Ist schon gut.«

Er stand auf und ging zu ihr hinüber. »Was hast du denn?«

»Nichts.« Sie rieb sich die Augen. »Mir geht's gut.«

»Du bist traurig.«

Sein besorgter Tonfall ließ die Tränen aufs Neue fließen. Sie versuchte, sie zurückzuhalten, doch sie rannen ihr aus den Augen, ihre Wangen hinunter, und tropften auf die Arbeitsfläche.

»Ach, Gemma, es tut mir wirklich leid. Ich weiß nicht, was ich gesagt oder getan habe, aber es tut mir leid.«

Nichts, was er gesagt hatte, hatte sie zum Weinen gebracht.

Er hatte auch nichts getan. Sie weinte um das, was hätte sein können. Sie weinte, weil sie geschieden waren und er wieder geheiratet hatte und es zu spät für sie war. Und egal, wie oft sie sich sagte, dass sie die richtige Entscheidung getroffen hatte – manchmal vermisste sie ihn neben sich im Bett.

»Was ist denn los, Gemma?«

»Nichts.« Sie wischte die Tränen fort und schniefte. »Ich bin sicher etwas überspannt von der Reise.«

»Aber der Urlaub war doch dazu gedacht, dass du dich besser fühlst.«

»Tue ich ja auch.« Sie lächelte ihn durch Tränen an. »Ehrlich.«

Er legte einen Arm um sie und drückte sie sanft an sich. »Ich wünschte, es wäre anders gekommen«, sagte er. »Das wünschte ich wirklich.«

Keelin schloss die Haustür auf und ging in die Küche. Sie war überrascht, ihren Vater immer noch hier zu sehen, und die Augen ihrer Mutter, glänzend vor Tränen.

»Was ist los?«, fragte sie mit einem Anflug von Panik in der Stimme.

»Nichts«, sagte Gemma. »Gar nichts.«

»Du siehst traurig aus.«

»Wir haben uns nur unterhalten«, sagte David.

Keelin starrte die beiden an. »Warum müsst ihr immer streiten? Ihr solltet euch nicht mehr streiten müssen.« Ihre Stimme zitterte. »Ich hasse euch, ich hasse euch alle beide.« Sie stapfte hinaus und knallte die Tür hinter sich zu.

Gemma machte Anstalten, ihr nachzueilen.

»Lass sie«, sagte David. »Sie ist bestimmt gleich wieder in Ordnung.«

Aber Gemma hatte schreckliche Angst, dass dem nicht so war, schreckliche Angst, dass sie es geschafft hatten, das dünne Band kaputt zu machen, das sie während der letzten Wochen mit ihrer Tochter geknüpft hatte.

25

Orla war froh, aus Jury's Hotel herauszukommen, wo die Serene-Schulung stattfand und wo die Teilnehmer untergebracht waren; sie machte einen Stadtbummel. Es war lange her, seit sie zuletzt in Cork gewesen war. Damals, in ihrem dritten oder vierten Jahr am College, hatte eine Gruppe Studenten dort gemeinsam für ein langes Wochenende ein Ferienhaus gemietet. Die meisten Leute hatten die ganze Zeit in ziemlich benebeltem Zustand verbracht; Orla hingegen hatte sich mit einer Arbeit für die Uni beschäftigt. Sie erinnerte sich an das fantastische Wetter; sie hatte es geschafft, sich im Garten des Cottage einen Sonnenbrand zu holen, während sie ihre Aufzeichnungen von der Vorlesung durchging und an ihrem Mineralwasser nippte. Ich muss eine grässliche Langweilerin gewesen sein, dachte sie, als ihr das wieder einfiel. Ständig die Nase in ein Buch gesteckt, immer eifrig bemüht, die Beste zu sein. Sie konnte nicht anders. Wenn man vier sehr ehrgeizige Brüder hatte, strengte man sich eben an, um mithalten zu können.

»Orla!«

Sie fuhr herum, als sie ihren Namen hörte.

»Orla O'Neill! Hier bin ich!« Er winkte ihr von der anderen Straßenseite aus zu. Sie blieb stehen und starrte ihn an, als wolle sie ihren Augen nicht trauen.

»Jonathan?«, flüsterte sie. »Jonathan?«

Er winkte wieder. »Warte auf mich!« Er hielt nach einer Lücke im Verkehr Ausschau, schoss zwischen den vorbeiflitzenden Autos durch und kam neben ihr auf dem Gehsteig zum Stehen.

»Hallo, Jonathan«, sagte sie.

»Orla O'Neill!« Er drückte ihr einen schmatzenden Kuss auf die Wange. »Das gibt's doch gar nicht.«

Sie konnte es auch nicht fassen. Sie konnte es nicht fassen, dass sie neben dem Mann stand, der ihr vor ein paar Jahren so viel bedeutet hatte. Jonathan Pascoe, Kapitän der Rugby-Mannschaft, groß, gut gebaut, sah nicht unbedingt gut aus, weil er sich zweimal die Nase gebrochen hatte; über dem rechten Auge war immer noch eine Narbe zu sehen, von einer besonders hässlichen gegnerischen Attacke bei einem Spiel, aber er war dennoch unbestreitbar attraktiv. »Was machst du denn hier?«, fragte er. »Ich arbeite«, sagte sie. »Und du?«

»Ebenfalls.« Er legte die Hände auf ihre Schultern. »Ich hätte nie damit gerechnet, dich hier zu sehen, Orla. Im ersten Moment dachte ich, ich hätte Halluzinationen.«

»Das dachte ich auch«, gestand sie. »Du sollst doch angeblich in England sein.«

»Aber nein.« Er grinste sie an. »Du glaubst doch nicht ernsthaft, dass ich so lange wegbleiben könnte? Ich war ein halbes Jahr dort, und dann hat sich in Blarney eine ganz tolle Gelegenheit geboten, also bin ich zurückgekommen.«

»Blarney?« Sie sah ihn fragend an. Blarney lag etwa sieben Kilometer außerhalb von Cork. »Ich hätte nicht gedacht, dass du dich für den Tourismus interessierst.«

Er lachte. »Keine Sorge, Orla, ich mache keine Schlossführungen oder helfe den Leuten, den Blarney Stone zu küssen. Ich arbeite für eine Technikfirma – endlich zahlt sich meine Ausbildung aus.«

»Und, gefällt es dir?«

»Es ist toll«, sagte er. »Gute Firma, nettes Arbeitsklima, jede Menge Leute in meinem Alter.«

Orla sah auf die Uhr.

»Sag mal, ich langweile dich doch nicht etwa jetzt schon, oder?« Er verdrehte in gespieltem Entsetzen die Augen. »Ich wollte dich gerade auf einen Kaffee einladen. Oder was Stärkeres.«

»Ich muss zurück«, erklärte sie. »Meine nächste Sitzung ist um zwei.«

»Wo wohnst du denn?«, fragte er.

»Im Jury's.«

»Dann begleite ich dich dorthin. Mein Auto steht ganz in der Nähe. Ich habe heute den halben Tag frei, und da bin ich in die Stadt gefahren, um ein paar Sachen für mein Haus zu besorgen.«

»Du hast ein Haus gekauft?«, fragte sie.

Er nickte. »In der Nähe von Blarney. Es ist fantastisch. Einstöckig, mit anderthalb Quadratkilometern Grund, erst letztes Jahr gebaut. Ich habe es sehr günstig bekommen, das Ehepaar, das es gebaut hat, hat sich getrennt und wollte dringend verkaufen, also hab ich es viel billiger bekommen, als man meinen würde. Es ist in einem Top-Zustand, weil ja alles ganz neu ist.«

»Du Glücklicher«, sagte sie trocken.

»Na ja, tut mir schon leid für die beiden, aber für mich war's ein Glücksfall.« Er grinste sie an. »Was ist mit dir, junge Dame? Was tut sich so in deinem Leben?«

Sie wollte es ihm nicht sagen. Sie wollte ihm nicht sagen, dass sie verheiratet war und zwei Stiefkinder hatte, von denen eines nur zehn Jahre jünger war als sie. Jetzt gerade, seit ein paar Tagen auf der Schulung und weg von David, fühlte sie sich überhaupt nicht verheiratet.

»Orla?« Er sah sie fragend an.

»Oh, entschuldige.« Sie lächelte. »Ich war mit meinen Gedanken woanders. Ich bin in der nächsten Sitzung mit Vortragen dran, und daran habe ich gerade denken müssen.«

»Du hast dich also kein bisschen verändert«, bemerkte er. »Wie oft sind wir zusammen ausgegangen, ich habe versucht, romantische Konversation mit dir zu machen, und du hast plötzlich von Karriereplanung angefangen?«

»Nicht oft«, sagte sie.

»Sehr oft.«

»War ich wirklich so langweilig?«, fragte sie. – »Du warst ein bisschen angespannt«, sagte Jonathan. »Aber niemals langweilig.«

Sie seufzte. »Ich glaube schon. Ich weiß gar nicht, wie du es so lange mit mir ausgehalten hast.«

»Ich habe es mit dir ausgehalten, weil ich dich geliebt habe«, sagte er schlicht, und Orlas Knie gaben beinahe unter ihr nach.

»Du hast nie etwas von Liebe gesagt.« Sie klang vorwurfsvoll.

»Wozu denn auch? Du wusstest, was du wolltest, und dich mit mir häuslich niederzulassen, gehörte gewiss nicht dazu, oder?«

Ein Teil von ihr hatte sich das gewünscht. Deshalb hatte sie sich ja von ihm getrennt. Sie hatte noch nie soviel für jemanden empfunden wie für Jonathan. Wenn sie mit ihm zusammen war, wollte sie nirgendwo anders sein. Aber sie hatte so hart gearbeitet, um es auf die Uni zu schaffen. Und sie hatte all das nicht wegwerfen wollen, nur weil Jonathan Pascoe ihr Herz schneller schlagen und ihre Knie schwach werden ließ. Sie hatte ihre Mutter um Rat gefragt, und Rosanna hatte ihr gesagt, dass es noch viele Männer geben würde, bei denen es ihr so erging. Der Trick dabei war nur, sich zur richtigen Zeit für den richtigen Mann zu entscheiden. Rosanna hatte ihr zugeredet, sich weiter auf das Studium zu konzentrieren, und Orla hatte damals geglaubt, ihre Mutter hätte recht.

»Du wolltest immer Karriere machen, nicht?«, fragte Jonathan. »Das war dir wichtiger als alles andere.«

Er hatte ihren Ehering noch nicht entdeckt. Ihre linke Hand packte die Tüte von Brown Thomas etwas fester.

»Ich war zu jung«, erwiderte sie. »Wir waren beide zu jung.«

»Und jetzt?«, fragte Jonathan.

Sie brachte kein Wort heraus. Was war denn aus ihrer tollen Karriere geworden, dachte sie, nach der vielen Lernerei?

Sie war nur eine Verkäuferin. Eine gute Verkäuferin, dachte sie wütend. Eine sehr gute Verkäuferin. Das Hotel ragte vor ihnen auf, und sie wandte sich zu ihm um. »Ich muss mich beeilen, sonst komme ich zu spät.«

»Wie lange bist du denn noch hier?«, fragte er.

»Nicht mehr lange.«

»Hast du abends frei?«

Sie wollte nein sagen, aber sie konnte nicht. Sie nickte.

»Wie wäre es, wenn ich dich um sieben abhole? Wir könnten irgendwo nett essen gehen.«

»Ach, ich weiß nicht, Jonathan. Ich –«

»Komm schon, Orla. Das wird lustig. Wir haben so viel nachzuholen.«

»Na ja –«

»Sieben«, sagte er bestimmt. »Ich reserviere uns einen Tisch. Bis später.«

»Okay«, sagte sie.

»Schön«, sagte Jonathan. Er gab ihr einen flüchtigen Kuss auf die Wange und ging ihr voraus, um seinen Range Rover aufzuschließen.

Sie zitterte immer noch, als sie ihr Hotelzimmer erreicht hatte und die Einkäufe auspackte.

In der Sitzung an diesem Nachmittag machte sie ihre Sache nicht eben gut. Sie sollte einer vierköpfigen Familie eine komplizierte Police verkaufen, aber sie brachte ständig die Details durcheinander. Sie ärgerte sich sehr darüber, und der Schulungsleiter war völlig frustriert.

»Sie sind heute Nachmittag mit den Gedanken nicht recht bei der Sache, Orla, oder?«, fragte er.

»Es tut mir leid«, erwiderte sie. »Ich habe schreckliche Kopfschmerzen. Ich kann mich im Moment schlecht konzentrieren.«

»Dann nehmen Sie etwas dagegen«, herrschte er sie an.

»Das habe ich schon«, log sie. »Es wird bestimmt bald besser.«

Sie war froh, als es endlich sechs war und der Kurs zu Ende ging. Sie erklärte den übrigen Teilnehmern, dass sie auswärts essen gehe, dass sie an der frischen Luft wieder einen klaren Kopf bekommen wollte. Dann ging sie hinauf in ihr Zimmer, zog sich aus und stellte sich unter die Dusche.

Jonathan Pascoe. Als sie mit ihm Schluss gemacht hatte, hatte er behauptet, sie breche ihm das Herz. Was reichlich übertrieben war, denn ein paar Wochen später sah sie ihn mit einer der hübschesten Studentinnen der ganzen Uni. Er sah überhaupt nicht aus, als litte er an einem gebrochenen Herzen. Bis zu jenem Tag, da sie ihn mit Marianne Walsh sah, hatte Orla sich ständig gefragt, ob sie nicht einen Fehler gemacht hatte. Sie wollte ihn schon anrufen und ihm genau das sagen, als sie die beiden auf der Wiese vor der Bibliothek sitzen sah; sie aßen Erdbeeren und lachten über einen von Jonathans peinlichen Witzen. Da sagte sie sich, dass sie es doch richtig gemacht habe, dass es Wichtigeres im Leben gebe als jemanden, der sie zum Lachen brachte, wenn sie traurig war, der sie so küsste, dass es am ganzen Leib kribbelte, jemanden, mit dem es immer lustig war. Sie sagte sich, dass sie viel zu jung sei, sich so früh in ihrem Leben schon ernsthaft zu binden.

Was fast makaber war, dachte sie, trat aus der Dusche und wickelte sich in ein Handtuch, denn sie hatte ja nicht lange gebraucht, sich ernsthaft an David Hennessy zu binden.

Das moosgrüne Lainey-Keogh-Kleid, das sie in der Mittagspause gekauft hatte, stand ihr gut. Es ließ ihr Haar rotgolden schimmern und brachte die zarte Tönung ihrer Wangen besser zur Geltung. Es betonte ihre schlanke Figur und ließ sie auf lockere Art elegant erscheinen. Sie besprühte sich noch mit *Contradiction* und ging dann hinunter in die Lobby. Es war genau sieben Uhr.

Jonathan Pascoe erwartete sie schon. Er trug einen dunkelgrünen Anzug mit cremeweißem Hemd und grüner Krawatte.

»Bingo«, sagte er, als sie auf ihn zukam. »Offensichtlich liegen wir farblich auf derselben Wellenlänge!«

»Offensichtlich«, sagte sie.

»Aber dir steht Grün viel besser«, fügte er hinzu. »Du siehst fantastisch aus.«

Er hatte den Ring immer noch nicht entdeckt. Obwohl die Ärmel der leichten Strickjacke ihr fast bis auf die Fingerspitzen fielen, hatte sie erwartet, dass er ihm sofort auffallen würde. Sie hatte mit dem Gedanken gespielt, ihn auf ihrem Zimmer zu lassen, das aber sogleich wieder verworfen. Was auch immer im Moment zwischen ihr und David schiefgehen mochte, sie waren schließlich immer noch verheiratet. Und sie liebte ihn. Im Augenblick mochte sie ihn nur nicht besonders.

»Ich dachte, wir könnten in die Arbutus Lodge gehen«, sagte Jonathan. »Da hat man eine tolle Aussicht über die Stadt, und das Essen ist großartig. Es gefällt dir bestimmt.«

»Ist gut«, sagte sie. »Wie du meinst.«

Sie folgte ihm hinaus auf den Parkplatz und stieg in seinen Range Rover.

»Warum fährst du bloß so was?«, fragte sie.

»Firmenwagen.« Er grinste sie an. »Manchmal muss ich ein Projekt vor Ort aufsuchen, und da ist es meistens ziemlich matschig. Mir gefällt das Auto.«

»Angeber.« Aber sie klang belustigt.

Er fuhr schweigend quer durch die Stadt bis zu dem Restaurant. Wie versprochen, bot sich ein sensationeller Ausblick über die Stadt. Sie schaute aus dem Fenster auf das Netz orangefarbener und weißer Lichter hinab und gab ein erfreutes Murmeln von sich.

»Ich wusste doch, dass es dir gefällt«, sagte er. »Das ist genau das Richtige für dich, Orla.«

»Und woher weißt du, was das Richtige für mich ist?«, fragte sie.

»Das wusste ich immer«, entgegnete er ernst.

Ein Kellner trat an ihren Tisch und reichte ihnen die Speisekarte.

»Ich muss dir etwas erzählen«, sagte sie zu Jonathan.

Er hob fragend eine Braue.

»Ich – na ja, es ist so, Jonathan, ich bin verheiratet.«

Er betrachtete sie nachdenklich.

»Ich hätte es dir schon vorhin sagen sollen.«

»Und warum hast du's nicht gesagt?« Sein Blick huschte zu ihrer linken Hand, die auf dem Tisch lag. Der Verlobungsring mit dem Diamanten daran glitzerte.

»Ich weiß nicht.«

Er blickte von ihrem Ringfinger hoch in ihre Augen. »Ich wusste es schon.«

»Tatsächlich?«

»Von Martin. Du hast Martin vor einer Weile zufällig getroffen, nicht? Wir beide sehen uns ab und zu.«

»Oh.«

»Du siehst also, ich wusste schon Bescheid.«

»Dann hättest du ja was sagen können«, fuhr sie ihn an.

»Warum?«, fragte er.

Sie antwortete nicht sofort. »Ich weiß nicht.«

Der Kellner kehrte zurück und lächelte sie an. »Was darf ich Ihnen bringen?«, fragte er, und sie gaben ihre Bestellung auf.

»Na dann, Orla. Erzähl mir von deiner Ehe. Erzähl mir, warum es in Ordnung war, diesen Kerl zu heiraten, obwohl du bei mir nicht einmal bereit warst, dich auf eine längerfristige Beziehung einzulassen. Erzähl mir, wie es so ist, verheiratet zu sein. Und warum du meine Einladung zum Abendessen angenommen hast.«

»Ich habe deine Einladung angenommen, weil du sie ausgesprochen hast«, entgegnete sie scharf. »Ich hatte dabei keinerlei Hintergedanken, also bilde dir bloß nichts ein.« Sie senkte den Blick auf das Tischtuch, um sich wieder zu fassen.

»Geschieht mir recht«, sagte Jonathan ruhig. »Wenn ein

Mann verrückt genug ist, eine Frau zum Essen einzuladen, geht er schließlich immer das Risiko ein, dass sie Ja sagt.«

»Du hättest mich ja nicht einzuladen brauchen«, sagte sie. »Und du hättest auch anrufen und absagen können. Das wäre mir egal gewesen.«

»Aber mir nicht«, sagte er. »Ich wollte dich wiedersehen.«

Sie sagte nichts, sondern drehte unablässig den Verlobungsring an ihrem Finger herum.

»Erzähl mir davon«, sagte er in versöhnlichem Tonfall. »Komm schon, Orla. Es tut mir leid, dass ich so gemein zu dir war.«

Sie schaute wieder zu ihm auf. Sein Blick war weich.

»Na los«, sagte er. »Ich will auch ganz lieb sein, versprochen.«

»Du warst nie gemein«, entgegnete sie. »Jedenfalls nicht zu mir.«

»Ich war zu überhaupt niemandem gemein.« Sein Ton war wieder unbeschwert. »Du kennst mich doch, Orla. Pascoe, der Pazifist.«

Ihr Lächeln war etwas wackelig, aber sie holte tief Luft. »Ich habe ihn bei der Arbeit kennengelernt«, erzählte sie. »Er heißt David Hennessy. Er hat die Einführungsschulung bei Gravitas gehalten, und wir haben uns auf Anhieb verstanden.«

Jonathan beobachtete sie genau. »Aber ihn gleich heiraten, Orla. War das nicht ein etwas krasser Schritt?«

Sie zuckte mit den Schultern. »Wir haben uns geliebt. Ich weiß, das hört sich komisch an, nach allem, was ich während der Uni-Zeiten so gesagt habe, aber ich war verrückt nach ihm, und er war verrückt nach mir.«

»War?«, fragte Jonathan.

»Ist«, korrigierte sie sich.

»Martin sagt, er sei älter als du.«

»Ja, David ist älter als ich. Er ist vierzig.«

Jonathan stieß einen leisen Pfiff aus.

»Lass den Quatsch«, sagte sie scharf. »Vierzig ist gar nicht so alt.«

»Ich weiß«, sagte Jonathan. »Im hiesigen Rugby-Club sind auch Vierzigjährige. Die meisten von ihnen spielen allerdings nicht, aber sie sind im Club.«

»Blödmann«, sagte sie. »Zufälligerweise ist David sehr gut in Form.«

»Für sein Alter«, sagte Jonathan.

»Hör auf.« Sie versuchte angestrengt, ihre Stimme nicht zittern zu lassen.

»Entschuldigung«, sagte er. »Ich bin ja nur neidisch auf ihn.«

Der Kellner kam wieder und brachte ihre Vorspeisen. Jonathan probierte den Wein und nickte zustimmend. Orla blickte auf ihren kunstvoll angerichteten Salat hinab und hatte kein bisschen Appetit.

»Also, warum hast du ihn geheiratet?«, fragte Jonathan. »Warum seid ihr nicht einfach so zusammen?«

»Ich habe David geheiratet, weil ich ihn sehr liebe«, antwortete Orla. »Ich wollte ihn heiraten, Jonathan. Das wollte ich wirklich.«

»Hast du denn nie mehr an mich gedacht?«, fragte er.

»Wie bitte?«

»Ich war verrückt nach dir, Orla.« Er saugte eine Muschel aus, und sie verzog das Gesicht.

»Deshalb bist du also mit Marianne Walsh gegangen«, erinnerte sie ihn. »Und danach«, sie schloss die Augen, »wenn ich mich recht erinnere, mit Jean Willis, Clodagh Bennett, Sara-Jane Lawlor und Rhona McAdams. Vielleicht habe ich ein paar vergessen, ich weiß nicht mehr so genau.«

»Begreifst du denn nicht«, sagte er grinsend, »dass ich mich mit denen nur ablenken wollte?«

Sie musste plötzlich lachen, und er stimmte ein. Die Stimmung zwischen ihnen änderte sich schlagartig. Sie nahm ihre Gabel und stocherte in ihrem Salat herum.

»Erzähl mir mehr von ihm«, beharrte Jonathan. »Was hat er, was ich nicht habe?«

»Ich weiß nicht«, erwiderte Orla. »Wir schienen einfach gut zusammenzupassen, das ist alles.«

»Du hast gerade zum zweiten Mal in der Vergangenheit von eurer Beziehung gesprochen«, sagte Jonathan. »Darf ich daraus vielleicht schließen, dass nicht alles eitel Sonnenschein ist?«

»Wann gibt es das schon?«, fragte sie leichthin zurück. »Ich bin mit ihm verheiratet, und ich liebe ihn.« Glaube ich, fügte sie im Geiste hinzu. Aber wie ich hier so mit Jonathan sitze, muss ich ständig daran denken, was ich früher für ihn empfunden habe.

Der Kellner räumte ihre Teller ab. Orla hatte nur ein Viertel von ihrem Salat gegessen.

»Hast du je an mich gedacht?«, fragte Jonathan. »Später, meine ich?«

»Ach, Herrgott noch mal.« Sie sah ihn ungeduldig an. »Jonathan, du weißt, dass du mir viel bedeutet hast. Aber ich war damals noch nicht bereit, mich ernsthaft zu binden, und außerdem, wie viele Freunde hatte ich vor dir? Zwei, drei? Ich war ein Spätzünder, verstehst du? Ich musste mich noch ein bisschen in der Welt umsehen.«

»Du hättest zurückkommen können«, sagte er.

Sie schüttelte den Kopf. »Ich habe mich verändert.«

»Nicht so sehr«, widersprach er. »Du bist immer noch so wunderschön wie damals.«

Sie wünschte, er würde nicht solche Sachen sagen. Sie wünschte, sie hätte auf die Stimme in ihrem Kopf gehört, die ihr gesagt hatte – noch als sie die Hotelzimmertür hinter sich schloss –, dass ein Abendessen mit Jonathan Pascoe keine gute Idee war.

»Du bist aber offenbar ziemlich flott über dein gebrochenes Herz hinweggekommen«, sagte sie. »Du hast andere Frauen gefunden, und ich David.«

»Ich sage ja gar nichts dagegen, dass du jemanden gefunden hast«, erklärte Jonathan. »Es überrascht mich nur, dass du ihn gleich geheiratet hast.«

»Damals schien mir das eine gute Idee zu sein«, sagte Orla tonlos.

»Schien?«

Sie zuckte die Achseln. »Wir haben uns gestritten. Weil ich diesen Job angenommen habe. Er führt sich deswegen wirklich kindisch auf.«

Jonathan lachte. »Es freut mich zu hören, dass ein Mann mit Vierzig immer noch kindisch sein kann.«

»Männer können kindisch sein, bis sie senil werden«, entgegnete Orla barsch. »Ich habe vier Brüder, schon vergessen? Ich habe also reichlich Erfahrung damit, wie kindisch Männer sein können.«

»Und trotz all deiner Erfahrung konntest du diesen Streit nicht verhindern?«

Sie verzog das Gesicht. »Nein. Es war wirklich blöd.«

»Seine Schuld, nehme ich an?« Jonathan zog eine Braue in die Höhe.

»Selbstverständlich«, sagte Orla. »Er wollte nicht, dass ich das Angebot annehme.«

»Warum?«

Sie schwieg, während der Kellner den Hauptgang auftrug.

»Also?«, fragte Jonathan, als die verschiedenen Gemüse und der Fisch auf dem Tisch standen.

»Ich weiß nicht genau.« Sie tröpfelte etwas Zitronensaft über ihre Seezunge. »Ich habe ihm vorgeworfen, es liege daran, dass er mich kleinhalten will, aber so ganz glaube ich das selbst nicht. Ich denke, es hat ihm einfach nicht gepasst, dass ich für mich selbst einen besseren Job gefunden habe.«

»Vielleicht hat er Angst vor all den jüngeren Männern im Büro«, sagte Jonathan. »Ich könnte mir denken, dass er sein Glück kaum fassen konnte, als du eingewilligt hast, ihn zu heiraten.«

»Warum?«, fragte sie. – »Ach, komm schon, Orla. Ich meine es ja nicht böse, aber wenn dieser Kerl die Vierzig erreicht hat, ohne eine Frau zu finden...«

»Wie kommst du bloß darauf, dass er noch nie verheiratet war?«, fragte Orla.

»Willst du damit sagen, er war schon mal verheiratet?«

Sie nickte. »Und er hat zwei Kinder.«

»Orla!«

Sie sagte nichts.

»Wie alt sind die Kinder?«, fragte Jonathan.

»Keelin ist vierzehn, Ronan elf.«

»Du machst wohl Witze?«

»Warum sollte ich?«

Er legte Messer und Gabel auf den Teller. »Ich weiß nicht. Es ist nur – es fällt mir schon schwer genug, mir dich als verheiratete Frau vorzustellen, aber dich als verheiratete Frau mit zwei Stiefkindern zu sehen, ist so gut wie unmöglich.«

»Sie wohnen nicht bei uns«, erklärte Orla. »Sie sind bei seiner Exfrau.«

»Und wie kommst du mit der Ex klar?«, fragte Jonathan.

»Ich sehe sie kaum«, antwortete Orla. »Wenn die Kinder mal zu Besuch kommen, holt David sie dort ab. Ich habe sie ein paar Mal kurz gesehen, aber meistens telefoniere ich nur mit ihr.«

»Und wie sieht sie aus?«

»Weißt du was, Jonathan? Du bist eine alte Klatschbase«, klagte Orla. Du solltest dich nicht dafür interessieren, wie die Exfrau meines Ehemannes aussieht. Über solche Sachen spreche ich normalerweise nur mit Abby.«

»Abby.« Jonathan lächelte. »Süßes Mädchen. Hat sie jetzt was Festes?«

»Nein«, sagte Orla. »Rechnest du dir da Chancen aus?«

Er grinste. »Nicht von hier aus. In Dublin war ich seit Monaten nicht.«

»Gefällt es dir hier unten?«, fragte sie.

»Es ist toll«, erwiderte er. »Schöne Landschaft, nette Leute, guter Job – ich möchte gar nicht wieder zurück.«

Ein Teil von ihr war erleichtert, das zu hören. Sie hatte ihn schon bei sich vor der Tür stehen und betteln sehen, sie möge ihn hereinlassen. Auch wenn das schrecklich eingebildet von ihr war, sagte sie sich. Er mochte sie einmal geliebt haben, aber das bedeutete ja noch lange nicht, dass er sie jetzt noch mochte. Vermutlich hatte er heute »um alter Zeiten willen« mit ihr ausgehen wollen, und sich vielleicht eine kleine Chance ausgerechnet, sie ins Bett zu bekommen. Sie trank einen großen Schluck Chardonnay. Er war wirklich fantastisch im Bett gewesen.

»In Erinnerungen versunken?«, fragte er.

Sie schüttelte den Kopf. »Nein.«

Er lehnte sich auf dem Stuhl zurück und betrachtete sie nachdenklich. Sie wirkte dünner, als er sie in Erinnerung hatte, und sie hatte dunkle Ringe unter den Augen. Aber sie war immer noch so schön wie früher, mit dieser umwerfenden roten Mähne, den dunkelblauen Augen und ihrem keltisch hellen Teint. Er war schwer vernarrt in sie gewesen, doch er wusste: Sie hatte das Richtige getan, als sie sich von ihm getrennt hatte. Im Rausch der Verliebtheit und Leidenschaft hätte er sie womöglich selbst geheiratet, und das wäre ein schrecklicher Fehler gewesen, weil sie ihn nicht wirklich geliebt hatte.

Zumindest war nun sie diejenige, die offenbar einen Fehler gemacht hatte.

Orla blickte aus dem riesigen Panoramafenster auf die Stadt hinunter. Sie konnte es nicht fassen, dass sie hier mit Jonathan saß, sich an vergangene Zeiten erinnerte und sich – wenn auch nur ein klein wenig – wünschte, sie wäre wieder frei und ungebunden und könnte ihm um den Hals fallen, so wie früher, und ihn auf den Mund küssen, so wie früher. Sie biss sich auf die Lippe. Warum dachte sie nur so etwas? Sie hatte Jonathan nicht halb so sehr geliebt, wie sie David liebte. Sie hatte sich mit ihm nicht einmal annähernd so verbunden gefühlt. Und dennoch wurde sie das Gefühl nicht los, dass jetzt, fünf Jahre später, zwischen ihnen vieles besser sein mochte.

»Ich muss allmählich zurück«, sagte sie.

»Was denn, jetzt schon?«

»Wir fangen morgens sehr früh an. Ich habe noch jede Menge Unterlagen durchzugehen. Ich muss wirklich zurück ins Hotel.«

»Aha, der Workaholic kommt wieder durch«, bemerkte er. »Ganz wie früher.«

Sie errötete. Sie wusste, worauf er anspielte. In jener Nacht, nachdem sie sich zum ersten Mal geliebt hatten, lagen sie aneinander gekuschelt unter seiner Bettdecke, bis sie ganz plötzlich aus dem Bett sprang und erklärte, sie müsse jetzt gehen, weil sie für morgen etwas abgeben müsste. Für diese Arbeit hatte sie die beste Note ihres gesamten Studiums bekommen, aber sie hatte Jonathan mit diesem plötzlichen Aufbruch sehr verletzt.

»Wirklich, Jonathan, ich sollte jetzt los.«

»Trink wenigstens noch einen Kaffee mit«, sagte er.

Sie nickte, und Jonathan bestellte Kaffee. Er war immer noch sehr attraktiv, dachte sie, als sie ihn im weichen Licht des Restaurants betrachtete. Attraktiv und interessant und noch zu haben. Im Gegensatz zu ihr.

Schweigend tranken sie ihren Kaffee. Als sie fertig waren, bat Jonathan um die Rechnung.

»Lass mich das machen.« Orla zog das Silbertablett mit der hellblauen Rechnung zu sich herüber.

»Kommt nicht in Frage, Orla.« Jonathan streckte die Hand aus, um sie ihr wieder abzunehmen. Seine Hand schloss sich um ihre. Sie spürte seine warme Haut und erschauerte. Er ließ die Finger zwischen ihre gleiten. »Es ist schön, wieder mit dir zusammen zu sein«, sagte er.

Sie brachte kein Wort heraus. Seine Berührung war vertraut und zugleich fremd. Sie starrte ihn stumm an.

»Ich bedeute dir immer noch etwas, oder nicht?«, fragte er leise. Sie entzog ihm ihre Hand. »Mir bedeuten eine Menge Leute etwas«, entgegnete sie. »Und ich würde lieber selbst für das Essen bezahlen.«

»Lass mich zahlen«, sagte Jonathan. »Schließlich habe ich dich eingeladen.«

Sie seufzte.

»Keine Sorge«, sagte er trocken, »ich bringe dich ins Hotel zurück, und ich werde nicht mal versuchen, dir einen Gutenachtkuss abzupressen.«

Er hielt Wort. Und sie wusste nicht, ob sie erleichtert oder beleidigt sein sollte.

26

Orla legte den Hörer wieder auf und sank auf ihr Bett. Es war Freitagnachmittag, zu Hause ging niemand ans Telefon, und auf dem Handy konnte sie David auch nicht erreichen. Wenn er zu Hause gewesen wäre, hätte sie ihm gesagt, dass sie gleich losfahren wollte. Aber nun wusste sie nicht, was sie tun sollte.

Sie schloss die Augen. Sie hatte jeden Abend mit David telefoniert, doch diese Gespräche hatten sich angespannt und schwierig gestaltet. Vor allem an dem Abend nach ihrem Essen mit Jonathan. Das Telefon klingelte in dem Moment, als sie ins Zimmer kam, und sie sprach aufgesetzt fröhlich mit David, was sonst gar nicht ihre Art war. Er hingegen war sehr kühl. Er habe vorhin schon angerufen, sagte er. Wo sie da gesteckt hätte?

Warum regte sie sich über eine einfache Frage so auf? Diesmal lag es zugegebenermaßen daran, dass sie mit einem Exfreund zum Essen ausgegangen war, was einige verschüttete Erinnerungen wachgerufen hatte. Unabhängig davon meinte sie trotzdem, aus Davids Frage einen Vorwurf herauszuhören. Es ging ihn schließlich nichts an, wo sie gewesen war. Er fragte sie aus, als sei sie sein Privatbesitz. Er brauchte nur zu wissen, dass sie auf ihrer einwöchigen Schulung war, und mehr musste er sie wirklich nicht fragen.

Ich will es zurückhaben, dachte sie kläglich und drehte sich auf die Seite. Ich will wieder so für ihn empfinden wie früher. Diese Vollkommenheit, die ich immer gespürt habe. Das war doch echt, ich habe es mir nicht nur eingebildet, oder?

Sie öffnete die Augen und sah auf die Uhr. Es war drei. Sie sollte noch ein paar Runden schwimmen und dann in die

Sauna gehen. Sich entspannen. Sich sammeln. Wieder die Person werden, die sie sein wollte, wenn sie nach Hause kam.

Das Telefon ließ sie hochschrecken. Sie streckte die Hand danach aus und nahm den Hörer ab.

»Hallo«, sagte sie vorsichtig.

»Hallo.«

»Jonathan.« Ihre Stimme war nur ein Krächzen.

»Hast du nicht gesagt, du wolltest heute nach Hause fahren?«

»J-ja.«

»An der Rezeption haben sie mir gesagt, dass du noch nicht ausgecheckt hast. Dass du das Zimmer bis morgen behalten willst.«

»Die Schulung ging bis heute Mittag«, sagte sie. »Eigentlich wollte ich schon heute nach Hause fahren.«

»Aber du hast noch nicht ausgecheckt«, wiederholte er.

»Nein«, sagte sie. »Habe ich nicht.«

»Warum nicht?«

»Weil ich nicht sicher war, ob ich noch ein wenig warten sollte. Ein paar andere Teilnehmer wollten noch bleiben. Ich dachte, dann bleibe ich auch. Gut für die Teamarbeit.«

»Igitt, Orla, ich hasse dieses Wort.«

»Welches Wort?«

»Teamarbeit. Das ist totaler Quatsch. Niemand arbeitet wirklich als Team zusammen. Jedem geht's nur um sich selbst.«

»Bei euch Ingenieuren vielleicht«, entgegnete sie spitz.

Er lachte. »Wir arbeiten besser zusammen als alle anderen.«

»Dann hör auf mit dem Quatsch«, sagte sie.

»Das ist ganz meine alte Orla.« Er lachte. »Immer in der Defensive.«

»Ich bin nicht immer in der Defensive«, wehrte sie sich.

»Nein. Manchmal gehst du auch zum Angriff über.«

Sie schwieg.

»Wenn du noch dableibst, möchtest du dann vielleicht noch mal mit mir zum Essen gehen?«

»Ich werde wahrscheinlich mit den Leuten von Serene essen gehen.«

»Die hast du doch bestimmt schon über«, entgegnete er. »Komm schon, Orla. Mach mal Pause.«

»Ach, wahrscheinlich fahre ich einfach nach Hause«, sagte sie.

»Wann?« – »Später.«

»Wenn du fahren willst, dann lieber gleich«, riet er ihr. »Du solltest nicht nachts allein unterwegs sein.«

»Red keinen Quatsch«, fuhr sie ihn an. »Wenn ich fahre, dann in ein paar Stunden, also bin ich noch vor zehn zu Hause.«

»Ich mache mir Sorgen um dich«, sagte er.

»Nicht du auch noch.«

»Wie?«

»David sagt das andauernd. Ich mache mir Sorgen um dich. Ich will mich um dich kümmern. Ich mache mir Gedanken. Warum meint ihr eigentlich alle, ihr müsstet euch um mich kümmern? Ich kann auf mich selbst aufpassen.«

»Findest du es nicht eher rührend, dass wir uns alle um dich kümmern möchten?«

»Nein«, sagte Orla. »Es geht mir auf den Keks.« Sie legte auf. Warum konnten sie sie nicht einfach in Ruhe lassen?

David sah auf die Uhr. Es war drei. Er fragte sich, ob Orla schon auf dem Heimweg war. Er blickte auf den Monitor vor sich und auf die leeren Stellen, die er bewusst nicht mit Terminen gefüllt hatte, damit er zu Hause war, wenn sie käme. Er wusste nicht recht, was er sagen sollte. Er hatte ein paar Sätze einstudiert. Zum Beispiel: »Ich glaube, es war ein bisschen schwierig mit uns in letzter Zeit. Aber es kommt alles wieder in Ordnung.« Oder: »Kann es sein, dass ich in letzter Zeit nicht besonders nett zu dir war, Orla? Es tut mir leid.

Das wollte ich nicht.« Aber das klang alles so abgedroschen und unaufrichtig. Er war ziemlich sicher, dass er es bei Gemma einmal mit ähnlichen Phrasen versucht hatte, und dieser Gedanke erschreckte ihn. Er wollte keiner von diesen Männern sein, die Frauen schlecht behandelten. Er glaubte auch nicht, dass er einer von denen war. Er machte vielleicht nicht immer alles richtig, aber seine Absichten waren die besten. Oder nicht? Er ging in die Küche und machte eine Flasche Rioja auf. Er mochte ihn nicht besonders, aber Orla trank ihn gern. Sie würde sich freuen, dass er ihn geöffnet hatte, damit er atmen konnte. Er hatte gerade den Korken herausgezogen, als das Telefon klingelte.

»Hallo«, sagte er.

»Hallo, David.« Orlas Stimme war schwach, als habe ihr Handy gerade schlechten Empfang.

»Orla? Wo bist du?«

»Ich bin noch in Cork«, sagte sie.

»Noch in Cork?«, echote er. »Ich dachte, du wolltest heute Abend nach Hause kommen.«

»Vielleicht heute Abend«, korrigierte sie ihn. »Es ist nur so, ein paar Leute bleiben noch da, und ich dachte, na ja, es ist nur eine weitere Nacht, also dachte ich, ich bleibe auch.«

»Aber –« Er biss sich auf die Zunge.

»Morgen bin ich ja dann zu Hause.«

»Wann morgen?«

»Früh«, antwortete sie. »Ich fahre gleich nach dem Frühstück.«

»Ich habe dich heute Abend zurückerwartet«, sagte er gereizt. »Ich habe bewusst keine Termine angenommen, weil ich dachte, du kommst heute.«

»Tut mir leid«, sagte sie. »Ehrlich. Aber, na ja, es bleiben wirklich eine Menge Leute, und ich wollte nicht die Einzige sein, die schon fährt. Verstehst du das?«

Er atmete langsam aus. »Ich verstehe.«

»Dann also bis morgen«, sagte sie.

»Ja. Klar. Morgen.« Er legte auf und starrte quer durch das leere Wohnzimmer. Warum kam sie nicht nach Hause? Warum wollte sie denn so unbedingt wegbleiben? Er schloss die Augen. Wollte er vielleicht, dass sie wegbliebe?

Als er die Augen wieder aufschlug, fiel ihm auf, dass etwas an diesem Zimmer anders war. Er brauchte ein paar Minuten, bis er merkte, dass die afrikanische Skulptur fehlte. Er runzelte die Stirn. Er hatte sie nicht weggeräumt, da war er ganz sicher. Also musste Orla sie weggestellt haben, aber wann? Er schüttelte den Kopf. Und warum? Er machte sich auf die Suche und fand die Statue schließlich im Wandschrank.

Nun, dachte er, sie mochte sie da hineingestellt haben, aber er würde sie ganz gewiss nicht dort drin lassen. Er schob Taschen und Mäntel beiseite und trug die Skulptur zurück ins Wohnzimmer.

Warum hatte er bisher nicht bemerkt, dass sie verschwunden war?, fragte er sich. Wie lange war es her, seit seine African Queen ganz hinten in die Abstellkammer verbannt worden war?

Er setzte sich und schloss wieder die Augen. Vielleicht wurde er ja langsam verrückt?

Gemma fuhr Liz mit dem Kamm durchs Haar. »Bist du sicher, dass du es geflochten haben willst?«, fragte sie.

»Ganz sicher«, sagte Liz. »Heute Abend will ich elegant aussehen. Ich werde mein einziges Kleines Schwarzes tragen, und meine Perlen.«

»Welche Perlen?« Gemma teilte das Haar ihrer Schwester gleichmäßig auf.

»Die, die ich auf Mallorca gekauft habe. Weißt du noch? In dem Jahr, als ich mit der Schule fertig war?«

Gemma zog die Nase kraus. »Vage. Bist du damals nicht mit Jennifer Thomas und Tina Alford gefahren?«

»Ja. Ich habe die beiden seit Jahren nicht gesehen.« Liz sah

Gemma im Spiegel an. »Komisch, nicht? In der Schule waren wir dicke Freundinnen.«

»Was haben die beiden denn so gemacht?«, fragte Gemma.

»Jennifer hat geheiratet«, erinnerte sich Liz. »Und ich glaube, Tina ist ins Ausland gegangen.«

»Das klingt immer wie eine Grabinschrift, findest du nicht?« Gemma begann damit, Liz' Haare zu verflechten. »Sie hat geheiratet. Als sei damit ihr Leben beendet.«

»Es ist ja nicht immer so«, sagte Liz.

»Nicht?«

»Hoffe ich.« Liz lächelte sie an. »Dein Leben ist jedenfalls nicht damit zu Ende gegangen, Gemma.«

»Wenn ich nur ein bisschen besser mit meinem Geld umgehen könnte«, erwiderte Gemma.

»Du solltest David um Hilfe bitten.«

»Hilfe?« Gemma steckte eine Haarnadel an Liz' Kopf fest.

»Er könnte sich doch deine finanzielle Situation genau ansehen und dich ein bisschen beraten. Das ist doch sein Job, oder nicht?«

»Ich weiß«, sagte Gemma. »Ich wollte ihn ja auch schon darum bitten, aber ich habe immer das Gefühl, das wäre ein Fehler.«

»Warum denn?«, fragte Liz. »Du könntest mit ihm sprechen wie mit einem professionellen Berater.«

»Er ist mein Exmann«, entgegnete Gemma trocken. »Ich glaube nicht, dass da eine sonderlich professionelle Haltung möglich wäre.«

»Aber du bekämst immerhin eine Beratung umsonst«, beharrte Liz. »Also, warum nicht? Vielleicht merkt er ja sogar, dass er dir nicht genug Geld gibt, und stockt deinen Unterhalt auf!«

Gemma grinste. »Irgendwie kann ich mir das nicht vorstellen. Aber vielleicht rufe ich ihn doch mal an.«

»Solange seine neue Frau nichts mitkriegt.«

»Warum sollte sie etwas dagegen haben?«

»Es ist schließlich nicht leicht, eine zweite Ehefrau zu sein«, sagte Liz.

»Was weißt du denn davon?« Gemma betrachtete sie im Spiegel. »Denkst du etwa daran, selbst diese Rolle zu spielen?«

»Noch nicht.« Liz lächelte. »Vielleicht nie. Aber obwohl Ross manchmal schreckliche Dinge über Jackie sagt, weiß ich, dass sie immer noch etwas miteinander verbindet.«

»Nun, mich und David verbindet jedenfalls nichts mehr«, sagte Gemma und verbot sich die Erinnerung daran, wie er sie in der Küche umarmt hatte. »Überhaupt nichts.«

»Warum versuchst du denn nicht, einen neuen Mann kennenzulernen?« Liz drehte sich halb im Frisiersessel um.

Gemma schüttelte den Kopf. »Ich kann nicht, Liz. Ich muss an die Kinder denken.«

»Keelin ist vierzehn«, führte Liz an. »Ziemlich bald wird sie selbst ihren ersten Freund haben – wenn es nicht schon so weit ist. Und sie wird die ganze Nacht lang wegbleiben und dich in den Wahnsinn treiben. Bevor du dich versiehst, ist sie ausgezogen, und du bist ganz allein.«

»Ich habe ja noch Ronan«, sagte Gemma.

»Der wird ihr recht bald folgen«, widersprach Liz. »In zehn Jahren ist er einundzwanzig, und du wirst dir wünschen, du hättest früher deine Chancen genutzt, mehr unter Leute zu kommen.«

»Blödsinn«, sagte Gemma.

»Wie war's denn im Urlaub?« Liz drehte sich ganz um und sah ihre Schwester an. »Ich hätte schon längst fragen sollen. Hast du denn dort niemand kennengelernt? Ferien sind immer gut für so was.«

Gemma spürte, wie ihr das Blut in die Wangen stieg. Sie bückte sich, um einen Lockenwickler aufzuheben.

»Na?«, bohrte Liz nach.

»Ich hatte im Urlaub keine Zeit, irgendwelche Leute kennenzulernen«, sagte Gemma.

»Warum wirst du dann so aufgeregt, wenn ich danach frage?« Liz grinste sie an. »Ach, komm schon, Gem – nicht mal was für eine Nacht?«

»Na ja«, sagte Gemma, die sich langsam durch Liz' Haare bis unten vorarbeitete, »zufälligerweise war da schon beinahe jemand.«

»Beinahe?«

»Wir haben eine Familie kennen gelernt. Mutter, zwei Kinder und der Bruder der Mutter. Sehr nette Leute.«

»Und der Bruder?«, fragte Liz.

»Er war nett«, sagte Gemma. »Aber er war jünger als ich, Liz. Und ich habe das schreckliche Gefühl, dass Keelin ihn allzu sehr ins Herz geschlossen hat.«

»Nur eine Schwärmerei«, sagte Liz wegwerfend.

»Kann sein. Aber ich hatte nicht die Absicht, mit jemandem ins Bett zu hüpfen, in den sie verschossen ist.«

»Wolltest du denn mit ihm ins Bett hüpfen?« Liz drehte sich wieder um und sah sie mit großen Augen an.

»Ich bin fast fertig. Jetzt halt endlich mal still!«

»Wolltest du?«, beharrte Liz. »Erzähl mir alles.«

»Das war nur so ein Ferienflirt«, erklärte Gemma. »Und ich bin nicht mit ihm ins Bett gegangen. Wofür hältst du mich eigentlich? Außerdem war er zu jung für mich.«

»Wie alt war er denn?«, fragte Liz. »Achtzehn, neunzehn?«

»Dreißig«, sagte Gemma.

»Das ist doch nicht zu jung«, protestierte Liz. »Aber es ist ganz sicher zu alt für Keelin!«

»Wie Keelin ziemlich treffend bemerkt hat, ist das der gleiche Altersunterschied wie zwischen David und Orla.«

»Das hat sie wirklich gesagt?«

»Allerdings.«

»So was. Und was hast du darauf gesagt?«

»Was sollte ich schon sagen?«, fragte Gemma zurück. »Diese Familie ist einen Tag vor uns abgereist. Ich bezweifle, dass wir sie je wiedersehen werden. Sie wohnen noch dazu in Wicklow.«

»Würdest du ihn denn gern wiedersehen?«, fragte Liz. »Wie heißt er denn? Und wie war er so?«

»Liz, das spielt keine Rolle. Ich werde ihn nicht wiedersehen.«

»Aber du mochtest ihn«, stellte Liz fest.

Gemma zuckte mit den Schultern. »Er war ein netter Kerl.«

»Warum hast du die Chance dann nicht genutzt?«, fragte Liz. »Vom Zölibat musst du doch allmählich die Nase voll haben!«

»Liz!«

Ihre Schwester schnitt ihr eine Grimasse. »Ich hab's jedenfalls satt. Und ich schätze, ich musste in den letzten Jahren mehr Enthaltsamkeit ertragen als du.«

Gemma war mit dem Zopf fertig und trat zurück. »Piekst es irgendwo?«

»Nein«, sagte Liz ungeduldig. »Gemma, komm schon, gib dir einen Ruck.«

»Da gibt's nichts zu rucken«, sagte Gemma. »Ich wusste doch, ich hätte lieber überhaupt nichts sagen sollen. Du machst aus einer Mücke einen Elefanten.«

»Meinst du?«

»Herrgott, Liz, hör auf damit!« Gemma nahm einen Spiegel und hielt ihn Liz hinter den Kopf. »So. Was meinst du? Kann Aschenputtel heute Abend zum Ball?«

»Sieht toll aus.« Liz lächelte sie an. »Danke, Gem.«

»Gern geschehen«, erwiderte Gemma. »Nur bitte, mach nächstes Mal rechtzeitig einen Termin, wie alle anderen auch. Ich hoffe, es wird ein schöner Abend für dich.«

Liz verzog das Gesicht. »Ich bin nervös.«

»Du brauchst nicht nervös zu sein«, sagte Gemma.

»Ich weiß. Aber trotzdem... Vielleicht will seine Familie mich eigentlich gar nicht dabeihaben. Schließlich kennen sie mich nicht.«

»Nach heute Abend schon.« Gemma grinste ihre Schwester an.

»Ach, Gemma, ich hoffe nur, ich tue das Richtige«, sagte Liz.

»Aber natürlich.« Gemma umarmte ihre Schwester. »Du verdienst einen netten, anständigen Mann, Liz. Wirklich.«

»Du auch«, sagte Liz. »Triff dich doch noch mal mit diesem Kerl. Versuch's wenigstens.«

Gemma lächelte bitter. »Ich hatte meine Chance, und die habe ich gründlich vermasselt.«

»Sag so was nicht!«

»Viel Spaß«, sagte Gemma. »Und benimm dich anständig.«

Sie war die Letzte im Salon. Sie rückte alle Sessel vor den Spiegeln zurecht und vergewisserte sich, dass alles sauber und ordentlich war. Dann starrte sie auf ihr Spiegelbild.

Die leichte Bräune stand ihr gut. Sie sah besser aus denn je. Es ging ihr auch besser. Irgendwie hatte sie nicht mehr das Gefühl, als laste das Gewicht der ganzen Welt allein auf ihren Schultern.

Liz hatte recht. Sie sollte ihr Leben in die Hand nehmen, anstatt sich zurückzulehnen und die Dinge einfach geschehen zu lassen, um sich dann zu beklagen, dass nichts so gekommen war, wie sie es erwartet hatte. Sie sollte ihr Leben besser organisieren. Sie sollte ihre Finanzen in den Griff bekommen.

Sie ging zum Telefon und wählte Davids Nummer.

27

Gemma sah gerade fern, als es an der Tür klingelte. Sie stand auf, zupfte ihr Kleid zurecht, schaute rasch in den Spiegel und ging an die Tür.

»Hallo, David«, sagte sie.

»Hallo.«

»Danke, dass du gleich gekommen bist. Das wäre nicht nötig gewesen. Es ist ja nicht eilig.«

»Ich hatte heute Abend sowieso nichts vor«, sagte David. »Orla kommt erst morgen nach Hause, also passt es mir heute Abend gut.«

Sie knipste zusätzlich zu den kleinen Lampen das Deckenlicht im Wohnzimmer an. »Damit wir auch sehen, was wir da machen«, sagte sie. »Möchtest du einen Drink?«

»Nur, wenn du auch etwas trinkst.«

»Ich habe vorhin eine Flasche Vinho Verde aufgemacht«, sagte sie. »Ich habe welchen aus Portugal mitgebracht. Er ist sehr leicht. Möchtest du etwas davon?«

»Gern.« David öffnete seine Aktentasche. »Danke.«

Gemma holte zwei Gläser aus dem Sideboard aus Buchenholz und schenkte ihnen Wein ein. Sie reichte David ein Glas, und er nippte daran.

»Nicht schlecht«, sagte er.

»Dort hat er besser geschmeckt!« Sie lachte. »David, noch mal vielen Dank für diesen Urlaub. Ich kann dir gar nicht sagen, wie sehr die Kinder ihn genossen haben.«

»Schon gut«, sagte er.

»Es war auch schön, dass sie neue Freunde gefunden haben«, fuhr Gemma fort.

»Was ist mit Keelin und diesem Typen?«, fragte David.

Gemma spürte, dass sie unwillkürlich rot wurde. »Das war nichts«, sagte sie.

»Bist du sicher?«

»Aber natürlich.«

»Es macht mir oft zu schaffen, dass ich nicht da bin und auf sie aufpassen kann. Ich mache mir Sorgen«, erklärte David.

Sie sah ihn an. »Wirklich?«

»Natürlich.« Er stellte sein Glas vor sich auf den Tisch. »Dass ich sie nicht rund um die Uhr sehen kann, bedeutet noch lange nicht, dass sie mir nichts bedeuten, Gemma.«

»Ich wünschte nur, sie hätten dir mehr bedeutet, als du noch hier gewohnt hast«, entgegnete sie.

»Ich auch«, sagte David und zog einen großen Notizblock aus der offenen Aktentasche.

Orla bog in den gepflasterten Platz vor dem Apartmenthaus ein. Der Parkplatz vor ihrer Wohnung war leer, David war also nicht zu Hause. Sie biss sich auf die Lippe. Sie wusste, sie hätte ihn noch einmal anrufen sollen. Als sie ihm am Nachmittag gesagt hatte, sie würde nicht kommen, hätte sie sich ja denken können, dass er ein paar Anrufe tätigen, ein paar Termine machen oder sonst etwas tun würde, um nicht allein herumzusitzen. Vor Jonathans Anruf im Hotel hatte sie eigentlich schon beschlossen, nach Hause zu fahren, obwohl sie David auf morgen vertröstet hatte. Aber als Jonathan sie anrief, wollte sie ihn wiedersehen, sie konnte nicht anders. Sie wollte mit ihm sprechen, ihn ansehen, die Gefühle wieder spüren, die er in ihr wachrief. Also hatte sie ihn zurückgerufen und ihm gesagt, sie bliebe noch einen weiteren Tag.

»Super!«, hatte er ausgerufen. »Ich nehme mir den restlichen Tag frei. Wir können alles Mögliche unternehmen.«

Alles Mögliche beinhaltete unter anderem, dass sie eine Stunde lang anstanden, um den Blarney Stone auf Blarney Castle zu küssen; das verlieh angeblich die Gabe der Redegewandtheit. Orla und Jonathan standen in einer gewundenen Schlange von Touristen – vorwiegend Amerikaner –, während eine kühle Brise sie an den nahenden Herbst gemahnte.

»Puh«, sagte sie, als sie sich wieder aufrichtete. »Ich hoffe nur, das wird den Besuch bei meinem Chiropraktiker wert sein, den mir das hier zweifellos eingetragen hat.«

»Hast du Rückenprobleme?«, erkundigte er sich.

»Manchmal.« Sie rieb sich das Kreuz. »Ich glaube, das kommt davon, dass ich an der Uni immer so viele Bücher mit mir herumgeschleppt habe.«

»Warum hast du die Uni damals so furchtbar ernst genommen?« Sie verließen nebeneinander die Burg und gingen zu seinem Wagen zurück.

»Ich weiß auch nicht«, antwortete sie. »Ich dachte wohl, ich gehe auf die Uni, um etwas zu lernen, also sollte ich das auch tun. Und meine Brüder waren ein Vorbild, dem ich nacheifern wollte. Ich kann eben nicht anders.«

»Sehr wenige von uns waren so pflichtbewusst wie du.« Sie zuckte mit den Schultern. »So bin ich nun mal.«

»Aber hast du dir denn nie vorgestellt, dass du etwas Interessanteres mit deinem Leben anfangen möchtest?«, fragte er.

»Wie meinst du das?« Sie blieb stehen und wandte sich ihm zu.

»Einen Job finden. Heiraten.« Er zuckte hilflos die Achseln. »Das kommt mir so – Orla, pass auf!« Er packte sie am Arm und zog sie blitzschnell beiseite, direkt vor einem riesigen Reisebus, der die schmale Straße entlanggerast kam.

»Herr im Himmel!« Das Herz hämmerte ihr in der Brust. »Was, zum Teufel, denkt der sich eigentlich! Diese Straße ist viel zu schmal, um derart zu rasen. Hast du sein Nummernschild erkannt, Jonathan? Wir sollten ihn anzeigen. Das war ja mörderisch. Absolut –«

»Orla, Orla!« Er schüttelte sie sanft. »Beruhige dich. Dir ist ja nichts passiert.«

Sie zitterte immer noch, obwohl sie nicht recht wusste, ob aus Angst oder vor Schreck.

»Wir sollten ihn anzeigen«, wiederholte sie. »Ich meine, der hätte mich glatt überfahren. Das war unglaublich gefährlich. Ich frage mich, ob der überhaupt einen Bus fahren darf. Du weißt doch, dass manche von diesen Typen einfach einen Bus mieten und ihn mit Touristen vollpacken. Sie könnten immerhin –«

»Orla.« Jonathan unterbrach sie wieder. »Ich glaube, der Blarney Stone wirkt bei dir schon.«

Sie ließ von ihrer Schimpftirade ab und kicherte. »Stimmt, ich habe ziemlich vor mich hingefaselt.«

»Ziemlich. Aber jetzt ist alles wieder in Ordnung.«

»Ja«, sagte sie. »Und danke.«

»Danke?«

»Dafür, dass du mich gerettet hast. Mich den Fängen des Todes entrissen.«

Jonathan lächelte. »Es gefällt mir, als edler Retter hingestellt zu werden«, sagte er. Er verstärkte seinen Griff um ihren Arm. »Komm, gehen wir lieber zum Auto, bevor noch jemand versucht, dich umzubringen.«

Der Wind war beißend kalt. In der Ferne wurden die sanften grünen Hügel von Nebel verhüllt, und die Schafe auf den umliegenden Weiden drängten sich an den Mauern zusammen. Sie kletterte in den Range Rover und bibberte.

»Du brauchst etwas zum Aufwärmen«, sagte er. »Wir beide.«

»Stell die Heizung an«, sagte sie.

»Ich hatte da an etwas Fantasievolleres gedacht«, entgegnete Jonathan. Er startete den Wagen und gab ein paar Mal Gas. Sie fuhren die schmale Landstraße entlang, und die Stille wurde nur ab und an vom leisen Quietschen des Scheibenwischers unterbrochen, als der Nebel dichter wurde.

»Wo fahren wir denn hin?«, fragte sie.

Er wandte sich ihr zu. »Zu mir natürlich.«

Jonathans Haus war ein einstöckiges Gebäude mit Granitwänden, einem schwarzen Schieferdach und altmodischen Schiebefenstern.

»Es sieht sehr neu aus«, erklärte er, als sie aus dem Geländewagen stieg. »Aber ich finde, es passt sich gut der Landschaft an, obwohl die Fenster aus PVC sind!«

»Es ist hübsch.« Sie stand auf dem Kies der Auffahrt und betrachtete das Haus. »Gemütlich.«

»Drinnen ist es noch viel gemütlicher«, sagte Jonathan. »Na los. Gehen wir uns aufwärmen.«

Er schloss die Haustür auf, und sie folgte ihm hinein.

»Oh, Jonathan!«, rief sie aus. »Das ist ja zauberhaft.«

Er grinste sie an. »Ja, nicht?«

Sie betrachtete das glänzende Parkett und die frisch gestrichenen Wände. »Hast du das alles selbst gemacht?«

»Spinnst du?«, fragte er zurück. »Nein. Die Vorbesitzer.« Er zuckte die Achseln. »Ich weiß, es sollte mir leidtun, dass ihre Ehe den Bach runtergegangen ist, aber wie heißt es so schön, wenn zwei sich streiten und so weiter, und ich habe von ihrem Unglück wirklich sehr profitiert.«

»Allerdings.« Orla ging den Flur entlang und öffnete die Tür am anderen Ende. Sie führte in eine großzügig geschnittene Küche mit Steinfußboden und einem riesigen, altmodischen grünen Kohlenofen an der Wand. »Landhausstil, was?«, neckte sie ihn.

»Ich hatte mir eigentlich auch nicht vorgestellt, dass ich mal in so was lande.« Er lachte. »Aber der Ofen ist toll. Heizt das ganze Haus. Man kann drauf kochen. Mit dem Ding und der Mikrowelle kann ich eigentlich nicht mehr viel falsch machen.«

Orla sah zu, wie er zwei Gläser großzügig mit Whiskey füllte.

»Du kannst inzwischen wahrscheinlich ganz toll kochen.« Er reichte ihr ein Glas. »*Sláinte.*«

»*Sláinte.*« Sie prosteten sich zu und nippten an ihrem

Whiskey. Orla spürte sofort die wärmende Wirkung. »Nein, eigentlich nicht«, sagte sie.

»Was?«

»Ich kann nicht ganz toll kochen. Ich kann überhaupt nicht kochen. Neulich waren ein paar von Davids Freunden zum Abendessen bei uns, und ich war hinterher praktisch reif für die Klapsmühle. Ich war ein Wrack. Ganz zu schweigen davon, dass ich vorher noch eine Plastikschüssel voll geschnippelter Karotten geschmolzen habe.«

Er lachte. »Da wäre ich gern dabei gewesen.«

»Nein, bestimmt nicht.« Sie schüttelte den Kopf. »Der Gestank von dem angebrannten Plastik war widerlich. Der Rauch wollte ewig nicht abziehen. Und der arme alte David konnte gar nicht begreifen, warum ich so hysterisch geworden bin.«

»Was ist mit seiner ersten Frau?«, fragte Jonathan beiläufig.

»War sie eine gute Köchin?«

»Gemma.« Orla trank noch einen Schluck Whiskey. »Gemma war die geborene Hausfrau. Selbst gebackenes Brot, selbst bestickte Sofakissen, alles selbst gemacht – Gemma war die Häuslichkeit in Person.«

»Aber sie haben sich trotzdem getrennt.«

Orla nickte. »Sie war außerdem eine Nörglerin.«

»Und das war der Grund?« Jonathan blickte überrascht drein.

»Unter anderem.«

»Wenn du also zu nörgeln anfängst, wird er sich deiner auch entledigen?«

»Blödmann«, sagte Orla. Sie ging quer durch die Küche und sah aus dem Fenster. Der Nebel war in Regen übergegangen, der am Fenster hinunterlief. Obwohl ihr schon wärmer war, erschauerte sie wieder.

»Tut mir leid.« Jonathan stand plötzlich neben ihr.

»Ist egal.«

»Liebst du ihn?«, fragte er. Sie sah einem Regentropfen zu, der am Fenster herabperlte. Liebte sie ihn? Natürlich liebte sie ihn.

Aber jetzt, in diesem Augenblick? Wo sie wusste, dass er wütend auf sie war? Dass er sie auf besonders kindische Weise für seine Wut büßen ließ? Was empfand sie da für ihn?

»Ich habe dir doch schon gesagt, dass ich ihn liebe.«

»Warum bist du dann hier?«, fragte Jonathan.

Sie drehte sich um und sah ihn an. »Weil du mich hergebracht hast«, sagte sie.

Sechs Stunden später zog sie den Zündschlüssel ab und war erleichtert, dass sie unterwegs nicht in eine Polizeikontrolle geraten war. Sie hatte bei Jonathan noch ein zweites Glas Whiskey getrunken und das dritte dann abgelehnt. Sie hatte eigentlich zu viel getrunken, um Auto zu fahren, doch das war ihr egal gewesen. Sie hatte einfach fahren müssen. Bei Jonathan konnte sie nicht länger bleiben.

Es gefiel ihr gar nicht, dass David nicht zu Hause war. Sie hatte gehofft, er würde sie erwarten, wenn sie kam. Sie wollte ihn so bald wie möglich sehen und dadurch ihre Entscheidung bestätigt haben.

Aber ihm war es gleichgültig, dachte sie. Er war ihrer überdrüssig geworden, genau wie er Gemmas überdrüssig geworden war, und deshalb hatte er nicht einmal auf sie warten wollen. Sie rieb sich die Augen, stieg aus und holte ihre Reisetasche aus dem Kofferraum.

Ein Teil von ihr klammerte sich an die Hoffnung, dass er doch zu Hause sei und es einen anderen Grund dafür geben könnte, dass sein Wagen nicht dastand. Doch die Wohnung fühlte sich schon in dem Augenblick leer an, als sie über die Schwelle trat. Sie ging ins Schlafzimmer und warf ihre Tasche aufs Bett. Dann kehrte sie ins Wohnzimmer zurück und blickte sich um, als könne sie vielleicht hier einen Hinweis darauf finden, wo er steckte. Es war unglaublich ordentlich.

Die Kissen waren aufgeschüttelt, es lagen keine alten Zeitungen herum, und ihre Zeitschriften waren fein säuberlich in zwei Zeitschriftenständer geräumt. »Zwei«, sagte sie laut. Er musste einen weiteren gekauft haben. Die Skulptur der Afrikanerin stand auch wieder an ihrem Platz. Orla verbiss sich ein Lächeln bei der Vorstellung, wie David sie aus der Abstellkammer hierher geschleppt und sich gefragt hatte, warum um Himmels willen sie das Ding da hineingestellt hatte. Sie wollte sie wieder in die Kammer verfrachten, aber sie hatte nicht die Kraft dazu. Sie war völlig erschöpft.

In der Küche stand eine offene Weinflasche. Sie hatte sich gerade eine Tasse Tee machen wollen, aber der Wein erschien ihr viel verlockender. Sie schenkte sich ein Glas ein und genoss das befriedigende Gluckern, mit dem die Flüssigkeit aus der Flasche lief. Sie füllte das Glas bis zum Rand und trug es mitsamt der Flasche hinüber ins Wohnzimmer.

»Also, was meinst du?«, fragte David Gemma, die den Block vor ihnen aufmerksam studierte.

»Bei dir sieht das alles so einfach aus.« Sie blickte auf und strich sich das Haar aus den Augen. »Warum kannst du es so leicht aussehen lassen, während ich es mir immer so schwer mache?«

Er lächelte sie an. »Weil ich, meine liebe Gemma, nicht mein halbes Gehalt für Kleider ausgebe. Oder neue Blazer. Oder neuen Lidschatten. Oder neues Parfum. Oder –«

»Schon gut, schon gut!« Sie unterbrach ihn lachend. »Ich habe schon verstanden. Die verrückten, extravaganten Spontankäufe einschränken. Mir ein Haushaltsbudget setzen. Vernünftig leben.«

»Du kannst dir ja immer noch Klamotten kaufen«, sagte David. »Nur eben nicht jeden Tag.«

»Du würdest gar nicht glauben, wie langweilig mein Leben wäre, wenn ich nichts zum Anziehen kaufen würde.« Sie goss den letzten Rest Wein in ihre Gläser. »Das meine ich ziemlich ernst, David. Ich renne den ganzen Tag irgendwelchen Pflichten hinterher, da ist Shopping meine Erholung.«

»Das war schon früher eine Erholung für dich, als du noch nicht den ganzen Tag arbeiten musstest«, bemerkte David trocken.

Sie sah zu ihm auf und lächelte. »Da hast du wohl recht.«

Er erwiderte das Lächeln. Sie sah heute Abend geradezu hübsch aus, fiel ihm auf, mit ihrer goldbraunen Haut und dem weichen braunen Haar und ihren lachenden Augen. Sie erinnerte ihn wieder einmal an die Gemma, in die er sich damals verliebt hatte. Er hielt den Atem an. So etwas wollte er nicht denken.

Er konnte deutlich erkennen, dass sie etwas angetrunken war. Er hatte nur ein Glas Wein getrunken, während sie die restliche Flasche geleert hatte; sie redete und trank zugleich, fast wie früher, als sie jünger gewesen waren. Sie interessierte sich für das, was er erklärte, und sie unterhielt sich angeregt mit ihm über ihre Versicherungen, fragte danach, was sie wert waren und ob sie sie auflösen und das Geld sofort nehmen sollte oder nicht.

Sie ist nicht dumm. Dieser Gedanke kam ihm ganz plötzlich und überraschend. So lange Zeit hatte er sie als dämlich oder unverantwortlich betrachtet, aber das war sie nicht. Genau die gleichen Fragen hätte er selbst auch gestellt.

»Du siehst heute Abend bezaubernd aus.« Die Worte waren ihm entschlüpft, bevor er sich bremsen konnte.

»Wie bitte?« Sie blickte überrascht auf.

»Du siehst bezaubernd aus«, sagte er. »So hübsch habe ich dich schon lange nicht mehr gesehen. Der Urlaub hat dir offensichtlich gut getan.«

»Es war sehr entspannend«, entgegnete sie. »Ich glaube, ich habe meine Batterien wieder aufgeladen.«

»Mehr als das«, sagte David. »Du scheinst absolut alles aufgeladen zu haben.«

»David!« Gemma errötete. – »Im Ernst«, bekräftigte er. »Du kommst mir irgendwie verändert vor, Gemma. Mehr wie die Gemma von früher.«

»Erzähl doch keinen Quatsch«, sagte sie abrupt. »Ich bin ganz gewiss nicht die Gemma von früher.«

»Denkst du manchmal daran?«, fragte er.

»Woran?«

»An unsere Ehe. Denkst du je daran, wie schön es einmal war?«

»Wenn ich an unsere Ehe denke«, erklärte sie sanft, »dann daran, dass es nur am Anfang schöne Zeiten gab. Und dass du dich irgendwann nur noch um die Arbeit gekümmert hast, und ich um die Kinder. Und dass wir vergessen haben, uns umeinander zu kümmern.«

»Aber glaubst du nicht, wir hätten das ändern können?«, fragte er.

Sie zuckte mit den Schultern. »Vielleicht, früher. Aber irgendwann war es zu spät.« Sie stand auf. »Wir haben das doch schon oft durchgekaut, David. Ich verstehe nicht, warum du jetzt plötzlich ständig darüber sprechen willst. Du bist mit einer anderen verheiratet.«

»Ich weiß«, sagte er. »Vielleicht liegt es daran, dass ich jetzt so oft an unsere Ehe zurückdenke.« Er lächelte sie an. »Es tut mir leid, wenn dir das unangenehm ist.«

»Ist schon gut«, sagte sie. »Ich sehe nur keinen Sinn darin, noch länger darüber zu reden.« Sie ging aus dem Zimmer und hinauf ins Bad.

Diese Unterhaltung machte ihr zu schaffen, wie so oft in letzter Zeit, wenn sie mit David sprach. Er schien ständig die Vergangenheit wieder aufwärmen zu wollen, während sie – nun ja, sie war jetzt endlich bereit, an ihre Zukunft zu denken.

Sie verstand überhaupt nicht, warum er so von früher besessen war; für ihn hatte doch gerade erst eine wunderbare Zukunft begonnen.

»Dad!« Keelin blieb überrascht stehen, als sie Vater und Mutter nebeneinander auf dem Sofa sitzen sah.

»Hallo, mein Schatz.«

»Was machst du denn hier?«, fragte sie.

»Keelin!« Gemma sah sie streng an. »Das ist keine besonders nette Art, deinen Vater zu begrüßen.«

Keelin zuckte mit den Schultern. »Er ist doch nie da. Warum also jetzt? Es ist schon ziemlich spät.«

»Er hat mir geholfen, uns ein Budget aufzustellen«, erklärte Gemma.

»Hat er es geschafft?«, gab Keelin zweifelnd zurück.

»Oh, ich denke schon.« David lächelte sie an. »Mit ein wenig kluger Planung bekommt man fast alles in den Griff.«

»Heißt das, es gibt mehr Taschengeld?«, fragte Keelin frech.

»Übertreib's nicht«, warnte Gemma. »Mach dich lieber nützlich und setz Wasser auf.«

»Warum muss ich mich immer nützlich machen?«, maulte Keelin, ging aber dennoch gehorsam in die Küche.

»Sie sieht irgendwie anders aus«, bemerkte David, als seine Tochter den Raum verlassen hatte.

»Das liegt am Make-up«, erklärte Gemma.

»Sie ist doch noch viel zu jung für Make-up!«, rief David aus. »Du solltest sie nicht in voller Kriegsbemalung aus dem Haus lassen.«

»David, es ist ja nur ganz wenig. Du hast es ja nicht einmal bemerkt.« Gemma seufzte. »Mir wäre es auch lieber, sie würde sich nicht schminken, aber ich kann sie nicht daran hindern, und ich werde deswegen auch nicht an ihr herumnörgeln.«

»Hat sie etwa einen Freund?«, fragte er. »Das will ich doch nicht hoffen, Gemma. Sie ist erst vierzehn.«

»Ich hatte mit vierzehn schon einen Freund«, entgegnete Gemma.

»Wen?«

»Geht dich nichts an«, erwiderte sie. »Zugegeben, ich war schon vierzehneinhalb, aber heutzutage werden Kinder schneller erwachsen, und da finde ich, dass sie ruhig einen haben kann.«

David seufzte. Er konnte sich kaum vorstellen, dass seine Tochter sich für Jungen interessieren sollte, aber so, wie sie jetzt aussah, würde es ihn nicht wundern, wenn sich die Jungen für sie interessierten. Das war ein beängstigender Gedanke.

»Es wird bei ihr doch alles gut gehen, oder nicht?« Er sah Gemma besorgt an.

»Aber natürlich.« Gemma lächelte und hoffte, sie würde recht behalten.

Keelin kam mit einem Tablett zurück, auf dem alles für einen schönen Tee bereitstand. Sie stellte es auf den Couchtisch und setzte sich daneben auf den Boden.

»Soll ich eingießen?«, fragte sie.

»Ja«, antwortete Gemma.

Es war schön, die beiden zusammen zu sehen. Gemmas Herz schlug einen Purzelbaum, als sie die beiden ansah – Keelin auf dem Boden, mit dem Rücken am Sofa neben Davids Beinen. Sie waren sich sehr ähnlich, fiel ihr auf. Keelin war vom Aussehen her immer schon eher nach David gekommen, doch da sie die beiden jetzt so nahe nebeneinander sah, merkte Gemma plötzlich, wie sehr sie ihrem Vater tatsächlich ähnelte. Sie hatte Keelin immer als ihr Kind betrachtet – auch dann, wenn sie mit David zusammen war, weil Keelin eben immer wieder zu ihr nach Hause kam. Aber nun wurde ihr klar, dass Keelin ein Teil von ihnen beiden war. Wie sehr sie auch manches aus ihrer Vergangenheit bereuen mochte, Keelin konnte sie nie bereuen. Oder Ronan.

Die Erkennungsmelodie der Nachrichten erinnerte sie daran, wie spät es war. David sah auf die Uhr, als müsste er sich erst vergewissern, dass es tatsächlich schon elf war.

Er stand auf und stellte seine Tasse auf den Tisch. »Ich

muss jetzt gehen. Wir sehen uns am Sonntag, wie immer, Keelin.«

»Was hast du dir denn diesmal Aufregendes für uns ausgedacht?«

»Noch gar nichts.« Er zuckte die Achseln. »Wo würdest du denn gern hingehen?«

»Mir egal«, entgegnete sie knapp. »Das können wir uns ja noch überlegen«, sagte David. Er zog seine Jacke an. »Ich gehe jetzt nach Hause, ich brauche meinen Schönheitsschlaf.« Er suchte nach seinen Schlüsseln. Gemma reichte sie ihm und folgte ihm zur Tür.

»Noch mal vielen Dank«, sagte sie.

»Kein Problem.« David öffnete die Tür. »Bis Sonntag.«

»Ja«, sagte sie. Er beugte sich vor und küsste sie rasch auf die Wange. »Mach's gut.«

»Du auch«, erwiderte sie.

Sie schloss die Tür, noch bevor er losgefahren war.

28

Als David in den Parkplatz vor dem Apartmenthaus einfuhr, sah er zu seinem Erstaunen Orlas Auto dort stehen. Er runzelte die Stirn. Sie hatte ihm doch gesagt, sie käme heute Abend nicht mehr nach Hause. Er erinnerte sich ganz deutlich an ihren Anruf. Warum hatte sie es sich anders überlegt? Er stieg aus, schloss das Auto ab und rannte beinahe ins Haus.

Schon als er den Schlüssel ins Schloss steckte, hörte er drinnen den Fernseher. Er schob die Tür auf und ging ins Wohnzimmer. Orla saß auf dem Sofa, trank Kaffee und schaute sich einen Film an, die Beine unter sich gezogen.

»Hallo«, sagte David.

Sie drehte sich zu ihm um. »Hallo.«

»Ich hatte dich heute Abend nicht erwartet«, sagte er.

»Dachte ich mir.«

»Du hast doch gesagt, dass du heute nicht kommst.« Sein Ton war vorwurfsvoll.

Sie zuckte mit den Schultern. »Ich hab's mir anders überlegt.«

»Ich wäre doch hier geblieben, wenn ich gewusst hätte, dass du kommst.«

»Ach ja?«

»Natürlich«, sagte David.

»Sonst bist du doch auch nicht zu Hause geblieben, nur weil ich da war.«

»Red keinen Unsinn.« Er setzte sich in den Sessel ihr gegenüber. »Natürlich war ich sonst auch zu Hause.«

»Und wo warst du so lange?« Sie stellte ihre Kaffeetasse neben sich auf den Tisch.

»Ich war…« Plötzlich fiel David ein, wie sie es möglicherweise auffassen könnte, dass er den Abend bei seiner Exfrau verbracht hatte. Aber wenn er jetzt log und sie es doch herausfand, würde das alles nur noch schlimmer machen. Orla beobachtete ihn und hatte sein Zögern wohl bemerkt.

»Ich hatte ein paar Termine bei Kunden«, sagte er. »Dann habe ich auch noch bei Gemma vorbeigeschaut.«

»Gemma?« Sie sah ihn überrascht an. »Warum musstest du denn zu Gemma?«

»Weil sie mich darum gebeten hat«, antwortete er. »Sie wollte, dass ich ihr bei ihrer finanziellen Planung helfe.«

»Das darf doch nicht wahr sein.« Orla klang höchst verächtlich. »Sie kann ihre finanzielle Planung sehr gut selbst in die Hand nehmen.«

»Nein, kann sie nicht«, widersprach David. »Sie kann überhaupt nicht mit Geld umgehen.«

»Das sehe ich aber ganz anders«, sagte Orla.

»Wie meinst du das?«

»Meiner Ansicht nach geht es ihr verdammt gut. Sie pumpt dich an, wann immer sie will – der Urlaub, der Fernseher, und sonst noch was für die Kinder –, und du gibst jedes Mal nach.« Sie griff nach dem Kaffee und trank ihn aus. »Und außerdem«, fuhr sie fort, »warum hast du so lange gebraucht? Weißt du, wie spät es ist? Es dauert doch wohl nur ein paar Minuten, einen Scheck auszustellen und wieder zu gehen?«

»Ich habe dir doch erklärt, dass wir ihre Finanzen durchgegangen sind«, entgegnete David. »Das geht nun mal nicht in fünf Minuten, Orla.«

Orla schaute weg. Er begriff es einfach nicht. Sie wusste, dass er es nicht verstand, und das erwartete sie auch gar nicht. Es machte sie nervös, wenn sie daran dachte, dass er so viel Zeit bei Gemma zu Hause verbrachte. Zweifelsohne ein Hort der Heimeligkeit im Vergleich zu der Wohnung, in der er eine ganze Woche allein verbracht hatte. Gemma hatte ihm vermutlich köstliches selbst gekochtes Essen vorgesetzt und ihm etwas zu trinken eingeschenkt und seinem Ego in einer Weise geschmeichelt, wie es Orla nicht konnte. Sie drehte ihren diamantenen Verlobungsring auf dem Finger hin und her.

»Und warum bist du nun doch schon da?«, fragte David. »Sag bloß, du bist jetzt schon enttäuscht von Serene?«

»Nein«, erwiderte sie barsch. Sie war nach Hause gekommen, weil sie sich davor gefürchtet hatte, wegzubleiben. Sie war durch Jonathans altmodisch gemütliches Haus gewandert und hatte gedacht, wie schön es wäre, hier zu wohnen; und sie war entsetzt darüber, dass sie sich schon ausmalte, wie es wäre, mit ihm hier zu leben. Und dann, als sie am Küchenfenster stand und auf die sanften Hügel hinter dem Haus hinausblickte, war er hinter sie getreten, hatte sie in die Arme genommen und ihren Nacken geküsst.

Noch jetzt erschauerte sie bei der Erinnerung an seinen Kuss. Sie hatte halb damit gerechnet, war bereit dafür gewesen, bereit, ihn zurückzuweisen. Doch sie hatte sich zu ihm umgedreht, und er hatte sie wieder geküsst, diesmal auf den Mund, und sie hatte nicht anders gekonnt. Sie wollte den Kuss nicht erwidern. Glaubte auch nicht, dass sie es tun würde. Aber als sie seine Lippen auf ihren spürte, ließ sie zu, dass sie sich in seinen Armen entspannte, und sie gab sich ganz diesem Genuss hin. Sie wich nicht einmal zurück, als seine rechte Hand unter ihren dicken Wollpulli glitt und sie seine warme Berührung durch den dünnen Stoff ihrer weißen Bluse spürte. Sie wich auch nicht zurück, als er ihr schließlich den Aran-Pulli über den Kopf zog und ihn auf die Terrakottafliesen der Küche fallen ließ. Erst als er ihre Bluse aufknöpfte, ihren BH aufhakte und seine Hand sich um ihre Brust schmiegte, fragte sie sich plötzlich, was zum Teufel sie da eigentlich tat.

Jonathan reagierte sehr verständnisvoll. Er entschuldigte sich und sagte, natürlich brauche sie ein wenig Zeit, um sich zu fangen, und er sagte auch, dass er sie immer geliebt habe. Und er küsste sie wieder und sagte, sie sollte lieber gleich gehen, wenn sie denn gehen wolle. Es fiel ihr sehr schwer. Das Zusammensein mit Jonathan erinnerte sie an Zeiten, als alles leicht und unkompliziert gewesen war, als sie immer genau gewusst hatte, was sie wollte.

»Möchtest du Tee?« Davids Stimme holte sie zurück.

Sie schüttelte den Kopf.

»Ich stelle mal Wasser auf«, sagte er. »Ich mache trotzdem welchen.«

Vielleicht wäre es mit Jonathan auch so, dachte sie. Am Anfang wäre es leidenschaftlich und aufregend, und irgendwann sank es dann auf dieses Niveau herab, wie eben Wasser aufzusetzen.

Aber Jonathan würde keine langen Abende bei seiner Exfrau verbringen. Orla biss sich auf die Lippe. Was ist bloß los mit mir?, schrie sie stumm. Was will ich eigentlich? Warum ist alles so verdammt schwierig?

Gemma stellte den Wecker für Montagmorgen eine halbe Stunde früher als sonst. Nach der Generalüberholung ihrer Finanzen hatte sie beschlossen, auch ihr übriges Leben noch besser zu organisieren. Wenn sie morgens früher aus dem Bett käme, hätte sie noch Zeit zum Duschen und Anziehen, bevor sie Keelin und Ronan aus den Betten scheuchte. Während die beiden sich fertig machten, bereitete sie wie geplant das Frühstück vor. Als sie zur Schule aufbrachen, war Gemma sogar ihrem Zeitplan voraus und konnte zum ersten Mal, solange sie sich erinnern konnte, durch die Stadt zum Salon fahren, ohne die Leute in den Autos vor ihr anzubrüllen, sie sollten gefälligst in die Gänge kommen.

Niamh war überrascht, Gemma vor neun Uhr durch die Tür spazieren zu sehen. Für gewöhnlich kam ihre Freundin in völliger Hektik zur Arbeit und entschuldigte sich, weil sie so spät kam, während sie gleichzeitig ihre Jacke auszog und ihren Terminkalender durchsah. Heute war Gemma entspannt und fröhlich, und Niamh bemerkte, dass sie sogar Zeit zum Schminken gehabt hatte, bevor sie zur Arbeit erschien. Normalerweise trug Gemma hastig im Hinterzimmer etwas Make-up und Lippenstift auf, bevor sie ihre erste Kundin begrüßte.

»Was ist denn heute in dich gefahren?« Niamh warf einen viel sagenden Blick auf die große Wanduhr.

»Wie meinst du das?«

»Es ist doch erst Viertel vor neun«, entgegnete Niamh. »Du bist da, du bist sogar schon geschminkt, und du siehst fabelhaft aus.«

»Danke«, sagte Gemma. »Du meinst, sonst sehe ich immer fürchterlich aus?«

»Du weißt genau, wie ich das meine«, gab Niamh zurück. »In all den Jahren, seit ich dich kenne, hast du es nicht einmal geschafft, vor neun Uhr einen Fuß in den Salon zu setzen, Gemma Garvey. Was ist passiert?«

»Lach nicht«, warnte Gemma und hängte ihre Jacke an die Garderobe.

»Bestimmt nicht.«

»David war neulich Abend bei mir«, erklärte Gemma. »Wir sind meine Finanzen gründlich durchgegangen. Er hat mir gezeigt, wo ich Geld einsparen kann. Er hat mir einen Vortrag darüber gehalten, wie man sein Leben organisiert.« Sie schnitt eine Grimasse. »Als wir noch verheiratet waren, wollte ich nie zuhören, wenn er mir solche Vorträge gehalten hat, aber jetzt schon. Was er sagt, ist wirklich sehr vernünftig, so ungern ich das zugebe! Aber er war sehr nett und hilfsbereit, und ich dachte eben, ich nehme mir nicht nur meine Finanzen vor, sondern mein ganzes Leben.«

»Gütiger Himmel«, sagte Niamh.

»Also habe ich nachgedacht. Und ich habe unter anderem erkannt, dass ich immer zu spät zur Arbeit komme, und beschlossen, dass sich das ab sofort ändern wird.«

Niamh grinste sie an. »Aber ich weiß doch, dass du immer zu spät kommst. Das kalkuliere ich schon mit ein!«

Gemma lachte. »Jetzt nicht mehr. Vor dir steht die neue, die methodisch verbesserte Gemma Garvey.«

»Ich gebe dem Ganzen höchstens eine Woche«, sagte Niamh.

»Oh, ihr Kleingläubigen«, entgegnete Gemma, holte ihre Bürsten aus dem Sterilisator und machte sich bereit, den Tag zu beginnen.

Keelin saß auf dem Tisch, die Füße neben Shauna auf den Stuhl gestellt, während sie darauf warteten, dass Miss McGrath zur nächsten Stunde erschien – Wirtschaft. Sie zupfte an den Resten von perlrosa Nagellack herum, die sie noch auf den Daumen hatte. Nagellack war in der Schule nicht erlaubt, aber Keelin hatte gehofft, mit diesem Pearly Pink durchzukommen, weil es so unauffällig war, dass es bestimmt niemand merkte. Gemma jedoch hatte es entdeckt, als sie sich gerade zum Frühstück setzten, und sie nach oben geschickt, damit sie ihn wieder entfernte. Keelin hatte nachgegeben, aber ihre Bemühungen mit dem Nagellackentferner waren nicht sehr gründlich gewesen, sodass Flecken von Pearly Pink zurückblieben.

»Und, war es schön, deinen Vater mal einen Abend bei euch zu haben?«, fragte Shauna. Keelin hatte ihr erzählt, dass David gekommen war, um das Haushaltsgeld auf die Reihe zu bringen.

»Es war nett«, gestand Keelin. »Es war beinahe so, als wären wir wieder eine Familie. Ich weiß, dass das ziemlich kindisch ist, Shauna, aber es war irgendwie tröstlich.«

»Und verstehen sie sich jetzt besser, deine Eltern?«

»Das ist ja das Dämliche.« Keelin strich sich das Haar aus den Augen. »Seit er Orla geheiratet hat, versteht er sich mit Mum viel besser. Ich habe sie seitdem nur einmal weinen gesehen. Früher haben sie sich ständig angefaucht.«

»Vielleicht weiß er deine Mutter jetzt mehr zu schätzen, weil er mit einer anderen Frau zusammenlebt«, schlug Shauna vor. Keelin zog die Nase kraus. »Das ergibt doch keinen Sinn. Ich hätte gedacht, dass er so viel Zeit wie nur möglich mit Orla verbringen will. Allerdings«, wandte sie ein, »war sie letzte Woche auf irgendeinem Kurs. Deswegen konnte er vorbeikommen.«

»Wie kommst du mit ihr klar?« Keelin sprach selten von ihrer Familie, und Shauna wollte diese plötzliche Gesprächsbereitschaft nutzen. Sie fand, dass Keelin ihre Gefühle viel zu sehr unter Verschluss hielt.

»Geht schon so.« Keelin zuckte mit den Schultern. »Ich sehe sie nicht oft – anscheinend geht sie sonntags meistens zu ihren Eltern, wenn wir zusammen essen gehen.«

»He, Keelin!«

Sie drehte sich um und sah Donny Gleeson auf sie zukommen. Sie kannte Donny gut, denn er wohnte bei ihr um die Ecke; er war der einzige Junge in der Schule, den sie überhaupt gekannt hatte, bevor sie auf diese Schule kam. Er hatte mit ihr zusammen Französisch.

»Hallo, Donny. Was gibt's?«

»Ich soll dir etwas ausrichten«, sagte er. »Von Mark.«

»Mark?«

»Mark Dineen«, sagte Donny ungeduldig.

»Oh.«

»Er möchte dich fragen, ob du mit ihm zu Alison Fogartys Party gehst.«

Alison Fogarty war auch in Keelins Klasse. An dieser Schule kamen die meisten Kinder aus wohlhabenden Familien, und Alisons gehörte zu den reichsten. Sie war auch eine der Ältesten in ihrem Jahrgang, und als ihre Freundin zu gelten, war schon etwas Besonderes. Keelin gehörte nicht zu den engsten Auserwählten, doch Alison wollte die größte Party aller Zeiten feiern und hatte daher alle in ihrem Jahrgang dazu eingeladen.

Das ist das erste Mal, dass jemand mit mir ausgehen will – auch wenn ich da sowieso hingegangen wäre! Dieser Gedanke tanzte durch Keelins Kopf. Sie war sich bewusst, dass Shauna neben ihr saß und mitbekam, wie Donny sie im Namen eines Jungen, der sie offenbar nicht selbst fragen wollte, zu der Party einlud.

»Warum fragt er mich denn nicht selbst?«

»Weil du ihn dauernd ignorierst«, entgegnete Donny. »Er hat Angst vor dir.«

»Ich gehe mit Shauna hin«, sagte Keelin.

»Ach, das ist doch egal«, log Shauna. »Geh ruhig mit Mark, wenn du möchtest.«

»Das geht doch nicht«, sagte Keelin. »Ich habe dir versprochen, dass wir zusammen hingehen.«

»Ich dachte, wir könnten uns zu viert zusammentun«, sagte Donny. »Wenn dir das recht ist, Shauna?« Er sah sie an, und Keelin merkte plötzlich, dass er nervös war. Er will mit Shauna hingehen, dachte sie. Er steht auf sie!

»Was meinst du, Keelin?«, fragte ihre Freundin. »Klingt gut.«

»Okay.« Donny strahlte die beiden an. »Ich sag's Mark. Das wird toll!«

Er schaffte es, hinauszuschlüpfen, als die Lehrerin gerade zur Tür hereinkam und Keelin befahl, vom Tisch runterzugehen und sich ordentlich auf ihren Stuhl zu setzen.

Orla steckte in Donnybrook im Stau und kochte vor Wut. Warum, fragte sie sich, mussten sie (wer auch immer »sie« sein mochten) ausgerechnet jetzt auf die Idee kommen, mitten auf der Straße ein Loch zu buddeln, sodass die lange Autoschlange praktisch nicht von der Stelle kam? Sie sah auf die Uhr. Sie war jetzt schon zu spät dran für ihren Termin bei einer Anwaltskanzlei in Stillorgan. Sie kam gerade von einem äußerst unproduktiven Meeting mit Damon Higgins von Blanca, der Küchenfirma. Higgins hatte sich endlich zu diesem Termin bereit erklärt, und sie hatte große Hoffnungen gehabt, dass ein erfolgreiches Gespräch mit ihm ihr ihren ersten größeren Kunden für Serene einbringen würde. Bisher hatte sie nur ein paar Privatkunden gelandet, aber nichts Spektakuläres. Der Rest ihres Teams machte sich auch nicht gerade gut, und sie fühlte sich stark unter Druck gesetzt.

Sie legte den ersten Gang ein und fuhr ganze zwei Meter weiter. Das darf doch nicht wahr sein, dachte sie. Es war praktisch unmöglich, sich in dieser Stadt mit dem Auto zu bewegen, aber es gab keine andere Möglichkeit, von Finglas nach Stillorgan zu gelangen. Sie griff nach dem Telefon und wählte die Nummer der Anwaltskanzlei.

»Tom Mannion, bitte«, sagte sie. »Hallo, Tom, hier ist Orla Hennessy. Es tut mir leid, ich stecke in Donnybrook im Stau fest. Wie es aussieht, brauche ich wohl noch etwa eine Viertelstunde bis zu Ihnen.« Sie verzog das Gesicht bei dieser Lüge, denn tatsächlich würde es wesentlich länger dauern. Dann biss sie sich auf die Lippe, als Tom Mannion ihr erklärte, dass er in einer halben Stunde eine Besprechung hatte. Ihr blieben also höchstens fünfzehn Minuten mit ihm. Sie legte auf und rieb sich die Stirn. Sie bekam fürchterliche Kopfschmerzen, und ihr Nacken tat auch weh.

Die Autoschlange bewegte sich wieder einen Meter weiter. Sie würde es auf keinen Fall rechtzeitig zu Mannions Büro schaffen. Frustriert schlug sie mit der Faust aufs Lenkrad. Das Telefon klingelte.

»Hallo«, sagte sie und fragte sich, ob das Tom war, der den Termin verschieben wollte.

»He, du.«

Orla fuhr sich mit der Zunge über die urplötzlich trockenen Lippen. »Jonathan?«

»Wer sonst?«

»Woher rufst du denn an?«, fragte sie.

»Von zu Hause«, antwortete er.

Sie stellte ihn sich in der riesigen Küche mit dem Terrakottaboden und dem grünen Ofen vor. »Warum bist du zu Hause? Solltest du nicht arbeiten?«

»Ich arbeite oft von zu Hause aus«, erklärte er. »Ich habe gerade an meinem Schreibtisch gesessen und über einem Problem mit einem Lüftungsrohr gebrütet, und da habe ich plötzlich an dich gedacht.«

»Ich erinnere dich an ein Lüftungsrohr?«

Er lachte. »Natürlich nicht. Aber ich habe mir die Zeichnung angesehen und verzweifelt überlegt, was ich damit machen sollte, und da dachte ich, was ich eigentlich tun sollte, ist, dich im Arm zu halten.«

»Jonathan!«

»Hast du damit ein Problem?«, fragte er.

»Allerdings«, fuhr sie ihn an. »Ich bin verheiratet, Jonathan.«

»Du bist unglücklich«, erwiderte er.

Die Autos rückten ein Stück weiter. Orla legte den ersten Gang ihres Honda ein, und der Fahrer hinter ihr belohnte sie dafür mit lautem Hupen.

»Ach, halt doch die Klappe!«, schrie sie.

»Was?«, fragte Jonathan.

»Nicht du«, sagte sie. »Ich sitze gerade im Auto, im Stau in Donnybrook, komme zu spät zu einem Termin und werde auch noch von dem Trottel hinter mir blöd angehupt.«

»Das ist das Problem, wenn man in der Stadt wohnt«, sagte er. »Stell dir nur mal vor, Orla, wenn du hier bei mir wärst, müsstest du dir um nichts weiter Gedanken machen als um die Herde Schafe auf der Weide nebenan.«

Sie schwieg.

»Ich vermisse dich«, sagte er.

»Jonathan, ich weiß, ich habe dir meine Nummer gegeben, aber ich hatte eigentlich nicht damit gerechnet, dass du mich tatsächlich anrufst.«

»Dann hättest du mir die Nummer nicht geben dürfen,

wenn du nicht willst, dass ich dich anrufe«, neckte sie Jonathan. Orlas Herz raste. Die Vorstellung, bei Jonathan zu sein, war sehr verlockend. Der Gedanke daran, wie er sie noch vor kurzer Zeit im Arm gehalten hatte, sie in den Nacken geküsst hatte, auf die Stirn, den Mund – sie schloss die Augen, als sie sich vorstellte, wie er sie auf den Mund küsste. Der Fahrer hinter ihr drückte wieder auf die Hupe. Sie öffnete die Augen und fuhr einen gewaltigen halben Meter weiter.

»Orla?«

»Jonathan, ich kann nicht mit dir zusammen sein, Ende der Diskussion.«

»Bist du glücklich? Mit dem alten Seemann, meine ich?«

»Nenn ihn nicht so!« Er hatte David diesen Spitznamen verpasst, nachdem sie ihm erzählt hatte, dass ihr Mann gern segelte.

»Ich liebe dich«, sagte Jonathan. »Ich habe dich immer geliebt und werde dich immer lieben.«

»Das ist doch kindisch.« Orla wischte sich die schweißfeuchten Handflächen am Rand des Fahrersitzes ab.

»Das ist die Wahrheit.«

Orla sagte nichts.

»Soll ich lieber auflegen?«

»Nein«, sagte sie. »Wir können uns ebenso gut unterhalten. Ich komme hier sowieso nicht vom Fleck.«

»Ich hatte viele Freundinnen«, sagte Jonathan. »Das weißt du ja. Aber ich habe für keine von ihnen auch nur halb so viel empfunden wie für dich.«

Orla biss sich auf die Lippe.

»Ich wollte es gar nicht glauben, als Marty mir erzählt hat, dass du verheiratet bist. Wirklich nicht. Ich habe gesagt, doch nicht Orla. Orla hat keine Zeit zum Heiraten. Orla will etwas aus ihrem Leben machen.«

»Und Heiraten, ist das nichts daraus machen?«, unterbrach sie ihn.

»Nicht für dich.«

Sie fuhr wieder an. Diesmal kam sie sogar fast acht Meter weit. »Orla, wenn du ihn wirklich liebst, werde ich nichts tun, was deine Ehe durcheinanderbringen könnte. Du weißt, dass ich das nicht tun würde. Aber wenn du nicht glücklich bist, bist du es dir schuldig, etwas zu unternehmen. Bevor du dein Leben vergeudest.«

»Ich vergeude mein Leben nicht«, sagte sie. Sie hatte jetzt das Loch in der Straße erreicht. Wenn die Schlange das nächste Mal anfuhr, würde sie daran vorbeikommen, und danach wäre die Straße frei. Sie könnte es doch noch rechtzeitig zu ihrem Termin mit Tom Mannion schaffen.

»Ich hätte nicht versucht, Kontakt mit dir aufzunehmen, wenn wir uns nicht zufällig getroffen hätten«, erklärte Jonathan. »Aber es kommt mir vor wie Schicksal oder so.«

»Hör auf mit dem Unsinn«, sagte sie beißend. »Du glaubst doch gar nicht an Schicksal. Wenn ich mich recht erinnere, hatten wir vor ein paar Jahren eine hitzige Diskussion darüber.« Die hatte reichlich Alkohol beinhaltet, und danach waren sie zusammen im Bett gelandet. Orla wünschte plötzlich, sie hätte sich nicht daran erinnert.

Jonathan kicherte. Offensichtlich erinnerte er sich ebenfalls gut.

»Ich rede gern mit dir«, sagte er.

»Nun, dieses Gespräch ist jetzt zu Ende«, erwiderte sie, legte einmal mehr den ersten Gang ein, und diesmal kam sie um das Loch herum. »Ich bin gerade an dem Hindernis vorbeigefahren, muss zu einem Meeting rasen, und ich kann jetzt nicht weiter mit dir reden, Jonathan.«

»Liebst du mich?«, fragte er.

Sie gab Gas. »Nein«, sagte sie.

»Bedeute ich dir etwas?«

Sie zog auf die Überholspur hinüber. »Natürlich.«

»Rufst du mich mal an?«

»Ich glaube nicht.«

»Warum?«, fragte Jonathan.

»Weil ich das für keine gute Idee halte«, sagte sie. – »Wir sind schließlich alte Freunde«, beharrte er.

»Wir waren mal zusammen«, erwiderte sie scharf. »Und das ist etwas ganz anderes. Wenn du alte Freunde wiedersehen willst, ruf doch Abby an. Sie würde sich bestimmt freuen, von dir zu hören. Ich glaube, sie hat immer schon ein Auge auf dich geworfen.«

»Ach, Orla, red keinen Quatsch.«

»Das ist kein Quatsch.« Sie wechselte wieder die Spur und überholte auf der falschen Seite einen Fiat, der auf der Überholspur dahinkroch. »Hör mal, Jonathan, ich muss jetzt Schluss machen. Ich habe es eilig.«

»Okay«, sagte er. »Aber denk daran, ich bin für dich da, wenn du mich brauchst.«

»Ich werd dran denken«, sagte sie und schoss an einem weiteren Wagen vorbei.

Ein paar Minuten später erreichte sie Mannion & Battiste.

»Es tut mir schrecklich leid«, sagte die Empfangsdame. »Tom Mannion lässt Ihnen ausrichten, dass er zu seiner Besprechung musste. Er schlägt vor, dass Sie ihn anrufen und einen neuen Termin vereinbaren.«

Orla biss die Zähne zusammen und schloss die Augen. Sie hätte vor Frust weinen mögen.

»Gut«, sagte sie schließlich. »Bitte richten Sie ihm aus, dass ich es sehr bedaure, ihn verpasst zu haben.«

29

Gemma hatte Liz seit ihrer Verabredung mit Ross Harrington nicht mehr gesehen. Liz hatte sie angerufen und ihr erzählt, der Abend sei wirklich nett verlaufen, dass sie sich mit seiner Familie gut verstehe und dass Ross wirklich wunderbar gewesen sei. Gemma hatte der schwer verliebten Stimme ihrer Schwester gelauscht und sich gedacht, dass Liz diesmal vielleicht wirklich den richtigen Mann getroffen hatte. Es wäre allerdings eine Ironie des Schicksals, fand sie, wenn sich erwies, dass dieser Richtige ein geschiedener Mann war, der das Sorgerecht für zwei Kinder hatte. Sie fragte sich, was Frances von Liz' Beziehung halten mochte. Sie konnte sich nur vorstellen, dass ihre Mutter völlig ausflippte bei der Vorstellung, Liz könne sich gleich eine ganze Familie anlachen, und einen Mann, dessen Ehefrau ihn verlassen hatte.

Ich frage mich auch, wie ich mich fühlen würde, wenn David mich verlassen hätte, dachte sie, als sie den Staubsauger aus der Abstellkammer unter der Treppe holte, um ihren sonntäglichen Hausputz zu beginnen. Wenn nicht ich die treibende Kraft gewesen wäre. Ich glaube nicht, dass ich es hätte ertragen können, wenn er mich einfach verlassen hätte.

Sie sah auf die Uhr. David sollte bald kommen, um die Kinder abzuholen. Als Keelin noch jünger war, war sie gern mit ihrem Vater ausgegangen, aber inzwischen sträubte sie sich immer mehr dagegen. Heute hatte sie gejammert, sie müsse noch Hausaufgaben machen. Gemma befand sich in einem Dilemma, was diesen plötzlichen Eifer bezüglich der Hausaufgaben anging. Natürlich wollte sie ihre Tochter ermuntern, fleißig zu lernen, aber sie wurde das Gefühl nicht los, dass Keelin einfach abwarten wollte, bis David und Ronan weg waren, um sich dann mit Shauna Fitzpatrick zu treffen.

Sie ging nach oben und klopfte an Keelins Tür.

»Herein«, sagte ihre Tochter.

Gemma öffnete die Tür und ging hinein. Keelin saß an ihrem Schreibtisch, das offene Mathebuch vor sich.

»Wie kommst du voran?«, erkundigte sich Gemma.

»Ach, es geht so.« Keelin seufzte. »Mathe ist nicht mein Ding.«

»Gehst du heute Nachmittag mit deinem Vater aus?«, fragte Gemma.

Keelin seufzte. »Muss ich denn?«

»Das gehört zu unserer Sorgerechts-Vereinbarung«, erklärte Gemma.

»Aber ich darf ja wohl noch selbst entscheiden, was ich machen will.«

»Ich spreche mit deinem Vater darüber«, sagte Gemma. »Aber es wäre mir lieb, wenn du heute mit ihm gehst. Außer, du hast wirklich schrecklich viel Hausaufgaben zu machen.«

»Warum?«, fragte Keelin. »Was für aufregende Dinge hast du denn vor, während wir weg sind?«

»Eure Kleider waschen.« Gemma strich Keelin übers Haar. »Das Bad putzen. Staubsaugen. Wunderbare, häusliche Dinge.«

Keelin grinste und klappte das Buch zu. »Na gut. Ich bin hier sowieso fertig. Also kann ich die pflichtbewusste Tochter spielen.«

»Dass ich das noch erleben darf«, sagte Gemma und küsste ihre Tochter auf die Stirn.

David war spät dran. Er kam erst nach eins.

»Tut mir leid«, sagte er, als Gemma die Tür aufmachte. »Es ging nicht anders.« Er erzählte ihr nicht, dass er deshalb zu spät kam, weil Orla mit ihm hatte reden wollen. Sich hinsetzen und sich gründlich über alles unterhalten, hatte sie gesagt, und er hatte erwidert, dass er nichts lieber tun würde, als sich mit ihr aussprechen, aber nicht heute. Heute wollte er mit seinen Kindern zusammen sein. Sie hatte unglücklich ausgesehen. Er hatte ein schlechtes Gewissen. Und dann war auch noch ungewöhnlich viel Verkehr für einen Sonntag gewesen. »Ich möchte dich etwas fragen«, sagte er zu Gemma, während er ihr in die Küche folgte.

»Was denn?«

»Nächsten Monat feiern meine Eltern ihre Goldene Hochzeit. Sie möchten, dass ihr auch kommt, du und die Kinder.«

»Oh.«

»Gemma, du hast dich doch immer gut mit ihnen verstanden. Sie lieben die Kinder, und sie hätten euch wirklich gern alle dabei.«

»Kommt Orla auch?«, fragte Gemma.

»Was glaubst du denn?« David zuckte die Achseln. »Natürlich kommt sie auch, Gemma. Und ich verstehe ja, wenn du nicht willst, aber ich weiß, dass Mum und Dad es sich sehr wünschen, und ich auch.«

»Warum haben Patsy und Brian mich nicht selbst eingeladen?«, fragte Gemma.

»Sie hatten Angst, du könntest ablehnen«, erklärte David. »Ich habe Mum gesagt, ich könnte dich vielleicht überzeugen.«

»Und wie willst du das anstellen?«, fragte Gemma. »Mich fesseln und gewaltsam anschleppen?«

»Nein!«

Sie lachte. Es war schon seltsam, dachte sie, dass sie nach der Scheidung so viel häufiger mit David lachte. »Das war ein Scherz, David.«

»Oh.«

Sie seufzte. »Das ist nicht so einfach. Wenn Orla auch da ist. Ich weiß, ich sollte kein Problem damit haben, aber –«

»Du musst ja nicht mit ihr reden«, sagte David.

»Ich weiß.«

»Und vermutlich fürchtet sie sich viel mehr vor dir als du vor ihr.«

»Wie kommst du denn darauf?«, fragte Gemma.

»Ach, komm schon, Gem. Du bist älter als sie. Reifer. Du bewältigst das Leben viel besser.«

»Wie bitte?« Gemma starrte ihn an. »Ich bin diejenige, die dich um Hilfe bitten musste, weil ich mit dem Geld nicht klarkomme. Das Leben bewältigen ist nicht eben meine starke Seite.«

»Aber, Gemma, du machst das doch alles sehr gut«, widersprach David. »Ich weiß, ich habe immer die Nase darüber gerümpft, wie du mit Geld umgehst, aber es gibt doch noch so viel mehr im Leben, was zählt. Du ziehst zwei Kinder groß, arbeitest, kümmerst dich um den Haushalt – da sehe ich sehr viel erfolgreiche Bewältigung, Gemma.«

»Na ja«, sagte sie abschätzig.

Er ergriff ihre Hand und hielt sie zwischen seinen beiden Händen. »Ehrlich«, sagte er. »Ich wusste dich früher einfach nicht richtig zu schätzen. Das ist alles.«

»Du benimmst dich wirklich kindisch.« Aber sie lächelte ihn an.

»Du kommst also?«, fragte er.

»Wann?«

»Der Hochzeitstag ist am neunundzwanzigsten, aber das ist ein Donnerstag. Also feiern sie am Freitag.«

»Wo?«

»Zu Hause«, sagte David.

Gemma verzog das Gesicht. Patsy und Brian wohnten in einer großen Doppelhaushälfte in Templeogue. Das Haus war gut für Partys geeignet, sie hatte dort schon ein paar miterlebt, als sie noch mit David verheiratet war, aber es wäre ihr lieber gewesen, wenn das Fest irgendwo anders stattfände. So wurde sie wieder mit der Vergangenheit konfrontiert, dabei versuchte sie doch gerade, in die Zukunft zu schauen.

»Ach, na schön«, sagte sie ohne große Begeisterung, »aber ich bestehe auf einer förmlichen Einladung. Ich will nicht, dass ich da ankomme, und die Leute wissen nichts davon.«

»Sie verschicken keine Einladungen.« David lachte über sie. »Es ist ein ganz zwangloses Fest, Gemma. Nur Familie und gute Freunde.«

»Und Exfrauen«, fügte sie trocken hinzu.

David sah furchtbar aus, dachte Gemma, als sie ihn mit den Kindern zum Auto gehen sah. Er hatte dunkle Ringe unter den Augen, und als die Kinder herunterkamen, um ihn zu begrüßen, hatte sein Lächeln gezwungen gewirkt. Gemma hätte ihn gern gefragt, was los sei, aber sie wollte sich nicht einmischen. Es überraschte sie, wie leid er ihr tat. Sie konnte sich denken, dass er heute überhaupt keine Lust hatte, mit Keelin und Ronan zum Bowling oder ins Kino zu gehen, oder was auch immer sie sich vorgenommen hatten. Er hatte sie nicht mehr zum Essen mit zu sich nach Hause genommen, seit jenem ersten Mal, als Orla Keelin Bolognese-Sauce vorgesetzt hatte.

Gemma lächelte schief. Sogar Orla tat ihr ein wenig leid; wahrscheinlich hatte sie sich zu krampfhaft bemüht, alles richtig zu machen. Ich kriege noch ein weiches Herz auf meine alten Tage, sagte sie sich und hievte endlich den Staubsauger aus der Abstellkammer unter der Treppe. Mitgefühl für das rotgelockte, langbeinige Miststück steht bei mir jedenfalls nicht auf dem Plan. Sie schaltete den Staubsauger ein und machte sich daran, das Haus zu putzen. Wie so oft sang sie dabei – obwohl Frances steif und fest behauptete, dass Gemma völlig unmusikalisch war, machte ihr das Singen Spaß, und der dröhnende Staubsauger übertönte ja sowieso ihre Stimme.

Sie sprang vor Schreck beinahe in die Luft, als sie plötzlich einen Schatten im Flur bemerkte, was nur bedeuten konnte, dass jemand vor ihrer Tür stand. Wie lange war derjenige schon da?, fragte sie sich, als sie den Staubsauger abstellte. Hoffentlich hatte der Lärm wirklich ihre Gesänge übertönt. Sie öffnete die Haustür.

»Oh!« Überrascht starrte sie hinaus.

»Oh?«, fragte Sam McColgan. »Eine herzlichere Begrüßung ist nicht drin?«

»Doch«, sagte sie gedehnt, starrte ihn an und registrierte, dass er sich das Haar hatte kurz schneiden lassen, seit sie ihn zuletzt gesehen hatte. So sah er sogar noch jünger aus. »Doch, natürlich. Wie geht es dir?«

»Gut«, sagte er. »Und dir?«

»Mir geht's auch gut.« Sie war bloß froh, dass sie nicht wie üblich zum Putzen in ihre schäbigste Jeans geschlüpft war, sondern immer noch das schlichte, weit geschnittene Kleid trug, das sie extra für David angezogen hatte. Es war ein altes Kleid, extra ausgesucht, um zu unterstreichen, dass sie ihr Leben jetzt ernsthafter anging. Sie hatte vernünftig und verantwortungsvoll wirken wollen, und es war ihr sehr wohl bewusst, dass das schwarze Kleid ideal dafür war. Und es war schmeichelhaft geschnitten, sodass sie darin noch dazu nicht dick aussah.

»Du siehst gut aus«, bemerkte Sam. »Immer noch schön braun. Sieht gesund aus.«

»Danke.«

Sie standen einander gegenüber und starrten sich an. Sie musste den Blick von seinem Gesicht losreißen.

»Störe ich irgendwie?«, fragte er schließlich. »Hast du zu tun?«

»O nein«, entgegnete sie. »Ich bin nur beim Putzen.« Sie stöhnte innerlich. Das klang so häuslich und langweilig und alt! Sie hätte behaupten sollen, sie meditiere gerade.

»Ich will dich nicht stören, wenn du beschäftigt bist…«

»Nein. Du störst überhaupt nicht.«

»In diesem Fall«, sagte er strahlend, »könnte ich eventuell sogar reinkommen?«

»Oh. Ja. Klar.« Sie öffnete die Tür etwas weiter. »Stolpere nicht über den Staubsauger«, warnte sie ihn. »Geh doch in die Küche. Immer geradeaus.«

Sam machte einen großen Schritt über den Staubsaugerschlauch und ging in die Küche, die zugleich Esszimmer war. Ein gemütlicher Raum, dachte er, als er sich umsah. Ein Raum, der das Leben der Menschen widerspiegelte, die in diesem Hause wohnten. Der Herd war ein gutes, funktionelles Stück aus rostfreiem Stahl, in die Einbauschränke aus hellem Buchenholz integriert. Die Wände waren mit kleinen, gerahmten Fotos von Keelin und Ronan bedeckt. Eine Reihe bunter Magnete klebte an der Tür des hohen Kühlschranks in einer Ecke, und auf der Arbeitsplatte türmte sich ein Haufen frisch gewaschener Wäsche.

»Entschuldige die Unordnung.« Gemma folgte ihm in die Küche und lud sich die Wäsche auf die Arme.

»Lass nur, Gemma«, sagte er. »Meinetwegen brauchst du wirklich nicht aufzuräumen.«

»Möchtest du etwas trinken?«, fragte sie und deponierte die Wäsche in einem Korb in der Ecke. Hastig schob sie ihren spitzenbesetzten Wonderbra unter eines von Ronans bunten T-Shirts.

»Ein Bier wäre schön.« Er setzte sich.

Gemma nahm eine Dose Budweiser aus dem Kühlschrank und reichte sie ihm.

»Danke«, sagte er. Er sah sie an. »Und du trinkst gar nichts?«

»Ich habe keinen Durst«, erwiderte sie.

Er zog an dem Ring, riss die Dose auf und nahm einen Schluck Bier. Gemma setzte sich auf einen der hohen Stühle an der Frühstücksbar.

»Ich dachte, du freust dich vielleicht, mich zu sehen.« Sam hob fragend eine seiner dunklen Augenbrauen.

»Ja, natürlich«, sagte Gemma. »Nur, was machst du hier? Ich habe nichts von dir gehört, seit wir wieder aus dem Urlaub zurück sind – nicht, dass ich das erwartet hätte«, fügte sie rasch hinzu. »Aber warum bist du gerade jetzt aufgetaucht?«

»Ich wollte dich wiedersehen«, sagte Sam. »Ich habe mich bis jetzt nicht gemeldet, weil ich erst all meinen Mut zusammennehmen musste.«

»Sei doch nicht kindisch«, gab Gemma abrupt zurück.

»Warum sollte ich nicht meinen Mut zusammennehmen müssen?«, fragte Sam. »Du hast es mir in Portugal weiß Gott nicht leicht gemacht, aber wenn ich dich hier kennengelernt hätte, wäre es bestimmt noch schwerer gewesen.«

»Ich habe es dir doch nicht schwer gemacht«, protestierte sie.

»Ich wollte dich ja schon anrufen, kaum dass ich wieder da war«, erklärte Sam. »Aber ich hielt es für besser, noch etwas zu warten.«

»Sam, es ist ja sehr nett, dass du vorbeigekommen bist und so, aber ich habe heute wirklich viel zu tun.«

»Das Haus putzen?« Er sah sie an. »Komm schon, Gemma! Da kann ich mir was Lustigeres vorstellen.«

»Zum Beispiel?«

»Ich wollte dich zum Mittagessen einladen«, sagte er.

»Warum hast du dann nicht einfach angerufen?«, fragte sie. »Und woher weißt du überhaupt, wo ich wohne?«

»Ich weiß, wo du wohnst, weil die Kinder ihre Adressen ausgetauscht haben«, erklärte er. »Und wenn du auch nur eine Sekunde glaubst, ich würde dich anrufen und mich mit irgendeiner Ausrede abwimmeln lassen, dann kennst du mich nicht besonders gut.«

»Du hättest David über den Weg laufen können«, sagte sie. »Oder den Kindern.«

Er schüttelte den Kopf. »Nein, bestimmt nicht.«

»Aber heute ist ihr gemeinsamer Tag«, beharrte Gemma.

»Ich weiß.« Sam stand auf und ließ seine halb volle Bierdose auf dem Tisch stehen. »Du hast es mir erzählt. Er holt sie jeden Sonntag zwischen zwölf und eins ab.«

»Heute war er zu spät dran.« – »Ja«, sagte Sam trocken. »Das habe ich bemerkt.«

Gemma merkte plötzlich, dass ihr Herz raste. »Du warst draußen?«

»Natürlich«, antwortete er. »Dann musste ich noch ein bisschen warten, ob sie auch wirklich weg sind. Ich wollte nicht, dass sie plötzlich wieder auftauchen, weil Ronan irgendwas vergessen hat.«

Sie lächelte zurückhaltend.

»Also, wie wär's?«, fragte er.

»Wo?«, fragte sie zurück.

»Mir egal.« Er grinste sie an. »Wo immer du magst, Gemma.«

»Ich weiß aber nicht, wo man gut zu Mittag essen kann«, sagte sie.

»Dann lass mich etwas aussuchen«, schlug Sam vor.

Sie beschäftigte sich eingehend mit einem Fingernagel. »Ich weiß nicht, ob ich kann«, sagte sie.

»Warum denn nicht?«

»Ich habe so viel zu tun.«

»Putzen zum Beispiel?«

»Ja«, sagte sie.

»Lass es einfach.« Er schnitt ihr eine Grimasse. »Vergiss es. Du musst das doch nicht heute machen.«

»Doch, muss ich«, entgegnete sie. »Es muss alles Mögliche erledigt werden. Ich habe einen Plan. Es ist alles perfekt durchorganisiert.«

Er sah sie an. Er glaubte, in ihren Augen Tränen glitzern zu sehen, aber er war nicht ganz sicher. Er hatte damit gerechnet, dass sie sich gegen das Mittagessen sträubte, und all ihre Argumente vorausgeahnt. Aber er hatte nicht erwartet, dass sie weinen würde.

»Gemma«, sagte er sanft, »das kannst du alles ein andermal machen.«

»Nein, kann ich nicht«, erwiderte sie. »Verstehst du denn

nicht? Ich muss alles genau richtig auf die Reihe bekommen, damit die ganze nächste Woche glatt läuft.«

»Warum?«, fragte er.

Sie starrte ihn an. »Weil die Kinder sich sonst aufregen und ich überall herumrenne und ihre Sachen suche und wir uns streiten und sie Wutanfälle kriegen – Sam, du bist ein lockerer Typ, und für dich mag es ja in Ordnung sein, in Dreck und Chaos zu hausen, aber bei mir ist das anders. Ich hatte meine besten Noten in Hauswirtschaftslehre. Ich bin gut darin, einen Haushalt zu führen – zu kochen und zu waschen und alles sauber zu halten. Ich kann nichts dafür. So bin ich eben.«

»Wie kommst du darauf, dass ich in Dreck und Chaos lebe?«, fragte er.

Sie errötete. »Entschuldige, das war nicht nett. Einfach nur so. Ich schätze, ich habe da einfach Vorurteile Männern gegenüber. Weißt du, als ich David kennengelernt habe, war er der chaotischste, unordentlichste Mensch, der mir je begegnet war. Ich habe ein ganzes Jahr gebraucht, um ihm beizubringen, wie man eine Waschmaschine bedient. Aber er hat sich ja auch geändert«, fügte sie hinzu. »Je erfolgreicher er in seiner Arbeit wurde, umso krankhaft pedantischer wurde er zu Hause.«

»Ich bin nicht David«, sagte Sam ruhig.

Die Worte hingen zwischen ihnen in der Luft. Gemma biss sich auf die Lippe.

»Nein«, sagte sie schließlich. »Bist du nicht. Aber in vielerlei Hinsicht bist du ihm recht ähnlich, Sam. Und dann auch wieder völlig anders.«

»Ich kenne David nicht«, sagte Sam. »Aber ich würde gern glauben, dass ich ihm in keinerlei Hinsicht ähnlich bin.«

Er war ziemlich anders, dachte Gemma. David hätte nie so mit ihr gesprochen, als sie sich noch kaum kannten.

»Ich weiß nicht, wie du bist, Sam«, sagte sie.

»Ich will dir ja gerade Gelegenheit geben, es herauszufinden.« Sie blickte auf den Haufen Schmutzwäsche im Korb und den Stapel schon gewaschener Kleidung, der darauf wartete, gebügelt zu werden.

»Abgesehen davon«, fügte Sam locker hinzu, »hast du dir im Urlaub keine großen Sorgen ums Kochen und Waschen gemacht.«

»Das war was anderes!«, erklärte sie. »Aber das war nicht wirklich ich, Sam. Vielleicht fandest du mich ja in Portugal ganz nett, aber dir hat die Ferien-Gemma gefallen, nicht die echte Gemma.«

»Besteht da ein so großer Unterschied?«

Sie seufzte. War es so? Sie hatte sich in den Ferien gut amüsiert, obwohl sie unter ständiger Angst um Keelin gelitten hatte, und unter ständigem Verlangen nach Sam. Komisch, jetzt spürte sie keineswegs so viel Verlangen nach ihm, wie er da so vor ihr saß, in dunkelgrauen Jeans und einem schlichten Nike-Hemd, aber sie fand ihn immer noch sehr attraktiv. Sogar mit kurzem Haar. Sie begutachtete den Schnitt und kam zu dem Schluss, dass er gar nicht schlecht war. Er stand ihm, obwohl er mit langen Haaren besonders toll ausgesehen hatte. Er erinnerte sie diesmal auch nicht an die alten Fotos von David. Er war einfach nur irgendein Mann – allerdings war sein jungenhaft gutes Aussehen schwer zu übersehen. Dennoch war er jetzt weniger ein Mann, für den man sein Leben wegwerfen würde. Weniger begehrenswert...

Nein, wenn sie ehrlich war, musste Gemma sich eingestehen, dass er sehr wohl noch genauso begehrenswert war. Sie konnte sich ja doch nichts vormachen.

»Gemma, ich mag dich. Ich fand, wir haben uns sehr gut verstanden.«

»Uns verstanden?« Sie seufzte. »Wir waren doch gar nicht lang genug zusammen, um uns gut zu verstehen.«

»Und an wem lag das?«, fragte Sam. »Ich habe alles Mögliche versucht!«

»Ach, Sam. Ich mochte dich ja auch. Ich mag dich immer noch. Aber das hier ist eine Dummheit.«

»Warum?« Er stand auf und stellte sich neben sie. »Warum ist das eine Dummheit?«

»Wir sind grundverschieden«, erklärte Gemma. »Du bist jung und Single. Du lebst allein. Ich bin die Mutter zweier Kinder, um Himmels willen!«

»Und du meinst, das hindert uns daran, uns gut zu verstehen?« Seine braunen Augen blickten forschend in ihr Gesicht.

»Nicht völlig«, räumte sie ein. »Aber du führst ein ganz anderes Leben, Sam.«

»Gemma, jetzt benimmst du dich wirklich kindisch«, sagte Sam. »Ich mag dich. Du magst mich. So weit sind wir bis jetzt. Ich will dich doch nur zum Mittagessen einladen!«

»Aber vielleicht lädst du mich danach wieder ein.«

»Kann schon sein, dass das so gedacht war.« Er grinste sie an. »Dass wir uns vom Mögen zum Sehr Mögen steigern. Aber das geht nicht auf leeren Magen.«

Sie wollte mit ihm gehen. Unbedingt.

»Warum ist das so schwierig für dich?«, fragte Sam. »Was hält dich zurück?«

»Ich weiß nicht.« Das ist doch verrückt, sagte sie sich. Er will mit dir zum Mittagessen gehen. Und du willst auch. Aber du erfindest ständig neue Ausreden. Warum?

Er beobachtete sie, und sie bemühte sich, sich ihre Gedanken nicht ansehen zu lassen. Aber er konnte ihre Zweifel und die Unsicherheit von ihrem Gesicht ablesen, als hätte sie sie ausgesprochen.

»Du hast dich schon genug bestraft«, sagte er.

»Mich bestraft?« Sie sah ihn fragend an. »Wie meinst du denn das?«

»Für mich ist es ziemlich offensichtlich, dass du glaubst, du solltest für das Scheitern deiner Ehe bestraft werden«, erklärte er. »Indem du dir kein eigenes Leben zugestehst, Gemma.«

»Ich habe sehr wohl ein eigenes Leben«, gab sie zurück. »Ich arbeite. Ich komme unter Leute. Ich...« Sie brach ab und schluckte schwer.

»Das Leben hat so viel mehr zu bieten.« Sam wollte ihre Hand nehmen, doch er fürchtete, sie noch mehr zu verschrecken. Es überraschte ihn, wie sehr er sich danach sehnte, sie im Arm zu halten, sie zu beschützen. Es hatte ihn schon erstaunt, wie sehr er sich im Urlaub zu ihr hingezogen gefühlt hatte, und er war schockiert gewesen, als er feststellen musste, dass sie zwei Kinder hatte. Es war offensichtlich, dass sie kein naiver Teenager war, aber er hätte sie dennoch nie für eine geschiedene Frau mit zwei Kindern gehalten. Und sie sah so bezaubernd aus. Es gefiel ihm, wie ihre Augen glitzerten, wie ihr Haar sich so entzückend um ihr Gesicht kringelte, wie sie lächelte, wenn sie sich freute. Von dem Moment an, als er sie zum ersten Mal gesehen hatte, nass und bibbernd, hatte er sich zu ihr hingezogen gefühlt.

»Es war meine Schuld«, sagte sie.

»Was?«, fragte Sam.

»Die Scheidung.«

»Deine Schuld?« Sam starrte sie ungläubig an. »Ich dachte, du hättest ihn gebeten, zu gehen, weil er nie da war. Weil ihr euch völlig auseinander gelebt hattet. Das hast du mir erzählt, Gemma.«

Sie senkte den Kopf und blickte auf ihre Füße hinab. »Ich hätte ihn nicht unbedingt rauswerfen müssen«, sagte sie leise. »Ja, er ist immer zu spät nach Hause gekommen. Ja, ich dachte damals, er hätte eine Affäre mit Bea Hansen, seiner Kollegin. Aber er hat mich nicht verprügelt. Er war sehr gut zu den Kindern. Er hat viel Geld nach Hause gebracht. Ich hatte es mir nur einfach ganz anders vorgestellt. Und als es dann nicht so war, habe ich ihn weggeschickt.«

»Du warst unglücklich«, sagte Sam.

»Ja«, entgegnete sie. »Aber ich habe meine Gefühle über

die aller anderen gestellt. Ich hätte es durchstehen sollen, aber das habe ich nicht.«

»Gemma, du bist wirklich sehr hart zu dir.« Sam legte sanft eine Hand auf ihre Schulter.

»Ich hätte mich mehr anstrengen können«, sagte sie. »Ich wollte ihn bestrafen, Sam, weil er nie bei mir war und ich so unglücklich war. Aber womöglich habe ich am Ende die Kinder noch viel schlimmer bestraft. Deshalb mache ich mir ja so viele Sorgen um Keelin. Na schön, sie ist also nicht bis über beide Ohren in dich vernarrt. Aber der Punkt ist, dass sie jemanden wie dich gebraucht hat. Sie hat dir mehr anvertraut, als sie mir je erzählt hat. Oder ihrem Vater. Und das kann doch wohl nicht richtig sein.«

»Du siehst das alles viel schlimmer, als es ist, Gemma«, sagte Sam. »Und trotz allem, was die Zeitschriften darüber behaupten, wie sich Teenager heutzutage ihren Eltern anvertrauen, glaube ich ja immer noch, dass die Eltern meistens die Allerletzten sind, denen sie sich anvertrauen wollen.«

Gemma lachte zittrig. »Ich fühle mich als totale Versagerin«, schloss sie.

»Das bist du nicht«, sagte er. »Wirklich nicht.«

Sie glitt vom Stuhl und verließ die Küche. Sie wollte nicht vor ihm weinen. Aber ihr war nach Weinen zumute, und sie wusste nicht einmal, warum. Er hatte etwas an sich, das ihr das Gefühl eingab, er würde sie beschützen. Sie trösten. Aber sie durfte ihm das nicht erlauben.

Sam drückte die Wohnzimmertür auf.

»Tut mir leid«, sagte er. »Anscheinend habe ich eine ganz schreckliche Wirkung auf dich. Ich mache dich traurig, dabei wollte ich genau das Gegenteil erreichen. Ich wollte dich zum Mittagessen einladen. Ich wollte, dass du dich mit mir wohl fühlst.«

Gemma sah ihn an. Sie hatte nicht gelogen, als sie sagte, er erinnere sie an den David, den sie einmal gekannt hatte. In vielerlei Hinsicht löste er bei ihr dieselben Reaktionen aus wie damals David. Wenn er nicht gerade zärtlich und fürsorglich war, dann war er attraktiv, redegewandt und amüsant – alles, was sie an David geliebt hatte. Aber diese Eigenschaften hatten nicht ausgereicht, ihre Ehe zusammenzuhalten. Sie hatte mehr gewollt, als David ihr geben konnte, und schließlich hatte es keinen Ausweg mehr gegeben. Aber vielleicht hätte es doch einen gegeben. Vielleicht hätten sie sich mehr bemühen sollen, vielleicht hätte sie die schmerzliche Trennung vermeiden können. Niemand erzählte einem von diesem Aspekt einer Scheidung. Niemand sagte offen, wie herzzerreißend grauenhaft es war, ein gemeinsames Leben, das Zuhause, die Gefühle in Stücke zerfallen zu sehen. Selbst wenn man sich darüber im Klaren war, dass man die Trennung wollte, war es furchtbar schwer.

Gemma erschauerte. In den letzten Monaten hatte sie dieses scheußliche Gefühl abgeschüttelt, alt und verbraucht zu sein. Sie hatte sich endlich wieder wohl in ihrem Leben gefühlt, zufriedener mit der Entwicklung der Dinge. Sie gewöhnte sich sogar allmählich daran, dass David wieder verheiratet war.

Aber dass sie selbst mit jemandem ausging... Sie konnte sich das nicht einmal vorstellen. Es schien so lange her zu sein seit dem letzten Mal. Sie war ganz aus der Übung. In Portugal war es anders gewesen. Im Urlaub war schließlich alles möglich. Aber im kühlen, grauen Licht eines Herbsttages in Dublin sahen die Dinge wesentlich komplizierter aus. Wie würde sie sich fühlen, wenn er danach nicht wieder anriefe? Wie sollte sie darüber hinwegkommen? Oder, schlimmer noch, wenn sie ein paar Mal zusammen ausgingen, und er dann entschied, dass er nicht mehr an ihr interessiert war? Sie machte sich ja zum Gespött. Gemma Garvey glaubte doch tatsächlich, ein gut aussehender Mann fände sie attraktiv. Was war sie bloß für eine dumme Gans!

Sam beobachtete sie nachdenklich. »Ist das eine so schwerwiegende Entscheidung?«, fragte er. »Wenn ich der Grund für diese tiefe Grübelei bin, tut es mir leid. Vielleicht hast du recht, Gemma. Vielleicht mache ich einen großen Fehler.«

Sie drehte sich um und sah ihn an. Genau betrachtet, sah er eigentlich überhaupt nicht aus wie ein jüngerer David. David war größer. Seine Haare waren dunkler gewesen, seine Augen blau. Außerdem hatte David einen viel ungeduldigeren Blick als Sam, der locker an der Wand lehnte, die Hände in den Hosentaschen, und sie nur ansah. Sie wollte mit ihm ausgehen! Die Vorstellung, zum Mittagessen ausgeführt zu werden, war so verlockend. Sie wollte alles vergessen, das Waschen und Putzen und Staubsaugen, und etwas herrlich Verrücktes tun. Als ob ein sonntägliches Mittagessen sonderlich verrückt oder ausgefallen wäre, fügte sie in Gedanken hinzu.

»Ich gehe lieber.« Sam nahm die Hände aus den Hosentaschen. »Ich habe einen Fehler gemacht, Gemma. Ich wollte dich nicht bedrängen.«

»Dabei hatte ich gerade ein Mittagessen mit dir in Erwägung gezogen«, sagte sie, und ein vorsichtiges Lächeln breitete sich über ihr Gesicht.

Sie gingen ins Elephant and Castle, ein lautes und fröhliches Restaurant in Temple Bar. Sie setzten sich an einen Tisch am Fenster, und Sam bestellte eine Portion scharf gewürzter Chicken Wings für sie beide.

»Sie sind richtig schön scharf«, sagte er. »Absolut köstlich. Ich esse oft hier, und die Chicken Wings mag ich am liebsten.«

»Ist mir recht.« Gemma zog ihre cremeweiße Kaschmirstrickjacke enger um sich.

»Kalt?«, fragte Sam.

»Nein.« Sie schüttelte den Kopf. Als sie gerade aus dem Haus gehen wollten, hatte sie sich gedacht, das schwarze Kleid sehe vielleicht doch ein bisschen zu fade aus. Also war sie nach oben gesaust und hatte die weiche Kaschmirjacke mit den Perlknöpfen geholt, um es ein bisschen aufzupeppen. Aber sie hatte keine Zeit mehr gehabt, Schmuck anzulegen oder auch nur ihre Lippen nachzuziehen. Sie war zum ersten Mal seit fünf Jahren mit einem Mann aus, und sie trug nicht einmal Lippenstift!

»Was hast du denn seit den Ferien so gemacht?«, erkundigte sich Sam. Er biss in einen Hähnchenflügel und bekam prompt etwas hellrote Sauce auf die Stirn.

»Nicht viel«, entgegnete Gemma. »Und du?«

»Am Semesteranfang ist immer viel los.« Er wischte sich die Saucenspritzer von der Stirn und nahm einen weiteren Flügel. »Ich hatte mit den Stundenplänen und der Einschreibung und so weiter zu tun.«

»Das muss doch interessant sein«, sagte sie.

»Kann es. Und das erste Halbjahr ist immer am interessantesten, weil da all die neuen Studenten anfangen.« Er grinste sie an. »Die waren auf der Schule die Allergrößten, und dann kommen sie zu uns und stellen plötzlich fest, dass sie überhaupt nicht mehr durchblicken. Das ist eine gute Lehre fürs Leben.«

»Was wolltest du denn ursprünglich machen?«, fragte sie.

»Wie?«

»Wenn du nicht in die Verwaltung gegangen wärst. Wenn du nicht Volkswirtschaft studiert hättest.«

»Um ehrlich zu sein, wollte ich Mathematik studieren«, erzählte er.

»Mathe?« Sie sah ihn überrascht an.

Er nickte. »Das war mein Lieblingsfach. Deshalb hat mein Vater auch ständig an mir rumgenörgelt. Er meinte, jeder, der in Mathe mitkommt, müsste ein Genie sein.«

»Warum hast du es dann nicht studiert?«, fragte sie.

»Weil ich in Wahrheit nicht gut genug war«, erklärte er. »Und ich war zu faul. Ich hätte sehr hart arbeiten müssen, um mit den Leuten mitzuhalten, die wirklich eine Begabung dafür haben. Und das wollte ich nicht.«

»Mal sehen.« Sie lehnte sich auf der Bank zurück. »Vierhundertsechs mal fünfundachtzig.«

»Vierunddreißigtausendfünfhundertzehn.«

»Achttausenddrei geteilt durch siebenundzwanzig.«

»Zweihundertsechsundneunzig. Komma vier.«

»Du wärst ein praktischer Begleiter im Supermarkt«, erklärte sie. »Dann bräuchte ich keinen Taschenrechner mehr mitzunehmen.«

»Ich bin in einem Supermarkt völlig aufgeschmissen«, entgegnete er. »Ich kaufe ständig allen möglichen Mist. Und ich käme nicht im Traum darauf, einen Taschenrechner mitzunehmen. Wozu auch?«

»Ich muss auf die Preise achten«, sagte sie. »Ich habe ein strenges Budget.«

»Müsst ihr denn so eisern sparen?«, fragte er. »Hast du Geldsorgen, Gemma?«

»Vor der Scheidung habe ich viel darüber gelesen«, sagte sie. »Unter anderem, dass der Lebensstandard geschiedener Frauen um bis zu fünfundsiebzig Prozent absinken kann.«

»Du machst wohl Witze!«

»Das stand in einem amerikanischen Buch«, erklärte sie. »Also ist das vielleicht völlig falsch. Aber es ist so, die Kinder kosten unheimlich viel Geld, und ich kann sehr schlecht mit Geld umgehen. Alles andere kann ich sehr gut – du hast ja schon gesehen, wie begeistert ich putze! Aber neulich ist David vorbeigekommen und hat meine Finanzen durchgesehen und mich beraten. Ich stehe gar nicht so schlecht da, wie ich dachte, aber ich habe die schreckliche Angewohnheit, Geld für lauter Blödsinn rauszuwerfen. Der Taschenrechner soll mir helfen, damit aufzuhören.«

»Ich gehe eigentlich ganz vernünftig mit meinem Geld um«, sagte Sam.

»Du siehst aber nicht danach aus«, erwiderte sie.

»Warum nicht?«

»Ich denke, Leute, die vernünftig mit Geld umgehen, sollten so aussehen wie David. Du weißt schon – Anzug, ordentliche Frisur, glänzende Schuhe.«

Sam lachte. »So sieht er doch bestimmt nicht immer aus, oder? Vorhin zum Beispiel überhaupt nicht. Ich habe ihn doch gesehen, schon vergessen?«

»Heute hatte er sein ordentliches Polohemd und die Chinos an. Das sind seine Freizeitklamotten. Selbst wenn David leger sein will, sieht er immer noch aus wie aus dem Ei gepellt.«

»Das stört dich sehr, nicht? Dass er sich von einem Chaoten in einen superordentlichen Typen verwandelt hat?«

Sie lächelte schwach. »Ein bisschen schon.«

»Denn damit hat es angefangen, dass alles schiefging.«

»Das war aber nicht der eigentliche Grund.« Sie trank einen Schluck Wasser. »Hör mal, Sam, können wir jetzt aufhören, über David zu sprechen? Es ist nicht zu fassen, dass ich hier mit dir sitze und über meinen Exmann rede.«

Er lächelte sie an. »Ich will auch nicht über ihn reden. Ich wollte nur einfühlsam sein.«

»Einfühlsam?«

»Du weißt schon. Zugang zu deinen Gefühlen bekommen, so was in der Art.« Sie starrte ihn an, und er lachte. »Du siehst süß aus, wenn du überlegst, ob du jetzt wütend werden solltest oder nicht.«

Sie wollte sich das Lächeln verbeißen, aber es gelang ihr nicht. »Und du hast so ein bezauberndes Lächeln.«

»Sag so was nicht.«

»Aber es stimmt. He, willst du denn nichts essen?« Er schob die Schüssel mit den Chicken Wings zu ihr hin.

»Klar.« Gemma nahm einen Flügel und knabberte daran. Sie war sogar sehr hungrig. Sam so gegenüberzusitzen, ließ ihr Herz auf eine Weise flattern, die das Essen etwas erschwerte. »Hast du mich vermisst?«, fragte Sam.

Gemma lachte. »Nein!«

»Danke.« Er sah sie geknickt an. »Was frage ich auch so dämlich…«

»Wo wohnst du?«, fragte sie. »Glasnevin«, antwortete er. »Das ist praktisch für die Uni und viel näher als Wicklow.«

»Wie geht's Selina?«, erkundigte sich Gemma.

»Sehr gut.« Sam tunkte den letzten Hähnchenflügel in die Sauce. »Seit dem Urlaub hat sie richtig gute Laune! Die Kinder sind auch viel fröhlicher.«

»Ich fand sie nett.«

»Sie dich auch.«

»Vielleicht sollte ich sie mal anrufen.«

»Darüber würde sie sich bestimmt freuen.«

Die Bedienung räumte die leere Schüssel ab. Gemma hatte nur zwei Chicken Wings gegessen, während Sam den Rest verputzt hatte; er konnte erstaunlich gut gleichzeitig essen und reden, fand Gemma.

Als sie zum ersten Mal mit David essen gegangen war, hatte er sie ins Bad Ass Café eingeladen, keine hundert Meter von da entfernt, wo sie jetzt saßen. Sie hatte mit David die erste Calzone ihres Lebens gegessen. Sie hatte nicht gewusst, was das war, und sie bestellt, um es herauszufinden. Das tue ich gar nicht mehr, dachte sie plötzlich. Wenn ich nicht weiß, was etwas ist, dann frage ich.

»Möchtest du noch etwas essen?« Sam unterbrach ihre Gedanken. »Du hast ja noch kaum etwas gegessen. Glaub ja nicht, ich hätte nicht bemerkt, dass ich mit den Chicken Wings praktisch im Alleingang aufgeräumt habe.«

Sie schüttelte lächelnd den Kopf. »Wie wär's mit einem Dessert?« Sie studierte die Karte. Die Desserts klangen sündhaft lecker. Der Joghurt mit Honig und Nüssen war vermutlich noch am wenigsten dekadent. Aber trotzdem zweifellos eine Kalorienbombe.

Es war toll, vor solchen Versuchungen zu sitzen und gar keinen Hunger zu haben.

»Einen Cappuccino?«

»Gern.«

Sam winkte der Bedienung. Er gab Gemma noch eine letzte

Chance, ein Dessert zu bestellen, doch sie schüttelte den Kopf. Essen erschien ihr nicht wichtig. Es war viel wichtiger, mit ihm zusammen zu sein. Ihm zuzuhören. Ihn kennenzulernen. Ihn zu mögen. Und er war wirklich liebenswert. Zu lieb, um wahr zu sein, dachte sie finster. Ein gut aussehender Mann, der so nett ist. Dahinter lauert doch bestimmt irgendwo ein schreckliches Geheimnis.

»Warum hast du mich zum Mittagessen eingeladen?«, fragte sie abrupt, als die Bedienung wieder weg war.

»Weil ich dich wiedersehen wollte«, antwortete Sam.

»Warum?«

Sam beugte sich vor, und sie wich zurück. »Ich mag dich«, sagte er.

»Du magst mich?«

»Natürlich.« Er lächelte. »Als wir uns bei Rui begegnet sind, warst du völlig durchweicht und hast so jämmerlich ausgesehen! Ich wollte dich sofort in den Arm nehmen und dich wärmen.«

»Das glaube ich nicht.«

»Es ist aber wahr! Und dann haben wir uns unterhalten.« Er legte den Kopf schief. »Du kannst sehr gut zuhören, Gemma. Du hast mir zugehört, als wäre ich ein echter Mensch. Du hast zwar gesagt, das läge an deinem Beruf, und das kann ja auch sein, aber du hast mir zugehört!«

»Es ist schön, dir zuzuhören«, sagte sie. »Normalerweise fasele ich nicht gleich über meinen Vater, wenn ich eine Frau zum ersten Mal sehe«, sagte Sam. »Aber ich hatte das Gefühl, als würde ich dich schon ewig kennen, Gemma. Es war so leicht, mit dir zu reden.«

»Du hattest recht.« Sie lachte, und ihr ganzes Gesicht hellte sich auf. »Das liegt an meinem Beruf.«

»Es war mehr als das«, widersprach er. »Ich hatte das Gefühl, dass es zwischen uns gefunkt hat.«

Sie wollte ja glauben, dass es zwischen ihnen gefunkt hatte.

Aber sie war nicht bereit, ihm das einfach so zu glauben.
»Kann sein.«

Die Bedienung brachte ihren Kaffee. Gemma löffelte den Schaum von ihrem Cappuccino.

Das Restaurant war jetzt voll besetzt. Gemma hatte gar nicht bemerkt, wie voll es geworden war. Dass jeder Tisch belegt und das Stimmengewirr fast zum Gebrüll geworden war. Sie hatte das Gefühl, mit Sam in einer kleinen Blase zu sitzen, dass alle anderen weit von ihnen entfernt waren, sie gar nicht berührten.

»O Gott!« Urplötzlich tauchte sie unter den Tisch, um sich zu verstecken.

»Gemma! Was ist los?« Sam beugte sich vor. »Was machst du denn da?«

»Sie sind hier«, zischte sie. »Sie suchen einen Tisch. Sie werden uns sehen.«

»Wer?«, fragte er.

»David! Und die Kinder. Bitte, dreh dich nicht um, Sam.«

Sam ignorierte ihre Bitte und warf einen Blick über die Schulter. Er erkannte Keelin sofort, obwohl sie ihm den Rücken zugewandt hatte und ihn nicht bemerkte.

»Keine Sorge«, flüsterte er Gemma zu, die praktisch schon auf der Sitzbank ihm gegenüber lag. »Es ist kein Tisch mehr frei.«

»Vielleicht warten sie ja.« Sie stöhnte. »Ich hätte daran denken sollen, dass sie hierherkommen könnten. Ronan isst so gern hier.«

»Na ja, wenn er nicht ewig hier warten will, wird er bestimmt nichts zu essen bekommen«, sagte Sam. »Und wie ich deinen Sohn kenne, wird er nicht lange warten wollen.«

Sam behielt recht. Noch während er sprach, drehten sich die Hennessys um und verließen das Restaurant.

»Du kannst wieder rauskommen«, sagte Sam, als David und die Kinder die Fleet Street hinabgingen. »Sie sind weg.«

Gemma setzte sich auf und fuhr sich mit den Fingern durch das zerzauste Haar. Sam lachte.

»Was?«, fragte sie.

»Ach, Gemma! Du machst dir die ganze Zeit Sorgen, du könntest eine ältliche, vertrocknete Mutter zweier Kinder sein. Dabei hast du dich gerade benommen, als wärst du ein Teenager und wolltest nicht mit einem Jungen erwischt werden, von dem deine Mutter nichts hält!«

Sie kicherte, sie konnte einfach nicht anders. »Sie hätten uns sehen können«, wandte sie ein.

»Na und?«

»Ach, Sam, so einfach ist das nicht.«

»Ich gebe zu«, gestand er, »das gehörte nicht unbedingt zu meinem Plan.« Sam grinste sie an. »Du hast da unten wirklich ulkig ausgesehen, Gemma.«

»Schon gut, schon gut.«

Beide brachen in Lachen aus. Und dann streckte Sam eine Hand über den Tisch aus und legte sie auf Gemmas. Er verschränkte seine Finger mit ihren, während sie miteinander lachten.

30

Als Sam mit seinem vier Jahre alten Citroën vor dem Haus stehen blieb, blickte Gemma sich um, ob auch niemand zu sehen war, der sie kannte. »Was ist denn los?«, fragte Sam. Sie schüttelte den Kopf. »Nichts.«

»Warum diese verstohlenen Blicke?«

»Einfach so.« Sie wandte sich ihm zu. »Ich gehe jetzt lieber rein. Danke für das wunderbare Mittagessen.«

»Darf ich noch mit reinkommen?«, fragte er.

»Nicht heute.«

Er lächelte sie an. »Hast du etwa Angst?«

»Nein!« Das klang schärfer, als sie beabsichtigt hatte.

»Sicher?«

»Ein andermal, Sam.«

»Es wird also ein anderes Mal geben?« Sein Tonfall war leichthin, doch seine Augen blickten ernst.

»Wenn du möchtest«, erwiderte sie.

»Oh, ich möchte«, sagte Sam. Er strich mit den Fingerspitzen über ihre Wangen. »Ich möchte sehr gern.«

Seine Berührung war zart, federleicht. Sie wollte sich an ihn lehnen, den Kopf an seine starke, verlässliche Schulter schmiegen. Stark, ja, ermahnte sie sich und zügelte ihren rasenden Herzschlag. Verlässlich – wer weiß?

»Ich gehe jetzt lieber«, sagte sie.

»Ich ruf dich an«, sagte Sam. »Passt es dir nächsten Sonntag?«

»Ruf an.« Sie öffnete die Wagentür und stieg aus. »Dann reden wir darüber.«

»Mach's gut«, sagte er.

»Du auch.«

Kaum im Haus, rannte sie die Treppe hinauf und betrachtete sich im Spiegel im Badezimmer. Ihre Wangen waren gerötet, ihre Augen strahlten. Und es fiel ihr schwer, sich das Lächeln zu verkneifen.

Sie tobte mit dem Staubsauger durchs Haus und ignorierte diesmal den Boden unter den Betten oder hinter dem Sofa. Sie stopfte die Wäsche in die Waschmaschine, wobei ihr im letzten Moment einfiel, dass Ronans dunkelblaue Socken immer abfärbten; sie schaffte es gerade noch rechtzeitig, die Maschine zu stoppen. Gott ist auf meiner Seite, dachte sie, als sie die verdreckten Socken herausfischte. An jedem anderen Tag hätte ich es nicht gemerkt und dann die Krise gekriegt, weil Keelins weiße Schulblusen in zartem Grau aus der Maschine gekommen wären. Aber dies war kein Tag wie jeder andere. Es war ein wunderbarer Tag. Sie hatte gar nicht gewollt, dass er so wunderbar wurde, aber es war trotzdem ein ganz toller geworden.

Sie legte eine Hand auf ihre Wange, an die Stelle, wo Sam sie berührt hatte. So was Lächerliches, schalt sie sich, beinahe in Ohnmacht zu fallen bei dieser zärtlichen Berührung. So was von kindisch, sich vorzustellen, die Spuren seiner Finger hätten sich in ihre Wange gebrannt. Aber wie wunderschön, sich an diesen Augenblick zu erinnern.

David und die Kinder kamen zurück, als sie gerade die Wäsche aus der Maschine holte. Sie war froh, dass sie sie bei einer so mütterlichen, langweiligen Tätigkeit antrafen.

»Na, war's schön?«, fragte sie.

»Nicht schlecht«, antwortete Keelin. »Dad ist mit uns shoppen gegangen. Er hat mir einen neuen Pulli gekauft! Dann sind wir zum Mittagessen gegangen. Ins Sports Café.«

»Einen neuen Pulli! Das war aber nett von ihm.«

»Ja«, sagte Keelin.

»Und wie war's im Sports Café? Hat es euch gefallen?«

»Super«, sagte Ronan. »Da gibt es sogar ein Rennauto. Ich hab drin gesessen.«

»Und was hast du heute gemacht?«, fragte David. »Irgendwas Interessantes?«

Gemma beugte sich über den Wäschekorb, damit er ihre glühenden Wangen nicht sehen konnte. »Was könnte ich schon tun, das du interessant finden würdest?«

»Komm doch nächsten Sonntag mal mit«, schlug er vor. »Wir könnten alle vier zusammen gehen.«

Sie starrte ihn erstaunt an. »Ich glaube kaum, dass Orla besonders erfreut darüber wäre!«

»Sie hätte bestimmt nichts dagegen.«

Gemma sah Keelin und Ronan an, die an der Wand lehnten und ihre Eltern beobachteten.

»Habt ihr zwei nicht was Besseres zu tun?«, fragte sie.

»Nein«, entgegnete Keelin.

»Dann bring das mal nach oben«, befahl Gemma und drückte ihr den Wäschekorb in die Hände. »Und Ronan, du gehst dir das Gesicht waschen. Du bist ganz verschmiert.«

Widerstrebend nahm Keelin den Korb und verließ den Raum, Ronan im Schlepptau.

»Du solltest so etwas nicht sagen«, wandte sie sich an David, als sie weg waren. »Sie machen sich nur falsche Hoffnungen.«

»Falsche Hoffnungen?«

Sie zuckte mit den Schultern. »Dass wir immer noch eine Familie sind.«

»Sind wir doch«, sagte David.

»Sind wir nicht«, erwiderte Gemma. Sie lehnte sich an den Küchentresen. »Und ich will nicht mit dir und den Kindern ausgehen, David. Dazu hatten wir in der Vergangenheit reichlich Gelegenheit, aber wir haben sie nicht genutzt.«

»So«, sagte er. »Du willst also weiter darauf herumreiten.«

»Ganz und gar nicht«, sagte sie bestimmt. »Das war eine schlichte Feststellung.«

Er sah sie überrascht an. Sie hatte noch nie in diesem Ton mit ihm gesprochen. Er war es gewohnt, dass Gemma sich verloren anhörte. Oder bettelnd. Oder hoffnungslos. Oder wütend. Aber nie so, als habe sie die Situation vollkommen im Griff. Doch heute war irgendetwas anders an ihr. Sie sah sogar anders aus, fiel ihm auf. Ihre Augen blitzten. Ihre Wangen waren rosig. Im Moment schien sie jedes Mal, wenn er sie sah, besser auszusehen als je zuvor. Noch vor nicht allzu langer Zeit hatte sie ständig müde gewirkt. Aber heute – heute sah sie einfach fantastisch aus. Heute sah sie aus wie eine Frau, mit der ein Mann gern ausgehen würde. Wie eine Frau, zu der man gern nach Hause kam.

Orla zuckte zusammen, als sie Davids Schlüssel im Schloss hörte. Hastig raffte sie die verstreuten Fotos zu einem großen Stapel auf dem beigefarbenen Teppich zusammen.

»Du kommst spät.« Sie blickte auf, als er ins Wohnzimmer kam.

»Nicht besonders.«

»Möchtest du einen Kaffee?«

Er schüttelte den Kopf. »Was machst du da eigentlich?«

»Ich sehe nur ein paar alte Sachen durch.«

Er setzte sich ihr gegenüber in den Sessel. »Alte Fotos?«

Sie zuckte mit den Schultern. »Ich sortiere aus.«

»Warum?«

»Ach, ich will nur ein bisschen ausmisten.«

»Alte Fotos sind nichts zum Ausmisten«, sagte David. »Sie sind interessant. Ich habe noch nie alte Fotos von dir gesehen.«

»Interessiert dich bestimmt nicht.«

»O doch«, sagte er.

Sie zuckte wieder mit den Schultern. »Da sind lauter Leute drauf, die du nicht kennst.«

David stand auf und sah sich ein paar Fotos an. Auf den meisten waren dieselben Leute zu sehen, immer lächelnd, immer glücklich. Und Orla hatte stets am breitesten von allen gelächelt.

»Du hattest eine schöne Zeit auf der Uni«, sagte er.

»Ja.«

»Siehst du noch viele von diesen Leuten?«, fragte er.

»Abby natürlich«, sagte sie.

»Und diese anderen?«

»Das ist Valerie. Ich war bei ihrer Verlobungsparty, weißt du noch?«

David nickte. »Und die Männer?«

»Jonathan«, sagte sie. »Ich war eine Zeit lang mit ihm zusammen.« Sie hielt ihre Stimme ganz ruhig, auch, als er ihr von der Seite einen Blick zuwarf. »Und das ist Martin. Er war Abbys Freund. Und diese Jungs – das sind Stephen und Graham und Sean. Die waren lustig. Haben immer irgendwas Verrücktes gemacht.« Sie lachte kurz. »Ich glaube fast, das tun sie heute noch.«

»Warum glaubst du das?«

»Warum sollten sie nicht?«, fragte sie. »Vermutlich wohnen sie immer noch alle auf einem Haufen zusammen, besaufen sich jeden Abend und leben von Fertigfraß.«

»Wäre dir das lieber?«, fragte David.

»Als was?«

»Als mit mir zu leben?«

Orla spürte, wie ihr Tränen in die Augen traten. Vor zehn Minuten wäre ihr das lieber gewesen. Vor zehn Minuten hatte sie darüber nachgedacht, dass sie wohl die besten Jahre ihres Lebens vergeudet hatte, indem sie viel zu früh viel zu alt wurde. Ihre einzigen verrückten Jahre waren die Jahre gewesen, als sie sich mit Abby eine Wohnung geteilt hatte. Und selbst damals war sie nie verrückt genug gewesen. Wenn sie nicht gelernt hatte, hatte sie gejobbt. Sie hatte immer irgendetwas anderes wichtiger genommen als ihr Vergnügen.

»Orla?« David sah sie an. »Vorhin wolltest du mit mir reden. Da konnte ich nicht. Wie wäre es mit jetzt?«

Sie konnte jetzt nicht mit ihm reden. Sie konnte nicht in dem Wissen mit ihm reden, dass sie an Jonathan Pascoe gedacht hatte und daran, wie sehr sie ihn vermisste. Wenn sie jetzt mit David sprach, würde sie nur Dinge sagen, die sie später bereuen würde. Sie musste erst einmal ihre Gedanken ordnen.

Sie schüttelte den Kopf. »Nicht jetzt.«

David sah sie noch einen Moment lang an. »Gut«, sagte er, »aber erwarte nicht, dass ich hier herumsitze und nur auf dich warte.«

Orla sah auf die Uhr. Fünf vor neun. Um neun begann die Team-Besprechung bei Serene. Ihr wurde ganz schlecht bei der Vorstellung, dort zu sitzen und den anderen in ihrem Team zuzuhören, die von ihren großartigen Leistungen berichteten, und dann auf ihren bedeutenden Beitrag dazu warteten. Den sie nicht liefern konnte. Den sie, wie es aussah, niemals würde liefern können. Sie war mit ihrem Selbstvertrauen beinahe am Ende. Sie wusste nicht, wie sie die Zuversicht zurückgewinnen sollte, mit der sie in einer der führenden Lebensversicherungen des Landes Platz vier erreicht hatte. Wenn sie es damals konnte, fragte sie sich verzweifelt, warum, zum Teufel, schaffte sie es dann jetzt nicht mehr?

Als Teamleiterin würde sie natürlich niemand direkt angreifen. Nicht im Meeting. Selbstverständlich würden alle wissen, dass sie schlecht war. Aber das war denen egal. Es war Orlas Job, die anderen zu motivieren, ihre Ideen zu fördern, darüber auf dem Laufenden zu bleiben, was sie unternahmen. Ihr Team würde sich nicht darüber aufregen, dass sie nichts brachte. Aber Bob Murphy mit Sicherheit.

Sie betrat den Konferenzraum als Letzte. Die Neonröhren an der Decke flimmerten. Das machte sie verrückt, und sie hätte sie am liebsten ausgeschaltet, aber der Himmel draußen war grau, der Raum düster.

Sie räusperte sich auf ihre typische nervöse Art, wie immer

vor einer Besprechung. Sie wusste es zwar nicht, aber oft war es ihre verletzliche Ausstrahlung, die bei Kunden den Ausschlag gab. Die Leute konnten einfach nicht glauben, dass dieses hübsche, rothaarige Mädchen mit dem schüchternen Lächeln fähig wäre, ihnen irgendwelchen Mist aufzuschwatzen.

»Guten Morgen«, sagte sie. »Willkommen zu einer neuen Woche.«

Die vier Mitglieder ihres Teams brummten.

»Die letzte Woche war nicht unbedingt eine unserer stärksten.« Sie räusperte sich wieder. »Maeve war recht erfolgreich – sie hat drei gute Abschlüsse gemacht, die ihr ein überdurchschnittliches Ergebnis beschert haben. Gratuliere, Maeve.«

Maeve Burnett, eine Frau mittleren Alters, die erst spät ins Versicherungsgeschäft eingestiegen war, brachte konstant gute Leistungen. Sie nahm Orlas Lob mit einem Nicken entgegen.

»Sean, du hattest einen vollen Terminkalender, aber du hast keinen Vertrag abgeschlossen. Gibt es einen bestimmten Grund dafür?«

»Nicht, dass ich wüsste.« Sean lehnte sich auf seinem Stuhl zurück und starrte aus dem Fenster. »Ich dachte, ich mache alles richtig, aber offensichtlich liege ich da falsch.«

»Kann ich dir mit irgendetwas helfen?«, fragte Orla.

Sean grinste. »Das bezweifle ich stark.«

Orla spürte, wie sie errötete, doch sie sagte nichts. »Declan, wie immer die Zielvorgabe erreicht. Mehr Verkäufe würden sich natürlich als Extraprovisionen für dich auszahlen. Und vergiss nicht, noch ein bisschen mehr, und du wärst für das Wochenende im Sheen Falls im Rennen.«

Orla wäre selbst gern in das elegante Sheen Falls Hotel in Kenmare gefahren. Serene Life legte für die fünf Mitarbeiter, die diesen Monat die höchsten Provisionen erarbeiteten, ein Wochenende dort obendrauf. Vor ein paar Monaten wäre

Orla dieser Herausforderung gewachsen gewesen. Im Moment bräuchte sie schon ein Wunder, um auch nur ihren Job zu behalten. Da sie selbst nicht viel Umsatz brachte, hing für sie viel von den Leistungen ihres Teams ab. Das gefiel ihr überhaupt nicht.

»Und schließlich Greg. Deine letzte Woche war fürchterlich. Was ist denn da los?«

»Ich hatte einfach keine Lust«, sagte Greg. »Ich hab diesen ganzen Blödsinn satt. Klar, ich verkaufe was, was die Leute vermutlich brauchen. Aber der Job ist nicht gerade glamourös, oder? Und ich kann mich einfach nicht dafür begeistern, wo ich auf irgendeiner Firmenliste stehe.«

Orla sah ihn an, und er gähnte. »Möchtest du dich vielleicht unter vier Augen mit mir darüber unterhalten?«, bot sie ihm an. »Ich denke, diese Besprechung ist für solche Fragen nicht der geeignete Rahmen.«

»Wie du meinst.« Greg gähnte wieder.

»Okay«, sagte Orla. »Halten wir uns noch einmal die Zielvorgaben vor Augen. Jeder sollte diese Woche zwei Policen verkaufen. Wenn ihr mehr schafft, bedeutet das für euch mehr Geld! Und es bringt euch dem Wochenende ein Stück näher. Würdet ihr nicht gern ein paar Tage im zauberhaften Sheen Falls verbringen? Also, ich schon!«

»Mit den Zahlen«, brummte Greg. Sean, der neben ihm saß, stieß ein schnaubendes Lachen aus.

Orla biss die Zähne zusammen. Sie konnte ihre Gruppe nicht im Griff behalten, wenn sie keinen Respekt vor ihr hatten. Und wie sollten sie sie respektieren, wenn sie dermaßen unfähig war? Sie räusperte sich wieder. »Na dann«, sagte sie. »Raus mit euch, und verkauft Policen!« Selbst in ihren eigenen Ohren klangen diese Worte hohl. Sie glaubte ja schon selbst nicht mehr daran.

Nach dem Meeting sprach sie Greg an. »Du musst dich ein bisschen ins Zeug legen, Greg. Bob macht mir schon Druck wegen dem mangelnden Umsatz unseres Teams. Du hast letzte Woche gar nichts verkauft, und in der Woche davor nur eine Police. Das reicht nicht.«

»Wenn alle im Team ihren Teil beitragen würden«, erwiderte Greg, »würde meine mangelnde Leistung kaum so auffallen.« Orla bemühte sich um einen möglichst ruhigen Ton. »Ich gebe zu, dass mein persönlicher Beitrag zum Umsatz des Teams größer sein könnte. Aber das ist mein Problem, Greg, nicht deines.«

»Aha, wenn du also nichts bringst, dann trifft das nur dich allein, aber wenn ich nichts bringe, trifft das auch dich, oder? Und genau da liegt das Problem! Du hast einen totalen Durchhänger und bist auf uns angewiesen, damit wir deine beschissenen Zahlen aufbessern.«

»Greg, diese Ausdrucksweise halte ich nicht für angebracht.«

»Ach, na ja.« Greg zuckte die Achseln. »Ich hab sowieso langsam die Nase voll. Ich bin dreiundzwanzig, Orla. Ich will mehr vom Leben, als Leuten einzureden, sie bräuchten eine Krankenhaus-Zusatzversicherung.«

»Und was zum Beispiel?«, fragte sie.

»Drei meiner Freunde überlegen gerade, ob sie sich eine Auszeit nehmen und durch Indien trecken. Vielleicht gehe ich mit.«

»Oh.« Orla sah ihn überrascht an. Das hatte sie nicht erwartet. »Hast du dich schon entschieden?«

»Nein«, erwiderte Greg. »Aber es kann gut sein, dass ich nächste Woche nicht mehr auftauche.«

»Sag mir Bescheid, sobald du dich entschieden hast«, sagte sie. »Bitte.«

»Klar.« Greg rutschte von der Tischkante, auf der er gesessen hatte. »Du solltest das auch tun, Orla. Entspann dich mal.«

»Danke«, sagte sie. »Ich denke darüber nach.«

Vielleicht sollte sie das wirklich, dachte sie. Vielleicht sollte sie alles vergessen und einfach verschwinden. Ins nächste

Flugzeug nach London steigen. Von da einen billigen Flug nach irgendwo. Auf der anderen Seite der Welt aufwachen. Mit Hepatitis, sagte sie sich. Oder Malaria. Oder zumindest einem böse entzündeten Mückenstich.

Sie ging in ihr kleines Büro. Das Lämpchen an ihrem Anrufbeantworter blinkte. Hoffentlich war das jemand von den Leuten, die sie kontaktiert hatte. Leider nein. Es war Bob Murphy. Er wollte sie sehen.

Orla begann zu zittern. Sie wollte ihn nicht sehen. Sie wollte sich nicht anhören, wie schlecht sie war. Sie wollte sich in einer Ecke zusammenrollen und schlafen.

»Setz dich, Orla.« Bob Murphy wies auf den Stuhl vor seinem Schreibtisch.

Orla setzte sich mit zittrigen Knien und wartete, während er ein Formular in der grünen Mappe vor sich ausfüllte. In Bobs Büro war es ruhig. Von draußen hörte sie gedämpftes Telefonklingeln und Stimmengewirr, aber hier drin war es friedlich.

»Also, Orla.« Er legte den Stift beiseite und sah sie an. »Es läuft nicht alles so nach Plan, nicht wahr?«

Sie schluckte. Sie hatte Angst, sie würde gleich weinen. Schrecklich, wie sie in letzter Zeit ständig kurz davor stand, in Tränen auszubrechen. So war sie doch nie gewesen.

»Was ist denn los?«, fragte er. »Warum machst du keine Abschlüsse?«

Sie schüttelte den Kopf und bemühte sich, ihre Stimme beherrscht klingen zu lassen. »Anscheinend habe ich gerade eine Pechsträhne«, sagte sie.

»Es gibt verschiedene Arten von Pech«, erwiderte er. Er nahm eine Aufstellung ihrer Verkäufe seit dem Eintritt bei Serene zur Hand. Die Liste war sehr kurz. »Das hier ist nicht gut, Orla.«

»Ich weiß.«

»Und was unternimmst du dagegen?«

»Ich habe eine neue Präsentation erarbeitet«, sagte sie. »Ich habe diese Woche einige recht viel versprechende Termine. Ich glaube, ich kriege das wieder hin.«

»Wo liegt denn das Problem?«, fragte Bob. »Termine zu machen oder den Verkauf abzuschließen?«

»Ich – ich weiß nicht genau«, sagte sie.

»Wenn du möchtest, begleite ich dich bei ein paar Terminen. Sehe mir mal an, was du vielleicht falsch machst. Das könnte eine simple Kleinigkeit sein, Orla. Das passiert den Besten von uns ab und zu.«

»Mir ist es aber noch nie passiert«, sagte sie.

»Ist zu Hause alles in Ordnung?«, fragte Bob. »David geht es gut, oder?«

»David fehlt nichts«, sagte Orla.

»Er setzt dich auch nicht unter Druck? Macht dir keine Schwierigkeiten?«

»Wie meinst du das?«

»Versucht er, dich auszunutzen?«, fragte Bob. »Ich kenne doch David. Er versucht nicht etwa, dir Kontakte abzuluchsen, oder?«

»Natürlich nicht!« Orla war wütend. Du würdest dich kaputtlachen, dachte sie, wenn du wüsstest, dass David gar keine Gelegenheit hat, mir Kunden wegzuschnappen, weil wir nicht mal mehr lange genug miteinander sprechen, als dass er an ihre Namen kommen könnte.

»Na schön«, sagte Bob. »Du hast einen Monat, das in Ordnung zu bringen, Orla. Dann sprechen wir uns wieder.«

Sie hörte die Warnung in seiner Stimme. Sie schluckte schwer und verließ den Raum.

31

Keelin sah fantastisch aus. Gemma musste zugeben, dass ihre Tochter Talent zum Schminken hatte. Sie trug nicht zu dick auf, wie Gemma bei ihren ersten Experimenten. Keelin beging nicht den Fehler, zu glauben, mehr sei besser. Sie hatte eine ganz leichte Foundation aufgelegt, etwas Rouge und rauchgrauen Lidschatten. Das Haar trug sie offen, aber sorgfältig gebürstet, und wenn es ihr ins Gesicht fiel, wirkte das gewollt und nicht einfach schlampig. Sie trug ihre schwarze Levis, schwarze Stiefel und ein schwarzes T-Shirt. Wieder einmal sah sie wesentlich älter aus als vierzehn.

»Es wäre mir lieber, wenn ich diese Alison Fogarty kennen würde«, sagte Gemma, als Keelin sich ins Wohnzimmer setzte, um auf Shauna, Donny und Mark Dineen zu warten. »Und vor allem wüsste ich gern mehr über diesen Typen, mit dem du da hingehst.«

Zum ersten Mal begriff Gemma, warum Frances ihr immer tausend Fragen gestellt hatte, wenn sie ausgehen wollte. Sie selbst hatte versucht, es bei wenigen Fragen an Keelin zu belassen und möglichst leichthin zu klingen, damit Keelin nicht das Gefühl hatte, sie wolle sie kontrollieren. Aber du musst doch fragen, sagte sie sich, du bist für sie verantwortlich. Und obwohl sie sich seit ihrem Mittagessen mit Sam McColgan nicht mehr für beinahe schrottreif hielt, kam sie sich bei der Vorstellung, dass Keelin eine Verabredung hatte, schon wieder schrecklich alt vor.

»Er ist nicht ›dieser Typ‹«, sagte Keelin. »Er heißt Mark. Und er ist in Ordnung. Sonst würde ich ja nicht mit ihm ausgehen.«

»Aber sorg dafür, dass du nicht irgendwo mit ihm allein bist«, sagte Gemma.

»Vertrau mir mal ein bisschen«, erwiderte Keelin. »Ich bin doch nicht blöd.«

Gemma seufzte. »Du bist nun mal meine einzige Tochter«, sagte sie. »Ich will dich beschützen.«

»Mich ersticken«, entgegnete Keelin, als es an der Tür klingelte. »Das sind sie. Ich geh schon.«

Gemma folgte ihr hinaus in den Flur. Sie lächelte Shauna und die beiden Jungen an. Donny kannte sie natürlich. Aber Mark Dineen kannte sie nicht. Sie betrachtete ihn gründlich und versuchte, irgendwelche Anzeichen dafür auszumachen, dass er unpassend für ihre Tochter sein könnte. Doch er war ein ganz normal aussehender Junge mit Sommersprossen. Nicht besonders attraktiv, fand Gemma. Keelin konnte sicher einen sehr viel attraktiveren Jungen haben, wenn sie wollte.

»Und dein Vater holt euch auch wirklich ab, Shauna?«, fragte Gemma besorgt.

»Aber sicher«, antwortete Shauna. »Und ich habe sein Handy dabei, damit ich ihn anrufen kann, falls irgendwas ist.«

Die Party fand in Alisons Elternhaus statt, was Gemma ein wenig beruhigte. Alisons Mutter hörte sich an wie eine nette, ruhige Person; sie hatte Gemma erklärt, dass es eine Geburtstagsparty war, dass Alison fünfzehn wurde und dass sowohl sie selbst als auch ihr Mann im Hause sein würden. »Allerdings haben wir einen Anbau, in dem unsere Oma wohnt«, erzählte sie Gemma, »und da werden wir uns aufhalten. Wir wollen ja nicht stören.«

Das gefiel Gemma wiederum nicht so ganz. Eine Störung hier und da hielt sie sogar für überaus wichtig.

Nur, weil du selbst mit vierzehn alle Regeln gebrochen hast, bedeutet das nicht, dass deine Tochter es genauso machen wird, sagte Gemma sich, als sie die Haustür hinter den Kindern schloss. Keelin ist vernünftig. Keelin wird sich nicht in Schwierigkeiten bringen.

Es war halb eins, als sie Keelin die Tür aufschließen hörte. Gemma war ins Bett gegangen, weil Keelin nicht glauben sollte, dass sie die ganze Nacht aufgeblieben war und sich um sie gesorgt hatte. Frances war immer aufgeblieben, bis Gemma nach Hause kam, und das hatte sie wahnsinnig gemacht.

Gemma knipste die Nachttischlampe aus und schloss die Augen. Sie hörte, wie die Kühlschranktür geöffnet und wieder geschlossen wurde. Sie hörte Keelin unten das Licht ausschalten. Sie hörte ihre Schritte auf der Treppe.

Vor ihrer Schlafzimmertür hielten die Schritte inne. »Gute Nacht, Mum«, sagte Keelin.

Gemma schlug die Augen auf. »Hast du dich gut amüsiert?«, fragte sie.

»Ja«, antwortete Keelin. »Es war toll.«

»Möchtest du mir irgendwas erzählen?«

»Dein Schlafzimmerfenster geht nach vorn raus«, sagte Keelin. »Ich habe auf dem Weg ins Haus das Licht bei dir gesehen.«

»Oh«, sagte Gemma. Sie hörte Keelin kichern.

»Gute Nacht«, sagte ihre Tochter.

»Gute Nacht«, sagte Gemma. Sie rollte sich auf die Seite, und in der Gewissheit, dass Keelin wohlbehalten wieder zu Hause war, schlief sie tief und friedlich ein.

Orla war hellwach. An Schlaf war überhaupt nicht zu denken. Um zwei Uhr schlüpfte sie aus dem Bett und ließ David allein unter der Decke zurück. Sie schnappte sich ihren Bademantel und wickelte sich darin ein.

Sie goss sich ein Glas Wein ein und kuschelte sich in den Sessel am Fenster. David zog abends immer die Vorhänge zu, doch Orla beugte sich nun vor und zog sie an der Kordel wieder auf. Wenn das meine Wohnung wäre, dachte sie, ganz allein meine, nicht Davids, dann würde ich die Vorhänge immer offen lassen, damit ich aufs Meer hinausschauen kann. Die Nacht war klar, und der Vollmond glitzerte auf den Wellenkämmen im pechschwarzen Wasser. Sie nippte an ihrem Wein und seufzte tief.

Worauf, zum Teufel, steuerte eigentlich ihr Leben zu?, fragte sie sich. Was wollte sie? Was war ihr wichtig? Sie dachte kurz an ihre scheußliche Unterredung mit Bob Murphy Anfang dieser Woche und fragte sich, ob sie sich lieber um ihre Ehe oder ihren Job sorgen sollte.

Wenn ich den Job nicht angenommen hätte, dachte sie, während sie aus dem Fenster starrte, dann hätten David und ich uns nicht gestritten. Ich wäre auch nicht nach Cork gefahren. Ich hätte Jonathan Pascoe nicht wiedergesehen. Gütiger Gott, stöhnte sie innerlich, wie standen die Chancen, statistisch gesehen, dass sie bei ihrer ersten Reise ohne ihren Ehemann über den einzigen anderen Mann stolperte, mit dem sie eine tiefere Beziehung gehabt hatte? Und das Schlimmste war, dass sie niemandem sagen konnte, was in ihr vorging. Ihre Mutter würde seufzen und sich spürbar beherrschen, um nicht zu sagen: »Ich hab's dir ja gesagt.« Abby würde sie zu trösten versuchen, aber darauf hinweisen, dass sie Orla geraten hatte, erst eine Zeit lang mit David zusammenzuleben, bevor sie ihn heiratete. Und obendrein würde Abby ihr garantiert noch erklären, dass Orla und Jonathan ihrer Meinung nach füreinander bestimmt seien. Das war genau die Art von Unsinn, die Abby von sich geben würde. Da war Orla ganz sicher.

Sie biss sich auf die Lippe. Sie hatte tatsächlich mit Jonathan schlafen wollen, was sie mehr verwirrte als alles andere. Hatte es daran gelegen, dass Jonathan ihr immer noch viel bedeutete? Oder hatte sie schlicht David eins auswischen wollen? Und wenn sie David eins auswischen wollte, was für ein schrecklicher Mensch war sie dann eigentlich?

Sie goss sich noch ein Glas Wein ein und fragte sich, ob er merken würde, dass sie nicht neben ihm im Bett lag.

Es wäre schön, wenn er aufwachen würde, dachte sie.

Wenn er merkte, dass sie nicht da war, und zu ihr geeilt käme, um sie zu fragen, was sie habe. Sie stellte sich vor, wie er ins Wohnzimmer kam und sie da im Sessel sah, und plötzlich wäre zwischen ihnen alles wieder in Ordnung, er würde sie in die Arme nehmen, sie hochheben und ihr sagen, dass er sie liebte.

Sie schnaubte leise. Sie war zu groß und zu schwer, als dass er sie auf Händen tragen könnte. Gemma hatte dafür die richtige Größe, obwohl, so sagte sie sich selbstzufrieden, Gemma vermutlich schwerer war als sie. Die pummelige Gemma. Die auch zu der Goldenen Hochzeit kommen würde.

Sie packte den Stiel des Weinglases noch fester. David hatte ihr von der Jubiläumsfeier erzählt, und als sie gerade daran gedacht hatte, dass es vielleicht ganz gut wäre, wieder mit seinen Verwandten zusammenzukommen, hatte er hinzugefügt, dass auch Gemma und die Kinder kommen würden. Das hatte ihr die Sprache verschlagen. Was hätte sie auch sagen sollen? Dass sie nicht in ein und demselben Raum mit seiner Exfrau sein wollte? Dass die seltenen Momente, in denen sie seine Kinder zu sehen bekam, mehr als genug für sie waren? Anscheinend verlangte er, das sollte sie nicht weiter stören, als müsste sie Gemma einfach als eine Art Exfreundin betrachten können. Aber wie konnte sie so von dieser Frau denken? Wie brachten andere zweite Ehefrauen es überhaupt fertig, der jeweils ersten höflich zu begegnen? Gab es darüber vielleicht eine Art Knigge, den man sich kaufen konnte? Kapitel eins, dachte sie, ›Wie man durch Höflichkeit beleidigt‹. Kapitel zwei, ›Wo man den Dolch ansetzt‹.

Keelin hob das Telefon ab, kaum, dass es geklingelt hatte. Sie wartete auf einen Anruf von Mark Dineen. Zum ersten Mal hatte ein Junge zu ihr gesagt, er werde sie anrufen, und trotz ihrer feierlichen Schwüre, sie werde ganz cool bleiben, wenn es einmal so weit wäre, saß sie nun doch wie das Kaninchen vor der Schlange neben dem Telefon. Sie sah auf die Uhr. Es war Samstagabend, sieben Uhr. Er hatte gesagt, er werde sie zwischen halb sieben und halb acht anrufen.

»Hallo«, sagte sie.

Nach kurzem Schweigen sagte eine Stimme: »Hallo, Keelin.« – »Bru?«, fragte sie zögernd. »Bist du das?«

»Ja. Wie geht's dir, Keelin?«

»Gut.«

»Wie ist es in der Schule?«, fragte er.

»Ach, ganz okay«, entgegnete sie. »Ziemlich langweilig.«

Er lachte. »Das kenne ich.« Er räusperte sich. »Keelin, eigentlich wollte ich Gemma sprechen. Ist sie da?«

»Warum?«, fragte Keelin.

»Ich möchte nur mit ihr sprechen«, sagte Sam.

»Sie ist nicht da«, sagte Keelin bestimmt. »Heute hat der Salon länger geöffnet, deshalb kommt sie erst um acht nach Hause.«

»Und du bist ganz allein?«, fragte Sam.

»Schön wär's«, schnaubte Keelin. »Meine Oma ist da. Ich brauche sie natürlich nicht, aber sie ist trotzdem da.«

»Kommt sie jeden Samstag zu euch?«, fragte Sam.

»Nein«, antwortete Keelin. »Mum arbeitet nicht jeden langen Samstag. Niamh hat sie nur heute darum gebeten. Also hat sie darauf bestanden, dass meine Großmutter herkommt. Es ist echt lächerlich«, fuhr sie erregt fort, »zu glauben, dass eine alte Dame hierher kommen muss, weil meine Mutter Angst hat, dass ich sonst Ronan erwürge.«

Er lachte. »Richtest du ihr bitte aus, dass ich angerufen habe?« – »Ja«, sagte Keelin.

»Und dass ich es noch mal versuchen werde«, sagte Sam. »Was soll ich ihr denn sagen, worum es geht?«

»Nichts Besonderes«, sagte er.

»Willst du mit ihr ausgehen?«

»Wie kommst du darauf?«

»Ach, Bru!«

»Komm schon, Keelin.« Aber Sam lachte mit ihr. »Gib mir eine Chance.«

»Ich mag dich«, sagte sie. »Aber ich liebe meinen Dad.«

»Ich weiß«, sagte Sam. »Daran wird sich auch nichts ändern.«

»Ich sage ihr, dass du angerufen hast.«

»Danke, Keelin. Hat mich gefreut, dich mal wieder zu hören.«

»Mich auch«, sagte sie und legte auf.

Sie ging zurück ins Wohnzimmer. Frances Garvey saß in Keelins Lieblingssessel. Frances kam immer herein und übernahm sofort das Kommando, dachte Keelin und ließ sich aufs Sofa plumpsen. Kaum war sie zur Tür hereingekommen, fand sie praktisch an allem etwas auszusetzen. »Wer war das?«, fragte ihre Großmutter.

»So ein Typ«, sagte Keelin.

»Ein Junge?«, fragte Frances. »Hast du da gerade mit einem Jungen gesprochen?«

»Eigentlich eher ein Mann.« Keelin griff nach der Zeitung.

»Was wollte er denn?«, fragte Frances.

»Mit Mum sprechen.«

»Wer war es denn?«

Keelin zuckte mit den Schultern. Sie schlug die Zeitung auf und versteckte sich dahinter. Es ging sie nichts an, und sie hatte das vage Gefühl, dass Frances auch an Bru etwas auszusetzen hätte. Keelin wusste nicht recht, ob sie selbst mit ihm einverstanden war – zumindest nicht als Partner für Gemma.

Es war nicht zu übersehen gewesen, dass sie ihm gefiel, und als Keelin das bemerkt hatte, hatte es ihr einen ganz schönen Schock versetzt, denn sie konnte sich einfach nicht vorstellen, dass ihre Mutter einem Mann gefiel! Aber eines Abends hatte sie Gemma und Selina beobachtet, wie sie an der Bar saßen und sich unterhielten, und da war ihr plötzlich klar geworden, dass Gemma eigentlich recht hübsch war.

Nicht auf eine umwerfende, Aufsehen erregende Art, und gewiss nicht gerade trendig – wie Orla –, aber auf eine sanftere, weichere Art. Es hatte Keelin fast umgehauen, dass ihre Mutter so attraktiv sein konnte.

Das Telefon klingelte wieder. Sie schoss vom Sofa hoch.

Gemma war müde. Niamh hatte sie gestern Abend angerufen und sie gefragt, ob sie den ganzen langen Samstag arbeiten könne, und Gemma hatte Ja gesagt. Aber jetzt war sie seit zwölf Stunden auf den Beinen und völlig erschöpft. Ihr Rücken tat schrecklich weh. Sie rutschte herum, bis sie es auf dem Fahrersitz etwas bequemer hatte.

Sobald Frances weg war, würde sie sich eine Stunde lang in einem heißen Bad aalen. Sie sah auf das Päckchen auf dem Beifahrersitz. Sie hatte ein Ölbad von Estée Lauder gekauft, das hoffentlich all die Dinge mit ihrer Haut anstellen würde, die die Packung verhieß. Sie hatte sich außerdem eine regenerierende Gesichtsmaske gegönnt. Sie wusste nicht recht, was die Maske regenerieren sollte, aber ein Versuch konnte ja nicht schaden. Wie üblich hatte sie das schlechte Gewissen gezwickt, als sie so viel Geld für lächerlich überteuerte Produkte ausgab, die sie im Supermarkt für ein Viertel des Preises bekommen hätte. Aber das wäre nicht dasselbe, sagte sie sich, in dem Bemühen, die Ausgabe zu rechtfertigen.

Der Geruch von Möbelpolitur schlug ihr schon entgegen, als sie die Haustür aufschloss. Sie knirschte mit den Zähnen. Jedes Mal, wenn Frances bei ihr war, machte sie sich im Haus nützlich. Sie putzte die Fenster; spülte sämtliches Geschirr oder polierte das bisschen Silber, obwohl Gemma all das regelmäßig selbst machte. Egal, wie oft sie ihrer Mutter sagte, sie brauche sich nicht solche Mühe zu machen – Frances ignorierte das. Frances hatte einen Putzfimmel, dachte Gemma. Sie konnte sich in ihrer ganzen Kindheit an keinen Tag erinnern, da nicht alle Flächen ordentlich abgestaubt, alle Böden geputzt waren, wo nicht alles, was herumlag, sofort weggeräumt wurde. Das hatte sie als Kind verrückt gemacht, aber es hatte auch in gewisser Weise abgefärbt. Gemma wusste, dass sie eine gute Hausfrau war, und deshalb ärgerte das Verhalten ihrer Mutter sie umso mehr. Sie seufzte, setzte ein Lächeln auf und betrat das Wohnzimmer.

Frances saß im Sessel am Fernseher. Keelins Sessel, bemerkte Gemma.

»Hallo.« Sie ließ ihre Tüten aufs Sofa fallen. »Ist heute alles gut gegangen?«

»Ich habe den Boden im Flur geputzt«, sagte Frances. »Wirklich, Gemma, du solltest ihn besser pflegen. Er sah aus, als hätte er seit Monaten keinen Lappen mehr gesehen.«

»Das liegt an Ronan«, sagte Gemma so gelassen wie möglich. »Er schleppt so viel Schmutz herein, und egal, was ich tue, der Boden sieht immer ungepflegt aus.«

»Ronan ist oben«, sagte Frances. »Sein Freund Neville ist da. Ich musste darauf bestehen, dass sie hereinkommen, als es zu regnen anfing. Sie haben so eine Art Rugby gespielt und sich dabei im Dreck gewälzt. Jetzt spielen sie am Computer.«

»Und Keelin?«

»Die ist auch in ihrem Zimmer.« Frances warf die Lippen auf – wie Gemma wusste, ein sicheres Zeichen dafür, dass sie mehr sagen wollte, sich aber zurückhielt. Nun, dachte Gemma, sie würde Frances keine Gelegenheit geben, sich über Keelin zu beklagen. Sie zog ihre Jacke aus und warf sie absichtlich aufs Sofa.

»Warum räumst du deine Sachen nicht ordentlich weg?«, fragte Frances prompt. »Irgendwann musst du sie sowieso aufräumen, also warum nicht gleich?«

»Weil ich müde bin.« Gemma ließ sich in den anderen Sessel fallen. »Heute war ein harter Tag im Salon. Und es ist schön, nach Hause zu kommen und sich erst mal hinzusetzen.«

»Wenn du David nicht rausgeworfen hättest –«

»Bitte, Mum, fang nicht wieder davon an. Ich kann es

nicht mehr hören. Das ist schon fünf Jahre her. David hat wieder geheiratet. Reden wir einfach nicht mehr davon.«

»So hättest du es wohl gern, nicht?« Auf Frances' Wangen erschienen zwei kleine rosa Flecken. »Wenn man nicht darüber spricht, gibt es auch kein Problem. Du kannst ja immer noch Geld ausgeben gehen, damit du dich wieder besser fühlst.«

»So ein Blödsinn!« Gemma fuhr auf, wirklich verärgert. »Und wenn ich so denken würde, woher sollte ich das dann wohl haben?«

»Wie meinst du das?«

»Ach, hör schon auf«, sagte Gemma. »Du hast mich schließlich erzogen, oder etwa nicht? Du hast auch nie gern über wichtige Dinge gesprochen. Ich kann mich nicht an irgendwelche tiefschürfenden Gespräche erinnern. Na ja, jedenfalls hast du mit mir nie ernsthaft geredet. Mit Michael allerdings schon.«

»Erzähl keinen Unsinn.«

»Das ist kein Unsinn«, erwiderte Gemma. »Ich sage ja nur, dass Liz und ich dir immer völlig egal waren. Der Einzige, der dir je wichtig war, war Michael. Und du freust dich doch im Grunde darüber, dass meine Ehe in die Brüche gegangen ist – das beweist nur deine Überzeugung, dass ich unfähig und zu nichts nutze bin. Wahrscheinlich freust du dich auch noch darüber, dass Liz ein Kind bekommen hat – du hast sie doch immer schon für leichtfertig gehalten! Aber der gute alte Michael und seine verdammte perfekte Familie sind der lebende Beweis dafür, dass du doch etwas richtig gemacht hast.« Sie hörte, wie ihre Stimme am Ende dieses Satzes zitterte. Sie biss sich innen auf die Lippe, denn ihre Mutter sollte nicht merken, wie tief sie das traf.

»Ich habe dich bis heute nie für dumm gehalten«, sagte Frances scharf. »Aber ich habe mich geirrt. Du weißt ganz genau, dass ich euch alle im gleichen Maße liebe.«

»Einen Scheißdreck weiß ich!«, gab Gemma zurück.

»Es besteht kein Anlass, auf ein solches Niveau abzusinken«, sagte Frances. »Wenn du nicht mit mir diskutieren kannst, ohne solche Wörter zu gebrauchen, dann bist du weniger kultiviert, als ich dachte.«

»Ach, Herrgott noch mal!« Gemma stand auf und ging quer durchs Zimmer. Sie nahm eine Flasche Gin vom Sideboard und goss etwas von der klaren Flüssigkeit in ein Kristallglas. Dann fügte sie noch etwas Tonic Light hinzu.

»Alkohol hilft sicher«, bemerkte Frances beißend.

»Ja«, sagte Gemma. »Das tut er. Er wird mir darüber hinweghelfen, dass meine eigene Mutter mich für eine dumme, unfähige Frau hält, die ihren Mann nicht halten konnte und ihren Haushalt nicht ordentlich führen kann!«

Frances erwiderte nichts. In Gemmas Augen glitzerten nicht vergossene Tränen. Sie befahl sich, auf gar keinen Fall vor ihrer Mutter zu weinen. Sie hatte nicht mehr vor Frances geweint, seit sie zwölf gewesen war. Damals hatte sie zu hören bekommen, Mädchen in ihrem Alter weinten nicht mehr. Das hatte sie damals schon nicht geglaubt, und sie glaubte es auch jetzt nicht. Es gab im Leben wahrhaftig genug, worüber man weinen konnte. Und meistens ging es einem danach gleich viel besser. Aber nicht vor Frances.

Gemma genehmigte sich einen großen Schluck von ihrem Drink. »Sieh mal«, sagte sie. »Ich habe den falschen Mann geheiratet, und es ist schief gegangen. Er hat dir nicht gepasst, als ich ihn geheiratet habe, aber seit ich mich von ihm habe scheiden lassen, führst du dich auf, als sei er das Beste gewesen, was mir je passiert ist. Nun, das war er nicht. Und es geht mir ohne ihn viel besser. Auch, wenn das manchmal bedeutet, dass ich meine Einkäufe nicht sofort aufräume. Oder die Böden nicht ständig glänzen. Als ob –«, sie kippte den restlichen Gin Tonic herunter, »als ob es so wichtig wäre, ob sie nach beschissenen Pinienwäldern duften oder nicht!!«

»Gemma!«

»Was?«

»Wie ich schon sagte, solche Ausdrücke sind nicht angebracht.«

Gemmas Lachen klang leicht hysterisch. »Das ist alles, was dir wichtig ist, nicht? Wie die Dinge nach außen hin aussehen? Nicht, wie sie wirklich sind? Du wärst doch völlig zufrieden, wenn ich mit David todunglücklich wäre, solange wir nur zusammenblieben. Und du wärst zufrieden mit Liz gewesen, wenn sie einfach irgendwen geheiratet hätte, nur damit sie nicht als ledige Mutter endet.«

»Das ist nicht wahr.«

»Ach nein?«

»Natürlich nicht.« Frances erhob sich vom Sessel. »Und wenn du so denkst, gehe ich jetzt nach Hause. Ich bleibe nicht hier, wenn ich nicht erwünscht bin. Vorhin war ich natürlich erwünscht, als du gearbeitet hast. Es ist dir schon recht, dass ich hier bin, wenn du mich brauchst, nicht wahr? Aber wenn ich dir nicht mehr nützlich bin, bin ich auch nicht mehr willkommen!«

Gemma rieb sich die Schläfen. »Tut mir leid. Ich meinte doch damit nicht –«

»O doch, du meintest«, sagte Frances. »Du hast jedes Wort ernst gemeint.«

»Es ist nur –« Gemma schluckte. »Du kritisierst mich ständig. Du brauchst mir nicht vorzuhalten, was ich alles falsch mache. Ich wünsche mir doch nur, dass du mich trotzdem liebst. Und das tust du nicht.«

»Wie kannst du so etwas sagen?«, entgegnete Frances. »Du weißt ganz genau, dass ich dich liebe. Dich und Liz und Michael.«

»Aber Michael hast du am liebsten.«

»Ach, Gemma, werd endlich erwachsen.« Frances drapierte sich ihren Seidenschal um den Hals. »Ich habe alle meine Kinder gleich lieb.«

»Nun, so kommt das jedenfalls nicht rüber«, sagte Gemma.

»Ich kann nicht glauben, dass ich mir das anhören muss«, erwiderte Frances. »Nach allem, was ich für dich getan habe!«

»Was denn alles?«, fuhr Gemma auf. »All die Male, die du mir gesagt hast, ich hätte David nicht heiraten dürfen? Oder ich hätte bei ihm bleiben sollen? All die Male, die du meine Schränke ausgewischt und mir erklärt hast, jetzt sei alles hygienisch sauber? All die Male, die du hier den Putzteufel spielst, obwohl ich dich nicht darum gebeten habe?«

»Du undankbares kleines Biest!« Frances spuckte die Worte förmlich aus.

Gemma verzog das Gesicht. Die beiden Frauen starrten einander stumm an.

»Ich gehe«, sagte Frances knapp.

»Nicht.« Gemma fürchtete, wenn ihre Mutter jetzt ging, wurde sie nie wieder einen Fuß über ihre Schwelle setzen.

»Ich soll also hier bleiben, damit du mich noch weiter beleidigen kannst?«

»Nein«, sagte Gemma. »So meine ich das nicht. Ich finde nur, du solltest nicht nach Hause fahren, wenn du böse auf mich bist.«

»Ich bin nicht böse auf dich«, sagte Frances. »Ich bin enttäuscht von dir.«

»Du warst schon immer enttäuscht von mir«, sagte Gemma, von plötzlicher Bitterkeit überwältigt. »Und vielleicht hast du ja recht damit. Es stimmt, ich habe mein Leben versaut. Und ich bin vermutlich undankbar. Du bist heute hergekommen und hast dich um Keelin und Ronan gekümmert, und dafür sollte ich dankbar sein. Es tut mir leid.«

»Ich bin enttäuscht davon, dass die Dinge für dich nicht besser gelaufen sind«, sagte Frances langsam. »Ich bin eigentlich nicht von dir enttäuscht, Gemma. Das habe ich falsch ausgedrückt. Und du sollst dich auch nicht zu Dankbarkeit verpflichtet fühlen. Ich hätte nur gern das Gefühl, dass du mich nicht einfach nur erträgst und dir wünschst, du hättest jemand anderen, der sich um die Kinder kümmern kann.«

»Das wünsche ich mir doch überhaupt nicht«, sagte Gemma.

»Nicht?«

»Nein!« Gemma schüttelte den Kopf. »Ich vertraue sie dir gern an. Ich weiß, dass es ihnen bei dir gut geht.«

»Und du weißt auch, dass ich sie liebe?«, fragte Frances.

»Natürlich.« Frances liebte die Kinder schon, dachte Gemma. Allerdings hegte sie den Verdacht, dass ihre Mutter Michaels Kinder mehr liebte.

»Ich liebe niemanden mehr als irgendjemand anderen«, sagte Frances, als habe sie ihre Gedanken gelesen. »Weder Thomas noch Polly, Suzy, Keelin oder Ronan. Sie alle sind meine Enkelkinder, und ich liebe sie alle in gleichem Maße. Wie ich meine Kinder in gleichem Maße geliebt habe.«

Gemma verzog das Gesicht.

Frances seufzte. »Es tut mir leid, wenn du mir nicht glauben kannst«, sagte sie. »Ich hatte eben erwartet, dass Michael mir viel Ärger machen würde. Ein Junge – ich hatte keine Ahnung davon, wie man einen Jungen erzieht! Ich dachte, er würde wilde Besäufnisse auf dem Feld hinter dem Haus veranstalten, sich prügeln und weiß Gott noch was. Aber er war so brav und fleißig. Ich war so stolz auf ihn, als er an diesem College in England aufgenommen wurde. Und dann hat er Debbie kennen gelernt, und irgendwie schien ihm einfach alles zu gelingen.«

»Und sie lebten fröhlich bis ans Ende ihrer Tage.«

»Weil er sich nicht solche Herausforderungen sucht wie du«, sagte Frances. »Weil er nicht die ganze Zeit dafür kämpft, alles noch besser zu machen. Oder anders. Weil er fröhlich und leicht zufrieden ist, und weil er weiß, was er vom Leben erwartet.«

»Ich dachte auch, ich wüsste, was ich vom Leben erwarte«, sagte Gemma. »Ich dachte, es sei David.«

»Ich wusste, dass es nicht David war«, entgegnete Frances. »Aber da du ihn nun einmal geheiratet hattest, fand ich, du hättest dich mehr anstrengen müssen.«

»Ich habe es ja versucht!«, rief Gemma. »Du weißt ja gar nicht, wie sehr ich mich angestrengt habe.«

»Wahrscheinlich nicht«, sagte Frances. »Ich dachte nur, du warst so verliebt in ihn, dass sich das nicht schlagartig geändert haben konnte. Ich erinnere mich gut daran, weißt du? An den Tag, als du nach Hause kamst und in einem fort von ihm gesprochen hast. Wie gut er aussah. Wie sexy er war.« Sie verzog das Gesicht.

»Sexy habe ich nicht gesagt«, widersprach Gemma.

»Nein, du hast gesagt, er sei ein Sexgott«, erklärte Frances trocken.

Gemma errötete. »Da kannte ich ihn offensichtlich noch nicht so gut.«

»Soll das etwa heißen, er war kein Sexgott?«

»Mum!« Gemma starrte sie an. »War das ein Scherz?« Frances zuckte mit den Schultern. »So was in der Art.« Gemma konnte ihre Überraschung nicht verbergen. Frances scherzte nie. Es war sogar ein ständiger Witz zwischen ihr und Liz, dass ihre Mutter nicht einmal wusste, was ein Scherz war.

»Sexgott hin oder her«, sagte sie schließlich, »er war nicht der richtige Ehemann für mich. Das war traurig.« Sie rieb sich die Nase. »Ich wollte nicht, dass es mit einer Scheidung endet. Wirklich nicht. Aber ich war furchtbar unglücklich, und ich wusste, dass es nicht besser werden würde.«

»Ich wollte dir helfen«, sagte Frances. »Ich wollte dir sagen, dass alles wieder gut wird. Aber du hast mich ja nicht gelassen. Ich wollte nicht, dass du auf eigenen Füßen stehen musst. Ich wollte, dass du und Liz eine Arbeit findet, die euch Spaß macht, aber dann doch heiratet –«

»– und glücklich seid bis ans Ende eurer Tage«, beendete Gemma den Satz. »Ach, Mum, es wäre schön, wenn das Leben so wäre, aber so ist es nicht.«

»Ich weiß«, sagte Frances. »Und es ist vermutlich dumm von mir, so zu denken.«

»Du bist nicht dumm«, widersprach Gemma heftig. »Ich will doch genau dasselbe für Keelin. Ich schätze, eines Tages wird es soweit sein, dass ich sie wegen irgendeines Kerls anbrülle.«

»Ich habe dich nie angebrüllt. Obwohl mir manchmal danach war.«

»Na gut.« Gemma grinste. »Das muss ich zugeben. Du warst viel zu damenhaft, um zu brüllen.«

»Ich finde, es ist überhaupt nicht nötig, Kinder anzuschreien«, sagte Frances. »Ich habe immer versucht, eine Mutter zu sein, die nicht schreit.«

»Das brauchtest du auch nie«, erklärte Gemma. »Deine Stimme hat völlig ausgereicht. Ich habe diesen Tonfall ein paar Mal bei Keelin ausprobiert, aber es funktioniert nicht. Ich glaube, ich bin nicht spitz genug.«

Frances lächelte schief. »Bei Keelin fängt der ganze Ärger erst an«, sagte sie. »Ich hoffe, du hast mit ihr mehr Glück als ich mit dir.«

»Ach, sie wird mich bestimmt hassen«, sagte Gemma. »Aber ich hoffe, tief drinnen wird sie mich trotzdem lieben.«

»Ich liebe dich auch, Gemma.« Frances sah ihrer Tochter in die Augen. »Ich weiß, wir sind in vielen Dingen verschiedener Ansicht, aber ich werde dich immer lieben.«

»Ich liebe dich auch«, sagte Gemma. »Aber es ist wichtig für mich, dass mein Leben meine Angelegenheit ist und du mir nicht ständig vorhältst, was ich alles hätte besser machen können.«

Frances schwieg einen Moment, dann nickte sie. »Ich wollte immer nur das Beste für dich«, sagte sie. »Für dich und für Liz. Und wenn ich der Meinung war, dass ihr nicht das Beste bekamt oder nicht euer Bestes gegeben habt, dann habe ich euch wohl Vorwürfe gemacht, anstatt – anstatt euch zu unterstützen. Ich dachte, dadurch würdet ihr erkennen, wie viel ich euch zutraue und wie wichtig ihr mir seid.«

»Tatsächlich?«, fragte Gemma.

»Ja«, sagte Frances. »Glaubst du, ich habe immer die falschen Bücher über Kindererziehung gelesen?«

Gemma seufzte. »Ich glaube, zu diesem Thema gibt es gar keine richtigen Bücher«, erklärte sie. »Meistens machen Keelin und Ronan mich wahnsinnig. Im Augenblick vor allem Keelin. Sie interessiert sich plötzlich für Jungen, und wenn sie sich zurechtmacht, sieht sie aus wie siebzehn – das macht mir Angst.«

»Genau!« Frances' Augen leuchteten auf. »Ganz genau, Gemma. So war es auch, als du zum ersten Mal in die Disco gegangen bist, weißt du noch? Du warst dreizehn, und sie hätten dich da nicht einmal reinlassen dürfen! Aber du hast mir geschworen, mit dreizehn ginge das schon in Ordnung, dass es eine Disco für Teenager sei. Dann bist du nach oben gegangen, und als du wieder runterkamst, sahst du mindestens aus wie achtzehn.«

»Ich hatte viel Spaß«, erzählte sie ihrer Mutter.

»Genau das habe ich damals befürchtet«, sagte Frances.

»Nicht die Art von Spaß!« Gemma blickte schockiert drein. »Ich habe vielleicht älter ausgesehen, aber ich war trotzdem erst dreizehn.«

»Es war nur, weil du älter aussahst…« Frances seufzte. »Ich hatte immer solche Angst um dich, Gemma, du warst so lebhaft und eigensinnig, immer bereit, alles Mögliche auszuprobieren.«

»Ich war nicht dumm«, entgegnete Gemma. »Nicht immer.«

»Du warst unabhängig«, erklärte Frances. »Du, und auch Liz. Und nach Michael war es gar nicht einfach, damit fertig zu werden.«

»Du solltest dich freuen, dass wir so unabhängig waren«, sagte Gemma. »Und stolz auf uns sein. Wir haben es geschafft, auf eigenen Füßen zu stehen, egal, was passiert.«

»Ich weiß«, sagte Frances. »Und ich bin auch sehr stolz auf euch.« – »Wirklich?«

»Natürlich«, sagte Frances heftig. »Natürlich bin ich das. Ich zeige es vielleicht nicht so, aber ich finde, ihr habt euch sehr gut geschlagen. Ich wünschte nur, ihr müsstet das nicht tun. Das ist alles, Gemma. Ehrlich.«

Gemma wollte immer noch nicht vor Frances weinen. Sie blinzelte heftig, um die Tränen zurückzuhalten. »Danke«, sagte sie.

»Du brauchst mir nicht dafür zu danken, dass ich dich liebe«, sagte Frances. »Ich habe dich immer geliebt. Und wenn ich es nicht auf die richtige Art gezeigt habe, tut es mir leid.«

»Nun, mir tut es auch leid, wenn ich es nicht gemerkt habe.« Gemma schniefte.

Frances legte einen Arm um Gemmas Schultern. Das war seit vielen Jahren das erste Mal, dass sie sie auch nur annähernd in den Arm nahm.

»Also«, sagte sie schließlich. »Jetzt muss ich aber wirklich nach Hause. Ich habe den Ofen auf Automatik eingeschaltet, bevor ich gegangen bin, und das Abendessen für deinen Vater ist bald fertig.«

»Danke, dass du gekommen bist.« Gemmas Stimme war zittrig.

»Kein Problem«, erwiderte Frances forsch. »Ruf mich an, wenn du mich nächste Woche brauchst.«

»Mache ich«, sagte Gemma.

»Bis dann.« Frances zog ihren Mantel an und ging.

Als ihre Mutter gegangen war, hängte Gemma ihre Jacke auf und brachte ihr Badeöl und die Gesichtsmaske nach oben. Das war der schlimmste Streit, den ich seit langem mit ihr hatte, dachte sie, als sie sich das Haar hochsteckte. Und das offenste Gespräch. Wir haben tatsächlich über wichtige Dinge geredet. Trotz des Geschreis war es eigentlich ziemlich erwachsen!

Wenn sie mit ihrer Mutter zu tun hatte, kam sie sich meistens vor, als wäre sie wieder sechzehn. Sie hatte bei Frances ständig das Gefühl, die Kritik lauere dicht unter der Oberfläche. Und sie hatte immer geglaubt, diese Kritik käme daher, dass Frances sie nicht liebte. Aber das Gegenteil war der Fall. Das hatte sie heute Abend gemerkt. Sie hatte wie von Erwachsener zu Erwachsener mit Frances gesprochen, vielleicht zum ersten Mal in ihrem Leben. Es war schon seltsam, wenn sie sich vorstellte, dass sie sich erst jetzt in Gegenwart ihrer Mutter vorkam wie eine Erwachsene!

Aber dafür konnte Frances nichts. Denn, so dachte Gemma, während sie die Maske mit Aprikosenduft auf ihrem Gesicht verteilte, obwohl es sie manchmal deprimierte, dass sie fünfunddreißig war, obwohl sie manchmal meinte, ihr Leben sei schon zu Ende, bevor es richtig angefangen hatte, obwohl sie mit Rechtsanwälten verhandelt hatte, Herrgott noch mal, hatte sie es eigentlich nie geschafft, sich richtig erwachsen zu fühlen.

Sie war eine geschiedene Mutter mit zwei Kindern, und manchmal fühlte sie sich dem Leben nicht besser gewachsen als damals mit sechzehn. Die Welt war voller Menschen, die ihr erwachsenes Leben lebten und erwachsene Dinge taten. Und sie entdeckte erst jetzt die Möglichkeit, dass sie selbst vielleicht auch dazu gehörte.

32

»Ich will nicht mitgehen.« Keelin stand da, die Hände in die Hüften gestemmt, und starrte Gemma trotzig an, die gerade das Geschirr vom Frühstück in die Spülmaschine räumte.

»Aber, Keelin, sonst bekommt er euch doch gar nicht mehr zu sehen«, sagte Gemma in bittendem Ton. »Was glaubst du, wie er sich fühlen wird, wenn du sagst, du willst nicht mitgehen?«

»Warum sollte ihn das so stören?«, erwiderte Keelin. »Er findet es wahrscheinlich genauso langweilig wie wir, ständig irgendwas zu unternehmen.«

»Das ist ungerecht«, sagte Gemma. »Ich dachte, du hättest mehr Verständnis, Keelin.«

»Ich habe die Schnauze voll davon, alle zu verstehen.« Keelins Unterlippe bebte. »Ich will nicht in noch ein Restaurant und noch eine Bowlingbahn geschleift werden, oder in eine Ausstellung, oder was auch immer er sonst für einen sinnvollen Ausflug hält, nur weil er das darf. Ich bin keine Ware, weißt du.« Sie warf das Haar zurück und sah Gemma herausfordernd an.

»Was hast du denn heute anderes vor? Und sag nicht, du willst lernen, das nehme ich dir nicht ab.«

»Ich will mit Mark ausgehen«, sagte Keelin.

»Oh«, sagte Gemma. Sie kratzte sich am Kopf. Sie verstand sehr gut, dass Keelin nicht mit David ausgehen wollte, sondern mit ihrem neuen Freund. Wenn es Väter gegen Freunde hieß, würden die Väter immer verlieren. Sie konnte auch verstehen, wie ermüdend es war, ständig von jemandem herumgeschleppt zu werden.

»Dein Vater wird enttäuscht sein«, sagte sie zu Keelin.

»Was ist eigentlich mit Bru?«, fragte Keelin. »Da wir gerade von Männern sprechen.« Gemma errötete. »Bru?«

»Hast du ihn zurückgerufen?« Sie hatte Gemma gestern spätabends von seinem Anruf erzählt, und Gemma hatte sich nur dafür bedankt, dass sie es ihr ausgerichtet hatte, und weiter in ihrer Friseurzeitschrift gelesen. Keelin hatte nachbohren wollen, doch Gemmas Miene hatte sie davon abgehalten.

»Ja«, sagte Gemma. Es war beinahe Mitternacht, als sie ihn anrief. Sie hatte warten wollen, bis Keelin schlief. Sie hatten fast eine Stunde lang geredet. Über lauter kindisches Zeug.

Sie hatte einfach nicht wieder auflegen wollen.

»Was wollte er denn?«, fragte Keelin.

»Mich irgendwann mal sehen.« Gemma fühlte sich scheußlich dabei, Keelin etwas zu verheimlichen. Aber sie hatte ihrer Tochter nicht von ihrem Mittagessen mit Sam McColgan erzählt, und das hatte sie auch nicht vor. Oder nur dann, wenn sie wieder mit ihm ausging.

»Ich mag ihn«, sagte Keelin. »Aber er ist nicht Dad.«

»Natürlich nicht!« Gemma drückte sie an sich. »Natürlich nicht«, wiederholte sie.

»Also, gehst du mit ihm aus?«

»Was würdest du davon halten?«, fragte Gemma.

Keelin zuckte mit den Schultern. »Ich fände es komisch«, gestand sie. Sie lächelte Gemma leicht an. »Es war seltsam, zu sehen, wie er dich im Urlaub immer angeschaut hat, Mum. Fiona und ich haben darüber gelacht, aber ich hatte trotzdem ein komisches Gefühl dabei. Er ist in dich verliebt.«

»Ach was.« Gemma steckte ein Tab in den Geschirrspüler und füllte noch Klarspüler ein.

»Liebst du ihn?«

»Nein«, erwiderte Gemma bestimmt. »Aber ich mag ihn.«

»Ich auch.«

»Ich weiß«, sagte Gemma. »Ich dachte, du wärst vielleicht selbst ein bisschen in ihn verliebt.«

»Mum!« Keelin starrte sie an. »Das wär ja eklig. Er ist viel älter als ich.«

»Wie du selbst sagtest, der Altersunterschied ist derselbe wie bei David und Orla«, sagte Gemma.

»Klar. Und deren Beziehung geht ganz schön in die Hose.«

»Keelin, das ist nicht wahr.«

»Wetten?« Keelin seufzte. »Was stimmt eigentlich nicht mit euch Erwachsenen?«, fragte sie. »Man sollte doch meinen, dass ihr in eurem Alter allmählich alles in den Griff gekriegt habt, oder? Aber ihr seid genauso schlimm wie wir.«

Gemma lachte. »Das macht das Leben ja so interessant«, sagte sie. »Man lernt nie aus. Und«, fügte sie hinzu, »ich habe das erst gestern Nacht festgestellt.«

Keelin lächelte. »Ich weiß nicht, ob ich möchte, dass du mit Bru zusammen bist«, sagte sie. »Ich mag ihn. Aber ich weiß nicht, ob –«

»Keelin, mach dir keine Sorgen«, sagte Gemma.

»Wie soll ich mir denn keine Sorgen machen?«, fragte Keelin in genau dem Tonfall, den Gemma oft ihr gegenüber anschlug. »Du machst mich noch verrückt!«

Sie lächelten beide.

David kam um halb eins. Er sah immer noch erschöpft aus, fand Gemma, als er das Haus betrat. Und die kleinen grauen Stellen hier und da in seinem Haar waren auf einmal sehr viel deutlicher zu sehen. Er lächelte sie an, als er die Küche betrat.

»Riecht gut.«

»Schmorbraten«, erklärte sie.

»Schade, dass du ihn allein essen musst.«

»Das macht nichts«, sagte sie. »Außerdem wird das meiste davon eingefroren.«

»Wäre denn genug für uns alle da?«, fragte David.

Gemma runzelte die Brauen. »Wie meinst du das?«

»Wie wäre es, wenn wir heute zum Essen hier bleiben? Hättest du genug für uns alle?«

»Ich…« Gemma hatte es die Sprache verschlagen.

»Wenn es zu viel Umstände macht, auch okay«, sagte David. »Aber ich weiß, dass die Kinder keine Lust mehr haben, ständig durch die Stadt zu trotten. Das war ganz nett, als sie noch kleiner waren und ihren Spaß daran hatten, von mir ausgeführt zu werden. Aber ich weiß, dass Keelin sich zu Tode langweilt. Das hat sie letztes Mal auch gesagt. Ich weiß, ich hätte mir das vielleicht früher überlegen sollen, aber ich dachte, wenn wir hier essen, können wir uns eine Weile unterhalten, und danach kann sie dann machen, was sie will.«

»Das Essen ist aber erst in einer Stunde fertig.« Gemma warf einen Blick auf die Uhr am Ofen.

Keelin unterbrach sie, indem sie in die Küche getanzt kam, einen Kopfhörer auf den Ohren. »Hallo, Dad.«

Keelin trug ihre übliche schwarze Jeans und – ihr einziges Zugeständnis an Farbe – ihr rotes Stretch-T-Shirt. Aber sie sah trotzdem irgendwie anders aus. Es war nicht ihre Kleidung, merkte David. Es war irgendetwas an Keelin selbst. Ihre Augen leuchteten, und das stete Stirnrunzeln war verschwunden. Sie sah hübsch aus. Nein, dachte er und betrachtete sie genauer, eigentlich sah sie fantastisch aus. Wie habe ich das geschafft?, wunderte er sich. Sie ist meine Tochter. Sie ist ein Teil von mir. Und sie ist wunderschön. Das Herz schlug ihm bis zum Hals. »Hallo«, sagte er. »Wie fändest du es, wenn wir heute hier essen?«

»Hier bleiben?« Sie schaltete ihren Walkman aus.

»Ja, wenn wir hier zu Mittag essen?«

Keelin sah zu Gemma hinüber, doch die sagte nichts.

»Von mir aus gern«, sagte sie. »Aber dann essen wir ein Abendessen für nächste Woche weg. Mum kocht sonntags immer mehr, damit sie nicht kochen muss, wenn sie mal länger arbeitet.«

»Tolle Planung«, murmelte David.

»Ich brauche deine Hilfe nicht für jeden Teil meines Lebens«, erwiderte Gemma scharf.

Er lachte. Warum ging er einfach davon aus, fragte sich Gemma, dass sie sonntags nichts Besseres zu tun hatte, als herumzusitzen und zu warten, bis er die Kinder wieder zurückbrachte? Er hatte sie nicht einmal gefragt, ob sie etwas vorhatte, ob es einen Grund gab, weshalb er nicht zum Essen bleiben könnte. Es kam ihm anscheinend überhaupt nicht in den Sinn, dass ihr das ungelegen kommen könnte. Er meinte wohl, sie sei immer noch ausschließlich dazu da, für ihn zu kochen!

»Ich will mich nicht aufdrängen«, unterbrach er ihre Gedanken. »Aber Keelin hat mir erzählt, dass du sonntags immer Hausputz machst. Ich dachte, nach dem Essen könnte ich das für dich machen.«

»Du!« Sie sah ihn völlig perplex an.

»Warum nicht?«, fragte er. »Ich weiß, wie man einen Staubsauger bedient.«

»David, du hattest doch noch nie Zeit, mir beim Putzen zu helfen«, wunderte sich Gemma.

»Ich hatte auch noch nie Zeit, das Leben einfach zu genießen«, sagte David. »Aber ich werde gleich jetzt damit anfangen.«

Gemma fiel kein Grund ein, weshalb sie ablehnen könnte. David tat ihr leid, denn er hatte es vermutlich genauso satt wie die Kinder, ständig auszugehen. Sie zuckte hilflos mit den Schultern, und David erbot sich, sofort mit dem Putzen anzufangen. Sie ließ ihn an die Arbeit gehen, wühlte im Tiefkühler herum und fand etwas gefrorenes Obst, aus dem sie einen Nachtisch machen konnte.

Sie musste zugeben, dass das sonntägliche Mittagessen mit David und den Kindern lustig war. David nörgelte nicht an ihr herum, kritisierte sie nicht und gab ihr überhaupt nicht wie früher das Gefühl, völlig nutzlos zu sein. Er lobte ihre Kochkunst, erkundigte sich nach dem Salon und war im Allgemeinen viel umgänglicher, als sie ihn je erlebt hatte. Er begann auch in Erinnerungen zu schwelgen, erzählte Geschichten aus den ersten paar Monaten ihrer Ehe, während Keelin interessiert zuhörte und Ronan mit dem Rest des Waldfrucht-Desserts aufräumte, das Gemma rasch zusammengerührt hatte.

Um Punkt drei Uhr kam Mark Dineen, um Keelin abzuholen. Gemma lächelte ihn an und bat ihn herein, doch er schüttelte den Kopf und wollte lieber draußen warten. Sie versuchte nicht, ihn zu überreden. Keelin kam die Treppe heruntergepoltert, gab Gemma einen flüchtigen Kuss auf die Wange und sagte, sie käme dann später wieder.

»Zum Abendessen«, sagte Gemma.

»Mum!«

»Wenn du noch etwas anderes vorhast, kannst du mich noch mal anrufen. Ich erwarte dich um sechs. Das sind drei Stunden, Keelin. Über was wollt ihr denn so lange reden?«

Keelin schnitt eine Grimasse, aber sie nickte.

David wandte sich seufzend an Gemma. »Sie ist erwachsen geworden«, sagte er. »Ich habe es bis jetzt nicht bemerkt, aber sie ist kein Kind mehr.«

»O doch, das ist sie schon noch«, erwiderte Gemma bestimmt. »Allerdings ein Kind, das das andere Geschlecht entdeckt hat. Das macht sie noch nicht zur Erwachsenen. Nur zur Heranwachsenden.«

»Es macht mir Angst«, gestand David. »Und ich komme mir alt vor.«

Gemma lachte. »Dieses Gefühl kenne ich, seit sie angefangen hat zu sprechen und Nein zu sagen! Plötzlich wurde mir klar, dass sie eine richtige Person ist, mit eigenen Vorlieben und Abneigungen.«

»Ich schätze, für mich ist es schwieriger«, sagte David. »Ich sehe sie ja nicht jeden Tag.«

»Aber, David, du siehst die beiden ziemlich oft.«

»Das ist nicht dasselbe.« Er verzog das Gesicht. »Ich dachte, das wäre kein großer Unterschied, aber das stimmt wohl doch nicht.«

»Geschiedene Eltern zu haben, ist wahrscheinlich für kein Kind ideal.« Gemma ging zurück ins Wohnzimmer, und David folgte ihr. »Aber zumindest haben wir uns in dieser Angelegenheit sehr zivilisiert verhalten. Das ist doch schon mal was.«

»Darf ich auch gehen?« Ronan platzte herein. »Ich will zu Neville.«

Gemma warf David einen Blick zu. »Klar«, sagte der. »Aber richte dich danach, wann deine Mutter will, dass du wieder da bist.«

»Zum Abendessen«, sagte sie.

»Okay.« Ronan strahlte sie an. »Bis dann. Wiedersehen, Dad.«

Das Haus kam ihnen unnatürlich still vor, als er fort war.

»Du hast aber heute nicht gerade viel von ihnen gehabt«, bemerkte Gemma.

»Es war trotzdem besser so«, entgegnete David. »Sie waren entspannter, und um ehrlich zu sein, ich auch. Danke, Gem.«

»Gern geschehen.« Sie stand auf. »Ich mache mir noch einen Kaffee. Möchtest du auch welchen?«

»Gern«, sagte er.

Ihm gefiel dieses Haus, dachte er, als er im Sessel Platz nahm, während sie Kaffee kochte. Es hatte so etwas Friedvolles. Es war natürlich nicht so durchgestylt wie seine Wohnung. Aber es war ein entspanntes Zuhause, ein gemütliches Zuhause. Er schloss die Augen.

Gemma kam mit dem Kaffee zurück und fand ihn zu ihrem großen Erstaunen schlafend vor; sein Kopf war zur Seite gerollt, sein Mund halb offen, und er schnarchte leise. Sie stellte den Kaffee neben ihm ab, weckte ihn aber nicht. Sie setzte sich und schlug die Zeitung auf. Die glückliche Familie, dachte sie bitter und blätterte im Fernsehprogramm.

Es war fünf Uhr, als Orla nach Hause kam. Das sonntägliche Mittagessen bei ihrer Mutter war zu einer festen Einrichtung geworden. Sie brach zur selben Zeit auf, wenn David fuhr, um seine Kinder abzuholen. Ein- oder zweimal hatte er sie mit in die Wohnung gebracht, und sie war nach Hause gekommen und hatte sie dort angetroffen. Keelin war so kühl und abweisend gewesen wie immer. Ronan hatte sie angelächelt und Hallo gesagt, aber ohne sie wirklich wahrzunehmen. Und auch David hatte sie angelächelt, aber sie wusste, es wäre ihm lieber gewesen, sie wäre nicht so früh nach Hause gekommen. An den vielen Sonntagen, wenn Orla sie besuchte, hatte ihre Mutter sich nicht einmal erkundigt, wie es in ihrer Ehe lief. Orla war sicher gewesen, dass Rosanna eines Tages fragen würde, warum sie nie einen Sonntag mit David und den Kindern verbrachte, und sie hatte ihre Antwort immer wieder geprobt, damit sie ganz locker herauskam. »Ich sehe ihn doch unter der Woche oft genug! Außerdem ist es gut für ihn, wenn er das bisschen Zeit allein mit seinen Kindern verbringt.« Sie konnte das schon ganz leichthin sagen, mit genau der richtigen Betonung, so als mache sie sich überhaupt nichts daraus.

Und es ist mir auch egal, sagte sie sich, als sie die Tür zu ihrer leeren Wohnung aufschloss. Es kümmert mich nicht mehr, was er tut. Es ist mir schon alles egal.

Sie setzte sich aufs Sofa und zog die Beine an, bis sie den Kopf auf die Knie stützen konnte. Sie hatte Kopfweh, und ihre Augen brannten. Sie war völlig erschöpft. In jedem Augenblick, wenn sie nicht beschäftigt war, grübelte sie über ihre Ehe nach, bis sie ernsthaft befürchtete, sie könnte auf einen Nervenzusammenbruch zusteuern. Und wenn sie nicht über sich und David nachdachte, dann über ihre Arbeit, die zum absoluten Albtraum geworden war. Kalter Schweiß brach ihr aus, wenn sie an den Rest des Monats dachte und daran, dass sie jeden Tag neue Kunden anbringen musste und es nicht schaffte. Und sie fragte sich, wie sie je damit fertig werden sollte, wenn David sie verließe, denn sie würde in der

Versicherungsbranche nie wieder einen Job bekommen. Und sie hatte nicht die geringste Ahnung, was sie sonst tun könnte.

Sie konnte nach Cork ziehen. Dieser Gedanke kam ihr in diesen Tagen immer häufiger. Sie konnte nach Cork ziehen und bei Jonathan leben, der sie wirklich liebte. Jonathan, der ihren Ehrgeiz verstand. Jonathan, der sie gekannt hatte, als sie noch ein fröhlicher Mensch gewesen war, und der dafür sorgen wollte, dass sie es wieder wurde. Wenn er nur hier wäre, in Dublin, dachte sie. Dann könnte sie ihn sehen, mit ihm sprechen und ihre Wahl treffen.

»Als ob ich eine Wahl hätte«, sagte sie laut. »Als ob ich einfach alles stehen und liegen lassen könnte.«

Aber warum nicht? Warum an etwas festhalten, das sie so unglücklich machte, und David noch unglücklicher? Sie hatte ihr ganzes Leben noch vor sich. Und David? Zwei Scheidungen machten sich nicht gut in seinem Lebenslauf! Sie lachte freudlos. Sie dachte schon an Scheidung, dabei war sie noch nicht einmal ein Jahr verheiratet.

Manchmal brauchte man etwas gar nicht lange zu versuchen. Man wusste einfach, dass es nicht ging.

Das Telefon klingelte David aus dem Schlaf. Er blickte sich einen Moment lang verwirrt um und rieb sich den schmerzenden Nacken. Er brauchte ein paar Sekunden, bis ihm klar wurde, wo er sich befand. Er sah auf die Uhr. Schon fünf. Er würde bald nach Hause gehen müssen, in seine abweisende Wohnung und zu Orlas vorwurfsvollem Gesicht. Ihm graute davor.

Gemmas Stimme klang nur gedämpft durch die geschlossene Tür, aber er konnte verstehen, was sie sagte. Sie klang fröhlich, beinahe aufgeregt. »Nein, das macht gar nichts«, hörte er sie sagen. »Ich kann warten... Wenn ich das kann, kannst du es auch«, sagte sie nach einer Pause.

Kurzes Schweigen, und dann lachte sie. »David ist hier.

Nein! Natürlich hatte ich nicht damit gerechnet, dass er bleibt.«

David beugte sich vor in Richtung Tür, um besser zu hören. Hatte er damit, dass er zum Essen blieb, ihren Sonntag verdorben? Sie hatte keine Einwände erhoben. Und was sollte sie schon vorhaben?

Sie lachte wieder. Es war lange her, dachte David, seit er Gemma so lachen gehört hatte.

»Ist gut«, sagte sie. »Aber wenn du dich nicht meldest, rufe ich dich an.«

Mit wem sprach sie da? Liz? Frances? Er schnaubte. Gemma würde nie so lachen, wenn sie mit Frances sprach. Sie und ihre Mutter waren viel zu verschieden.

Gemma öffnete die Tür und kam herein. »Hallo«, sagte sie. »Habe ich dich geweckt?«

Er schüttelte den Kopf. »Ich bin gerade eben aufgewacht. Wer war denn da am Telefon?«

»David!« Sie verzog empört das Gesicht. »Das geht dich nun wirklich nichts an.«

»Entschuldigung. Alte Gewohnheit.«

»Möchtest du noch einen Tee oder Kaffee, bevor du gehst?«, fragte sie.

War das ein Wink, um ihn loszuwerden? Wollte sie ihn nicht mehr im Haus haben? »Nein«, sagte er. »Schon gut.«

»Na dann«, sagte sie.

Er stand auf. »Ich nehme an, ich bin hier nicht mehr willkommen.«

»Nicht doch«, sagte sie. »Aber in deinem Leben gibt es doch auch noch andere Menschen, oder nicht? Orla freut sich doch bestimmt, wenn du früher nach Hause kommst.«

»O ja, bestimmt«, entgegnete David kühl und zog seine Jacke an.

33

Als Brian und Patsy Hennessy ihr Haus in Templeogue bezogen hatten, war die Umgebung noch sehr ländlich gewesen. Heute lag Templeogue natürlich nicht mehr auf dem Land. Es war jetzt Teil der Stadt, eine begehrenswerte Wohngegend am Stadtrand; die Häuser, die man dort gebaut hatte, als Patsy und Brian schon lange dort lebten, waren nur noch halb so groß wie ihres und hatten nur winzige Gärten. Als sie noch klein waren, hatten die Kinder gern im Garten ihrer Großeltern gespielt.

Nach der Scheidung war Gemmas Verhältnis zu ihren Schwiegereltern freundschaftlich geblieben. Patsy rief sie öfter auf ein Schwätzchen an – meist sprachen sie über Keelin und Ronan, doch Patsy erkundigte sich auch nach Gemma selbst. Sie zeigte ihre Gefühle nicht sehr offen, aber Gemma fiel es leichter, mit ihr zu sprechen als mit Frances. Sie hatte nie das Gefühl, dass Patsy sie auf die gleiche Weise beurteilte wie Frances. Allerdings bemühte Gemma sich zurzeit sehr, Frances besser zu verstehen.

Sie atmete tief aus, als das Taxi vor dem Haus hielt. Sie freute sich nicht auf diesen Abend. Sie musste verrückt gewesen sein, diese Einladung anzunehmen.

»Kommt«, sagte sie zu den Kindern. »Seid ihr so weit? Habt ihr das Geschenk?«

»Natürlich habe ich das Geschenk«, sagte Keelin, die das Foto von sich und Ronan in einem goldenen Rahmen bei sich trug. »Das hast du uns schon hundert Mal gefragt.«

»Entschuldigung«, sagte Gemma.

Keelin öffnete die Wagentür und erschauerte in der kühlen Abendluft. Sie trug ein Kleid, das Gemma ihr letzte Woche gekauft hatte, als sie am langen Donnerstag zusammen einkaufen gegangen waren. Das Kleid war aus Samt, schulterfrei, und Keelin hätte nicht erwartet, dass Gemma ihr einen so tiefen Ausschnitt erlauben würde. Es brachte ihren immer noch leicht gebräunten Teint gut zur Geltung Keelin hatte sich das Haar mit zwei roten Spangen zurückgesteckt und sah sehr elegant aus.

»Ich hätte lieber meine Jeans angezogen«, jammerte Ronan und zerrte am Jackett seines Anzugs herum. »Oma macht das nichts aus, das weißt du doch.«

»Ich weiß«, sagte Gemma. »Aber ich wollte, dass wir heute Abend besonders gut aussehen.« Damit niemand sagen kann, ich würde mich nicht gut um sie kümmern. Damit niemand denken kann, ich wäre keine gute Mutter. Damit ich mich selbstbewusst fühlen kann und sicher, im Schoße von Davids Familie und vor Davids Ehefrau.

Sie bezahlte das Taxi und folgte den Kindern den Pfad durch den Vorgarten hinauf.

»Gemma!« Patsy öffnete die Tür und streckte ihr die Arme entgegen. »Wie schön, dich wiederzusehen.«

»Ich freue mich auch, Patsy.« Gemma ließ sich von ihrer Schwiegermutter umarmen und küsste sie auf die Wange. »Du siehst fantastisch aus!«

»Danke«, erwiderte Patsy. »Es hat mich einen ganzen Tag im Schönheitssalon gekostet, um so auszusehen. Wenn ich zu viel lächle, bröckelt vielleicht alles wieder ab. Keelin, du meine Güte, du siehst umwerfend aus. Und so erwachsen! Das ist ja kaum zu glauben.«

Keelin errötete. »Danke, Granny«, sagte sie.

»Da kommt man sich ja uralt vor«, sagte Patsy. »Du siehst auch toll aus, Ronan. Schicker Anzug.«

»Ich wollte Jeans anziehen«, sagte Ronan.

Patsy lächelte ihn an. »Nächstes Mal.« Sie legte einen Arm um Gemmas Taille. »Komm rein«, sagte sie. »Es sind schon viele Leute da.«

Gemma war absichtlich recht spät erschienen. Sie wollte nicht in einem halb leeren Raum herumstehen und gezwungen Konversation machen, vor allem, falls David schon da war.

Sie folgte Patsy ins Wohnzimmer. Die Flügeltüren zwischen Wohn- und Esszimmer standen offen, sodass reichlich Platz für die versammelte Gesellschaft war. Seit Gemmas letztem Besuch waren beide Zimmer neu gestaltet worden.

Gemma erkannte einige von Patsys Nachbarn und ein paar entfernte Verwandte, die in Grüppchen herumstanden. Sie suchte den Raum nach David und Orla ab. Sie entdeckte sie nirgends, aber ihr Blick fiel auf Davids Schwester Livvy.

»Hallo, Gemma.« Livvy lächelte sie an.

»Hallo, Liv. Wie geht's denn so?«

»Gemma, Liebes, trink erst mal einen Champagner!« Patsy drückte Gemma eine Sektflöte in die Hand. »Und was ist mit Keelin? Darf sie auch?«

»Ein Glas«, sagte Gemma.

Keelin folgte Patsy zu der Bar, die an einem Ende des Raums aufgebaut worden war, und ließ Gemma bei Livvy zurück.

»Dich hatte ich hier nicht erwartet«, sagte Livvy.

»Ich hatte auch nicht erwartet, eingeladen zu werden.«

»Es hat mich überrascht, davon zu erfahren. Das geht natürlich nicht gegen dich.«

Gemma hatte sich in Gegenwart von Davids Schwester nie besonders wohl gefühlt. Livvy war ein Jahr älter als sie, und Gemma kam sich bei ihr immer so unzulänglich vor. Sie war immer ganz eingeschüchtert von den vielen akademischen Titeln, die Livvy vorzuweisen hatte, und von ihrer komplizierten wissenschaftlichen Forschungsarbeit am University College Dublin. Gemma kam sich immer zu unwissend vor, um mit Livvy über deren Arbeit zu sprechen, und Livvy hatte sich nicht ein einziges Mal für Gemmas Arbeit als Friseurin interessiert.

»Ist David schon da?«, fragte Gemma. »Noch nicht«, antwortete Livvy. »Vielleicht will er mit deinem Ersatz einen großen Auftritt hinlegen.«

Wahrscheinlich dachten hier alle so, überlegte Gemma. Vielleicht fragten sie sich alle, was passieren würde, wenn David und Orla erschienen. Womöglich hofften sie insgeheim auf eine große Szene, wenn die alte und die neue Frau sich gegenüberstanden. Patsy und Brian hofften natürlich, dass alles ganz ausgesprochen erwachsen und zivilisiert ablief, aber alle anderen fänden es sicher lustiger, wenn es nicht so ginge. Sie lächelte in sich hinein. Das wäre alles kein Problem für sie. Da sie ja so sicher in der Gewissheit ruhte, dass sie sich in Sachen Scheidung richtig entschieden hatte. Sie war sicher in dem Wissen, dass Davids erneute Heirat sie nicht mehr verletzen konnte. Und auf jeden Fall sicher in der Gewissheit, dass das mit ihr und Sam zwar noch nicht offiziell war (sie hatte ihn seit dem gemeinsamen Essen erst einmal wiedergesehen, auf ein paar Drinks nach Feierabend am langen Donnerstag), er aber dafür sorgte, dass sie sich endlich mindestens so gut fühlte wie jedes beliebige vierundzwanzigjährige, rotgelockte Miststück. Eigentlich dachte sie gar nicht mehr an sie als das Miststück.

»Magst du sie?« Livvy brach das Schweigen.

»Wie bitte?« Gemma wandte sich wieder Davids Schwester zu.

»Orla. Was hältst du von ihr?«

»Nichts.« Gemma zuckte mit den Schultern. »Ich kenne sie ja kaum.«

»Ich habe auch noch nicht viel von ihr gesehen«, sagte Livvy.

»David siehst du ja auch selten.« Gemma nippte an ihrem Champagner. Er stieg ihr sofort zu Kopf, denn sie hatte heute noch nichts gegessen. Sie war vom Salon nach Hause gehetzt, unter die Dusche gesprungen und hatte sich wieder angezogen, all das in einer halben Stunde. Sie hatte zu Hause keine

Zeit mehr gehabt, noch etwas zu essen, und wenn sie arbeitete, nahm sie selten mehr zu sich als eine Tasse Tee und ein Rosinenbrötchen.

»Stimmt.« Livvy strich sich das Haar aus den Augen. »Mein Bruder und ich stehen uns nicht sehr nahe. Und seit er diesen Rotschopf von einer Nutte geheiratet hat, hat er natürlich überhaupt keine Zeit mehr für irgendjemand anderes.«

»Nutte würde ich nicht sagen«, entgegnete Gemma milde, obwohl sie sich insgeheim darüber freute, dass Livvy offensichtlich für ihre Nachfolgerin genauso wenig übrig hatte wie damals für sie.

»Du hast besser zu ihm gepasst«, bemerkte Livvy. »Bei der muss er sich doch ständig fragen, ob sie ihn verlassen wird, sich was Besseres sucht als ihn.«

»Gemma! Wie schön, dich zu sehen!« Brian Hennessy, eine gedrungenere, ältere Version von David, erschien an ihrer Seite und umarmte sie.

»Freut mich auch, Brian.« Gemma drehte sich zu ihm um und gab ihm einen Begrüßungskuss.

»Du siehst bezaubernd aus«, sagte er. »Ich glaube, du wirst mit jedem Tag schöner.«

»Ich mag dich, Brian.« Gemma lächelte ihn an. »Das war schon immer so.«

Er lachte und drückte sie an sich. »Freut mich, dass du heute Abend kommen konntest.«

David und Orla steckten in einem Stau von über drei Kilometern Länge in Dundrum. Es hatte einen Unfall an der Kreuzung gegeben, und die beiden Autos waren noch nicht von der Straße geräumt worden.

Orla spürte Davids Wut; er kochte neben ihr schweigend vor sich hin. Sie wich seinem Blick aus, denn sie wusste, wenn sie nicht eine halbe Stunde zu spät nach Hause gekommen wäre, säßen sie jetzt nicht hier fest.

David hatte etwas gemurmelt, das sie nicht ganz verstanden hatte, das aber sicher darauf hinauslief, dass er ihr für alles die Schuld gab. Warum nur, fragte sie sich, war zurzeit jede Kleinigkeit, die passierte, irgendjemandes Schuld? Ihre Schuld, dass sie zu spät gekommen war. Seine Schuld, dass er darauf bestand, auf das Taxi zu warten. Ihre Schuld, dass sie das ganze heiße Wasser verbraucht hatte. Seine Schuld, dass er vergessen hatte, den Boiler anzuschalten.

Und gleich, dachte sie und lehnte sich auf dem harten Sitz im Taxi zurück, würden sie in einem Haus sein, voll mit seinen Verwandten, die sie kaum kannten, aber alle kannten seine wunderbare Exfrau. Und was glaubten die eigentlich, wer schuld am Scheitern dieser Ehe war?

Plötzlich war Gemma nervös wegen des unvermeidlichen Zusammentreffens mit David und Orla. Das Gefühl hatte sie ganz unerwartet überkommen, als sie sich gerade mit Davids Cousin Andrew und seiner Frau Grainne unterhielt. Grainne sagte Gemma gerade, wie gut sie heute Abend aussehe.

»Na ja«, fügte sie hinzu, »unter diesen Umständen hast du sicherlich alle Register gezogen.«

»Wie meinst du das?«, fragte Gemma.

»Ach, komm schon, Gem!« Grainne lächelte sie an. »David und die neue Mrs. Hennessy! Wie kommst du denn mit ihr klar?«

Gemma wünschte wirklich, die Leute würden endlich aufhören, sie zu fragen, wie sie denn mit Orla auskäme. Wieso, zum Teufel, glaubten sie denn, dass sie mit ihr irgendwie auskommen müsste! Sie gab eine nichtssagende Antwort und machte sich auf zum Badezimmer.

Sie betrachtete sich im Spiegel und zupfte eine Haarsträhne hervor, um sie neckisch über ihre Stirn fallen zu lassen. Sie sah heute Abend wirklich ganz gut aus, fiel ihr auf. Ihre Haut war klar, ihre Augen strahlten, und ihr lilafarbenes Kleid von Ben de Lisi war perfekt. Sie hätte sich nur zu gern etwas Neues gekauft, aber da sie schon Geld für Keelin ausgegeben hatte, konnte sie sich das nicht leisten. Also hatte sie alle Abendkleider aus ihrer Garderobe genommen, von denen sie in den letzten fünf Jahren kein einziges getragen hatte. Überrascht und hocherfreut stellte sie fest, dass sowohl das von Ben de Lisi als auch das von Frank Usher ihr noch passten.

Sie überprüfte die Verschlüsse an ihren Ohrringen mit den schwarzen Perlen und rückte die passende schwarze Perlenkette zurecht. Sie atmete tief durch. Sie würden bald da sein, und sie war bereit.

Sie hatte gerade den obersten Treppenabsatz erreicht, als Patsy Hennessy die Haustür aufmachte. Gemma konnte nicht schnell genug kehrtmachen, um Davids überraschtem Blick auszuweichen, als er sie dort stehen sah.

Orla folgte ihm ins Haus. Auch sie sah Gemma auf der Treppe stehen. Sie biss sich auf die Lippe, als sie Davids Exfrau musterte. Die pummelige Gemma sah fantastisch aus, fand Orla. Das Kleid, das sie trug, schmeichelte ihrer Figur, und die Farbe stand ihr ausgezeichnet. Gemmas Haar war kunstvoll hochgesteckt und mit einer Spange befestigt, die genau zu ihrem Kleid passte. Und der schwere Schmuck aus schwarzen Perlen wirkte klassisch und zugleich aufsehenerregend. Orla kam sich in ihrem kurzen schwarzen Cocktailkleidchen mit den Spaghettiträgern sofort jung und blöd vor. Sie trug das Haar offen, viel zu anspruchslos. Sie wünschte auch, sie trüge etwas Interessanteres um den Hals als eine einfache Goldkette. Vorhin war sie ihr noch schlicht und elegant erschienen. Aber neben Gemmas Perlen, davon war Orla überzeugt, musste sie kindisch aussehen.

»Hallo, David.« Gemma ließ ihre Stimme so gelassen wie möglich klingen. Das war schwerer, als sie gedacht hatte. Das Herz hämmerte ihr in der Brust. Sie wollte den Eindruck erwecken, als hätte sie die Situation völlig unter Kontrolle, doch sie war nicht sicher, ob ihr das tatsächlich gelang.

»Hallo, Gem.« Er legte die Hände auf ihre Schultern und küsste sie leicht auf den Mund. »Du siehst heute Abend großartig aus.«

»Danke.« Sie wandte sich an Orla. »Hallo«, sagte sie.

Das Miststück sah fantastisch aus, fand Gemma. Sie hätte alles darum gegeben, dieses dünne Fähnchen tragen zu können, das sich als Kleid ausgab und diesen schlanken, jungen Körper so vorteilhaft zur Schau stellte. Und ihre Beine, in schwarzen Strümpfen mit seitlichem Netzmuster, wirkten endlos lang.

»Hallo, Gemma. Wir haben uns länger nicht gesehen.«

»Wir haben ja auch selten Gelegenheit dazu.«

»Da hast du wohl recht.« Warum gibt sie mir bloß dieses Gefühl?, wunderte sich Orla. Sie ist nicht so hübsch wie ich. Sie hat da auf der Treppe ganz toll ausgesehen, aber sie ist älter als ich. Sie hat Fältchen um die Augen. Und sie ist dicker als ich, obwohl man ihren Bauch in diesem Kleid kaum sieht.

»Warst du schon drinnen?«, fragte David.

»O ja«, antwortete Gemma. »Die Kinder sind auch drin und fallen zweifellos gerade über das Buffet her.«

»Sollen wir reingehen?«, fragte Orla. »Kommt mir ein bisschen komisch vor, hier so herumzustehen.«

David nickte. Er und Orla gingen Gemma voran.

Ihr Hintern könnte in keinem Kleidungsstück je dick aussehen, dachte Gemma düster. Und ich könnte niemals Schuhe mit solchen Absätzen tragen. Nicht mit meinen Füßen, die immer so müde sind, weil ich den ganzen Tag stehe!

»Das ist Davids neue Frau.« Livvy nickte in Orlas Richtung; sie stand gerade mit Joanne McCollough zusammen, die direkt nebenan wohnte. »Sie ist hübsch, nicht?«

»Sie sieht furchtbar jung aus«, bemerkte Joanne.

»Vierundzwanzig.«

»Wie zivilisiert das alles vonstatten geht.« Joanne suchte den Raum nach Gemma ab. »Wenn Richie und ich uns je trennen würden, könnte ich mich um nichts in der Welt mit ihm in demselben Raum aufhalten, geschweige denn mit seiner neuen Flamme.«

»Das ist bestimmt alles nur gespielt«, sagte Livvy. »Gemma würde Orla vermutlich am liebsten die Augen auskratzen.«

»Wenn ich mir Orla so anschaue, glaube ich fast, es ist eher umgekehrt.« Joanne hatte Gemma entdeckt, indem sie Orlas Blick gefolgt war. Davids Exfrau stand auf der anderen Seite des Wohnzimmers und unterhielt sich mit Patsys Schwester Ellen. Gemma lachte, den Kopf leicht schief gelegt, ganz entspannt. Orla hingegen war allein und stand stocksteif an der Wand.

»Warum bist du denn ganz allein?« Keelin blieb neben Orla stehen.

Orla blinzelte ein paar Mal. Drei Gläser Wein in rascher Folge hatten sie ein wenig schwindlig gemacht.

»Ich kenne hier kaum einen«, sagte sie.

»Dad sollte dich ein paar Leuten vorstellen«, gab Keelin ihr recht. »Aber er ist nicht besonders gut, was gesellschaftliche Nettigkeiten angeht.«

Orla verzog das Gesicht. »Findest du?«

»Ja. Mum hat das auch immer gesagt. Dad macht eben sein eigenes Ding, hat sie gesagt. Und so ist es.«

»Da könntest du recht haben.« Keelin war aufmerksamer, als sie gedacht hatte, stellte Orla verschwommen fest. Und sie war erstaunlich freundlich. Sie fragte sich, warum.

»Seid ihr denn nicht öfter hier zu Besuch?«, fragte das Mädchen. »Wir waren oft hier, als Mum und Dad noch verheiratet waren.«

»Ich war zuletzt kurz vor unserer Hochzeit hier«, erklärte Orla. »Ich glaube, sie mögen mich nicht besonders.«

»Warum?«, fragte Keelin.

»Weil ich ihn geheiratet habe«, antwortete Orla. »Vielleicht haben sie gehofft, er würde wieder mit deiner Mutter zusammenkommen.«

Keelin seufzte. »Das habe ich auch gehofft«, sagte sie.

»Und wünschst du dir das immer noch?« Orla war nicht sicher, ob sie die Antwort hören wollte.

»Ich weiß nicht«, sagte Keelin. »Manchmal schon. Aber manchmal auch nicht.« Sie sah Orla forschend an. »Liebst du ihn?«

»Wie bitte?«

»Meinen Dad. Liebst du ihn?«, fragte Keelin.

»Ich habe ihn geheiratet.« Orla hielt es für keine gute Idee, so mit Keelin zu sprechen. Sie war Davids Tochter, und obwohl sie heute Abend unglaublich elegant aussah, war sie doch noch ein Kind. »Ich muss ihn doch wohl lieben, wenn ich ihn geheiratet habe.«

»Aber er ist so alt. Und du bist so hübsch.« Keelin lächelte sie an. »Ich weiß, ich war am Anfang nicht sehr nett zu dir, Orla, aber ich konnte es einfach nicht fassen, dass du mit meinem Dad ausgehst, ehrlich. Ich fand es – na ja, ekelhaft, glaube ich.«

Orla wickelte sich eine ihrer roten Locken um den kleinen Finger. »Und findest du es immer noch ekelhaft?«

Keelin runzelte die Stirn. »Manchmal«, gestand sie. »Aber wenn ihr euch liebt, spielt das vielleicht keine Rolle.«

»Das ist eine interessante Art, es zu sehen«, sagte Orla.

»Mum liebt ihn nicht mehr«, bemerkte Keelin.

Orla blickte quer durch den Raum dorthin, wo sie David zuletzt gesehen hatte. Er war nicht mehr da. Gemma auch nicht. »Kann sein«, sagte sie. »Aber vielleicht liebt dein Dad sie ja noch.«

Keelin hörte ihr gar nicht mehr zu. Das Handy in ihrer Handtasche, das sie unbedingt hatte mitnehmen wollen, hatte zu klingeln begonnen. Und sie wusste, das konnte nur Mark Dineen sein. Sie schlüpfte aus dem Wohnzimmer und ging nach oben, wo sie in Ruhe mit ihm reden konnte.

»Alles in Ordnung?« David erschien plötzlich neben ihr. Orla nickte.

»Hast du noch was zu trinken?«

»Sicher«, sagte sie.

»Warum stehst du denn hier so allein?«, fragte er. »Warum mischst du dich nicht ein bisschen unter die Leute?«

»David, ich kenne hier keine Leute, unter die ich mich mischen könnte«, sagte Orla. »Warum mischen wir uns nicht zusammen?«

Er seufzte schwer. »Wen möchtest du denn gern kennenlernen?«

»Musst du so tun, als sei das eine unangenehme Pflicht?«

»Ist es nicht«, erwiderte er knapp. »Komm, Orla. Unterhalten wir uns mit meinen Eltern.«

Orla schlang einen Arm um seine Taille. Ich bin seine Frau, sagte sie sich. Dass sich da mal keiner täuscht.

Gemma kam in dem Moment vom Garten herein, als David beschloss, noch ein paar Flaschen Wein reinzuholen.

»Huch!« Sie wich zurück, als die Küchentür plötzlich aufschwang.

»Gemma, entschuldige!« David sah sie erschrocken an. »Was machst du bloß hier draußen? Es ist eiskalt.«

»Ich wollte nur ein bisschen frische Luft schnappen«, erklärte sie. »Drinnen ist es stickig.«

»Aber es ist ein schönes Fest«, sagte David.

»Ja.«

»Keelin sieht unglaublich aus.«

»Ja, nicht?« Gemma lächelte. »Sie hat Stunden im Bad verbracht. Ich dachte, wir würden nicht vor Mitternacht hier ankommen, so lange hat sie gebraucht.«

»Also, der Effekt ist weiß Gott umwerfend. Ich hoffe nur, dieser Kerl, mit dem sie da ausgeht, weiß sie zu schätzen. Und lässt seine dreckigen Finger von ihr«, fügte er düster hinzu.

»Ach, Mark scheint ganz nett zu sein«, sagte Gemma milde.

»Ich kann mich nur zu gut daran erinnern, wie ich mit vierzehn war«, sagte David. »Der Gedanke gefällt mir gar nicht, dass irgendwelche pickligen Teenager ausufernde Fantasien über meine Tochter haben.«

Gemma lachte. »Ist das nicht die größte Angst aller Väter?«

»Wahrscheinlich.« Auch David musste lachen. »Ich weiß noch, da war ein Mädchen, Antoinette Galvin hieß sie, die war der absolute Hammer, und ich war ganz wild auf sie.«

»Du hast mir noch nie von ihr erzählt«, sagte Gemma.

»Da war ich fünfzehn«, erklärte David. »Sie war vierzehn. Sie war unglaublich, Gem, der absolute –«

»Ich kann es mir vorstellen«, unterbrach Gemma ihn.

»Und dann sah ich sie eines Tages mit ihrer Mutter«, sagte David. »Und habe sofort entschieden, dass sie nicht die Richtige für mich ist. Mrs. Galvin war eine alte Hexe.«

»David!«

»Na ja, es stimmt«, verteidigte er sich.

»Und die Moral von der Geschichte?«

»Wenn es stimmt, dass Mädchen irgendwann wie ihre Mütter werden, dann mache ich mir immer noch Sorgen um Keelin. Du siehst heute fantastisch aus, Gemma.«

»Du meine Güte!« Sie sah ihn belustigt an. »Das ist eine ziemlich umständliche Art, mir ein Kompliment zu machen.«

»Ich weiß nicht mehr, wie ich zu dir stehen, wie ich mit dir umgehen sollte«, sagte er. »Es ist so komisch, wir haben zusammen gelebt, zusammen geschlafen, zwei Kinder bekommen – und jetzt sollen wir uns auf bloße Höflichkeit beschränken.«

»He, sei nicht so negativ.« Gemma grinste. »Höflichkeit ist unter Geschiedenen schon eine große Leistung.«

Er seufzte. »Kann sein.«

Gemma rieb sich fröstelnd die Schultern.

»Willst du nicht wieder reinkommen?«, fragte David. »Oder möchtest du da draußen erfrieren?«

»Ich komme lieber wieder rein«, sagte Gemma. »Und du nimmst am besten auch den ganzen Wein mit nach drinnen, sonst könnt ihr ihn bald als Eiswürfel servieren.«

Orla sah sie zusammen hereinkommen. Sie biss die Zähne zusammen. Was, zum Teufel, hatten sie da draußen zu suchen? Es mochte ja gut und schön für Gemma sein, hier so völlig unbekümmert hereinspaziert zu kommen, und für David, ihr mit Weinflaschen beladen zu folgen, aber was hatten sie überhaupt zusammen da draußen verloren? Er war ihr verdammter Ehemann, nicht Gemmas. Sie war seine Exfrau. Ex, sagte sie sich. Aber darauf würde man nie kommen, wenn man sie zusammen lachen und scherzen sah. Und sein ganzes Gerede von wegen wie zivilisiert ihre Trennung gewesen war. Das war doch total verlogen. Erste Ehefrauen sollten nicht so freundlich mit ihren Exmännern umgehen. Das gehörte sich einfach nicht.

Andrew Hennessy hatte sich für den Rest des Abends als DJ zur Verfügung gestellt.

»Jetzt ist erst mal genug mit dem Schmusekram!«, rief er. »Action ist angesagt!« Patsy lächelte, als er eine Glenn Miller-CD einlegte.

»Ist noch jemandem nach Tanzen zumute?« Sie packte Ronan bei der Hand und begann zu tanzen.

»Sie sollte es ruhiger angehen lassen, sonst kriegt sie noch einen Herzinfarkt«, murmelte Livvy, die neben ihrem Bruder stand.

»Sie ist fit wie ein Turnschuh«, entgegnete David. »Ich wünschte, ich hätte auch nur halb so viel Energie.«

»Man sollte meinen, du bräuchtest doppelt so viel, wenn man sich die kleine Miss Beine-bis-zum-Hals so ansieht«, bemerkte Livvy.

David warf ihr einen Blick zu. »Ich nehme an, du sprichst von meiner Frau.«

»Von wem sonst.« Livvy grinste. »All die alten Männer laufen ihr überallhin nach, David. Ich wusste ja gar nicht, wie umwerfend hübsch sie ist. Sie hat diese Natürliche-Schönheit-Maske drauf. Da glauben die Männer, sie wäre ein zartes, jungfräuliches Geschöpf, das sie beschützen müssen. Aber da müssen sie natürlich erst mal an dir vorbeikommen, und das ist dann der halbe Spaß an der Sache.«

»Das ist absolut lächerlich«, herrschte David sie an.

»Was denn?«, gab Livvy zurück. »Dass sie hinter ihr her sind, oder dass du sie beschützt?«

Er sagte nichts darauf.

»Ist alles in Ordnung?«, fragte Livvy nach einer kurzen Pause.

»Sicher.«

»Du bereust doch nicht schon wieder, den Hafen der Ehe angesteuert zu haben, oder?«

»Wie kommst du denn darauf?«, fragte David.

»Ich bin deine Schwester«, sagte sie. »Ich kenne dich, David. Die Jagd ist alles, nicht? Wenn man dann etwas hat, ist alles wieder ganz anders.«

»Ach, sei nicht so kindisch, Livvy«, schnaubte er und holte sich ein frisches Bier.

Orla wusste, dass sie zu viel getrunken hatte. Sie war nicht betrunken – nicht so, dass sie umkippen oder wild herumschwanken würde –, aber sie wusste, wenn sie sich jetzt an einem ruhigen Plätzchen hinsetzte, würde sie einschlafen. Und ihre Füße in diesen hochhackigen Stilettos brachten sie um. Sie lehnte sich an die Wand und sah zu, wie Keelin und David miteinander tanzten. Keelins erwachsenes Aussehen heute Abend hatte sie schockiert; wie attraktiv sie war mit ihrem schwarzen Haar, den dunklen Augen und der hellen Haut, perfekt zur Geltung gebracht von dem roten Kleid.

»Hallo, Orla.« Gemma war zu dem Schluss gekommen, dass sie es nicht ewig aufschieben konnte. Sie musste mit Davids Frau sprechen. Sie nahm aus den Augenwinkeln sehr wohl wahr, dass alle im Raum sie beobachteten und sich fragten, was sie wohl zueinander sagen mochten. Vielleicht gar nichts! Dieser Gedanke kam Gemma ganz plötzlich, als sie auf Orla zuging. Orla könnte einfach weggehen. Aber das tat sie nicht.

Orla richtete sich ein wenig auf, obwohl ihre Füße davon noch mehr wehtaten.

»Hallo, Gemma.«
»Gefällt dir das Fest?«
»Klar.« Orla zuckte mit den Schultern. »Ist nicht so ganz mein Stil, aber schon okay.«

Was wäre denn ihr Stil?, fragte sich Gemma. Rave bis zum Morgengrauen?

»Patsy sieht toll aus, nicht?«
»Sie ist eine gut aussehende Frau«, stimmte Orla zu.
»Vielleicht hat David es von ihr.«
Orla zog die Brauen in die Höhe.
»Ich fand immer, dass er sehr gut aussieht«, erklärte Gemma. »Vor allem, als ich ihn kennengelernt habe.« Sie lächelte bei der Erinnerung daran. »Lange Haare, toller Körper – ich konnte nicht anders.« Plötzlich drängte sich ihr der Gedanke an Sam McColgan auf. Ein weiterer langhaariger, gut gebauter Mann. Sie biss sich auf die Lippe. Wollte sie da wirklich wieder hin? Sie wünschte, sie könnte aufhören, an Sam zu denken, als wäre er bereits ein fester Bestandteil ihres Lebens. Als sei er jemand, mit dem sie an eine Ehe auch nur ansatzweise denken konnte. Sie hatte schon eine Ehe in den Sand gesetzt, sagte sie sich, und zwar, indem sie auf genau diese Art an David gedacht hatte, bevor sie ihn überhaupt richtig kannte. Das Dumme im Leben ist, dass man nur glaubt, von seinen Fehlern zu lernen, sagte sie sich. In Wirklichkeit macht man dieselben Fehler immer wieder.

Orla bemerkte Gemmas plötzliches Zögern. Sie liebt ihn

immer noch, dachte sie panisch. Sie will ihn zurückhaben. Und vielleicht will David auch zurück zu ihr. Ihr wurde schlecht.

»Entschuldige mich«, sagte sie. »Ich muss auf die Toilette!« Sie schob sich hastig an Gemma vorbei und rannte hinaus.

Gemma starrte ihr nach. Sie hatte nur freundlich sein wollen. Sie hatte versucht, den ersten Schritt zu tun. Wenn das dämliche Miststück diese Geste nicht erwidern will, dann ist das ihr Problem, nicht meines, dachte Gemma. Sie blickte sich nach den anderen Gästen um, die sämtlich ihrem Blick auswichen. Die können mich doch alle mal, dachte sie. Ich brauche sie überhaupt nicht mehr zu kennen.

Orla saß auf dem Boden im Bad. Se zitterte am ganzen Leib, und von dem galligen Geschmack in ihrem Mund war ihr ganz elend. Warum habe ich ihn geheiratet?, fragte sie sich. Warum habe ich diesen ganzen Quatsch geglaubt, von wegen er liebt mich mehr als alles andere auf der Welt? Warum habe ich ihm geglaubt, als er sagte, dass es mit Gemma aus und vorbei sei? Es ist nicht vorbei. Es war nie ganz aus. Sie liebt ihn immer noch, und er liebt sie, und ich war ja so unglaublich dumm.

Gemma tippte Andrew Hennessy auf die Schulter. »Zeit für ein Tänzchen«, sagte sie.

Er grinste sie an. »Okay. Aber wenn ich mit dir tanze, will ich ein bisschen schmusigere Musik. Sekunde.« Er legte eine andere CD auf, Whitney Houston mit ›Saving All My Love For You‹. »So, Gemma. Los geht's.«

Sie legte den Kopf an seine Schulter. Er war nett, dachte sie schläfrig. Davids ganze Familie war nett. Zu schade, dass David selbst nicht netter gewesen war.

»Entschuldigt bitte.« Sie blickte auf. David stand neben ihnen. »Ich finde, dieser Tanz gehört uns.«

Andrew blickte zwischen ihnen hin und her. David lächelte ihn an. »Das ist unser Lied«, erklärte er.

Gemma wanderte von Andrews in Davids Arme. »Das ist eigentlich gar nicht unser Lied«, sagte sie. »Wir haben gar kein Lied.«

»Aber das ist nahe dran«, sagte David. »Erinnerst du dich an Dollymount?«

Sie nickte. Als sie erst kurze Zeit zusammen waren, hatte David sie zum Bull Wall in Dollymount gebracht – ein beliebtes Plätzchen für Pärchen, um es sich auf dem Rücksitz eines Wagens gemütlich zu machen.

Er hatte sich das Auto seines Bruders Brian geliehen, und es war ein Ding der Unmöglichkeit, sich auf dem Rücksitz eines Fiat Mirafiori zu lieben. Sie waren stattdessen am Strand spazieren gegangen. Sie hatten sich ganz nah ans Wasser gestellt und die Wellen an ihre bloßen Füße schwappen lassen, und Gemma hatte gekreischt, das sei ja eiskalt. Und dann hatte David sie in die Dünen getragen, und sie hatten zum ersten Mal miteinander geschlafen.

Es war wunderschön gewesen, wenn auch etwas unbequem. Gemma erinnerte sich daran, wie ein hoher, schilfartiger Halm sie in dem Moment in die Wange gepiekst hatte, als David in sie eindrang, sodass sie vor Schmerz aufjaulte. Er hielt inne und sah sie an und fragte, ob alles in Ordnung sei. Sie sagte, sicher, und dass ihr nur das Gras wehgetan habe, nicht er, dass er genau die richtige Größe für sie habe. Und er lachte und fing an, sich in ihr zu bewegen, sodass sie das Gras und die nächtliche Kühle sofort vergaß und sich ganz David hingab. In jener Nacht war er ein guter Liebhaber. Er nahm sich Zeit, fragte sie, ob es ihr zu schnell ginge, berührte sie überall da, wo sie gern berührt wurde. Er machte es instinktiv genau richtig, und sie entschied auf der Stelle, dass er der einzige Mann auf der Welt für sie war. Sie wollte für immer an ihn gekuschelt in den Dünen liegen.

Später, als sie wieder im Auto saßen, stellte David das

Radio an, und Whitney sang sich das Herz aus dem Leib. Er lächelte und sagte Gemma, genau so empfinde er für sie, und es sei einfach vollkommen gewesen.
»Weißt du noch?«, fragte David.
»Natürlich weiß ich das noch«, flüsterte sie.
»Damals habe ich dich geliebt«, sagte er. »Dich wirklich geliebt.«
»Ich weiß«, erwiderte sie. »Ich dich auch.«
Sie konnte seinen hämmernden Herzschlag spüren, genau wie damals. Ich habe immer noch Macht über ihn, dachte sie plötzlich. Ich kann immer noch dafür sorgen, dass er mich begehrt. Sie umschlang ihn noch fester und spürte, wie er sie enger an sich zog.
Du kannst einpacken, Miststück, dachte sie.

34

Orla schloss die Badezimmertür hinter sich. Ihr war immer noch schlecht, aber sie wusste, sie würde sich nicht noch einmal übergeben. Doch ihre Beine zitterten, und ihr war schwindlig. Sie wollte nach Hause. Sie hatte genug von Brians und Patsys verdammter Party. Sie hatte genug davon, Leute dabei zu beobachten, wie sie sie beobachteten, und mehr als genug von dem Gefühl, einen Wettbewerb mit der pummeligen Gemma zu verlieren.

Sie betrat das Wohnzimmer, und ihr drehte sich der Kopf. Sie waren praktisch umeinander gewickelt. Anders konnte man es nicht beschreiben. Gemmas Arme lagen um Davids Nacken, seine Hände lagen tief in ihrem Rücken. Er hielt sie fest in den Armen, und sie ließ sich von ihm halten. Sie lächelten einander an. Die anderen schienen die beiden nicht weiter zu beachten, aber niemand, der sie so sah, hätte sie für ein geschiedenes Ehepaar halten können.

Er fühlt sich immer noch zu mir hingezogen, dachte Gemma, und obwohl ich mich nicht mehr zu ihm hingezogen fühle, ist das ein verdammt schönes Gefühl.

Sie ist immer noch sexy, dachte David. Ich hatte vergessen, wie sexy sie sein kann.

Ich werde mich *nicht* noch selbst demütigen, indem ich eine Szene mache, dachte Orla, als sie auf wackligen Beinen den Raum durchquerte.

Die Musik endete, als sie gerade die beiden erreichte. David küsste Gemma auf die Wange, und sie drückte seine Hand. Dann sah sie Orla und wich von ihm zurück.

»Wir gehen«, sagte Orla.

»Was?« David sah sie an.

»Wir gehen«, wiederholte sie. – »Aber es ist noch früh«, protestierte er. »Sonst geht noch niemand.«

»Aber wir«, sagte sie bestimmt. »Es ist drei Uhr morgens. Ich bin müde. Wir gehen jetzt.«

»Sie hat recht«, sagte Gemma. »Ich glaube, ich gehe dann auch.«

»Das solltest du auch, du pummelige Kuh«, fuhr Orla sie an.

»Orla!« David war entsetzt.

»Hat dir das Spaß gemacht?« Die Worte purzelten nur so aus ihrem Mund. »Hat es dir Spaß gemacht, dich um deine Exfrau zu wickeln, während ich dabei zusehe? Und du?« Sie funkelte Gemma an. »Ich nehme an, du bist einfach dankbar für etwas männliche Gesellschaft, auch wenn er der Ehemann einer anderen ist!«

»Orla, um Himmels willen, nicht so laut«, sagte David. »Und ich habe überhaupt nicht – ich weiß gar nicht, wie du darauf kommst –«

»Das war weiter nichts, Orla«, sagte Gemma. »Ehrlich.«

»Dass ich nicht lache«, knurrte Orla herausfordernd. »Du fette, alte Kuh!«

»Orla, du bist müde«, sagte Gemma beschwichtigend.

»Du bist betrunken«, herrschte David sie an.

»Mir geht's gut«, sagte Orla. »Absolut scheißgut.«

Die Luft zwischen ihnen knisterte.

David blickte sich um. Die anderen Gäste unterhielten sich und wandten dezent den Blick von der sich entwickelnden Szene ab.

»David, Orla, draußen wartet ein Taxi.« Livvy kam auf sie zu. »Ich wollte es eigentlich nehmen, aber vielleicht fahrt ihr lieber damit nach Hause.«

»Gute Idee, Livvy«, sagte er. »Danke.«

»Ihr wollt mich wohl loswerden?«, fragte Orla.

»Du bist müde«, sagte Livvy.

»Mir geht's gut«, sagte Orla. »Und was machst du jetzt, Pummelchen?« Sie sah Gemma an.

»Ich suche meine Kinder und gehe«, sagte Gemma. »Zum Glück haben sie nicht mitbekommen, wie du dich hier aufgeführt hast.« Sie marschierte davon.

»Komm, Orla.« David nahm sie beim Arm, doch sie riss sich sofort los. »Komm schon«, sagte er. »Du hast recht. Wir sollten gehen.«

Diesmal folgte sie ihm.

David bezahlte das Taxi und stieg die Treppe zu ihrer Wohnung hinauf. Orla musste sich beeilen, um mit ihm Schritt zu halten, obwohl sie mittlerweile in den hochhackigen Schuhen kaum mehr gehen konnte. Er schloss die Tür auf und ging schnurstracks ins Schlafzimmer. Er zog sein Jackett aus und hängte es ordentlich in den Schrank. Orla sah ihm zu.

»Ach, Herrgott noch mal!«, entfuhr es ihr schließlich. »Warum schreist du mich nicht endlich an, dann haben wir es hinter uns.«

»Dich anschreien?« Seine Stimme klang gelassen. »Warum sollte ich dich anschreien?«

»Weil ich wütend geworden bin. Weil wir meinetwegen gehen mussten«, sagte sie.

»Ich wollte jedenfalls noch nicht gehen.« Er lockerte seine Krawatte und knöpfte den obersten Hemdknopf auf. »Aber du hast uns keine andere Wahl gelassen.«

»Ich weiß, dass du nicht gehen wolltest«, spuckte sie aus. »Es war sogar ziemlich offensichtlich, dass du nicht gehen wolltest. Du hast dich viel zu gut amüsiert. Du hast es ja praktisch vor meinen Augen mit Gemma getrieben. Du Arschloch!«

David zog sich langsam die Schuhe aus. Er seufzte und blickte zu ihr auf. »Das ist absolut lächerlich«, sagte er.

»Das ist absolut lächerlich«, äffte sie seinen Tonfall nach; sie konnte sich gut vorstellen, dass er früher so mit den Kindern gesprochen hatte, als sie noch klein waren. Herablassend. Geringschätzig. Arrogant.

Er stand auf und ging ins Bad. Sie hörte Wasser ins Waschbecken plätschern, und wie er sich die Zähne putzte. Sie setzte sich dahin, wo er eben noch gesessen hatte, und versuchte, ihr Zittern unter Kontrolle zu bekommen. Er betätigte die Toilettenspülung und kam wieder aus dem Bad.

»Du hast mich heute Abend zum Gespött gemacht«, sagte sie. »Du hast mich ignoriert. Du hast mich ausgelacht. Du hast den ganzen Abend lang deiner Exfrau hinterhergehechelt. Und dann hast du praktisch vor versammelter Mannschaft mit ihr geschlafen!«

»Orla, ich habe dich wegen deines Verstandes geheiratet. Mir war nicht klar, dass du den nur geliehen hattest, als wir uns kennengelernt haben.«

»Du Mistkerl.« Sie biss die Zähne zusammen. »Wie kannst du es wagen, so mit mir zu sprechen.«

»Es stimmt einfach«, sagte er.

»Ich nehme an, dass Gemma – die Frau, die deiner Meinung nach so intelligent ist wie Bohnenstroh – viel klüger ist als ich? Deshalb hast du so viel Zeit mit ihr verbracht, ja?«

»Ich habe mich nicht ›so viel Zeit mit ihr verbracht‹, wie du es ausdrückst«, entgegnete David. »Ich habe mich schlicht höflich verhalten. Ich habe mit ihr getanzt. Sie war da, also musste ich sie auch zur Kenntnis nehmen, und das habe ich getan. Jetzt hör endlich auf, dich so kindisch aufzuführen, und komm ins Bett.«

»Wozu?«, fragte sie. »Damit du mir den Rücken zudrehen und an sie denken kannst?«

»Herrgott, Orla!«

»Denn so sieht's doch aus, oder nicht? Du liebst sie immer noch. Sie war diejenige, die dich rausgeworfen hat. Du hast so getan, als ginge das schon in Ordnung, weil du den Gedanken nicht ertragen konntest, dass jemand, der nicht so genial ist wie du, nicht mehr mit dir zusammenleben wollte. Also hast du dir dieses Image zurechtgezimmert vom hart arbeitenden Mann, dessen Frau ihn nicht verstanden hat. Aber sie hat dich nur zu gut verstanden, nicht wahr? Sie weiß ganz genau, was bei dir funktioniert, David Hennessy! ›Ach, David, die armen Kinderchen brauchen dringend Urlaub. Ich würde dich ja nicht darum bitten, wenn sie nicht so verzweifelt wären.‹ Und dann, heute Abend, donnert sie sich auf bis zum Gehtnichtmehr und scharwenzelt vor dir herum, bis du dich fragen musst, wie du sie je verlassen konntest. Glaub ja nicht, ich wüsste nicht, was da läuft, David.«

»Orla, du bist krank im Kopf«, stellte David fest.

»Ach ja?«, fauchte sie. »Kann sein. Vielleicht sollte ich mich mal fragen, warum ich überhaupt je geglaubt habe, dass du mich liebst.«

»Das wäre vielleicht gar keine dumme Frage.«

Orla biss sich auf die Lippe. »Du hast ja so recht! Aber bei Gemma wusstest du genau, warum du sie liebst, nicht? Es lag an ihrer ›fröhlichen Art‹, das hast du mir selbst erzählt. Und daran, wie sie dich immer um Rat gefragt hat. Und – offensichtlich – die Art, wie sie dich von Kopf bis Fuß umgarnt hat!«

»Genug jetzt, Orla.«

»Nein, noch nicht genug.« Orla kochte vor Wut. »Noch lange nicht genug. Es wird auch nie genug sein. Sogar in unseren verdammten Flitterwochen hast du ihr Geschenke gekauft. Gott, wie konnte ich bloß so blöd sein? Ich habe mich davon blenden lassen, dass du so viel reifer wirktest als alle Männer, die ich je gekannt habe. Ich habe dir erlaubt, ihr alles Mögliche zu kaufen. Ich kann nicht ganz bei Trost gewesen sein.«

»Jetzt bist du es jedenfalls nicht«, sagte David.

»Meinst du?« Orla öffnete die Schranktür und begann, Davids Klamotten von den Kleiderbügeln zu zerren. »Du meinst wirklich, ich sei nicht ganz dicht, oder? Dann wollen wir doch mal sehen, wie verrückt ich bin. Ich glaube, dass du Gemma immer noch liebst und mit ihr zusammen sein willst. Soll ich es dir nicht etwas leichter machen? Geh zurück zu ihr,

David. Sie wird sich ja so freuen, wenn sie merkt, dass du sie wirklich liebst. Vielleicht war das der beste Schachzug aller Zeiten, um ihren Ehemann zurückzubekommen. Sich von ihm scheiden lassen. Brillant!«

»Schluss jetzt, Orla.«

»Nein!«, rief sie. »Ich finde, es ist höchste Zeit, dass ich ganz klar Stellung beziehe. Und mein Standpunkt lautet, geh doch zurück zu der pummeligen Kuh, dann wirst du schon sehen.« Sie holte einen Koffer unter dem Bett hervor. David sah mit verschränkten Armen zu.

»Du führst dich unvorstellbar kindisch auf«, sagte er.

»Nur zu, behandle mich weiter von oben herab. Das ist mir scheißegal!« Sie riss seine Hosen von den Bügeln.

»Orla, du hast zu viel getrunken, und du führst dich auf wie ein trotziger Teenager.«

»Wenn ich Keelin wäre, würdest du mir jetzt wohl eine runterhauen!«

»Höchstwahrscheinlich«, erwiderte David trocken.

»Das wäre dann Kindesmisshandlung.« Orla stopfte die Kleidung in den Koffer und zerrte am Reißverschluss.

»Du ruinierst meine Sachen«, sagte David. »Du wirst für die Reinigung aufkommen dürfen.«

»Das glaube ich kaum.« Orla hob den nur halb geschlossenen Koffer an. »Das sollte fürs Erste reichen.«

»Orla, hör mit diesem Schnulzentheater auf. Ich weiß, die letzte Zeit war nicht schön, aber du führst dich derart dämlich auf, dass ich meinen Augen nicht trauen will.«

»Trau ihnen.« Sie trug den Koffer ins Wohnzimmer. »Glaub es ruhig!«, rief sie über die Schulter zurück.

David atmete tief durch und zählte bis zehn. Dann ging er ins Wohnzimmer und sah sie mit dem Koffer auf den Balkon treten.

»Um Himmels willen, Orla!«, rief er.

»Wie gesagt, hier drin ist genug fürs Erste. Sie wird dich nur zu gerne bei sich übernachten lassen! Wahrscheinlich ist sie schon ganz heiß nach eurem kleinen Abenteuer auf der Tanzfläche.«

»Orla!«

David schaffte es nicht mehr rechtzeitig hinaus, um Orla daran zu hindern, den Koffer über das schmiedeeiserne Balkongeländer zu hieven und in die Blumenbeete darunter fallen zu lassen. Ein paar Hemden flatterten aus der nicht geschlossenen Seite.

»Du dumme Kuh, verdammt!«

Sie zuckte mit den Schultern und schob sich an ihm vorbei.

»Wenn du es so haben willst«, sagte David.

»Ja«, sagte sie.

»Schön.« Er ging zurück ins Schlafzimmer und kam fünf Minuten später komplett angezogen wieder heraus. Er sagte nichts zu Orla, ging nur zur Tür hinaus und knallte sie hinter sich zu.

»Gut!«, sagte sie, als die Tür ins Schloss fiel. Dann brach sie in wildes Schluchzen aus.

David setzte sich ins Auto, startete den Wagen und fuhr die Küstenstraße entlang. Er fuhr vorsichtig, denn er war sich bewusst, dass er eigentlich nicht mehr fahren sollte; er wollte nicht von der Polizei angehalten werden. Wegen Trunkenheit am Steuer verhaftet zu werden, würde diesem Abend die Krone aufsetzen, dachte er, als er vor einer Ampel sehr gemächlich abbremste. Wenn er wegen Trunkenheit am Steuer drankäme, wäre das das Ende seiner Karriere, das Ende von allem. Und das nur wegen dieser dummen Kuh.

Er gähnte und merkte, wie der Wagen nach rechts zog. Er riss die Augen auf und ließ das Fenster herunter. Ein Schwall kalter Nachtluft würde ihn hoffentlich wieder wecken. Nicht, dass er überhaupt noch wach sein sollte. Er sollte jetzt in seinem Bett liegen und schlafen. Aber sie war in seinem Bett, in seiner Wohnung. Er hätte wieder raufgehen und sie rauswerfen sollen! Aber er war zu schockiert gewesen, um klar denken zu können. Er schüttelte den Kopf. Vielleicht sollte er jetzt noch umkehren.

Er war zu müde, um zurückzufahren. Es war viel näher zu Gemma als zu seiner Wohnung, und er wollte nicht riskieren, wieder den ganzen Weg bis Dun Laoghaire zurückzufahren. Bisher hatte er Glück gehabt, kaum Verkehr und keine Polizei. Lieber nichts riskieren.

Er hielt vor Gemmas Haus und sah auf die Uhr. Die Leuchtziffern verschwammen ihm vor den Augen, aber es war jedenfalls nach fünf. Plötzlich fiel ihm ein, dass sie vielleicht gar nicht da war, sondern noch auf der Party. Nachdem er und Orla gegangen waren, hatte Gemma womöglich entschieden, noch zu bleiben. Das wäre der Gipfel, dachte er auf dem Weg zur Haustür. Gemma amüsierte sich auf der Party seiner Eltern, während er von seiner Frau aus seiner eigenen Wohnung geworfen wurde.

Er klingelte.

Gemma hörte ein Klingeln, aber sie wusste nicht recht, woher es kam. Mühsam öffnete sie die Augen, die sich anfühlten wie zugenäht.

»Mum!« Keelin schüttelte sie. »Mum, da ist jemand an der Tür.«

Gemma setzte sich schlaftrunken auf und sah ihre Tochter an. »Was?«

»Da ist jemand an der Tür«, sagte Keelin.

»Wer?«

»Ich weiß nicht.« Keelin wirkte ängstlich. »Ich habe nicht rausgeschaut.«

Gemma warf die Bettdecke zurück und zitterte in der kalten Luft. Sie tapste zum Fenster hinüber und spähte hinaus. Davids Auto stand vor dem Haus. Ihr Herz setzte einen Schlag aus. Sie konnte sich nur denken, dass etwas Schreckliches passiert sein musste.

»Ich glaube, es ist dein Vater.« Sie drehte sich zu Keelin um. »Du bleibst hier.«

»Warum?« Keelin lief ihr nach. »Ich will mit runterkommen.«

Gemma schnappte sich ihren Morgenmantel. »Du bleibst hier«, wiederholte sie.

Sie stellte die Alarmanlage ab und schloss die Tür auf. David lehnte mit halb geschlossenen Augen im Türrahmen.

»David!«, zischte sie. »Was, zum Teufel, machst du hier? Was ist passiert?«

Er blinzelte ein paar Mal. »Ich musste herkommen«, sagte er. »Ich wusste nicht wohin sonst.«

»Wovon sprichst du überhaupt?« Sie starrte ihn an.

»Sie hat meine Sachen rausgeworfen«, sagte er. »Die dumme Gans.«

»Was?« Gemma bibberte. »Du kommst wohl besser rein.« Sie ließ David in den Flur. Keelin hing über dem Treppengeländer und spähte herunter.

»Keelin, geh wieder ins Bett«, sagte Gemma.

»Warum ist Dad hier?«, fragte Keelin. »Was ist denn los?«

»Ist irgendwas passiert?«, fragte Gemma David. »Etwas, das auch die Kinder betrifft?«

Er schüttelte den Kopf.

»Wir reden morgen früh darüber«, sagte sie zu Keelin. »Geh jetzt wieder ins Bett. Sofort.«

Keelin wusste, wann es ihrer Mutter ernst war. Sie trollte sich in ihr Zimmer.

Gemma führte David ins Wohnzimmer und stellte das Gasfeuer im Kamin an. Er ließ sich aufs Sofa fallen.

»David!« Sie funkelte ihn an. »Wage es ja nicht, mir jetzt einzuschlafen! Ich will wissen, was du hier zu suchen hast. Was du willst. Wie du überhaupt darauf kommst, dass ich dich um diese Zeit hereinlassen sollte!«

David beugte sich vor und rieb sich das Gesicht.

»Tut mir leid«, sagte er. »Vielleicht hätte ich nicht herkommen sollen. Aber sie hat gesagt, ich soll zu dir gehen, und das habe ich einfach getan. Ich hätte zurückgehen und ihr gegenübertreten sollen, aber ich konnte einfach nicht mehr, Gemma.«

»Wer hat gesagt, dass du herkommen sollst?«, fragte Gemma. »Orla? Warum sollte sie so etwas sagen? Was ist denn bloß passiert, David?«

Er blickte zu ihr auf. »Sie ist völlig durchgedreht«, sagte er. »Sie sagt, ich hätte sie heute Abend gedemütigt. Ich hätte auf der Tanzfläche mit dir herumgemacht. Alle hätten über sie gelacht. Und sie hat einen richtigen Anfall bekommen, als wir wieder zu Hause waren. Sie hat meine Klamotten aus dem Schrank gerissen und in einen Koffer gestopft, und dann hat sie ihn aus dem Fenster geworfen.«

»Was hat sie?« Gemma erstickte ein Kichern bei der Vorstellung, wie Davids Koffer durch die Nachtluft segelte.

»Ich habe den Koffer im Auto gelassen.«

Gemma biss sich auf die Lippe. »Warum hat sie sich so aufgeführt, David? Sie war doch wohl nicht eifersüchtig, weil wir miteinander getanzt haben?« Sie schluckte schwer, als sie sich daran erinnerte, wie sie mit David getanzt hatte. Sie hatte sich absichtlich an ihn geschmiegt, während sie ihn anlächelte und mit ihm lachte und zu beweisen versuchte, dass sie eine reife, aber aufregende Frau war, die genau wusste, was ihrem Exmann gefiel. »Welchen Grund gäbe es denn da für Eifersucht!«

David zuckte ratlos die Achseln.

Gemma kniete sich vor den Kamin und wärmte sich die Hände. »Ich mache uns einen Tee«, sagte sie. »Ich bin müde und friere, und du wahrscheinlich auch. Ich mache erst mal Tee, und dann kannst du mir alles erzählen.«

David nickte und lehnte sich auf dem Sofa zurück. Gemma ging in die Küche und setzte Wasser auf.

Diese Wendung der Ereignisse verwirrte sie völlig. Sie konnte es kaum fassen, dass David um – du meine Güte – halb sechs Uhr morgens in ihrem Haus saß und ihr erklärte, Orla habe ihn hinausgeworfen.

Und doch, dachte sie und lehnte sich an die Arbeitsplatte, hatte Keelin ja schon den Verdacht, dass da nicht alles so glatt läuft. Und Livvy ebenfalls. Und sie selbst hatte ganz absichtlich auf provozierende Art mit David getanzt, nur um Orla zu ärgern. Das schien ihr nun alles über den Kopf zu wachsen.

»Mum.« Keelins Stimme war kaum hörbar.

Gemma fuhr herum. »Habe ich nicht gesagt, du sollst wieder ins Bett gehen«, sagte sie.

»Ich weiß«, entgegnete Keelin. »Aber – aber warum ist er hier, Mum? Was ist passiert?«

»Ich weiß nicht.« Gemma seufzte. »Sieht so aus, als hätte er sich mit Orla gestritten.«

»Oh, wow!« Keelin pustete langsam die Luft aus. »Und er ist zu uns zurückgekommen, Mum.«

»Er sitzt vielleicht im Wohnzimmer, aber hier wird er nicht bleiben«, sagte Gemma bestimmt.

»Aber Mum –«

»Keelin, ich weiß nicht genau, wo das Problem liegt, aber, ich werde den Teufel tun und ihn hier aufnehmen. Ich bin seine Exfrau, weißt du noch? Wir sind geschieden.«

»Aber was wäre, wenn er sich von Orla scheiden lässt? Und du dich mit ihm versöhnen würdest?« Keelin sah Gemma an. »Ihr könnt euch doch wieder ineinander verlieben, Mum.«

Gemma kämpfte, um ihre Gefühle unter Kontrolle zu behalten. Sie wusste, wie sehr Keelin sich wünschte, dass sie wieder zusammenkämen, aber sie wusste auch, wie oft sie ihr schon erklärt hatte, dass dies unmöglich war.

»Keelin, er ist jetzt mit Orla verheiratet. Und wenn sie sich gestritten haben, dann ist das sehr traurig. Aber das bedeutet nicht, dass wir uns wieder versöhnen. Dafür wäre genug Zeit gewesen, bevor er Orla überhaupt kennengelernt hat, verstehst du?«

»Ich weiß«, sagte Keelin traurig. »Ich dachte nur, diesmal wäre es vielleicht was anderes.«

»Ach, Keelin.« Gemma nahm sie in die Arme. »Es tut mir leid. Aber es geht nicht. Es geht einfach nicht.«

»Ich liebe euch doch.« Keelin rieb sich die Augen. »Alle beide. Ich will nur, dass alle glücklich sind, Mum. Weiter nichts.«

»Ich weiß.« Gemma drückte sie noch fester an sich. »Ich weiß.«

Nachdem Keelin gegangen war, goss sie den fertigen Tee in zwei Becher und brachte sie ins Wohnzimmer. David ruhte an der Sofalehne und hatte die Augen schon wieder geschlossen.

»Tee«, sagte sie mit scharfer Stimme, und er setzte sich sofort gerade hin.

»Danke.« Er nahm einen Becher und legte beide Hände darum.

»Und jetzt erklär mir bitte, was hier los ist«, sagte Gemma. »Ich bin etwas verwirrt.«

»Du bist verwirrt!« David schnaubte. »Nicht halb so verwirrt wie ich, Gemma. Ich habe alles für sie getan, alles! Und dann springt sie so mit mir um.«

»Was hast du denn für sie getan?«, fragte Gemma.

»Also, zunächst mal habe ich ihr einen Job gegeben.«

»Ach, hör doch auf, David. Du hast mir davon erzählt. Du hast sie geschult, weiter nichts.«

»Ich habe die Teilnehmer an der Schulung bewertet«, sagte David. »Und ihr habe ich eine fantastische Note gegeben.«

»Hatte sie sie verdient?« Gemma zog die Brauen hoch.

»Natürlich«, erwiderte David. »Aber darum geht es gar nicht. Ich habe sehr positive Bemerkungen über sie gemacht. Ich habe sie in ein gutes Team gebracht. Ich habe ihr geholfen, gut voranzukommen.«

»Und dann hast du sie ja auch noch geheiratet«, sagte Gemma trocken.

»Ja.« David sah sie trotzig an. »Ich habe sie geheiratet.«

»Weil du sie geliebt hast?«

Er seufzte. »Weil ich dachte, ich liebe sie.«

»Und jetzt?« – Er stellte den noch fast vollen Becher Tee auf den Couchtisch vor ihnen. »Oh, Gott, Gemma – ich weiß es einfach nicht mehr.«

Er sah furchtbar aus, fand Gemma. Im Laufe der letzten Wochen hatte sie zugesehen, wie er erst müde, dann erschöpft, dann völlig fertig aussah, aber sie hatte ihn noch nie in ihrem Leben so verzagt erlebt wie jetzt. Sie sah die Falten auf seiner Stirn und um seine Augen. Das war kein altes Gesicht. Aber nun war es wirklich das Gesicht eines Mannes von vierzig Jahren.

»Also, was willst du?«, fragte Gemma. »Warum bist du hergekommen?«

David blickte auf. Seine Augen waren gerötet. »Ich weiß nicht genau«, sagte er. »Sie hat mich angeschrien, ich solle zu dir zurückgehen, und das hab ich einfach getan.«

Gemma seufzte. Wenn er früher nur immer so prompt zu ihr nach Hause gekommen wäre – sie schüttelte den Kopf. Es war zu spät für solche Gedanken.

»Was ist zwischen dir und Orla schiefgegangen?«, fragte sie.

»Sie sagte, ich hätte sie gedemütigt. Es hat ihr nicht gefallen, wie wir miteinander getanzt haben.«

Gemma verzog das Gesicht. »Das kann ich ihr nicht verdenken. Ich habe mich kindisch benommen, David.«

»Sie sagte, du hättest dich an mich geschmiegt.«

»Das war dumm von mir«, sagte Gemma. »Ich wollte ein bisschen angeben.«

»Tatsächlich?«

»Ja«, sagte sie ausdruckslos. »Ich hätte vernünftiger sein sollen.«

»Es hat mich überrascht«, sagte er, »wie sexy du warst.«

»Nun ja, das hätte ich nicht sein sollen.« Sie rieb sich die Oberarme. »Aber gestern Abend war nur ein einziger Abend. Der hätte sicher nicht so schlimme Folgen, wenn sonst alles in Ordnung wäre. Also, was ist davor schiefgegangen?«

Er stöhnte. »Alles, Gemma. Einfach alles. In der letzten Zeit haben wir uns nur noch gestritten. Alles hat damit angefangen, dass sie diesen Job bei Serene angenommen hat.«

»Aber ich dachte, das hättet ihr geklärt«, sagte Gemma überrascht. »Ich weiß noch, dass du mir davon erzählt hast, und wie du meintest – reichlich überheblich, wie ich fand –, sie hätte den Job nur bekommen, weil Bob Murphy eigentlich dich wollte. Du hast dich doch bestimmt mit ihr darüber ausgesprochen?«

»Nicht so richtig«, gestand er. »ich war zu wütend auf sie. Und nachdem sie von dieser verdammten Schulung in Cork wiedergekommen ist, war sie so anders. Ich konnte gar nicht mehr mit ihr reden. Das eine Mal, als ich es ihr angeboten habe, wollte sie nicht mit mir sprechen. Du kennst mich, Gemma, ich kann Szenen einfach nicht ausstehen. Also habe ich es einfach laufen lassen...« Er zuckte hilflos die Achseln.

»Aber David, du warst doch so verliebt in sie.« Gemma trank ihren Tee aus und zog den Morgenmantel enger um sich. »Jedes Mal, wenn du die Kinder abgeholt hast, musste ich mir anhören, wie verrückt du nach ihr wärest. Und wie brillant sie sei. Willst du jetzt sagen, du hast sie nie wirklich geliebt?«

»Ich weiß es nicht!« David klang verzweifelt. »Ich glaube, ich liebe sie, aber es war in letzter Zeit so schwierig, Gemma. Und wann immer ich in den letzten Wochen hier war, erschien es mir so friedlich, verglichen mit zu Hause. Ich wollte hier gar nicht mehr weg.«

Gemma spielte mit ihrem Gürtel herum. »Red keinen Unsinn«, sagte sie. »Du siehst hier alles durch die rosarote Brille, weil es mit Orla nicht so läuft, wie du es dir vorgestellt hast. Du blickst auf die guten Zeiten zurück, die wir zusammen hatten, vergleichst sie mit jetzt, und vergisst alles andere.«

»Nein«, sagte er. »So ist das nicht. Ich weiß, dass wir schlimme Zeiten hatten, vor allem gegen Ende. Ich denke nur immer, vielleicht liegt es an mir. Ich habe zwei Frauen geheiratet, und ich habe sie beide so unglücklich gemacht. Was stimmt nicht mit mir, Gemma?«

»Hör mit diesem Theater auf«, sagte sie. »Wenn du Orla nicht mehr liebst, dann musst du mit ihr darüber reden. Wenn du sie noch liebst, musst du dich umso dringender mit ihr aussprechen. Aber wie auch immer, David, sie ist diejenige, mit der du jetzt reden solltest. Nicht ich.«

»Du liebst mich nicht mehr, oder?«, fragte er.

»David, was glaubst du, warum ich mich habe scheiden lassen?«

»Man kann aber doch jemanden lieben, obwohl man nicht mit ihm zusammenleben kann«, wandte David ein.

»Nein, kann man nicht«, sagte Gemma.

Er sah sie reumütig an. »Was stimmt nicht mit mir?«, fragte er. »Was mache ich falsch?«

Gemma lächelte ihn an. »Du bist einfach ein Mann, David. Ihr macht alles falsch!«

»Sehr komisch«, sagte er.

»Du denkst zu viel an dich selbst«, erklärte sie. »Wie die Dinge sich auf dich auswirken. Wie du dich fühlst. Das Problem geht doch einzig und allein auf diese Serene-Sache zurück, oder nicht? Du bist böse auf sie geworden, weil sie dir nichts davon gesagt hat, und ich wette, du hast ihr die kalte Schulter gezeigt. Nicht mit ihr gesprochen. Sie zappeln lassen.«

David starrte sie an.

»David, jedes Mal, wenn wir uns gestritten haben, hast du es genauso gemacht. Und nach einer Weile konnte ich es einfach nicht mehr ertragen. Wenn etwas nicht in Ordnung war, war immer ich diejenige, die versuchen musste, es wieder gutzumachen. Mich zu entschuldigen. Einzulenken. Dich aufzuheitern. Und ich hatte irgendwann die Nase voll davon. Anscheinend geht es Orla genauso, nur hat es bei ihr nicht so lang gedauert.«

»So bin ich nicht«, sagte David. – »Ich bin müde.« Gemma wurde plötzlich von Erschöpfung übermannt. »Ich habe wirklich keine Lust, die ganze Nacht aufzubleiben und mit dir über deine Ehe zu diskutieren, David. Ich will zurück ins Bett. Du kannst auf dem Sofa schlafen.«

»Danke.«

»Ich bringe dir ein paar Decken.« Sie stand auf und brachte die Becher in die Küche. Sie kippte Davids restlichen Tee weg, spülte die Becher aus und ließ sie im Trockengestell. Dann ging sie nach oben und brachte ein paar Decken herunter.

»Ich weiß das wirklich zu schätzen«, sagte er.

»Nur heute Nacht«, entgegnete sie. »Bring das morgen in Ordnung.« Sie gähnte und rieb sich den Nacken. »Gute Nacht, David.«

»Gute Nacht, Gemma«, sagte er.

35

Orla konnte nicht schlafen. Sie versuchte alles – Schäfchen zählen, Selbsthypnose, an gar nichts denken –, aber der Schlaf wollte einfach nicht kommen. Jedes Mal, wenn sie versuchte, an nichts zu denken, wirbelte ihr ein Strudel von Gedanken und Erinnerungen im Kopf herum. Selbst das Schäfchenzählen nahm ein katastrophales Ende. Anstatt über den Zaun zu hüpfen und von dannen zu springen, türmten sich Orlas Schäfchen zu einem würdelosen Knäuel aufeinander.

Um sieben hielt sie es nicht mehr aus. Sie stand auf, kochte sich Kaffee und duschte. Danach fühlte sie sich nur wenig besser. Sie konnte die Augen kaum offen halten, und ihr ganzer Körper fühlte sich bleischwer an, als steckte ihr die Erschöpfung sogar in den Knochen. Sie schlüpfte in eine warme Jogginghose, zog ihren grauen Wollpulli über ein Sweatshirt und stieg in ihre Laufschuhe. Sie wickelte sich noch einen wollenen Schal um den Hals und setzte einen Hut auf. Dann verließ sie die Wohnung und lief zur Küste.

Es war eisig. Niemand sonst war an diesem düsteren Morgen hier unterwegs. Am Pier war es windig, und obwohl das Wasser im Hafen recht ruhig dalag, brachen sich vor der Mole wütend schäumende Wellen an den Felsen, um dann wieder ins Meer zurückzustürzen.

Orla schlang die Arme um sich. Was tue ich hier?, fragte sie sich. Es ist kalt, es ist dunkel, und es ist einsam.

Plötzlich wollte sie nichts mehr, als ihn wieder bei sich zu haben. Sie wollte seine Nähe, seinen Trost, die Gewissheit, dass er sie liebte.

Im Film, dachte sie, würde ich mich jetzt umdrehen, und er stünde am Ende des Piers, mit einem Strauß roter Rosen.

Ich würde mich umdrehen und ihn dort erblicken, und wir würden ganz still stehen und einander einen Moment lang nur ansehen. Dann würde ich zu ihm laufen, er würde mich in die Arme schließen, und alles wäre wieder gut.

Das Bild war so machtvoll, dass sie beinahe daran glaubte. Sie starrte über den Hafen hinaus, denn sie wollte sich nicht umdrehen und ernüchtert feststellen, dass sie sich etwas eingebildet hatte, dass David vermutlich gerade gemütlich bei Gemma frühstückte, während sie, Orla, sich auf dem Pier von Dun Laoghaire den Hintern abfror.

Sie sah auf die Uhr. Eigentlich war es wahrscheinlicher, dass weder Gemma noch David bereits aufgestanden waren. Sie schloss die Augen beim Gedanken daran, dass sie in demselben Bett geschlafen haben könnten, dass sie vielleicht sogar jetzt, in diesem Moment, im selben Bett lagen.

Nach einer Weile machte sie kehrt.

Ronan stand auf und zog einen Pulli über seinen Manchester-United-Schlafanzug. Dann trottete er die Treppe hinunter in die Küche, um sich sein Frühstück zu machen.

Er kletterte auf einen der hohen, dreibeinigen Stühle und holte seine persönliche Frühstücksschüssel – rot mit drei weißen Streifen am Rand – aus dem Schrank. Er füllte sie mit Coco-Pops und goss Milch darüber. Dann nahm er noch einen Löffel aus dem Trockengestell und ging ins Wohnzimmer. Beinahe hätte er die Schüssel fallen gelassen, als er David auf dem Sofa entdeckte. Etwas braune Milch mit Coco-Pops schwappte auf den Couchtisch, als er hastig die Schüssel abstellte, um seinen Vater an der Schulter zu rütteln.

»Dad!« Ronans Stimme klang drängend. »Dad, wach auf!«

Mühsam schlug David die Augen auf. Er blinzelte überrascht, als er seinen Sohn vor sich stehen sah, und dann fiel ihm wieder ein, wo er sich befand und warum.

»Morgen«, sagte er, streckte die Hand aus und verwuschelte Ronans ohnehin ungekämmte Haare.

»Hallo.« Ronan setzte sich neben ihn aufs Sofa. »Was machst du denn hier, Dad?«

»Ich habe hier übernachtet«, erklärte David.

»Hattet ihr Streit?«, fragte Ronan. »Hast du dich mit Orla gezankt?«

Er wollte es nicht eingestehen. Nicht seinem elfjährigen Sohn, der ihn mit einem abgeklärten Blick ansah, über den David nur staunen konnte.

»Wir hatten eine kleine Auseinandersetzung«, gestand er schließlich.

»Ui.« Ronan grinste ihn an. »Und da bist du zu uns zurückgekommen.«

»Nur für eine Nacht«, sagte David hastig. »Das ist alles, Ronan. Ich habe nur hier übernachtet.«

Ronan blickte auf seine Schüssel Coco-Pops hinab. Die Schokolade hatte sich schon fast ganz aufgelöst, und die Milch war jetzt dunkelbraun. »Möchtest du auch?«, fragte er David.

»Nein, danke.« David schüttelte den Kopf und bereute es auf der Stelle. Die Kopfschmerzen, die er zu ignorieren versucht hatte, dröhnten durch seinen Schädel, und beim Gedanken an Essen hätte er sich am liebsten übergeben. Er fragte sich, wie viel Bier und Wein er gestern Abend getrunken hatte. Er hatte das scheußliche Gefühl, dass es viel zu viel gewesen war. Aber er hatte sich auf irgendwie ungemütliche Art durchaus amüsiert. Es war eine schöne Party gewesen; es waren jede Menge entfernte Bekannte und Verwandte dagewesen, die er lange nicht mehr gesehen hatte, und es war aufregend gewesen, dass Gemma und Orla gleichzeitig dort waren.

Was, zum Teufel, stimmt bloß nicht mit mir, fragte er sich, dass ich es erregend finde, meine Exfrau und meine derzeitige Frau auf derselben Party zu sehen? Die meisten Männer würden verrückt werden, wenn sie wüssten, dass die beiden sich auch nur auf derselben Straße aufhielten, geschweige denn im gleichen Raum. Aber ich – ich fand es aufregend! Jetzt fühlte er sich einfach nur noch ausgelaugt.

»Soll ich Mum sagen, dass du wach bist?«, fragte Ronan, der sich währenddessen Coco-Pops in den Mund geschaufelt hatte. »Sie will dir bestimmt Guten Morgen sagen.«

»Das bezweifle ich.« David verzog das Gesicht, als er die Beine vom Sofa schwang und dabei nur knapp die Tischkante verfehlte. »Sie ist bestimmt nicht gerade glücklich darüber, dass ich überhaupt hier aufgetaucht bin.«

»Sie sagt, du bist ein hoffnungsloser Fall.« Ronan sah seinen Vater an. »Sie sagt, du bist ganz toll in der Arbeit, aber sonst ein absolut hoffnungsloser Fall.«

»Charmant«, brummte David.

»Das auch«, pflichtete Ronan ihm bei. »Wir haben im Urlaub über dich gesprochen.«

»Oh.« Er schluckte gegen die aufsteigende Übelkeit an. Wenn es etwas gab, das er seinem Sohn beweisen musste, dann, dass richtige Männer sich nach einer durchzechten Nacht nicht übergaben.

»Sie hat gesagt, dass du sehr gut zu uns bist.« Ronan kuschelte sich neben seinen Vater. »Sie hat gesagt, dass du für unseren Urlaub bezahlt hast und dass sie es nur einmal vorgeschlagen hat, und du hast sofort Ja gesagt. Sie hat auch erzählt, dass du unseren Fernseher bezahlt hast – na ja, eigentlich hast du meinen Fernseher bezahlt, weil Opa diesen hier gekauft hat.«

»Tatsächlich?«

»Aber das darfst du eigentlich nicht wissen«, vertraute Ronan ihm an. »Mum wollte es dir nicht sagen, weil sie dachte, dann bist du vielleicht sauer.«

»Warum?«

»Keine Ahnung.« Er ließ den Gedanken wieder fallen.

»Na gut«, sagte David. »Was hat sie denn noch über mich gesagt?«

»Nicht viel.« Ronan runzelte die Stirn. »Dass du ein guter Vater bist.«

David stiegen Tränen in die Augen. Ihm hatte Gemma nie gesagt, er sei ein guter Vater. Sofern er sich erinnerte, hatte sie ihn angeschrien, dass er als Vater nichts taugte. Er vergaß ständig die Geburtstage der Kinder, hatte sie ihn immer angebrüllt. Er erwartete, dass sie die Weihnachtsgeschenke allein aussuchte. Er wollte all die Annehmlichkeiten einer Familie ohne die Verantwortung, die damit einherging. Nicht ein Mal hatte sie ihm gesagt, er sei ein guter Vater.

Aber er war kein guter Ehemann gewesen. Ganz plötzlich begriff er, was sie meinte, wenn sie sich beklagte, dass er nie da sei. Er war nie da gewesen. Nicht in Momenten wie diesen. Nicht, um einfach nur bei seinen Kindern zu sitzen. Er liebte sie, natürlich, aber es war ihm nie in den Sinn gekommen, dass sie über ihn sprechen, eine eigene Meinung über ihn haben könnten. Und dass diese Meinung von dem beeinflusst war, was Gemma über ihn sagte. Nur gut, dachte er, dass sie die Bitterkeit, die sie bei ihrer Trennung zweifellos empfunden haben musste, nicht an die Kinder weitergegeben hatte.

»Ist Orla böse auf dich?«, fragte Ronan.

»Ich denke schon«, antwortete David.

»Warum?«

»Ach, wegen dummer Sachen.« David zuckte die Achseln.

»Sie hat gestern sehr hübsch ausgesehen«, sagte Ronan. »Mir haben diese Dinger auf ihren Strumpfhosen gefallen.«

»Ronan!«

»Die waren toll.«

»Du sollst aber nicht für meine Frau schwärmen!« David lachte.

»Ich schwärme doch nicht für sie.« Ronan schnitt eine Grimasse, und sie lachten beide.

In ihrem Schlafzimmer hörte Keelin sie lachen. Sie war schon vor ein paar Minuten aufgewacht, als die Heizung angesprungen war, und sie hatte unter der Decke gelegen und den gedämpften Stimmen aus dem Wohnzimmer direkt unter ihrem Zimmer gelauscht. Sie hatte die Stimmen sofort erkannt. Sie wollte runtergehen und nachsehen, was los war, aber sie sträubte sich dagegen.

Das Lachen gab den Ausschlag. Sie stand auf, schlüpfte in ihren babyrosa Morgenmantel und band den Gürtel fest zu. Dann bürstete sie sich noch das Haar, bevor sie hinunterging.

»Guten Morgen«, sagte sie, als sie das Wohnzimmer betrat.

»Hallo.« David lächelte sie an. »Wie geht es dir heute früh?«

»Gut«, sagte Keelin. »Wesentlich besser als dir, denke ich.«

»Warum?«, fragte David.

»Du siehst furchtbar aus«, erklärte sie offen. »Deine Augen sind ganz rot, deine Haare stehen vom Kopf ab, und du hast in deinem Hemd geschlafen!«

»Ich weiß«, sagte David geknickt. »Ich muss duschen und mich umziehen.«

»Wie lange willst du denn bleiben?« Keelin sah ihn neugierig an.

»Nicht lange«, sagte er.

»Und warum bist du gekommen?«

»Sie haben sich gestritten«, sagte Ronan.

»Du und Orla?«

»Wer sonst?« David sah sie an.

»Und da bist du wieder zu uns gekommen?«

Er seufzte. »Ich hatte ziemlich viel getrunken. War wohl eine Art Heimkehr-Instinkt.«

»Dein Heimkehr-Instinkt hätte dafür sorgen sollen, dass du bei Orla bleibst«, entgegnete Keelin. »Du hast sie schließlich geheiratet, oder nicht?«

»Mach mal langsam«, sagte David.

»Du kannst nicht einfach hier angelaufen kommen, wenn

du dich mit ihr gestritten hast«, fuhr Keelin fort. »Das ist echt lächerlich.«

»Ich weiß«, sagte er.

»Es wäre was anderes, wenn du wieder mit Mum zusammenkommst«, sagte sie. »Das wäre was ganz anderes.«

»Möchtest du das denn?«, fragte David. »Würde dich das freuen?«

Keelin knabberte seitlich an einem Fingernagel und sah ihren Vater an. Sie hatte sich so oft gewünscht, dass er wiederkam, dass er wieder mit Gemma zusammenlebte. Und Gemma hatte ihr ebenso oft gesagt, dass das einfach nicht möglich war. Aber da saß er nun. Er hatte die Nacht bei ihnen verbracht.

Aber nicht mit Gemma. David hatte die Nacht auf dem Sofa verbracht, gewärmt von alten Decken. Sie hatte sich oft vorgestellt, dass er bei ihnen blieb, aber so hatte sie sich das nicht ausgemalt. Und doch, dachte sie, könnte es gar nicht anders sein. David hatte Orla geheiratet. Gemma hatte sich in eine andere Richtung entwickelt. Sie hatten sich beide ein neues Leben aufgebaut, und es konnte nie so werden, wie Keelin es sich gewünscht hatte.

»Keelin?« Er sah sie an. »Möchtest du, dass ich nach Hause komme?«

»Das hier ist nicht dein Zuhause«, sagte sie und konnte selbst kaum glauben, dass ihr diese Worte über die Lippen kamen. »Vorher war es anders. Aber das hier ist jetzt unser Zuhause. Meines und Mums und Ronans.«

»Ich verstehe«, sagte David.

»Es ist ja nicht so, dass ich dich nicht lieb habe.« Keelin schubste Ronan aus dem Weg und legte ihrem Vater einen Arm um die Schultern. »Ich hab dich lieb. Und ich habe mir mehr als alles andere gewünscht, dass du zurückkommst. Aber jetzt ist alles anders, nicht? Du hast Orla, und alles ist anders.«

»Auf einmal scheint ihr beide Orla sehr zu mögen«, bemerkte David trocken.

Keelin seufzte. »Am Anfang habe ich sie gehasst«, gestand sie. »Du wolltest unbedingt, dass ich sie mag, da wollte ich sie erst recht nicht mögen. Aber sie ist nett, Dad. Wir haben uns gestern Abend unterhalten. Sie war sehr freundlich.«

»Tatsächlich?« David sah sie überrascht an.

»Worüber habt ihr euch denn gestritten?«, fragte Keelin. »Ich habe gemerkt, dass sie auf der Party nicht gerade glücklich war. War es wegen dir und Mum?«

»Warum sollten wir uns deswegen streiten?«

»Ach, Dad!« Keelin starrte ihn entnervt an. »Du und Mum, ihr hattet viel mehr Spaß als Orla! Ihr kanntet dort alle. Die arme Orla nicht. Und sie hat ständig gemeint, die Leute würden sie anstarren.«

»Das haben sie bestimmt auch getan«, sagte David. »Sie hat bezaubernd ausgesehen, das fand Ronan auch!«

»Natürlich«, sagte Keelin. »Aber du bist den ganzen Abend lang Mum hinterhergelaufen.«

»Bin ich nicht!«

»Hör auf mit dem Blödsinn, Dad.« Keelin stand vom Sofa auf. »Sicher bist du ihr nachgelaufen. Möchtest du vielleicht einen Kaffee oder so? Ich muss was essen, bevor ich zusammenklappe.«

Gemma wachte fast eine Stunde später auf. Sie hatte nicht einschlafen können, nachdem sie David praktisch bewusstlos auf dem Sofa zurückgelassen hatte, aber schließlich war sie doch eingenickt. Die verschiedenen Geräusche von Leuten, die duschten oder Türen zuschlugen, drangen schon seit einer Weile vage in ihr Bewusstsein, doch sie hatte sich strikt geweigert, aufzuwachen. Sie war erschöpft. Dann fiel ihr David wieder ein, und sie sprang aus dem Bett. Sie zog eine Hose und ein langärmeliges T-Shirt über und ging hinunter.

David und die Kinder waren in der Küche. Gemma setzte sich auf einen der hohen Stühle am Frühstückstresen. »Wie geht es dir heute Morgen?«, fragte sie David.

»Besser«, antwortete er. Dann grinste er sie an. »Eigentlich bin ich froh, dass ich überhaupt stehe, um ehrlich zu sein.«

Gemma wandte sich den Kindern zu. »Können euer Dad und ich uns kurz allein unterhalten?«, fragte sie.

»Klar.« Keelin zerrte Ronan mit hinaus. »Ich wollte sowieso Mark anrufen.«

»Möchtest du Kaffee?«, fragte sie.

»Tee, wenn es nicht zu viele Umstände macht«, sagte David.

Gemma schmierte sich ein Marmeladenbrot. Dann machte sie David eine Tasse Tee, und sich selbst Kaffee. Sie setzte sich wieder auf den Hocker. »Was, zum Teufel, sollte das gestern Nacht?«, fragte sie. »Und was, zum Teufel, soll das heute Morgen? Warum bist du noch nicht gegangen?«

»Ich konnte nicht einfach so verschwinden«, erklärte David. »Außerdem bin ich immer noch nicht ganz nüchtern. Wenn sie mich jetzt ins Röhrchen blasen ließen, wäre ich dran.«

»Hast du Orla angerufen?«, fragte Gemma.

»Noch nicht«, sagte David.

»Ach, Herrgott noch mal!«

»Gemma.« Er legte ihr eine Hand auf den Arm. »Entspann dich«, sagte er. »Ich tue dir schon nichts.«

»Entschuldigung.« Sie nippte an ihrem Kaffee. »Ich brauche meine Morgendosis Koffein.«

»Das war bei dir immer so«, sagte er. »Du warst ziemlich ungenießbar, bis du deinen ersten Kaffee bekommen hattest.«

»David, ich bin nicht in der richtigen Stimmung für rührselige Erinnerungen.«

»Ich auch nicht«, erwiderte er. »Ich habe es schon bei den Kindern versucht, und sie haben mir recht deutlich gesagt, wo ich mir die hinstecken kann.«

»Tatsächlich?«

»Keelin hat mir gesagt, ich solle mit diesem Blödsinn aufhören.«

Gemma lächelte schwach.

Er rieb sich den Nacken. »Du hast sie wirklich gut erzogen, Gem.« – »Danke«, entgegnete sie knapp.

»Das meine ich ernst«, sagte er. »Dafür habe ich dich schon immer bewundert.«

Gemma schwieg.

»Ich habe dich überhaupt nach unserer Trennung mehr bewundert als früher, als wir noch verheiratet waren. Ich weiß, das ist kindisch und dumm und unfair, aber so war es.«

»Ich habe dich aus den falschen Gründen geheiratet«, sagte Gemma.

»Wie bitte?« Er sah sie überrascht an.

»Ich habe dich geheiratet, weil ich verheiratet sein wollte. Besonders mit jemandem wie dir – jemand, der durch die Welt gondelt und Spaß hat. Ich wollte ein eigenes Haus haben, und ich wollte, dass meine Mutter mich beneidet. Das waren meine Gründe.«

»Gemma!«

»Ich habe dich auch geliebt, David. Aber ich war zu jung und zu dumm, ich hätte dich nicht heiraten dürfen.«

Er wirkte schockiert.

»Glaub ja nicht, ich wäre glücklich über die Erkenntnis, dass ich genauso viel falsch gemacht habe wie du«, sagte sie. »Und glaub nicht, ich wäre stolz darauf, dass es mir schrecklich wehgetan hat, als du Orla geheiratet hast.«

»Das hat dir wehgetan?«

»Natürlich«, sagte Gemma. »Herrgott, David, du hast eine wunderschöne, junge, intelligente Frau geheiratet. Was glaubst du, wie ich mich dabei fühlen soll?«

David nahm einen Löffel und stieß ihn sanft außen gegen seinen Becher. »Ich schätze, ich wusste schon, wie du dich dabei fühlst«, gestand er. »Ich schätze, das war mit ein Grund dafür.«

»David!«

»Oh, nicht der wichtigste Grund«, erklärte er hastig. »Aber als ich mir überlegt habe, ob ich sie heiraten soll – und ich habe sie aus vielen Gründen geheiratet, Gemma, ehrlich – aber ich habe mir auch gedacht, dass es dich verletzen würde, und ich wollte dich verletzen.«

Sie sagte nichts.

»Weil du diejenige warst, die die Scheidung eingereicht hat, und das hat mich schwer getroffen. Du warst es, Gemma. Du hast es beendet.«

»Ich musste es tun.«

»Ich weiß.«

Sie schenkte ihm Tee nach. »Und jetzt?«, fragte sie. »Was ist jetzt mit dir und Orla?«

»Ich weiß nicht«, sagte er aufrichtig. »Ich weiß nur, dass sie mir sehr viel bedeutet. Und dass ich ihre Unabhängigkeit liebe und ihre Art, Dinge anzugehen, und dass sie mich eben nicht vorher fragt; sie stürzt sich einfach darauf und macht es selbst.«

»Das genaue Gegenteil von mir, als wir noch verheiratet waren«, bemerkte Gemma.

»Na ja, schon«, sagte David. »Und dann hat sie den neuen Job angenommen. Ohne mich vorher um Rat zu fragen.«

»Also hat sie genau das getan, was du an ihr magst – sie war unabhängig und mutig, und du bist deswegen wütend auf sie geworden.«

David schwieg.

»Warum war das so eine große Sache?«, fragte Gemma.

»Weil ich gemerkt habe: Ich will eben doch, dass sie mich fragt und meine Meinung wichtig nimmt und – sich nach mir richtet, vielleicht.«

»Aber David!«

»Eigentlich wollte ich, dass sie mehr so ist, wie du, Gemma.«

»Obwohl du sie geheiratet hast, weil sie anders war.«

»Ich weiß.« Er seufzte tief. »Ich glaube wirklich, ich brauche Hilfe, eine Therapie oder so.«

»Vielleicht«, sagte Gemma.

»Eigentlich hatte ich erwartet, dass du mir sagst, ich spinne«, sagte David.

Gemma lächelte. »Ich weiß.«

»Die Kinder haben gesagt, Orla hätte ihnen gestern Abend leidgetan. Ich hätte zu viel Zeit mit dir verbracht und zu wenig mit ihr.«

»Das hast du auch«, sagte Gemma.

»Ich weiß aber nicht, warum«, sagte David.

Gemma sah ihm direkt in die Augen. »Natürlich weißt du, warum«, sagte sie. »Du wolltest sie eifersüchtig machen. Und ich habe es zugelassen.«

»Das wollte ich nicht, und du auch nicht.«

»Du machst dir etwas vor«, sagte sie. »Du wolltest es. Und mich trifft genauso viel Schuld. Ich fühle mich ziemlich mies, um ehrlich zu sein.«

»Bin ich denn so schlecht?«, fragte er verzweifelt. »Ich meine, Gemma, bin ich denn so unmöglich? Liegt das nur an mir? Kann sie denn gar nichts dafür?«

»Ich weiß es doch auch nicht!«, rief Gemma aus. Dann seufzte sie »Tut mir leid, David. Ich bin müde, und ich kann kaum mehr klar denken. Warum rufst du sie nicht an? Entschuldige dich bei ihr. Tu was.«

»Ich weiß nicht, ob ich das will«, sagte er.

»Warum?« Sie sah ihn nachdenklich an. »Ist es denn wirklich aus zwischen euch, David? Schon?«

»Ich bin nicht sicher, ob wir das wieder hinbekommen«, sagte er.

»David, wenn ihr es nicht schafft, tut es mir aufrichtig leid.« Gemma rutschte vom Stuhl. »Aber du musst es wenigstens versuchen. Ich glaube, wir beide haben uns damals nicht genug Mühe gegeben. Diesen Fehler willst du doch bestimmt kein zweites Mal machen. Denk mal drüber nach. Ich gehe jetzt duschen.«

Er saß immer noch am Tresen, als Gemma etwas später wieder herunterkam. Sie trug eine graue Hose und einen hellrosa Angorapulli. Sie hatte sich heute ein wenig Zeit zum Schminken genommen, denn sie hatte auch einen Kater und sah nicht eben taufrisch aus. Nur, so dachte sie, als sie die Treppe wieder hinunterging, haben Mütter einfach keine Zeit, verkatert zu sein.

Das Telefon klingelte, als sie in die Küche kam. Sie kehrte um, doch Keelin, die beim ersten Klingeln losgestürzt war, war schneller.

»Oh, hallo«, sagte sie. »Ja. Sie ist da. Möchtest du sie sprechen?« Keelin hielt Gemma den Hörer hin. »Für dich«, sagte sie. »Es ist Bru.«

»Danke.« Gemma errötete leicht, als sie den Hörer entgegennahm.

Keelin zwinkerte ihr zu, und plötzlich begannen sie beide zu kichern. David sah sie überrascht an.

»Hallo«, sagte sie.

»Was ist denn so komisch?«, fragte Sam.

»Nichts«, sagte sie. »Wie geht es dir?« Sie war sich Davids Blick sehr bewusst.

»Gut. Und dir? Wie war die Party?«

»Ich bin etwas verkatert«, sagte Gemma. »Und die Party war interessant.«

»Wie meinst du das, interessant?«

»Nur so.«

»Möchtest du heute mit mir Mittagessen gehen?«, fragte Sam.

»Ich kann nicht«, erklärte sie. »David kann sich heute nicht um die Kinder kümmern, und ich habe nichts anderes organisiert.«

»Und später?«, fragte Sam.

»Ich kann heute nicht ausgehen«, sagte Gemma. »Wirklich nicht.«

»Kann ich dann vielleicht zu dir kommen?«, schlug Sam vor. »Ich könnte uns was zu essen mitbringen, dann hast du keine Arbeit damit.«

Gemma wollte ihn wiedersehen. Es überraschte sie, wie stark der Wunsch danach war.

»Gut«, sagte sie. »Wann?«

»Wie wäre es mit heute Nachmittag? Vier Uhr?«

»Schön.« Sie spürte, wie gut ihr die Wärme in seiner Stimme tat. »Heute Nachmittag.«

»Schön«, sagte auch Sam. »Bis nachher, Gemma.«

»Wer war das?«, fragte David, als sie aufgelegt hatte. »Ein Freund«, sagte sie.

»Wer denn?«, bohrte er nach.

»David!« Sie öffnete den Kühlschrank und nahm den Apfelsaft heraus. Sie war völlig ausgetrocknet. »Das geht dich wirklich nichts an.«

»Hast du einen Freund, Gemma?«

»Es ist nichts weiter.« Sie goss den Saft in ein großes Glas.

»Warum hast du mir noch nichts davon erzählt?«, fragte er. Sie zuckte nur schweigend mit den Schultern.

»Ist es was Ernstes?«, fragte David.

»Ach was, Unsinn.«

»Ich fasse es nicht.« Er starrte sie an. »Wie lange kennst du ihn denn?«

»David, bitte!«

Er sah sie nachdenklich an. Ihre Wangen waren auch unter dem Make-up gerötet, ihre Augen blitzten, und ihr Gesicht strahlte vor Lebhaftigkeit. Deshalb sah sie in letzter Zeit so gut aus, wurde ihm nun klar. Es gab einen Mann in Gemmas Leben, und er sorgte dafür, dass sie sich so gut fühlte.

»Höchste Zeit, dass ich gehe«, sagte er abrupt. Er ging ins Wohnzimmer und holte sein Jackett von dem Sessel, auf den er es geworfen hatte. Er verabschiedete sich von Keelin, die gerade ihren Nagellack entfernte, und von Ronan, der nur kurz vom Fernseher aufblickte. »Bis nächste Woche«, sagte Keelin. »Grüß Orla schön von mir. Ich hoffe, ihr versöhnt euch ordentlich.«

»Danke«, sagte David. Er ging hinaus in den Flur. Dort stand Gemma.

»Sorg diesmal dafür, dass es wieder in Ordnung kommt, David«, sagte sie und hielt ihm die Haustür auf.

»Und du?«, fragte er. »Wird bei dir alles wieder gut?«

»Bei mir gibt es noch gar nichts, was in Ordnung gebracht werden müsste«, sagte sie. »Bei dir schon.«

»Kann sein.« Er küsste sie auf beide Wangen. »Danke, dass ich hier übernachten durfte.«

»Gern geschehen«, sagte sie und schloss die Haustür hinter ihm.

36

Orla hielt es allein in der Wohnung nicht mehr aus. Sie hatte sich hier noch nie richtig zu Hause gefühlt, und nun kam sie sich vor wie ein Eindringling. Sie konnte kaum glauben, dass David nicht zurückgekommen war. Es war ja schon unbegreiflich genug, dass er ohne weiteres seine eigene Wohnung verlassen hatte und in die Nacht hinausgefahren war. Er hatte wohl kaum eine andere Möglichkeit gehabt – in jedem Fall hatte er ja wohl die Kleider holen müssen, die sie einfach so vom Balkon geworfen hatte.

Ich muss den Verstand verloren haben, dachte sie. So etwas tue ich doch sonst nicht. So etwas tun nur theatralische Leute, und so jemand bin ich nicht. Ich bin doch nur eine ganz gewöhnliche Frau.

Frau! Sie schnaubte. Sie hatte sich aufgeführt wie ein Kind. Aber, dachte sie und setzte sich auf die Bettkante, im Augenblick fühlte sie sich auch wie ein Kind. Es kam ihr so unwirklich vor. Dies schien gar nicht ihr Leben zu sein. Es kam ihr vor, als beobachte sie eine andere dabei, wie sie alles kaputtmachte, als sei das gar nicht sie selbst.

Verdammt! Orla biss die Zähne zusammen. Sie sollte doch hier die Selbstsichere sein. Die mit der tollen Karriere. Die Frau, die nicht darauf angewiesen war, David ständig um sich zu haben. Sie war schließlich diejenige mit den endlos langen Beinen und der rotgoldenen Lockenmähne. Warum kam sie sich dann so jung und dumm und so verdammt kindisch vor? Und warum konnte sie einfach nicht aufhören, über die vergangene Nacht nachzugrübeln?

Zumindest die Kinder waren nett zu ihr gewesen. Vor allem Keelin war freundlicher zu Orla gewesen als je zuvor.

Vielleicht lag das daran, dass sie Bescheid wussten. Dieser Gedanke traf sie wie ein Pfeil. Vielleicht wussten sie, dass David Orla nicht mehr liebte, und waren sicher, dass er bald wieder bei ihnen zu Hause sein würde. Da konnten sie es sich leisten, nett zu ihr zu sein.

Sie hatte das Gefühl, den Verstand zu verlieren. Szenen der letzten Nacht tauchten immer wieder urplötzlich in ihrem Kopf auf – Davids bewundernder Blick auf Gemma, als sie die Treppe herunterkam (Orla fragte sich wütend, wie diese Kuh genau hatte wissen können, wann sie ihren großen Auftritt hinlegen musste?); David und Gemma, die zusammen ins Haus kamen, nachdem sie allein im Garten gewesen waren (sie hatte hinausgehen wollen und nachsehen, was sie dort taten, aber immerhin hatte sie genug Stolz besessen, das nicht zu tun); Gemma, die zu ihm auflächelte, als sie später miteinander tanzten. Dann dieser entsetzliche Moment, als sie auf die beiden zugegangen war und Gemma eine fette Kuh genannt hatte. Und Livvy, die herbeieilte, um eine Szene zu verhindern und um sie aus dem Haus zu scheuchen... Orla stöhnte, als sie alles noch einmal durchlebte.

Sie wusste nicht, was sie tun sollte. Aber sie konnte nicht mehr hier bleiben und darauf warten, dass er nach Hause käme.

Schließlich beschloss sie, Abby zu besuchen. Vielleicht hatte Abby ein paar tröstliche Worte für sie – allerdings, wie sie Abby kannte, würde ihre Freundin ihr raten, möglichst frühzeitig einen Schlussstrich zu ziehen und einen neuen Anfang zu machen.

Aber das will ich eigentlich gar nicht.

Diese Erkenntnis überraschte Orla. Sie hatte die letzten Wochen damit verbracht, sich zu wundern, wie sie David überhaupt je hatte lieben können, sich gefragt, was genau sie eigentlich für ihn empfand und was nur aus all den Momenten geteilter Glückseligkeit geworden war. Und ausgerechnet jetzt, da sie am wenigsten damit gerechnet hatte, erinnerte sie sich wieder daran, wie es war, ihn zu lieben. Wie es war, neben ihm aufzuwachen und sich an ihn zu kuscheln. Nicht, um mit ihm zu schlafen, sondern weil sie ihm ganz nah sein wollte. Sie erinnerte sich daran, wie sie einander wortlos verstanden, wie sich in einem Raum voller Menschen ihre Blicke trafen und sie genau wussten, was der andere dachte. Sie erinnerte sich an die Nähe zwischen ihnen, wenn sie irgendwo hinfuhren und keiner von ihnen sprach, weil das gar nicht nötig war. Weil das Schweigen zwischen ihnen eine geteilte Freude war und keine eisige Barriere.

Und sie fragte sich, wer daran Schuld war, dass sie das verloren hatten.

Sie nahm ihre Schlüssel. Es war früh, Abby würde zweifellos noch schlafen und nicht eben entzückt sein, am Wochenende so früh geweckt zu werden, doch Orla wusste, dass ihre Freundin sie gern trösten würde.

Als sie ins Auto stieg, spürte sie ihre Müdigkeit. Es fühlte sich an, als hätte man ihr sämtliche Energie abgesaugt. Es war schon eine körperliche Anstrengung, nur den Zündschlüssel umzudrehen.

Sie klingelte drei Mal bei Abby, bis sie ihre Freundin aus der Sprechanlage hörte.

»Wer ist da?«, fragte Abby.

»Ich bin's.« Orla merkte, dass ihre Stimme nur ein Krächzen war. »Orla.«

»Orla!« In Abbys Stimme lag Erstaunen und, so dachte Orla, beinahe Panik. »Was ist denn los?«

»Lass mich rein, Abby. Es ist eisig hier draußen.«

»Ja. Klar. Sofort.«

Der Summer ertönte. Orla sparte sich den Aufzug und ging die Treppe hinauf zu der Wohnung, die sie früher mit Abby geteilt hatte.

Ihre Freundin stand in einem roten Pulli und einer uralten, verwaschenen Jogginghose mit ausgebeulten Knien in der Tür. Orla hatte den Eindruck, sie störe sehr.

»Hallo«, sagte Abby. – »Hallo.« Orla lächelte sie schief an. »Kann ich reinkommen?«

»Klar.«

Orla war enttäuscht von Abbys Begrüßung. Sie wusste, dass Abby am Wochenende selten vor Mittag aufstand, aber sie brauchte dringend jemanden, der ein bisschen lieb zu ihr war, und Abby behandelte sie wie einen Störenfried.

»Ist wohl gestern spät geworden?« Orla blickte sich in dem winzigen Wohnzimmer um.

Auf dem Tisch standen ein halbes Dutzend leere Bierdosen, eine leere Weinflasche sowie Plastikbehälter mit Überresten chinesischen Essens.

»Schon irgendwie.« Abby verzog das Gesicht. »Ich räum nur schnell ein bisschen auf.«

»Nein, lass nur.« Orla schüttelte den Kopf. »Das erinnert mich an früher, als ich noch hier gewohnt habe. Ist schon gut, Abby, wirklich.« Sie setzte sich auf die Kante des knallorangegefarbenen Sofas.

»Also, was ist los?«, fragte Abby.

Orla schluckte den Kloß hinunter, der ihr plötzlich die Kehle zuschnürte. »Ich habe gestern Nacht Davids Klamotten aus dem Fenster geworfen.«

»Wie bitte?« Abby sah sie fassungslos an.

»Ich habe Davids Sachen aus dem Fenster geworfen. Wir haben uns gestritten.«

»Gestritten?«

Orla lehnte sich auf dem Sofa zurück. »Wegen der Goldenen Hochzeit. Ich habe dir davon erzählt, weißt du noch? Was ich dir nicht erzählt habe, war, dass Gemma auch eingeladen war, und mir hat davor gegraust. Wir haben uns schon gestritten, bevor wir zu der Party gefahren sind, weil ich zu spät nach Hause gekommen bin. Dann kommen wir bei der verflixten Party an, und als Erstes steht uns Gemma gegenüber, und sie sah unglaublich gut aus. David fand das auch. Er hat mit ihr getanzt. Du hättest sie sehen sollen! Ach, Abby, in letzter Zeit lief es bei uns scheußlich.«

Plötzlich sprudelte es nur so aus ihr heraus. Dass die Arbeit ihm wichtiger war als alles andere. Wie wütend er auf sie gewesen war, weil sie den Job bei Serene angenommen hatte. Wie katastrophal es in diesem Job jetzt lief. Dass er Gemma und die Kinder nach ihrem Urlaub vom Flughafen abgeholt hatte – Keelin hatte ihr einmal davon erzählt und sich an Orlas beklommener Miene geweidet. Dass er Stunden damit verbracht hatte, die Finanzen seiner Exfrau zu regeln. Wie entfremdet sie sich von ihm fühlte. Ungeliebt. Ungewollt. Und dann erzählte sie Abby von Jonathan Pascoe, und dass sie beinahe mit ihm geschlafen hätte.

»Es wäre so leicht gewesen, Abby«, sagte sie elend. »Er wollte mich, und ich wollte jemanden, der mich liebt. Ich habe es nicht getan und es bereut. Vor allem, weil das genau der Abend war, an dem ich nach Hause kam und feststellen musste, dass David bei Gemma gewesen war und sich ihre Finanzen vorgenommen hat! Und das war längst nicht alles, da wette ich mit dir. Ich habe mich gefragt, warum ich Jonathan nicht einfach erlaubt habe, mir die Kleider vom Leib zu reißen, warum ich nicht auf der Stelle noch auf dem Boden seiner verdammten Landhaus-Küche mit ihm geschlafen habe!«

»Und warum nicht?«

Orla fuhr beim Klang seiner Stimme herum. Sie sah ihn einen Moment lang ungläubig an und hatte wieder einmal das Gefühl, nur Zuschauerin in ihrem eigenen Leben zu sein.

»Jonathan.« Ihre Lippen formten seinen Namen.

»Hallo, Orla.« Er trug ein T-Shirt und Jeans, war aber barfuß. Er sah entspannt und zufrieden aus. Und, das wurde Orla jetzt klar, er hatte mit Abby geschlafen. Sie erkannte es an seiner Körperhaltung, an Abbys entsetzter Miene und einer gewissen Trägheit in seinem Blick.

»Was machst du denn hier?« Sie blickte von Jonathan zu Abby und wieder zu Jonathan.

»Ich bin gestern in die Stadt gekommen«, erklärte Jonathan. »Ich habe versucht, dich anzurufen, Orla. Ich habe dir auf die Handy-Mailbox gesprochen.«

»Die habe ich nicht abgehört«, sagte sie. »Gestern war ich zu beschäftigt.«

»Dachte ich mir.«

»Und da bist du hierher gekommen, zu Abby.«

»Es ist nicht so, wie du denkst, Orla.« Abby sah jämmerlich aus. »So ist das nicht. Ehrlich. Jonathan und ich, wir – na ja, das – es war nur –«

»Ich bin hergekommen, um mit Abby zu reden«, erklärte Jonathan. »Ich wollte endlich Bescheid wissen über dein Leben mit dem alten Seemann.«

»Nenn ihn nicht so«, fuhr Orla auf.

»Und da haben Abby und ich angefangen, über die alten Zeiten zu quatschen. Wir haben was getrunken, und…«

»Es war meine Schuld«, sagte Abby. »Ich war einsam und traurig, und Jonathan war eben da.«

»Das ist offensichtlich deine Spezialität.« Orla sah ihn voller Bitterkeit an. »Du erwischst eine Frau in einem Moment, wenn es ihr nicht besonders gut geht, flüsterst ihr ein paar tröstliche Kleinigkeiten ins Ohr und wartest darauf, dass sie dir ins Bett fällt.«

»Ach, komm schon, Orla«, entgegnete Jonathan. »Das ist nicht fair. Du bist mir doch auch nicht ins Bett gefallen, oder?«

»Nein«, sagte sie langsam. »Bin ich nicht.«

»Ich auch nicht«, schaltete sich Abby ein. »Ich wollte mit ihm schlafen. Es war nicht so, dass er zufällig da war und die Situation ausgenutzt hat, Orla. Ich wollte unbedingt mit jemandem schlafen, eher habe ich ihn ausgenutzt.«

»Oh, bitte!« Orla sah ihre Freundin streng an. »Meinst du wirklich, es ist mir wichtig, wer hier wen flachgelegt hat?«

»Ist es dir denn nicht wichtig?«, fragte Jonathan.

»Es macht mir was aus, dass zwei Leute, die ich für meine

Freunde gehalten habe, miteinander ins Bett gehüpft sind«, sagte Orla. »Aber es hat mir nicht das Herz gebrochen, falls es das ist, was du glaubst, Jonathan.«

»Orla, ich würde dich niemals absichtlich verletzen.« Abbys Blick war flehentlich. »So was passiert eben manchmal. Gestern kam mir alles ganz richtig vor. Ich bin nicht verliebt in Jonathan oder so. Es hat keinem von uns etwas bedeutet.«

Orla rieb sich die Augen. »Na klar.«

»Es tut mir leid, Orla«, sagte Jonathan. »Ich würde dich auch um nichts in der Welt verletzen wollen. Aber wir haben über dich gesprochen, und Abby meinte, dass du den – deinen Mann wirklich liebst, und dass ich verrückt sein müsste, mir einzubilden, dass du dich für mich interessierst, und dass ihr gerade ein paar Probleme hättet, aber sie war sicher, dass das alles wieder in Ordnung kommt.«

»Ach, wirklich.« Orla konnte den ironischen Ton nicht verhindern.

»Wirklich«, sagte Jonathan. »Und ich wusste, dass sie recht hat, Orla. Du wolltest nicht bei mir in Cork bleiben. Du hast darauf bestanden, zu ihm nach Hause zu fahren, obwohl das Wetter schlecht war. Du liebst ihn, nicht mich.«

»Und daraus folgt für dich, dass es in Ordnung war, mit Abby zu schlafen.«

»Orla, das war doch nur Sex, weiter nichts«, flehte Abby. »Mach Jonathan deswegen keine Vorwürfe.«

»Ich mache niemandem Vorwürfe«, entgegnete Orla. »Jonathan scheint ja recht überzeugt davon zu sein, dass ich meinen Mann liebe wie verrückt, also braucht ihr euch nicht ständig dafür zu entschuldigen, dass ihr miteinander geschlafen habt. Ich bin verheiratet. Ihr seid beide Single. Wo liegt das Problem?«

»Wenn du das so siehst, dürfte es kein Problem geben«, sagte Abby. »Aber es gibt eines, oder etwa nicht?«

»Wolltest du schon früher mit ihr schlafen?« Orla wandte sich Jonathan zu. »Als wir noch auf der Uni waren?«

»Nein«, sagte er. »Bis wir uns getrennt haben, warst du die Einzige, die mich überhaupt interessiert hat.«

Orla seufzte. »Ich weiß nicht mal, warum ich das gefragt habe. Es spielt doch überhaupt keine Rolle, oder?«

»Nein«, sagte Jonathan wieder. »Was ich für dich empfinde, oder empfunden habe, spielt keine Rolle im Vergleich zu dem, was du für David empfindest.«

»Willst du ihn verlassen?«, fragte Abby. »Bist du deshalb hergekommen?«

Orla schüttelte den Kopf. »Ich weiß nicht, was ich tun soll«, antwortete sie. »Ich bin so verwirrt, dass meine Gedanken nur noch Achterbahn fahren. Manchmal glaube ich, dass ich David liebe, und er mich. Manchmal denke ich, ich liebe ihn, und er hasst mich. Dann denke ich wieder, ich hasse ihn, und er liebt mich. Mein Leben ist ein einziges Chaos!«

»Und wenn du ihn verlässt?« Jonathans Tonfall war unbeteiligt. »Würdest du dann davon ausgehen, dass wir wieder zusammenkommen?«

»Bilde dir ja nichts ein, Pascoe«, fuhr Orla ihn an.

»Was willst du denn jetzt tun?«, fragte Abby.

»Ich will schlafen«, sagte Orla. »Ich bin müde, ich habe einen Kater, und ich will nur schlafen.«

»Du kannst in Janets Zimmer gehen, wenn du möchtest«, bot Abby an. »Sie ist übers Wochenende nach Cavan gefahren. Sie hätte bestimmt nichts dagegen.«

»Nein, danke.« Orla stand auf. »Ich bin nicht sauer, dass ihr miteinander geschlafen habt«, sagte sie müde. »So was passiert eben. Kein Problem.« Sie nahm ihre Tasche. »Ich muss jetzt los.«

»Orla, du bist fix und fertig. Bleib lieber noch ein bisschen.« Abby legte ihrer Freundin einen Arm um die Schulter. »Ruh dich aus. Schlaf ein bisschen in Janets Zimmer.«

Orla schüttelte den Kopf. »Ist schon gut«, sagte sie. »So müde bin ich auch wieder nicht. Das bilde ich mir nur ein.«

»Orla.« Jonathan stand nun neben ihr. »Ich –«

»Geh weg, Jonathan«, sagte sie. »Ich will allein sein.« Sie verließ die Wohnung und schloss die Tür hinter sich.

Jonathan und Abby starrten einander an.

»So ein Mist«, sagte Jonathan. »Ich konnte es gar nicht glauben, als ich dich sagen hörte, sie sollte raufkommen.«

»Ich konnte sie doch nicht wegschicken«, sagte Abby. »Ich hatte allerdings irgendwie gehofft, du würdest diskret im Schlafzimmer bleiben.«

»Sie hätte es früher oder später doch herausgefunden.« Jonathan zuckte die Achseln. »Dann lieber gleich offen sein.«

»Liebst du sie?«, fragte Abby.

»Ich weiß nicht.« Jonathan lächelte traurig. »Ich wollte sie immer schon beschützen. Als ich sie zum ersten Mal gesehen habe, fand ich sie schön und begehrenswert, und obwohl sie so verdammt ernst sein konnte, meinte ich immer, sie bräuchte jemanden, der sie beschützt. Und als ich sie in Cork getroffen habe, sah sie so unglücklich aus, dass ich sie wieder nur beschützen wollte. Das kam mir einfach richtig vor.«

»Und gestern Nacht?«, fragte Abby. »Dieser Fehltritt. Mit mir?«

»Du fandest doch auch, dass das ein Fehler war«, erwiderte er. »Das hast du jedenfalls gesagt.«

»Ich weiß«, sagte Abby.

»Ich sollte jetzt gehen«, erklärte Jonathan. »Ich zieh mich mal an.«

Er ging ins Schlafzimmer. Abby saß auf dem orangefarbenen Sofa, die Knie angezogen. Warum nur, fragte sie sich, machen die Menschen so unglaubliche Dummheiten, obwohl sie wissen, dass es Dummheiten sind? Und wie standen ihre Chancen, noch einmal Gelegenheit zu einer unglaublichen Dummheit mit Jonathan zu bekommen?

Orla nahm auf dem Fahrersitz Platz und legte den Kopf aufs Lenkrad. Jonathan und Abby. Sollte sie sich nun betrogen fühlen oder nicht? Ihre beste Freundin und der Mann, den sie einmal geliebt hatte. Den sie immer noch lieben könnte, soweit sie das beurteilen konnte. Sie kannte sich ja selbst nicht mehr. Sie wusste nicht, was sie fühlen sollte. Im Augenblick fühlte sie einfach gar nichts.

Sie startete den Wagen und fuhr los. Sie dachte gar nicht darüber nach, wohin, sie fuhr ganz automatisch, blinkte vor dem Abbiegen, blieb an roten Ampeln stehen. Sie stellte den CD-Spieler an und drehte Robbie Williams laut auf, um wach zu bleiben.

Sie wusste nicht, wie sie zu Gemmas Haus gekommen war. Sie hatte nicht herkommen wollen. Zumindest glaubte sie das. Aber sie wollte David suchen, und sie hatte ihm letzte Nacht gesagt, er solle zu Gemma gehen; sie war ziemlich sicher, dass er genau das getan hatte.

Du bist wohl ganz scharf darauf, dich selbst zu bestrafen, dachte sie, als sie auf die Klingel drückte. Zwei geliebte Männer mit zwei anderen Frauen zu sehen, an einem einzigen Tag. Erst als sie von drinnen Schritte hörte, fiel ihr auf, dass Davids Wagen nicht vor dem Haus stand. Dass er vielleicht gar nicht hier gewesen war.

Sie hatte keine Zeit mehr, wegzulaufen, obgleich ihr dieser Gedanke durch den Kopf schoss. Die Tür ging auf, und Gemma stand mit entsetzter Miene vor ihr.

»Hallo«, sagte Orla.

Gemma starrte sie an. »Hallo.«

»Kann ich reinkommen?«

»Sicher.« Gemma hielt die Tür noch weiter auf, und Orla trat ein.

»Wir gehen in die Küche«, sagte Gemma. »Ronan ist im Wohnzimmer. Keelin ist ausgegangen.«

Orla wurde schwindlig, als sie Gemma folgte. Das unwirkliche Gefühl war nun noch stärker als zuvor.

»Setz dich«, sagte Gemma. »Möchtest du etwas trinken?« Orla schüttelte den Kopf.

»Saft? Tee? Etwas Stärkeres?«

»Nein, danke«, sagte Orla. Sie wollte nicht wieder den Kopf schütteln. Sie befürchtete, er könnte abfallen.

Gemma setzte sich ihr gegenüber. Sie wusste nicht recht, was sie sagen sollte.

Dann begann Orla zu weinen. Tränen liefen ihr über die Wangen und tropften auf die glänzende hölzerne Tischplatte. Gemma griff hinter sich und holte ein paar Taschentücher aus einer Schachtel im Regal. Wortlos reichte sie sie Orla, die schniefte und sich die Augen rieb.

»Wo ist er?«, zwang Orla sich endlich zu fragen.

»Ich weiß es nicht«, sagte Gemma.

»War er hier? Letzte Nacht?«

Gemma schwieg. Sie wusste nicht, was klüger war: Ja oder Nein.

»Ja«, sagte sie schließlich. Es hatte keinen Sinn zu lügen.

»Warum bist du zu der Party gekommen?«, presste Orla hervor. »Warum bist du hingegangen und hast ihm das Gefühl gegeben, dass eigentlich du die Richtige für ihn bist?«

»Er hält mich nicht für die Richtige«, sagte Gemma. »Das war ich einmal, aber so ist es nicht mehr.«

»Er liebt dich immer noch.« Orla blickte auf. Ihre Augen waren gerötet, ihr Gesicht fleckig. »Er liebt dich, und das macht unsere Ehe kaputt.«

»Er liebt mich nicht. Er hat mich wahrscheinlich nie wirklich geliebt.«

»Ach, Quatsch!« Orla war wütend. »Was sollte das dann gestern Abend? Ihr habt zusammen gelacht. Geredet. Getanzt.«

Gemma biss sich auf die Lippe.

»Du bist in seinen Augen ja so perfekt. Gemma hat das Haus so gut in Schuss gehalten. Gemma war eine tolle Köchin. Gemma ist eine wunderbare Mutter.« Orla klang bitter.

»Ach, das ist ja lächerlich.« Die Worte klangen schärfer, als Gemma beabsichtigt hatte. Orla zuckte zusammen. »Ich habe all diese Dinge gut gemacht, aber das war nicht Grund genug für ihn, abends nach Hause zu kommen. Es hat nicht gereicht. Vielleicht hätte es gereicht, wenn wir uns mehr darum bemüht hätten, aber am Ende war es eben nicht genug.«

Orla sagte darauf nichts.

»Er ist gestern Nacht hierher gekommen und hat hier übernachtet. Aber auf dem Sofa, Orla.«

»Du hast mit ihm getanzt. Ich musste etwas tun. Ihr habt mich gedemütigt.«

»Ich weiß«, sagte Gemma. »Es tut mir leid. Das hätte ich nicht tun dürfen. Es war dumm von mir, Orla. Ich wollte nur beweisen, dass ich genauso sexy sein kann wie du.«

Orla blickte erstaunt drein. »Du hast toll ausgesehen, und das wusstest du auch. Du hast zwischen uns alles noch viel schlimmer gemacht. Und genau das wolltest du auch.«

»Orla, ich – vielleicht kurzzeitig«, gestand Gemma. »Aber glaub mir, David liebt dich. Das weiß ich. Er hat es mir selbst gesagt.« Wenn mir vor ein paar Monaten jemand prophezeit hätte, ich würde Davids Frau sagen, sie solle sich keine Sorgen machen, er liebe sie sehr, dann hätte ich denjenigen in die Klapsmühle gesteckt, dachte Gemma.

»Warum solltest du dich dafür interessieren?«

»Weil ich möchte, dass er glücklich ist«, sagte sie. Sie stand auf und holte wieder den Apfelsaft aus dem Kühlschrank. Ich wünsche mir wirklich, dass er glücklich ist, dachte sie plötzlich, während sie sich ein Glas Saft einschenkte. Und ich wünsche auch Orla, dass sie glücklich ist. »Möchtest du vielleicht jetzt etwas?« Sie sah Orla an, und die nickte. Es macht mir nichts aus, dass er sie geheiratet hat. Es hat mir wehgetan, aber jetzt nicht mehr. Und selbst wenn es mit Sam und mir nicht klappt, macht es trotzdem nichts. Es ist mir egal. Ich freue mich, dass er jemanden gefunden hat.

»Er war besoffen wie eine Haubitze, als er gestern Nacht hier aufgetaucht ist«, sagte Gemma. »Ich hatte gar nicht bemerkt, dass er so viel getrunken hat.«

»Ich hatte Angst, er könnte verunglücken«, gestand Orla.

»Ich habe ihn wegfahren sehen und war starr vor Angst. Ich dachte immerzu, gleich würde jemand anrufen und mir sagen, dass er sich irgendwo um einen Laternenpfahl gewickelt hat.«

»Er ist nicht verunglückt«, sagte Gemma. »Er sah ziemlich ramponiert aus, als er hier ankam, aber unterwegs ist ihm nichts passiert.«

»Und was hat er gesagt?«

Gemma grinste. »Dass du seine Sachen aus dem Fenster geworfen hättest.«

Orla lächelte schief.

»Das fand ich gut, Orla. Fantastisch!«

»Es war dumm«, erwiderte Orla.

»Ach, ich weiß nicht«, sagte Gemma sinnierend. »Ich möchte wetten, dass es für dich sehr befriedigend war.«

»Im ersten Moment schon«, gab Orla zu.

»Einmal hatten wir einen Streit, und danach habe ich seinen Lieblingspulli in die Waschmaschine gesteckt«, erzählte Gemma. »Kochwäsche. Er hatte hinterher Puppenkleidergröße. David ist ausgerastet. Ich habe behauptet, der Streit hätte mich so durcheinander gebracht, dass ich nicht wusste, was ich tat.«

Orlas Lachen war zittrig.

»Er ist bestimmt kein schlechter Mensch«, sagte Gemma. »Er ist nur – er will alles unter Kontrolle haben, Orla. Das will er nicht wahrhaben, aber so ist es. Er gibt gern an und will immer der große Boss sein, und das ließe sich vermutlich irgendwie auf seine Kindheit zurückführen oder sonst was, aber vielleicht ist das eben einfach seine Art.«

»Ich dachte erst, wir hätten so viel gemeinsam«, sagte Orla. »Aber später dachte ich, er wollte einfach nur eine zweite Gemma.«

»Es ist nicht leicht«, stimmte Gemma zu. »Du denkst, du kennst einen Menschen, aber du kennst ihn nie ganz. Und wenn jemand dich verlässt, glaubst du, du müsstest sterben, aber man kommt irgendwie wieder auf die Beine. Und man denkt, man könnte durch noch so lange Gespräche nichts bewirken, aber das stimmt nicht.«

»Mit David!« Ein kleiner Funken Leben kehrte in Orlas Augen zurück. »Da könnte man ebenso gut gegen die Wand reden!«

»Ich weiß«, sagte Gemma. »Ich habe es bei Gott oft genug versucht.«

»Man sieht richtig, wie er innerlich dichtmacht«, sagte Orla, »als ob er einen völlig ausblendet.«

»Und er starrt auf einen Punkt irgendwo neben deinem Kopf«, sagte Gemma.

»Und dann kriegt er ganz schmale Augen.«

»Und seine Nasenflügel beben.«

»Und er schaut einen an, als wäre man etwa sechs Jahre alt!« Die beiden Frauen lächelten einander an.

»Er hat die Nacht auf dem Sofa verbracht«, wiederholte Gemma.

»Aber er ist nicht nach Hause gekommen.« Orlas Stimme zitterte.

»Das wird er schon«, beruhigte Gemma sie.

Orla seufzte. »Ich habe dich gehasst, weißt du? Weil du ihn zuerst geheiratet hast. Weil du immer da warst.«

»Ich habe dich auch gehasst«, gestand Gemma.

Orla blinzelte. »Mich?«

»Komm schon, Orla.« Gemma grinste. »Du bist jünger als ich, du bist dünner als ich, und du kannst auf einer Party etwas tragen, das an ein schwarzseidenes Taschentuch erinnert, und fantastisch darin aussehen.«

»Gestern Abend hätte ich dich umbringen mögen«, entgegnete Orla, »weil du so kultiviert aussahst, und ich sah aus wie ein Teenager.«

»Wir müssen einander nicht mögen«, sagte Gemma. »Wir müssen uns nicht gut verstehen. Aber wir brauchen einander auch nicht zu hassen.«

»Das stimmt«, sagte Orla, und in diesem Moment klingelte es an der Tür.

»Mum! Mum!« Ronan kam hereingestürzt. »Rat mal, wer da ist!! Oh.« Er blieb stehen, als er Orla sah. »Hallo, Orla. Wo ist Dad? Streitet ihr immer noch?«

Gemma und Orla standen auf, als Sam McColgan Ronan in die Küche folgte. Gemma rieb sich die Nasenwurzel. Sie war zu müde für so viel menschliche Dramatik an einem Tag.

»Ronan, Orla geht bald nach Hause. Möchtest du Sam dein neues Playstation-Spiel zeigen?«

»Es ist ganz toll, Sam«, sagte Ronan. »Du bist in einer Höhle gefangen, und da gibt es alle möglichen Hexen und Zaubersprüche und so. Ich wette, ich kann dich schlagen.«

»Das wette ich auch. Ich bin gleich bei dir, Ro.« Er reichte Gemma den Blumenstrauß, den er in der Hand hielt. »Es tut mir schrecklich leid«, sagte er. »Ich habe einfach nicht nachgedacht. Ich wollte dich überraschen, indem ich früher komme.«

»Schon gut«, sagte sie.

»Nein, es ist nicht gut. Es tut mir leid, Gemma.«

»Sam, das ist Orla. Orla, das ist Sam.«

»Hallo.« Orla streckte die Hand aus, und Sam schüttelte sie.

»Freut mich, Sie kennenzulernen«, sagte Sam. Er blickte von Gemma zu Orla. »Ich geh dann rein, Gemma.«

Gemma und Orla sahen einander an.

»Ist er...«

»Ein Freund«, sagte Gemma hastig. »Ein guter Freund.«

»David hat mir gar nichts davon erzählt.«

»David wusste es nicht. Jetzt weiß er's.«

»Du willst ihn wirklich nicht zurückhaben?«

»Wirklich nicht«, sagte Gemma. »Außerdem, Orla, geht es nicht nur darum, was ich will. Er will wirklich nicht zurückkommen. Vielleicht stöhnt und jammert er ein bisschen und redet über die alten Zeiten, aber das ist alles Unsinn. Wir waren schon lange getrennt, als er dich kennengelernt hat. Du oder ich ist hier nicht die Frage.«

»Vielleicht«, sagte Orla.

»Ganz sicher«, erwiderte Gemma.

»Ich weiß selbst nicht mehr, ob ich ihn liebe oder nicht.« Orla schlang die Arme um sich. »Manchmal schon, und dann wieder – es ist eben nicht so einfach, nicht?«

»Schön wär's«, sagte Gemma.

»Und, ist das mit Sam etwas Festes?«

»Das will ich gar nicht. Noch nicht.« Gemma lächelte. »Mit David habe ich mich Hals über Kopf hineingestürzt. Und obwohl ein Teil von mir es immer noch eilig hat, werde ich es bei Sam langsamer angehen lassen.«

»Die Kinder kennen ihn schon?«

»Wir haben uns im Urlaub kennengelernt«, erklärte Gemma.

»Ich gehe dann mal lieber«, sagte Orla. »Und lasse euch in Ruhe.«

Gemma lächelte sie an. »Viel Glück mit David«, sagte sie.

»Danke.« Orla atmete tief aus. »Das werde ich wohl brauchen.«

37

David parkte in der Nähe des Martello Tower und stieg aus. Er wollte sich genau überlegen, was er zu Orla sagen würde. Er wollte für sich alles klar im Kopf haben, damit sie sich wie vernünftige Erwachsene unterhalten konnten und nicht wie diese kleinlichen, kindischen Wesen, in die sie sich verwandelt hatten. Aber vielleicht war es für vernünftige Gespräche schon zu spät. Vielleicht hatte er es wieder einmal geschafft, eine Beziehung kaputt zu machen, ohne es überhaupt zu bemerken. Ich bin eigensüchtig, dachte er, während er den Möwen zusah, die vor dem grauen Himmel kreisten. Ich will immer, dass alles nach meinem Kopf geht. Da hatte Gemma recht. Ich will nicht so sein, aber ich bin es. Und vielleicht hat sie auch recht, was den Job angeht. Vielleicht ist es gar nicht nötig, dass ich dem Erfolg so verbissen nachjage. Vielleicht, dachte er und trat einen schwarzen Kiesel vor sich her, der von Jahren der Erosion rund und glatt geschliffen war, vielleicht brauche ich gar nicht allen zu beweisen, dass ich so gut bin wie Livvy.

Er dachte über seine jüngere Schwester nach. Die Gescheite, so wurde sie früher immer genannt. Er erinnerte sich an so eine Szene: Wie er seinem Vater sein Zeugnis reichte. Wie Brian die Lippen spitzte, David ansah und wissen wollte, warum er nur Dreien und Vieren bekam, während Livvy lauter Einsen hatte.

»Nun, sie ist wohl die Gescheite in der Familie«, hatte Brian schließlich bemerkt und das Zeugnis unterschrieben. Weiter hatte er nichts dazu gesagt. Er hatte nicht gesagt, dass David dumm sei oder die Vieren enttäuschend seien oder aus David nie etwas werden würde, weil er nicht der

Gescheite war. Aber im Vergleich mit seiner brillanten Schwester war er sich vorgekommen wie ein Versager. Bis zu dem Tag, an dem er das Haus in Dun Laoghaire gekauft hatte, während Livvy, die Gescheite, immer noch in einer Schuhschachtel von Mietwohnung im schäbigen Kilmainham hauste. Und wer ist wohl jetzt der Gescheitere?, hatte er damals gedacht.

Er seufzte. Da glaubt man, man hätte sein Leben im Griff, dachte er, man denkt, man wüsste genau, was man tut und warum, aber am Ende ist doch nur das eigene verflixte Unterbewusstsein am Werk und setzt alles in den Sand!

Seine Beziehung zu Orla hatte er ganz sicher in den Sand gesetzt. Er konnte sich kaum an den gestrigen Abend erinnern, aber er erinnerte sich gut an ihren gepeinigten, furchtsamen Blick, als sie ihn wegen Gemma anschrie. Und er hatte ihr gesagt, wie dumm das von ihr war, und das war genau das Falsche gewesen. Und jetzt war es vermutlich zu spät. Vor einigen Jahren wäre er noch überzeugt gewesen, dass Gemma irgendwann nachgeben und sie wieder zusammenkommen würden. Jetzt wusste er: Das Einzige, was er in all diesen Jahren dazugelernt hatte, war, dass er solche Dinge immer viel zu lange aufgeschoben hatte.

Sam hörte Orla gehen und kam aus Ronans Zimmer herunter. Gemma lehnte an der Wand und drückte eine Hand an die Stirn.

»Alles in Ordnung?« Er klang sehr besorgt.

Sie nickte. »Das konnte ich heute allerdings nicht unbedingt gebrauchen.«

»Gemma, es tut mir so leid, dass ich einfach hergekommen bin. Das war gedankenlos von mir. Egoistisch.«

»Ja«, sagte sie.

»Es gibt Dinge in deinem Leben, von denen ich nichts weiß, und die mich auch nichts angehen«, fuhr Sam fort.

»Das habe ich dir bereits gesagt.« Sie ging ins Wohnzimmer.

Er blieb, wo er war. Er hatte es für eine gute Idee gehalten, früher zu kommen, sie mit seinem Blumenstrauß und einem strahlenden Lächeln zu überraschen. Gott, dachte er, was bin ich bloß für ein Idiot. Sie hat sich schon einmal von einem solchen Mann getrennt, einem Mann, der immer versucht hat, sie seinem Leben anzupassen. Bin ich wirklich auch nur so ein Kerl?

Er schob die Wohnzimmertür auf. Sie saß auf dem Sofa und starrte ins Leere.

»Möchtest du, dass ich wieder gehe?«, fragte er. Sie sagte nichts.

Verdammt, dachte er. Ich habe sie verloren. Und daran ist einzig meine eigene Blödheit schuld.

»Ruf mich an«, sagte er. »Wenn du magst.« Sie sprach immer noch nicht mit ihm.

Sie hörte, wie er das Haus verließ. Sie wollte ihm nachlaufen, ihm sagen, er solle wiederkommen, aber sie fürchtete sich davor. Sie wollte ihn so sehr, dass es schmerzte. Als er in die Küche gekommen war, hatte sie sich mit Mühe und Not zurückhalten können, ihm nicht um den Hals zu fallen und ihn zu küssen. Aber er hätte nicht kommen sollen. Sie hatte ihm gesagt, er solle später kommen, und er hatte ihren Wunsch einfach ignoriert. Genau wie David sie immer ignoriert hatte. Und wenn er meinte, ein paar Blumen könnten das wieder wettmachen, hatte er sich getäuscht.

Orla hörte den Schlüssel in der Wohnungstür, und ihr drehte sich der Magen um. Er war zurückgekommen. Um seine restlichen Sachen zu holen? Oder um bei ihr zu sein? Sie nahm sich eine Zeitschrift und setzte sich in den Sessel in der Ecke. Sie musste cool bleiben. Ganz entspannt.

Er sah furchtbar aus, dachte sie, als er zur Tür hereinkam. Sein Haar war zerzaust, seine Augen gerötet, sein Gesicht unrasiert. Sie senkte den Blick wieder auf die Zeitschrift.

»Hallo«, sagte er. – »Hallo.«

»Wie fühlst du dich?«, fragte er. Sie ließ die Zeitschrift aufs Sofa neben sich fallen. »Mir geht's gut.«

Er stellte den Koffer auf den Boden und setzte sich ihr gegenüber. »Ich glaube, ich habe nicht alles gefunden«, bemerkte er.

»Bitte?« Sie sah ihn überrascht an.

»Alle meine Sachen. Ich bin ziemlich sicher, dass meine Boxershorts auf dem Balkon unter uns gelandet sind.«

»Das bezweifle ich.«

»Nein, wirklich«, sagte er. »Die seidenen.«

»Nein.«

»Ich habe sie über den Balkon fliegen sehen, aber unten lagen sie nicht.«

»Na ja«, sagte sie, »wenn sie auf dem Balkon irgendwelcher Nachbarn gelandet sind, ist es denjenigen vermutlich zu peinlich, Unterhosen zurückzugeben.«

»Ich möchte doch schwer hoffen, dass sie nicht wissen, wem sie gehören«, entgegnete David. »Du kennst doch die Mastersons aus der Wohnung unter uns. Wenn man bedenkt, dass die beiden über achtzig sind, kann ich mir nicht vorstellen, dass sie entzückt wären, meine Unterhosen auf ihrem Balkon vorzufinden.«

»Ach, ich weiß nicht«, sagte Orla. »Vielleicht kann er sie ja gebrauchen.«

Sie sahen einander an.

»Das war vielleicht ein Streit gestern Nacht«, bemerkte David.

»Ja.« Sie biss sich auf die Lippe.

»Streit kenne ich zur Genüge«, erklärte er. »Gemma und ich hatten schon ein paar echte Kracher. Aber sie hat nie meine Kleider aus dem Fenster geworfen.«

»Ich bin nicht Gemma«, sagte Orla.

David lächelte schief. »Ich weiß.«

»Ich habe sie heute besucht.« Orla rutschte auf dem Sessel herum.

»Was!« – »Ich bin zu ihr gefahren. Eigentlich habe ich wohl dich gesucht. Ich dachte, du wärst vielleicht bei ihr.«

»Worüber habt ihr denn gesprochen?«, fragte er.

»Über dich vor allem«, sagte sie.

»Und was hat sie dir gesagt? Dass ich ein nutzloser Mistkerl bin, dem du nicht trauen sollst?«

Orla schüttelte den Kopf. »Nichts dergleichen.«

»Sie hat dir vermutlich nicht erzählt, dass ich auch eine empfindsame Seite habe.«

»Nein«, sagte Orla. »Wir haben einfach nur so geredet. Wir haben uns sehr offen unterhalten.«

»Ich will auch offen zu dir sein«, sagte David.

Das ist es, dachte Orla. Jetzt kommt das entscheidende Gespräch. Jetzt wird unser beider Leben bloßgelegt. Sie erschauerte.

»Ich wusste nicht, was ich an Gemma hatte, als wir noch zusammengelebt haben«, sagte er.

Orla schloss die Augen. Sie war nicht sicher, ob sie das hören wollte.

»Und mir war auch nicht klar, dass unsere Scheidung, wie scheußlich und schmutzig und gemein wir damals auch waren, immer noch sehr freundschaftlich über die Bühne gegangen ist, wenn man Scheidungen so im Allgemeinen betrachtet.«

Sie spürte, wie ihr die Tränen in die Augen stiegen.

»Und mir war auch nicht klar, was für ein Glück ich hatte, dass ich dich gefunden habe«, sagte er.

Sie schwieg.

»Überleg doch mal, was ich für ein Glückspilz bin, Orla. Ich bin ein Mann im mittleren Alter, der langsam Fett ansetzt, graue Haare kriegt, eine Lesebrille braucht, geschieden, mit zwei Kindern – ich bin ein Idiot, Orla, und doch treffe ich dich und verliebe mich in dich, und du heiratest mich sogar.«

Sie biss sich auf die Lippe.

»Und anstatt froh zu sein, dass ich dich gefunden habe, behandle ich dich wie eine Hausangestellte.«

»Nur ab und zu«, krächzte Orla.

»Ich verstehe mich ja selbst nicht.« David blickte in ihre großen, haselnussbraunen Augen. »Ich habe dich geheiratet, weil ich meinte, ohne dich nicht mehr leben zu können, und dann habe ich anscheinend alles dafür getan, damit du mich verabscheust. Und ich weiß ehrlich nicht, warum.«

»Du willst, dass ich so bin wie sie«, sagte Orla.

»Orla, ich schwöre dir, ich habe dich nie auch nur eine Sekunde lang für eine zweite Gemma gehalten.«

Sie seufzte. »Du hast erwartet, dass ich dir den Haushalt führe, wie sie es getan hat. Du wolltest, dass ich immer da bin, wenn du zu Hause bist. Du meintest, ich müsste dich in allem erst um Rat fragen.«

»Wie bei dem Job«, sagte er.

»Ich hatte das Gefühl, du nimmst meine Karriere überhaupt nicht ernst«, erklärte sie. »Solange ich mit dir bei Gravitas gearbeitet habe, konntest du mich im Auge behalten. Das war nur eine Fortsetzung unseres gemeinsamen Lebens zu Hause. Sobald ich mich allein hinausgewagt habe, war das etwas ganz anderes.«

Er ballte nachdenklich die Hände zu Fäusten.

Alle sagten das Gleiche über seine Reaktion auf ihren Wechsel.

»Ich gebe zu, dass ich mich erbärmlich benommen habe«, sagte er. »Und es tut mir leid.«

Sie biss sich auf die Lippe. »Es wird nicht unbedingt besser dadurch, dass du vermutlich recht hattest.«

»Recht?«

»Ich hasse diesen Job«, sagte sie. »Vom ersten Tag an habe ich nur Mist gebaut!«

»Das kann nicht sein«, sagte er. »Du bist eine gute Verkäuferin, Orla. Ich habe doch gesehen, wie du arbeitest. Die Leute vertrauen dir. Denk nur mal an Sara Benton!«

»Jetzt nicht mehr«, sagte sie. »Serene ist der reinste Horror. Bob Murphy hat mir einen Monat gegeben, um endlich bessere Umsätze zu machen, bevor er mich entlässt. Ich habe ein paar lächerliche kleine Policen verkauft, die jeder Anfänger an den Mann bringen könnte. Ich habe zwei Firmenkunden verloren. Es ist ein Albtraum!« Sie schlug die Hände vors Gesicht.

»Ach, Orla.« Er setzte sich neben sie und legte einen Arm um ihre Schultern.

»Ich will dein Mitleid nicht«, sagte sie. »Ich will nicht, dass du mir sagst, es würde alles wieder gut, während du dich heimlich freust, dass du es besser wusstest.«

Er zog ihre Hände von ihrem Gesicht herunter. »Ich freue mich nicht«, sagte er. »Warum sollte ich mich darüber freuen? Okay, ich mag Bob Murphy nicht, konnte ihn noch nie leiden. Aber ich liebe dich, Orla, und ich will nicht, dass dir etwas Scheußliches passiert – auch nicht bei Serene. Und du hast recht, ich hatte das Gefühl, irgendwie die Kontrolle über dich zu verlieren, als du dich für den Wechsel entschieden hast. Und ich war – na ja, verletzt, denke ich, weil du mir nicht früher davon erzählt hast. Aber ich habe mich kindisch aufgeführt, und das tut mir leid.«

»Dafür ist es ein bisschen zu spät.«

Er sah Orla an. Ihr Blick war trotzig.

»Ich weiß«, sagte er. »Aber es tut mir trotzdem leid.«

Da begann sie zu weinen, große, salzige Tränen, die ihr über die Wangen liefen und in ihren Schoß tropften.

»Orla, ich liebe dich«, sagte David voller Inbrunst. »Bis heute war mir gar nicht klar, wie sehr. Und wenn ich dumm genug war, dich zu verlieren, dann habe ich das vielleicht verdient. Aber ich will dich nicht verlieren. Nicht um alles in der Welt.«

»Du behandelst mich wie ein kleines Kind«, sagte sie.

»Manchmal«, gestand er. »Ich weiß. Das will ich nicht, aber ich tue es trotzdem.«

»Was ist mit Gemma?«, fragte sie. Er drückte Orla an sich. »Gestern Abend – ich schätze, ich wollte wohl gemein zu dir sein. Es lief so schlecht zwischen uns, und, na ja, ich hatte Gelegenheit, dir wehzutun, und da habe ich sie genutzt.«

»Sie sah toll aus«, sagte Orla. »Und es sah so aus, als seiest du der richtige Mann für sie.«

»Orla, die Leute sind völlig geschockt, dass eine so umwerfende Frau wie du mich geheiratet hat. Andy hat es mir gesagt. Mein Vater hat es auch gesagt. Sie können gar nicht fassen, dass du mich liebst. Wenn du das überhaupt noch tust.«

»Es ist komisch«, entgegnete Orla. »Als wir anfingen, miteinander auszugehen, habe ich die Stunden gezählt, bis wir uns wiedersehen. Niemand hat mir je so ein Gefühl gegeben. Und so habe ich mich jeden einzelnen Tag mit dir gefühlt, bis wir aus den Flitterwochen zurückkamen, und du in deine Superverkäufer-Rolle geschlüpft bist. Auf einmal hatte ich das Gefühl, ich bin dir gar nicht mehr wichtig. Nur, wenn ich ausgehen wollte. Dann hast du immer dein Möglichstes getan, um mich zu Hause zu behalten.«

»Ich bin ein Idiot«, sagte David. »Ich wollte beweisen, wie toll ich bin. Dass ich die ganz großen Fische an Land ziehen kann, dass ich die Zahlungen an Gemma erbringen und trotzdem für uns beide sorgen kann. Nicht nur für uns sorgen, sondern sogar viel Geld für uns verdienen.«

»Aber ich arbeite doch auch«, erwiderte Orla. »Du hast gar keinen Grund, so viel zu wollen.«

»Ich bin ein altmodischer Kerl«, gestand David mit schiefem Lächeln. »Ich hatte das Gefühl, das gehört sich so.«

Sein Arm lag noch um ihre Schultern. Das fühlte sich so tröstlich an. Sie holte tief Atem. »Du bist nicht der einzige Idiot hier«, sagte sie.

»Ach?«

»Ich muss dir etwas sagen.«

Sie erzählte ihm von Jonathan Pascoe. Sie erzählte ihm, dass sie mit ihm in sein Haus in Blarney gefahren war. Mit ihm Whiskey getrunken hatte. Sie erzählte ihm nichts von Jonathans Hand auf ihrer Brust oder dem Verlangen, das er in ihr geweckt hatte.

Es gab da einiges, was David vielleicht wirklich nicht wissen musste.

Aber sie wollte ihm schon von Jonathan erzählen.

Als sie geendet hatte, sah er sie erstaunt an.

»Das hätte ich nie gedacht«, sagte er. »Nie.«

»Ich war überzeugt, dass du und Gemma einen neuen Anfang machen wollt«, sagte Orla. »Und ich wollte es dir heimzahlen.«

David seufzte. »Ist es nicht erstaunlich, was alles im Leben der Leute vorgeht, und man hat keine Ahnung davon? Wir haben zusammengelebt, und ich wusste es nicht.«

»Es tut mir leid«, sagte Orla.

»Das ist nur fair, schätze ich«, erwiderte er. »Du verdächtigst mich, etwas mit meiner Exfrau zu haben, also gehst du mit deinem Exfreund zum Essen.«

»Ich wollte nur nicht, dass du dir allein die Schuld für unsere Probleme gibst«, sagte Orla. »Außerdem hat mein ehemaliger Freund inzwischen mit meiner vermutlich ehemaligen besten Freundin geschlafen.«

Er sah sie ungläubig an.

»Ich habe heute Morgen Abby besucht. Jonathan ist gestern Abend nach Dublin gekommen. Anscheinend wollte er mich sehen, aber Abby hat ihn abgefangen.«

David war verblüfft. »Hat sie dir davon erzählt?«, fragte er. »Wie macht ihr Frauen das bloß? Warum fällt es euch so leicht, einander derart intime Sachen zu erzählen?«

»Sie hätte es mir sicher irgendwann erzählt«, sagte Orla. »Aber das war nicht nötig. Er war noch da.«

»Oh.« David lächelte sie plötzlich an. »Also gut«, sagte er.

»Das kann ich wohl nicht übertreffen, aber ich komme nah heran. Ich glaube, Gemma hat einen neuen Freund.«

Orla sah zu ihm auf. »Ich weiß«, sagte sie. »Ich habe ihn kennengelernt.«

»Was!« David starrte sie fassungslos an.

»Sie war richtig geschockt, als er aufgetaucht ist. Das war nicht zu übersehen. Er hat sich entschuldigt, dass er sie so überfallen hat. Er hat ihr Blumen mitgebracht.«

»Wie ist er denn so?«, fragte David.

Orla dachte kurz nach. »Sieht ziemlich gut aus«, sagte sie dann.

»Sagst du das nur, damit ich mich mies fühle, oder ist das die Wahrheit?«

»Er sieht ziemlich gut aus«, wiederholte sie.

»Besser als ich?« Seine Stimme troff vor gespielter Fassungslosigkeit.

»Ich fürchte ja.« Ihr Mundwinkel begann zu zucken. Dann brachen sie beide in Lachen aus. Zunächst zittrig, dann lauter und fröhlicher.

David nahm Orla in die Arme, und sie lehnte den Kopf an seine Brust.

»Also«, sagte er, als sie sich wieder gefasst hatten. »Sieht so aus, als blieben nur wir beide übrig. Unsere Expartner sind zu neuen Ufern aufgebrochen. Wir bleiben zurück. Was meinst du?«

»Ich will nicht die zweite Wahl sein, David«, sagte sie.

»Bist du nicht«, entgegnete er. »Du wirst nie die zweite Wahl sein. Ich liebe dich. Das habe ich vielleicht für eine Weile aus den Augen verloren, aber ich habe noch nie so für jemanden empfunden wie für dich. Nicht für Gemma, für niemanden.«

»Kann sein«, sagte sie.

»Ich glaube, wir sind da blind hineingestolpert und haben erwartet, dass sich alles irgendwie von selbst ergibt«, sagte er. »Das klingt abgedroschen, ich weiß, aber wir beide mussten uns verändern, und darin war ich noch nie besonders gut. Aber ich will dich nicht verlieren, Orla. Wirklich nicht. Selbst wenn das bedeutet, dass ich mich mit deiner Gewohnheit abfinden muss, meine Klamotten aus dem Fenster zu werfen.«

»Tut mir leid«, sagte sie. »Ich wollte etwas Spektakuläres tun.«

»Das hast du«, erwiderte er.

»Ich war so wütend«, erklärte sie. »Auf dich, auf mich, auf alles.«

»Und jetzt?«, fragte er.

»Jetzt bin ich erschöpft.«

»Möchtest du ins Bett?«, fragte er.

»Ich würde sofort einschlafen«, sagte sie. »Ich konnte gestern Nacht kein Auge zutun«

»Siehst du.« Er grinste sie an. »Wir sind eben doch ein altes Ehepaar. Wir kriechen ins Bett und schlafen gleich ein.«

Sie küsste ihn auf den Mund. Er küsste sie in den Nacken. Ihre Blicke trafen sich. Sie machten sich nicht mehr die Mühe, erst ins Schlafzimmer zu gehen.

Es war vier Uhr, und Gemma war allein zu Hause, als das Telefon klingelte. Sie ließ es noch ein wenig bimmeln, dann nahm sie den Hörer ab.

»Hallo«, sagte sie.

»Es tut mir leid«, sagte Sam.

»Hör auf, dich zu entschuldigen.«

»Ich weiß nicht, was ich sonst noch sagen soll.«

»Ich lasse mich nicht so herumschubsen«, sagte Gemma. »Ich mag dich, aber ich will nicht, dass jemand so mit mir umspringt.«

»Das wird nie mehr vorkommen«, sagte er. »Manchmal tue ich eben etwas Dummes. Wie heute.«

»Das war nicht dumm«, sagte sie. »Aber es war der falsche Zeitpunkt. Du hast es selbst gesagt. Es gibt Dinge in meinem Leben, mit denen ich allein fertig werden muss, Sam.«

»Darf ich dich besuchen?«, fragte er.

»Ja«, sagte sie. »Wann kannst du hier sein?«

»Jetzt«, sagte Sam, klingelte an der Tür und schaltete sein Handy aus.

Gemma konnte sich das Lächeln nicht verkneifen, als sie die Tür öffnete.

Sams braune Augen sahen sie an.

»Komm herein«, sagte sie.

»Ich werde mich nicht noch einmal entschuldigen«, sagte Sam. »Du hast recht. Es wird wirkungslos, wenn man es zu oft sagt. Verzeihst du mir?«

»Irgendwie schon«, sagte Gemma.

»Möchtest du mir von heute erzählen?«, fragte Sam.

»Ich weiß nicht.«

Sie wusste wirklich nicht, ob sie ihn in die Einzelheiten ihrer Beziehung zu David und Davids Beziehung zu Orla einweihen wollte, in all das Treibgut, das in ihrem Leben herumschwamm. Bisher hatten sie über ihre Scheidung nur als ein Ereignis in der Vergangenheit gesprochen, und über ihre Ehe mit David als etwas, das vorbei war. Aber, das wurde Gemma nun klar, es gab Dinge im Leben, die nie ganz vorbei sind. Sie werden weniger wichtig, nur ein Teil des großen Musters der eigenen Erfahrungen im Leben, aber sie sind dennoch immer da. Man kann nicht einfach die Tür schließen und so tun, als hätte es sie nie gegeben.

»Ich habe mich gestern Nacht dumm benommen.« Sie waren ins Wohnzimmer gegangen; Gemma setzte sich aufs Sofa und drückte eines der Kissen an sich.

»Wie meinst du das?«, fragte Sam. »Ich habe mit David geflirtet.«

»Oh.«

»Zuerst wollte ich das gar nicht«, erzählte Gemma. »Aber dann habe ich es doch getan.«

»Warum?«

»Weil ich es konnte.« Gemma war tief beschämt. »Die Gelegenheit war da, und ich habe sie ergriffen. Das hätte ich nicht tun sollen.«

»Und?« – »Und Orla hat ihm eine Riesenszene gemacht, als sie nach Hause kamen.« Gemma lächelte schwach. »Sie hat seine Kleider aus dem Fenster geworfen.«

»Wow!«

»Und ihm gesagt, er solle doch zu mir nach Hause gehen, was er dann auch getan hat.«

»Verstehe.« Sam stand vom Sofa auf, wo er neben ihr gesessen hatte, und ging zum Fenster hinüber.

»Er hat hier übernachtet, Sam«, sagte Gemma. »Auf dem Sofa.«

Sam drehte sich zu ihr um. »Warum?«

»Was glaubst du, warum?«, fragte sie. »Wir sind geschieden, Sam. Ich habe mit ihm geflirtet, er hat sich deswegen mit seiner Frau gestritten, er war sturzbetrunken, als er hier ankam.« Sie seufzte. »Wir lieben einander nicht mehr, aber er stand plötzlich vor der Tür, und ich konnte ihn nicht abweisen.«

»Warum hast du mit ihm geflirtet, wie du dich so charmant ausgedrückt hast?«

»Weil ich ein Miststück bin«, sagte Gemma. »Ich wollte Orla wehtun. Das war wirklich schrecklich von mir, aber ich konnte nicht anders. Ich mag ja ganz gut ausgesehen haben gestern, aber sie war jünger und schöner, und sie hat David geheiratet.«

»Aber du liebst David nicht mehr.«

Gemma warf das Kissen von sich. »Natürlich nicht«, erwiderte sie ungeduldig. »Ich bin einfach ein schrecklicher Mensch, Sam, weiter nichts. Ich hatte die Chance, gemein zu jemandem zu sein, und das war ich dann auch.«

»Das macht dich nicht zu einem schrecklichen Menschen«, sagte Sam.

»Doch.«

»Und als ich vorhin da war? Was wollte Orla hier?«

»Sie war fix und fertig nach dem Streit mit David. Sie dachte, er wäre vielleicht noch hier.«

»Das ist ja wie in einer dieser russischen Tragödien«, bemerkte Sam. »All diese finsteren Emotionen, die unter der Oberfläche brodeln.«

»Mach dich nicht über mich lustig«, sagte Gemma.

»Bestimmt nicht.« Sam kam zurück und setzte sich wieder neben sie. »Und ich halte dir auch nicht vor, dass du letzte Nacht mit der Gefahr geliebäugelt hast.«

»Ich fühle mich aber schuldig«, sagte Gemma. »Ich bin eine blöde Kuh.«

»Fassen wir mal zusammen«, sagte Sam. »Orla und David lieben einander, obwohl sie in letzter Zeit ein paar Probleme hatten. Du hast letzte Nacht geholfen, diese Probleme ans Licht zu bringen. Der fällige Ehekrach ist ausgebrochen. Und die beiden sind jetzt vermutlich gerade dabei, sich zu versöhnen, auf die Art, wie die meisten Leute sich am liebsten nach einem Riesenkrach versöhnen.«

Gemma blickte von ihren Fingernägeln auf, die sie genauestens inspiziert hatte. »Meinst du?«

»Aber Gemma, natürlich! Was verleiht dem Eheleben mehr Würze als ein schöner Krach mit anschließender Versöhnung?« Sie seufzte. »Das hatte ich mit David auch«, sagte sie. »Aber bei uns gab es nur den Krach. Nie die Versöhnung.«

»Vielleicht ist es diesmal anders«, wandte Sam ein. »Das ist eine andere Ehe, Gemma.«

Sie spielte an ihrem Daumennagel herum. »Ich gebe mir immer noch teilweise die Schuld dafür.«

»Vielleicht hast du ihnen sogar geholfen«, sagte Sam. »Wenn sie in letzter Zeit Schwierigkeiten hatten, und du dafür gesorgt hast, dass das Fass endlich überläuft, hast du ihnen vielleicht einen Gefallen getan. Und wenn nicht«, fügte er hinzu, »hast du das Unvermeidliche nur beschleunigt.«

»Kann sein.«

»Gemma, du kannst ihr Leben nicht für sie leben.«

»Ich weiß.« Sie biss sich auf die Lippe. »Ich wünsche ihnen

wirklich, dass sie das hinbekommen. Vor ein paar Monaten hätte ich vielleicht anders gedacht. Aber jetzt nicht mehr.«

»Und wie steht es mit dir?«, fragte Sam.

»Verflixt!«, rief sie. »Ich habe mir den Nagel abgebrochen.«

»Gemma?«

Sie kaute auf dem abgebrochenen Nagel herum.

»Was willst du für dich, Gemma?«, fragte Sam.

Sie sah ihn an. Seine braunen Augen erwiderten unverwandt ihren Blick. Sie rückte zu ihm hin, und auf einmal lag sie in seinen Armen, und er küsste sie mit einer Heftigkeit, die ihre Lippen versengte und ihren ganzen Körper aufflammen ließ.

Dann hörte sie den Schlüssel in der Haustür, und sie schafften es gerade noch zum jeweils entgegengesetzten Ende des Sofas, bevor Keelin hereinkam.

38

»Keelin! Kommst du bitte mal und machst mir den Reißverschluss zu!«, rief Gemma nach ihrer Tochter, die daraufhin die Treppe heraufpolterte und das Zimmer ihrer Mutter betrat.

»Ich dachte, dieses Kleid passt dir«, sagte Keelin, während sie an dem Reißverschluss zerrte.

»Tut es auch«, gab Gemma zurück. »Es geht nur schwer zu, das ist alles. Auf geht es ganz leicht.«

»Bitte sehr.« Keelin schaffte es endlich, das Kleid zuzubekommen, und trat zurück, um ihre Mutter zu betrachten. »Du siehst toll aus, Mum. Wirklich toll.«

Gemma lächelte. »Danke.«

Sie trug wieder das Kleid von Ben de Lisi, diesmal zum Verlobungsdinner von Liz und Ross. Sie hatten einen Nebenraum im todschicken Merrion Hotel gebucht, und Gemma wollte das Allerbeste aus sich machen. Sie hatte mit dem Gedanken an ein neues Kleid gespielt, aber alle hatten ihr gesagt, wie umwerfend sie auf der Party von Brian und Patsy in diesem lilafarbenen Kleid ausgesehen hatte; also hatte sie tugendhaft darauf verzichtet, Geld für ein neues auszugeben.

Sie betrachtete sich in dem großen Spiegel. Keelin hatte recht. Sie sah toll aus. Sie sah selbstsicher und glücklich aus, und ihre Kurven waren alle an den richtigen Stellen.

»Na ja, es geht so«, sagte sie.

»Ach, Mum!« Keelin grinste sie an. »Du weißt, dass du heute Abend umwerfend aussiehst. Sam wird aus den Latschen kippen!«

Gemma lächelte. Heute war der Abend, an dem Sam die

erste Begegnung mit ihrer Familie überstehen musste. Der Abend, an dem er Gerry und Frances zum ersten Mal sehen würde. Liz hatte er schon kennengelernt – beide mochten sich sehr.

»Hast du alles gepackt?« Gemma sah auf die Uhr. »Dein Vater und Orla kommen bald.«

»Ja, ja.« Keelin seufzte. »Ich bin schon seit einer Ewigkeit fertig.«

»Und Ronan?«, fragte Gemma.

»Ich habe seine Tasche noch mal gepackt«, erzählte Keelin. »Er hatte drei T-Shirts eingepackt und keine Unterwäsche.«

Gemma lachte. Die Kinder verbrachten das Wochenende mit David und seiner Frau, die einen Überraschungsausflug für sie planten.

»Wir fahren nur ins Nuremore Hotel«, hatte David Gemma anvertraut. »Die Fahrt ist nicht allzu weit, und da können sie viel unternehmen. Es gibt auch einen Freizeitpark, also sind wir nicht vom Wetter abhängig.«

»Was glaubst du, kommt ihr auch mit ihnen zurecht?«, fragte Gemma.

»Hm, wahrscheinlich nicht«, gestand David fröhlich. »Aber wir versuchen es mal.«

Es klingelte an der Tür, und Keelin sauste die Treppe hinunter, um aufzumachen.

»Hallo, Dad!« Sie küsste ihren Vater auf die Wange. »Hallo, Orla. Deine Frisur gefällt mir.«

»Danke.« Orla lächelte sie an. »Aber es kommt mir irgendwie alt vor, Keelin.«

»Sieht toll aus«, erwiderte Keelin. »Ich muss zugeben, Mum kann wirklich mit der Schere umgehen. Vielleicht lasse ich sie eines Tages auch an meine Haare.«

»Dein Haar gefällt mir so lang«, sagte David. »Sofern du dich nicht gerade dahinter versteckst.«

»Hallo, ihr zwei.« Gemma kam die Treppe herunter.

Sie ist wirklich gut darin, Treppen herunterzukommen, dachte Orla. Sie gleitet irgendwie so herab, dass es wahnsinnig sexy aussieht.

Ich frage mich, ob ihr das bewusst ist.

»Du siehst toll aus«, sagte Orla zu ihr. »Genau wie letztes Mal, als du dieses Kleid getragen hast.«

Die beiden Frauen lächelten einander an.

»Möchtet ihr noch Tee oder Kaffee, bevor ihr fahrt?«, bot Gemma an.

David schüttelte den Kopf. »Ich möchte gern so früh wie möglich loskommen.«

»Orla? Wie steht es mit dir? Oder noch eine Kleinigkeit für unterwegs?«

Sie schüttelte den Kopf. »Danke, Gemma, aber ich habe heute schon Unmengen zu Mittag gegessen. Ich war mit Kunden aus, und ich bin immer noch pappsatt.«

»Sie hat einen ziemlich guten Pensionsplan für ihren neuen Firmenkunden an Land gezogen.« David legte einen Arm um sie und drückte sie an sich. »Können wir für die Hypothek gut gebrauchen.«

»Wie geht denn die Arbeit an eurem neuen Haus voran?«, erkundigte sich Gemma. »Ich finde es großartig, dass ihr etwas gekauft habt, das praktisch von Grund auf renoviert werden muss, Orla. Ich hätte nie die Geduld dazu.«

»Was glaubst du, warum wir übers Wochenende wegfahren?« Orla grinste. »Die Böden werden geschliffen. Vielleicht ist es nächste Woche bewohnbar, aber vielleicht ist es auch eine einzige Staubwolke.«

»Zumindest ist das Haus größer als die Wohnung«, bemerkte Gemma.

»Es ist etwas anderes als die Wohnung«, erwiderte Orla. »Das ist das Entscheidende.«

Keelin erschien mit ihrer Tasche und Ronan im Schlepptau. »Wir sind soweit«, sagte sie.

»Schön.« David hob ihre Tasche hoch. »Himmel, Keelin,

wir sind doch nur ein paar Tage weg. Was ist denn da alles drin?«

»Zeug«, sagte sie.

»Ihr Frauen seid doch alle gleich.« Er hievte sich den Tragriemen über die Schulter. »Kannst du deine vielleicht selbst tragen, Ronan?«

»Klar doch.«

»Seid brav«, sagte Gemma. »Und amüsiert euch gut.«

»Werden wir.« Keelin küsste sie auf die Wange. »Dir auch viel Spaß.«

»Grüß Liz schön von mir«, sagte David. »Und ich gratuliere.« Gemma nickte. Sie sah ihnen nach, als sie durch den Vorgarten zum Auto gingen. David. Davids Frau. Und ihre Kinder.

Vor ein paar Monaten hätte sie es nicht für möglich gehalten, dass David und Orla mit den Kindern übers Wochenende wegfahren wollten, oder dass sie sie gehen lassen würde. Oder dass die Kinder mitfahren wollten.

Gar nicht so einfach, dachte sie, diese Patchwork-Familien. Aber man lernt, damit zu leben.

Orla winkte, als sie ins Auto stieg. Das rotgelockte Miststück sah gar nicht mehr aus wie ein dummes Miststück, dank der äußerst eleganten Frisur, die Gemma ihr letzte Woche verpasst hatte. Nicht, dass sie je wirklich dumm ausgesehen hätte, das musste Gemma zugeben. Aber es hatte ihr gutgetan, sie für sich so zu sehen. Der neue, kürzere Schnitt stand Orla gut. Die Konturen ihres Gesichts kamen besser zur Geltung (sehr gut geschnittene Züge, dachte Gemma versonnen), und er verlieh ihr größere Autorität. Die würde übers Wochenende schwer geprüft werden, Keelin und Ronan sorgten schon dafür.

Als sie nicht mehr zu sehen waren, schloss Gemma die Haustür. Sie goss sich etwas Baileys ein und setzte sich, um auf Sam zu warten. Er sollte in zehn Minuten kommen, und meist war er pünktlich.

Es klingelte. Sam stand auf der Schwelle, einen Strauß roter Rosen im Arm.

»Oh, Sam, danke!« Gemma strahlte ihn an. »Sie sind wunderschön. Komm rein, ich stelle sie schnell ins Wasser.«

Sam folgte ihr in die Küche. Er sah zu, wie Gemma zwei schwere gläserne Vasen mit Wasser füllte und die Blumen geschickt darin arrangierte.

»Wie machst du das?«, fragte er.

»Was?«

»Dass alles so hübsch aussieht. Mühelos. Ordentlich.«

»Eine Begabung, schätze ich.« Ehrlich gestanden war sie froh, dass sie es geschafft hatte, ohne ihr Kleid nass zu spritzen.

»Sie sehen wundervoll aus«, erklärte er. »Genau wie du, natürlich.«

Sie grinste fröhlich. »Mit Schmeichelei kommst du bei mir – na du kennst mich ja! Ich habe eine Schwäche für Komplimente!«

Sam schlang die Arme um sie. »Du bist die wunderbarste Frau, die mir je begegnet ist, Gemma. Und das ist nicht bloß ein Kompliment, das ist die Wahrheit.« Mit ernster Miene sah er ihr in die Augen.

»Danke schön.«

Er küsste sie zärtlich auf die Lippen, doch bevor sie den Kuss erwidern konnte, schob er sie von sich weg.

»Ich habe dir etwas mitgebracht«, sagte er.

»Ich weiß«, erwiderte Gemma. »Und die Blumen sind wunderschön, vielen Dank.«

»Noch etwas anderes, Dummerchen.«

Sie sah in sein Gesicht, während er eine Hand in die Tasche steckte und eine lange, schmale Schachtel hervorzog.

»Ich wollte dir etwas schenken«, sagte er. »Um dir zu zeigen, was ich für dich empfinde. Ich wusste nur nicht, was das richtige Geschenk wäre. Das hier war Keelins Idee.«

»Lieber Himmel!« Gemma zwinkerte.

»Ich habe sie gefragt, was du brauchst«, erklärte er. »Sie meinte, du bräuchtest anscheinend gar nichts mehr. Sie sagte, du seiest praktisch völlig autark.«

»Tatsächlich?«

»Sie bewundert dich sehr, Gemma. Und ich auch.« Er reichte ihr die Schachtel.

Gemma öffnete sie. Die Uhr darin war sehr zierlich, mit einem silbernen Armband und einem Diamanten auf dem Zifferblatt.

»Sam!« Sie sah zu ihm auf. »Sie ist – sie ist wunderschön. Das hättest du nicht tun sollen. Wirklich.«

»Warum nicht?«, fragte er.

Sie schwieg.

»Du sollst wissen, dass ich in jeder Minute an dich denke, Gemma.«

»Sam, so schmalzig kenne ich dich ja gar nicht«, sagte Gemma.

Er lächelte sie an. »Wir gehen zur Verlobungsparty deiner Schwester«, erklärte er. »Romantik liegt in der Luft!«

»Ich bin zu alt für Romantik«, entgegnete Gemma. »Meine romantischen Zeiten sind vorbei. Ich bin nur... nur...«

Der Rest ihres Satzes ging unter, als Sam sie küsste.

»Wir kommen noch zu spät«, sagte Gemma atemlos, als sie schließlich wieder auftauchte, um nach Luft zu schnappen.

»Wir haben reichlich Zeit«, sagte Sam sorglos. »Wir können es ja immer noch auf die Uhr schieben.«

Sie lachte schelmisch. »Wir müssen wirklich los«, sagte sie. »Unbedingt.«

»Ich weiß.« Er küsste sie wieder.

»Wie machst du das?«, fragte sie.

»Was?«

»So umwerfend küssen.«

»Da gehören zwei dazu«, sagte Sam.

Er drückte sie fest an sich, küsste sie auf den Mund, auf die Stirn, die Wangen, die Kehle. Und dann zog er am Reißverschluss ihres Kleides, das in einer Kaskade schimmernder lila Seide zu Boden fiel.

Sie konnte sich nicht erinnern, schon jemals so etwas gefühlt zu haben. Als stehe die Zeit still, als verschmolzen sie zu einem einzigen Wesen, als sei alles in ihrer Welt an seinem richtigen Platz.

Und sie wusste, sie war nun bereit, ihr Leben neu zu beginnen.

Das Werk einschließlich seiner Teile ist urheberrechtlich geschützt. Jede Verwertung außerhalb des Urhebergesetzes ist ohne Zustimmung des Verlages unzulässig und strafbar. Dies gilt insbesondere für Vervielfältigungen, Übersetzungen, Mikroverfilmungen und die Einspeicherung und Verarbeitung in elektronischen Systemen.

Weltbild Buchverlag –Originalausgaben–
Genehmigte Taschenbuch-Lizenzausgabe 2008 für die
Verlagsgruppe Weltbild GmbH,
Steinerne Furt, 86167 Augsburg
5. Auflage 2008
Alle Rechte vorbehalten

Deutsche Erstausgabe 2003
Copyright © 2000 by Sheila O'Flanagan
Copyright © 2003 der deutschsprachigen Ausgabe bei
Knaur Taschenbuch. Ein Unternehmen der Droemerschen Verlagsanstalt
Th. Knaur Nachf. GmbH & Co. KG, München

Projektleitung: Almut Seikel
Übersetzung: Katharina Volk
Umschlaggestaltung: Hauptmann und Kompanie
Werbeagentur GmbH, München,
Umschlagabbildung: © Getty Images (Jamie Grill)
Satz: Uhl und Massopust GmbH, Aalen
Gesetzt aus der Sabon 10,5/12,5 pt
Druck und Bindung: CPI Moravia Books s.r.o., Pohorelice

Gedruckt auf chlorfrei gebleichtem Papier

Printed in the EU

ISBN 978-3-89897-823-1